U0139952

國家社會科學基金重大項目

"明清詞譜研究與《詞律》《欽定詞譜》修訂"（18ZDA253）

國家古籍整理出版專項經費資助

杭州師範大學人文社會科學振興計劃項目資助

明清詞譜要籍疏解叢書

重訂詞律

〔清〕萬樹 ◎ 撰

蔡國强 ◎ 校訂

- 上 -

上海古籍出版社

圖書在版編目(CIP)數據

重訂詞律 /（清）萬樹撰；蔡國强校訂. —上海：
上海古籍出版社，2022.12
ISBN 978-7-5732-0479-0

Ⅰ.①重… Ⅱ.①萬… ②蔡… Ⅲ.①詞律－中國－
清代 Ⅳ.①I207.23

中國版本圖書館 CIP 數據核字(2022)第 191134 號

重訂詞律

（全二册）

［清］萬 樹 撰

蔡國强 校訂

上海古籍出版社出版發行

（上海市閔行區號景路 159 弄 1-5 號 A 座 5F 郵政編碼 201101）

（1）網址：www.guji.com.cn

（2）E-mail：guji1@guji.com.cn

（3）易文網網址：www.ewen.co

浙江臨安曙光印務有限公司印刷

開本 890×1240 1/32 印張 38.5 插頁 6 字數 928,000

2022 年 12 月第 1 版 2022 年 12 月第 1 次印刷

印數：1—1,800

ISBN 978-7-5732-0479-0

I·3663 定價：158.00 元

如有質量問題,請與承印公司聯繫

序　一

鍾振振

予嘗謂古之詩，雖備衆體，而論其精細、精微、精緻、精巧、精密之至者，莫詞若也。此蓋就形式主義美學而觀之者，非有所軒輊于蘇州園林與八達嶺長城之間也。

詞者，本唐宋時期流行歌曲之唱詞。有先製曲而後配以詞者，亦有先製詞而後配以曲者；有樂人與詞人分工合作者，亦有兼善樂與詞而獨立爲之者。而無論如何，又皆須經歌者反復演唱，不斷修正，其詞若曲乃得磨合，以臻于完美焉。

唐宋以來，曲以千數。樂章固長短不一，樂句亦繁複多變。而詞之篇幅寬窄，句度變化，與曲相應，如潮汐，如桴鼓，如鳥之雙翼，如車之兩輪已。

唐宋之詞，所講求者，不在平仄，亦即近體詩之平上去入。而在七音，即宮、商、角、徵、羽之五全音，及變徵、變宮之二半音是也；在五聲，即脣齒喉舌鼻是也；在十二律，即黃鐘、太簇、姑洗、蕤賓、夷則、亡射之六陽律，及大呂、夾鐘、中呂、林鐘、南呂、應鐘之六陰律是也。何則？以其主于歌唱，而非若近體詩之主于吟詠故也。

雖然，唐宋詞人之精通音律，如柳耆卿、周美成、姜堯章、張叔夏者，百不三五；所作能得歌者選取而演唱，如"曉風殘月""梨花榆火"

《暗香》《疏影》"春水""孤雁"之比，亦指不多屈。則以長短句爲新近體詩，但調平仄，不協宮商者，在在有之。故以平仄論詞，亦自有理，無可厚非矣。

昔者唐明皇遣樂人黃幡綽造拍板之譜，幡綽乃于紙上畫兩耳以進。問其故，對以"但有耳，則無失節奏"。方詞之鼎盛如兩宋時，詞樂具在。歌者揭喉，聽者入耳。耳熟則能詳，固不昧于音律，更須譜爲？終天水一朝三百餘年，而竟無一人爲作詞譜者，良有以也。

洎元北曲興，詞樂式微而至于失墜。詞既不復可歌，則與近體詩無異。求音律而不得，退求其次，聲律平仄之譜于是乎出。若明周翠渠（瑛）之《詞學筌蹄》，張南湖（綖）之《詩餘圖譜》，程玉川（明善）之《嘯餘譜》，篳路藍縷，以啓山林，失之謭陋，功在開闢；歷清初賴迂翁（以邠）之《填詞圖譜》，至康熙朝萬紅友（樹）之《詞律》，樓西浦（儼）諸君之《欽定詞譜》，踵事增華，後出轉精，彬彬稱盛，洋洋可觀；道光、咸豐時，復有葉其園（申薌）之《天籟軒詞譜》，秦玉笙（巘）之《詞繫》，質疑紅友，糾訂《詞律》，補苴罅漏，多所獻替。顧其時公私藏書，雖云富矣，贍莫今若，皆不及見唐宋詞之大全，則其于例詞之文本校勘，章句斷讀，字聲比對，韻律研討，焉能盡善且美，無所疏失乎？

予友錢塘蔡君國强，好學深思，嫻于吟詠。倚聲之道，蓋所擅長；詞律之學，尤稱精邃。手不釋卷于《全唐五代詞》及《全宋詞》，心無旁騖而唯詞譜之整理與考訂是務。孜孜焉，矻矻焉，以一己之力，積十年之功，于上舉五部清人詞譜要籍，詳爲疏解，嚴加駁正，乃成此煌煌叢編。其所疏解，所駁正，率皆言之成理，持之有故，多所發現，多所發明。而其所發現與發明，非散珠之在盤，乃貫珠而成鏈。貫者云何？即其自成一家之詞體韻律學系統是也。造詣如此，以謂宋詞律

宗柳、周、姜、張諸公之異代知音，清譜名家萬、樓、葉、秦諸氏之隔世
諍友，其誰曰不宜！

是編既成，印行在即。承君不棄，以序相屬。謹書此以歸之。

壬寅霜降前五日夜，南京鍾振振叙

序　二

　　詞譜，今天主要指格律譜，是舊體詞創作必備的工具書。依譜填詞，不僅是現在，而且也將是今後相當長時間内舊體詞創作的主要方式。但很少有人會想到我們一直作爲工具書使用的詞譜會有問題，甚至會有嚴重錯誤。吴興祚爲萬樹《詞律》寫序，解釋書名“詞律”的含義，是“義取乎刑名法制”，也就是説，具有律法的意思。他希望“規矩立而後天下有良工”“嗣是海内詞家必更無自軼於尺寸之外”，以達到“詞源大正”的目的。但受當時文獻以及認識水準的局限，他没有想到“義取乎刑名法制”的《詞律》本身也有問題。其實不僅是《詞律》，包括《欽定詞譜》在内的詞譜都有或多或少的問題。

　　詞譜有問題其實很正常。唐宋没有詞譜，詞譜只是後人根據唐宋詞人留存的詞作，用同調互校的方法反向歸納、推導出來的一種創作規則。清代四庫館臣在《欽定詞譜提要》中説：“詞萌于唐，而大盛于宋，然唐宋兩代皆無詞譜。蓋當日之詞，猶今日里巷之歌，人人解其音律，能自製腔，無須於譜。”也就是説，唐宋人作詞没有詞譜，也不需要詞譜。如果一定説有譜，最多也就是《樂府混成集》一類的音樂譜。而此類音樂譜的實際作用，主要是收集、保存音樂文獻。唐宋人填詞，主要採用依腔填詞或依詞填詞的方式。現在意義上的詞譜，是在詞樂失傳後，明代人爲規範詞的創作，同時也爲方便詞的創作而發明的一種專門工具書。因爲是後人發明的東西，其歸納、推導的譜式能否與唐宋人的創作實際完全一致，本身就是一個非常現實的問題。如果不一致，詞譜就會出現錯誤。另外，編製詞譜所依據的文獻是否準確，也是一個非常重要的問題。詞譜的編製思路因人而異，但最主要的方法就是取唐宋人舊詞，同調互校，從而歸納出相對準確的譜式。《欽定詞譜提要》對此有一段具體的描述："今之詞譜，皆取唐宋舊詞，以調名相同者互校，以求其句法字數；以句法字數相同者互校，以求其平仄。其句法字數有異同者，則據而注爲又一體；其平仄有異同者，則據而注爲可平可仄。"由此可知，同調互校的文獻，即唐宋舊詞的準確性十分關鍵。如果文獻有誤，或者殘缺，那麼互校後得出的譜式也必然是錯誤的。由於古籍在傳抄、刊刻過程中錯誤難以避免，詞譜有失誤也就可以理解了。從詞譜研究的實際情況看，詞譜中的很多重大錯誤都是由文獻引起的。

詞譜產生後，經歷了一個從無到有、從簡單到完備、從粗糙到精密的發展過程。在此過程中，隨著詞學文獻的不斷完善和對詞譜認識的逐步加深，詞譜學家們不斷修正詞譜中的錯誤，使其更加準確與合理。因此詞譜發展的歷史，某種程度上講，也就是詞譜學家們不斷修正詞譜的歷史。隨舉一例：《嘯餘譜》《填詞圖譜》依《稼軒詞》"千峰雲起"一首，爲《醜奴兒近》一調作譜，爲一百四十六字體，分三段。從文獻來源看，"稼軒舊集、汲古閣板皆同"，因此後世詞人都信之守之，認爲《醜奴兒近》有此一格。期間也曾有人從用韻的角度提出過疑問，但缺乏實據，難以定論。萬樹對此調向來懷疑，除了"字句之差、叶韻之謬"之外，他認爲詞中"又是一飛流萬壑"句，"稼軒必不至如是不通"。在編製《詞律》時，萬樹憑藉對《醜奴兒近》和《洞仙歌》詞調的熟悉，經"再四綢繹諷詠"，終於"忽焉得之"。他以爲，"蓋其所謂第一段者，實《醜奴兒（近）》之前段也"，"其所謂第二段者，則前半仍是《醜奴兒（近）》，而後半則非《醜奴兒（近）》矣"，"至'飛流萬壑'以下，及所謂第三段者，則係完全一首《洞仙歌》"。也就是説，此首一百四十六字體由《醜奴兒近》和《洞仙歌》兩詞拼接而成。從開頭至第二段"又是一飛流萬壑"句的"又是一"，是《醜奴兒近》的殘篇，"一"字後面缺失；從"飛流萬壑"至結束，是一首完整的《洞仙歌》。産生錯誤的原因，萬樹以爲"稼軒原集《醜奴兒近》之後，即載《洞仙歌》五闋，當時不知因何遺失《醜奴兒（近）》後半，竟將《洞仙歌》一闋錯補其後，故集中遂以《醜奴兒（近）》作一百四十六字，而後《洞仙歌》止存四闋矣"。後人不識，以爲是《醜奴兒近》的又一體。這是典型的由文獻引起的詞譜錯誤。萬樹對自己的發現十分興奮，以爲"此詞自稼軒迄今五百七十餘年，至今日始得洗出一副幹净面孔"。除了厘清文本，萬樹在用韻以及文字增補方面也提出一些自己的看法，進一步完善了譜式。他對這一調的貢獻確實無人能及。但是《欽定詞譜》並没有止步於此。編者在《採桑子慢》（即《醜奴兒近》）中收入辛棄疾"飛流萬壑"體，指出"汲古閣本此詞脱落甚多，今從蕉雪堂鈔本訂正"。由於參校了新的文獻，譜式又有一些修訂。除了個别句子的結構有調整外，比較明顯的變動是將上片結句的"過者一霎"，改爲"過這一夏"。萬樹以爲，詞中兩處"一霎"，字俱作平聲。他將此首與潘元質的"愁春未醒"一首互校，以爲"過者一霎"即潘之"梅子黄時"，最後二字爲平平。《欽定詞譜》改爲"無事過這一夏"，後四字均作仄聲。雖爲拗句，但與下片結句"别有説話"一致。無論從文獻還是從字面看，《欽定詞譜》的改動更爲合理一些。王鵬運《四印齋所刻詞》此首爲"無事過者一夏"，保留"者"字，但"夏"字作仄聲無疑。唐圭璋《全宋詞》參校各本，此句爲"無事過這一夏"，正與《欽定詞譜》同。可見，詞譜是在不斷修訂中發展、完善的。

　　那麼，經過《欽定詞譜》和《詞繫》的不斷修訂，現在的詞譜是否就沒有問題了呢？答案是否定的。據蔡國强等學者的研究，包括《欽定詞譜》在内的詞譜依然存在不少問題，亟需校訂。如文獻的問題，蔡國强曾寫過一文，專門談《欽定詞譜》殘篇入譜的問題。從此文看，問題還是比較嚴重的。如張孝祥《錦園春》四十五字體，其實是盧祖皋《錦園春三犯》一闋的上片。《欽定詞譜》此首有“此詞《于湖集》不載，舊譜亦遺之，今從《全芳備祖》採入”的按語，交代文獻來源，同時也説明“《于湖集》不載”的事實。但遺憾的是編者没有進一步深入核查。其實《欽定詞譜》也收入了《錦園春三犯》，只是調名用的是“四犯剪梅花”。編者在名解部分説：“調見《龍洲詞》。前後段首句不押韻者名《四犯剪梅花》，押韻者名《轆轤金井》。盧祖皋詞名《月城春》，又名《錦園春》，一名《三犯錦園春》。”如果《欽定詞譜》編者能夠深入核查一下，或者對《四犯剪梅花》一調的格律非常熟悉，是能夠察覺出問題的。當然，還有一種可能，就是編《錦園春》四十五字體和編《四犯剪梅花》的是不同的分纂人員，而負責總成的纂修官也忽略了。除了文獻的問題，《欽定詞譜》在詞譜的其他方面，如詞調正體、異體的認定，詞調中句法的判定，詞調收録標準，以及同調異名、同名異調等問題，也都不同程度地存在一些失誤。與《欽定詞譜》的情況相似，《詞律》《詞繫》也同樣存在不少問題。《詞律》因爲不是官修，且流傳較廣，清人及民國時期人均有不少研究，指出其瑕疵，但並没有解決全部問題；《詞繫》編成後長期以稿本的形式存在，少爲人知，對它的研究更是少之又少。

　　新世紀前後，尤其是近年來，不少學者開始關注詞譜，並從不同角度對《詞律》《欽定詞譜》《詞繫》等主要詞譜展開整理與研究，其中有一些研究文章也指出了這些詞譜存在的問題。但總體上看，這些文章除了數量較少外，還有兩個特點：一是系統性不够；二是以指出問題爲主，在如何完善詞譜方面考慮不多。因此，我們雖然知道包括《詞律》《欽定詞譜》《詞繫》在内的明清詞譜存在一些問題，但由於缺乏系統性的校訂，這些問題長期得不到解決。

　　蔡國强先生是有真才實學的學者，他有志於詞譜研究，做了許多富有成效的研究工作。除刊出一系列研究論文外，所撰 150 萬字的《欽定詞譜考正》和 82 萬字的《詞律考正》也已由華東師範大學出版社相繼出版，前者獲得了浙江省哲學社會科學優秀成果二等獎，後者還得到了國家社科基金的後期資助。這兩部重在疏證與指瑕的著作爲《詞律》《欽定詞譜》的系統校訂作了充分的前期準備，因此國家社科基金重大項目“明清詞譜研究與《詞律》《欽定詞譜》修訂”，由他擔任《詞律》《欽定詞譜》兩譜的校訂工作是最合適的。蔡國强先生主動增加了《詞繫》的校訂工作，打算將三譜的校訂本構成一個系列，全部交由上海古籍出版社出版。現在三譜的校訂工作已大部分完成，書即將出版，值得慶賀。初步拜閱書稿，並通過與蔡國强先生交流，感到與一般的詞譜校訂著作相比，書稿有幾點比較新穎，也比較有特色，值得提一下。其一，書稿依據“調有定格”的基本原則，將傳統龐雜無緒的“又一體”系統分成體、格兩個層級，在正體之下根據文字的增減、韻脚的增減、句子的讀破、詞作的舛誤等具體類別，分成幾種不同的格。這對進一步展開詞譜研究以及今人詞的創作都提供了很好的思路。其二，校訂者在詞的用韻、字聲、體式、結構等細節問題上下了不少功夫。例如依據傳統的均拍理論，將韻析爲主韻、輔韻；依據萬樹的“作平説”，提出“了”字有“兼聲”；依據唐宋詞實際，强調了二字逗功能；在原有的“逗結構”之外提出另有一種不可忽視的功能相同、樣式不同的“托結構”；在詞體結構中提出了除傳統的雙曳頭之外，還存在“添頭式雙曳頭”“雙曳尾”等形態的結構。其三，通過長期的詞譜校訂工作，校訂者逐漸形成了自己的詞體韻律學體系，因此經常會從這個框架中看待每一個問題，這樣，很多詞譜學上的問題，可以在一個新的視角中獲得切入。此外，學術性與實用性相結合也是這三部書明顯的特點。由於校訂者擅長於詩詞創作，對詞的韻律很熟，因此在學術探討的基礎上會插入一些關於填詞問題的討論，給填詞者一定的指導與啓示。當然，《詞律》《欽定詞譜》《詞繫》的校訂是一項開創性的工作，正如蔡國强先生自己在《重訂詞律》"前言"中所言，該書在"撰寫過程中，由於經過長期的思考，羼入了一些自己的詞譜學理念，有些觀點是前人尚未發明的"，因此這些理念和觀點要讓讀者接受，有的可能還需要一定的時間。

我們相信，通過對這三個詞譜的校訂、整理和重新排印出版，不僅可以從源頭上糾訂錯誤，使詞的創作更加準確、規範，而且可以使三個詞譜閱讀起來更加方便，有利於其推廣和使用。這對傳承中華優秀傳統文化，增强文化自信，繁榮當下的詩詞創作，都是非常重要的。

是爲序。

2022 年 10 月於上海

前　言

一、萬樹和《詞律》

　　萬樹（1630—1688），字紅友，號山翁、山農，常州府宜興（今江蘇宜興市）人。中國歷史上最偉大的詞譜家，明末清初（他出生後六年，大清建立）著名詩人、詞學家、戲曲文學作家。一生仕途失意，懷才不遇，康熙年間入兩廣總督吳興祚幕府作幕僚，閒暇時寫一點劇本供吳家伶人演出用，僅此而已。因鬱鬱不得志，以致積鬱成疾，康熙二十七年（1688），拜辭吳興祚回鄉，不幸病死於廣西江州旅途中，終年僅58歲。其遺作有戲曲二十餘種，現僅存傳奇《風流棒》《空青石》《念八翻》，合刻爲《擁雙豔三種曲》；其詩文集《堆絮園集》《花濃集》也已失傳，僅存《璿璣碎錦》《香膽詞》傳世；幸運的是，在他逝世前一年，他的詞譜學不朽巨著《詞律》二十卷刊印問世，給中國詞學留下了一份至今無人可以媲美的遺産。

　　今天我們認識"詞"這個文學體裁，可以毫不誇張地説，跟萬樹這個人有重要的關係。正是因爲有了萬樹和他的《詞律》，才確立了詞調在每一個細節上基本準確的文字譜規範，結束了詞譜的幼稚期，"詞"這個文體的界定才成爲我們現在所知的這個模樣，儘管早在萬樹兩百年之前的周瑛，已經編纂了第一部詞譜專著：《詞學筌蹄》。

　　清詞是公認的詞文學發展中的又一個高峰，且觸及的内容遠比唐宋更爲闊大，一個重要的原因就在於清詞的創作，一起步就在一個很好的規範之中，因此做得到"托體尊""審律嚴"（民國十九年葉恭綽國立暨南大學學術講演稿《清代詞學之撮影》九頁），在形式上有了一個基本的保障。葉恭綽認爲"清代文學多不能超越前代的，如曲不如明，更不及元；又詩也不及明朝，獨詞較好，可知清人對於詞的研究深切了。由此看來，清詞立在重要的地位，定無可疑"（同上，一二頁）。而清詞之所以能有這樣的成就，就是因爲"萬樹、戈載編著《詞律》《詞韻》，歸納各大家作品，定出一個標準來，於是填詞的人始兢兢於守律。"（同上，一一頁）這種對《詞律》的高度評價和定位，是中肯且有代表性的。

對萬樹和《詞律》的好評，清代就早已鵲起，如四庫全書《詞律提要》説："考調名之新舊，證傳寫之舛訛，辨元人曲、詞之分，斥明人自度腔之謬。考證尤一一有據。……要之，唐、宋以來倚聲度曲之法，久已失傳。如樹者，固已十得八九矣。"這樣的代表官方的評價也是很高的。

由於《詞律》在詞學中所具有的重要地位，清代掀起了一股"詞律學"的熱潮，詞學家們紛紛對《詞律》一書進行了各種修正、完善，著名的有杜文瀾的《詞律校勘記》《詞律補遺》，徐本立的《詞律拾遺》，陳元鼎的《詞律補遺》，張履恒的《詞律補案》，徐紹榮的《詞律箋榷》，以及戈載的《詞律訂》等等，這些著作主要從兩方面進行完善，一種以《詞律校勘記》爲代表，主要在詞學內容上進行質疑、校正、補充，一種是以補遺的形式，對萬樹未收錄的詞調詞體進行收錄、整理、擴編。除了這些專門的著作之外，針對《詞律》進行糾誤、點評的散見於各種詞話、詞集中的言論，更是不計其數，如丁紹儀的《聽秋聲館詞話》、謝章鋌的《賭棋山莊詞話》、蔣敦復的《芬陀利室詞話》、吳衡昭的《蓮子居詞話》和黃曾的《瓶隱山房詞鈔》、馮登府的《種芸仙館詞》、楊恩壽的

《坦園詞録》、杜文瀾的《宋七家詞選校注》、周之琦的《心日齋十六家詞録》等等，不可勝數。

在這些林林總總的詞學著作中，最值得我們提及的就是《詞譜》和《詞繫》，《詞譜》因爲是皇家欽定，所以後代聲名顯赫，已成圭臬，而《詞繫》則未能被大衆所熟知，實爲一憾。秦巘所編纂的這部收録了一千多個詞調的巨著，雖以一人之力而雄踞詞譜學之巔峰，却也都是與《詞律》具有傳承關係的，秦巘在《凡例》中直言："兹編以《詞律》爲藍本"，道出了這個詞譜學上的傳承脈絡。

二、《詞律》體例得失平議

1. 前無古人的容量

在《詞律》問世之前，已經有多部詞譜專著問世流傳，最早的當是明周瑛的《詞學筌蹄》。而在萬樹時代，被學人視爲工具的則是《詩餘圖譜》《嘯餘譜》等等，其中又尤以《嘯餘譜》風靡一時。但是，這些詞譜專著的容量却遠不能滿足創作的需要，且不論最早的《詞學筌蹄》僅擬 176 個詞調，就是當時最風行的《詩餘圖譜》也衹有 341 個、《嘯餘譜》則衹有 327 個詞調，而《詞律》擬譜 660 個，幾乎是前兩者的總和了。這樣的規模，作爲一個實用的填詞工具而言，對後人的填詞之便，自然是不可細數，所以杜文瀾會説：《詞律》"振興詞學，獨闢康莊，嘉惠後者甚厚"（中華書局 1957 年版《詞律》37 頁《詞律續説》）。

搜羅殆盡的編纂，這可以説是《詞律》在詞譜史上的一個重大功績，也正是因爲有了《詞律》，才觸發了後來詞譜史上的另外兩部巨製：一部是欽定的《詞譜》，共計收入 826 調；一部是秦巘"以《詞律》爲藍本，於其闕者增之，訛者正之"（北京師範大學出版社 1996 年版《詞繫·凡例》）的《詞繫》，共收入近 900 調，而除此之外，有清一代，直至民國，都未能有人超越這一規模。

　　2. 譜式表達體例上的特徵

　　《詞律》一書的一個最直觀的特徵，是在體例上借鑒了《嘯餘譜》的“文字譜”模式，而摒棄了“圖譜”模式。從萬樹的文字來看，他應該没有見到過詞譜始祖《詞學筌蹄》。詞譜類著作的圖譜化，是在一開始就確定了的，客觀地説，圖譜模式的行文，從使用的角度來説是要更加便利的。但是，從《詞學筌蹄》開始，到《詩餘圖譜》，再到萬樹時代的《填詞圖譜》，一個共同的缺陷是，他們都僅僅將圖譜停留在一個就事論事的層面，没有將“便利化”作爲一個重要的標準來進行充分的直觀式表達，一直沿用《詞學筌蹄》的老套路：每一調先擬出總的圖譜，再續之以相關的詞例，這樣，圖譜和例詞實際上就形成了兩張皮，就實際使用來説，每一個字、每一個句所對應的是哪個圖譜，完全不能一目了然，慢詞創作尤其麻煩，所以仍然存在很不方便的缺陷。相信萬樹一定是看到了這種不方便性，所以徹底揚棄了圖譜，而採用了《嘯餘譜》的“文字譜”模式。

　　圖譜模式的體例，在圖譜與詞例分離的情況下，不能很好地發揮其一目了然的優勢，《詞律》没有考慮進行改造，而祇是將其簡單揚棄，應該説是一種遺憾。其後的《詞譜》雖然是在《詞律》基礎上的再造，但是却撿起了圖譜模式，並且改造爲譜、詞混編模式，最大程度上發揮了圖譜直觀、清晰的優勢，不能不説是詞譜史上的一個重要改進。

　　雖然《詞律》對《嘯餘譜》的批判有時候是極爲嚴厲，毫不留情的，但是，這並不妨礙《詞律》吸收《嘯餘譜》的可取之處，譜式摹擬上的“文字譜”模式顯然就是學習《嘯餘譜》的，儘管這種模式並不見得有更多的優勢。而在這一模式的運用中，《詞律》也並非全盤接受，而有所改造，尤其是對其形式上的化繁爲簡，如去掉平聲旁符、去掉句子字數描述等，兩相比較，無疑《詞律》更顯乾净利索。但是，萬樹如果能將旁符利用起來，運用逆向思惟的方式將其改造成另一種類型的圖譜，例如以綫爲平、點爲仄，從而取代文字上的"可平""可仄"，那麼文字譜應該會譜面更乾净，表達更清晰、直觀。

3. 首創的詞調類列化表達

《詞律》在體例上的一大創舉，是在按照字數多少排列的基本架構上，發明了詞調的"類列"編排模式，這一概念萬樹在論及《一枝花》詞調的歸屬時提出："《一枝花》(與《滿路花》)尤爲脗合，故並類列焉"。

在《詞律》中，"類列"可以細分爲兩種完全不同的模式：

一種是將調名接近、或調名中有關鍵字相同的幾個詞調，打破基本的序列法進行排列，例如：《浪淘沙》《浪淘沙令》《浪淘沙慢》三個詞調放在一起，以方便使用者查閱；

第二種是將多個不同調名但詞調疑似相同的放在一起，如將八十七字的《滿園花》類列於八十三字的《滿路花》之後，萬樹並注明："此調既與前調牌名相似，而句法亦多相合，前段竟同，祇多一'慣'字與'其'字耳。後段稍異，然'佛也'句、'罷了'句及結處二句，俱與前調彷彿，故以附於《滿路花》之後"。而九十字的《一枝花》因爲"此與《滿路花》定是一調，其後起七字，即與前趙詞同，彼用平，此用仄耳。但較多'任、似、看、但'四個虛字，其爲同調何疑？況調名亦有花字乎？"所以再類列於《滿園花》之後，這樣，加上前面"周美成有《歸去難》一詞，與《滿路花》全同，故合爲一調，録後備證"，在《滿路花》一調後就類列了三個疑似同調的詞。

這兩種方式，前一種萬樹並没有將其稱之爲"類列"，這種模式無論對於填詞者還是研究者來説，都具有很好的便利、實用的價值，雖然形式上似乎有體例混亂的嫌疑，但是由於全書統一，祇要凡例注明，是有其可取的地方的，所以其後的《詞譜》承續了這一方式，衹是《詞譜》的統一性做得很差而已。而後一種方式所採取的“不妄斷”態度，固然有其嚴謹的一面，但是在作爲一個稱之爲“律”的著作中，將自己的猶疑不確定交給專業性更弱的讀者，却難免給人毛糙甚至不負責任的印象，所以其後的《詞譜》完全揚棄了這一方式。但是，在秦巘的《詞繫》中却得到了極致的發展，秦巘甚至每每將同調異名者羅列在一起，變得非常囉嗦，殊爲無謂。

4. 被强化的分體模式

詞譜從一出世就有一個“體”的概念，所以這個特徵並非萬樹的《詞律》所特有，但是，《詞律》第一次提出了“又一體”這個概念，則算是一種首創，而這個“又一體”和最初《詞學筌蹄》中的“體”其實是有所區別的。所以《詞律》對“體”的强化所起的作用非常大，尤其是其中的消極作用，不能不被我們所認識。

從《詞律》開始直到今天爲止，“又一體”的概念基本上是一個模糊的甚或是混亂的概念，所以，在研究“體”的問題之前，一個重要的任務是我們先要給它做出一個準確的定義。從邏輯的角度來説，相對於“又一體”的“正體”無疑是詞調範疇中的最高等級概念，但是如果採用“又一體”的概念，則意味着所有的“又一體”都具有和“正體”同一級別的身份。舉例來説，《滿江紅》在《詞律》中除正體外共有五個“又一體”，這種狀況就等於我們承認有六種《滿江紅》的存在。

無疑，這樣的概念直接否定了“調有定格”這一基本準則，這是今天依然存在並爲大家所接受的一個重要的荒謬問題。

《詞律》在體量上被後人一直稱道的，除了 660 個詞調，還有就是 1 180 餘個“又一體”。由於前述第二種類列方式的應用，總體上《詞律》的“又一體”現象似乎便不嚴重，但是在一些常用的詞調上，較之於當時的其他一些詞譜，它的體量就可以看出增容不小了。仍以《滿江紅》爲例，在《嘯餘譜》中收録了三體，《詩餘圖譜》則僅二體，《填詞圖譜》也是三體，《詞律》所增在一倍以上。

再一個問題是，"又一體"所包含的類別很不劃一，也是一個值得探討的内容。《滿江紅》的五個"又一體"中包括這樣幾類不同的形式：其一是增減字類，包括減字體兩種、增字體一種；其二是增減韻類，包括增韻體一種；其三是韻脚變化類，包括平韻變體一種。這三種類型中，也許祇有最後一種是可以作爲最高級詞調體存在的，因爲我們可以説《滿江紅》有平韻體、仄韻體兩種。

回過來看《詞學筌蹄》中的體，從其體例上來説，則應該是合理的，儘管這種模式作者的初衷如何我們已經無法知道。《詞學筌蹄》中的模式是這樣的：每一個詞調先列出正體的圖譜，然後在正體的詞例後羅列各種有所區别的詞例，這樣的體例，我們可以詮釋爲："調有定格，故譜僅一式，但是在這個譜式下填詞人可以通過增減字、韻等手段做出一些微調，而經過微調的别格，依然歸屬於該詞調的這一體。"《詩餘圖譜》所沿用的依然是這樣的一種模式，未能被《詞律》吸納，不能不説是一個遺憾。

而在理論上，也已經有詞學家對這種增減字而引起的"又一體"持否定態度。先著在《詞潔》中就明確認爲，詞的"字句或可參差"，"若執一而論，將何去何從"？尤其是"今既已不被管弦，徒就字句以繩詞，雖自詫有獨得之解，吾未敢以爲合也。"（見《詞話叢編》1362頁《詞潔·高陽臺》條），他更認爲，詞本來就存在"容有伸縮、轉移一二字者，在古人已然"，本有這樣的傳統創作規矩（同上，1329頁）。鄭文焯則在《批校樂章集》中指出，《夜半樂》"艷陽天氣"一首作爲又一體"亦無依據，實則字句與前無異，惟結句多一字"，更批評説，萬樹《詞律》"見一屬比稍殊，即列爲别體，甚非謂也"。（見南開大學出版社《大鶴山人詞話》41頁）都是很有見地的觀點。

5.《詞律》體例中的其他缺陷

雖然《詞律》獲得了很大的成功，但是作爲首部嚴格意義上的詞譜學著作，其缺陷還是很明顯的，首先是儘管在規模上它在當時遠遠超出了各種專著，但是就詞調實際而言，失收的内容還是非常大的，這當然與萬樹飄泊無定、無法安定寫作的生活狀態有密切的關係。其次是其所據的底本顯然不够精謹，所以書中經常會有一些文字上的瑕疵，這些瑕疵對詞譜精準性的影響是很大的。再次，是萬樹對不少問題的批評過於主觀，反而影響了其著作的説服力。

三、萬樹的詞譜學思想

萬樹和《詞律》的偉大，絶不僅僅在著作本身的規模宏大，或者體例上的創新，而在萬樹本身所具有的成系統的詞譜學思想。他的這些理論上成系統的見識，很多内容不僅僅貫穿於整個《詞律》，甚至在被後人廣泛接受後，一直貫穿到今天這個時代。我們擇其要作一闡述分析。

1. 隨譜附注模式的開創

由於在《詞律》之前的各種詞譜著作，均衹是單純地展示每一個詞調的格律規範，而沒有將詞譜編撰人的編撰思路反映在詞譜中，因此之前的所有詞譜著作都無法知道其中的平仄、句讀、韻脚的規範“爲什麽如此”這一問題，這對於一個本來就是給人做“譜”的工具書來説，不能不認爲是一種極大的缺陷。而萬樹在《詞律》中，但凡是一些重要的問題，都會不厭其煩地予以解説、備注，像説明《催雪》就是《無悶》這一個問題，甚至用記叙文的形式，絮絮叨叨記録了整個發現過程的“故事”，使讀者既全面了解了兩者之所以實爲一體的來龍去脈，又分享了一個詞譜學家在一個重大的發現之後的欣喜若狂，對於研究詞譜的學人，尤其感同身受。

　　大量的注文，已經成了《詞律》一書的重要組成部分，而萬樹的整個詞譜學思想也全部在這一部分中得以保存。所以，這一模式的意義不僅僅在於這些注解本身都是含有很高的學術成分的，其學術含金量甚至遠遠超過了書中的詞譜本身，更在於萬樹的詞譜學理念和這一體例本身，爲此後的詞學研究打開了一扇敞亮的大門。此外，除了學術上的價值，這種編排對於後人詞文學的創作實踐也具有深刻的意義，即便是僅僅使用《詞律》進行詞的創作，這一部分也成了重要的必讀材料，對於深刻了解詞調、把握詞調，最大程度地填寫到位，而不是僅僅照貓畫虎地套搬幾個平平仄仄，從而創作出大量優秀的詞作，是具有重要的引領和幫助價值的。

　　事實上，《詞律》之前的諸多詞譜著作中，因爲沒有這樣的附注功能，一些即便可能合理的規範也因爲無從了解編者的意圖，而成爲被讀者質疑的對象，《詞律》中被萬樹批駁的那麼多內容，並不見得萬樹所說的全都正確，這些部分，恰恰有不少都是因爲對方沒有任何解說存在，所以纔形成的。例如《感皇恩》一調中，萬樹指出該調前後段第三句的末三字，依律應該"用'仄平仄'，是此調定格。而《譜》《圖》注可作'平仄仄'，甚怪。若此三字作'平仄仄'，豈成其爲《感皇恩》乎？試問古作家亦有用'平仄仄'者乎？且前段不注，吾又不知其何說也。"（見《感皇恩》調第一體下）萬樹的基本觀點並沒有錯，但《填詞圖譜》和《嘯餘譜》之所以這樣標識，也並非空穴來風，他們必是校之於晁補之的詞，而作出了"前段不注後段注"的規範，晁詞這兩句是這樣的"多病尋芳懶春老……花底杯盤花影照"，而確實該調這兩個七字句宋詞基本上是用的拗句句法，祇有晁補之、程大昌等個別詞作中用了律句句法，作爲填詞圭臬的詞譜，應該有所爲有所不爲，將極個別非主流的填詞實際予以忽略，也是一種合理的作法，但《填詞圖譜》和

《嘯餘譜》的平仄標注並非無所依據，就此而論也未必就是錯誤。

　　當然，作爲這一模式的發軔者，萬樹很多詞調的注解自己也尚不夠完善，很多平仄的權宜表達也存在《嘯餘譜》們一樣的問題，而這個問題在其後的《詞譜》編纂中，就得到了很好的改進。

　　2. 多樣化的互校理念

　　詞譜的編訂，説到底就是一個互校的過程，萬樹通過他的注文給我們展示了他豐富多樣的互校理念，其中這樣兩點是最爲重要的：

　　首先，萬樹的互校强調"名作優先"的原則，他在《惜分釵》一調後説："夫作譜以爲人程式，必求名作之無疵者，方堪摹仿，奈何取此謬句以示人耶？"這可以認爲是萬樹擬譜取例的一個基本原則，正因爲如此，在整個著作中可以説是處處體現了"掃除流俗，力追古初，一字一句，皆取宋元名作，排比而求其律，律嚴而詞之道尊矣"（《詞律》杜文瀾序）這樣的一種理念。因此，在整個《詞律》中，觸處可見"名作皆然""名作多如此""觀從來名作可知""細觀古人名作，莫不皆然""古人名作無不整齊明白"這樣的"口頭禪"，可見這種理念已經融化在他的血液中了。

　　尊重名作，并不等於盲從名人，萬樹對這兩者的分辨是非常清晰的，他在"發凡"中認爲"諸名家莫不繩尺森然者"，但如果其中個別地方有所改變，那麼"或係另體，或係傳訛，或係敗筆，亦當取而折衷，歸於至當"，因此，全書中直陳名人名作爲"敗筆"的並非罕見，如《醉蓬萊》下説"夢窗首句作'碧天書信斷'，雖或第一句可通用，然亦是敗筆"、《瑞鶴仙》第二體下説"惜香二句用'金井梧'、'東籬菊'，尤是敗筆，不可學也"、《秋霽》下説"草窗……俱誤，或係傳訛，或係敗筆，皆不可從"、《賀新郎》第二體下説"其間或有一二用平平仄者，乃是敗筆，如坡公前尾之'風敲竹'是也"，這種學術精神，至今仍可以爲範。

　　十分遺憾的是，萬樹這種名作優先的觀念常會被一個客觀原因所影響，那就是萬樹所選的作品雖每每出於名家之手，但是他所據之本，却由於飄泊的生涯顯然没能獲得最好的版本，以致於他書中的不少瑕疵，往往是因爲版本的緣故而造成。

其次，值得一提的是萬樹首創的前後段對校的校譜方式。由於詞文學特有的韻律的和諧性，幾乎所有的雙調式詞調都存在前後段旋律部分（甚至全部）相一致的情況，因此，《詞律》中我們經常可以看到萬樹特意指出的“後段某某至某某，與前段某某至某某同”，這樣的提示看似閒筆，但對填詞人來講却會有很大的啓迪。從詞譜學學術的角度來説，大量的詞例對校也表明了，這是一種極爲有效的詞調整理手段。

前後段互校的作用大致表現在這樣幾個方面：

第一，前後段對校可以協助判斷文字的衍奪，可以協助句讀的確定，可以釐清韻脚的然否。這樣的例子在整個《詞律》中不勝枚舉，這是前後段對校最基本的三個方面，也是對校的主要功能和作用，同時，通過文字衍奪的判斷，來確定某一調某一句的正體應該是多少字，這是終極目的，所以這種衍奪的判斷不僅包括了譜中的例詞，也包括了未入譜的詞作。例如《女冠子》第三體，萬樹認爲蔣捷詞“字字依李漢老‘帝城三五’一首平仄”，但是後段却比李詞多了二字，“今細訂之，‘待把’句即同前段‘不是’句，此二字不可少，而李詞落去也。”這樣，通過前後段的比較，確定了本調的格律規範。

第二，前後段對校可以協助詞調篇章上的勘誤。這方面的表現，可能萬樹對《三臺慢》的校勘是最經典的一個例子，字裏行間，也可以看出是萬樹最得意的一個案例。該調“從來舊刻，此篇俱作雙調，於‘雙雙遊女’分段，余獨斷之，改爲三疊，人莫不疑且怪者”，但萬樹以他獨創的對校法將上中下三段一一釐清，絲絲入扣，向讀者展示了一個“如此堂堂正正，每段五十七字，一字不苟”（均見《三臺慢》下注文）

的三疊調譜式,作爲一個詞譜學學者,每讀至此,都不能不擊節而奉一膝之敬。

第三,前後段對校可以挖出最佳的格律模式,例如在《遐方怨》中的雙調體譜式中,顧夐詞前後段的第三句分別爲"象紗籠玉指……遼塞音書絕",前後字數相同,但句法各異,顯然萬樹認爲這是一種不和諧的情況,所以特爲指出:"孫光憲則第三句前云'爲表花前意',後云'願早傳金盞',全用'遼塞'句平仄,更爲有律。"(見《遐方怨》第二體注文)祇是因爲孫詞疑似有文字脱落,所以選用了顧夐詞。

第四,前後段對校可以重點提示兩段詞所存在的差異,幫助創作者處理好不同之處的韻律關係,引導填詞人進行相關的構思。

前後段互校,不僅對字的平仄、句的字數可以有所考正,更對一個詞調的段的鑒定也有所幫助,如《上行杯》一調,現分作雙段式,但是按照萬樹本人的觀點,"以余斷之,祇是單調,小調原不宜分作兩段也。合之爲妥。"(見《上行杯》第二體後注文)祇是萬樹出於謹慎,在没有旁證材料的情況下,未作出合成的處理,而其後的《詞譜》則對萬樹的觀點讚賞有加,認爲"《詞律》則云:當合爲單調。今從之。"(見《詞譜·上行杯》第一體注文)所以將其規範爲一個單段式小令,從這個詞調的結構來看,全篇顯然是一個三均式的單體調,如果分段,則第二韻便被割裂。而萬樹從前後段對校的角度得出詞爲一段的結論,可謂獨闢蹊徑。

在前後段對校的問題上,萬樹有時候也會有太過拘泥前後相等的考量,事實上,詞的前後段固然存在對應的體式慣例,但是,詞的起調畢曲部分却往往因爲韻律變化的需要,會形成一種句式錯綜的情況,如果過度依賴對校,難免就會形成一種錯誤的認識,導致分句失誤。

3. 創立逗概念,完善詞的表達形式之認知

中國的古書是没有標點的,詩詞亦如此,但是詞和詩不同,詩由

於基本是齊言式，所以極易讀通，而作爲長短句的詞，每一均之間的句讀常常是不統一的，所以一個九字單位或被人讀成五字一句、四字一句，或被人讀成三字逗領六字的一句。這種問題如果僅僅停留在理解層面，並不是什麽問題，但是如果體現到一本作爲規範的詞譜中，就不是小事了。而儘管最初的《詞學筌蹄》是標明了三字結構的讀住的，但到了明末清初，各家詞譜都基本不再將三字逗標出了，從《詩餘圖譜》到《嘯餘譜》乃至後來的《填詞圖譜》，都是如此。

　　這種沒有"逗標記"的譜式，一個最大的弊端就是掩蓋了該句子的句法特徵，從而會導致誤讀、誤填，萬樹在《步蟾宫》中專門指出，該調由於體例上的原因，《詩餘圖譜》《嘯餘譜》等書"概注七字，致誤不少。故本譜加'豆'字於旁，以識之"。豆，即我們今天概念上的"逗"，萬樹所添加的這一個"標籤"意義十分重大，不僅清晰地揭示了一個句子的句法關係，更重要的是明示了這個句子韻律上的特徵。而從應用的角度來説，也讓我們可以體悟到：正因爲有了逗的使用，詞的風格才實現了多樣化。

　　關於這一點，一直以來我們都忽略了一個重要的問題：詞之所以爲詞，就是因爲有"逗"的存在，無逗時代的詞是不完美的童稚時代作品。早期的詞在字面上極少用到"逗"，唐五代詞中，筆者曾做過一個統計，含有一字逗的詞僅 20 首、三字逗的詞也祇有 42 首，其比例小到幾乎可以忽略的程度，這也是爲什麽早期的詞缺乏一種激蕩頓挫的韻律美感，無法承載類似豪放詞那種激越鏗鏘的旋律質感的根本原因。現在主流的觀點都認爲豪放氣的產生是因爲慢詞的形成，是因爲仄聲韻韻脚應用的原因，如龍榆生先生説："至於蘇辛派詞人所常使用的《水龍吟》《念奴嬌》《賀新郎》《桂枝香》等曲調，所以構成拗怒音節，適宜於表現豪放一類的思想感情，它的關鍵在於幾乎每句都用仄聲收脚，而且除《水龍吟》例用上去聲韻，聲情較爲鬱勃外,餘如《滿江紅》《念奴嬌》《賀新郎》《桂枝香》等,如果用來抒寫激壯情感,就必須選用短促的入聲韻。"(龍榆生《詞學十講》,北京出版社,第 29 頁)竊以爲這樣的觀點並未切中要害,試想,唐五代人寫了很多《謁金門》,該調句句用仄收,也有不少是押入聲韻脚的,爲什麽就沒有一首是豪放氣勃發的呢?就慢詞本身而言,如果沒有"逗"元素存在的話,必將和令詞一樣在旋律上激發不出來。强調詞的"聲容",强調豪放詞的"拗怒",是龍氏的一個基本觀點,但是他却沒有體察到"拗怒"之所以拗怒的原因所在,無法想象,上述所舉的五個慢詞,如果去掉其中的一字逗和三字逗,那麽其音節上的拗怒,還將如何實現?

　　所以,正是因爲萬樹的"逗"意識,才讓我們可以清晰地摸到詞在音樂性上的一個重要特質(這一和傳統律句完全不同的句法元素,筆者在《吳梅詞學通論發微》一書中有詳細研究,有興趣的讀者届時可以參考)。但是,作爲一個開拓者,萬樹也有其疏漏之處,最重要的有這樣兩點:二字逗的忽略,三字逗的籠統。相信這裏還有很廣闊的研究餘地。

　　4. 兼聲意識所發掘的代平規則

　　詩與詞的一個重要區别在聲,即詩祇講究平和仄二聲,但詞却講究四聲。這個觀點到了萬樹寫作《詞律》的時候應該已經非常清楚,例如他之前的李漁,就在《窺詞管見》中提出了這樣的觀點:"四聲之內,平止得一,而仄居其三。人但知上去入三聲皆麗乎仄,而不知上之爲聲,雖與去入無異,而實可介乎平仄之間。以其另有一種聲音,雜之去入之中,大有涇渭,且若平聲未遠者。古人造字審音,使居平仄之介,明明是一過文,由平至仄,從此始也。"(《窺詞管見》第十九則,見《詞話叢編》558 頁)在李漁的觀念中,從平到仄是一個漸變的過程,中間還有"介乎平仄之間"一個上聲存在,這一觀點正好是萬樹

"以上作平"理念的一個理論依據,而這種一致並非不謀而合,相信必定是當時存在著這樣的一種詞學觀念。萬樹對此的研究是很深入的,他既從曲的角度入手,説"中州韻'不'、'有'者,也作平,平上之爲音,輕柔而退遜,故近于平",又根據宋詞實際"如何籍《宴清都》前結用'那更天遠、山遠、水遠、人遠',書舟亦效之,用四'好'字,蓋'遠'、'好'皆上聲,故可代平,其句字本宜如美成所作'庾信愁多,江淹恨極須賦','多'字、'淹'字宜用平聲,此以二'遠'字代之。"由此提出了"本宜平聲而古詞偶用上者,似近於拗,此乃借以代平,無害於腔。"(均見《詞律・發凡》)這是萬樹"以上作平"理念的實例依據,因此,萬樹在校詞的時候往往就會呈現出一種得心應手的風度,很多看似拗怒的句子,都得到了合理的解釋。

　　當然,萬樹走得比李漁更遠,他不僅篤信、並用校譜實際證明了上聲可以替代平聲,更認爲詞中用入聲替代平聲的情況更爲多見,他認爲:入聲在"今詞中之作平者,比比而是,比上作平者更多,難以條舉。作者不可因其用入是仄聲,而填作上去也。"(並見《詞律・凡例》)實際上,關於上入可以替代平聲、上去入不可視爲一體的問題,宋代大詞學家張炎、沈義父都早已經有過研究,揭示了上入與平聲之間的那種微妙的關係:"蓋五音有脣齒喉舌鼻,所以有輕清重濁之分,故平聲字可爲上入者此也。"(張炎《詞源》,見唐圭璋《詞話叢編》256頁)"其次如平聲,却用得入聲字替。上聲字最不可用去聲字替。不可以上、去、入盡道是側聲。"(沈義父《樂府指迷》,見唐圭璋《詞話叢編》280頁)

　　上聲和入聲可以用來作爲平聲的替代,這在唐宋詞的實際應用中已經是一個不爭的事實了,儘管由於識見的不同,其後《詞譜》的編輯者們否决了"以上作平"的用法,在整個《詞譜》中不再提及這一説法,而且"以入作平"的説法也並未被每一位編輯者所接受,我們可以很明顯地看到有些譜式中並未採納"以入作平"的觀點詮釋詞句，以致擬錯了不少詞句的平仄譜，但是在詞學界，這一觀點還是獲得了很好的響應，如後來的杜文瀾、鄭文焯、江順詒等詞學家都認同且秉持這一觀點。

在這一問題上，萬樹的不足是未能深入探究上入替代平聲的問題，一方面，某些特殊狀況是否都能適用，未能作出全面的解說，例如在韻上字中上入替平就是一個禁區，這對填詞人來說是具有實際指導意義的；另一方面，上入作平的普遍性未能獲得應有的強調，實際上，根據唐宋詞實際來看，上入完全就是一個兼具平仄兩種功能的"兼聲"，這樣，作爲一個獨立的聲類，前述的"禁區"問題就可以得到合理的解釋了：爲什麼不可以，是因爲兼聲並列於平仄或仄聲，所以不能替代。

5. 泛去聲的得與失

宋代詞學家沈義父曾經說過一句名言："句中用去聲字最爲緊要"（見唐圭璋《詞話叢編》二八〇頁，沈義父《樂府指迷》），從此開始，一直以來詞學界有一個"去聲緊要"的說法存在，認爲在詞中去聲具有一種神奇的韻律功效。這個說法的緣起，或源自萬樹的進一步詮釋。萬樹是這樣說的："夫一調有一調之風度聲響，若上去互易，則調不振起，便成落腔，尾句尤爲喫緊，如《永遇樂》之'尚能飯否'、《瑞鶴仙》之'又成瘦損'，'尚'、'又'必仄，'能'、'成'必平，'飯'、'瘦'必去，'否'、'損'必上，如此，然後發調。"詞與詩不同，萬樹對這一問題的認識非常清楚，所以他說："三聲之中，上入二者可以作平，去則獨異，故余嘗竊謂：論聲雖以一平對三仄，論歌則當以去對平上入也。……上之爲音，輕柔而退遜，故近于平。"因爲如此，他認爲"名詞轉折跌蕩處，多用去聲"。（均見《詞律·發凡》）這些觀點，構成了萬樹對去聲情有獨鍾的一個大致輪廓，並爲後人普遍接受，如吳梅就在他的《詞學通論》中基本照抄了萬樹的這些觀點（見上海古籍出版社《詞學通論》第九頁）。

　　毋庸諱言，詞不同於詩的一個根本特點是它的音樂性，這在詞樂未亡時如此，在詞樂已然亡佚之後的今天依然如此，但是，兩者所依賴的要素却已經完全不同。從音樂性的角度來説，詞要講究韻律上的美感，這個韻律不僅僅是一個韻脚的問題，還關乎字音所形成的旋律、節奏，而所謂旋律，必定是一連串的音的組合，而不是由某一個音獨撑局面，因此，萬樹在分析去聲與其他聲組合的時候，如揭示“去上”或“上去”之妙，還有一定的合理性，但凡詞中有一去聲便孤立地稱“妙”，便以爲“此字非去聲不足以振起”（見《夢揚州》下注文），就没有根據了。既然是旋律，那就必然是若干個字音的組合，而不是一個單音節的字，上、去一旦粘合，就有一個小旋律產生，猶有道理，一個孤立的字音又如何形成旋律？而就字音的角度來説，即便是“振起”，如果全是一片去聲，恐怕也没什麽美感可言。

　　實際上沈義父的話後人大都是在斷章取義，他的整個語境是這樣的：“腔律豈必人人皆能按簫填譜，但看句中用去聲字，最爲緊要。然後更將古知音人曲，一腔三兩只參訂，如都用去聲，亦必用去聲。”這種强調去聲的重要，又强調在詞樂亡佚後還得看“古知音人”究竟怎麽做的思路，才是穩妥、正確的。就以前面萬樹所舉的例子爲證，萬樹認爲“尚能飯否”的“飯”“又成瘦損”的“瘦”是“必去”的，那麽，看“古知音人”在他們的詞中是如何填的，就應該足以證明他的説法是對還是錯了：

　　吳文英有三首《永遇樂》，其中有“又吹雨斷”“水清淺處”兩首用上聲；姜夔兩首，一首“夢中槐蟻”用平聲；即便是寫“尚能飯否”的辛棄疾，他的五首中也祇是三去二上。在《瑞鶴仙》中，吳文英不但有“幾時覓得”的入聲，也有“半簾晚照”“聳秋井幹”的上聲；史浩四首全爲上聲；而即便是寫"又成瘦損"的史達祖，他的二首中也祇是一去一上而已。這種填詞實際足以證明"必去"的説法是站不住脚的。正因爲如此，所以持去聲振起論的學者一直謹慎地遵循著兩條潛規則：一，祇在存詞不多的詞調中説事，而絕不涉足如《金縷曲》《念奴嬌》《滿江紅》等等填者甚衆的流行金曲，因爲一旦作品衆多，"必去"的説法便自己都會覺得不好意思説出來；二，祇在長調中説事，而不在小令中施展去聲的神技。甚至有這樣的觀點，認爲小令可以不受去聲振起的影響（失記出處），似乎小令之爲詞和長調之爲詞竟是兩種詞樂方式。也正因爲如此，至今未能見到哪怕是一個被充分證明的實例作爲經典提出，儘管嚴格地説，作爲一個理論的主張，必須要有一批實例來作爲支撑，僅僅一個例子是肯定不够的。

　　正因爲萬樹在《詞律》中通篇秉持這種極不嚴謹的觀點，所以必然會受到後世詞學家的批評，例如針對《點絳唇》中萬樹説的"'翠'字去聲，妙甚。'砌'字、'淚'字亦去，俱妙。凡名作俱然，作平則不起調。"近人徐紹棨直指："其説似是而實非也。大凡必用去聲之字，必千篇一律，已成定格，然後可以揣其聲之妙者，必清平濁平之間，實見宜上宜夫之辨，然後可以就字聲而微窺舊譜。否則宮調既亡之日，何以知其爲妙？更何以限定其聲乎？且凡《詞律》之所謂妙者，以及其所謂不可易者，皆必去聲，豈去聲可知，而他聲則不可知乎？此調遍考宋作，幾及百家，而詞則將二百，於萬樹所舉去聲三字，用平者已得其半，而用上入者又得其三，蓋全用去聲者，十之二三耳。即以名家而言，如山谷、淮海、酒邊、夢窗輩，皆未嘗拘此。"（見《詞律箋榷》卷三，載《詞學季刊》卷二第三號 105 頁）

　　那麼，爲什麼在詞中某些特殊部位，會存在確實去聲爲多見的情況呢？比如一字逗的領字往往是去聲，這一實際也往往會被"去聲緊要"論者所津津樂道，但是，其實這裏與去聲的先天優勢有關，而並非作者有意爲之。陸輔之的《詞旨》中列出了虛字三十三個：任、看、正、待、乍、怕、總、問、愛、奈、似、但、料、想、更、算、況、悵、快、早、盡、嗟、憑、嘆、方、將、未、已、應、若、莫、念、甚（見《詞話叢編》341 頁，《詞旨》"單字集虛"條），其中去聲十五字、去上二讀五字、去平二讀四字、上聲五字、平聲和入聲各二字，即可以視爲去聲的總共有二十四字，佔比四分之三。再比如劉坡公《填詞百法·襯逗虛字法》中則有：正、但、待、甚、任、衹、漫、奈、縱、便、又、況、恰、乍、早、更、莫、似、念、記、問、想、算、料、怕、看、盡、應等二十八字，以純去聲十五個、兼平去聲兩個、兼上去聲三個的絕對優勢高居榜首，佔比更達七成多，上聲衹得五個、入聲衹得三個。陸氏和劉氏在列舉這些領字的時候，毫不涉及我們這裏提及的去聲重要理念，因此，可以斷定他們不會有意識地去遴選相關聲調的領字。這兩個例子説明了一個極爲重要的事實：不一定是詞人們有意在領字上選用去聲，而是去聲太多，本來就"没得選"，這僅僅是一種客觀現象，而非一種主觀上故意"運用"的結果。

　　此外，還有一種情況也未必是主觀"運用"的表現，那就是唱和中的四聲和詞，如方千里和周邦彦詞，方千里的個人習慣是喜歡採用四聲和的方式的，這不能作爲得出因爲周是去聲、方也是去聲，所以此地必爲去聲的邏輯推論，除非所有的和周都是如此，或者，除非認定那些平上入也是有主觀上"運用"的刻意。

　　6. 句的確立和句本位對後世的負面影響

　　萬樹之前的詞譜，雖然已經有了句的概念，但是尚處在一個朦朧的、含糊的、無意識的階段，例如《詩餘圖譜》中，所有的例詞除了每首詞都有一個明顯的分段符之外，都是不斷句的，對於分句的行爲，都放在圖譜中，這種模式可以認爲仍然停留在《詞學筌蹄》的階段，之後的《填詞圖譜》依然是循這個路子走，而圖譜中的分句衹能算是格律中的元素，顯然還不能算是完全的現代的句概念。而當擬譜方式從圖譜轉爲文字譜之後，這種分句的模式就自然而然地轉移到了例詞上來。

《詞律》雖然在譜式的選擇上是繼承的《嘯餘譜》模式，但是，《嘯餘譜》依然有大量的例詞是沒有任何標點的，而且是否標點，非常隨意、混亂，例如《應天長》，《嘯餘譜》收錄六體，其中第一體中收兩首例詞，一首不作標點；第二體收錄一首，前半首未作標點；第三體收錄一首，整首不斷句；第四體收錄一首，後半首不斷句；第五體收錄一首，全詞斷句；第六體收錄收錄一首，整首不斷句。所以，我們認爲祇有《詞律》，才是中國歷史上第一部準確使用了標點斷句的詞集，儘管這種標點不是符號式的，而是文字式的。不過，由於這種句讀正處於草創期，所以，《詞律》中也有一些個別的詞句，由於前後段的不匹配，或者由於文字的錯訛等等原因，也會導致萬樹拿捏不定，因而未斷句的情況。

萬樹所使用的句讀符號雖然是文字符，但很清晰地表達了相關的語言單位，大致爲韻（包括“叶”）號、句號、豆號三種，這是一個不容忽略的貢獻。這三種標號也是至今仍被詞集句讀者使用的傳統符號，如唐圭璋先生的《全宋詞》，就是祇用這三種符號來給詞標點的。事實上，用新式標點給詞斷句，確實祇需這三種即可，其餘都是多餘。像龍榆生先生的詞選和格律著作中那種動不動就感嘆號的作法，我很懷疑是其後人所爲。

當詞的句讀一旦形成，相關的語言單位就自然而然地形成了，根據上述符號，詞的語言單位分爲兩種：句、逗。這原本可以認爲是詞從舊時代走向新時代的一個標誌，但是，由於詞喪失了詞樂的功能，已經完全變成了文本性的藝術，隨之而來的就勢必是“句”地位的大幅度提高，雖然傳統概念中也有句，但那畢竟是一個朦朧無形的概念，而有了標點，句就成了一個一目了然且依律不可移易的客觀存在了。"句"一旦成爲一個客觀存在,在文本藝術中的重要性就不言而喻了。事實是,萬樹在《詞律》中已經開始大量使用"句"概念,並用這一概念來詮釋一些詞學上的原理和理念,而傳統的"均""拍"概念則淡出其間。

當然,萬樹的《詞律》還沒有到"句"概念一統天下的程度,其譜中偶爾會出現的整均不逗的現象,可以認爲萬樹在下意識中還有一點"均"概念的存在,而從他的每一式詞譜還沒有用"句"來闡述和定義,也可以看出這一點。直到繼承了他的基本詞學思想的《詞譜》開始,每一個詞譜都開始用"句"來規範,譜前必有"前段幾句、後段幾句"的規定,詞的基本結構單位才算是被"句"完全征服,而詞,從此也就成了一個句本位的樣式了。

句本位對詞的研究和創作最大的傷害,是它完全抹殺了詞的基本架構,加之一些傳統的詞學概念日漸喪失,詞文學的本貌因此離我們越來越遠,一些原本用"句"無法解釋清楚的概念,也一直堂而皇之地錯誤到今天。例如,周邦彦的《滿庭芳》中的"年年。如社燕",從"年"字被稱爲"句中韻"的角度說,它自然就是一個五字句,但是詞譜的規範卻　律都是兩句,以致今天的人填詞,都受其誤導,而圍繞一個二字句進行構思。當然,這衹是句本位引出的一個並不嚴重的問題,更嚴重的是由於本位錯誤而導致的各種與結構有關的平仄、押韻、句法等等韻律問題。

四、《詞律》的重訂工作

本書作爲《詞律》的訂正,主要圍繞"律"的問題進行了一系列的糾誤工作,其重心不在對《詞律》及有關《詞律》現象的研究,所做的主要工作有這樣一些:

1. 基本工作（訂句、訂韻、訂平仄）

作爲一個考正，本書的主要任務自然是對原譜存在的一些瑕疵和錯誤進行訂正，包括文字的詁解、平仄的矯正、句法的探討、韻脚的考量，間或還有一些段落劃分、體式辨析以及理論探討，這些是主要的内容，書中觸目皆是，故不復贅述。

2. 二字逗的强調

什麽是“逗”？逗是韻律上獨立，但語義上並不獨立的一個詞曲文學中特有的語言單位。二字逗的釐清，是本書中筆者比較關注的一個内容。如前面在談到萬樹建立逗概念的部分所説，逗是詞之所以爲詞的一個重要標識，在萬樹之前，一字逗不言而明，但三字逗或湮没於長句中，或以三字句形式出現，在萬樹之後，三字逗才從“句”中分離了出來，被大家認識。而二字逗問題，萬樹鮮有論及，如在《拜星月慢》中釐清“暫賞”爲二字逗之類的案例十分稀有，而後人亦多如此，如唐圭璋先生在《全宋詞》中將柳永的《爪茉莉》前結讀爲“石人、也須下淚”這樣的句法形式，也衹能用罕有來形容。即便是在清末民初的詞學大討論中也未見有所涉及，所以至今爲止，對二字逗的認識依然没有達到應有的重視程度，這在深入探討詞句句法的時候，必定會成爲一個缺陷。

模糊乃至分不清二字逗，對詞的最大影響是抹殺了詞句的句法關係，從而影響并扭曲其中的韻律特徵，且錯了還不知其錯。這就像我們將辛棄疾的“聽湘娥、泠泠曲罷”（《賀新郎》）這樣一個三字逗的句法關係，如果視爲“聽、湘娥泠泠曲罷”這樣的一字逗關係，會破壞原有的韻律一樣，儘管從語意的角度來説兩者並没有差別，而擬譜在分句的時候，往往注重語意上的差別而忽略韻律上的特色，是明清詞譜學家們一致存在的問題。所以，爲什麽“聽湘娥、泠泠曲罷”之類的句子要讀成三字逗領四字句法，而不是讀爲一字逗領六字的句法？

我以爲這裏其實就是一個句讀者下意識地規避六字句同音步相連而導致拗怒的問題。也因爲如此，如果你要在這個句子中表達一個一字逗領六字的句法關係，就要微調平仄，比如像蘇軾那樣填成"待浮花浪蕊都盡"，將六字結構改變爲一個平起仄收式的合律結構，這種細微的差別，在目前的詞譜中都是不予揭示的，説明我們一直以來對這個方面的韻律都是忽略的，儘管都在説詞的音樂性，却衹有文字的平仄，没有節奏、句法的概念。在這樣的理念下，二字逗不被重視，也就順理成章了。

一個語言單位是否屬於二字逗，主要有下面這樣幾個可以辨識的依據，通過這些角度認識到二字逗，探討句法時的缺陷自然就會彌補：

第一，詞的每一均内都有一個或多個約定俗成的"讀住"存在，無論詞樂是否存在，都是如此。例如在柳永的《浣溪沙慢》中，前段第二均萬樹讀爲"那堪酒醒，又聞空階，夜雨頻滴"，這十二個字就是缺乏二字逗意識而形成的錯誤的句讀，這樣的句讀在節奏上給人口齒不清的感覺，在韻律上則導致中間四字兩個平音步相疊，而這樣的句讀因著《詞譜》的繼承，直到今日都是如此，如《全宋詞》。而我們研究整個宋人的《浣溪沙慢》就可以明白，這十二個字中，第六字之後是有一個讀住的，將這個讀住複製到柳詞中，那就應該是"那堪酒醒，又聞、空階夜雨頻滴"，這樣的標點給出的韻律暢達圓潤，就肯定不會有四字三句那樣的感覺了。

第二，和一字逗、三字逗一樣，大量的二字逗所領的並非僅僅局限於本句的幾個字，而是包含了本句之後的另一句，甚至多個句，例如《送征衣》中的"彤庭、舜張大樂，禹會群芳"，二字逗領起的是一對四字對偶句；又比如《抛毬樂慢》中的"是處、麗質盈盈，巧笑嬉嬉，争簇鞦韆架"，二字逗所領的是其後的三個句子。衹有當我們明示這些句子中所存在的二字逗，才能深入了解詞句的內在語意關係，才能和諧各句的韻律，才能在創作的時候有一個正確的構思，而不會誤填。仍以《拋球樂》爲例，元朝的長筌子去古未遠，所以他填的是"處處、花蕚樓臺，秀吐香風，高聳蟠桃架"，二字逗十分清晰，儼然得該調之正。而到了近代，由於時代久遠，詞譜又已經完全不再規範其中的關紐，所以是否得味，就全靠作者詞學體悟上的能力了，如吳湖帆填爲"取次、倦蝶籠花，騨鳳迷雲，邀月葡萄架"，不但採用對偶手法，而且依舊是二字逗統領三句的風範，用柳永詞韻，承柳永衣缽；但也算是詞中作手的王策筆下，就填成了"多少畫閣紅亭，繞澗依峰，碧映玲瓏樹"，不但駢儷不存，句子之間的語意關係也顯然不再有鋪陳的關係，而成了主謂式結構，而二字逗自然也就蕩然不存，就此而論，這已然不再是《拋球樂》了。而到了今天，這種因爲詞譜不明確句法關係而導致的錯誤創作則更是大量存在，即便一些號稱作手的作品也慘不忍睹，詞調的原貌在這些方面基本蕩然不存，這是一個令人扼腕的事實。

第三，詞的換頭處，是韻律變化的重點所在，宋詞每每會在過片處添入一個句中短韻，而所有句中短韻的存在，都是因爲有一個讀住存在的緣故，很多尾均中的三字逗成爲句中韻，就是一個我們已經熟知的例子。當過片第二字恰好入韻的時候，它就是一個句中短韻，如果並不在韻，那就是一個二字逗結構。例如趙耆孫的《遠朝歸》，原譜後段首均作："惆悵杜隴當年，念水遠天長，故人難寄。"而另有無名氏詞則爲："迤邐。對酒當歌，眷戀得芳心，竟日何際。"這個句中韻就很好地詮釋了趙詞"惆悵"之後，節奏上必須要有一個讀住才是正確的韻律結構。

第四，二字逗的存在，有時候還可以從詞的整體結構上進行鑒別，例如周密的《大聖樂》、柳永的《望梅》之類，過片的二字逗如果刪去，那麼前後段就是字字可以相對應的句群結構，二字逗本身，相當於一個"添頭"結構,内在的關係十分清晰。

第五,二字逗不僅大量湮没於"句"中,也有一些是隱藏於"逗"中的,例如柳永的《夏雲峰》,萬樹原讀爲"坐久覺、疏弦脆管,時換新音",便不如讀爲"坐久、覺疏弦脆管,時換新音"更爲暢達,不至於造成"坐久覺"那樣一種生澀的語感。

總而言之,釐清詞中的二字逗是詞譜編輯中一個十分重要的内容,是關乎完全反映出古詞本貌的一個重要問題,也是準確體現出詞的韻律特徵的一個重要手段。

3. 兼聲的提出和發揚

詞和詩在藝術形式上的一個重要區别,是詞講究四聲,而詩衹管平仄,詞講究四聲的一個重要内容則是上、入聲可以替平。這一點萬樹首唱之後,《詞譜》一取一棄,但是在其後的詞學界却是被普遍認同的。這自然不僅僅是因爲有張炎、沈義父這樣的權威認可,而且因爲這種語音現象確實大量存在於唐宋詞中,所以儘管《詞譜》未取"以上作平"的説法,後世詞學家依然給予了肯定,如徐紹棨不但認可上入可以代平,而且對其進行了深入的研究,在代平的比例上提出了"宋元詞中,以入代平者多,以上代平者十不二三"(見《詞律箋榷》卷一,載《詞學季刊》卷二第二號 136 頁),雖然這種毛估估的説法缺乏嚴密的科學性,但這却對替平有了一個進一步的認識,而且,這或許也可以解釋爲什麼《詞譜》棄"以上作平"的原因。

萬樹在提出這一創見後,具體在詞體的分析中還是有不少遺漏,由於這個問題往往涉及到句法的順拗,入聲未作平、上聲未作平也是造成大量句子人爲"拗"化的重要原因,所以我在具體的考訂中也特别注意糾正,基本予以了釐清。由於這種"代平"現象已非偶例,而是成爲一種足以引起後世詞學界關注的現象,所以,我們認爲這種現象完全可以將其提高到一個更高的角度予以闡述和研究,將其稱之爲

"兼聲",並列於"平聲""仄聲"之後,成爲一種"第三聲"現象,也是完全合乎實際狀態的,而且更可以引起詞學界學者的重視。

代平的問題,不僅僅是在某一個句子中間,還體現在韻脚中。爲什麽入聲單獨可以成爲一個韻脚? 就是因爲它有這樣的代平功能,由於《詞譜》棄"以上作平"的説法,而後世主要流行的是《詞譜》,所以我們很多人對上聲作平的認識遠没有入聲更清晰,所以,上聲也有大量的獨立押韻的現象就被大家忽視了。舉一個小令《閒中好》爲例,唐宋詞中該調今存三首,一首押平聲韻、一首押入聲韻、一首押上聲韻,這樣的實例是很意味深長的。

4. 主韻和輔韻的提出和在詞譜考訂中的運用

筆者在本書中還提出了另外一對新的概念:"主韻"和"輔韻",這兩個概念的提出,是基於張炎在《詞源》中揭示的詞的基本單位由"均"構成的理論(張炎《詞源》之"謳曲旨要"章,見《詞話叢編》第253頁),因爲這是詞最基本的結構單位,從這個單位中可以一目了然地摸觸到一首詞的整個脈絡,而從創作的角度來説,這也是一個極爲重要的作品構思切入點,了解這一點,對自己的整個作品的章法就可以有一個基本的掌控了。

基於對"均"的認識,我們給出的基本定義是:凡是屬於"均"位的韻脚就是主韻,除此之外所有非主韻的韻脚就是輔韻。主韻必定是穩定的韻脚,絕對不可以不入韻,而輔韻則完全可以遵循"可押可不押"的規則,甚至即便是詞譜中未規定的句脚,也可以添入一個你覺得必要的韻脚。將唐宋詞中的每一個調中的所有詞進行對比互校,就可以證明這個規則是成立的,也解釋了爲什麽有的句脚張三押韻了,李四却不押韻,甚至在唱和步韻中都是如此的根本原因。這一定義已經被唐宋詞實際所印證。我們在整個唐宋詞的研究過程中,不受此定律約束的詞作還不到千分之一,而具體分析這些作品,我們有理由相信,這些偶例實際上往往都是傳抄有誤而引起的。

　　掌握主韻和輔韻的知識,一個重要的意義是:它對於校正并確認一首詞的韻脚是一個關鍵的依據。例如《浪淘沙慢》第二體,周邦彦的前段三四均是:"見隱隱、雲邊新月白。映落照、簾幕千家,聽數聲何處倚樓笛。裝點盡秋色。"而《詞譜》則是:"見隱隱、雲邊新月白。映落照、千家簾幕。聽數聲何處倚樓笛。裝點盡秋色。"孰是孰非?如果具有主韻意識,那麽就可以知道第二句應該是主韻所在,必須入韻,萬樹所據的版本顯然是錯的。與此相類似的,則是對一首詞是否脱落韻脚可以作爲一個關鍵的佐證,如《四園竹》中對周邦彦的"舊日書辭。猶在紙。"七字,方千里、楊澤民均亦步亦趨相和,惟陳允平作"粉淚盈盈先滿紙","辭"字未押,但這裏正是主韻所在,所以可以肯定陳詞或是填誤,或是後人抄誤,而並非如別的輔韻一樣,即便是在和詞中也是可押可不押的。

　　樹立主韻概念,還可以幫助我們認識一首詞的文字錯訛。如毛滂《最高樓》詞,在平韻詞中的"分散去、輕如雲與夢,剩下了、許多風與月"兩句,萬樹説:"愚意謂'夢'字乃是'雪'字,與下'月'字爲叶也。而毛又一首作'謾良夜、月圓空好意,恐落花、流水終寄恨','落花流水'必'流水落花'之訛,然'恨'字亦不叶'意'字,或另有此格亦未可知。"萬樹對詞的感覺之靈敏,是非常令人敬服的,"雪""月"互叶,是一個非常英明的判斷,其中一個重要的理由就是"月"是一個主韻,而如果没有"雪",這個主韻就因爲不存在換韻而脱落了。但是,萬樹因爲没有主韻的概念,所以他就對毛詞別首的"恨""意"感到茫然,從"恨"字位必須是一個主韻的角度來看,此字必誤,很可能"寄"字才是韻脚,以押"意"字,從對偶的角度來説,"好意"和"寄恨"也是不相吻合的,此可爲旁證。

　　樹立主韻概念的再一個作用,是可以幫我們釐清詞句的結構。

例如《留客住》的後段第三四均，除周邦彥之外的所有宋元詞，都是和柳永詞"惆悵舊歡何處，後約難憑，看看春又老。盈盈淚眼，望仙鄉，隱隱斷霞殘照"一樣，是二十八字兩均，唯獨周詞作："選甚連宵徹畫，再三留住。待擬沈醉扶上馬，怎生向、主人未肯教去。"是二十六字，而所有的詞都在第十五字處填入一個韻腳，顯然這就是第三均的住字所在，因此無疑周詞在這裏的詞句是紊亂的，且必有奪字，我們以爲其詞的原貌應該是"選甚連宵徹畫，再三留住。待擬沈醉▲。□扶上馬，怎生向、主人未肯教去。"即脱二字，包括脱一個主韻的韻字。

　　至於輔韻的問題，同樣具有很好的幫助校韻、校字、校律的作用，如李之儀的《天門謠》中"天塹休論險"一句，萬樹説："或謂：'天塹''塹'字即是起韻，蓋'塹'字亦閉口音，必二字句。不知此詞李自注'賀方回韻'，今查賀詞，首句'牛渚天門險'，故知'塹'字不是起韻。"貌似很有道理，但作爲詞譜學家，萬樹應該明白，在步韻和詞中有的韻腳是不必一定相和的，這種韻腳亦即輔韻。萬樹沒有這個輔韻概念，但是類似周邦彥在《滿庭芳》中有："年年。如社燕，漂流瀚海，來寄修椽。"陳允平和詞作："浮生同幻境，眼空四海，跡寄三椽。"楊澤民和詞作："不如歸去好，良田二頃，茅舍三椽。"方千里和詞作："江南思舊隱，筠軒野徑，茅舍疏椽。"這種情況他應該了解，三個和詞者都沒有將"年"字相和步韻，此類例子是很多的。

　　有輔韻的觀念，在詞譜擬定中的一個重要的作用是，可以減少很多不必要的"又一體"，例如《風中柳》第二體，萬樹之所以將其視爲又一體的一個重要依據，就是因爲"前後第四句不叶"。而到了《詞律》之後的《詞譜》，這種動輒"又一體"的招術，實際上已經成了詞譜中的最大痼疾之一了。

　　有輔韻的觀念，在詞譜擬定中的另一個更重要的作用是，我們可以將詞譜中很多韻腳是否應該入譜，看得更從容一些，例如《雙頭蓮令》中的前後段各爲兩均，其中第一、第三句由於都是輔韻，雖然例詞四句都押韻，但是在譜式規範的時候，至少應該説明它們是否押韻都是可以通融的，這些可能萬樹没有看到，但現在可知，已經被宋詞證明如此了。

實際上，輔韻的可押可不押，等同於字音的可平可不平、可仄可不仄，它們與韻脚的另一些特徵，如疊韻的可疊可不疊、換韻的可換可不換，以及句法上的疊句之可疊可不疊、折腰式句子的可折可不折等等各種靈活的表現手段綜合在一起，形成了詞體中特有的豐富多彩的現象，這種現象從某種意義上來説，尤其是在詞已經文本化的時代，它或許更多的是一種修辭現象，爲韻律服務，但與韻律本身已經若即若離，而這種形式上的豐富的變化，也正是構成詞調之美的一個重要組成部分。

拙稿成書時間較長，非一時一地之作，因此文字上有文白混雜之病，敬望讀者鑒諒。在整個撰寫過程中，由於經過長期的思考，羼入了一些自己的詞譜學理念，有些觀點是前人尚未發明的，可能會顯得唐突，如果有謬誤之處，非常歡迎讀者和同好教正。

蔡國强
戊戌仲春於西溪抱殘齋

凡　例

一、本書以清康熙二十六年批鄉園本（簡稱康熙本）爲底本，并據光緒二年吳下校刊本（簡稱光緒本）補入杜文瀾注，以“【杜注】”標示。

二、此次重訂，除了直接改正萬氏原書例詞文字、斷句、聲韻標注等方面的訛誤，還附加校订者案语，以“【蔡案】”標示，解析萬注得失，吸收杜注部分校勘成果，並説明改正前述例詞訛誤的理由和依據。

三、原本某一詞調下若有別體，皆稱“又一體”，造成體式過濫，且不符合“調有定格”之基本原則，現均予以分別：確實合乎“體”的，則謂之“體”，如較之於平韻詞的“仄韻體”、較之於單段詞的“複疊體”等。不符合“體”的，則謂之“格”，如正體某句五字，別格添一字爲六字句，則謂“多字格”；減掉一字爲四字句，則謂“少字格”；正體六字兩句，別格讀破爲四字三句，則謂“讀破格”；文字有舛誤者，則謂“畸變格”，等等，蓋體式未變也。

四、詞譜互校，當有“偶例不從”之原則，如原譜《古調笑》第三句第二字唐宋諸家例作仄聲，雖有王建“美人病來遮面”、馮延巳“翠鬟離人何處”二例爲平，然亦或誤填、誤抄而致，故原譜注云可平者，不予取用。此類句例頗多，數十乃至數百首中惟一二例例外，自不當互校者，悉予詳察、糾正。

五、古人並無標點符號，故詞律中之"句、讀、韻"之概念並非文法範疇之概念，乃韻法範疇之概念。此三者，本書以"，"號爲句，"、"號爲讀，"。"號爲韻，然則"，"爲拍號，"、"爲逗號，"。"爲韻號，譜中三者與文法無涉。讀者切不可以今日之標點符號視之，此爲至要。

六、原譜有簡單句讀，本書俱改爲前述標點。若有譜中例詞之句讀不合律法者，注而改之；若例詞以外之文字，則徑改而不注。原注、杜注及附錄諸文，原文均無標點，由校訂者點讀。

七、原譜多有同名類列之習慣，而所類列者每爲同名異調耳。如《拋毬樂》原譜共收三體，二體小令，一體長調，各體均非同調。現予分拆，曰《拋毬樂辭》《拋毬樂》《拋毬樂慢》，各得其所。而因各調每每重名，故或於原詞依傳統習慣重新名之，如《風流子令》，或於分拆者另以新名名之，如《拋毬樂慢》等。

八、原譜有檢校失察，而誤將別體李戴入譜者，如《烏夜啼》誤斷爲《錦堂春》之類，本書但於案語中説明，其詞則一仍其舊，不予移動。

九、原譜例以字數少者爲第一體，以致奪字詞每列於首，今概以正體列爲第一首，以方便創作擇調，並於按語中注明原載某處。

十、原譜一調而分爲兩處者，如《繫裙腰》即《芳草渡》等，本書則合二爲一；若知原始調名者，則以該調爲主，別調移入其後。又有例詞調名張冠李戴者，今亦均予移動至正確處，如《轆轤金井》即《四犯剪梅花》，故移往《四犯剪梅花》後。以上移動，均在按語中注明原載某處。

十一、如屬一家之言者，僅在案語中説明，而不修改原譜，如《婆羅門令》之分段，《花草粹編》以爲當於"閃閃燈搖曳"句分段，《詞律》以爲當於"何事還驚起"分段，余雖認同《花草粹編》，但僅詳述理由，而未作改易。

十二、原本未作圖譜，爲便於填詞者運用，凡獨立體式一律添加圖譜。凡是變格，除非特殊需要，一律不予擬譜。圖譜表達：○爲平，●爲仄；⊙爲平可仄，◎爲仄可平；□爲應平而仄，■爲應仄而平；△爲平韻，▲爲仄韻；◇爲疊平韻，◆爲疊仄韻；▽爲換平韻，▼爲換仄韻；△爲平韻可不叶，▲爲仄韻可不叶。

目　録

目　録

詞　律　序　一

　　有韻之文，肇自虞歌，降而曰詩、曰騷、曰賦，莫不以言即理蘊爲美。傳及後世，學詩、學騷、學賦者，溯源及流，皆可各遵所尚，蔚然自成厥章，不失古作者之體裁而已。未嘗必句櫛字比，域於本文，而設爲章程以律之也。

　　詩之變古而律，其法猶寬。至詩變而爲詞，其法不得不加密矣。何者？詞爲曲所濫觴，寄情歌詠，既取丰神之蘊藉，尤貴音調之協和。其倡爲名目諸公，皆才士，而又精於聲音節簇之微妙，故凡其篇幅短長，字句平仄，皆非無故，決然爲一定不可移易焉者。世無知音，鮮識其奧，而作者又不自言其所以然，以告於後人，於是世之自命爲才人宿學，遂不問古作者製詞之所以然，而竊謂裁割字句、交互平仄之間，無事拘泥，可任情率意更改增減。詎知古調盡失，詞之名存而音亡矣。嘻！設詞可不拘成格，惟憑臆是逞，則何不以詩、以騷、以賦，不必句櫛字比者爲之，而必詞之爲耶？夫既刻意爲詞，復故失其音節之所在，不惑之甚耶？

　　陽羡萬子有憂之，謂古詞本來，自今泯滅，乃究其弊所從始，緣諸家刊本不詳考其真，而訛以承訛，或竄以己見，遂使流失莫底，非亟爲救正不可。然欲救其弊，更無他求，惟有句櫛字比於昔人原詞，以爲章程已耳。因輯成此集，考究精嚴，無微不著，名曰《詞律》。義取乎刑名法制，若將禁防佻達不率之爲者，顧推尋本源，期於合轍而止，未

嘗深刻，以繩世之自命爲才人宿學者也。夫規矩立而後天下有良工，
銜勒齊而後天下無泛駕，吾知嗣是海內詞家必更無自軼於尺寸之外，
而詞源大正矣。爰喜而授之梓。

　　　　　　　　　　　　康熙丁卯上巳，山陰吳興祚題

詞 律 序 二

　　古者里巷歌謠皆被金石，上於聲音之道，未嘗斯須去之，故其感通甚大。漢之樂府，猶有風雅之遺，六朝或用其名，爲五言八句；而唐世所傳，若沈香被詔之作，旗亭畫壁之詩，及江南紅豆之曲，大抵其可歌者，多五七言絕句。

　　頃歲，上詔詞臣更定樂章，於是悉按太常所習見，其詞亦多似絕句體，作者循其舊而不敢越，若填詞然。蓋古曲之亡，而士之不習於音久矣。詞始於唐，盛於江南，而大備於宋《花間》《草堂》，爛然一代之著作。至姜白石輩，間爲自度曲，而北宋諸家，已並用當時一定之調，不知諸曲復創自何人，至如此其多。而及其廢也，又何一旦風流歇絕，更無一人能記其拍以寫其遺音者。斯亦可惜也已！夫古者言在而音赴之，今則音亡而欲存其言於尋章摘句之末，猶不能盡合，至凌夷舛謬，以漸失唐宋之舊。三百餘年以來，寥寥數公之外，詞幾於亡。雖欲不亡，而放失滋甚，是諸作譜者之罪也。

　　吾友萬子紅友，蓋於聲音之道深浹情性，未嘗斯須去之，久而得其所以然者也。所著《詞律》，不獨剔抉諸譜之訛謬，至無遺憾，若其所論上去二聲之別，皆得之口吟神會，若發天地之藏，而適合古人已然之迹。凡其所駁正，一準以前人之成作，而無所穿鑿傅會於其間，故其可貴在是。余昔聞其書，未見也，茲來嶺表，則吳大司馬、留村先生已加賞定而付之梓矣。比年詞學，以文，則竹垞之《詞綜》；以格，則紅友之《詞律》，竊喜二書出，而後學者可以爲詞，雖起宋諸家而質之，亦無間然矣。

錫山弟嚴繩孫題

詞 律 自 叙

呃自曲調既興，詩餘遂廢。縱覽《草堂》之遺帙，誰知大成之元音。然而時屆金元，人工聲律，跡其編著，尚有典型。明興之初，餘風未泯，青丘之體裁幽秀，文成之丰格高華，矩矱猶存，風流可想。既而斯道，愈遠愈離，即世所膾炙之婁東、新都兩家，擷芳則可佩，就軌則多岐。按律之學未精，自度之腔乃出，雖云自我作古，實則英雄欺人。蓋緣數百年來，士大夫輩，帖括之外，惟事於詩，長短之音，多置弗論。即南曲盛行於代，作家多擅其名，而試付校讎，類皆齟齬。況乎詞句不付歌喉，涉歷已號通材，摹仿莫求精審。故維揚張氏據詞而爲《圖》，錢唐謝氏廣之；吳江徐氏去圖而著《譜》，新安程氏輯之。於是《嘯餘譜》一書通行天壤，靡不詫稱博覈，奉作章程矣。百年以來，蒸嘗弗輟，近歲所見，剞劂載新，而未察其觸目瑕瘢，通身罅漏也。近復有《填詞圖譜》者，圖則葫蘆張本，譜則瞠捧《嘯餘》，持議或偏，參稽太略。蓋歷來造譜之意，原欲有便於人，但疑拗句難填，試易平辭易叶，故於每篇作注，逐字爲音，可平可仄，並正韻而皆移；五言七言，改詩句而後已。列調既謬，分句尤訛，云昭示於來茲，實大誤夫後學。不知詩餘乃劇本之先聲，昔日入伶工之歌板，如耆卿標明於分調，誠齋垂法於擇腔，堯章自注鬲指之聲，君特致辨煞尾之字。當時或隨宮造格，創製於前，或遵調填音，因仍於後，其腔之疾徐長短，字之平仄陰陽，守一定而不移，證諸家而皆合。茲雖舊拍不復可考，而聲響猶有可推。乃今泛泛之流，別有超超之論，謂詞以琢辭見妙，煉句稱工，但求選艷而披華，可使驚新而賞異，奚必斤斤於句讀之末，瑣瑣於平仄之微。況世傳《嘯餘》一編，即爲鐵板；近更有《圖譜》數卷，尤是金科。凡調之稍有難諧，皆譜所已經駁正，但從順口，便可名家。於是篇牘汗牛，棗梨充棟，至今日而詞風愈盛，詞學愈衰矣。

　　僕本鄙人，生爲笨伯，睹茲迷謬，心竊惑焉。謂此際熙朝，世隆文運；翕然風會，家擅鴻篇。乃以鮑謝雋才，燕許大手，沉溺於學究兔園之册，頹顡於村伶釘鉸之篇，不禁發其嗟吁，遂擬取而論訂。夫今之所疑拗句者，乃當日所爲諧音協律者也，今之所改順句者，乃當日所爲捩喉扭嗓者也。但觀《清真》一集方氏和章，無一字而相違，更四聲之盡合。如可議改，則美成何其闒劣，而不能製爲婉順之腔；千里何其昏庸，而不能換一妥便之字？其他數百年間之才流韻士，何以識見皆出今人之下萬萬哉？且詞謂之填，如坑穴在焉，以物實之而恰滿，如字可以易，則枘鑿背矣，即強納之而不安。況乎髭斷數莖，惟貴在推敲之確；否則毫揮百幅，何難爲盤礴之雄？乃後人不思尋繹古詞，止曉遵循時譜，既信其分注爲盡善，又樂其改順爲易從。人或議其謷牙，彼則援以藉口。嗟乎！古音不作，大雅云亡，可勝悼哉！或云，今日無復歌詞，斯世誰知協律，惟貴有文有采，博時譽於鏗鏘；何堪亦步亦趨，反貽譏於樸遫。則何不自製新腔，殊名另號，安用襲稱古調，陽奉陰違？故愚謂信傳而不信經，有作不如無作。又或云：古人亦未必全合，如眉山之雄傑，詞嘗見誚於當年；失調亦原自可歌，如玉茗之離奇，曲反大行於斯世。不知古人有云：取法乎上，擇善而從。非謂舊詞必無誤填，然羅列在前，我自可加審勘；非謂今詞必無中節，然源流無本，我豈敢作依從？故肇於李唐者，本爲創始之音，即有詰屈難調，總當仍其舊貫；其行於趙宋者，自皆合律之作，然有比類太異，亦必摘其微瑕。除僻調之單行，未堪援證；凡纍篇之有據，自貴折衷。

要當獺祭而定厥指歸，詎宜蠡測而狥其眇見？用是發爲願力，加以校
讎。戊申、己酉之間，即與陳檢討(其年)論此志於金臺客邸，丙辰、丁
巳之際，因過侯鹽官(亦園)昉此事於蓉湖草堂。乃未幾而同人皆鵲
起以乘車，賤子則鶉懸而彈鋏。北轅燕晉，南棹楚閩。興既敗於飢
驅，力復屠於孤立，齎此悵恍，十稔於茲，颺館披函，燈帷搦管，未嘗不
愬焉而抱疚也。戌夏，自晉安蓮幕，從轊㧐於軍中；丑春，在端署蕉
窗，寄琴尊於閣上。因緟舊業，儳卒前編。時公子琰青，方有志於聲
律宗之學，其小阮雪舫，復風負于辰短句之白。聞此郿鄘，咸貢敷勸。
但以官衙嚴謐，若新婦於深閨裏，密置三年；載籍荒涼，如老衲之破筒
中，殘經一卷。漂泊向天涯海角，既不比通都大市，有四庫之堪求；交
遊惟明月清風，又不遇騷客名流，無一鷗之可借。祇據賀囊之所挈，
及搜鄴架之所存，惟《花庵》《草堂》《尊前》《花間》《萬選》，汲古刻諸
家、沈氏四集，《嘯餘譜》《詞統》《詞彙》《詞綜》《選聲》數種，聊用參較，
攷其調之異同，酌其句之分合，辨其字之平仄，序其篇之短長，務標準
於名家，必酌中於各製。有調同名別者，則删而合之，有調別名同者，
則分而疏之，複者釐之，缺者補之。時則慎菴吳子相爲助閱於其初，
蒼崖姜君更共編摩於其後。綠之成帙，稍有可觀。計爲卷二十，爲調
六百六十，爲體千一百八十有奇，其篇則取之唐宋，兼及金元，而不收
明朝自度、本朝自度之腔。於字則論其平仄，兼分上去，而每詳以入
作平、以上作平之説，此雖獨出乎一人之臆見，未必有符於四海之時
流，然試注目而發深思，平心而持公論，或片言之微中，或一得之足
收，亦有偶合於古人，未必無裨於末學。但志在明腔正體，自不免駁
謬糾譌，而近來譜圖，實多舛錯，作者雖皆守而弗考，論者烏可諱而弗
詳？故諄語累辭，遂多繩正之議；攻瑕砭疾，不無譏彈之聲。每有指
陳，或至過當，固開罪於曩哲，亦獲戾於今賢。雖或邀君子寬大之情，
能見諒《春秋》責備之義，然自揣愚妄，多所懷愻，本以秘之帳中，豈敢

懸諸市上。會制府有梓書之役，故琰青爲訂稿之謀，率付殺青，殊多
曳白。因爲粗述鄙意，勉質方家，更縷義例之諸條，另作發凡於左幅。
欲稽列調，請覽前篇。大言小言，恕妄人姑爲緒論；知我罪我，諒哲士
定有公評爾。

康熙二十六年，歲在丁卯上元夕，陽羨萬樹題

發　凡

紅友樹僭論

　　《嘯餘譜》分類爲題，意欲別於《草堂》諸刻。然題字參差，有難取義者，强爲分列，多至乖違。如《踏莎行》《御街行》《望遠行》，此"行步"之"行"，豈可入"歌行"之內？而《長相思》尤爲不倫，《醉公子》《七娘子》等是人物，豈可與他"子"字爲類。"通用"題與"三字"題，有何分別？《惜分飛》《紗窗恨》又不入"人事""思憶"之數；《天香》入"聲色"，不入"二字"題；《白苧》入"二字"，不入"聲色"題；《柳梢青》入"三字"而《小桃紅》又入"聲色"；《玉連環》不入"珍寶"，若此甚多，分列俱不確當。故列調應從舊，以字少居前，字多居後，既有彝規，小便檢閱。

　　自《草堂》有小令、中調、長調之目，後人因之，但亦約略云爾。《詞綜》所云，以臆見分之，後遂相沿，殊屬牽率者也。錢唐毛氏云："五十八字以內爲小令，五十九字至九十字爲中調，九十一字以外爲長調，古人定例也。"愚謂此亦就《草堂》所分而拘執之，所謂定例，有何所據？若以少一字爲短，多一字爲長，必無是理，如《七娘子》有五十八字者，有六十字者，將名之曰小令乎？抑中調乎？如《雪獅兒》有八十九字者，有九十二字者，將名之曰中調乎？抑長調乎？故本譜但叙字數，不分小令中長之名。

舊譜之最無義理者，是第一體、第二體等排次，既不論作者之先後，又不拘字數之多寡，强作雁行，若不可踰越者。而所分之體，乖謬殊甚，尤不足取。因向來詞無善譜，俱以之爲高會典型，學者每作一調，即自注其下云：“第幾體。”夫某調則某調矣，何必表其爲第幾？自唐及五代十國宋金元，時遠人多，誰爲之考其等第而確不可移乎？更有繼《嘯餘》而作者，逸其全刻，撮其注語，尤爲糊突。若近日《圖譜》，如《歸自謠》，止有第二而無第一；《山花子》《鶴冲天》有一無二；《賀聖朝》有一、三無二；《女冠子》有一、二、四、五而無三；《臨江仙》有一、四、五、六、七而無二、三。至如《酒泉子》，以五列六後，又八體四十四字，九、十、十一、十二體皆四十三字，故以八居十二之後。夫既以八體之字較多，則當改正爲十二，而以九升爲八、十升爲九矣。乃因舊定次序，不敢超越，故論字則以弟先兄，論行則少不踰長，得毋兩相背謬乎？此俱遵《嘯餘》而忘其爲無理者也。本譜但以調之字少者居前，後亦以字數列書“又一體”。“又一體”作者擇用何體，但名某調，又何行輩之注耶？但《圖譜》止叙字數，故同是一調，散分嵌列於諸調之間，殊覺割裂，今照舊彙之，以便簡尋。至沈天羽駁《嘯餘》云：“一調分爲數體，體緣何殊？《花間》諸詞未有定體，何以派入譜中？”愚謂此語謬矣。同是一調，字有多少則調有短長，即爲分體，若不分，何以爲譜？觀沈所刻，或注前段多幾字少幾字，或注後段多幾字少幾字，是本知此體與他體異矣。又或云“據譜應作幾字”，則知調體不同矣，何又以爲體不宜分耶？《花間詞》雖語句參差，亦各有所據，豈無規格而亂填者，何云不可派入體中耶？字之平仄，尚不可相混，況於通篇大段體裁耶？“未有定體”一語，爲淆亂詞格之本，大謬無理甚矣。故第一第二必不可次序，而體則不可不分。

詞有調同名異者，如《木蘭花》與《玉樓春》之類，唐人既有此異名。至宋人，則多取詞中字名篇，如《賀新郎》名《乳燕飛》、《水龍吟》

名《小樓連苑》之類。張宗瑞《綺澤新語》一帙皆然，然其題下自注"寓本調之名也"。後人厭常喜新，更換轉多，至龐雜朦混，不可體認。所貴作譜者，合而酌之，標其正名，削其巧飾，乃可遵守。而今之傳譜，有二失焉：《嘯餘》則不知而誤複收，如《望江南》外又收《夢紅南》、《蝶戀花》外又收《一籮金》、《金人捧露盤》外又收《上西平》之類，不可枚舉。甚至有一調收至四五者。更如《大江東》之誤作《大江乘》、《燕春臺》《燕臺春》顛倒一字而兩體共載一詞，訛謬極矣。《圖譜》則既襲舊傳之誤，而又狥時尚之偏，遂有明知是某調，而故改新名者，如《揭練子》改《深院月》、《卜算子》改《百尺樓》、《生查子》改《美少年》之類尤多，不可枚舉。至若《臨江仙》不依舊列第三體，而換作《庭院深深》，復注云：即《臨江仙》三體。是明知而故改也。又如《喜遷鶯》，因韋莊詞語又名《鶴冲天》，而後人并長調之《喜遷鶯》亦曰《鶴冲天》矣。《中興樂》因牛希濟詞語又名《濕羅衣》，而後人并字少之《中興樂》亦名《濕羅衣》，《圖譜》且倒作《羅衣濕》矣。總因好尚新奇，矜多炫博，遇一殊名，亟收入帙，如升菴以《念奴嬌》爲《賽天香》、《六醜》爲《箇儂》，《圖譜》皆複收之，而即以楊詞爲式。蓋其序所云"宋調不可得，則取之唐及元明"是也。夫唐宋元既不可得，是古無此調，則亦已矣，何必欲載之耶？且《念奴嬌》極爲眼前熟調，而讀《賽天香》竟不辨耶？《箇儂》即用《六醜》美成原韻，而兩調連刻，亦竟未辨耶？本譜於異名者，皆識之題下，且明列於目錄中，使覽者易於檢覈，有志古學者，切不可貪署新呼，故鐫舊號，徒詒大方之誚也。至於自昔傳訛，若《高陽臺》即《慶春澤》、《望梅》即《解連環》之類，相沿已久，莫爲釐正，今皆精研歸併。有注所不能詳者，則將原篇用小字載於其左，以便校勘。如《雨中花》即《夜行船》、《玉人歌》即《探芳信》之類，有大段相同，而一二字稍異者，則不拘字數，即以附於本調之後，可一覽而揣其異同，是則仍以大字書之，如《探芳信》於《探春》、《過秦樓》於《惜余春》之類。又如《紅情》《綠意》，其名甚佳，而再四玩味，即《暗香》《疏影》也，此等皆舊所未辨者。或曰：石帚賦《湘月》詞，自注即《念奴嬌》鬲指聲，則體同名異，或亦各有其故，子何縶欲比而同之？余曰：於今宮調失傳，作者但依腔填句，即如《湘月》有石帚之注，今亦不必另收，蓋人欲填《湘月》，即仍是填《念奴嬌》，無庸立此名也。又如晁無咎《消息》一調，注云：自過腔，即越調《永遇樂》，是雖換宮調，即可換名，而今人不知其理耳。況其他異名，皆作者巧立，或後人摘字，又與《湘月》《消息》不同。聲音之道，必不終湮，有知音者出，能考定宮調而曹分部署之，方可明辨其理於天下後世，此則余生平所憾於周、柳諸公無詳示之遺書，而時時望天之生子期、公瑾也。

　　詞有調異名同者，其辨有二：一則如《長相思》《西江月》之類，篇之長短迥異，而名則相同，故即以相比，載於一處；他若《甘州》後之附《甘州子》《甘州遍》，《木蘭花》後之附《減字》《偷聲》，亦俱以類相從，蓋彙爲一區，可以披卷瞭然，而無重名誤認、前後翻檢之勞也。一則如《相見歡》《錦堂春》俱別名《烏夜啼》，《浪淘沙》《謝池春》俱別名《賣花聲》之類，則皆各仍正名，而削去雷同者，俾歸畫一。又如《新雁過妝樓》別名《八寶妝》，而另有《八寶妝》正調；《菩薩蠻》別名《子夜歌》，而另有《子夜歌》正調；《一落索》別名《上林春》，而另有《上林春》正調；《眉嫵》別名《百宜嬌》，而另有《百宜嬌》正調；《繡帶子》別名《好女兒》，而另有《好女兒》正調之類，則另列其正調，而於前調兼名者注明此不在前項附載“又一體”之例。蓋“又一體”者（《長相思》等），其體雖全殊，而無他名可別，故令之兼名者（《新雁過妝樓》等），其本調自可名，不得占彼調之名，故判之。

　　又如《憶故人》之化爲《燭影搖紅》，雖先後懸殊，而源流有本，故必相從，列於一處。然不得以《燭影》新名而廢其原題也。又如《江月晃重山》《江城梅花引》之類二調合成者，則以附於前半所用《西江月》

《江城子》之後。至於《四犯翦梅花》則犯者四調,而所犯第一調之《解連環》便與本調不合,頗爲可疑,故另列於九十四字之次,而不隨各調,以上數項,皆另爲一例。

分調之誤,舊譜頗多,其最異者,如《醜奴兒近》一調,稼軒本是全詞,後因失去半闋,乃以集中相聯之《洞仙歌》全闋誤補其後,遂謂另有此《醜奴兒》長調,注云一百四十六字、九韻,反云辛詞是換韻,極爲可笑。《圖譜》等書,皆仍其謬,今爲駁正。《圖譜》又載《揉碎花箋》一調,注云六十三字、七韻,乃本是《祝英臺》而落去後起三句十四字耳。其他參差處,不可枚舉,皆於各調後注明。

分段之誤,不全因作譜之人,蓋自抄刻傳訛,久而相襲,但既欲作譜,宜加裁定耳。如虞山毛氏刻《諸家詞》,《詞綜》稱其有功於詞家固已,但未及精訂,如《片玉詞》有方千里可證,而不取一校對,間有附識,亦皆弗確然。毛氏非以作譜,不可深加非議,若譜圖照舊抄謄,實多草率,則責備有所難辭矣。各家惟柳詞最爲舛錯,而分段處,往往以換頭句贅屬前尾,兹俱考證辨晰,總以斷歸於理爲主。如《笛家》以後起二字句連合前段,致前尾失去一叶韻字,且連上作八字讀,而作者遂分爲兩四字句矣。豈不謬哉?《長亭怨慢》亦然,今俱裁正,若《詞隱‧三臺》一調,從來分作兩段,愚獨斷爲三疊,如此類則大改舊觀,於體製不無微益,識者自有明鑑。

分句之誤,更僕難宣,既未審本文之理路語氣,又不校本調之前後短長,又不取他家對證,隨讀隨分,任意斷句,更或因字訛而不覺,或因脫落而不疑,不惟律調全乖,兼致文理大謬。坡公《水龍吟》“細看來不是楊花點點是離人淚。”原於“是”字、“點”字住句,昧昧者讀一七兩三,因疑兩體,且有照此填之者,極爲可笑。升庵謂:“淮海‘念多情、但有當時皓月,照人依舊。’以詞調拍眼言,當以‘但有當時’作一拍,‘皓月照’作一拍,‘人依舊’作一拍。”蓋欲强同於前尾之三字二句也，其說乖謬，若竟未讀他篇者。正《詞綜》所云"升庵強作解事，與樂章未諳"者也。沈天羽謂太拘拘，此是誤處，豈得謂之拘拘而已。乃今時詞流，尚有守楊說者，吾不知詞調拍眼今已無傳，升菴何從考定乎？時流又謂，斷句皆有定數，詞人語意所到，時有參差，如《瑞鶴仙》第四句，"冰輪桂花滿溢"爲句。此論更奇，"滿"字是叶韻，自有此調，此句皆五字，豈伯可忽作六字乎？如此讀詞論詞，真爲怪絕。今遇此等，俱加駁正，雖深獲罪於前譜，實欲辨示於將來，不知顧避之嫌，甘蹈穿鑿之謗。

　　詞中惟五言七言句最易淆亂，七言有上四下三如唐詩一句者，若《鷓鴣天》"小窗愁黛淡秋山"、《玉樓春》"棹沈雲去情千里"之類，有上三下四句者，若《唐多令》"燕辭歸、客尚淹留"、《爪茉莉》"金風動、冷清清地"之類，易於誤認。諸家所選明詞，往往失調，故今於上四下三者不注，其上三下四者皆注"豆"字於第三字旁，使人易曉無誤。整句爲句，半句爲讀，讀音"豆"，故借書"豆"字。其外有六字、八字語氣折下者，亦用豆字注之，五言有上二下三如詩句者，若《一絡索》"暑氣昏池館"、《錦堂春》"腸斷欲棲鴉"之類。有一字領句，而下則四字者，如《桂華明》"遇廣寒宮女"、《燕歸梁》"記一笑千金"之類，尤易誤填，而字旁又不便注"豆"，此則多辨於注中。作者須以類推之。蓋嘗見時賢有於《齊天樂》尾用"遇廣寒宮女"句法者，因總是五字句，不留心而率填之，不惟上一下四不合，而廣字仄、宮字平，遂誤同《好事近》尾矣。又四句有中二字相連者，如《水龍吟》尾句之類，與上下各二者不同，此亦表於注中。向因《譜》《圖》皆概注幾字句，無所分辨，作者不覺因而致誤，至沈選《天仙子》，後起用上三下四，《解語花》後尾用上二下三等，將以爲人模範而可載此失調之句乎？然沈氏全於此事茫然，觀其自作，多打油語，至如《賀新郎》前結用"星逢五"之平平仄，後結用"夜未午"之三仄，真足絕倒，而他人之是非，又焉能辨察耶？

　　自沈吳興分四聲以來，凡用韻樂府，無不調平仄者。至唐律以後，浸淫而爲詞，尤以諧聲爲主，倘平仄失調，則不可入調，周、柳、万俟等之製腔造譜，皆按宮調，故協於歌喉，播諸弦管，以迄白石、夢窗輩，各有所創，未有不悉音理而可造格律者。今雖音理失傳而詞格具在，學者但宜依仿舊作，字字恪遵，庶不失其中矩矱。舊譜不知此理，將古詞逐字臆斷，平謂可仄，仄謂可平。夫一調之中豈無數字可以互用，然必無通篇皆隨意通融之理。譜見略有拗處，即改順適，五七言句必成詩語，並於萬萬不可移動者亦一例注改，如《摸魚兒》《賀新郎》《綺羅香》尾三字欲改作平平仄，《蘭陵王》尾六字欲改入平聲之類，無調不加妄注。有一首而改其半者，有一句而全改者，於其原詞，判然相反，尚得爲本調乎？學者不肯將古詞對填，而但將譜字爲據，信譜而不信詞，猶之信傳而不信經也。今所注可平可仄，皆取此調之他作較證，有通用者然後注之，或無他作而本調前後段相合者，則亦注之，否則不敢以私意擅爲議改。或曰：改拗爲順，取其諧耳順口，君何必如此拘執？余曰：苟取順便，則何必用譜，何必用舊名乎？故不作詞則已，既欲作詞，必無杜撰之理。如美成造腔，其拗處乃其順處，所用平仄，豈慢然爲之耶？倘是慢然爲之者，何其第二首亦復如前？豈亦皆慢然爲之至再至三耶？方千里係美成同時，所和四聲無一字異者，豈方亦慢然爲之耶？後復有吳夢窗所作，亦無一字異者，豈吳亦慢然爲之耶？更歷觀諸名家，莫不繩尺森然者。其一二有所改變，或係另體，或係傳訛，或係敗筆，亦當取而折衷，歸於至當，烏可每首俱爲竄易乎？本譜因遵古之意甚嚴，救弊之心頗切，故於時行之譜痛加糾駁，言則不無過直，義則竊謂至公，幸覽者平心以酌之。其或見聞未廣，褒彈有錯，則望加以批削，垂爲模範。總之，前賢著譜之心與今日訂譜之心，皆欲紹述古音，啓示來學，同此至公大雅之一道，非有所私而創爲曲說，以恣譏詼也，諒之諒之！

　　平仄固有定律矣,然平止一途,仄兼上去入三種,不可遇仄而以三聲概填。蓋一調之中可概者十之六七,不可概者十之三四,須斟酌而後下字,方得無疵,此其故。當於口中熟吟,自得其理。夫一調有一調之風度聲響,若上去互易,則調不振起,便成落腔。尾句尤爲喫緊,如《永遇樂》之"尚能飯否"、《瑞鶴仙》之"又成瘦損","尚""又"必仄,"能""成"必平,"飯""瘦"必去,"否""損"必上,如此然後發調。末二字若用平上,或平去,或去去、上上、上去,皆爲不合。元人周德清論曲,有"煞句定格",夢窗論詞,亦云"某調用何音煞",雖其言未詳,而其理可悟。余嘗見有作南曲者,於《千秋歲》第十二句五字語,用去聲住句,使歌者激起,打不下三板。因知上去之分,判若黑白,其不可假借處,關係一調,不得草草。古名詞之妙,全在於此。若總置不顧,而任便填之,則作詞有何難處而必推知音者哉!且照古詞填之,亦非甚苦難,但熟吟之,久則口吻間自有此調聲響,其拗字必格格不相入,而意中亦不想及此不入調之字矣。譬之南曲極熟爛如《黃鶯兒》中兩四字句,用平平仄平,作者口中意中必無仄仄平平矣,安用費心耶?所謂上去亦然,蓋上聲舒徐和軟,其腔低,去聲激厲勁遠,其腔高,相配用之,方能抑揚有致。大抵兩上兩去,在所當避,而篇中所載古人用字之法,務宜仿而從之,則自能應節即起,周郎聽之,亦當蒙印可也。更有一要訣,曰:名詞轉折跌蕩處,多用去聲,何也? 三聲之中,上入二者可以作平,去則獨異,故余嘗竊謂:論聲雖以一平對三仄,論歌則當以去對平上入也。當用去者,非去則激不起,用入且不可,斷斷勿用平上也。

　　或曰:入聲派入三聲,吾聞之中原韻務頭矣,上之作平何居? 余曰:中州韻不有"者、也"作平乎? 上之爲音,輕柔而退遜,故近于平。今言詞則難信,姑以曲喻之:北曲《清江引》末一字可平亦可上,如《西廂》之下場頭"那答兒發付我","我"字上聲,"香美娘處分破花木

瓜”，“瓜”字平聲。《天下樂》“泛浮查到日月邊”，“邊”字平聲，“安排
着憔悴死”，“死”字上聲。如此等甚多，用上皆可代平，却用不得去聲
字，但試於口吻間諷誦，自覺上聲之和協，而去聲之突兀也。今旁注
平之可仄者，因不便瑣細，止注可仄，高明之家自能審酌用之。至有
本宜平聲而古詞偶用上者，似近於拗，此乃借以代平，無害於腔，故注
中多爲疏明。如何籀《宴清都》前結用“那更天遠、山遠、水遠、人遠”，
書舟亦效之，用四“好”字，蓋“遠”“好”皆上聲，故可代平，其句字本宜
如美成所作“庾信愁多，江淹恨極須賦”，“多”字、“淹”字宜用平聲，此
以二“遠”字代之，填入去聲不得，《譜》《圖》讀作上六下四，認遠字仄
聲，總注可仄，是使人上去隨用，差極矣。此類尤夥，不能遍引，閱者
着眼。

　　入之派入三聲，爲曲言之也。然詞曲一理，今詞中之作平者，比
比而是，比上作平者更多，難以條舉。作者不可因其用入是仄聲，而
填作上去也。且有以入叶上者，不可用去，以入叶去者，不可用上，亦
須知之。以上二項，皆確然可據，故諄復言之，不厭婆舌，勿云穿鑿
可也。

　　舊譜於可平可仄，俱逐字分注，分句處亦然，詞章既遭割裂之病，
覽觀亦有斷續之嫌。近日《圖譜》踵張世文之法，平用白圈，仄用黑
圈，可通者則變其下半，一望茫茫，引人入暗，且有讐校不精處，應白
而黑，應黑而白者，信譜者守之，尤易迷惑。又有平用□，仄用┃，可
平可仄用▣。《選聲》謂其淆亂，止於可平可仄用□於字旁，而韻句叶
仍注行中。愚謂亦晦而未明，何如明白書之爲快也。蓋往者多取簡
便，不知欲以此曉示於人，何妨多列幾字？《圖譜》云：方界文旁者，
總求簡約，以省刻資耳，此雖譏誚，亦或有然，然論其模糊，圈之與豎，
亦猶魯衛。本譜則以小字明注於旁，在右者爲韻、爲叶、爲換、爲疊、
爲句、爲逗，在左者爲可平、爲可仄、爲作平、爲某聲（有字音易誤讀

者,故爲注之,如"旋"字、"凝"字之類),句不破碎,聲可照填,開卷朗然,不致龐雜。其又一體句法,與本體同者,概不複注可平仄,有句法長短者,則單注明此句而他句不注,吳江沈氏《曲譜》例用丨、卜、厶、人、乍,今則全字書之,惟"讀"字借用"豆",又以《曲譜》字字皆注,未免太繁,反爲眩目,愚謂可通用者當注,不可通者,原不必注,且專標則字朗,不致徒費眼光。

更韻之體,唐詞爲多,有換至五六者,舊譜雖注更韻,而模糊不明。如《酒泉子》顧夐詞"黛怨紅羞。掩映畫堂春欲暮。殘花微雨。隔青樓,思悠悠。　芳菲時節看將度。寂寞無人還獨語。畫羅襦。香粉汙。不勝愁。"是"樓、悠、愁"叶首句"羞"字,"度、語、汙"叶次句"暮"字,自當於"暮"字下注"更韻",而後注"叶平""叶仄"矣。乃將首次兩句俱注"韻"字,其下俱注"叶"字,豈不模糊?今本譜於首韻注"韻"字,更韻則注或換平、或換仄,第三更則注三換平或三換仄,四、五皆然。其後叶韻句,若通篇是平仄兩韻,則注叶平、叶仄,有交錯者,則注叶首平或叶首仄、叶二平或叶二仄,三、四、五亦然。若平韻起而更韻亦平者,下注叶首平、二平。正韻與更韻皆仄者,下注叶首仄二仄,其有平仄通用如《西江月》等,則注換仄叶,《哨遍》等則注換平叶。如此庶一覽可悉,無模糊之病矣。

凡調用平仄通叶者頗多,如《西江月》《換巢鸞鳳》《少年心》,俱顯而易見,人多知之。其外如洪皓《江城梅花引》,以蕊、里叶誰、飛;夢窗《醜奴兒慢》以清、明叶影;友古亦以華、家叶畫、亞;山谷《鼓笛令》以婆、囉叶我、過,《撼庭竹》以你叶梅、飛;金谷《蝶戀花》以期、伊叶計、意,又《惜奴嬌》以家叶霸、價;壽域《漁家傲》以遠、怨叶天、娟,又《兩同心》以遞、計叶依、飛;耆卿《宣清》以嚛、枕叶森,又《曲玉管》以秋、洲叶久、偶,又《戚氏》以限、絆叶天、軒;東坡亦以漢、淺叶山、仙;逃禪《二郎神》以都叶雨、堵;玉田《渡江雲》以處叶初、鉏;美成、千里亦以下叶沙、家；君衡《絳都春》以懶、遠叶寒、閑；竹山《晝錦堂》以上叶陽、傷；美成亦以厭叶簷、尖；竹山《大聖樂》以歌、和叶破；伯可亦以多、波叶過；美成《四園竹》以裏、紙叶扉、知，千里和詩亦同；東坡《哨遍》以扉、飛叶累、是；稼軒亦以之、知叶水、裏；友古《飛雪滿群山》以裏、字叶時、衣；宋褧《穆護砂》以枯、腴叶苦、雨。如此等調，向來譜家皆未究心，致多失注，使本調缺韻，今俱細訂詳注（又山谷《撥棹子》，以在、害叶來；潘元質《醜奴兒》以啼叶氣；夢窗亦以鶯叶亂）。

　　詞上承於詩，下沿爲曲，雖源流相紹，而界域判然。如《菩薩蠻》《憶秦娥》《憶江南》《長相思》等，本是唐人之詩，而風氣一開，遂有長短句之別，故以此數闋爲詞之鼻祖，不必言已。若《清平調》《小秦王》《竹枝》《柳枝》等，竟無異於七言絕句，與《菩薩蠻》等不同，如專論詞體，自當捨而弗録，故諸家詞集不載此等調，而《花菴》《草堂》等選亦不收也。蓋等而上之，如樂府諸作爲長短句者頗多，何可勝收乎？後人則以此等調爲詞嚆矢，遂取入譜，今已盛傳，不便裁去。又，唐人《送白樂天席上指物爲賦》，一字起至七字止，後人名爲《一七令》，用以入詞，殊屬牽強，故不録。若夫曲調，更不可援以入詞，本譜因詞而設，不敢旁及也。或曰：子以元人而置之，則《八犯玉交枝》《穆護砂》等，亦間收金元矣，以曲調而置之，則《搗練子》等亦已通於詞曲矣，以爲三聲並叶而置之，則《西江月》等亦多矣，何又於此致嚴耶？余曰：《西江月》等，宋詞也，《玉交枝》等，元詞也，《搗練子》等，曲因乎詞者也，均非曲也，若元人之《後庭花》《乾荷葉》《小桃紅》（即《平湖樂》）、《天净沙》《醉高歌》等，俱爲曲調，與詞聲響不侔，倘欲采取，則元人小令最多，收之無盡矣。況北曲自有譜在，豈可闌入詞譜以相混乎？若《詞綜》所云，仿升菴《萬選》例，故采之，蓋選句不妨廣擷，訂譜則未便旁羅耳。

　　能深明詞理，方可製腔，若明人則於律吕無所授受，其所自度，竊

恐未能協律。故如王太倉之《怨朱弦》《小諸皋》，楊新都之《落燈風》
《疑殘紅》《誤佳期》等，今俱不收，至近日顧梁汾所犯《踏莎美人》非不
諧婉，亦不敢收，蓋意在尊古輙新焉耳。又如湯臨川之《添字昭君
怨》，古無其體，時譜亟收之，愚謂昔日千金小姐之語，止可在傳奇用，
豈可列諸詞中？又如徐山陰之《鵲踏花翻》，亦無可考，皆在所削，勿
訝其不備也。

　　《情史》載東都柳富別王幼玉，作詞名《醉高春》，詞云："人間最
苦，最苦是分離。伊愛我，我憐伊。青草岸頭人獨立，畫船歸去櫓聲
遲。楚天低，回望處，兩依依。　　後會也知俱有願，未知何日是佳期。
心下事、亂如絲。好天良夜還虛過，辜負我、兩心知。願伊家，衷腸
在，一雙飛。"詞係雙調，但《情史》不載柳富何代人，毛氏云其詞有盛
宋風味，然不確，不敢收入。此類亦正不少耳。至於搜羅博極，近日
《詞綜》一書可云詳矣，而錫鬯猶以漏萬爲慮，兹更限於見聞，未能廣
考，其遺漏訛錯，尤爲萬萬，尚期從容續訂，惟冀高雅惠教德音，幸甚
幸甚！

　　詞之用韻，較寬於詩，而真侵互施，先鹽並叶，雖古有然，終屬不
妥，沈氏去矜所輯，可爲當行。近日俱遵用之，無煩更變，今將嗣此有
三韻合編之刻，故兹不具論云。

詞 律 卷 一

竹 枝 ┃四字 又名《巴渝辭》 皇甫松

芙蓉並蒂竹枝**一心連**女兒。**花侵隔子**竹枝**眼應穿**女兒。
○○●● ●○△ ○○●● ●○△

《竹枝》之音，起於巴蜀，唐人所作，皆言蜀中風景，後人因效其
體，於各地爲之，非古也。如白樂天、劉夢得等作，本七言絶句，皇甫
子奇亦有四句體。所用"竹枝""女兒"，乃歌時群相隨和之聲，猶《采
蓮曲》之有"舉棹""年少"等字。他人集中作詩，故未注此四字，此作
詞體，故加入也。其詞六首，皆每首二句相叶，其句中平仄不拘，但每
句第二字皆平，末一首乃用仄韻者，另録於後。

〔杜注〕

按，《竹枝》，唐教坊曲名，本出巴渝。劉禹錫在沅、湘，以里歌鄙
陋，乃依騒人《九歌》作《竹枝》新詞九章，原無和聲，後皇甫松、孫光憲
作此，始有"竹枝""女兒"爲隨和之聲。"枝""兒"叶韻，猶後之"舉棹"
"年少"，亦自爲叶也。

【蔡案】

本詞調名應是《竹枝》，但常被人寫作《竹枝詞》，實誤。早期的典
籍中皆是《竹枝》，即便有"竹枝詞"的表述，新式標點之後也應該是
"《竹枝》詞"。如在四部備要本中，正文中調名雖爲"竹枝詞"，而在本

調目録中則依然是"竹枝",即爲一例。

萬子謂:"句中平仄不拘,但每句第二字皆平",並不確。細究一下皇甫的詞,也祇有"雄飛煙瘴雌亦飛""千花萬花待郎歸""山頭桃花谷底杏"三句不諧,重要的是,放在整個皇甫詞的大環境中考察,這三句實際上都祇是律句出律而已,而絕不是"平仄不拘"。"律句出律"和"平仄不拘",是兩個性質完全不同的概念,前者是近體範疇的問題,後者是古體範疇的問題,基本類別和研究領域截然相反,不可混爲一談。

杜文瀾認爲《竹枝》是"唐教坊曲名",查崔令欽《教坊記》,並無《竹枝》一名,惟有《竹枝子》,但《竹枝子》未必就等同於《竹枝》,而從實際詞例來看,敦煌詞斯一四四一卷中録有兩首《竹枝子》,格式基本一致,其中一首形式如下:

> 高卷朱簾垂玉牕。公子王孫女。顏容二八小娘。滿頭珠翠影爭光。百步惟聞蘭麝香。　　口含紅豆相思語。幾度遙相許。修書傳與蕭娘。倘若有意嫁潘郎。休遣潘郎爭斷腸。

顯然,將《竹枝子》當作《竹枝》,是想當然了。

仄韻體 十四字　　　　　　　　　　　　　　　皇甫松

山頭桃花_{竹枝}谷底杏_{女兒}。兩花窈窕_{竹枝}遙相映_{女兒}。

【蔡案】

第二字應仄而平,在現存的《竹枝》詩中不少,幾疑是《竹枝》的一種特別句法,如劉禹錫十五首《竹枝》詩中就有十處如此。但是在《竹枝》詞中則僅見二例。

"谷"字,以入作平。

複疊體 二十八字　　　　　　　　　　　　皇甫松

門前春水竹枝**白蘋花**女兒。**岸上無人**竹枝**小艇斜**女兒。**商女經**
〇〇〇●　　●〇△　　●●〇〇　　●〇△　　　〇●〇

過竹枝**江欲暮**女兒，**散拋殘食**竹枝**飼神鴉**女兒。
〇　　〇●●　　●●〇〇　　●〇△

　　此調竟是七言詩，句中平仄，亦可不拘，若唐人拗體絕句者。
〔杜注〕
　　按，此爲孫光憲詞，作皇甫松誤。

【蔡案】
　　萬子認爲複疊體“若唐人拗體絕句”，這種說法是不對的。之
所以錯誤，是因爲本質上混淆了詩和詞之間的區別，儘管萬子對
此理論上有一個正確的認識。他所說的“他人集中作詩，故未注
此四字，此作詞體，故加入也”，是判別詩和詞的唯一區別，即：凡
竹枝詩，則無和聲，凡竹枝詞，則必須加入。但一籠統便易混
淆，萬子這一錯誤，乃導致今人集體茫然之根子所在。現存唐代
廿八字體的《竹枝》共有二十八首，作爲詞的，即有和聲的祇有孫
光憲兩首，就該二首而言，格律極爲嚴整，另一首也祇是第二句黏
對不合，而每一句的“句中平仄”却依然是合乎規範的。這類情況
在前期的其他齊言式詞體中並非偶見，填這類詞，句中平仄不可
不拘，因爲詞畢竟是近體詩範疇的，它必須講究格律，不是詩，可
以寫成不拘平仄的古體。萬子這個斷語，一定是將其他四句式的
《竹枝》詩，誤入考察而得出的。推而廣之，不惟《竹枝》如此，其
他所有類似的齊言聲詩中的格律規範，都不可以引入到詞中，此
乃至要。

十六字令 十六字　又名《蒼梧謠》　　　　　　　　　蔡　伸

天。休使圓蟾照客眠。人何在，桂影自嬋娟。
△　⊙●○○●●△　　○○●　◎●●○△

此調舊刻收周美成作"明月影，穿窗白玉錢"一首，《詞綜》校正之，謂此係周晴川詞，"明"字乃"眠"字之誤，本一字句，"月影"以下爲七字句。蔡詞亦"天"字起韻，今作三字起句者，非也。按張于湖《送劉郎》詞三首，皆以"歸"字起韻，一云"歸。十萬人家兒樣啼"，二云"歸。獵獵熏風卷綉旗"，三云"歸。數得宣麻拜相時"，是此調之爲一字起句無疑矣。蓋蔡詞尚可讀"天休使"爲句，張詞豈可讀"歸十萬"等爲句乎？時流作詞名解，謂：三字起者爲《十六字令》，一字起者爲《蒼梧謠》，謬矣。至於《填詞圖譜》注云：首句本作五字，今作三字斷，古無此體。不知所謂古者，何人之詞？五字斷句，有何考據？且引蔡詞，云於五字用韻起，則尤可笑，"蟾"字是閉口音，豈如此小調而必借他韻爲叶？友古不若是之陋也，不亦妄哉？

又按，汲古刻張詞，題名《歸梧謠》，本是"蒼梧"，因詞首字而誤耳。

【蔡案】

蔡伸詞的調名，原爲《蒼梧謠》。張孝祥詞，調名爲《歸字謠》，《詞譜》以其爲正調名雖不太妥，但是《詞律》以元人的《十六字令》爲正名，則更爲欠妥。既然用蔡伸詞爲範，則更應以《蒼梧謠》爲正，並注明又名《歸字謠》《十六字令》才好。

本調七字句也可以是平起式句法，如宋僧人慧空詞，作"忘其麤操得人憎"，與其他各首都不同。這種改變句法的填法，是填詞中的常態，無關體式的變化。

認爲"明"乃是"眠"的誤寫，此類沒有任何書證、僅憑主觀臆想的

"糾誤",《詞律》中並非偶見,雖然這個説法是来自朱彝尊的。這一判斷的邏輯依據有二:一、本調祇能一字句起,二、詞句是不可以讀破的。而前者爲主觀評估,後者則違背了基本律理。《念奴嬌》後段第二第三拍既可以讀爲"小喬初嫁了,雄姿英發",也可以讀爲"舉杯邀月,對影成三人",很多六字二句可以讀破爲四字三句,就是基於這樣的一種律理原則。既然讀破是一種常見模式,本調讀破後成三五式也就合律合理了。而最能證明這種八字讀破的例子本身就很多,例如劉過的《八聲甘州》是"聽,皋羽去俊漢公卿",張炎的則是"倚危樓,一笛翠屏空",其韻律特徵完全一致。更重要的是,元詞中三字起的詞並非祇有一首,除周晴川的"明月影"外,另有元僧原妙四首,其中"山中行。步高身盡輕。擬飛去,惟恐世人驚。"不但三字起,而且更起拍入韻。這種讀破後的格式,韻律上無疑更爲諧和,因此明代及清初有大量的填法是採用三字起式的,一字起的明詞,反而僅佔一成。

閑中好 十八字　　　　　　　段成式

閑中好,塵務不縈心。坐對當窗木,看移三面陰。
○○●　○●●○△　●●○○●　○○○●△

　　即以首句三字爲題。"看"字作去聲讀,觀張善繼作亦然。

【蔡案】

　　"看"字本爲平仄二讀字,可讀爲去聲,亦可讀爲平聲,正如杜文瀾《校勘記》謂:"此字亦有用平者,似可不拘。"但其"亦有用平者"不知所指爲誰的詞,現已不可見。

仄韻體 十八字　　　　　　　　　　　　　鄭　符

閒中好，盡日松爲侶。此趣人不知，輕風度僧語。
⊙○●　⊙○○⊙▲　　○●■○○　⊙⊙○○▲

用仄韻。與前異。

〔杜注〕

謹按，《欽定詞譜》云："調見唐段成式《酉陽雜俎》，有平韻、仄韻二體，即以首句三字爲調名也。"

【蔡案】

本調仄韻僅見上聲韻、入聲韻兩種，另有宋人晁炯一首，叶入聲韻，詞云："静中好，冥心歸宴寂。齋己不虚吟，静是真消息。"這與上聲、入聲可以作平有重要關係。晁詞的平仄與鄭詞全異，萬子譜中原無可平可仄，現據晁詞補，第三句鄭詞不諧，不必從，其"不"字是以入作平法。"人"字，應仄而平，但宋詞中時有"人"字作仄聲用的情況，其理未知，故用應仄而平符標注。

紇那曲 二十字　　　　　　　　　　　　　劉禹錫

踏曲興無窮。調同辭不同。願郎千萬壽，長作主人翁。
●●●○△　●○○●△　●○⊙◎●　⊙○●○△

此本五言絕句，《尊前》收之，蓋與《小秦王》等，本七言絕句，而實爲詞調也。觀夢得別作"聽唱紇那聲"，可知。

〔杜注〕

按，《舊唐書·韋堅傳》："先是人間戲唱，歌詞云：'得丁紇反体都董反紇那也，紇囊得体那。潭裏船車鬧，揚州銅器多。三郎當殿坐，看唱得体歌。'"紇那之名始此。

【蔡案】

第三句的平仄律，或填爲平起仄收式律句，或填爲平起仄式拗句，中三字絕不可連平。

從萬子的原注中，大致可見當時對"什麼是詞"的認知，是有一定的偏差的。因爲並非可入歌的就是詞，如聲詩都可以歌，但却絕不是詞。這也是清儒常常將聲詩當作詞，列入詞譜、詞集的原因。

又按，明胡震亨的《唐音癸籤》云："《紇那曲》不知所出，考唐天寶中崔成甫翻《得体歌》，有'得体紇那也，紇那得体那'之句，豈其所本歟？"這或是本調調名的來源。

羅嗊曲 二十字　　　　　　　　　　　劉采春

借問東園柳，枯來得幾年。自無枝葉分，莫怨太陽偏。
●●○○●　○○●●△　●○○●●　●●●○△

亦五言絕。首句可起韻。

〔杜注〕

按，唐范攄《雲溪友議》云："金陵有囉貢樓，乃陳後主所建。《囉貢曲》，劉采春所唱，一名《望大歌》，元稹詩所謂'更有惱人腸斷處，選詞能唱望夫歌'也。"

【蔡案】

首句起韻的，如同爲劉采春所唱的另一首五言《羅嗊曲》，其詞爲"昨夜黑風寒。牽船浦裏安。潮來打纜斷，搖櫓始知難。"首句叶韻。這類不因爲一韻的增減而列爲又一體，是一種合乎實際的作法，即所謂首句可韻可不韻。

按《雲溪友議》所載，則本調諸詞的作者就都是"當代才子"，而並非是劉采春。劉氏僅爲歌者而已，原著將其標爲作者，誤，應據改爲無名氏。又按，杜注"皆當代"一句據其校勘記補入。目前所見的祇有五言和七言兩種，七言的如："閒向江頭采白蘋。常隨女伴賽江神。衆中不敢分明語，暗擲金錢卜遠人。"

梧桐影　二十字　　　　　　　　　　　　　　　　　　呂　巖

落日斜、秋風冷。今夜故人來不來，教人立盡梧桐影。

●●○　○○▲　　○●●○○●○　　○○●●○○▲

此本詩耳。今人以其長短句，故用入詞，而取其末字爲名。

〔杜注〕

按，宋周紫芝《竹坡詩話》云："大梁景德寺峨嵋院，壁間有呂巖題字。寺僧相傳有蜀僧號峨嵋道者，戒律甚嚴，不下席者二十年。一日，有布衣青裘偉人來，與語良久，期以明年是日，復相見於此，願少見。待至期日，方午，道者沐浴端坐而逝。至暮，偉人果來，問道者，已亡。嘆息良久，忽不見。明日，書數語於壁間絕高處，即此詞。第三句作'幽人今夜來不來'。"又，陳巖肖《庚溪詩話》載此事，與此小異，首句作"明月斜"。

【蔡案】

"明月斜"，似更切，末兩句，也切合傳說故事，所以《欽定詞譜》選用了《庚溪詩話》這個版本。如此，則第一字可擬平聲。作爲起調的第一字，平或仄，或可平可仄，對整個詞調的韻律影響極大，雖然我們今天已無法探知其本來樣貌。

醉妝詞　二十二字　　　　　　　　　　　　　　　　蜀主王衍

者邊走。那邊走。祇是尋花柳。那邊走。者邊走。莫厭金
●○▲　●○▲　●○○●◆　●○▲　●○▲　●●○

杯酒。

○ ▲

者邊，即俗語"這邊"也。這，禪書多作"者"字。

〔杜注〕

按，孫光憲《北夢瑣言》云："蜀王衍嘗裹小巾，其尖如錐。宮人皆衣道服，簪蓮花冠，施胭脂夾臉，號'醉妝'，因作《醉妝》詞。"

【蔡案】

本詞屬於上聲韻詞調。上聲韻在詞中屬於一個特殊聲調，猶如入聲，所不同的是入聲韻已經"進化完成"，成了一個完全獨立的聲韻系統，絕不和其他仄聲混押，但是上聲韻則"進化未完成"，儘管如此，我們依然可以從很多詞調中看出這些痕跡，此爲早期一例。

春宵曲 二十三字　　　　　　　　　　　　温庭筠

手裏金鸚鵡，胸前綉鳳凰。偷眼暗形相。不如從嫁與，作

◎ ● ● ● ●　　○ ● ● △　　○ ● ○ ● ○ △　　● ○ ● ● ● ● ●

鴛鴦。

○ △

【蔡案】

原譜本詞調名作《南歌子》，題後原有小注"'歌'又作'柯'"四字。

本調僅見温庭筠七首，仔細分析，可見實與《南歌子》迥異，如二三句之間採用"破黏"方式，三四句全用拗起式句法。故改用《選聲集》所用之名。《南歌子》，或是本調別名，或是後人因形近而誤植。

此調温詞七首，其字句平仄幾同，首拍温詞別首作"倭墮低梳髻"，"倭"字平聲，據補。原譜擬"偷"字處可仄、"不"字處可平，查各詞都沒有這樣的用法，且這兩句韻律温詞都採用拗頭手法，必有講

究，不可隨意改易，刪原旁注。

南歌子 二十六字　"歌"又作"柯"　　　　　　張　泌

柳色遮樓暗，桐花落砌香。畫堂開處晚風凉。高卷水晶簾
●●○●● 　○●●○△ 　　◎○○●●○△ 　　⊙●●○○

額、襯斜陽。
● 　●○△

第三句作七字、第四句作六字，與前異。

〔杜注〕

按，吳子律《蓮子居詞話》云："紅友《詞律》如《南歌子》等體，多注
'雙調'，西林先生云：雙調乃唐來燕樂二十八調商聲，七之一曲之大
段名也，詞中《雨淋鈴》《何滿子》《翠樓吟》皆入雙調。萬氏誤以再疊
當之，失考。"愚謂《詞譜》亦以再疊爲"雙調"，此論存參。

【蔡案】

原譜本詞題爲"又一體"，但是與溫詞應屬同名異調，且遍查唐賢
諸家，單調二十六字體也從未有人題爲《春宵曲》者。愚以爲二十三
字體或有別名《南歌子》，所以前人誤入本調。萬注的言外之意是，第
三第四拍各增加了一二字而成此體，蓋誤。

至於《南柯子》，應是本調別名，故移"'歌'又作'柯'"一句於此。

此條杜注，光緒本原列於上首《春宵曲》後。

雙段體 雙調　五十二字　又名《望秦川》《風蝶令》　　歐陽修

鳳髻金泥帶，龍紋玉掌梳。去來窗下笑相扶。愛道、畫眉深
◎●○○● 　⊙○●●△ 　　○○○●●○△ 　　○● 　○○⊙

淺入時無。　　　弄筆偎人久，描花試手初。等閒妨了綉功
●●○△ 　　　◎○○●● 　⊙○●●△ 　　◎○○●○

夫。笑問、鴛鴦兩字怎生書。
△　◎●　⊙○○●●□△

　　此比唐詞，加後一疊，宋人皆用此體。《圖譜》於此調不收，何也？
兩結語氣，可上六下三，亦可上四下五。

【蔡案】

　　原譜前後段兩結均標注爲六字一句、三字一句，據宋人詞作及萬子原注，則應該是九字一句才是，而細玩其文意，本詞兩結與大多數宋詞同，實爲一字逗領七字句法，頓挫和語息更暢達、更準確，因改。但是萬子及清代很多詞學家二字逗概念淡薄，所以未説"亦可上二下七"，實際上，在宋詞中這類結構更多些。又，此類句法，也無須一定前後段相同，如《惜香樂府》詞，前後段尾句爲"恰是褪花天氣、困人時……笑拭新妝、須要剪餘釀"，而《書舟詞》之尾句爲"又見東風、不忍見柔條……溪上梅魂憑仗、一相招"等等，都是如此。

　　前後段第二拍，依律亦可填爲小拗句法，如胡翼龍的"羽觴花片飛……苦心紅燭知"，第一字仄，同時第三字必須平，救後合律即可，原譜未作標示，譜中可平可仄據補。

仄韻體　五十二字　　　　　　　石孝友

春淺梅紅小，山寒嵐氣薄。斜風吹雨入簾幕。夢覺。西樓
⊙◎○⊙●　○○○●▲　○○○●●○▲　●▲　○○
嗚咽數聲角。　　歌酒工夫懶，別離情緒惡。舞衫寬盡不
○●●○▲　　　○●○○●　●○○●▲　◎○○●●
堪著。若比、那回相見更消削。
○▲　●●　◎○○●●○▲

　　此與前詞字句俱同，而用入聲爲叶者。
　　愚謂入聲可作平，人多不信，曰："入聲派入三聲，始於元人論

曲,君何乃移其説於詞?"余曰：聲音之道,古今遞傳,詩變詞,詞變曲,同是一理。自曲盛興,故詞不入歌,然北曲《憶王孫》《青杏兒》等,即與詞同,南曲之"引子"與詞同者,將六十調,是詞曲同源也。况詞之變曲,正宋元相接處,豈曲入歌當以入派三聲,而詞則不然乎? 故知入之作平,當先詞而後曲矣。蓋當時周、柳諸公製調,皆用中州正韻,今觀詞中,如"不"音"通""一"音"伊"之類,多至萬千,正與北曲同,而又何疑於入作平之説耶? 且用韻句,亦可以入爲叶,如惜香《醉蓬萊》,以"吉"字叶"髻、戲",《坦庵》以"極"字叶"氣、瑞"等,甚多。若云入不可叶,則此等詞落一韻矣。至通篇入叶之詞,有可兼用上、去,如《賀新郎》《念奴嬌》之類;有本是平韻而以入代叶者,如金谷此篇之類,雖全用入聲,而實以入作平,必不可謂是仄聲而用上去爲韻脚也。若夫以上作平,如永叔《少年遊》"千里萬里""里"字、東坡《醉蓬萊》"好飲無事,爲我西飲""飲、我"二字、蘆川《賀新郎》"肯兒曹恩怨相爾汝""爾"字、誠齋《好事近》"看十五十六""五"字,皆以上作平,亦不可勝舉,姑識於此。高明自能類推,而知鄙説非誣耳。

〔杜注〕

　　萬氏注《南歌子》另有《望秦川》《風蝶令》二名。按此詞尚有《恨春宵》《水晶簾》《十愛詞》等名。唐宋以來,詞人於舊詞互有增減,各立新名,往往有一調多至數名者,此書以律爲主,凡原刻所無之别名,概不增入。又按,歐、石二詞,前後結各九字,或以上六字爲逗,或以上四字爲逗,均無不可,第須一氣貫注耳。

【蔡案】

　　本詞前後段結拍各譜各本都仍舊讀爲六字一句、三字一句,實際上依舊應該和孫詞讀法相同,作二字逗領七字句法,尤其是前段,"夢覺”是插入一句中短韻的填法，更不應於第六字處讀斷。

　　曾慥《樂府雅詞》收無名氏詞，同爲入聲韻，前段首句爲“閣兒雖不大”，平仄之句法與此不同；其詞前段第二拍作“都無半點俗”，“點”字以上作平，是小拗句法；後段首拍爲“彝鼎燒異香”，大拗句法，其餘皆同。後段第二拍第三字“插”，以入作平；第三拍第一字“脩”、第四拍第三字作“人”，譜内可平可仄除大拗句外，皆據此。

荷葉杯 二十三字　　　　　　　　　　　　　　　溫庭筠

鏡水夜來秋月。如雪。采蓮時。小娘紅粉對寒浪。惆悵。
●●●○○▲　○▲　●○△　●○●●○▼　○▼
正思惟。
●○△

　　凡三易韻，“浪、悵”二仄間用於“時、惟”二平内，“對”字必用仄聲。

【蔡案】

　　本調僅存溫詞三首，字句平仄如一，所以填時必須謹守爲宜。原注起拍中的“鏡”字、“夜”字可平，不知何據，檢現存各首，此二字都是仄聲，故不從萬注。

　　此外，萬子對於“對”字的界定，也無非是就事論事，並没有律理上的依據。按律理分析，該句平起仄收句法，第五字本爲平聲位，但溫詞三首却都用仄聲，這種異常引起萬子的關注，思路並没有錯，但畢竟僅衹三首，因此偶合的可能性同樣很大，填此，循律即可。

多字格 二十六字　　　　　　　　　　　　　　　顧夐

春盡小庭花落。寂寞。憑檻斂雙眉。忍教成病憶佳期。知
⊙●◎○○▲　○▲　●●○△　●○○●●○△　○

摩知。知摩知。
●△　　○●◇

　　末疊三字，“摩”字應係“麼”字，設爲問答之辭，當於“知麼”二字略逗。

【蔡案】

　　“寂”字原注作平。萬子以爲“知摩知”也就是“知麼？”“知。”的問答之詞，或誤。顧夐此調九首，分別爲“知、愁、狂、羞、歸、吟、憐、嬌、來”，如果萬子的解釋是合理的，就應該可以涵蓋全部九首，而像“狂麼？”“狂！”這樣的解釋顯然是欠通的。顧夐九首詞，末二句的作用均爲補足前語，“知摩知”，就是“知莫知”，意即“知不知”。“愁摩愁”“狂摩狂”“羞摩羞”等，可類推。所以，通篇都是男主唱給女主聽的歌詞，前叙後問，文理和語氣都非常貫通。如果按照萬子的解說，僅尾句一字牽入女主，那就有一種突兀滑稽的感覺了，即便是詞的氣脈也斷了。

　雙調　五十字　　　　　　　　　　皇甫松

記得那年花下。深夜。初識謝娘時。水堂西面畫簾垂。攜
◎●◎○▲　　○　▲　　○●●○△　　○○○●●○△　　○
手暗相期。　　惆悵曉鶯殘月。相別。從此隔音塵。如今
●●○△　　　　○●●○▼　　○　▼　　○●●○▽　　⊙○
俱是異鄉人。相見更無因。
○●●○▽　　○●●○▽

　　結用五字而比前加一疊，凡四易韻。

〔杜注〕

　　按，《詞譜》云：唐教坊曲名有單雙二調，雙調衹韋莊一體，即此詞，非皇甫松作。

【蔡案】

　　萬子注曰："記"字、"曉"字可平，"惆"字、末句"相"字可仄，皆無據，想來都是以前後段互校而作出的判斷，故可從可不從。但是兩結首字，應以平聲爲正，韋莊別首前段尾句，作"不忍更思惟"，"不"字應該以"作平"看待，因此"攜"字、"相"字仍作平聲擬譜。

塞　姑 二十四字　　　　　　　　　　　無名氏

昨日盧梅塞口。整見諸人鎮守。都護三年不歸，折盡江邊
●●○○●▲　　●●○○●▲　　●●○○●●　●●○○
楊柳。
○▲

　　仄韻六言絕句同。

　　此係《萬首絕句》所收唐人樂府也。"塞姑"二字不可解。然觀其詞意，"塞"者謂"邊塞"，"姑"者乃戍邊者之閨人耳。按，《柳耆卿集》有《塞孤》一詞，題亦難解，余謂必即是此調之遺名，而訛以"姑"字爲"孤"字也。故取此篇列前，而附柳詞於後，但不敢擅改，而仍其《塞孤》之名云。

【蔡案】

　　柳永《塞孤》乃是慢詞，與《塞姑》從韻律上來説，完全是風馬牛不相及，無論是字句、體式、韻律、規模都迥異，自不可類列在一起。

塞　孤 九十五字　　　　　　　　　　　柳　永

一聲雞，又報殘更歇。秣馬巾車催發。草草主人燈下別。
●○○　●●○○▲　　●●○○▲　　●●○○○●▲
山路險、新霜滑。瑤珂響、起棲烏，金鐙冷、敲殘月。漸西風
○●●　○○▲　　○○●　●○○　○●●　○○▲　　●●○

緊, 襟袖淒裂。　　遙指白玉京, 望斷黃金闕。遠道何時行
● ⊙●○ ▲　　　○●○● ● ●○○ ▲　●● ○○○

徹。算得佳人凝恨切。應念念、歸時節。相見了、執柔荑,
▲　● ●○⊙ ○○● ▲　● ○○ ○○ ▲　○○● ●○○

幽會處、偎香雪。免鴛衾□, 兩恁虛設。
○●● ○○▲　●○○● ◎ ●○▲

《樂章》舊刻如此, 余細繹之, 知其爲兩段, 而刻本誤連也。蓋前半於"淒裂"處分段, "遙指"句比前首句多二字, 正是過變之體, 其下句句比對相符, 此柳詞中最森整妥協者。向來人皆草草讀過, 不知其段落耳。

前結"漸西風緊"四字, 後結"免鴛衾"三字, 雖詞於結處多不同, 但此詞風度如此, 不應前多一字。愚謂: 前句"緊"字爲羨, 蓋"緊""襟"音相近, 寫者因誤多一字也。"袖""恁"二字去聲, 妙。"兩"字不可用去。

〔杜注〕

謹按,《御選歷代詩餘》以"襟袖淒裂"句分段, 與萬氏注合。又,"幽會處、偎香雪"句,"幽"作"嘉"。

【蔡案】

原譜各本均未斷爲兩段, 誤。

萬子對調名的詮釋, 可謂典型望文生義。所謂"塞孤", 就本詞而言, 意謂"塞上孤旅", 題詞相合, 由此也可推斷本詞或是創製之作。

"山路險、新霜滑"和"應念念、歸時節"兩句, 諸本皆讀爲三字兩句, 誤。明清詞譜中對三三式句法的規範最爲混亂, 即便在同一詞調同一位置, 或作三字兩句, 或作折腰一句的情況也時有發生, 縱橫牴牾, 矛盾百出, 亟需規範。要釐清這個問題, 應該從該結構的源頭著手認識, 詞中的三三式結構, 本源自七言一句減字而來, 因此, 就"句"

而言,先天就是一句,但七字句減一字作三三式折腰句的目的,是爲了加強詞的音樂性,更富節奏感。即便是從現代語法的角度來看,雖然"山路險、新霜滑"可以理解爲兩個子句,但是"應念念、歸時節"却無疑是一個單句,而在這樣的折腰句法中,本就無法規範必須填爲兩個子句的。

後段起拍,朱雍詞作"歌起郢曲時",與此亦步亦趨,完全一致,則就萬子認爲本句"比前首句多二字,正是過變之體"來看,後三字應與前段"一聲難"同,即以●○○爲正,而"玉"字、"曲"字,則可知是以入作平填法,至於元人王哲作"纏聞玉蕊香",則是句法改變的填法,與此不同。又按,原譜亦未將"玉"注明以入作平,則全句失律。據改。

萬子謂"此詞風度如此",確實卓見,但"漸西風緊"並未衍字,而視爲後段結拍脫一字,其原貌應爲"免駕衾□,兩恁虛設",或更合本詞風度,更合本詞之基本韻律。否則前後段結拍便成了一上三下四折腰式句法,則結構出錯,尾均祇得一孤拍了。謹補。

迴波詞 二十四字　　　　　　　　　　　沈佺期

迴波爾時佺期。流向嶺外生歸。身名已蒙齒錄,袍笏未復
○○●○○△　　○●●●○△　　○○●○●●　○●●●
牙緋。
○△

此詞平仄不拘,即六言絕句體,當時入於歌曲。《迴波》,其調名也,皆用"迴波爾時"四字起。

〔杜注〕

按,唐劉肅《大唐新語》云:"景龍中,中宗遊興慶池,侍宴者唱'迴波詞'。"又,元郭茂倩《樂府詩集》云:"《迴波》,商調曲,唐中宗時造。蓋出於曲水引流泛觴也。"又按,顧亭林《日知錄》謂:"首二句三言,下

三句六言，蓋以《大唐新語》載李景伯此詞，首句作‘迴波詞，持酒厄’，故以‘詞’、‘厄’爲叶韻。”

【蔡案】

萬子謂“此詞平仄不拘”，誤。蓋首句因特殊格式，平仄律有所突破，但後面三句則均爲律拗，並無違律處，而三四句之間的不黏（不是“失黏”），是因爲詞不同於詩，無須講究“黏”的問題。有的詞體在發展的過程中，甚至會故意將黏改爲不黏，以求音樂性的變化，如《南歌子》。

此外，首句或以兩個三字的形式更接近原貌，因爲最早記載本調的唐人劉肅《大唐新語》中，起調六字是“迴波詞，持酒厄”。此後“迴波爾時”式的記載，正如顧亭林在《日知録》中所説：“（迴波詞）首二句三言，下三句六言，蓋《迴波》詞體也。今《通鑑》作‘迴波爾時酒厄’，恐傳寫之誤。”按，《通鑑》所引，原應爲“迴波爾持酒厄”，已誤，後又再誤“持”爲“時”，於是變成文意不通的“迴波爾時”了。

仄韻體 二十四字　　　　　　　　　　　　　裴　談

迴波爾時栲栳。怕婦也是大好。外邊衹有裴談，内裏無過
〇〇●〇●▲　●●●●●▲　●〇●●〇〇　●●〇〇
李老。
●▲

用仄韻。

〔杜注〕

按，此乃優人嘲謔裴談之詞，非其自作。萬氏以此調第一句皆用“迴波爾時”四字，沈詞自署佺期之名，故以爲裴談作也。

【蔡案】

本詞出唐孟棨《本事詩·嘲戲第七》，謂唐中宗時優人所作。萬

氏以爲裴談作，誤。此詞最可證明本調原爲"迴波詞，持酒卮"之格式。若作"迴波詞，持栲栳"，文意豁然開朗，一個拿著笆斗勞作的怕婦者形象，栩栩如生。按，栲栳，一種柳編的盛物容器，又名笆斗。

舞馬詞 二十四字　　　　　　　　　　　　　　　張　說

彩旄八佾成行。時龍五色因方。屈膝銜杯赴節，傾心獻壽
◎○●●●○△　　⊙○●●●⊙△　　◎●●○○○●　　○○●●

無疆。
○△

　　平仄不拘。首句可不用韻。

　　按，此並前後二調，唐時本爲詩類，而用以入歌，則另有腔板。如七言之《清平調》《小秦王》等，亦同。雖字數相合，而其腔則異耳。《清平樂》後半，亦即此四句也。

〔杜注〕

　　按，《唐書·禮樂志》："明皇命教舞馬數百蹄，各爲左右，分部目，衣以文繡，絡以金珠。每千秋節，舞於勤政樓下，賜宴設酺。其曲數十疊，馬聞聲，奮首鼓尾，縱橫應節。"此詞即舞馬時所歌也。

【蔡案】

　　萬子以爲本詞"平仄不拘"，或未必如此。檢張說六首的平仄律，第一句除一首本詞和末一首作"聖君出震應籙"外，其餘四句均爲仄起仄收式；第二句六首除末一首作"神馬浮河獻圖"外，均爲平起平收式；第三句六首均爲仄起仄收式；第四句均爲平起平收式。顯然其基本拘於平仄，依律而填，譜中可平可仄據補。

　　萬子謂本詞即《清平樂》後半，也是望形生義，如果這個説法成立，則本詞即《清平樂》前生，後者由此發展而來。如果萬子僅指兩者

形式相同,則又和自己所説"平仄不拘"牴牾,除非《清平樂》後段亦是
"平仄不拘"者。

三　臺 二十四字 或加"令"字　　　　　　　　　　章應物

冰泮寒塘水緑,雨餘百草皆生。朝來衡門無事,晚下高齋
〇●〇〇●△　●〇●●●△　　〇●〇〇●●　●〇〇●

有情。
〇△

　　平仄不拘。所賦不論何事,詠宮闈者即曰《宮中三臺》,亦名《翠
華引》,亦名《開元樂》;詠江南者即曰《江南三臺》。又有《突厥三臺》。
其長調則爲宋人所撰,而襲取其名,因以類從,載於左幅。《圖》作《開
元樂》,收明夏言詞,無謂。

〔杜注〕

　　按,宋張表臣《珊瑚鈎詩話》云:"樂部中有促拍催酒,謂之《三
臺》。"又按,此亦唐教坊曲名。

【蔡案】

　　本調首拍,王建有"樹頭花落花開"等兩首,都叶韻,因此本調四
句式的有兩種填法,萬子失記,首句末字兹改用可叶可不叶圖符
標示。

　　萬子所謂"平仄不拘"的説法,應該理解爲是指篇與篇之間無須
恪守統一的平仄律,而非篇中句與句之間的格律規範。但這樣的表
述極易被人誤解,如前所説,"平仄不拘"則意味着每個句子皆無須考
慮格律,但實際上我們研究唐宋諸家作品,每一句都有嚴格的格律,
即便是王建的"揚州橋邊少婦"、韋應物的"一年一年老去",也是用的
六言律拗句法,其餘均用六言律句,故可知每句句法都不可隨意,惟

粘對不拘，惟各首句法不必劃一，亦即此篇與彼篇的平仄律都可以不同，填者於此不可不知。

三臺慢 一百七十一字　　　　　万俟雅言

見梨花初帶夜月，海棠半含朝雨。內苑春、不禁過青門，御
溝漲、潛通南浦。東風靜、細柳垂金縷。望鳳闕、非煙非霧。
好時代、朝野多歡，遍九陌、太平簫鼓。　　乍鶯兒百囀斷
續，燕子飛來飛去。近綠水、臺榭映秋千，鬥草聚、雙雙遊
女。餳香更、酒冷踏青路。會暗識、夭桃朱戶。向晚驟、寶
馬雕鞍、醉襟惹、亂花飛絮。　　正輕寒輕暖漏永，半陰半
晴雲暮。禁火天、已是試新妝，歲華到、三分佳處。清明看、
漢蠟傳宮炬。散翠煙、飛入槐府。敿兵衛、閶闔門開，住傳
宣、又還休務。

從來舊刻，此篇俱作雙調，於"雙雙遊女"分段，余獨斷之，改爲三疊，人莫不疑且怪者。余爲解之曰：首段"見"字以下，"梨花、海棠"兩句各六字相對；次段"乍"字以下"鶯兒、燕子"兩句各六字相對；三段"正"字以下，"輕寒、半陰"兩句各六字相對。字句明整，對仗工嚴，而"見、乍、正"三字，皆以一去聲虛字領起，句末三字皆仄，而"夜、斷、漏"俱用去聲，豈非三段吻合乎？"內苑春"八字句、"御溝漲"七字句，

與中段"近緑水"八字、"鬥草聚"七字,後段"禁火天"八字、"歲華到"
七字同也。而"内、近、禁"皆去聲、"苑、緑、火"亦皆用仄、"禁、過、榭、
映、是、試"用六去、"御、漲、鬥、聚、歲、到"又用六去。下皆以平平平
仄接之,豈非三段吻合乎?"東風静"八字句、"望鳳闕"七字句,與中
段"餳香更"八字、"會暗識"七字,後段"清明看"八字、"散翠煙"七字
同也。而"東風静"等三字,俱用平平去,下接以仄仄平平仄,"望鳳
闕"等三字俱用去去平,下接以平平平仄,豈非三段吻合乎?"好時
代"七字句、"遍九陌"七字句,與中段"向晚驟"七字、"醉襟惹"七字,
後段"斂兵衛"七字、"住傳宣"七字同也。而"好時代"等三字俱仄平
去、"遍、醉、住"三去、"太、亂、又"三去,豈非三段吻合乎? 如此堂堂
正正每段五十七字,一字不苟,豈非是三疊調乎? 詞隱領大晟府,爲
詞壇主盟,他作皆精緻絶倫,如此長篇,流麗瓌弘,其下字真有千椎百
煉之力,而五百年來爲流俗人草草讀過,不能知其調之段落,又安能
知其語之義趣、字之和協乎? 更可詫者,沈氏指斥此篇,謂雜遝少倫,
過接唤應虚字少力,大怪事,大怪事! 如此傑出之詞,而遭其妄貶,豈
沈氏所作《如夢令》之"逗下心頭一塊"、《長相思》之"歡未盈,别能
輕"、《虞美人》之"坐憶眠還想"、《一剪梅》之"别又難搜"、《臨江仙》之
"錯疑奔司馬"、《滿江紅》之"憂端欲去去翻覆"、《賀新郎》之"管花管
魚並管鳥"等句,可謂有倫? 可謂有力耶? 嗚呼! 豈不可悲哉! 然據
愚臆斷如此,怒余者以爲狂妄,哂余者以爲穿鑿,愛余者以爲勞憊,余
悉弗顧,上之冀詞隱在天,喜後世有子雲爲之洗發;下之冀天下後世,
或有諒其苦心而以爲然者,正不止圖作長短句周郎也。

　　内用"不、闕、陌、百、踏、識、入"等字,乃以入作平;"九、子、水、
草、晚、寶、惹、已"等字,乃以上作平。皆須細心體認,此言尤爲讀詞
關鍵,不可不知。以入、以上作平處,不可用去聲字,其説甚長,已於
《發凡》悉之。"漢蠟傳宮炬",向來俱刻"漢宮傳蠟炬",疑與前稍異,

後得粵中藏書家元刻本作"漢蠟傳宮炬",爲之爽然心快。

〔杜注〕

　　按，此調見《唐教坊記》，宋李濟翁《資暇錄》云："《三臺》三十拍，促曲名。昔鄴中有'三臺'，石季龍常爲宴遊之所，而造此曲以促飲。"《樂苑》云："唐《三臺》，羽調曲。"

【蔡案】

　　本調原作"又一體"，但是與前一調韋應物的《三臺》無涉，正如萬子所說，本爲"襲取其名"而已，屬於同名異調，因此，稱其爲"又一體"，顯然是錯誤的，故今重新命名爲《三臺慢》，以示區別。本詞之所以稱之爲"三臺"，也和原來的"三個臺閣"並無瓜葛，祇是因爲詞分爲三段而已。

　　按照《資暇錄》的說法，《三臺》是"三十拍促曲名"，那麼《詞律》的標點就全是錯誤的，現在我們讀爲三字一句、五字一句的地方，萬子原譜均讀爲八字一句，甚誤。

　　萬子除可平可仄外，還利用三段文字互校標注了十五處仄聲作平，基本集中於：依律即可平可仄處、三字結構處，大多無意義，祇"飛入槐府"的"入"字有意義。現圖譜中，除"半"字之外，所有的仄可平原著均標示爲"作平"，似不雄。

伊州三臺 雙調　四十八字　　　　　　　　趙師俠

桂花移自雲巖。更被靈砂染丹。清露濕酡顏。醉乘風、下
●○⊙●○△　●●○○●△　⊙○●○△　●○○、◎

臨世間。　　素娥襟韻蕭閒。不與群芳並看。蘇蘇絳綃
○●△　　　　◎○⊙○●△　●●○○●△　●●○○

單。覺身輕、夢回廣寒。
△　●○○、◎○●△

　　"伊州"，刻本作"洲"字，今改正。

此調雖前後段亦各二十四字,而第三句五字、第四句七字,"下、夢"二字用去,與上"靈、群"二字又別,不可不知。

又按,《調笑令》亦名《三臺令》,與此全異,不可誤認。

〔杜注〕

按,此爲唐曲,取邊地爲名。此調見金元曲子,注"正宮"調,平仄一定。

【蔡案】

疑萬子未見楊韶父詞。楊詞前段首拍"水村月澹雲低","月"字仄聲,此字位依律本無須作平;第三拍"瘦馬立多時","瘦"字仄聲;第四拍"是誰家茅舍竹籬","茅"字平聲,"舍"字去聲,但這裏應是借音上聲而作平;後段首拍"三三兩兩芳蕤",前"三"平聲、前"兩"仄聲;尾拍"勝東風千枝萬枝","千"字平聲。譜中可平可仄據此擬定。

一點春 二十四字　　　　　　　　　　侯夫人

砌雪消無日,卷簾時自顰。庭梅對我有憐意,先露枝頭一
◎○○⊙●　◎⊙⊙○△　⊙○●●○○●　○●●○○●

點春。
●△

此隋宮《看梅曲》也,凡二闋,今録其一。

【蔡案】

此是聲詩,非詞。

摘得新 二十六字　　　　　　　　　　皇甫松

酌一卮。須教玉笛吹。錦筵紅蠟燭,莫來遲。繁紅一夜經
●●△　○○●●△　●○○●●　●○△　○○●●○

風雨，是空枝。
○●　●○△

　　皇甫別作首句三字“摘得新”，因以爲名。

　　“經風”二字平聲，而“摘得新”一首用“幾十”兩字，“幾”字上聲，“十”字入聲，蓋可借作平，不礙歌喉，乃深於音律者所用也。初學若謂此二字可仄，而填入去聲字，則大謬矣。

【蔡案】

　　《欽定詞譜》“經”字作“鶯”。

　　花非花 二十六字　　　　　　　　　　　　　　　白居易

花非花、霧非霧。夜半來、天明去。來如春夢不多時，去似
○○○　●○▲　●●○　○○▲　⊙○○⊙●○○　◎●

朝雲無覓處。
○○○●▲

　　此本長慶長短句詩，而後人名之爲詞者。

【蔡案】

　　此亦是聲詩，本非詞。

　　春曉曲 二十七字　　　　　　　　　　　　　　　朱敦儒

西樓月落雞聲急。夜浸疏香淅瀝。玉人醉渴咽春冰，曉色
○○●●○○▲　●●○○○●▲　●○◎●●○○　●●

入簾橫寶瑟。
●○○●▲

　　第二句六字，《花草粹編》所載如此，後人於“香”字下增一“寒”字，故作七言四句，即謂之《阿那曲》耳。《毛氏名解》於《阿那曲》下注

"又名《春曉曲》",復引《粹編》云"第二句本六字,譜增一字,以爲《阿那曲》,其實二調也。"夫既云本是六字,其實二調,而復云《阿那曲》又名《春曉曲》,何其矛盾耶。

〔杜注〕

按,《詞譜》第三句作"玉人酒渴嚼春冰"。

漁　歌 二十七字　又名《漁父》　　　　　　張志和

西塞山前白鷺飛。桃花流水鱖魚肥。青箬笠、綠蓑衣。斜
○●○○●●　△　　○○○●●○△　　○●●　●○△　　○
風細雨不須歸。
○●●●○△

　　和凝詞,結句用"香引芙蓉惹釣絲",平仄不同。玄真又一首起二句,"松江蟹舍主人歡,菰飯蒓羹亦共餐",平仄全異。和凝又一首"青箬笠"句用"釣車子",是仄平仄,想亦不拘。然自宋以後,皆依"西塞"一體,今作者宜從之。

　　山谷增句作《鷓鴣天》,東坡增句作《浣溪沙》,蓋本調音律失傳,故加字歌之。然坡止加潤玄真之語,谷則增入"朝廷尚覓玄真子,何處如今更有詩"二句於"青箬笠"之上,語氣不倫,可謂蛇足。

【蔡案】

　　原譜調名作《漁歌子》。按,《新唐書·張志和傳》有云:"(志和)善圖山水,酒酣,或擊鼓吹笛,舐筆輒成。嘗撰《漁歌》,憲宗圖真求其歌,不能致。"則可知本調唐人名《漁歌》,又名《漁父》《漁父歌》《漁父詞》,德誠則有三十九首稱之爲《撥櫂歌》,而從未有稱之爲《漁歌子》的作品。至宋,詞人們用的更多的是《漁父》詞,亦偶有作《漁父樂》的,是詞人因詞而改名。《漁歌》本不屬詞,是歌行體聲詩中的"雜歌

謡辭”，故曰“歌”、曰“詞”，而不以具有詞調特徵的“子”來命名。直至宋代後期，黄昇編《花庵詞選》，纔將張詞冠名爲《漁歌子》，其後張玉田創作十首單段體詞，將其題名爲《漁歌子》，張冠才正式被李戴，説明當時單段體已被混同於詞，所以才會添“子”字誤植調名，但對於調名，終究是一個誤植。要之，《漁歌子》另有所屬，是一個雙段詞詞名，與單段體的本詞毫無關涉。

漁歌子 雙調　五十字　　　　　　　　　　　　　孫光憲

泛流螢、明又滅。夜涼水冷東灣闊。風浩浩、笛寥寥，萬頃
●○○ ○●▲　◎○○●○○▲　○●● ●○○ ◎●
金波重疊。　　杜若洲、香郁烈。一聲宿雁霜時節。經雪
⊙○⊙▲　　●○○ ○●▲　○●●●○○▲　○●
水、過松江，盡屬儂家風月。
● ●○○ ◎●⊙○⊙▲

前後同。“風浩浩”二句，可用仄平平、平仄仄而叶韻者，後段同。又，李珣一首，於第二句用“瀟湘夜”，“湘”字平聲。

【蔡案】

原譜本詞作“又一體”，但本詞與前一詞實爲不同之詞調，非又一體，故仍添加調名。

本詞中三三式結構原爲一句，因爲都是從七字句化來，尤其重要的是，詞譜學意義上的句并非以詞意劃分，更不等同於文法意義上的句，而是韻法意義上的句，否則按文法來説本詞後段起拍就是一句，應標點爲“杜若洲、香郁烈”，而第三句就是兩句，應標示爲“經雪水，過松江”，從而整個韻律就不和諧了。原譜三三式句子中均標示爲“句”，今謹予訂正。

前後段第五字，例以仄聲爲正，萬子舉李珣“瀟湘”例，是因爲屬

於地名,韻律上的權宜作法,不必爲例。後段原注"郁"字可平,而現
存唐五代詞均爲仄聲,不從。

　　本調前後段第三句,例以●○○　⊙◎▲爲基本格式,魏承班、
顧敻、李珣等皆如此填,唐五代僅孫光憲一人不叶韻,應以叶韻體爲
正,因兩式混擬一譜太過雜亂,謹另列於下,填本調應以此爲範:

漁歌子 雙調　五十字　　　　　　　　　　　　　　　魏承班

柳如眉、雲似髮。蛟綃霧縠籠香雪。夢魂驚、鍾漏歇。窗外曉鶯
●○○　○●▲　　●○○●●○▲　●○○　○●▲　⊙●○
殘月。　　幾多情、無處說。落花飛絮清明節。少年郎、容易
⊙▲　　　●○○　○●▲　　●○○●○▲　◎○○　○●
別。一去音書斷絕。
▲　◎●○⊙○○▲

憶江南 二十七字　　又名《夢江南》《謝秋娘》《夢江口》
　　　　《望江南》《望江梅》《春去也》　　　　　　　　皇甫松

蘭燼落,屏上暗紅蕉。閒夢江南梅熟日,夜船吹笛雨瀟瀟。
○○●　⊙●●○△　⊙●⊙○●●　◎○⊙●○△
人語驛邊橋。
⊙●●○△

　　按,宋王灼《碧雞漫志》云:"此曲自唐至今,皆南呂宮,字句皆
同。"又,唐段安節《樂府雜錄》云:"此詞乃李德裕爲謝秋娘作,故名
《謝秋娘》,因白居易詞,更今名。"

【蔡案】

　　古人引錄前人語,常憑記憶,如這裏關於段安節《樂府雜錄》就是
一例,其原文是:"始自朱崖李太尉鎮浙日,爲亡妓謝秋娘所撰,本名
《謝秋娘》,後改此名。"但注不改,其餘不再論及。

雙段體 <small>雙調　五十四字</small>　　　　　　　　吳文英

三月暮，花落更情濃。人去秋千閒挂月，馬停楊柳倦嘶風。
○○●　⊙●●○△　⊙●○○○●●　●○○●●○△

堤畔畫船空。　　　厭厭醉，長日小簾櫳。宿燕夜歸銀燭外，
⊙●●○△　　　○○●　○●●○△　◎●●○○●●

啼鶯聲在綠陰中。無處覓殘紅。
⊙○○●●○△　⊙●●○△

　　即前調加　疊。

　　此調隋煬帝有八闋，但白香山三詞，晚唐襲之，皆係單調，至宋方
加後疊，故知隋詞乃贗作者無疑。李後主"多少恨"及"多少淚"，本是
二首，《嘯餘》合之爲一，大謬。此調作者甚多，何乃取李詞二首牽合，
以作五十四字格乎？致後人疑前後可兩用韻，豈不誤殺。《圖》以前
爲《夢江口》，此爲雙調《望江南》，異哉！

【蔡案】

　　雙段式即單段式的簡單重疊，但這是宋詞改造唐詞的重要變化
方式，由於整體結構完全變化，有時候甚至會有個別韻腳增減，因此
我們將其視爲真正意義上的"又一體"。

憶江南 <small>五十九字</small>　　　　　　　　馮延巳

今日相逢花未發。正是去年，別離時節。東風次第有花開。
○●○○○●▲　●●●○　○○●▲　⊙○●●●○△

恁時須約却重來。　　　重來不怕花堪折。祇怕明年，花發
◎○○●●○△　　　○○●●○○▼　●●○○　○●

人離別。別離若向百花時。東風彈淚有誰知。
○○▼　◎○◎●●○▽　⊙○○●●○▽

凡用三韻，句法與前調全異。

【蔡案】

本詞與前皇甫詞和吳文英詞，僅僅是詞調重名而已。從“體式”的角度來說，兩者在詞調內部的機制上並無任何雷同或承繼之處，因此，將其稱之爲是皇甫詞或吳詞的“又一體”，都沒有任何律理上的依據，我們只能將其視爲本書一種體例上的“類列”而已。故刪原文的“又一體”，重擬調名。

按，馮氏此調現存二首，雖前段第三拍兩首皆同，但疑其原詞應該與後段一樣，也是五字一句。唐詞雖然有前後段或起拍不同、或結拍不同的情況，但是如果起結都相同，則前後段往往都是規整的，這是一個基本的特色，否則在頭尾字句相同而中間參差的情況下，常是脫落字的原因造成。

又按，萬子認爲本調“凡用三韻”，此說錯誤，因爲唐詞的特色，在換韻的時候往往是沒有一種“前後段協同”的理念，呈現一種“自顧自”的換韻模式，前面的《荷葉杯》就是一個很好的例子。而本調的用韻正和《虞美人》《菩薩蠻》相同，前後段各用一平一仄兩韻，故本詞仄聲韻前後段相同，純屬偶合，恰如李白《菩薩蠻》，前段用“織、碧”，後段用“立、急”，也是偶合，但是從來無人認爲《菩薩蠻》是屬於“凡用三韻”的詞調。馮氏別首“去歲迎春”詞，前後段前三拍分用“月、節”“舊、瘦”爲韻，就說明本詞無非屬於一種特殊的換韻而已。至於這一類體式，後人從自己的審美出發，將平韻或仄韻予以協同一致，祇是後人審美理念的不同而已，並不能認爲是又一體，更不能認爲是律理如此。

古搗練子　二十七字　　又名《深院月》　　　　　南唐後主

深院静、小庭空。斷續寒砧斷續風。無奈夜長人不寐，數聲
○●●　●○△　　◎●○○○●△　　⊙●●○○●●　●○

和月到簾櫳。
⊙ ● ● ○ △

　　按，徐電發《詞苑叢談》云："李重光'深院静'小令，詞名《搗練子》，即詠搗練也。常見一舊本，則係《鷓鴣天》詞，前有半闋云：'塘水初澄似玉容。所思還在別離中。誰知九月初三夜，露似珍珠月似弓。'下接'深院静'云云。"此説頗新異，然揆前四句，語氣不類，且兩複"月"字，恐屬未確。

【蔡案】

　　原譜本調調名爲《搗練子》，因與後一首雙調《搗練子》重名，因此採用賀鑄五首所用的調名，以示區別。

　　詞後按語康熙本不見刊載，據光緒本補入。從光緒本的體例來看，該按語並非杜注，而是萬子所按。其中關於《鷓鴣天》云云，或祇是後人的附會，因爲《鷓鴣天》屬於宋詞，而至今未見有唐人的作品，因此在秦巘的《詞繫》中歸於宋祁名下。就作品而言，此詞四拍均寫搗練，也就是所謂"即詠搗練"，而"塘水初澄"四拍，雖然"露珠月弓"也是佳句，且傳誦詞苑，但是所寫的與搗練完全無關，也可以説明二者並非一體。至於萬子以禩字作爲疑點來質疑，則未免失之牽强，畢竟填詞是不忌諱複字的。

　　搗練子　以下雙調　三十八字　　　　　　無名氏

林下路、水邊亭。凉吹水曲散餘酲。小藤床、隨意横。　　猶
○● ●、● ○ △　⊙○○● ● ○ △　● ○ ○、○ ● △　　　○
記得、舊時經。翠荷鬧雨做秋聲。恁時節、不怕聽。
● ●、● ○ △　　◎○● ● ● ○ △　● ○ ○、● ● △

　　見《天機餘錦》。與前調大異，前後同，祇"堪"字用平，異。
　　《圖》不用《搗練子》名，而改爲《深院月》，可厭。

〔杜注〕

　　按,《太和正音譜》注"雙調",一名搗練子令。

【蔡案】

　　原譜本調也是"又一體",但以全詞的結構而論,與後主詞顯然均拍都迥異,應該也是屬於同名異調,故重擬調名,以示區別。

　　沈瀛三首,起拍均爲"放下著","放"字仄聲;前段七字句,沈詞有三首作仄起平收式句法,如"百斛油麻水上攤",與此迥異。前後段第三句,其平仄律應是●○○　○●▲,後結原譜作"不堪聽","堪"字實誤,據《花草粹編》所引《天機餘錦》,該句爲"不怕聽",正與其餘諸詞相同,"不"字爲以入作平,"堪"字則或是誤刻,現據《花草粹編》本改。

胡搗練　四十八字　　　　　　　　　　　　　　　晏　殊

小桃花與早梅花,盡是芳妍品格。未上東風先坼。分付春
◎○⊙●●○○　　●　○⊙○○▲　　◎●○○●▲　　⊙●○

消息。　　　佳人釵上玉樽前,朵朵穠香堪惜。誰把彩毫描
○▲　　　　　⊙○○●●○○　　●●○○●▲　　⊙●◎○○

得。免恁輕拋擲。
▲　　◎●○○▲

　　前後同。此與前調異。《桃源憶故人》或云即《胡搗練》,但彼前後起句即用仄起韻,與此不同,故仍各收之。

〔杜注〕

　　按,宋黃大輿《梅苑》及明陳耀文《花草粹編》,首句作"日來江上見寒梅";又,"盡是"作"自逞";又,"未上"作"爲甚"。可從。

【蔡案】

　　唐宋詞一基本特色,是前後段的首拍往往可叶可不叶,所以以首

拍是否叶韻來判斷詞體的異同，缺乏説服力。這兩個調名下的詞有很多相同點，每一句的句法都是完全相同的，甚至《桃源憶故人》有後段第二拍添一字作上三下四折腰式句法的填法，《胡搗練》也有杜安世用"又恐有、彩雲迎去"，二者絲絲合扣，不能斷言兩者爲異體。

多字格 五十字　　　　　　　　　　杜安世

數枝半斂半開時，洞閣曉、寶妝新注。香格艷姿天賦。甘被
群芳妒。　　　狂風橫雨且相饒，又恐有、彩雲迎去。牽破少
年心緒。無計長爲主。

第三句七字，後第二句七字，與前調異。"爲長"疑是"長爲"。

〔杜注〕

按，《詞譜》第二句作"洞閣曉、寶妝新注"，萬氏因傳抄誤脱，"寶"字加於第三句之首，致以爲與前調異，其實前後相同也。又，《詞譜》末句作"無計長爲主"，應遵改。又，《詞律拾遺》云："此與四十八字之晏詞，俱與《搗練子》格調全異，蓋《望仙樓》之又一體也。"應改列卷四《望仙樓》晏幾道詞後，爲又一體。

【蔡案】

這一體式由晏詞體添字而成。原譜前段二三句作"洞閣曉妝新注。寶香格艷姿天賦"，尾句作"無計爲長主"，均據杜注改。

望仙樓 四十七字　　　　　　　　　晏幾道

小春花信日邊來，冰上江梅先拆。今歲東君消息。還自南

枝得。　　　素衣染盡天香,玉酒添成國色。一自故溪疏隔。
○▲　　　　●○●●○●　◎●●○○●　◎●●○○●▲　◎●●○○●▲

腸斷長相憶。
○●○○▲

　　後起比前少一字。

〔杜注〕

　　按,《梅苑》"冰上江梅先拆"句,"冰"作"隴","拆"作"坼"。又,
"素衣染盡天香"句,"染"作"洗","天"字上有"九"字,應增改。又按,
此詞與卷一所收《胡搗練》晏殊、杜安世二詞字句相同,應附於此。

【蔡案】

　　本詞原譜列於卷四《西地錦》後。

　　《望仙樓》即《胡搗練》,《梅苑》刻本調仍名《胡搗練》,可證。又,
本調後段結句當是七字,大晏作"佳人釵上玉尊前",杜安世、韓維亦
同。小山本調二首,別首亦作"異香直到醉鄉中"。此處作者當是爲
與後一拍形成對仗而刻意減字。另有仇遠亦作對仗句,爲"破罌旋汲
香泉,短钁閒鋤春草",故本調後起此句不足爲正體,當以七字句爲
範,平仄律則應從前段首拍而定。

　　赤棗子　二十七字　　　　　　　　　　　　　歐陽炯

夜悄悄、燭熒熒。金爐香盡酒初醒。春睡起來回雪面,含羞
◎●●　●○△　○○○●●○△　⊙●●○○●●　◎○

不語倚雲屏。
◎●●○△

　　此詞與《搗練子》《桂殿秋》句法相同,未免錯認,今考定之。曰:
首、次二句,三詞俱同,第三句《搗練》用仄仄平平仄仄平,《赤棗》反
是,《桂殿》則兩者不拘。後二句《搗練》《赤棗》用平仄平平平仄仄、平

平仄仄仄平平，《桂殿》反是。

《瀟湘神》亦與此格同，但首句疊三字耳。

【蔡案】

以句法的不同來判斷詞調之間的異同，顯然是一個沒有任何依據的笨辦法。因爲雖是同一個詞調但有不同句法的情況很多，比如《桂殿》既然可以"兩者不拘"，難道再分爲兩種？又比如七字四句形式的又有很多，又如何根據句法來區別？詞調的區別祇能靠詞樂，當詞樂已佚之後，即標準喪失，如果想依靠文字、句法、韻律等其他方式來判斷同異，都是行不通的，除非兩者迥異。

桂殿秋 二十七字　　　　　　　　　　　　向子諲

秋色裏、月明中。紅旌翠節下蓬宮。蟠桃已結瑶池露，桂子
○●●　●○△　　○○●●●○△　　⊙○◎●○○●　◎●
初開玉殿風。
○○●●△

太白有此調二首，一與此同，一首於"紅旌"句平仄相反。然《酒邊詞》所作，平仄如右，後人但學此可也。《選聲》注《桂殿》云："末二句不對，即是《赤棗》。"大非。

〔杜注〕

按，此本唐李德裕《送神迎神曲》，有"桂殿夜涼吹玉笙"句，取爲調名。

【蔡案】

太白詞平仄反，正可以證明，詞中的句子平仄本可不拘。

解　紅 二十七字　　　　　　　　　　　　和　凝

百戲罷、五音清。解紅一曲新教成。兩箇瑤池小仙子，此時
●●● ●○△　●○●○△　●●○○●●　●○
奪却柘枝名。
●●●○△

亦似前三調，而第三句平仄略拗，有異。

〔杜注〕

按，《詞譜》云："《宋史・樂志》：'小兒舞隊有《解紅》，其曲失傳。
陳暘《樂書》載和凝作，乃唐詞也，若《鳴鶴餘音》有《解紅兒慢》，係元
人所製，與此不同。'"

【蔡案】

萬子注"亦似前三調"，應該是"前二調"，刻誤。

瀟湘神 二十七字　　又名《瀟湘曲》　　　　　劉禹錫

斑竹枝。斑竹枝。淚痕點點寄相思。楚客欲聽瑤瑟怨，瀟
○●△　○●◇　●○●●○○△　●●○○○●●　○
湘深夜月明時。
○○●●○△

首三字用疊句，又一首用"湘水流"二句是也。

〔杜注〕

《詞譜》云："調始自唐劉禹錫詠湘妃詞。所謂賦題本意也。"

章臺柳 二十七字　　　　　　　　　　　　韓　翃

章臺柳。章臺柳。昔日青青今在否。縱使長條似舊垂，也
○⊙▲　○○◆　●●○○●⊙◎▲　●●○○●○●　●

應攀折他人手。
⊙○◎⊙○▲

　　君平贈句，本祇是詩，後人採入詞譜，即以起句爲名。其柳姬答詞，亦以起句名《楊柳枝》，句法與此相同，故即附於此。

楊柳枝、芳菲節。可恨年年贈離別。一葉隨風忽報秋，縱使
○●○　○○▲　●●○○●○▲　●●○○○●○　●●
君來豈堪折。
○○●○▲

　　此譜凡調俱以字少者居前。此柳氏詞本二十七字，似應列於《楊柳枝》調之首，但七言絶句《楊柳枝》，其調最古，作者亦最多，不宜以此一詞爲冠，故録附君平詞後，不復入《楊柳枝》調内。覽者勿謂例有異同可也。
〔杜注〕
　　按，此韓翃所製，以首句爲調名。柳姬答詞首句不用韻。

南鄉子 二十八字　　　　　　　　　　　　　　　歐陽炯

路入南中。桃榔葉暗蓼花紅。兩岸人家微雨後。收紅豆。
●●○△　⊙○○●●○△　◎●⊙○○●▲　○○▲
葉底纖纖擡素手。
●●○○○●▲

　　前詞“臨水”是兩字句，後詞“收紅豆”是三字句，餘俱同。

【蔡案】
　　此詞原列於下一首之後，因係正體，故移前。二字句，僅見於歐詞，別首尚有“回顧”一例。二首疑爲奪字，非減字也。

少字格 二十七字　　　　　　　　　　　　歐陽炯

岸遠沙平。日斜歸路晚霞明。孔雀自憐金翠尾。臨水。認
●●○△　⊙○⊙●●○△　◎●◎○○●▲　○▲　●

得行人驚不起。
●○○○●▲

多字格 三十字　　　　　　　　　　　　　李　珣

煙漠漠、雨凄凄。岸花零落鷓鴣啼。遠客扁舟臨野渡。思
○●●　●○△　◎○⊙●●○△　◎○○⊙○○▲　○

鄉處。潮退水平春色暮。
○▲　⊙●◎○○●▲

　　起用三字兩句，與前異，餘俱同。其"遠客"句，李有十詞，四與此
同，外三首用"回塘深處遙相見"等句，平仄與此反。又二首用"帶香
遊女偎伴笑""春酒香熟鱸魚美"，平仄拗，想不拘也。但"帶香"句或
"伴"字平聲訛仄，"春酒"句或是"酒香春熟"，亦未可知，訛以傳訛，不
可考矣。學人但從其穩妥者可也。

【蔡案】

　　李珣別首，第三句作"回塘深處遙相見"，句法與此不同。李珣三
首如此句法都是⊙○○●●○○●，譜中可平可仄據此改。

雙段體 雙調 五十六字　　　　　　　　　　陸　游

歸夢倚吳檣。水驛江城去路長。想見芳洲初繫纜，斜陽。
⊙●●○△　◎●○○●●△　◎●○⊙○●●　○△

煙樹參差認武昌。　　愁鬢點新霜。曾是朝衣染御香。重
⊙●○○●●△　　　◎●●○△　○⊙●○○●●△　⊙

到故鄉交舊少，淒涼。却恐他鄉勝故鄉。

●◎○○●● ○△ ◎●○○●●△

雙疊句法，亦異前詞。《詞統》云"前後四字起，名《減字南鄉子》"，無據。如指歐詞，則彼先此後，不可云減字也。

〔杜注〕

按，《詞譜》云："此詞有單雙調。單調始自歐陽炯詞，馮延巳、李珣俱本此添字。雙調始自馮延巳。《太和正音譜》注：越調。歐陽修本此減字，王之道、黃機本此添字也。"今放翁此詞，與馮延巳"細雨濕流光"一首字句悉同，萬氏所注可仄可平，即以馮詞校定，至《詞統》所云前後四字起，名《減字南鄉子》，係指歐陽永叔"翠密紅繁"一首，並無舛誤。萬氏疑指歐陽炯詞，故謂"彼先此後，不可云減字"也。

【蔡案】

萬子關於"先後"的概念是非常僵化的，歸謬地説，就像是認爲元朝人填詞不可以用唐人的體式，否則與宋詞的比較就有了先後的困惑一樣。當然，這並不表示同意《減字南鄉子》的説法是正確的。

樂遊曲 二十七字   閩后陳氏

龍舟搖曳東復東。采蓮湖上紅更紅。波淡淡、水溶溶。奴

○○●●○●△ ●○○●○●△ ○●● ●○△ ○

隔荷花路不通。

●○○●●△

是調有二首，此首與《漁歌子》"松江蟹舍"一首相近，想其腔則各異也。其又一首云："西湖南湖鬥綵舟。青蒲紫蓴滿中洲。"平仄想亦不拘。

〔杜注〕

按，《詞譜》未收此調，萬氏謂與《漁歌子》"松江蟹舍"相近，誠然，疑即《漁歌子》也。

小秦王　二十八字　又名《陽關曲》　　　　　　　無名氏

柳條金嫩不勝鴉。青粉牆頭道韞家。燕子不來春寂寂，小
●○○●●○△　　⊙●○○●●△　　●●●○○●●　●

窗和雨夢梨花。
○○●●○△

　　即七言絕句，平仄不拘，如東坡所作"暮雲收盡溢清寒"一首，下
二句失粘不論。

〔杜注〕

　　按，《漁隱叢話》云："唐初歌舞，多是五七言詩，後漸變爲長短句，
今止存《瑞鷓鴣》《小秦王》二闋。《瑞鷓鴣》是七言八句詩，猶依字易
歌，《小秦王》是七言絕句，必須雜以虛聲，乃可歌耳。"又，宋秦觀云：
"《渭城曲》，絕句，近世又歌入《小秦王》。"蓋即'渭城朝雨裛輕塵'
一絕。

【蔡案】

　　萬子注中"清寒"原作"輕寒"，據《東坡樂府》改。

　　《小秦王》與《陽關曲》是完全不同的。兩者的區別，在第一、二聯
之間的黏或不黏，凡屬《小秦王》調的，都黏，無名氏詞如此，宋仇遠二
首《小秦王》也是如此。仇詞，一作"眼溜秋潢臉暈霞。寶釵斜壓兩盤
鴉。分明認得蕭郎是，佯凭闌干喚賣花"，一作"水拍長堤沒軟沙。菰
蒲深處釣魚家。晉頭免得黏風絮，船尾依然帶落花。"黏對非常規正。
《陽關曲》則自從王維濫觴之後，就以折腰的體式著名，乃至陽關體又
被稱之爲"折腰體"，王詩作："渭城朝雨浥輕塵。客舍青青楊柳新。
勸君更盡一杯酒，西出陽關無故人。"而東坡的三首也全部都如此填：
"濟南春好雪初晴。行到龍山馬足輕。使君莫忘雪溪女，還作陽關腸
斷聲。""暮雲收盡溢清寒。銀漢無聲轉玉盤。此生此夜不長好，明月

明年何處看。""受降城下紫髯郎。戲馬臺南舊戰場。恨君不取契丹首,金甲牙旗歸故鄉。"所以,兩者可謂是涇渭分明。萬子將兩種不同的體式摻雜在一起,以東坡詞來校《小秦王》,從而得出"平仄不拘"的結論,頗謬。

採蓮子　二十八字　　　　　　　　　　　　　皇甫松

菡萏香連十頃陂^{舉棹}。小姑貪戲採蓮遲^{年少}。　晚來弄水
◎●○○●●△　　　◎○○●●○△　　　◎○●●

船頭濕^{舉棹},更脱紅裙裹鴨兒^{年少}。
○○●　　◎●○○●●△

即七言絶句。其"舉棹""年少"字乃相和之聲,説見《竹枝》。然"竹枝"二字用於句中,"女兒"二字用於句尾,此則一句一换耳。或曰,《竹枝》之"枝""兒"兩字,此調之"棹""少"兩字,亦自相爲叶,不可不知。

楊柳枝　二十八字　即《柳枝》　　　　　　　温庭筠

館娃宫外鄴城西。遠映征帆近拂堤。繫得王孫歸意切,不
●○○●●○△　　●●○○●●△　　●●○○○●●　●

關春草緑萋萋。
○○●●○△

即七言絶句,平仄失粘不拘。皆詠柳詞也,不比《竹枝》泛用。

【蔡案】

這是聲詩。所謂聲詩,是詩而非詞,詞的句子的平仄雖然可以變易,但祇是"變異",仍有"律"可循,不可謂不拘。而詩則不同,詩有近體,有古體,古體本無平仄律拘束,即便是近體,也是極爲自由的,每

一首都可以隨意採用或平起，或仄起的句法。且唐人的這一體式現存計一百七十首，祇有白居易四首、劉禹錫一首失粘，其餘的都恪守平仄律，因此萬子所説的"平仄失粘不拘"的説法，是沒有依據的。

添聲楊柳枝　以下雙調　四十字　　　　　　　　顧敻

秋夜香閨思寂寥。漏迢迢。鴛幃羅幌麝煙消。燭光搖。　　　正
⊙○○●●△　●○△　⊙○⊙●●△　●○△　　　◎

憶玉郎遊蕩去。無尋處。更聞簾外雨瀟瀟。滴芭蕉。
●●○○●▲　○○▲　◎○●●○○△　●○△

又，張泌此調於"鴛幃"句用"金鳳搔頭墜鬢斜"，平仄同首句。"無尋處"，"尋"字用仄。其餘無異，是不拘也。但顧詞"鴛幃"句與後"更聞"句同，覺紀律更精，故録之。

按，《賀聖朝影》句法字法皆與此同，祇後段"無尋處"之"處"字仍用平聲叶前後韻，故於此爲各調，不可誤也。

【蔡案】

本詞原作"又一體"，因與前一詞屬不同詞調，故據《欽定詞譜》重擬調名。

柳枝　四十四字　　　　　　　　　　　　　　朱敦儒

江南岸，柳枝。江北岸，柳枝。折送行人無盡時。恨分離。
○○●　●△　○○●●　●◇　●●○○●△　●○△

柳枝。　　酒一杯。柳枝。淚雙垂。柳枝。君到長安百事
●◇　　　●●△　●◇　●○△　●◇　○●○○●●

違。幾時歸。柳枝。
△　●○△　●◇

按，此"柳枝"二字當如"竹枝""女兒""舉棹""年少"，作和歌之

語，今他無可考，仍以大字書之，且因"時""離"等字即叶"枝"字韻
故耳。

〔杜注〕

　　按，此與前之《採蓮子》皆唐教坊曲名，各有和聲，惟句尾句中不
同耳。白居易詩注："《楊柳枝》，洛下新聲。"其詩曰"聽取新翻楊柳
枝"是也。蓋《樂府橫吹曲》有"折楊柳"名，此則借舊曲名另創新聲。

浪淘沙　二十八字　　　　　　　　　　　　皇甫松

蠻歌豆蔻北人愁。浦雨杉風野艇秋。浪起鵁鶄眠不得，寒
〇〇●●●〇△　　●●〇〇●●△　　●●〇〇〇●●　　〇
沙細細入江流。
〇●●●〇△

　　此亦七言絕句，平仄不拘，觀劉、白諸作皆切本調名，非泛用也。

　　汲古《花間》，刻"淘"作"濤"，誤。

〔杜注〕

　　按，"蠻歌豆蔻北人愁"一首，作七言斷句，爲此調正體，以下李
後主雙調一首，雖每段尚存七言二句，乃因舊曲另製新聲也。其柳
永"有個人人"一首，於前後起句各減一字，句法悉同。又，宋祁仄
韻一首，音節稍變，其源皆出於李，應以李詞爲《浪淘沙令》，以柳、
宋二詞爲又一體。今萬氏以李、宋二詞爲又一體，於柳詞加"令"
字，似未洽。

【蔡案】

　　杜注"宋祁仄韻一首"，"宋祁"原作"宋郊"。按，杜氏所云即後文
宋祁《浪淘沙令》(少年不管)詞，故據改。

浪淘沙令 以下雙調　五十四字　又名《賣花聲》　　南唐李後主

簾外雨潺潺。春意闌珊。羅衾不耐五更寒。夢裏不知身是
⊙●●○△　⊙●○△　⊙○○●●○△　◎●○○●

客，一晌貪歡。　　　獨自莫憑闌。無限江山。別時容易見
●　◎●○△　　　●●●○△　○○○△　◎○○●●

時難。流水落花春去也，天上人間。
○△　⊙●●○○●●　⊙●○△

自南唐後，俱用此調。

石孝友此調，前後用四"兒"字爲叶，乃狡獪伎倆，非另有此體，即
如獨木橋之類耳。汲古刻李之儀首句"霞卷雲舒"，乃"卷"字下落一
字，非另體也，觀其後段仍是五字可知，與後柳詞不同。

按，此調一名《賣花聲》，而《謝池春》又別名《賣花聲》，不可混也。
《圖譜》改調名，并前唐調亦曰《賣花聲》，無理。

沈氏選吳遵巖一首，後第三句"已飄零一片減嬋娟"，乃誤多一
"已"字，沈注云："後段多一字。"則似有此體矣，謬。

〔杜注〕

萬氏注："汲古刻李之儀詞首句'霞卷雲舒'，乃'卷'下落一字，非
另體也。"按，杜壽域有"簾外微風"一首，亦前四後五，則此句並非落
字，實另有一體。

【蔡案】

本詞原譜作"又一體"，誤。按，廿八字的《浪淘沙》也是聲詩，而
這一首則屬於詞的小令，兩者之間毫無關係，可以類列在一起，但不
可以將兩者混爲一談，當作別體看待，所以重新擬調名。

李之儀詞，本作"霞卷與雲舒"，所落字爲"與"。杜安世詞共計有
三首，前後段起拍均爲一四字一五字，所以被《欽定詞譜》收爲又一

體,茲録一首如下:"簾外微風。雲雨迴蹤。銀釭爐冷錦幃中。枕上深盟,年少心事,陡頓成空。　　嶺外白頭翁。到没由逢。一床鴛被疊香紅。明月滿庭花似綉,悶不見蟲蟲。"其中"枕上深盟,年少心事"則爲七字句添字而成,杜詞又一首仍爲"展轉尋思求好夢"七字,其添字消息從中可見。

浪淘沙近 五十四字　　　　　宋　祁

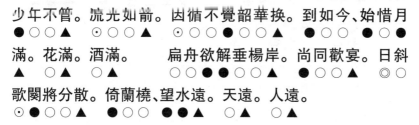

少年不管。流光如箭。因循不覺韶華換。到如今、始惜月
●○○▲　⊙○○▲　⊙○○●○○▲　●○○、●○●

滿。花滿。酒滿。　　扁舟欲解垂楊岸。尚同歡宴。日斜
▲　○▲　●▲　　　○○●●○○▲　●○○▲　◎○

歌闌將分散。倚蘭橈、望水遠。天遠。人遠。
⊙●○○▲　●○○、●●▲　○▲　○▲

後段惟首句七字與前段異。又,前用"始惜"二字,後惟一"望"字,恐落去一字,作者應照前段可也。

按,何籀《宴清都》前結即用此結,云"天遠山遠。水遠人遠",余斷以上兩"遠"字,乃以上作平,説見《宴清都》下。此詞用"滿""遠"二韻,恐亦有作平處,但舊詞惟小宋有此體,不如《宴清都》有他詞可證耳。然作者須記此字用上聲,萬萬不可用去聲。

因宋公創此三"遠"句,一變而爲何子初"細草沿階"詞,再變而爲王渼陂"無意整雲鬟"曲,愈出愈妙,紅杏尚書豈非風流之祖乎?

【蔡案】

此詞决是別調,因爲《浪淘沙》是一個齊頭式的詞格,而這首詞則是添頭式的格式,顯見兩者韻律體式完全不同;其次,《浪淘沙》的兩結是雙字起式句法,而這一首則是單字起式句法,韻律上也完全不同,故今以《能改齋漫録》中調名名之。但兩結中前面用"始惜",後面用"望"，應該是後段有脱誤。

兩"不"字以入作平。兩結拍原不讀斷，各失記兩個韻脚。

浪淘沙令 五十二字　　　　　　　　　　　柳　永

有箇人人。飛燕精神。急鏘環佩上華裀。促拍盡隨紅袖
● ● ○ △　　○ ● ○ △　　● ○ ● ● ○ △　　● ● ● ○ ○

舉，風柳腰身。　　　蔌蔌輕裙。妙盡尖新。曲終獨立斂香
●　○ ● ○ △　　　　● ● ○ △　　● ● ○ △　　● ○ ● ● ○

塵。應是四肢嬌困也，眉黛雙顰。
△　　○ ● ● ○ ● ●　　○ ● ○

比前李詞前後首句俱少一字，餘皆同。以調名加"令"字，故收在
後。或謂凡小調俱可加"令"字，非。因另一體而加"令"字也。汲古
刻作"有一箇人人"，"促"字下誤少一字，今爲"□"以補之。或曰"有
一箇人人"仍是五字句，或"蔌蔌"下落一字，亦未可知。余曰："'有一
個人人'，語氣不可於第二字略斷，周美成《柳梢青》起句亦云'有個人
人'，更何疑乎？"

〔杜注〕
　　萬氏於"促"字下空一字，按，《高麗史·樂志》作"促拍"，宜從。

【蔡案】
　　"促拍"，"拍"字原空缺，據《高麗史·樂志》補。

浪淘沙慢 一百三十三字　　　　　　　　　　周邦彥

曉陰重、霜凋岸草，霧隱城堞。南陌脂車待發。東門帳飲乍
● ○ ○　　○ ○ ● ●　　● ● ○ ▲　　○ ● ○ ○ ● ▲　　○ ○ ● ●

闋。正拂面、垂楊堪攬結。掩紅淚、玉手親折。念溪浦離魂
▲　　● ● ●　　○ ○ ○ ● ▲　　● ○ ●　　● ● ○ ▲　　● ○ ● ○ ○

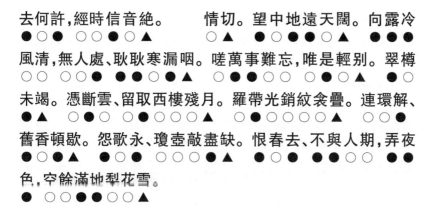

去何許，經時信音絕。　　情切。望中地遠天闊。向露冷
●○● 　○○○▲　　　○▲　●●●●○▲　●●●

風清，無人處、耿耿寒漏咽。嗟萬事難忘，唯是輕別。翠樽
○○　○○●　●●○●▲　○●●○○　○●○▲　●○

未竭。憑斷雲、留取西樓殘月。羅帶光銷紋衾疊。連環解、
●▲　○●○　○●○○○▲　○●○○○○▲　○○●

舊香頓歇。怨歌永、瓊壺敲盡缺。恨春去、不與人期，弄夜
●○○▲　●○●　○○○●▲　●○●　●●○○　●●

色，守餘滿地梨花雪。
●　○○●●○○▲

精綻悠揚，真千秋絕調，其用去聲字尤不可及。觀竹山和詞，通篇四聲，一字不殊，豈非詞調有定格耶？故可平可仄，俱不敢填。

又按，此詞各刻俱作兩段，而《詞綜》於"西樓殘月"分段，作三疊，必有所據。

〔杜注〕

按，《片玉詞》云："念漢浦離鴻"，萬氏誤"漢"作"溪"，誤"鴻"作"魂"。又，《歷代詩餘》"經時信音絕"句，"信音"作"音信"。均應遵照改正。

【蔡案】

"玉手親折"句，"手"字原譜仍爲仄聲，但是這個字位依律應該是以上作平，所以宋詞多如此填，如耆卿作"許"、夢窗作"底"、方千里作"使"、楊澤民作"簡"，皆是。祇有陳允平的和詞用去聲，當是敗筆。謹改。

原譜"向露冷風清無人處耿耿寒漏咽"十三字，作八字一句、五字一句，以致韻律不諧，校之宋人其他的詞作，這十三字有兩種填法：如果第四至第七字都是平聲，那就應該讀爲五字一句、八字一句，例如夢窗的"半簷起玲瓏，樓閣畔、縹緲鴻去絕"。這是詞中句法變化的一種基本形式，所謂句法不同，平仄微調。謹改。

　　又按，本調前段四均，後段至少五均，極不協調，分段必有錯誤。

少韻格 一百三十三字　　　　　　　　周邦彥

萬葉戰、秋聲露結，雁度砂磧。細草和煙尚綠，遙山向晚更
●●●　○○●▲　●●○▲　●●○○●　○○●●○

碧。見隱隱、雲邊新月白。映落照、千家簾幕。聽數聲何處
▲　●●●　○○○●▲　●●●　○○○▲　○●○○●

倚樓笛。裝點盡秋色。　　　　脈脈。旅情暗自消釋。念珠
●○▲　○●●○▲　　　　●▲　●○●●○▲　●○

玉、臨水猶悲感，何況天涯客。憶少年歌酒，當時蹤跡。歲
●●○○●●　○●○○▲　●●○○●　○○○▲　●

華易老，衣帶寬、懊惱心腸終窄。飛散後、風流人阻，藍橋
○○●●　○●○　●●○○○▲　○●●　○○○●　○○

約、悵恨路隔。馬蹄過、猶嘶舊巷陌。嘆往事、一一堪傷，曠
●●●●▲　●○●　○○●●▲　●●●　●●○○　●

望極。凝思又把闌干拍。
●▲　○○●●○○▲

　　與前詞字數相同，句法稍異。"綠"字、"家"字、"老"字俱不用韻，"極"字用韻，"家"字、"涯"字、"時"字俱用平，"點"字、"恨"字、"舊"字俱用仄；而"數聲何處"比前"溪浦離魂""珠玉臨水"比前"露冷風清""少年歌酒"比前"萬事難忘"俱平仄不同；"飛散"句與前"羅帶"句句法不同。故另錄一體。然前調有蔣詞可證，作者但從之可耳。

【蔡案】

　　前段第六句原譜作"映落照、簾幕千家"，但這一句是均腳主韻的所在，所以萬子所據的版本應有舛誤，現據《欽定詞譜》改。又，《欽定詞譜》本句雖作了詞序變動，卻仍沒有作叶韻處理，此"幕"字是詞韻

十六十七部通押。又按，"念珠玉"以下八字，原譜未讀斷，韻律不諧。

少韻格 一百三十三字　　　　　　　　　柳　永

夢覺透窗風一綫，寒燈吹息。那堪酒醒，又聞、空階夜雨頻
滴。嗟因循、久作天涯客。負佳人、幾許盟言，更忍把、從前
歡會，陡頓翻成憂戚。　　　愁極。再三追思，洞房深處，幾
度飲散歌闌。香暖鴛鴦被，豈暫時疏散，費伊心力。殢雨尤
雲，有萬般千種相憐惜。到如今、天長漏永，無端、自家疏
隔。知何時、却擁秦雲態，願低幃昵枕，輕輕細説。與江鄉
夜夜，數寒更思憶。

亦與前調字數同，而中間句法又多異處，至結語竟判然不同矣。
然《樂章》多有訛錯，難於考訂，不敢妄爲之説。"歌闌""闌"字舊刻作
"闌"，"知何時"舊刻作"如何時"，今改正之。

【蔡案】

前段"又聞"八字，原譜爲四字兩句，則兩句的韻律都不諧。按前
面二首的體式，"聞"字後本有一讀住，後六字則應是一整句，即"又
聞"是一個二字逗。此類音節連平或連仄處，往往是語句讀斷的標
識。後段的"無端、自家疏隔"，原譜也未讀斷，而實應以二字逗帶四
字讀。參校其他幾首詞，"自"字前面都有一個讀住，就是很好的證
明。又，後段第八句，原譜作"有萬般、千種相憐惜"，語氣不諧，"萬般

千種"爲一個緊密的語言單位,不宜讀斷。

　　本詞前段"盟言"之"言"字,是主韻所在的字位,必須叶韻,這裏未叶韻,有違律理,必是傳抄之誤。又,後段第六字,參宋詞各首都填爲仄讀,因此"思"字當仄讀爲是。又按,"幾度飲散歌闋"一句,"散"字以上作平,宋人該字位都用平聲填,可證。後段尾均,原作"與江鄉,夜夜數、寒更思憶",語意彆扭,這兩拍應該是一種讀破法,謹改。

　　前面三首慢詞,後段有很多不相吻合的地方,周詞一爲四均,一爲五均,而柳詞則爲六均,斷無此理,其中必有舛誤的地方。

八拍蠻 二十八字　　　　　　　　　　　　　　　　閣　選

雲鎖嫩黃煙柳細,風吹紅蔕雪梅殘。光影不勝閨閣恨,行行
○●●○○●● ⊙○⊙●●○△ ⊙●○⊙○○●● ⊙○
坐坐黛眉攢。
◎●●○△

　　即七言絕句,而下二句平仄失粘,閣二首及孫光憲一首皆然。孫詞首句用平韻起,又與此異。

【蔡案】

　　本調調名"八拍",而詞止四拍,則爲殘篇無疑。

阿那曲 二十八字　又名《雞叫子》　　　　　　　　　楊太眞

羅袖動香香不已。紅蕖裊裊秋煙裏。輕雲嶺下乍搖風,嫩
○●●○○●▲ ○○●●○○▲ ○○●●●○○ ●
柳池塘初拂水。
●○○○●▲

　　即仄韻七言絕句,平仄不拘。

〔杜注〕

按，此調《詞譜》未收，疑即《絃那曲》之轉音。《絃那曲》本五七言絕句也。

【蔡案】

“嶺下”，原譜作“嶺上”，與後一句“嫩柳池塘”意境不合，據光緒本改。

欸乃曲 二十八字　　　　　　　　　　　　　　元　結

千里楓林煙雨深。無朝無暮有猿吟。停橈静聽曲中意，好
○●○○○●△　　○○○●●○△　　○○○●●○●　●
似雲山韶濩音。
●○○○●△

亦即七言絕句，平仄不拘。

按，“欸乃”俗訛“欸乃”，非。字書作“款乃”，亦非。“欸乃”棹船戞軋之聲。柳詩“欸乃一聲山水緑”，嚴次山集名《清江欸乃》是也。“欸”字與“唉”字同，是嘆恨發聲之辭。《通雅》曰：“唉，烏開切，又於解、於亥、於皆三切。”《楚辭》：“唉秋冬之緒風”，亞父曰：“唉！竪子不足與謀。”此“欸乃”之“欸”正當作“埃”字上聲，讀爲烏蟹切，蓋船聲如人聲耳。劉蜕《湖中歌》作“靄迺”，劉言史《瀟湘詩》作“曖迺”，皆“欸乃”之借字。山谷黄直翁皆以爲字異音同。陰氏謂《紫陽韻》及《韻會》皆然，而梅氏《字彙》謂數處當各如其音，不必比而同之，甚謬。升庵云：“欸，亞改切，柳詩本作‘靄襖’，後人誤倒讀，作‘襖靄’”。近江右張爾公作《正字通》，以爲宜讀作“矮靄”，然《正韻》於上聲六解内收“乃”字，作依亥切，去聲六泰内收“乃”字，作於蓋切，皆引“欸乃”爲證，是“乃”有“靄”“愛”二音，而“欸”則音“襖”，是“欸”之音“襖”，向來

相傳，亦必有所本。魏校《六書精蘊》云：“語辭之‘乃’轉爲‘欸乃’之‘乃’，音烏皓切，正作‘襖’音，是則‘欸’字之爲‘埃’上聲無疑。而‘乃’字則或作‘靄’，或作‘襖’，未確然耳。”又，陳氏謂：“當如‘乃’字本音，‘奈’上聲”，則必不然。而《冷齋夜話》載洪駒父云：“柳詩本是‘欸靄’，俗誤分‘欸’爲二字。”則其說新奇而無可考據也。

〔杜注〕

　　按，元結詩自序云：“大曆初，爲道州刺史，以軍事詣都使還州，逢春水，舟行不進，作《欸乃曲》，令舟子唱之，以取適於道路云。”

【蔡案】

　　《演繁露》云：“欸：音奧；乃：音靄。世故共傳《欸乃》爲歌，不知何調何辭也。”按，“欸乃”，象聲詞，一說爲搖櫓聲，另一說爲棹歌聲，即搖船時所唱船歌。究爲何意，已難考索。

清平調 二十八字　　　　　　　　　　　　　李　白

雲想衣裳花想容。春風拂檻露華濃。若非群玉山頭見，會
○●○○○●△　○○●●●○△　●○○●○○●　○
向瑤臺月下逢。
●○○●●△

　　七言絕句，平仄不拘。

〔杜注〕

　　按，《碧雞漫志》云：“《清平調》詞，乃於清調、平調製詞也。”《松窗雜記》云：“每遍將換，明皇自倚玉笛和之。”

【蔡案】

　　萬子對這一類詞，常有“平仄不拘”的備注，想來或是指篇章，即你可以平起平收式起調，我可仄起平收式起調，而不可以指說句子，

參《楊柳枝》二十八字體注。

甘州曲 二十九字　　　　　　　　　　蜀主王衍

畫羅裙。能解束、稱腰身。柳眉桃臉不勝春。薄媚足精神。
●○△　○●●　●○△　●○○○●●○△　●●●○△

可惜許、淪落在風塵。
●●●　○●●○△

衍幸青城，王成都山上清宮，隨駕宮人皆衣畫雲霞道服，衍自製
此曲，與宮人唱和，本意謂神仙而在凡塵耳。後衍降中原，宮妓多淪
落者，其語始驗云。

〔杜注〕

按，《歷代詩餘》“能解束”句，“解”作“結”。又，宋無名氏《五國故
事》載此詞，末句“惜”字下有“許”字。又按，《詞譜》亦有“許”字，應
遵補。

【蔡案】

本調應和顧夐的《甘州子》爲同調，所以《詞繫》稱本調又名《甘州
子》。《甘州子》也就是《甘州曲子》，《甘州曲》也是《甘州曲子》，二者都
是省文的稱說，其他的曲調也是如此，所以二者本爲一體。由此可見，
本詞起拍三字，應該有文字脫落，《欽定詞譜》認爲是“顧夐詞添作七
字”，是清代詞譜人往往立足於人的先後，而不就詞的律理來看詞的先
後，所以但說增減而忽略衍奪。把玩其語氣，這裏的詞意也不完備。如
果非要以這一版本爲足本，那也應該是“畫羅裙能結束”作爲一句才對。
基於這樣的認識，原譜結拍作“可惜淪落在風塵”自然就是脫一字的，因
爲顧夐的五首《甘州子》，其結拍都是上三下五折腰式的句法，此據宋無
名氏《五國故事》補“許”字。原譜“二十八字”改爲“二十九字”。

甘州子 三十三字 顧 敻

紅爐深夜醉調笙。敲拍處、玉纖輕。小屏古畫岸低平。煙
⊙○⊙●●○△　　○●●　●○△　　◎○◎●●○△　　⊙

月滿閒庭。山枕上，燈背臉波橫。
●●○△　　○●●　⊙●●○△

　　顧此調五首，俱用"山枕上"三字，此偶然不拘也。首七字、末八
字，與前異。

【蔡案】

　　萬子所謂的"此偶然"，指的是作者作法構思層面的偶然，而不是
律法層面的偶然，所以說"不拘也"。

甘州遍 以下雙調 六十三字 毛文錫

春光好，公子愛閒遊。足風流。金鞍白馬，雕弓寶劍，紅纓
○○●　●○●○△　　●○△　　○○●●　○○●●　○○●

錦襜出長鞦。　　花蔽膝、玉銜頭。尋芳逐勝歡宴，絲竹不
●●●○△　　　　○●●　●○○△　　○○●●○●　○●●

曾休。美人唱，揭調是甘州。醉紅樓。堯年舜日，樂聖永
○△　　●○●　●○●○△　　●○△　　⊙○●●　●●●

無憂。
○△

　　毛此體二闋，查其用字，無不相合，可見古人填譜自有定律也。
　　此下三調，皆以《甘州》名同，類集於此。

甘州令 七十八字 柳 永

凍雲深、淑氣淺，寒欺綠野。輕雪伴、早梅飄謝。艷陽天、正
●○○　●●●　○○●▲　　○●●　●○○▲　　●○○　●

明媚，却成瀟灑。玉人歌、畫樓酒，對此景、驟增高價。
○●　●○○▲　●○○　●●●　○●●　●○○▲

賣花巷陌，放燈臺榭。好時代、怎生輕捨。賴和風、蕩霽靄，
●○●●　○○○▲　●○●　●○○▲　●○○　●●●○

廓清良夜。玉塵鋪、桂莖滿，素光裏、更堪遊冶。
●○○▲　●●○　●○●　●○●　●○○▲

　　後段祇首句換頭，“放燈”以下與前段“寒欺”以下俱同。

〔杜注〕

　　按，前之《甘州曲》，唐教坊曲名。《唐書·禮樂志》：“天寶間樂曲皆以邊地爲名，《甘州》其一也。大曲多遍，是以雙調名《甘州遍》，此《甘州令》，《碧雞漫志》《樂章集》均注‘仙呂調’，與前二調及後之《八聲甘州》俱不同。”

【蔡案】

　　原譜前段尾句作“對此早”，句意不通，疑形近而誤，此據彊村叢書本《樂章集》改。

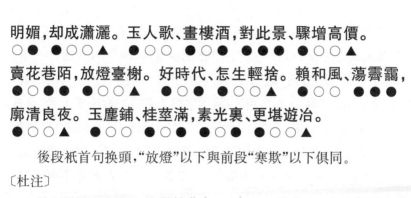

八聲甘州 九十七字　或止題“甘州”二字　　　柳　永

對瀟瀟暮雨灑江天，一番洗清秋。漸霜風凄緊，關河冷落，
●○○●●○○　●○●○△　●○○○●　○○●●

殘照當樓。是處紅衰綠減，苒苒物華休。惟有長江水，無語
⊙●○△　●●○○●●　⊙●●○△　○⊙●○●　⊙●

東流。　　　不忍登高臨遠，望故鄉渺邈，歸思難收。嘆年來
○△　　●●○○○●　●●○●●　○○○△　●○○

蹤跡，何事苦淹留。想佳人、妝樓長望，誤幾回、天際識歸
⊙●　○●●○△　●○○　○○○●　●●○　○●●○

舟。爭知我、倚闌干處，正恁凝愁。
△　○○●　●○○●　●●○△

　　“漸霜風”三句，與前兩詞皆異，作者多用此體。“番”字多用平聲，如坡翁“潮”字，石林“然”字、“心”字，草窗“暉”字，夢窗“天”字、“杯”字、“依”字，方壺“鵑”字，稼軒“陵”字、“亭”字，皆然。其用仄者，十中之一耳。“幾”字亦多用仄，故兩字俱未旁注。取法乎上者，自當鑒之。至“倚闌干處”四字，內“闌干”二字相連，如玉田之“有斜陽處”，琴趣之“算如何此”“更何須惜”，夢窗之“上琴臺去”“暗消磨盡”“醉秋香畔”，皆然。此雖非大關係，古作者不必皆同，然亦不可不知。夢窗之故意填此，必有謂也。

　　按，玉田首句第八字即起韻，他作無之，可不必從。石林於首二句，一云“故都迷岸草，望長淮、依然繞孤城”，一云“又新正過了，問東風、消息幾時來”，一云“問浮家泛宅，自玄真去後有誰來”，皆首句作五字，次句作八字，與他家稍異，因字數平仄同，於此注明，不另列。

〔杜注〕

　　按，楊升庵《詞品》載東坡云：“人皆言柳耆卿詞俗，如‘霜風淒緊，關河冷落，殘照當樓’，唐人佳處不過如此。”又錄此詞後半二三句作“望故鄉渺渺，歸思悠悠”，又後結作“正恁凝眸”。

【蔡案】

　　本詞原列於蕭列詞後，因係正體，故移此。次句中“番”，宋人多填爲仄聲，如張炎十三首都是如此，也有填平的，如夢窗三首都如此。柳詞這裏的“番”字，似視之爲仄讀更合韻律，“番”字本是一個二讀字，可以讀爲仄聲，如杜甫《三絕句》的“會須上番看成竹”。詞成爲文字藝術後，竊以爲本句當以仄仄仄平平更加和諧。萬子之所以糾結，或因未思及於此，而後世之所以會有平填，或正是因爲誤讀“番”字爲平聲而致。“幾”字多用仄，亦不確，平聲更多。

少字格 九十五字　　　　　　　　　　　　　劉　過

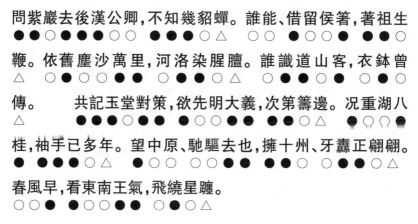

問紫巖去後漢公卿，不知幾貂蟬。誰能、借留侯箸，著祖生
鞭。依舊塵沙萬里，河洛染腥膻。誰識道山客，衣鉢曾
傳。　　共記玉堂對策，欲先明大義，次第籌邊。況重湖八
桂，袖手已多年。望中原、馳驅去也，擁十州、牙纛正翩翩。
春風早，看東南王氣，飛繞星躔。

〔杜注〕

　　按，前起十三字可作上五下八句法，《西域志》載，龜茲國工製伊
州、甘州、涼州等曲，皆翻入中國。八聲者，歌時之節奏也。又，《詞
譜》“河洛染腥膻”句作“河洛黯風煙”，應遵改。

【蔡案】

　　本詞非正體，如此填者獨此一首。

　　“誰能”六字原譜不讀斷。兩頓連平，往往是需要讀住的標識，所
以應以二字逗讀斷。“借留侯箸，著祖生鞭”爲一儷句，此八字正是二
字逗所領的對象，如果不讀住，那麼就容易六字一氣，而破壞了儷句
結構。但我以爲這裏也可能是“誰能”前後脫落了三字，這二字原本
應該是五字一句的，就如第三體的“漸霜風淒緊”，五字句才是正體，
“誰能”式的填法宋詞中僅此一例，不太可信。

　　後段起拍的“共記”，光緒本作“共計”；“望中原”句，光緒本未讀
斷，音律失諧。

少字格 九十五字　　　　　　　　　　　　蕭　列

可憐生、飄零到荼蘼，依然舊銷魂。殘春幾許，風風雨雨，客
●○○、○●●○○　○○●●△　　○○●●　○○●●　●

裏又黃昏。無奈一江煙霧，腥浪捲河豚。身世忽如葉，那自
●●○△　○●●○○●　○○●○○　○●●○●　●●

清渾。　　莫厭悲歌笑語，奈天涯有夢，白髮無根。怕相思
○△　　　●●○○●●　●○○●●　●●○△　●○○

別後，無字寫回文。更月明洲渚，杜鵑聲裏，立向臨分。三
●●　○●●○○　●●○○●　●○○●　●●○△　○

生石、情緣千里，風月柴門。
○●、○○○●　○○●△

　　“殘春”三句、“更月明”二句，與前調異。“情緣”上，比前少一字。

【蔡案】

　　前起“飄零到荼蘼”句，韻律失諧，不必爲範。後段第三均少二
字，疑奪。

字字雙 二十八字　　　　　　　　　　　　王麗真

床頭錦衾班復班。架上朱衣殷復殷。空庭明月閒復閒。夜
○○●○○●△　●●○○○●△　○○○●●○△　●

長路遠山復山。
○●●○○●△

　　七言四句，俱用韻。因末字重複，故名《字字雙》。

〔杜注〕

　　按，《詞譜》云：“見《才鬼記》。無他詞可校。”

九張機　三十字　　　　　　　　　　　　　無名氏

五張機。橫紋織就沈郎詩。中心一句無人會，不言愁恨，不
●○△　　○○●●●○△　　○○●●●○▲　○○○●　●
言憔悴，秖恁寄相思。
○○●　●●●○△

此用三字起韻，《圖譜》但收三十字者，失却前調矣。此詞九首，
其第一字自一至九，故有"三張機"，"三"字平聲，亦不拘也。

〔杜注〕

按，此調曾慥《樂府雅詞》收無名氏兩作，其一自"一張機"至"九
張機"九首，前有口號一首，後有"遣隊"二首，共十二首爲一調。其一
自一至九共九首爲一調。萬氏所收"春衣素絲"一首，乃前作之"遣
隊"。"五張機"一首，乃後作九首中第五首。

【蔡案】

本詞原列於下一首之後，因係正體，故移前。向來都因爲"三
張機"而以爲本調的首字可平，其實並非如此。因爲此句如果以
三平起調，自然不諧，而應該以仄平平爲正。至於"三張機"，秖是
權也。序列不能違，又沒有別字替代，因此知誤不改。作爲譜式，
則是揭示律理的，自然不能就事論事地以之爲範了。

少字格　二十九字　　　　　　　　　　　　無名氏

春衣。素絲染就已堪悲。塵昏汗污無顏色。應同秋扇，從
○△　◎○○●●○△　⊙○◎●●○▲　○○⊙●　⊙
茲永棄，無復奉君時。
○◎●　○●●○△

此用兩字起韻。

【蔡案】

此非正體，首句以三字爲正。

法駕導引 三十字　　　　　　　　　　　　　陳與義

東風起、東風起，海上百花摇。十八風鬟雲半動，飛花和雨
○⊙●　○⊙●　●●●○△　◎●⊙○○●●　⊙○○●

著輕綃。歸路碧迢迢。
●○△　　○●●○△

起兩句重用。此調似《憶江南》，而首多一疊句耳。

按，此詞三首，各刻俱作烏衣女子歌之，或問一道士，曰："此赤城
韓夫人作《水府蔡真人法駕導引》也。"今按，簡齋《無住詞》，首即載
此，題下注前事，云是擬作三闋，是爲陳詞耳。

〔杜注〕

按，陳與義原詞序云："世傳頃年都下市肆中，有道人攜烏衣椎髻
女子，買斛酒獨飲，女子歌詞以侑，凡九闋，皆非人世語。或記之，以
問一道士，道士驚曰：'此赤城韓夫人所製《水府蔡真人法駕導引》
也。'烏衣女子疑龍云。得其三而忘其六，擬作三闋。"萬氏注而未詳，
補之。

【蔡案】

本調另有雙段式一體，即疊此單段詞，原譜失列。

抛毬樂辭 三十字　　　　　　　　　　　　　劉禹錫

五色綉團圓。登君玳瑁筵。最宜紅燭下，偏稱落花前。上
◎●●○△　○○●●△　●●○○●　⊙○●○△　●

客如先起，應須贈一船。
●○○●　○○●●△

　　五言六句,中二句對偶,劉他作及皇甫作俱同。起句可用仄。

〔杜注〕

　　按,《唐音癸籤》云:"《拋毬樂》,酒筵中拋球爲令,其所唱之詞也。"《宋史·樂志》:"女弟子舞隊三,曰《拋毬樂》。"又按,起句末一字可用仄。皇甫松之作未叶韻。

【蔡案】

　　原譜此詞題《拋毬樂》,也是聲詩,屬雜曲歌辭,故又題作《拋毬樂辭》,爲有別於後一體式而改爲此名。

　　"偏稱落花前","偏"原作"遍",據光緒本改。

拋毬樂　四十字　　　　　　　　　　　　　　　　馮延巳

霜積秋山萬樹紅。倚巖樓上挂朱櫳。白雲天遠重重恨,黃
○●○○●●△　●○○●●○△　●○○●○○●　○
葉煙深漸漸風。仿佛梁州曲,吹在誰家玉笛中。
●○○●●△　●●○○●　○●○○●●△

　　六句惟第五句五字,餘皆七字,中二句亦對偶。

【蔡案】

　　各本本詞從無標注"雜曲歌辭"的,且句式迥異,因此與前一詞顯然不屬於同一詞調,而是同名異調,因此重題其名,以示區別。

拋毬樂慢　雙調　一百八十八字　　　　　　　　　　　柳　永

曉來天氣濃淡,微雨輕灑。近清明、風絮巷陌,煙草池塘,盡
●○○●○●　○●○▲　●○○、○●●●　○●○○　●
堪圖畫。艷杏暖、妝臉勻開,弱柳困、宮腰低亞。是處、麗質
○○▲　●●●、○●○○　●●●、○○○▲　●◎、●●

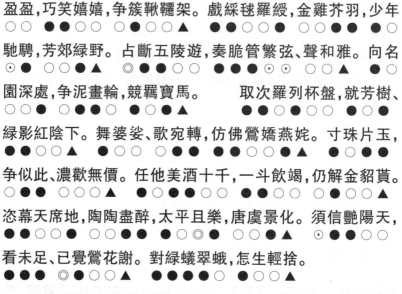

盈盈，巧笑嬉嬉，争簇鞦韆架。戲綵毬羅綬，金雞芥羽，少年
馳騁，芳郊綠野。占斷五陵遊，奏脆管繁弦、聲和雅。向名
園深處，争泥畫輪，競羈寶馬。　　　取次羅列杯盤，就芳樹、
綠影紅陰下。舞婆娑、歌宛轉，仿佛鶯嬌燕姹。寸珠片玉，
争似此、濃歡無價。任他美酒十千，一斗飲竭，仍解金貂貰。
恣幕天席地，陶陶盡醉，太平且樂，唐虞景化。須信艷陽天，
看未足、已覺鶯花謝。對綠蟻翠蛾，怎生輕捨。

　　“是處”以下與後段“任他”以下相合，至結處比前段少四字耳。
“泥”字去聲。

　　作長調須要如此照管，則知安字平仄處，裁句長短處，不然隨讀
隨填，必至前後盡錯矣。況不如此體認，而惟舊譜是依，豈不大誤耶？
〔杜注〕

　　按，葉《譜》後段“任他”下十五字，作四字兩句、七字一句，較順。

【蔡案】

　　此爲慢詞，完全不同於前面兩種調式，原譜也列爲“又一體”，顯
然是錯誤的，所以改爲此調名。

　　本詞前段“風絮巷陌”之“陌”，以入作平，原譜失注。前段“是處”
六字原爲一句，不讀斷。兩頓連仄實爲讀住的標識。這裏是二字逗
領四言儷句的結構，可參看前《八聲甘州》第一體注。前段“奏”句八
字，原譜作上三下五讀斷，致四字連平失諧，這裏的“脆管繁弦”爲一

緊密結構，不應當給予讀斷。

後段"爭似此"七字一句，原譜作"爭似濃歡無價"六字，查元人長筌子步韻柳永詞，本句填作"誰肯著、千金酬價"，較柳詞多一字，而長筌子別首又作"誰信有、純陽龍飛"，也是七字，則原譜或奪一字。檢彊村叢書本《樂章集》恰爲"爭似此"七字一句，顯然是的本；其次，校之前段，所對應的第三均均尾作"弱柳困、宮腰低亞"，也是折腰式七字一句，正合，可爲旁證。據因補"此"字，原調"一百八十七字"改爲"一百八十八字"。

江南春 三十字　　　　　　　　　　　　　　寇準

波渺渺、柳依依。孤村芳草遠，斜日杏花飛。江南春盡離腸
○●●　●○△　　○○○●●　●○●○△　　○○○●○○
斷，萍滿汀洲人未歸。
●　○●○○○●△

兩三、兩五、兩七，或曰此萊公自度曲，他無作者。余謂唐李青蓮詩："秋風清。秋月明。落葉聚還散，寒鴉棲復驚。相思相見知何日，此時此夜難爲情。"即此調之濫觴耳。

〔杜注〕

按，《詞譜》以此調爲《秋風清》，較李青蓮《秋風清》之作祇少一首韻。

【蔡案】

李青蓮的《秋風清》乃是雜言詩，原詩題名《三五七言詩》。宋人也有依李而作的《三五七言詩》若干，如俞德鄰、鄧深等，詩題均如此。俞德鄰詩的起句是"守錢虜，抱官囚"，首句也不叶韻，與寇準此作同，因此寇準這一首應該也不是詞。至於《江南春》之題，

唐宋有很多五言、七言的詩，大多爲近體。寇準這一首應該也是詩題而已。

踏歌辭 三十字　　　　　　　　　　　　　　　　　崔　液

庭際花微落，樓前漢已橫。金壺催夜盡，羅袖舞寒輕。調笑
○●○○●　　○○●●△　　○○○●●　⊙●●○△　　○●

暢歡情未半，看天明。
●○○●●　●○△

　　唐詩刻此，作五言六句，誤。

〔杜注〕

　　按，崔潤甫另一首，後二句云："歌響舞分行，艷色動流光"，"行、光"二字，與此首"情、明"二字均叶韻，似仍作五言六句爲是。

【蔡案】

　　"羅袖舞寒輕"，"羅袖"原作"羅綉"，據《全唐詩》改。

　　這首也是雜曲歌辭，屬聲詩，因此，尾聯自然應該是五言二句，能讀如七字一句、三字一句，純屬偶然而已。

詞 律 卷 二

萋萋芳草憶王孫。柳外樓高空斷魂。杜宇聲聲不忍聞。欲
⊙○○●●○△　○●○○⊙●△　◎●○○⊙●△　●

黃昏。雨打梨花深閉門。
○△　◎●○○●△

　　《詞林萬選》云：“元人北曲《一半兒》即是此調，蓋其末句云‘一半
兒××一半兒×’，添‘兒’字襯，卽曲調矣。然元曲亦有《憶王孫》，與
此同者，當是一調異名。北曲末一字多用上聲，詞則無之。”“空”“深”
二字用平，“不”字亦作平，最起調。雖不拘，然名詞名曲多得此訣，但
可爲知者道耳。

〔杜注〕

　　按，此詞載於秦觀《淮海集》中，因顧從敬《草堂詩餘》誤爲李重元
作，萬氏從之。又按，他刻爲李甲作。李甲，字景元，疑《草堂》之作重
元，乃景元之誤也。

【蔡案】

　　同一形式，宋代是詞，到了元代是曲，兩者之間的區別，應該是在
宮調、腔調及其他的演唱範疇上有所不同，而不是在文字上。詞也有
與曲中的“襯字”類似的製詞手法，且曲的襯字法本來就源自詞創作

中，因此，說一個詞中的句子經過襯字，就成了曲，顯然是荒謬的。要之，元曲本有《憶王孫》，與詞相類，而《一半兒》祇不過是它的別名而已。

萬子認爲本調仄起式的三個七字句，宜用○●○收束爲好，應該是一種主觀揣測。萬子精通曲學，這種判斷完全就是將曲學上的認識移植到了詞學，而詞曲雖爲一家，却非一體，因此這樣的研究思路和方法肯定是不對路的，尤其是當詞樂已經亡佚的情況下，如何知道這樣用字聲會"最起調"，更是經不住推敲。就目前所存的宋元詞來看，本調仄起式七字句中的第五字，有大量的上聲、去聲、入聲，如姜白石的詞，作"冷紅葉葉下塘秋。長與行雲共一舟。零落江南不自由。兩綢繆。料得吟鸞夜夜愁。"無一平聲，更有兩處用到了去聲。就精通音樂的姜白石來說，如果萬子的"起調"是成立的，那麼姜白石就不會不知道，從而迴避這樣"不起調"的填法。有鑒於此，這三處擬爲平可仄，"不"視爲以入作平可，但是視爲仄聲亦無不可。

憶王孫 雙調　五十四字　　　　　　　　　　周紫芝

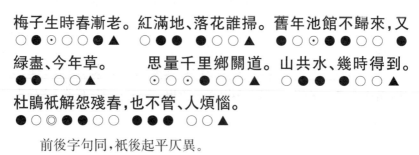

前後字句同，祇後起平仄異。

【蔡案】

本調字句、韻律都與前一首迥異，顯然與秦觀單段體詞並無淵源，當是同名異調，因此重新題名，以示區別。

一葉落 三十一字　　　　　　　　　　後唐莊宗

一葉落。搴珠箔。此時景物正蕭索。畫樓月影寒，西風吹
●●▲　　○○▲　　●●○●●○▲　　●○○●○　○○●
羅幕。吹羅幕。往事思量著。
○　▲　　●○◆　　●●○○▲

他無作者。《圖譜》注平仄可換，吾不敢信。

〔杜注〕

按，《歷代詩餘》"搴朱箔"句，"朱"作"珠"，應遵改。《詞譜》云：
"後唐莊宗能自度曲。此其一也。"

【蔡案】

已據杜注改。

本詞"畫樓"句犯孤平，"月"字依律應是平讀，茲以以入作平處
理。又，本詞各句句法都規正，"西風"句大拗，必有其因，應該是"吹"
字借音，此處讀爲仄聲。我的觀點認爲，詞，就是近體詩的一種，而不
是古體的，所以詞之句都應該是近體的律句，幾乎所有出律的拗句，
都存在着誤讀、誤作、誤傳等等各種原因，只有極個別的情況除外。
關於這個問題，今天很多學者都認爲，詞的大拗句式有其存在的道
理，往往是詞中音律最好的地方。我所認識的一些學界優秀的學者
幾乎都如是説。這種説法追溯源頭，基本都來自萬子。吳梅曾在《詞
學通論》論四聲平仄章中演繹萬子的話，最具代表性。他認爲："凡古
人成作，讀之格格不上口，拗澀不順者，皆音律最妙處。"但實際上這
是一個最沒道理的説法，可以提出幾十種理由反駁，比如：很簡單，
如果真的如此，那麼"拗澀不順"的句子就應該滿眼皆是，尤其是那些
優秀的名作，不通篇拗澀，也應該每一首都拗澀它三五處吧。再比
如：這些拗澀句子並非隨意產生，它就固定在某一詞調的某一句子

上，難道我們填到這裏就宋賢附體，一下子就成了"音律最妙處"了，而別的地方，因爲沒有拗澀，它的音律就永遠不可能最妙了？最重要的是，拗澀是一個形式範疇的東西，訴諸我們認識的僅僅是一些圖譜而已，並沒有任何的文字内容，如果拗澀就是美妙，那就是已經破解了詞樂，否則，何以知道它"最妙"呢？

蕃女怨 三十一字　　　　　　　　　温庭筠

萬枝香雪開已遍。細雨雙燕。鈿蟬箏、金雀扇。畫梁相見。
●○○●○●▲　◎●○▲　●○○、○●▲　◎○○▲
雁門消息不歸來。又飛回。
●○○●●○△　●○△

"已"字、"雨"字俱必用仄聲，觀其次篇用"磧南沙上驚雁起，飛雪千里"可見。乃舊譜中岸然竟注作可平，不知詞中此等拗句，乃故作抑揚之聲，入於歌喉，自合音律。由今讀之，似爲拗而實不拗也。若改之，似順而實拗矣。且此詞起於温八叉，餘鮮作者，試問作譜之人，從何處訂定其爲可平乎？

【蔡案】

詞中的拗句，固然與歌唱相關，而不能從平仄律的角度來進行解釋。但是，從是不是"拗句"的角度來解釋，則本身又回到了平仄律上，兩者半斤八兩，角度都不正確。詞之唱，本與平仄無關，因爲唱者在演唱的時候自己可以進行微調，這些問題宋人如張玉田等早有闡述。萬子的"今讀之似爲拗而實不拗"云云，其實始終在平仄律的概念内打轉，更不知他的標準又是如何？如何爲拗，如何實不拗，竊以爲純屬主觀上的臆想，而沒有一個可以直觀使人理解的標準，畢竟詞樂已亡，其時的詞早已不可演唱，這些憑空的判斷都是言之無據的。

古調笑 三十二字　又名《宮中調笑》《轉應曲》《三臺令》　馮延巳

明月。明月。照得離人愁絕。更深影入空床。不道幃屏夜
○▲　○◆　●●⊙○⊙▲　⊙○◎●⊙△　◎●◎○●
長。長夜。長夜。夢到庭花陰下。
△　○▼　○◆　◎●⊙○⊙▼

起二字疊。後"長夜"二字，即以上句尾二字顛倒而疊之，凡三用韻。

此亦名《三臺令》，然與二十四字者不同。

〔杜注〕

按，此調《詞譜》作《古調笑》，注云："《樂苑》：商調曲，一名《宮中調笑》。白居易詩'打嫌調笑易'，自注：'《調笑》，拋打曲名也。'與宋詞《調笑令》不同。"

【蔡案】

本調原譜題名《調笑令》，與後一體爲同名異調，因此這裏採用《欽定詞譜》所取的調名，以避免混淆。

"得"字，萬子注爲可平，但自唐至元，祇有王建的"美人病來遮面"、馮延巳的"翠鬟離人何處"兩句爲平，且詞中"人"字時有作仄聲用的情況（余於《閒中好》仄韻體下嘗論及，其理未知，然時有所見），即便這兩句與律不合，也或爲筆誤，或爲刻誤，或爲填誤，不必爲範，因此不予標示，填者該字位也應該以仄爲正。

調笑令 三十八字　　　　　毛滂

隼旗佩馬昌門西。泰娘紺幰爲追隨。河橋春風弄鬢影，桃花鬢暖黃蜂飛。綉茵錦薦承回雪。水犀梳斜抱明月。銅駝夢斷

江水長，雲中月墮寒香歇。

香歇。袂紅皴。記立河橋花自折。隼旗紺幰城西闕。教妾
⊙ ▲　◎ ○ ▲　◎ ● ○ ● ○ ● ▲　◎ ● ○ ● ○ ▲　⊙ ●
驚鴻回雪。銅駝春夢空愁絶。雲破碧江流月。
○ ○ ○ ▲　⊙ ○ ⊙ ● ○ ○ ▲　⊙ ● ◎ ○ ○ ▲

　　詞前用七言古詩八句，四平四仄，即以詩尾二字爲詞首二字句，餘俱叶之。蓋詩則誦，而詞則歌，猶董解元《西廂》，先有詩句，而後彈曲子也。《圖譜》將起處作五字句，失注第二字起韻，大謬。此調或題作“頭子”，或作“破子”。東堂有“破子”二首，則單用後詞，而無前詩句。然“酒美”一首，詞中皆言文君事，蓋其前八首俱詠古美人，前有詩八句，詞後俱注“右某某”，此首無之，恐原亦有詩句，而前後俱逸去耳。又“花好”一首，詞意似無所實指，則爲不用詩而止用詞之體也。

　　又，此二詞後載“遺隊”一詞，乃七言絶句。或謂本集作詞，應收於二十八字調內。余曰：宋時教坊演樂，必有“致語”，皆以文士之筆，代爲優人之辭。“致語”用四六，其下必有口號，多作七言律，亦有四句者，或小兒、或女弟子登演雜劇，皆有問語、答語、隊名，謂之“勾隊”，演畢則放之使去，謂之“放隊”。此“遺隊”者，即“放隊”也。但“放隊”亦用四六數句，不用絶句。此詩必本是口號，而誤刻作“遺隊”耳。否則“遺隊”時或亦可作詩，總於詞無涉也。今附錄於後。

　　歌長漸落杏梁塵，舞罷香風捲繡裀。更擬綠雲弄清切，樽前恐有斷腸人。

〔杜注〕

　　按，毛滂此調前有小引，後詞十首，皆前作七古八句，以後二字爲詞首。十首之後有“破子”二首，前無七古，句法與十首同。又後有“遺隊”一首，萬氏所列爲第二首，題則《詠泰孃》也。又，《詞譜》收無名氏八首，注云：“《樂府雅詞》：‘宣和中自九重傳出’”。覈與毛詞相

同,惟少“破子”二首,以“遣隊”爲“放隊”。

【蔡案】

本調原譜作“又一體”,而實與前一式爲同名異調,故復題名《調笑令》以別之。

本調秦少游亦有十首,每首皆有古詩八句,且亦以末二字爲詞之起拍,故萬子以爲東堂詞逸去二詩云,碻。惟少游詞無“遣隊”或“放隊”,似與體不合,或亦是殘缺。

遐方怨 三十二字　　　　　　　　　　　温庭筠

憑綉檻、解羅幃。未得君書斷腸,瀟湘春雁飛。不知征馬幾
○●●　●○△　●●○○●●　○○○●△　●○○●●
時歸。海棠花謝也,雨霏霏。
○△　●○○●●　●○△

“湘”字,飛卿次章用“悵”字,去聲,想不拘也。“斷腸”必用仄平,《譜》謂可作平仄,差。

〔杜注〕

按·《詞譜》云.“惟《花間集》有之,宋人無填此者。”第四句例作拗句,温詞別首正同。

【蔡案】

這首詞的第二、三句,歷來均讀作四字一句、七字一句,原譜也如此讀,或誤。以文理來論,“斷腸”應該屬上繞通,也就是説,“斷腸”都是因爲“未得君書”的緣故,而不是“斷腸瀟湘”或“斷腸春雁”,此理甚明。飛卿別首,作“未捲珠簾夢殘,惆悵聞曉鶯”也是如此,“夢殘”與“珠簾”才能形成一個語境,如果屬下就成了兩句,便文理不通了。萬子在後一體中説:“前調用一四、一七,此調用兩五字”,實際上僅僅是

雙疊體減一字而已，所以"瀟湘"句的五字與"縷金"句平仄相同。

　　諸本中惟《詞綜》卷一該句作"腸斷瀟湘春雁飛"，不知其所據何本。雖然七字句在律，但也不妨讀爲六字一句、五字一句。

雙段體 雙調　六十字　　　　　　　　　　　　顧　夐

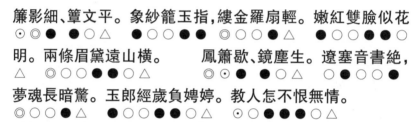

簾影細、簞文平。象紗籠玉指，縷金羅扇輕。嫩紅雙臉似花
⊙◎●　●○△　　●○○●　○◎○△　　●○○●○
明。兩條眉黛遠山橫。　　　鳳簫歇、鏡塵生。遼塞音書絕，
△　◎○○●○○　　　　◎⊙●　●○△　○◎○●
夢魂長暗驚。玉郎經歲負娉婷。教人怎不恨無情。
◎○○●△　●○○●●○○　○○●●●○△

　　第三、第四句，前調用一四、一七，此調用兩五字，各異。餘俱同。後段比前段，祇"遼塞"句"塞"字作仄、"書"字作平，與前"紗"字、"玉"字異。孫光憲則第三句前云"爲表花前意"，後云"願早傳金盞"，全用"遼塞"句平仄，更爲有律。但以其第五句"此時更役心腸"，祇六字，必刻本落去一字，不全，故收此詞耳。

【蔡案】

　　萬子謂除兩五字句外，"餘俱同"，疏忽。本體前後段結拍爲七字一句，而前一體爲八字，是本詞於八字處再減一字，如前溫詞則爲"海棠花盡雨霏霏"，所以格律也與本詞全同。又，萬子以爲孫詞第五句六字，"必落一字"，是。《欽定詞譜》載此句作"此時更自役心腸"，正與萬子所斷合。

思帝鄉 三十三字　　　　　　　　　　　　　　韋　莊

雲髻墜、鳳釵垂。髻墜釵垂無力，枕函敧。翡翠屏深月落，
○●●　●○△　　◎●⊙○○●　●○△　　◎●⊙○○●

漏依依。説盡、人間天上兩心知。
●○△　◎●　⊙○○●●○△

【蔡案】

　　雖然前六字極似儷句，但因唐詞諸家本調次句均爲五字一句，所以還是懷疑"鳳釵垂"後，或有二字脱落。僅備參。

　　九字句多以二字逗領七字句法爲正，本調亦如此。原譜末九字作六字一句、三字一句，而"説盡"的，並非"人間天上"，而是"兩心知"，因此讀二字逗最妥。比較第二體溫詞的"惟有 阿郎春盡不歸家"文理，則更爲明顯。另有孫光憲詞，各本俱讀爲"看盡滿池疏雨，打團荷"，按這樣的讀法，看盡的祇是"疏雨"，而"打"字無主，祇有讀爲"看盡、滿池疏雨打團荷"，文理和韻律纔最爲妥切。

多字格 三十四字　　　　　　　　　韋　莊

春日遊。杏花吹滿頭。陌上誰家年少，足風流。妾擬將身
○●△　●○○●△　◎●⊙○○●　●○△　◎●⊙○

嫁與，一生休。總被無情棄、不能羞。
●●　●○△　◎●○○●　●○△

　　比前起結俱異。

【蔡案】

　　本詞及後一首，與前一首惟字句上文字有增減而已，體式並未變化，且這種文字的增減，很難説是否屬於作者主觀上的有意增減，還是客觀上因流傳過程中形成的各種抄誤、刻誤或殘缺而形成的衍奪，所以不能視爲"又一體"，祇是一種別格而已。

　　起調本詞爲正例，溫庭筠、孫光憲詞均如此填，本應以此爲正體列首，但清人詞譜例以字數多少排列，最易誤導後人。又"無情"後或奪一字，該結句諸家均爲九字，獨此一首八字，蹊蹺。

多字格 三十六字　　　　　　　　　　　温庭筠

花花。滿枝紅似霞。羅袖畫簾腸斷，卓金車。回面共人閒
〇△　●〇〇●△　　⊙〇●●〇〇　●〇△　　⊙〇●〇〇⊙

語，戰篦金鳳斜。惟有、阮郎春盡不還家。
●　◎〇〇⊙⊙●△　　⊙●　●〇〇●●〇△

起句與"戰篦"句，比前異，"篦"，平聲，"滿"字仄，"紅"字平，定格。

〔杜注〕

按，此調創自温飛卿。其韋端己之"雲鬟墜"及"春日遊"二首，較温詞少一二字，所謂減字也。萬氏列韋詞於前，而以温詞爲"又一體"，誤。

【蔡案】

原譜後結作六字一句、三字一句。

如夢令 三十三字　又名《憶仙姿》《宴桃源》《比梅》　　秦　觀

遙夜月明如水。風緊驛亭深閉。夢破鼠窺燈，霜送曉寒侵
⊙●◎〇〇▲　〇●⊙〇〇▲　◎●●〇〇　⊙●●〇〇

被。無寐。無寐。門外馬嘶人起。
▲　〇▲　●●◆　⊙●●〇〇▲

"無寐"疊上二字。趙長卿作，第四句"目斷行雲凝竚"，下即用"凝竚。凝竚。"，雖亦有此格，然不多，不宜從也。

〔杜注〕

按，宋蘇軾詞注："此曲本唐莊宗製，名《憶仙姿》，嫌其名不雅，故改爲《如夢令》。蓋因此詞中有'如夢如夢'疊句也。"萬氏未收莊宗原作，失校。

【蔡案】

本調調名，現可見最早的爲白居易詞，詞名《宴桃源》，計三首，其一云："前度小花静院，不比尋常時見。見了又還休，愁却等閒分散。腸斷。腸斷。記取釵横鬢亂。"故本調正名當爲《宴桃源》。

平韻體 三十三字　　　　　　　　　　　吳文英

秋千争鬧粉牆。閒看燕紫鶯黄。啼到緑陰處，唤回浪子閒
⊙〇⊙●●⊙△　〇〇⊙●⊙△　⊙●●〇●　⊙〇〇●⊙

忙。春光。春光。正是拾翠尋芳。
△　〇△　〇◇　◎〇◎●●△

此用平韻，與前異。

【蔡案】

本調平韻體，唐宋僅存此一首，譜中可平可仄處，萬子的依據或從仄韻體來，如是，則不足爲範，儘管從律理的角度看並未有誤。

西溪子 三十五字　　　　　　　　　　　毛文錫

昨夜西溪遊賞。芳樹奇花千樣。鎖春光、金樽滿。聽弦管。
◎●⊙〇△　⊙●〇〇△　⊙〇〇、〇⊙●▼　〇⊙●▼

嬌妓舞衫香暖。不覺到斜暉。馬駄歸。
⊙●〇〇⊙▼　◎●●〇△　●〇△

比前"翠蛾愁"句，上多"不覺"二字。"聽"字平聲。

【蔡案】

本詞原列於牛嶠詞後，故萬氏注文云"前'翠娥愁'句"，已不在前而在後。

《西溪子》雖屬唐教坊曲名，但是基本上依然可能是五代詞人創

作之後套用舊名而已。從現存的唐五代詞來看，毛文錫詞即以調名爲主題，極可能屬於創調之作，而毛詞及其他五代作品結處均爲五字一拍、三字一拍，獨獨牛詞爲三字兩句，其詞極可能是脫落二字，因此此處應斷以牛詞"少二字"纔是，在肯定不能確定牛詞是創調詞的情況下，說毛詞"多二字"是錯誤的。故本調應以毛詞爲範。

　　李珣詞，第二拍作"認得臉波相送"，"認"字仄聲；第五拍爲"人未老"，"未"字仄聲。譜中可平可仄據補。

少字格 三十三字　　　　　　　　　　　　牛　嶠

捍撥雙盤金鳳。蟬鬢玉釵搖動。畫堂前、人不語。弦解語。
◎●⊙○○▲　○●●○○▲　●●○　○○▼　○◎▼
彈到昭君怨處。翠娥愁。不擡頭。
⊙●○○◎▼　●○△　●○△

　　第二"語"字可用他字叶，不必重上韻。

訴衷情 三十三字　　　　　　　　　　　　韋　莊

碧沼紅芳煙雨静，倚蘭橈。垂玉珮。交帶。裊纖腰。鴛夢
●●○○○●●　●○△　○●▲　○▲　●○△　⊙●
隔星橋。迢迢。越羅香暗銷。墜花翹。
●○△　○△　◎○○●△　●○△

　　前調起七字三用韻，此調起七字句不用韻。"倚蘭橈"以下俱同前。或云"珮""帶"非叶韻，不知韋相又用"花欲謝。深夜"，顧夐用"羅帶重。雙鳳""香閣掩。眉斂"，正與温作"枕""錦"合，乃自謂知音者不識此義，以"垂玉珮""香閣掩"俱注作三字句，"交帶""眉斂"俱連下作五字句，公然劃斷，著圖作譜，致悮後人，豈不可怪哉。

【蔡案】

本詞原在溫庭筠詞後，萬子注文云"前調"已在後。

就詞的體式而言，本詞的體式早於溫詞，這也是爲什麽至少現在可見的這一體式，起拍都是如此的原因。而溫詞則是在本體式的基礎上添韻而成，是後期體式，是一種臨時的變化，所以是變格，而非正體，不應該列於本調之首。

萬子讀二字一拍甚妙，點贊。唐風好短拍，此一例也。又按，詞的押韻，純屬韻律範疇的行爲，與詞的內容無關，"工呱""交帶"最是明證，就語意而言，"交帶裛纖腰"仍是一句，填詞構思，必須謹守。

多韻格 三十三字　又名《一絲風》　　　　　　溫庭筠

鶯語。花舞。春晝午。雨霏微。金帶枕。宮錦。鳳凰帷。
〇▲　　〇▲　　〇●▲　　●〇△　　〇●▼　　〇▼　　●〇△
柳弱燕交飛。依依。遼陽音信稀。夢中歸。
◎●●〇△　〇△　⊙〇〇△　●〇△

第二字用韻。起二三兩句連叶，"帷"字以下俱叶"微"韻，而"枕""錦"二字換韻，間於其中。

【蔡案】

本詞前七字爲一句，從萬子在前一詞下的注文可見他是知道的，但在這裏又說"起二三兩句"云云，七個字又成了"三句"，顯然可見清代學人這一方面的基本概念是混亂的。基本概念混亂，則詞之研究必易差錯，這是明清詞譜學家的一大缺陷，而這些缺陷一直影響到今天。

多字格 三十七字　　　　　　　　　　　　顧　夐

永夜抛人何處去，絕來音。香閣掩。眉斂。月將沉。爭忍
●●〇〇〇●●　●〇△　〇●▲　〇▲　●〇△　〇●

不相尋。怨孤衾。換我心。爲你心。始知相憶深。
●○△　●○△　●●△　○●△　●○○●△

　　“不相尋”以上，與韋作同。“怨孤衾”句三字，“換我心”句六字，
“始知”句五字，與前異。“爲”字平，妙。前溫作“音”字，韋作“香”字，
亦然。《譜》於前詞作“交帶裊纖腰”，猶可解也，於此作“眉斂月將
沉”，如何解？顧公何不幸哉！

【蔡案】

　　“換”下六字原譜作一氣讀下，但是此六字折腰句法是很顯著的，
三字後必有一讀住，其中變化，正是“遼陽音信稀”“越羅香暗銷”等句
的句首添一字而成，凡此類二三式五字律句，句首添一字則必爲折腰
式六字句，是定則（凡句末添一字則爲六字律句），玩其律亦可了然。
因此，此六字無疑應有二韻存在，方得原味。據改。

　　唐詞體 以下雙調　四十一字　又名《桃花水》　　　魏承班

春情滿眼臉紅消。嬌妒索人饒。星壓小、玉鐺搖。幾共醉
○○●●●○△　⊙●○○△　○○●、●○△　◎●●

春朝。　　　別後憶纖腰。夢魂勞。如今楓葉又蕭蕭。恨
○△　　　　◎●●○△　●○△　○○⊙●●○△　●

迢迢。
○△

　　魏詞又有於起句作“銀漢雲情玉漏長”者，次句作“風飄錦綉開”
者，皆平仄互異。又有於“夢魂勞”三字作“重重屬”，用仄字住句，而
不叶上下韻者。以句字同，故未另收。

　　按，此調各刻俱作雙調，而前韋詞亦有於“纖腰”分段者。唐詞多
如此，不必泥也。

　　此體毛文錫首句云“桃花流水漾縱橫”，故又名《桃花水》，《圖譜》

等,去《訴衷情》而改《桃花水》,可厭。況並前三十三字者、後四十四字者,亦俱曰《桃花水》,豈不可笑。

【蔡案】

唐五代詞均依此填。

宋詞體 四十四字 王　益

燒殘絳蠟淚成痕。街鼓報黃昏。碧雲又阻來信,廊上月侵
⊙○◎●●○△　　⊙●●○△　　◎⊙●○○●　　⊙●●●

門。　　愁永夜、拂香裀。待誰溫。夢蘭憔悴,擲果凄凉,
△　　　　○●●、●○△　　●○△　　⊙○○●　　◎●○○

兩處銷魂。
◎●○△

宋人皆用此體,"碧雲又阻"雖平仄有互異者,然必如此,詞方起
調。名詞多如此,嚴仁第二句用"人間無此愁",平仄與諸人異,雖唐
詞此句亦有如此者,然在此調中不可學也。"擲果"句,可用平平仄
仄,然如此詞者多,宜從之。

汲古柳詞第三句作"不堪更倚木蘭",係誤刻,乃"蘭棹"也。

【蔡案】

宋詞均依此填。這實際上是唐詞體的添字讀破格,嚴格地説,體
式本身並未作改變。

多字格 四十五字 趙長卿

花前月下會鴛鴦。分散兩情傷。臨行祝付真意,臂間皓齒
○○●●●○△　　○●●○△　　○○●●○●　　●○●●

留香。　　還更毒、又何妨。儘成瘡。瘡兒可後,痕兒見
○△　　　　○●●、●○△　　●○△　　○○●●　　○○●

在，見後思量。
● ●●○△

前段尾用六字，與前調異。

【蔡案】

前段歇拍作六字一句的，全唐五代僅此一首，熟調中的偶例，其實並無作譜的必要。

祝付，即"囑咐"。

多字格 四十五字　　　　　　　　　歐陽修

清晨簾幕卷輕霜。呵手試梅妝。都緣自有離恨，故畫作、遠
○○○●●○△　○●●○△　○○●●○●　●●● ●

山長。　　思往事、惜流光。易成傷。擬歌先斂，欲笑還
○△　　　○●●、●○△　●○△　●○○●　●●○

顰，最斷人腸。
○　●●○△

前結亦六字，而三字分豆者。

按，此調第三句，凡從來作者，皆作六字，沈氏乃以"故"字連上作七字句，蓋祇知《訴衷情》前結五字，而不知有六字體耳。尤不通者，并所選山谷一首云："天然自有殊態，供愁黛、不須多。"蓋隋煬帝宮人多畫長蛾，每日給螺子黛五斛，故"黛"上用"供"字。詞意言愁眉蹙損，不必多供螺黛，而自天然可愛也。沈亦注於"供"字斷句。試問"殊態供"如何解？可笑極矣。

又按，蘆川有《漁父家風》一詞，查與《訴衷情》同，祇第三句七字。《圖譜》收之，不知此係傳訛，多一"新"字。其實即《訴衷情》也，細玩自明。今載其詞并說於後：

漁父家風　　　　　　　　　　　　　　　　張元幹

八年不見荔枝紅。腸斷故園東。風枝露葉誰新採,悵望冷香
濃。　　　冰透骨、玉開容。想筠籠。今宵歸夢,滿頰天漿,更御
泠風。

詞格雖句法多有相同,然未有如此全合者。至過變處,非《訴衷情》斷
斷無此句法。況蘆川因憶家鄉荔枝而作,故云"風枝露葉誰採",意謂
雖有枝葉在,誰去採他,何必加一"新"字乎?讀詞須如此體認,則詞
意明,詞律亦明,故本譜不另收《漁父》調。不然,名甚新雅,恒直收之,
以爲譜中生色,豈反删却邪?本譜以詳慎爲貴,諸皆如此。

〔杜注〕

　　按,李易安一首,前段第三、四句十二字,作四字三句,與後段同。

　　按,張元幹"八年不見荔枝紅"一首,本名《漁父家風》,萬氏以句
法與《訴衷情》相近,謂是一調,並以"風枝露葉誰新採"句多一"新"字
爲羨。秦氏玉生校本則謂確是另調,不應强合,兩説皆無所據。惟此
詞與王益"燒殘絳蠟淚成痕"一首,前後結相同,應附前王詞後。

　　又按,《詞律拾遺》云:嚴次山有《漁父家風》一首,第三、四句作
"無情江水東流去,與我淚爭流",與此詞"風枝"句正同。又,蘇養直
贈韋道士一首,第三句祗六字,於《訴衷情》調名下注明"《漁父家
風》",其爲一調無疑。蓋第三句六字七字俱可,別名《漁父家風》,不
必删去"新"字也。

【蔡案】

　　《漁父家風》的第三句應是六字,萬子這一判斷甚是,此正所謂詞
譜學家之本能也,其説無據,其斷在理,但是他對"新"字的解釋,振振
有辭而其實有誤,頗見此老兒之可愛也。據《花草粹編》所載,該句作
"風姿露葉新採",則正與調合,應該是張詞的本來面目。諸本誤作七

字一句，一定是因爲張元幹的《採桑子》中，也有"風姿露葉誰新採"一句，或是後人憑記憶誤記而竄入所致。至於嚴詞，第三句必衍一"流"字，以詞家填詞的技法而論，兩句一般不會如此重字，再說本調爲宋代金曲，填者甚衆，宋賢諸家於此均爲六字一句，也不會獨獨嚴氏一詞七字。

訴衷情近 七十五字　　　　　　　　　　　　　　　柳　永

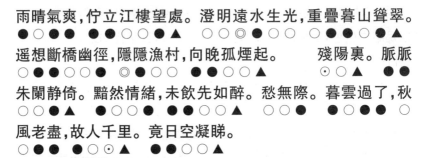

雨晴氣爽，佇立江樓望處。澄明遠水生光，重疊暮山聳翠。
● ○ ● ▲　○ ● ○ ○ ● ▲　○ ○ ● ● ○ ○　○ ● ● ○ ● ▲

遙想斷橋幽徑，隱隱漁村，向晚孤煙起。　　　殘陽裏。脈脈
○ ● ● ○ ○ ●　● ● ○ ○　● ● ○ ○ ▲　　　⊙ ○ ▲　● ●

朱闌靜倚。黯然情緒，未飲先如醉。愁無際。暮雲過了，秋
○ ○ ● ▲　● ○ ○ ●　● ● ○ ○ ▲　○ ○ ▲　● ○ ● ●　○

風老盡，故人千里。竟日空凝睇。
○ ● ● ○ ● ⊙ ▲　● ● ○ ○ ▲

　　《圖譜》收"景闌畫永"一首，後段"帝城信阻，天涯目斷暮雲芳草"分作兩六字句，誤也。本係三句，每句四字。如此詞，豈可讀作"暮雲過了秋風"耶？

　　此作"雨晴"句、他作"景闌"句，俱上平去上，"暮雲"句、他作"帝城"句，俱去平去上，妙。必如此，方起調。"聳翠""靜倚"亦不可用平仄。

〔杜注〕

　　按，《蓮子居詞話》云："紅友於'翠'字注韻，殊不知'處'字即韻。蔣勝欲《探春令》'處'、'翅'、'住'、'指'並叶，可證。"據此，"處"字應注韻，於"翠"字注叶。蔣詞已收入卷六。

【蔡案】

　　萬子以本詞不可讀爲"暮雲過了秋風"，來證明別首也是三句，無

理。因爲詞有讀破句法，這就像因爲"遙想斷橋幽徑，隱隱漁村，向晚孤煙起"必須讀爲一六字句、一四字句、一五字句，所以認定晁補之詞"還是去年，浮瓜沈李，追凉故繞池邊竹"，也必須讀爲"還是去年浮瓜，沈李追凉，故繞池邊竹"，一樣是荒謬的。

天仙子 三十四字　　　　　　　　　　　　　皇甫松

蹋躞花開紅照水。鷓鴣飛繞青山嘴。行人經歲始歸米，十
◎●⊙○○●▲　　○○○●●○▲　　⊙○⊙○●●○　○
萬里。錯相倚。懊惱天仙應有以。
●●　●○▲　◎●⊙○○●▲

　　第二句和學士作"纖手輕拈紅豆弄"，次首亦然，與此詞異。"千萬里"二句，皇甫別作皆同，和則一作："桃花洞。瑤臺夢。""花""瑤"二字用平。其次作："懶燒金，慵篆玉。"平仄俱異。而"金"字平聲竟不用韻，因字句同，不另列。

〔杜注〕

　　按，段安節《樂府雜録》云："《天仙子》本名《萬斯年》，李德裕進屬龜茲部舞曲，因皇甫松詞有'懊惱天仙應有以'句，取以爲名。"

平韻體 三十四字　　　　　　　　　　　　　韋　莊

夢覺雲屏依舊空。杜鵑聲咽隔簾籠。玉郎薄倖去無蹤。一
◎●○○⊙●△　◎○⊙●●○△　◎○○●●○△　●
日日、恨重重。淚界蓮腮兩綫紅。
●●　●○△　◎○●○◎●△

　　此用平韻。"日"字不叶，又一首第二句七字，與首句平仄同，茲不另録。

易韻格　三十四字　　　　　　　　　　　　韋　莊

深夜歸來長酩酊。扶入流蘇猶未醒。釅釅酒氣麝蘭和。驚
○●○○○●▲　　○●○○○●▲　　○●○○●●●○△　　○

睡覺、笑呵呵。長道人生能幾何。
●●　●○△　　　○●○○○●△

　　此則前二句用仄，後三句用平。

　　首句、次句第二字俱用仄，則宋詞之所本也。

【蔡案】

　　宋人所作，均爲雙調六十八字的仄韻體形式，如後沈會宗詞，僅
存宋詞中，並無此平仄混叶式填法。僅因第二句仄起而認爲"宋詞之
所本"，太過牽強。

雙段體　雙調　六十八字　　　　　　　　　　　沈會宗

景物因人成勝概。滿目更無塵可礙。等閒簾幕小闌干，衣
◎●⊙○○●▲　◎●⊙○○●▲　◎○⊙●●○○

未解。心先快。明月清風如有待。　　誰信門前車馬隘。
◎▲　○⊙▲　⊙●○○○●▲　　　⊙●○○○●▲

別是人間閒世界。座中無物不清凉，山一帶。水一派。流
◎●⊙○○●▲　◎●⊙●●○○　○○▲　◎○▲　⊙

水白雲長自在。
●◎○○●▲

　　比唐詞加一疊，全用仄韻。"衣未解"二句平仄多不拘，故注於字
左。然觀張三影"臨晚鏡，傷流景"，後用"風不定，人初靜"，皆上句平
仄仄，下句平平仄，最爲起調，宜從之。

　　第二句第二字必用仄聲，不比唐詞，可以兩用。《圖譜》注此調

云："同第一體，惟用雙調，故不圖。"其所謂第一體，即前皇甫詞，而皇甫次句第二字，乃用平者。今注曰"同"，則人將亦用平，而此句相反矣，豈不謬歟？

按，《草堂新集》《詞統》等書，收入小青詞，通首平仄全然相反，至後段"原不是鴛鴦一派，休算做相思一概"兩句，竟作上三下四句法，古來有此《天仙子》乎？夫著譜固以爲學者範圍，集選亦以供後人詠翫，奈之何不察而引人入暗若此耶？聞小青傳爲陳元朋先生寓言，先生本未工詞，故作此游戲，豈可執以爲實？沈氏更引其不全之篇，曰"數盡憫憫深夜雨，無多。也衹得一半工夫"，云是《南鄉子》結句，且謂數言足千古，異哉！"多"與"夫"叶韻，乃吳鄉不識字人土音，既可大噱，而"也衹得"句，上三下四之《南鄉子》，尤聞所未聞。沈氏自謂詞中名家，今人亦翕然尊之，古來有不解《天仙子》《南鄉子》之歐柳蘇辛否？

風流子 三十四字　　　　　　　　　　　　　　孫光憲

樓倚長衢欲暮。瞥見神仙伴侶。微傅粉、攏梳頭，隱約畫簾
〇●⊙〇〇▲　〇●⊙〇〇▲　〇●●　●〇〇　〇◔●〇
開處。無語。無緒。謾曳羅裙歸去。
⊙▲　〇▲　〇▲　◎●〇〇〇▲

"無語""無緒"乃兩句，俱叶韻者，《譜》中不識，注作四字句，可笑。孫作本三首，一云："歡罷。歸也"一云："聽織。聲促。"《譜》因載其"聽織"一首，必以"織"與"促"不叶，故不察而亂注耳。不知"聽織"一篇，其首句用"曲"字起韻，次句即用"北"字爲叶，此乃少監借"織""北"以叶"曲""促"，正是用韻也。況"聽織"之"聽"字是平聲，譜亦不知，作去聲讀，而反注作可平。若學者誤從，讀作去聲，而以四字爲句，則一個三十四字之小令，而失一韻、錯兩句矣，豈不誤哉！

【蔡案】

　　萬子在此又將"無語""無緒"視爲兩句，依然是詞的結構單位概念混亂的原因。因爲這四個字實爲一句，"語"字則是句中短韻，不存在"兩句"的問題。

風流子慢 雙調　一百一十字　又名《內家嬌》　　　　　張　耒

亭皋木葉下，重陽近、又是搗衣秋。奈愁入庾腸，老侵潘鬢，
⊙○●●● ○○● ●●○△ ●○●◎○ ◎○○●

謾簪黃菊，花也應羞。楚天晚、白蘋煙盡處，紅蓼水邊頭。
●○○● ○●○△ ◎○● ◎○○●● ⊙○●○△

芳草有情，夕陽無語，雁橫南浦，人倚西樓。　　玉容、知安
○●●○ ●○○● ●○○● ○●○○ 　　●○ ○○

否，香箋共錦字，兩處悠悠。空恨碧雲離合，青鳥沉浮。向
● ○○●●● ●●○△ ○●●○○● ○●○○ ●

風前懊惱，芳心一點，寸眉兩葉，禁甚閒愁。情到不堪言處，
○⊙○◎ ⊙○●◎ ●○●● ○●○△ ○●●○○●

分付東流。
○●○△

　　調中四字四句者，前二段、後一段，作者多用儷語，但須於"庾、有、懊"三字必用仄聲方妙，名作皆然。換頭五字，上須四平，要緊。"楚天晚"之仄平仄，亦不可亂，如審齋之"淚盈盈"、友古之"粉牆低"，不可學也。此詞抑揚盡致，不板不滯，用字流轉可法，真名手也。

　　又，首句第五字，周美成"新綠小池塘"、孫惟信"三疊古陽關"用平字起韻，吳彥高前後俱用平字起韻，與此不同，因字句相合，不另立一體。

　　美成、友古等於"離合"之"合"、"言處"之"處"作平聲，則語氣當於"碧雲"與"不堪"下讀斷耳。"愁入庾腸"有作平平仄仄，"風前懊惱"

有作仄平平平，不若此詞有紀律，此句亦可同"愁人"句。"香箋"至"悠悠"句，語氣或作上三下六，或作上五下四，不拘。審齋作"塵埃盡，留白雪，長黄芽"，又云"空搔首，還是憶、舊青氈"，則竟作三字三句矣。雖不拘，不宜從也。至於張翥，止有八字，乃傳寫之訛，非有此體。《夢窗集》二首，於"楚天晚"句以下十三字，一作"窈窕繡窗人睡起，臨砌脉無言"，一作"自别楚嬌天正遠，傾國見吳宮"，則是上七字下五字句矣。或亦係脱落，不敢另收一格也。

升庵云，於驪山見石刻一詞，必元人作。即《詞統》所選"二郎年少客"一首也。《圖譜》竟於《風流子》外另收此詞，别加一名，曰《驪山石》，因而分字句處與《風流子》兩樣，以此作譜，可怪之極。又，《詞統》收沈天羽起句云"對洛陽春色"，不惟"洛"字仄，"春"字平，而"對"字領句，句法與《風流子》何干？至換頭云"溜波窺艷蝶"，不知四平之説，又不足怪矣。如此詞手，而僭廁名壇，難矣。《詞統》且評之曰："可友楊狀元而奴唐解元。"是何言歟？

〔杜注〕

按，《詞譜》"謾簪黄菊"句，"謾"作"誤"，應遵改。又，"碧雲"作"白雲"。

【蔡案】

萬子謂"庾、有、懊"三字必用仄聲方妙，未必如此。這三組四字四句者，前段兩組以用雙拗式句法爲正，亦即或用●○○●，或用○●●○，是前段八個四字句的主流填法，所謂名家名作，皆如此填。而後段一組，則僅第三句如此，其餘三句並没有明顯的這樣的填法，也就是説不僅"懊"字位可以不仄，且句法也可以變化，如周邦彦作"想寄恨書中"、吳文英作"念碎劈芳心"等等都是，賀鑄、史達祖、方千里等也都有這樣的填法。

　　夢窗二首,前段第七拍作七字律句,萬子以爲"或係脫落",是一個錯誤的判斷。因爲詞字的增減,本屬常態,折腰式的八字句減一字而成爲七字,本在情理中和律理中,實際上這裏作七字一句的不惟夢窗如此,很多人都有這樣的填法,如美成詞作"綉閣鳳幃深幾許"、劉克莊作"曾入先生虛白屋",與夢窗同出一路,陳允平、仇遠、洪咨夔、方俊與、趙孟堅亦均有如此填法。可見這種填法或爲作者刻意減字,或爲依前人所填,而決非脫字。諸家各詞恰巧都在同一位置上脫落一字,豈有這麽巧合的事?

　　後段起拍,四平相連,正是讀住的暗示,有些宋詞在過片第二字中間入句中短韻,也從一個方面證明這裏有一個讀住的存在。詞的換頭處多有以二字逗作音律調節的情況,其形式大致有二:或用句中短韻,或用雙音步相連,都是常見的模式。

歸自謠 三十四字　"謠"一作"遥"　　　　　　　歐陽修

何處笛。深夜夢回情脈脈。竹風簾雨寒窗隔。　　離人幾
○●▲　⊙●●○○●▲　◎○○⊙●○◎▲　　○○◎
歲無消息。今頭白。不眠特地重相憶。
●○⊙▲　○○▲　◎○◎●○○▲

　　"離人"句,歐別作"香閨寂寂門半掩",又作"蘆花千里霜月白","半"字、"月"字俱用仄聲,不拘。

　　按,趙介庵有《思佳客令》一首,即係此詞,雖後段起句平仄不同,然必爲一調無疑,今錄於左幅,不另列《思佳客令》之名。又,《鷓鴣天》亦別名《思佳客》,不可混也。

思佳客令 三十四字　　　　　　　　　　　趙彥端

天似水。秋到芙蓉如亂綺。芙蓉意與黄花倚。　　歷歷黄花矜酒
美。清露委。山間有個閒人喜。

前換頭用平平仄仄平平仄，此用仄仄平平平仄仄，似乎各異。不知詞調各有風度，如此篇風度與前恰合，豈有兩格之理。況歐公別作此句，平仄亦有變者。

〔杜注〕

按，《詞譜》云："《樂府雅詞》注：道調宮。一名《風光子》，趙彥端詞名《思佳客》，《詞律》編入《歸國謠》，誤。"

【蔡案】

"竹風檐雨"原作"竹風簾雨"，據《全宋詞》改。

本詞調名萬子原作《歸國謠》，大誤。據杜注改。此詞又見載於《陽春集》，作者爲馮延巳。又，《全唐五代詞》中也名之爲《歸國遙》，其中的一段解説，或許可以拿來解釋萬子爲何搞錯調名："《歸國遙》爲唐教坊曲。'遙'一作'謠'，乃緣宋人詞調《歸自謠》而誤。唐五代詞人無作《歸自謠》者，當以《歸國遙》爲是。"也許萬子和曾昭岷一樣，因爲刻本誤將調名刻爲《歸國遙》了，就以訛傳訛了。

詞的句子，本無句法限定，所以過片由"離人"的平起改爲"歷歷"的仄起，也合乎詞的律法，《樂府雅詞拾遺》有無名氏《歸自謠》詞，過片即作"勝處屏雲猶未掩"，與此相同，可證《思佳客令》亦即《歸自謠》。而萬子以一個玄而又玄"風度"來説事，不但没有説服力，也顯得自己語焉不詳。

歸國謠 四十二字　　　　　　　　　　溫庭筠

雙臉。小鳳戰篦金颭艷。舞衣無力風斂。藕絲秋色染。　　錦
○▲　●●◎○○●▲　◎○⊙○○●▲　○○⊙●▲　　　◎

帳繡幃斜掩。露珠清曉簟。粉心黃蕊花壓。黛眉山兩點。
●●○○▲　●○○●▲　◎⊙○●▲　●○○●▲

　　首句二字起,後起句溫又作"畫堂照簾殘燭",稍不同。

【蔡案】

　　後段起拍,第二字萬子擬爲仄可平。按,該句現存本調均爲仄起仄收式律句,惟"畫堂照簾殘燭"一句失律,顯係敗筆,偶例不必從,第二字仍以仄聲填爲是,改。

　　韋莊詞,第二拍作"戲蝶遊蜂花爛熳","遊"字平聲;第三拍,韋詞三首均爲○●⊙○○▲,句法與溫詞不同;第四拍韋詞一作"單棲無伴侶","單"字平聲。後段,首拍韋詞有"南望去程何許","南"字平聲;後段第三拍同前,溫韋二人句法不同,韋詞三首均爲⊙●●○○▲。譜中可平可仄據補。

多字格 四十三字　　　　　　　　　　　　韋　莊

春欲晚,戲蝶遊蜂花爛熳。日落謝家池館。柳絲金縷
○●▲　●●⊙○○●▲　○●◎○○▲　○○○●
斷。　　　睡覺綠鬢風亂。畫屏雲雨散。閒倚博山長嘆。淚
▲　　　　◎●●○○▲　●○○●▲　●●●○○▲　●
流沾皓腕。
○○●▲

　　首句三字起,與溫異。前調"舞衣""粉心"二句,用仄平平仄平仄,此調"日落""閒倚"二句,用平仄仄平平仄,不同,作者勿誤。

【蔡案】

　　本調現存溫詞兩首,均爲二字一拍起,韋詞三首,均爲三字一拍起。

　　萬子"前調""此調"的稱説,是將韋詞和溫詞視爲完全不同的兩調,大誤。此二首僅一字之差,雖不能判定是文字衍奪還是增減,但

兩首詞決計是同一詞調，這是無可置疑的。若更進一步認爲二字起則應平起仄收，三字起則應仄起仄收，尤謬。詞的平仄，但依句法格律即可，而從無"句有定律"的規定。

定西番 三十五字　　　　　　　　　　　　　　　孫光憲

帝子枕前秋夜，霜幄冷、月華明。正三更。　　何處戍樓寒
◎●○○⊙●　○●● ⊙○△　　●○△　　　⊙●◎○⊙

笛，夢殘聞一聲。遙想漢關萬里，淚縱橫。
●　○○○⊙●△　⊙●○○◎●　●○△

韋相作與此同，但不分段，合作一調耳。

〔杜注〕

按，《詞譜》收溫庭筠作，前後段起句及後段第三句均同叶仄韻，應爲正調。此則又一體也。

【蔡案】

韋詞二首，《尊前集》不分段，《全唐詩》因之，但《歷代詩餘》依然給予分段處理，《全唐五代詞》因之，或有所本，並非都不分段。其實此類唐詞小令，本無煩分段。

杜文瀾認爲溫詞當爲正調，這無疑是"欽定"觀念作祟。本調此體唐詞現存九首，其中祇有溫詞二首如此，何爲正體，應該是很明顯的。這裏前後段的第一句，以及後段的第三句都並不是均腳所在，所以按照律理，本來就是可叶可不叶的句子，別家不叶，自在情理中，孫詞爲正體並無不妥。又如溫詞另有僅叶前後段第一句而不叶後段第三句者，韋莊有僅叶後段第一第三句而不叶前段首句者，均爲此理。

連理枝 三十五字　　　　　　　　　　　　李　白

淺畫雲垂帔。點滴昭陽淚。咫尺宸居，君恩斷絕，似遙千
◎●○○▲　◎●○○▲　◎●○○　⊙○○●　○○○
里。望水晶簾外竹枝寒，守羊車未至。
▲　●◎○○⊙●●○○　●○○◎▲

此唐調也，宋詞俱加後疊。

《圖譜》收此調，不識即宋詞《小桃紅》之半，竟將"望水晶簾外"作五字句，"竹枝寒守"作四字句，"羊車未至"作四字句，可嘆。毋論句字長短注差，致誤學者。試問"竹枝寒守"，有此文理乎？ 異哉！

〔杜注〕

按，《詞譜》收李白詞，其前半云："雪蓋宮樓閉。羅幕昏金翠。鬥鴨闌干，香心淡薄，梅梢輕倚。噴寶猊香爐、麝煙濃，馥紅綃翠被。"後半即"淺畫雲垂帔"半闋也。又按，前半"翠"字叶韻，前結"翠被"疑"繡被"之誤。

【蔡案】

本詞第三均，原譜讀為八字一句、五字一句，在這首詞中似通。但我們從造句法看，在唐五代詞中，前人是幾乎不用一字逗的，而此處竟連用"望""守"兩處。這種造句法十分可疑，從律理的角度說，不是很符合一般的規則。而另一首如果也這麼讀，就是"噴寶猊香爐麝煙濃，馥紅綃翠被"，"噴"字作領字還可接受，"馥"字用作動詞就很彆扭了，不但在文理上無疑是很拗澀的，而且即便是在宋詞中，這種現象也是罕見的。一個兩全的辦法是認為本詞如此讀，另一首屬於讀破句法，讀為"噴寶猊香爐，麝煙濃馥，紅綃翠被"。

杜文瀾沿用《欽定詞譜》的觀點，認定本詞是殘詞，並無道理。因為唐詞多為單段式，"最初都無換頭，今以太白兩首疊作雙調者何故？

後晏殊亦爲此調,始有換頭。"《古今詞話‧詞辨》卷下的這個説法纏是準確的,單段詞複疊成爲雙段式,也是很多詞調從唐入宋的一般規則。

雙段體 雙調 七十字 又名《小桃紅》《紅娘子》《灼灼花》 程 垓

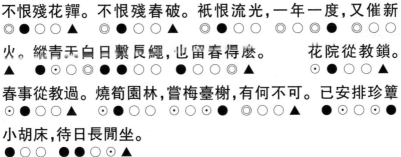

不恨殘花彈。不恨殘春破。祇恨流光,一年一度,又催新
◎●○○▲　◎●○○▲　◎●○○　○○●○　●○○

火。縱青天白日繫辰繩,也留春得麼。　　花院從教鎖。
▲　●○○●●○○　●○○●▲　　　⊙●○○▲

春事從教過。燒筍園林,嘗梅臺榭,有何不可。已安排珍簟
⊙●○○▲　○●○○　○○○●　●○○▲　●●○○●

小胡床,待日長閒坐。
●○○　●●○⊙▲

比前加後疊,故《虛舟集》名《小桃紅》,《同叔集》名《連理枝》,其實一也。《圖譜》兩收,誤。《嘯餘譜》又收《灼灼花》一調,《圖譜》諸書因之,亦即是此體,總未致審耳。

《詞綜》收倪雲林《小桃紅》,即王秋澗名爲《平明樂》者,乃北曲,非詞也,説見發凡。

江城子 三十五字 "城"一作"神" 又名《水晶簾》 牛 嶠

鵁鶄飛起郡城東。碧江空。半灘風。越王宮殿、蘋葉藕花
⊙○○●●○△　●○△　●○△　●⊙●⊙○　○●●○

中。簾卷水樓魚浪起,千片雪、雨濛濛。
△　⊙●◎○○●●　○●●　●○△

此唐調也,宋調俱加後疊。首句韋莊作"恩重嬌多情易傷",平仄互異,宋調俱依此起句矣。"越王"至"花中",本九字句,故語氣或於

四字斷，或於六字斷，不拘。而宋詞俱依後所載謝無逸體矣。作雙調者勿誤。

〔杜注〕

　　按，此調應以韋莊詞爲主，萬氏雖未列原詞，覈所注可仄可平，即校端己詞也。

【蔡案】

　　萬子謂"越王"下九字爲一句，而譜中"宮殿"後又用句讀斷，矛盾，現改爲逗。又，結六字原讀爲三字兩句。

多字格　三十七字　　　　　　　　　　　　　張　泌

浣花溪上見卿卿。臉波秋水明。黛眉輕。緑雲高綰、金簇
●○○●●○○△　●○○●△　●○△　●○○●　○●

小蜻蜓。好是問他來得麼，和笑道、莫多情。
●○△　●●●○○●●　○●●、●○△

　　前詞"碧江空"三字，此詞"臉波秋水明"五字，餘俱同。牛給事亦有此體，起句作"極浦煙消水鳥飛"，平仄互異，正與韋莊"恩重"句同也。

〔杜注〕

　　按，《歷代詩餘》，"緑雲高綰"句作"高綰緑雲"。

【蔡案】

　　"秋水"二字或是衍文。《花間集校》云："按，'秋水'二字當是衍文。'臉波'是當時習用語，和凝《臨江仙》其二：'臉波微送春心。'顧敻《甘州子》其五：'燈背臉波橫'可證。"湯本《花間集》注云："應是'眼波明'。"《花庵詞選》《五代詩話》《詞綜》等均據此爲三字。

　　這個衍文的形成或爲對"臉波"一詞的不解，"臉波"與臉無關，意

思就是"眼波"，就是"秋水"，因此無須贅言，但明清人有的已經不識
"臉波"爲何物，望文生義，以爲與"臉"有關，所以明清詞中有很多"臉
波紅"的寫法，即便是一些著名詞人亦是如此，比如清人陳維崧的《誤
佳期》"臉波底事十分紅"、程頌萬的《虞美人》"不覺臉波微暈斷紅生"
等即是。但此誤由來已久，有的《花間集》中已經如此，且牛嶠、尹鶚
也有這樣五字句的填法，所以但注不改。

"綰"字後原譜作句，不合本調萬子自己的結構分析，改爲逗。

多字格 三十六字　　　　　　　　　　　　　　　　歐陽炯

晚日金陵岸草平。落霞明。水無情。六代繁華、暗逐逝波
●●○○●●△　●○△　●○△　●●○○　●●●○
聲。空有姑蘇臺上月，如西子鏡、照江城。
△　○●○○●●　○○●●、●○△

　結句七字，與前異。

【蔡案】

　"六代"下九字，萬子未讀斷，不統一，改添四字一逗。"如西"下
七字，萬子亦未讀斷，誤。按，該七字爲多字格，後六字依然和其他各
首一樣，屬於一個折腰式六字句法，按讀詞慣例，必須予以三三式
讀斷。

雙段體 以下雙調　七十字　　　　　　　　　　　　謝　逸

杏花村館酒旗風。水溶溶。颺殘紅。野渡舟橫、楊柳綠陰
●○○●●○○　●○○　●○○　●●○○、○●●○
濃。望斷江南山色遠，人不見、草連空。　夕陽樓外曉煙
△　●●○○○●●　○●●、●○△　　●○○●●○○

籠。粉香融。淡眉峰。記得年時、相見畫屏中。祇有關山
△　　●○△　　●○△　　●●○○　○●●○△　　●●○○

今夜月，千里外、素光同。
○●●　　○●●　●○△

　　比前牛詞加後疊，"人不見""千里外"俱平仄仄，如石林之前用
"試攜手"、東坡之後用"便憔悴"，又如友古之後用"瑤臺路"，皆偶然
之筆，不必從也。

　　題本名《江城子》，"城"或作"神"。至別名《水晶簾》者，乃後人因
詞中有此三字，故巧取立名，因使人易混易訛，最爲可厭。今人好奇
者，皆厭常喜新，多從之，致誤不少。如此調《圖譜》作《水晶簾》第一、
第二等體，竟忘却《江城子》本來矣。其他尚多，皆去舊易新，甚屬無
謂。至於《上西平》之即《金人捧露盤》、《一籮金》之即《蝶戀花》等，則
原因不識而兩收之。《嘯餘》之病亦坐此。愚謂，不識而兩收之猶可，
本知而故改之，則不可也。此類甚多，聊記其槩於此。

〔杜注〕

　　按，《漁隱叢話》載此詞，第二三句作"煙重重。水溶溶。"又，"曉
煙"作"曉燈"。

【蔡案】

　　謝逸此詞，"夕陽"樓外何來"曉煙"籠，必是"晚煙"之誤。詩詞中
"曉"和"晚"互誤的例子很多，此屬其一。

仄韻體 七十字　　　　　　　　　　黃庭堅

新來又被眼奚搐。不甘伏。怎拘束。似夢還真、煩亂損心
○○●●●○▲　　●○▲　　●○▲　　●●○○　○●●○

曲。見面暫時還不見，看不足。惜不足。　　不成歡笑不
▲　　●●●○○●●　　●○▲　　●○◆　　　　●○○●●

成哭。戲人目。遠山蹙。有分看伊、無分共伊宿。一貫一
○ ▲　 ● ○ ▲　 ● ○ ▲　 ● ● ○ ○　 ○ ● ● ○ ▲　 ● ● ●

文曉十貫,千不足。萬不足。
○ ○ ● ●　 ○ ● ▲　 ● ○ ◆

　　此首韻脚,全用入聲作平聲也,予謂詞中字多以入作平,人或未
信,得此詞,足證予言之不謬,快絕! 快絕! 蓋入聲作平,北音皆然,
故予謂不通曲理不可言詞也。至於入既作平,亦仍可作仄,但於口中
調之,其音自見,其理自明,如此詞"看不足""千不足",兩"足"字原作
仄用,音調未嘗不諧叶耳。

【蔡案】

　　光緒本"快絕"之前一段注文漏刻。

　　詞中的入聲作平,與曲中的入派三聲,有淵源而非一理,入派三
聲所基於的是中原音,入聲化作平上去,有平有仄;而以入作平作爲
一種填詞技法,從唐宋詞來看,但凡入聲都可以替代爲平聲。如"十、
及、射、擲、即、入"六字,如果是入派三聲,則"十、及"不可作仄,"射、
擲、即、入"不可爲平;如果是以入作平,則六字均可爲平,即便是《詞
林正韻》也是清晰寫定,兩者應該各有其機理。所以一字此平彼仄,
亦不足奇,如《酒泉子》,萬子就注云:"此'碧'字乃北音,作去聲'閟'
字讀",而《一枝春》杜注云:"'碧'字以入聲作平聲,不能用仄",這是
各循其理,並不牴牾,若以爲其理爲一,則誤。

　　本詞前後段兩結作疊韻看,視爲修辭性的輔韻,於韻律更諧,也
應該更符合作者的本意,萬子原譜"看不足""千不足"均標記爲句。

江城梅花引　八十七字　　　　　　　　　　　康與之

娟娟霜月冷侵門。怕黃昏。又黃昏。手撚一枝、獨自對芳
⊙ ○ ⊙ ● ● ○ △　 ● ○ △　 ● ○ ◇　 ● ● ● ○　 ○ ● ● ○

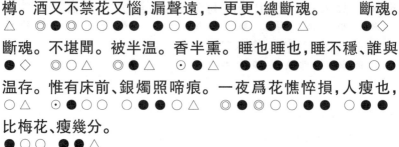

樽。酒又不禁花又惱，漏聲遠，一更更、總斷魂。　　斷魂。
斷魂。不堪聞。被半溫。香半熏。睡也睡也，睡不穩、誰與
溫存。惟有床前、銀燭照啼痕。一夜爲花憔悴損，人瘦也，
比梅花、瘦幾分。

　　此詞相傳爲前半用《江城子》，後半用《梅花引》，故合名《江城梅
花引》，蓋取"江城五月落梅花"句也。但前半自首至"花又惱"，確然
爲《江城子》，而後全不似《梅花引》，至過變以下，則並與兩調俱不相
合，止惟有至"憔悴損"十六字同耳，未知以爲《梅花引》是何故也。竹
山"荆溪阻雪"一首，遵此而作，足知此調無誤，但無可訂定"梅花"二
字耳。

　　又按，《梅花引》如"客衣單。客衣單。千里斷魂，空歌行路難。"
與《江城子》第二三四句平仄聲響原相似，或腔有可通，未可知也。

　　此詞又誤刻《書舟詞》中，題曰《攤破江神子》，然則此調祇應名爲
《攤破江城子》可耳。因相沿已久，不便議改。《竹山集》於此調又竟
作《梅花引》，益與五十七字之《梅花引》相混，故今以此附於《江城子》
之後，而《梅花引》仍另列云。

〔杜注〕

　　謹按，《欽定四庫全書·書舟詞提要》云："《攤破江神子》一闋，其
句格屬垓本色，其題爲康作，當屬傳譌。"應遵改爲程垓作。

【蔡案】

　　"手撚"九字萬子原譜不讀斷，此依例爲一拍，所以不足以構成前
段第二均。前後段相校，後段第二均"睡也睡也，睡不穩、誰與溫存。"
十一字，則前段失落。作爲一首引詞，前段的殘缺在結構上是很明顯

的。此外,本調現存諸詞,除丘崈一首爲北宋末存詞,餘皆爲南宋作品,則本調或至北宋末已然殘缺不全。

至於本調所謂合二爲一云云,附會而已,所以才會有句子多不合的情況,而致萬子百思不解。所謂前半四句屬《江城子》,祇偶合而已,因爲本調無非三字、七字、九字三種句法,而詞調衆多,有一二偶合,在所難免。否則怎麼可能會有無《梅花引》之句而名之爲"梅花"的? 應該就是好事者"相傳"而已。竊以爲此調創調詞是北宋一首即詠"江城梅花,"的詞,或徑以上句"江城五月落梅花"句爲調名而已。

易韻格 八十七字　　　　　　　　　　　　洪　皓

天涯除館憶江梅。幾枝開。使南來。還帶、餘杭春信到燕
○○○●●○△　　●○△　　●○△　　○●　○○○○●○

臺。準擬寒英聊慰遠,隔山水,應銷落、赴訴誰。　　　空恁
△　　●●○○○●●　　●○●　○○●　●●○　　　　　○●

遲想笑摘蕊。斷回腸,思故里。謾彈綠綺。引三弄、不覺魂
○○●●○▲　　●○○　○●▲　　●○●●　　●○●　●●○

飛。更聽、胡笳哀怨淚沾衣。亂插繁花須異日,待孤諷,怕
△　　●●　○○○○●○○　　●●○○○●●　　●○●　●

東風、一夜吹。
○○　●●△

與前作字句俱同,祇"蕊"字、"里"字以上聲叶平,而"綺"字亦叶韻,故録之以備證。

按,此又刻作《江梅引》,不過節去二字耳。

〔杜注〕

按,《詞譜》云:"洪皓詞三聲叶韻者四首,每首有一'笑'字,名《四笑江梅引》。"此四首之一。

【蔡案】

本詞"蕊、里、綺"三韻，萬子認爲是上聲作平，其説未必，是偶合而已。因爲這三處換韻，或稱爲三聲叶，並非祇限於上聲，如趙與洽用"凝、醒、影"，"凝"字去聲；周密用"恨、粉、冷"，"恨"字去聲；丘崈用"看、遠、漫"，則一、三是去聲。因此，萬子以上聲叶平的説法並不符合宋詞實際，此處仍以三聲叶韻爲確。

又，前段"還帶"、後段"更聽"下九字，萬子原譜均不讀斷，若照前幾首，則均應改爲四字一逗，惟九字句總以二字逗領七字句法爲正，雖本調以四字一逗爲正，但本詞如此讀更佳，故作此斷。前後段結拍原均讀爲三字兩句，亦予改正。

少字格 八十六字　又名《明月引》　　　　　陳允平

雨餘芳草碧蕭蕭。暗春潮。蕩雙橈。紫鳳青鸞，舊夢帶文簫。綽約佩環風不定，雲欲墮，六銖香、天外飄。　　　相思爲誰蘭恨銷。渺湘魂、無處招。素紈猶在，真真意、還倩誰描。舞鏡空懸，羞對月明宵。鏡裏心、心裏月，君去矣，舊東風、新畫橋。

"鏡裏心。心裏月"，祇六字與前異，但恐有誤，故不取列於康詞之前。

按，西麓詞準繩可法，如此作，森然典型。其後起句及"素紈"句，殊有牆壁。因康、蔣俱用疊字，難學，故收於此，使作者可以取法云。

又按，此詞陳稿題曰"明月引"，愈令人難查，可見新立異名之不便。然其自注"和趙白雲自度曲"，不知何謂也。

〔杜注〕

　　按，萬氏因"鏡裏心，心裏月"祇六字，與康詞七字句異，因此列爲又一體。但考《日湖漁唱》，此句本作"鏡裏心心心裏月"，是落一"心"字，非又一體也。又，萬氏注云："陳稿自注'和趙白雲自度曲，不知何謂。'"考周草窗亦有和詞，題云："趙白雲初賦此調，以爲自度腔，實即《梅花引》也。"蓋趙白雲自度，而適與《梅花引》相合，故周、陳題注各異。

【蔡案】

　　前段"紫鳳"、後段"舞鏡"起九字，萬子原譜均不讀斷。前後段結拍原均讀爲三字兩句，皆予改正。

　　此即後吳文英詞體，奪字而已，故不再擬譜。

多韻格 八十七字　　　　　　　　　　　　　　吳文英

江頭何處帶春歸。玉川迷。路東西。一雁不飛、雪壓凍雲
○○○●●○△　●○△　●○△　●●●　●●●○○

低。十里黃昏成曉色，竹根籬。分流水、過翠微。　　帶書
△　●●○○○●●　●○△　○○●　●●○　　　●○

傍月自鋤畦。苦吟詩。生鬢絲。半黃細雨，翠禽語、似說相
●●●○△　●○△　○●△　●○●●　●○●　●●○

思。惆悵孤山、花盡草離離。半幅寒香家住遠，小簾垂。玉
△　○●○○　○●●○△　●●○○○●●　●○△　●

人誤、聽馬嘶。
○●　●●△

　　此又與康、蔣所作各異。"籬"字、"垂"字叶韻，一異也；"水"字、"誤"字仄聲，二異也；後段起句與前起平仄同，三異也。"玉人誤聽馬嘶"，似是六字一句，故並前"分流水"處未敢注斷。

〔杜注〕

　　按，葉譜"半黃細雨翠禽語"句，"細雨"作"梅子"，應照改。

【蔡案】

　　本詞前後段結拍，原譜均未讀斷，但是體味宋詞本調，凡結句爲六字一句者，都是折腰式句法，所以本詞也應該如此，方爲合律，而"水過""誤聽"似可連讀，只是偶合而已。又，後段"半黄"下十一字，原譜作七字一句、四字一句，與各詞皆異，而玩其詞意，"禽語説相思"是一個完整表達，不當讀破，所以仍改爲四字一句、折腰七字一句。

　　又，前段"一雁"、後段"惆悵"下九字，萬子原譜均不讀斷。

江城子慢　一百一十字　　　　　　　　　　吕渭老

新枝媚斜日。花徑霽、晚碧泛紅滴。近寒食。蜂蝶亂、點檢
⊙○●○▲　　○○● ●○○○▲　●○▲　◎○● ◎○

一城春色。倦遊客。門外昏鴉啼夢破，春心似、遊絲飛遠
◎○○▲　　●○▲　○●○○○●● ○○● ○○○●

碧。燕子又語斜檐，行雲自没消息。　　當時烏絲夜語，約
▲　●○◎●○○ ○○●●○▲　　　　○○○●●● ○

桃花時候，同醉瑶瑟。甚端的。看看是、榆莢楊花飛擲。怎
○○⊙● ○●○▲　●○▲　○○● ○●○○○▲　◎

忘得。斜倚紅樓回淚眼，天如水、沉沉摇翠璧。想伊不整啼
○▲　⊙●○○○●● ○○● ○○○●▲　●○◎○

妝，影□簾側。
○　●○○▲

與江城本調全異。

　　按，此調字句，《圖譜》隨意注之，今細察改正，蓋詞調前後，每有相同斷。今按，"近寒食"至"飛遠碧"三十字，與後段"甚端的"至"摇翠璧"三十字，平仄胳合也。而《譜》於"近寒食"字不注叶韻，後之"甚端的"又注叶韻；"蜂蝶亂"作三字句，後之"看看是"又連下作九字句，是因不知前後相同之説，固無足怪。祇"食"字一韻失叶，豈不悮人。

至第三句"滴"字叶韻,其上第二句應在"霽"字爲豆,豈可不知? 而乃以"花徑霽晚碧"爲叶韻,大誤。蓋"花"字即上"新枝"字意也,"霽"字即上"日"字意也,而"晚"字又應上"斜"字,謂徑草碧色,花枝紅色,"紅滴"則泛於碧上矣。是豈得以"碧"字作叶韻乎? 且"泛紅滴"亦不成語,況後有"飛遠碧"句,豈一詞叶兩"碧"字乎? 蔡松年亦有此體,起云"紫雲斷楓葉,崖樹小,婆娑歲寒節"可證。豈"娑"字亦可叶"葉"字耶? 末句乃九字,亦不可於"妝"字注斷。

　　蔡詞於"其端的"處,《萬選》刻作"種種陳跡",誤多一字,想"種種"二字乃"總"字之訛耳。

【蔡案】

　　本詞另有宋田爲一首,首句作"玉臺挂秋月","玉"字仄聲;第三句作"冰姿潔","冰"字平聲;第七句作"遠山外、行人音信絕","遠"字仄聲。後段第六句作"聲鳴咽","聲"字平聲;第七句作"落盡庭花春去也","落"字仄聲。譜中可平可仄據此添補。

　　後段結拍,田爲詞作"恨伊不似餘香,惹鴛鴦結",從全詞結構看,此二拍正是尾均,而呂詞若爲九字一句,則結構難免有殘缺之嫌。就詞意而言,前六字一句,句意完整,而"影簾側"三字無論單獨成句還是從上,皆不知所云。因此,綜合而言,呂詞後結必是"影□簾側"之脫誤,因補"□",並將原調"一百零九字"改爲"一百十字"。

望江怨 三十五字　　　　　　　　　　牛　嶠

東風急。惜別花時手頻執。羅幃愁獨入。馬嘶殘雨春蕪
○○▲　●●○○●▲　○○○●▲　●○●●○○
濕。倚門立。寄語薄情郎,粉香和淚滴。
▲　●○▲　●●○○●　●○○●▲

或於"入"字分前段,然此小令,必不分也。

此調作者絕少,是應以此詞爲準繩矣。而《詞統》選近時人呂、沈二首,於"羅幃"句皆作仄仄平平仄,"倚門立"皆作平仄仄。余嘗謂:時流必不肯效古人而自相附和,於此可見。然此乃《嘯餘》舊譜亂注誤之,可嘆者不肯依原詞,而偏依誤注耳。如"手頻執",必注可作平仄仄,字字如此,可恨。

〔杜注〕

按,王氏寬甫校本,末韻"泣"作"滴",宜從。

【蔡案】

已據杜注改。

相見歡　三十六字　又名《烏夜啼》《上西樓》《憶真妃》《西樓子》《月上瓜州》《秋夜月》　　　　　南唐後主

無言獨上西樓。月如鈎。寂寞梧桐深院,鎖清秋。　　　剪
⊙○◎●○△　●○△　◎●⊙○○●　●○△　　　　◎
不斷。理還亂。是離愁。別是一般滋味,在心頭。
◎▲　◎⊙▲　●○△　◎●○○○●　●○△

"寂寞"至"清秋","別是"至"心頭",皆是九字句語氣,亦可於第四字略斷。"斷""亂"二字,是換仄韻,如昭蘊之"幕""閣",稼軒之"轉""斷",希真之"事""淚",友古之"路""處"等,俱同。各譜俱失注,是使學者落去二韻,其誤甚矣。各家惟友古後起兩句不叶韻。夢窻一首云"一顆顆,一星星。是秋情。","星"字叶平韻,竟似《訴衷情》換頭矣,因句字同,不另録。

按,此調本唐腔,薛昭蘊一首正名《相見歡》,宋人則名爲《烏夜啼》,而《錦堂春》亦名《烏夜啼》,因致傳訛不少。今斷以此調,從唐人

爲《相見歡》，而《錦堂春》亦仍其名，俱不以《烏夜啼》亂之，庶爲畫一。《嘯餘》既收《相見歡》，復收《烏夜啼》，誤。《圖譜》既收《烏夜啼》，復收《上西樓》，且又收《憶真妃》，尤誤。

〔杜注〕

按，《詞譜》收此調凡五體，仍以李後主煜爲正調。此外後段四句或叶仄，或疊韻，或不叶，或多叶一平韻，皆三十六字也。

何滿子 三十六字　　　　　　　　　　　　　和　凝

寫得魚箋無限，其如花鎖春輝。目斷巫山雲雨，空教殘夢依
◎●⊙○⊙●　⊙○○●○△　◎●○○○●　○○⊙●○
依。却愛熏香小鴨，羡他長在屏幃。
△　　◎●○○○●　○○⊙●○△

單調六句，每句六字。

按，唐崔令欽《教坊記》"何滿"作"河滿"，但此調因開元中滄洲歌者，臨刑進此曲以贖死，竟不免，而世傳其曲，故白香山詩"世傳滿子是人名，臨就刑時曲始成"，是則應作何字。

〔杜注〕

按，《詞譜》云："白居易詩注：'開元中，滄州歌者姓名。'又《盧氏雜説》：'唐文宗命宮人沈翹翹舞《河滿子》詞。'又屬舞曲。"

多字格 三十七字　　　　　　　　　　　　　孫光憲

冠劍不隨君去，江河還共恩深。歌袖半遮眉黛慘，淚珠旋滴
○●●○○●　○○○●○△　○●●○○●●　●○○●
衣襟。惆悵雲愁雨怨，斷魂何處相尋。
○△　　○●○○●●　●○○●○△

單詞六句，第三句七字，餘俱六字，平仄處同上。

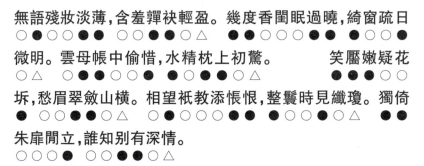

雙段體 雙調　七十四字　　　　　　　　　　　毛熙震

無語殘妝淡薄，含羞嚲袂輕盈。幾度香閨眠過曉，綺窗疏日
○●○○●● 　○○●●○△ 　●●○○○●● 　●○○●

微明。雲母帳中偷惜，水精枕上初驚。　　　　　笑靨嫩疑花
○△　●●○○○● 　●○○●○△ 　　　　　●●●○○

坼，愁眉翠斂山橫。相望祇教添悵恨，整鬟時見纖瓊。獨倚
● 　○○●●○△ 　○●●○○●● 　●○○●○△ 　●●

朱扉閒立，誰知別有深情。
○○○● 　○○●●○△

即前調加一疊。東坡作"幾度"句、"相望"句，平仄同，而壽域二
首，前後俱用平平平仄平平仄，與此相反，恐是杜君誤筆，不可從。汲
古刻其前一首，於後起第二句誤少二字，又所刻《尊前集》尹鶚一首，
前七字句止六字，後則七字，亦係誤少一字。

按，《碧雞漫志》云："此詞屬雙調，兩段各六句，內五句各六字，一
句七字，蓋舞曲也。"樂天亦云："一曲四詞歌八疊，從頭都是斷腸聲。"
是本為雙調，而前之單調者止得其半也，宋人多從雙疊。

《唐詩紀事》載，文宗時，宮人沈翹翹善舞此曲，歌"浮雲蔽白日"
之句，上曰："此《文選》古詩語。"是則詩句亦可歌作《何滿子》之音節，
不必如此詞。然世遠聲湮，不可訂矣。

〔杜注〕

按，《詞譜》云："《碧雞漫志》：白居易詩'一曲四詞歌八疊，從頭
便是斷腸聲'。此指薛逢五言四句《何滿子》也。'歌八疊'，疑有和
聲。今《花間集》詞屬雙調，有兩段各六句，內五句六字，一句七字者。
亦有祇一段，而六句各六字者。"按，此則和凝、尹鶚、毛熙震三詞各自
一體，並無脫誤。其云雙調者，是宮調名，《唐書·禮樂志》所謂夾鐘
商也。《詞律》不知白詩所指，又誤認"雙調"為雙段，乃云"和凝詞僅

得其半"，並云尹鶚詞少一字，均誤。

長相思 三十六字　又名《雙紅豆》《山漸青》《憶多嬌》　　白居易

汴水流。泗水流。流到瓜洲古渡頭。吳山點點愁。　　思
◎○△　　○○◇　　⊙●●○○●△　⊙○○●△　　◎

悠悠。恨悠悠。恨到歸時方始休。月明人倚樓。
⊙△　　○⊙◇　　○●●○⊙●△　　◎○○⊙●△

　　後首句可不叶韻。

〔杜注〕

　　按，《詞譜》云："此詞前後起二句俱用疊韻，如馮延巳詞之'紅滿枝，綠滿枝'、'憶歸期，數歸期'，張輯詞之'山無情，水無情'，皆照此填。"

【蔡案】

　　杜文瀾引用《欽定詞譜》的本意，或欲完善乃至否定萬子的觀點，這也是"欽定"情結。此類句式，詞中純屬修辭性用法，詞律本身並未限定"俱用疊韻"，所以可疊可不疊。如李煜的"秋風多。雨如和"，萬俟詠的"夢難成。恨難平"之類，後一句都不用疊句；也可韻可不韻，如白居易的"巫山高，巫山低"、李煜的"菊花開，菊花殘"之類，前一句都不叶韻。

易韻格 三十六字　　　　　　　　　　　　　　劉光祖

玉樽凉。玉人凉。若聽離歌須斷腸。休教成鬢霜。　　畫
●○△　　●○◇　　○●○○○●△　　○○○●△　　●

橋西、畫橋東。有淚分明清漲同。如何留醉翁。
○○　●●△　　●●○○○●△　　○○○●△

前後兩韻。

【蔡案】

本詞當是循古韻而押，並非前後換韻，唐宋金元近兩百首中，獨此一首換韻，斷無是理。

長相思慢 一百四字　　　　　　　　　　　　揚无咎

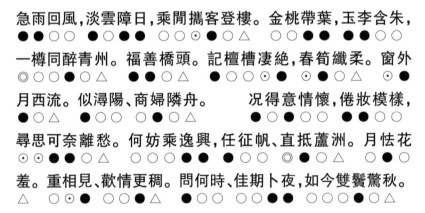

《逃禪》自注此詞乃用賀方回韻，而淮海"鐵甕城高"一首，與此韻腳相同，想揚州懷古，秦、賀同作也。秦尾句，汲古刻作"鴛鴦未老不"，誤也，《詞滙》刻"鴛鴦未老綢繆"爲是。但此詞第二句，是"蒜山渡闊"，"蒜、渡"二字作去聲，甚妙，正與楊詞"淡、障"二字合。《詞滙》乃作"金山"，"金"字平聲，一字之訛，相去河漢矣。

〔杜注〕

按：他刻後結"佳期卜夜綢繆"句下，有"莫負清秋"四字，以"卜夜"二字屬上句，應增入。

【蔡案】

本詞後段尾均，萬子原譜作"問何時、佳期卜夜綢繆"九字，如此則後段第四均僅得一拍,與詞律違和。且現存宋詞均爲兩拍十四字,萬子既見淮海詞,而未見淮海的"幸于飛、鴛鴦未老,不應同是悲秋",正所謂版本誤人也。又,毛校本《逃禪詞》,楊詞的後段尾均是:"問何時,佳期卜夜,如今雙鬢驚秋",與杜氏所見的版本也不同。又按,前述秦詞,又見於《賀方回詞》,則所謂秦淮海詞,原本就是烏有。萬子謂:"想揚州懷古,秦、賀同作也",也只是臆測。楊氏詞原序云:"乙卯歲留淦上,同諸友泛舟,至盧家洲登小閣,追用賀方回韻,以資座客歌笑。"其實可諒。因據毛校本《逃禪詞》改。

讀破格 一百三字　　　　　　　　　　　　柳　永

畫鼓喧街,蘭燈滿市,皎月初照嚴城。清都絳闕,夜景風傳
● ● ○ ○　○ ○ ● ●　○ ● ○ ● ○ △　○ ○ ● ●　● ● ○ ○

銀箭,露暖金莖。巷陌縱橫。過平康款轡,緩聽歌聲。鳳燭
○ ●　● ● ○ △　● ● ○ △　● ○ ○ ● ●　● ○ ○ △　● ●

熒熒。那人家、未掩香屏。　　　向羅綺叢中,認得依稀舊
○ △　● ○ ○　● ● ○ △　　　　● ○ ● ● ○　● ● ○ ○ ●

日,雅態輕盈。嬌波艷冶,巧笑依然,有意相迎。牆頭馬上,
●　● ● ○ △　○ ○ ● ●　● ● ○ ○　● ● ○ ○　○ ○ ● ●

謾遲留、難寫深誠。又豈知名宦拘檢,年來減盡風情。
● ○ ○　○ ● ○ ○　● ● ○ ○ ○ ●　○ ○ ● ● ○ △

　　比前大同小異。

【蔡案】

　　本詞即前一詞體,祇是前段第二均、後段第一第二均,此三均均予讀破句法,略有差異,而"鳳燭熒熒"句較前一詞少一字,或是刻誤抄誤,無傷體格。

　　"清都"以下十字,萬子原讀爲六字一句、四字一句,音律失諧。

同理，後段"又豈知"七字，原讀爲上三下四式，亦屬誤讀，應以一字領六字句法爲是。又，過片首均句讀，原讀爲三字逗又四字三句，"叢中認得"云云，甚爲生澀，當讀破爲五字一句、六字一句方諧。均據改。

又按，前段第三句第二字，袁去華用"約"，周邦彥用"力"，譚意哥用"遏"，其餘宋人諸家皆用平聲，句法和諧，則袁、周當是以入作平、譚詞以上作平無疑，本詞"月"字，以入作平。

風光好 三十六字　　　　　　　　　　　　　　陶　穀

好因緣。惡因緣。祇得郵亭一夜眠。會神仙。　琵琶撥
●○△　●○◇　○●○○●●△　●○△　　○○◎
盡相思調。知音少。安得鸞膠續斷弦。是何年。
●○○▲　○○▲　○●○○●●△　●○△

此調音甚妥叶，而宋人作者甚少，《天機餘錦》所載"柳陰陰"一闋，正與此同。

【蔡案】

前後段第三拍，原譜"祇"字擬爲仄可平，"安"字擬爲平可仄，所校應是無名氏"柳陰陰"詞，其詞前段作"風約雙鳧立不禁"，後段作"旋買邨醪淺淺斟"，但是"旋"字此處應讀爲平聲，故此二句第一字均須平聲，如此，前段"祇"字則應以以入作平看，亦即這兩個七字句均以○●起，其律如此，應非偶然。據改。

望梅花 三十八字　　　　　　　　　　　　　　和　凝

春草全無消息。臘雪猶餘蹤跡。越嶺寒枝香自折。冷艷奇
○●○○○▲　●●○○○▲　●●○○○●▲　●○○
芳堪惜。何事壽陽無處覓。吹入誰家橫笛。
○○▲　○●●○○●▲　○●○○○▲

此詞及下詞俱實詠梅花者，是知此調未可作他用也。

〔杜注〕

　　謹按：《欽定四庫全書・克齋詞》提要云：“考《花間》諸集，往往調即是題，如《女冠子》則詠女道士，《河瀆神》則爲送迎神曲，《虞美人》則詠虞姬之類，唐宋五代諸詞，例原如是。後人題詠漸繁，題與調兩不相涉，然則《望梅花》之調，本係詠梅，而後人移爲他用，亦無足異矣。”與萬氏所注，正可發明。

【蔡案】

　　萬子以爲本調但宜詠梅，而“未可作他用”，迂闊。詞調創製的時候，確實調名與詞密切相關，以致調名多即題名，但經後人演繹，則漸離漸遠，調名常常僅是一個符號而已。如本詞，唐宋人固以詠梅，但是入元後便“挪作他用”了。張雨壽人，姬翼詠衣，所以，今人隨意吟詠，又有何不可。

平韻體 雙調　三十八字　　　　　　　　　　　孫光憲

用平韻。

　　《草堂》舊收《望梅》一調，亦詠梅之作，論例應收《望梅花》之後，但查《望梅》即是《解連環》，《草堂》亦誤作兩收耳。今本譜但存《解連環》於後，說見本調下，此不復收《望梅》，非變例脫落也。

〔杜注〕

　　按，葉《譜》“引起誰人邊塞情”句，“誰”作“離”，應照改。

【蔡案】

本詞原題"又一體"，但與和凝詞迥異，當是別爲一體，因此改爲平韻體，以示二詞有別。

上行杯 三十八字　　　　　　　　　　　　鹿虔扆

草草離亭鞍馬，從遠道、此地分襟。燕宋秦吳千萬里。無辭
●●○○○●，○○●、●○●○△　○○●●●▲　○○
一醉。野棠開、江草濕。佇立。沾泣。征騎駸駸。
●▲　●○○、○●▼。●▼。○▼。○●○△。

【蔡案】

本詞及後一詞晁本《花間集》爲孫光憲詞，《全唐五代詞》從之。

按，"沾泣"前後疑脫落一字。此二字對應後一首之"帆影滅"，韋莊詞二首，亦均爲三字。而"沾泣"二字造語生澀，先唐至唐宋未見有這樣的用法，原詞或爲"沾□泣"，奪一仄聲字。

又按，原譜本詞分爲兩段，於"千萬里"後分段。考察該詞內部結構，實爲三均，一二句一均，三四句一均，餘下爲第三均，脈絡清晰，韻律端正，《欽定詞譜》亦從後調萬子原注改正。

易韻格 三十九字　　　　　　　　　　　　鹿虔扆

離棹逡巡欲動。臨極浦、故人相送。去住心情知不共。金
○●○○●▲。○●●、●○○▲。●●○○○●▲　○
船滿捧。綺羅愁、絲管咽。迴別。帆影滅。江浪如雪。
○●▲。●○○、○●▼。●▼。○●▼。○●○▼。

後調與前異者五：首句即起韻，一；祇換兩韻，二；不用平韻，三；"帆影滅"作三字，四；尾句不叶首韻，五。

或謂，前一首當以後段起句屬於前尾爲是，一則凡詞無半截內不

自相叶韻者，今"草草"至"萬里"，各自爲韻，無此體也，以下四字合之，則叶矣，其下半自另起一韻耳。二則"無辭一醉"正以足上語氣，言當遠別一醉不可辭，文義貫串。上段言情，下段言景，若以此句領下半，則贅矣。後調"金船"句亦當屬上段，亦是臨行勸酒之意，下段則言愁思也。若冠此四字於下段，亦不相接。余曰：此論最明。但恐人疑前長後短。以余斷之，祇是單調，小令原不宜分作兩段也。合之爲妥。若《譜》《圖》并兩處後起"醉"字、"捧"字俱失注用韻，則尤錯矣。至謂"金船"可仄，"浪"可平，"如"可仄，更誤。

【蔡案】

　　據《花間集》，本詞爲孫光憲作。原譜分兩段，於"不共"後分段。按，考察該詞內部結構，實爲三均，一二句一均，三四句一均，餘下爲第三均，脈絡清晰，韻律端正，《欽定詞譜》亦從萬子原注改正。

仄韻體　四十一字　　　　　　　　　韋　莊

芳草灞陵春岸。柳煙深、滿樓弦管。一曲離聲腸寸斷。今
⊙●●○○▲　　●○○▲　　◎○○⊙○○●▲　　○
日送君千萬。紅縷玉盤金鏤盞。須勸。珍重意、莫辭滿。
●●○○▲　　⊙●●○○◎▲　　○▲　　○●●、●○▲

　　通篇一韻。"金縷盞"，韋又作"勸和淚"，用仄平仄。"勸和淚"不解，恐誤。鏤，去聲，音漏。

〔杜注〕

　　按，《歷代詩餘》第三句作"一曲離歌腸寸斷"，宜遵改。

【蔡案】

　　第三拍原作"一曲離腸寸寸斷"，欠諧，據《花間集》改。原譜本詞分爲兩段，於"寸斷"後分段。按，考察該詞內部結構，實爲三均，一二

句一均，三四句一均，餘下爲第三均，脈絡清晰，韻律端正，《欽定詞
譜》亦從萬子原注改正。

醉太平 三十八字　　　　　　　　　　　　　　　　　　戴復古

長亭短亭。春風酒醒。無端惹起離情。有黃鸝數聲。
⊙○●△　　○○●△　　⊙○◎●○△　　●○○●△

芙蓉綉裀。江山畫屏。夢中昨夜分明。悔先行一程。
⊙○●△　　○○●△　　◎○○●●○△　　●○○●△

　　各譜注"有""悔"二字可用平聲，謬。

〔杜注〕

　　按，宋沈伯時《樂府指迷》云："論詞中有用去聲字者，不可以別聲
替，蓋調貴抑揚，去聲字取其激越也。"如此調前後段起二句第三字，
俱應去聲。今按，戴詞前段却用上聲，而《詞譜》列劉改之所作，均去
聲。又，孫惟信、周草窗詞亦同。

醉太平令 四十六字　　　　　　　　　　　　　　　　　　辛棄疾

態濃意遠。眉顰笑淺。薄羅衣窄絮風軟。鬢雲欺翠捲。　　南
●○●▲　　○○●▲　　●○○●●○▲　　●○○●▲　　　　○

園花樹春光暖。紅香徑裏榆錢滿。欲上鞦韆又驚懶。且歸
○○●○○▲　　○○●●○○▲　　●●○○●○▲　　●○

休怕晚。
○●▲

　　仄韻，與前調迥異。無第二首可證，不敢注平仄。

〔杜注〕

　　按，戈氏順卿校本，次句作"顰輕笑淺"。又，四句"欺"作"欹"。又，
下半起句無"光"字，次句"鏡"作"徑"，又，"滿"字上有"正"字，均宜從。

【蔡案】

本詞原譜列作“又一體”，但本詞與前一詞體字句迥異，即便前八字貌似相同，而句法也完全相左，決非同一體式，故重擬調名，以示區別。又，後段第二句萬子原作“香鏡裏、榆錢滿”，顯誤，現據《稼軒長短句》改，原調“四十五字”因改爲“四十六字”。

又按，萬子以爲本格無第二首可校，非是。《高麗史·樂志》有無名氏詞一首，字句與辛詞全同，惟前後段第三句不叶韻，後段第二句以“破”叶入聲“拙、弱”，因格律多瑕疵，謹汰不錄。

感恩多　三十九字　　　　　　　　牛　嶠

兩條紅粉淚。多少香閨意。彊攀桃李枝。斂愁眉。　　陌
●○○●▲　○●○●▲　○○○●△　●○△　　●

上鶯啼蝶舞，柳花飛。柳花飛。願得郎心，憶家還早歸。
●○○●●　●○△　●○△　●●○○　○○○●△

仄平兩韻，“柳花飛”疊一句。

多字格　四十字　　　　　　　　　牛　嶠

自從南浦別。愁見丁香結。近來情轉深。憶鴛衾。　　幾
●○○●▲　○●○○▲　●○○●△　●○△　　●

度將書託煙雁，淚盈襟。淚盈襟。禮月求天，願君知我心。
●○○●○●　●○△　●○△　●●○○　○○○●△

後起比前調多一字，餘同。

【蔡案】

本調句法規正，因此後段過片疑“煙”字是衍文，而兩詞實爲一體。按，煙雁，罕見有人如此用者，唐人惟見有白居易“煙雁翻寒渚”

及郎士元"朔風煙雁不堪聞"兩句。就詞意論，煙雁，當爲煙渚中之雁，託書，則遣詞當用"飛雁"之類爲是。且明清諸家填寫本調，在換頭處也從無七字一句者，或亦可旁證。

長命女　三十九字　又名《薄命女》　　　　　　　　和　凝

天欲曉。宮漏穿花聲繚繞。窗裏星光少。　　　冷霧寒侵帳
〇●▲　⊙●〇⊙〇●▲　⊙●〇〇▲　　　●●〇〇◎
額，殘月光沉樹杪。夢斷錦幃空悄悄。彊起愁眉小。
●　⊙●⊙〇◎▲　◎●◎〇〇●▲　〇●〇〇▲

"霞"字疑是"露"字，霞不可言冷，亦不可言侵帳也。

按，此調或不分段，愚謂"夢斷"二句與上"宮漏"二句相合，宜分如右。《譜》注"天欲"可作仄平，誤。

〔杜注〕

按，《詞譜》云："杜佑《理道要訣》：《長命女》在林鍾羽，時號平調，今俗呼高平調。《碧雞漫志》云：《長命女令》，前七拍，後九拍，屬仙呂調。按，仙呂調即夷則羽，皆羽聲也。"又，《草堂詩餘》"冷霞"作"冷霧"。

【蔡案】

《全唐五代詞》以爲，《長命女》，唐教坊曲，是五言四句的聲詩，與五代雜言體無關。因此此調調名應該據和凝詞作《薄命女》爲是。而另有《長命女令》，計十六拍，亦非本調，且其詞已不存。

又，後段起拍原作"冷霞"，今據《草堂詩餘》改。

春光好　四十一字　　　　　　　　　　　　　　張元幹

疏雨洗、細風吹。淡黃時。不分小亭芳草綠，映簾低。
〇●●　●〇△　●〇△　●●◎〇〇⊙●　●〇△

樓下十二層梯。日長影裏鶯啼。倚遍闌干看盡柳，憶腰肢。
○○●●○△　●○●●○△　●●●○○●●　●○△

“不分”句，用仄不叶，與歐異。而後段首句用平，叶韻，與前俱異。其次篇，第四第五句作“翠被眠時要人暖，著懷中”，“要”字仄，“人”字平，因字句皆同，不另錄。或曰，此十字當於“眠時”斷句，然於本調不合，故不敢彊注。

【蔡案】

“不分”之“分”，願也。去聲。依詞此句或本杜甫《送路六侍御入朝》句：“不分桃花紅勝錦，生憎柳絮白於綿。”

本調後段首句，唐詞皆不入韻，宋詞皆入韻。而本句第二字，宋詞除小山有用去聲外，餘則多用平聲，偶或如張詞以上作平，如曾詞以入作平者。本詞“下”字，以上作平。今之學者，當以平填爲正，但用仄也不爲違律。

本詞原列歐陽炯詞下，因係正體，故移前。此三首以本詞最正，允爲範本。

少字格 四十字 又名《愁倚闌令》　　　　　　和　凝

紗窗暖、畫屛閒。麝雲鬟。睡起四肢無力，半春間。　　　玉
○⊙●　●○△　●○△　◎●◎○○●　●○△　　　◎
指剪裁羅勝，金盤點綴酥山。窺宋深心無限事，小眉彎。
●◎○○●　○○●●○△　⊙●⊙○○●●　●○△

〔杜注〕

按，《碧雞漫志》：“《羯鼓錄》云：‘春雨始晴，明皇命取羯鼓，臨軒縱擊，曲名《春光好》。回顧柳杏，皆已微坼。上曰：“此一事不喚我作天工乎？”’今夾鍾宮《春光好》，唐以來多有此曲。或曰夾鍾二月之律，明皇依月用律，故能判斷如神。予曰二月柳杏坼久矣，此必正月

用二月律催之也。”按《春光好》曲入太簇宮本正月律也。

【蔡案】

　　“睡起”句，唐宋諸家均爲七字一句，獨此六字，疑脱，故不宜以本詞爲範，填者應取張元幹詞爲本調基本樣式。

多韻格 四十一字　　　　　　　　　　　　　歐陽炯

蘋葉輭、杏花明。畫船輕。雙浴鴛鴦出緑汀。棹歌聲。　　春水
○◎●　●○△　●○△　⊙●○○●●△　●○△　　　○●

無風無浪，春天半雨半晴。紅粉相隨南浦晚，幾含情。
○○○●　⊙○●●●○△　●●○○○●●　●○△

　　“雙浴”句用七字，又叶平韻，與前異。“半晴”之“半”字，若無現成佳句，定宜用平。

　　按，歐陽別作三首，一與此同，一於“雙浴”句云“堤上采花筵上醉”，“醉”字用仄不叶，與後段同；一云“飛絮悠揚遍虛空”，“虛”字平，稍異。因字句同，於此注明，不另録。

〔杜注〕

　　按，《尊前集》首句“輭”作“娿”。末句“幾含情”作“莫辭行”。

【蔡案】

　　歐陽本調共九首，前段七字句不叶者六，故仍以不叶爲正，律以歐陽別首之“堤上採花筵上醉”爲準。

多字格 四十二字　　　　　　　　　　　　　曾覿

心下事、不思量。自難忘。花底夢回春漠漠，恨偏長。　　閒
○●●　●○△　●○△　○●●○○●●　●○△　　　○

日多少韶光。雕闌静、芳草池塘。風急落紅留不住，又
●○●○△　○○●　○●○△　○●●○○●●　●

斜陽。
○ △

後段第二句七字，與前調異。

《圖譜》此體收《書舟詞》，後起云："玉窗明暖烘霞"，注："作三字兩句"，謬甚。

〔杜注〕

按，《歷代詩餘》起句作"心頭事"。

【蔡案】

本調宋詞填法，後段第二拍例添一字作折腰式句法填，祇有張詞二首、李之儀一首爲六字一句，因此，如果想學宋詞模式，當學本體。但本詞祇是添字而已，並未改變總體體式，並非另一體。又，後段換頭句中"日"字，以入作平。

重　格　四十二字　　　　　　　　　　　張元幹

花恨雨、柳嫌風。客愁濃。坐以霜刀飛碎雪，一樽同。

勞煩玉指春葱。未放筯、金盤已空。更與箇中尋尺素，兩情通。

後段第二句七字同，而"金盤已空"用平平仄平，與前"芳草池塘"又異。

【蔡案】

本詞即前一詞體，惟"盤"字出律，不擬譜。

春光好　四十八字　　　　　　　　　　葛立方

禁煙却釀春愁。正繫馬清淮渡頭。後日清明催疊鼓，應在
◎ ○ ◎ ● ○ △　　● ◎ ● ○ ○ ● ▲　　◎ ● ● ○ ○ ● ●　　⊙ ●

揚州。　　　歸時元已臨流。要綺陌芳郊恣遊。三月羈懷當
○△　　　　⊙○⊙●○△　●◎●○○●△　⊙●●○○

一洗，莫放觥籌。
●●　◎●○△

　　前後段同。首句六字起韻，次句七字，前後兩結句四字，與前調
異。"清淮渡頭""芳郊恣遊"，正與前"金盤"句平仄相合。

　　按，此曲一名《愁倚闌令》，不知誰人又名之曰《鶴冲天》。夫《喜
遷鶯》之所以名《鶴冲天》者，因韋莊詞尾三字也，與此《春光好》何與？
好換調名者之可厭，極矣。《圖譜》收《春光好》，又收《愁倚闌令》誤。

【蔡案】

　　本調與前諸體迥異，當是同名異調，故改"又一體"爲"春光好"，
以示區別。前後段第二拍，原譜均作上三下四折腰式讀，致四字結構
於律不合，蓋此當是一字逗領仄起平收式六字句，不可以上三下四句
法填，觀後段"綺陌芳郊"四字本爲一體，不可讀破即可知。

詞　律　卷　三

昭君怨　四十字　又名《□□》《痕沙》《宴西園》　　　　　　　乃阪雅言

春到南樓雪盡。驚動燈期花信。小雨一番寒。倚闌干。　　莫
⊙●⊙○○▲　⊙●⊙○○▲　◎●●○△　●○△　　　◎

把闌干頻倚。一望幾重煙水。何處是京華。暮雲遮。
●⊙○⊙▼　◎●○○⊙▼　⊙●●○▽　●○▽

凡用四韻。

《詞統》等書收《添字昭君怨》，於第三句上添兩字，乃出湯義仍
《牡丹亭傳奇》者。查唐宋金元未有此體，不宜載入。

怨回紇　四十字　　　　　　　　　　　　　　　皇甫松

祖席駐征棹，開帆候信潮。隔筵桃葉泣，吹管杏花飄。
◎●●○●　○○●○△　◎○○●●　⊙●●○△

船去鷗飛閣，人歸塵上橋。別離惆悵淚，江路濕紅蕉。
⊙●○○●　○○⊙○△　◎○○●●　⊙●●○△

或曰此本是五言律一首，不宜混入詞譜。余曰：此因《尊前集》
載入，故仍之。且題名與曲意不合，正是詞體，若謂律體不入詞，則
《清平調》獨非七絕、《瑞鷓鴣》獨非七律乎？

【蔡案】

本調現存僅皇甫松二首，其別首首拍爲"白首南朝女"結拍爲"吹

笛淚滂沱”，這兩拍的首字均與本詞同，則萬子可平可仄不知校自何處。

　　萬子以“題名與曲意不合”，來證明“正是詞體”，頗謬，如此很多舊樂府詩的題和詩不合，豈不是也可視爲“正是詞體”了。

酒泉子 四十字　　　　　　　　　　　毛熙震

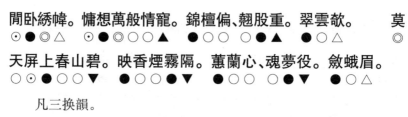

閒臥繡幃。慵想萬般情寵。錦檀偏、翹股重。翠雲欹。　　　莫
⊙●◎△　⊙●◎○○▲　●○○　○●▲　●○△　　　　◎

天屏上春山碧。映香煙霧隔。蕙蘭心、魂夢役。斂蛾眉。
○⊙●○○▼　●○○●▼　●○○　○●▼　●○△

　　凡三換韻。

　　溫飛卿又一首於“春”字用仄，想所不拘。“香”字亦有用仄者，因不關韻腳，不另錄。

　　舊譜收“鈿匣舞鸞”一首，本鸞寒韻。末三字“對殘妝”不叶韻，注云“不知何謂”。余謂此蓋“妝殘”倒寫傳訛耳，詞豈有末字不叶者乎？其第二句“隱映艷紅修碧”、三句“月梳斜”、四句“雲鬢膩”，“膩”字應叶“碧”字，觀唐詞二十三首皆同，可見此“碧”字乃北音，作去聲“閉”字讀。《譜》不知此義，但注六字句。此等須知以入作平之說，非妄語也。其後段，“役”字叶上“碧”“隔”。“鈿匣”一首，用“卷”字叶上“展”“軟”，《譜》亦失注，是一調而失四韻矣。如此篇，若落去“寵”“重”“役”“眉”四個韻腳，豈成詞乎？

【蔡案】

　　本調後段第二句五字者，均爲唐詞，宋詞則或六或七，而五字句第二字例作平聲，惟飛卿之“裙上金縷鳳”一例，當是失律之句，不足爲範也。

少韻格　四十字　　　　　　　　　　　　　孫光憲

斂態窗前，裊裊雀釵抛頸。燕成雙、鸞對影。耦新知。
●●○○　●●●○○▲　○○○　○●▲　　●○△

玉纖澹拂眉山小。鏡中瞋共照。翠連娟、紅縹緲。早妝時。
●○●●○○▼　●○○●▼　●○○　○●▼　　●○△

與前字句同，祇首句不起韻。

〔杜注〕

按，《詞律拾遺》云：“或謂首句‘前’字起韻，而以後段第三句‘娟’字遥叶之，與後李珣‘秋雨連綿’一首‘細和煙’‘煙’字叶韻正同。”

易韻格　四十字　　　　　　　　　　　　　顧　敻

羅帶縷金。蘭麝煙凝魂斷。畫屏欹、雲鬢亂。恨難任。　　幾
○●●△　○○○●○○▲　●○○　○●▲　○●△　　●

回垂淚滴鴛衾。薄情何處去。月臨窗、花滿樹。信沈沈。
○○●●○△　●○○●▼　●○○　○●▼　●○△

後段起句叶前段平韻。

〔杜注〕

按，《花間集》“雲鬢亂”句，“鬢”作“鬟”。

易韻格　四十字　　　　　　　　　　　　　温庭筠

楚女不歸。樓枕小河春水。月孤明、風又起。杏花稀。　　玉
●●●△　○○●○○●▲　●○○　○●▲　●○△　　●

釵斜篸雲鬢髻。裙上金縷鳳。八行書、千里夢。雁南飛。
○○○●○○▲　○●○●▼　●○○　○○●▼　●○△

後段起句叶前段仄韻。

〔杜注〕

　　按，戈氏校本"雲鬟髻"句，"髻"作"重"，與下"鳳""夢"二字叶韻。

多字格 四十一字　　　　　　　　　　　　　　　　顧　夐

楊柳舞風。輕惹春煙殘雨。杏花愁、鶯正語。畫樓東。　　錦
○●●△　○●○○▲　●○○　○●▲　●○△　　　●

屏寂寞思無窮。還是不知消息。鏡塵生、珠淚滴。損儀容。
○●●●○△　○●●○○▼　●○○　○●▼　●○△

　　同"羅帶"一首，而後段第二句用六字。

多字格 四十一字　　　　　　　　　　　　　　　　韋　莊

月落星沉。樓上美人春睡。綠雲攲、金枕膩。畫屏深。　　子
●●○△　○●●○○▲　●○○　○●▲　●○△　　　●

規啼破相思夢。曙色東方纔動。柳煙輕、花露重。思難任。
○○●○○▼　○●○○○▼　●○○　○●▼　●○△

　　後段同"斂態"一首，而次句用六字。

〔杜注〕

　　按，葉《譜》"綠雲攲"句，"攲"作"傾"，謂另換平韻，而以後段第三
句"柳煙輕"之"輕"字遙叶之。又按，《詞譜》亦作"傾"，不注叶。

多字格 四十二字　　　　　　　　　　　　　　　　顧　夐

黛薄紅深。約掠綠鬟雲膩。小鴛鴦、金翡翠。稱人心。　　錦
●●○△　○●●○○▲　●○○　○●▲　●○△　　　●

鱗無處傳幽意。海燕蘭堂春又去。隔年書、千點淚。恨
○○●○○▲　●●○○○●▲　●○○　○●▲　●

難任。
○△

後段第二句用七字。

"去"字借叶。

〔杜注〕

萬氏注"去"字借叶。按,"去"字疑"至"字之誤。

【蔡案】

《欽定詞譜》乃見于《花間集》,後段第一句均作"海燕蘭堂春又至"。

多字格 四十二字　　　　　　　　　　　　　　牛　嶠

記得去年,煙暖杏園花正發,雪飄香。江草緑、柳絲長。　　鈿
●●○○　○●●○○●●　●○△　○●●　●○△　　　　●

車纖手捲簾望。眉學春山樣。鳳釵低裊翠鬟上。落梅妝。
○○●●○　▲　○●○○　▲　●○○●●○　▲　　●○△

第二句七字,後"鳳釵"句七字。

舊譜謂此詞於"長"字起韻,誤。凡詞,無一段内不相叶者,蓋因
作譜者用前調句法讀,以"雪飄香,江草緑"爲對,故"緑"字不可叶
"發"字,而一段無叶韻矣。不知此與前異,"雪飄香"三字,乃足上語
氣,謂花發而飄香也。其下"江草緑,柳絲長",乃自爲對語,而"長"字
正叶"香"字耳。或謂"望"字是平聲,叶"長"字,未審是否。

【蔡案】

言有易,言無難。萬子以爲"凡詞,無一段内不相叶者",不知何
據?愚以爲詞中前後段遙叶者當非罕見,如《採桑子》即是,如《上行
杯》即是。而本調後顧夐"小檻日斜"詞,則即爲燈下之例也。

多字格 四十二字　　　　　　　　　　　　　　李　珣

秋月嬋娟，皎潔碧紗窗外，照花穿竹冷沈沈。印池心。
○●○○　●●●○○●　●○○●●○△　●○△

凝露滴、砌蛩吟。驚覺謝娘殘夢，夜深斜傍枕前來。影
○●●、●○△　○●●○○●　●○○●●○▽　●

徘徊。
○▽

　　第三句七字，後起兩三字，結又換韻。

　　舊譜注首句六字、次句四字，誤。此調俱首四次六，無首用六
字者。

多字格 四十三字　　　　　　　　　　　　　　張　泌

紫陌青門，三十六宮春色，御溝輦路暗相通。杏園風。
●●○○　○●●○○●　●○●●●○△　●○△

咸陽沽酒寶釵空。笑指未央歸去，插花走馬落殘紅。月
○○○●●○△　●●●○○●　○○●●●○△　●

明中。
○△

　　前段與李詞同，後段七字叶，平起，而通篇止用一韻。

少韻格 四十三字　　　　　　　　　　　　　　顧　敻

掩却菱花，收拾翠鈿休上面。金蟲玉燕。鎖香奩。恨厭
●●○○　○●●○○●▲　○○●▲　●○△　●○

厭。　　雲鬟半墜懶重簪。淚侵山枕濕，銀燈背帳夢方酣。
△　　○○●●●○△　○○○●●　○○●●●○△

雁飛南。
●○△

　　第二句七字異，餘俱同前詞。通篇一韻。

〔杜注〕

　　按，此是小令，萬氏注"畲"字起韻，似起拍過緩，疑以"面"字爲仄韻，"燕"字叶仄，以"畲"字換平韻，似較諧，後校別作亦叶仄。

【蔡案】

　　杜氏以爲"面"可與"燕"相叶起韻，亦可備一説，然以"小令第二句起韻則過緩"爲由，於別調言或可，於此言則不可，蓋本調前後段第二句不入韻者多矣，詞中竟無別調相同者，最爲特殊。

少韻格　四十三字　　　　　　　　　　　　　　　顧　敻

水碧風清，入檻細香紅藕膩。謝娘斂翠。恨無涯。小屏
●●○○　●●●○○●▲　●●●▲　●○△　●●
斜。　　堪憎蕩子不還家。謾留裙帶結，帳深枕膩炷沈煙。
△　　　○○●●●○△　○○●●●　●○●●●○▽
負當年。
●○▽

　　末二句換韻。

【蔡案】

　　若前一體"面"可與"燕"相叶起韻，則本詞"膩""翠"相叶，亦在情理中矣。原譜未作韻脚標示，據前一體改。

多字格　四十三字　　　　　　　　　　　　　　　顧　敻

小檻日斜，風度綠窗人悄悄。翠幃閒掩舞雙鸞。舊香
●●●○　○●●○○●▲　●○○●●○△　●○

寒。　　別來情緒轉難拌。韶顔看却老。依稀粉上有啼
△　　●○○●●○△　○○○●▲　○○●●●○

痕。暗消魂。
△　●○△

後段第二句叶前段第二句仄韻。

按，此詞以"老"叶"悄"，恐前篇"結"字，亦是音"計"，蓋以叶前段
"膩"字也。

多字格 四十三字　　李珣

寂寞青樓。風觸綉簾珠碎撼。月朦朧、花黯淡。鎖春愁。　尋
●●○△　○●●○○●▲　●○○　○●▲　●○△　　○

思往事依稀夢。涙臉露桃紅色重。鬢欹蟬、釵墜鳳。思
○●●○○●▼　●●●○○●▼　●○○　○●▼　●

悠悠。
○△

後起兩句皆七字另韻。

多字格 四十三字　　李珣

秋雨聯綿，聲散敗荷叢裏，那堪深夜枕前聽。酒初醒。
○●○○　○●●○○●　●○○●●○△　●○△

牽愁惹思更無停。燭暗香凝天欲曙。細和煙、冷和雨。透
○○●●●○△　●●○○○●▲　●○○　●○▲　●

簾旌。
○△

後段首句叶平，第二句換仄韻。

汲古刻及舊譜，訛"曙"作"曉"，遂使"冷和雨"一句無叶韻處矣。
又傳訛以末"旌"字爲"中"字，正與毛詞"殘妝"同，無此理也。今改

正。或曰"煙"字叶首句"綿"字,未必然。

多字格 四十三字　　　　　　　　　　　　　張　泌

春雨打窗。驚夢覺來天氣曉。畫堂深、紅焰小。背蘭
○●●△　○●●○○●▲　●○○　○●▲　●○

釭。　　酒香噴鼻懶開缸。惆悵更無人共醉。舊巢中、新
△　　　●○○●●○△　○●●○○●▼　●○○　○

燕子。語雙雙。
●▼　●○△

前段同"寂寞青樓"闋,後段同"秋雨聯綿"闋。

"蘭釭"之"釭"從金旁,燈也;"開缸"之"缸"從缶旁,罌也。舊譜
不識"缸"字,注云"後段首句,即用前段末句韻爲叶",是欲以此爲式,
而使人遵守,必宜疊用前尾字矣,可爲噴飯。又失注"醉"字換韻、
"子"字叶韻,誤。

多韻格 四十四字　　　　　　　　　　　　　顧　敻

黛怨紅羞。掩映畫堂春欲暮。殘化微雨。隔青樓。思悠
●●○△　●●●○○●▲　○○○▲　●○△　●○

悠。　　芳菲時節看將度。寂寞無人還獨語。畫羅襦、香
△　　　○○○●○○▲　●●○○○●▲　●○○　○

粉污。不勝愁。
●▲　●○△

前同"小檻日斜",後同"寂寞青樓"。

【蔡案】

前段"殘花微雨"當是句中韻,叶"暮"字,《欽定詞譜》亦注,萬子
失記。另,前牛嶠"記得去年"詞下,萬子曰"凡詞,無一段內不相叶

者",或此之謂歟？

多字格 四十五字　　　　　　　　　　　　　　　　毛文錫

緑樹春深，燕語鶯啼聲斷續，惠風飄蕩入芳叢。惹殘紅。　　　柳
◎●⊙　◎●⊙●◎●●　◎●⊙●○△　　●○△　　　　◎

絲無力裊煙空。金盞不辭須滿酌，海棠花下思朦朧。醉
○●⊙●●○△　　◎⊙●◎○○●　◎○○●●○△　　●

春風。
○△

　　此則前後整齊。宋之同叔、稼軒皆用此體矣。

宋詞體 四十九字　　　　　　　　　　　　　　　　潘　閬

長憶孤山，山在湖心如黛簇，僧房四面向湖開。輕棹去還
○●●○　⊙●○○○●▲　⊙◎○●○○△　⊙●◎○

來。　　芰荷香細連雲閣。閣上清聲簾下鐸。別來塵土污
△　　　◎○○●○○▲　◎●○○○●▲　◎○⊙●●●

人衣。空役夢魂飛。
○▽　　○●●○▽

　　前後結語俱用五字。

〔杜注〕

　　按，《詞綜》"簇黛"作"黛簇"，蓋"簇"字與後半"閣""鐸"二仄韻
通叶。

【蔡案】

　　已據杜注改。"簇"可與"鐸"相叶，今杭語猶如此。

易韻格　五十二字　又名《憶餘杭》　　　潘閬

長憶西湖湖水上。盡日憑闌樓上望。三三兩兩釣魚舟。島
⊙●⊙○○●▲　　◎●⊙○○●▲　⊙○○●●○△　◎

嶼正清秋。　　　笛聲依約蘆花裏。白鳥成行忽驚起。別來
●●○△　　　　◎◎○○○●▼　◎●○○⊙●▼　◎○

閒想整綸竿。思入水雲寒。
⊙●●○▽　　◎●●○▽

　　自句七字起韻。

　　按，潘作此詞三首，前四十九字者二，此五十二字者一，舊原係
《酒泉子》，即石曼卿取作畫圖、錢希白自書於玉堂屏風者。尾句雖稍
變，實是《酒泉子》，而《詞統》收此一篇，作《憶餘杭》，誤也。縱有此別
名，亦應附入《酒泉子》，不得另立一調。

〔杜注〕

　　按，釋文瑩《湘山野錄》云"長憶"二首，是潘閬自度曲，因憶西湖
諸勝，故名《憶餘杭》，與《酒泉子》不同。所論與《詞譜》《詞統》均合，
應另爲一調。又，"島興"疑"島嶼"之誤。

【蔡案】

　　潘詞十首，前段起均爲四字一句、七字一句，突兀一首作七字句
起，決無此理，亦決無突兀起二句另作一韻者，當是舛誤，羨"湖水上"
三字無疑，《全宋詞》據《逍遙詞》所收，僅爲四字，應據改。

　　又，《湘山野錄》原文爲："閬有清才，嘗作'憶餘杭'一闋，曰……"
文中並無"憶餘杭"爲調名之意，且南宋都杭州，至今竟未見有別首可
印證之作。"憶餘杭"者，當是詞題甚或爲文題也。歷來皆誤讀此文，
萬子所論是，不當另立一調。

　　又按，前段尾句，文淵閣《四庫全書》本作"島嶼"，《四部備要》所

據恩杜合刻本作"鳥興","興"字應誤,茲改"嶼"。

蝴蝶兒 四十字　　　　　　　　　　　　　　　　張　泌

蝴蝶兒。晚春時。阿嬌初著淡黄衣。倚窗學畫伊。　　還
○●△　●○△　◎○○●●○△　●○○●△　　　⊙

似花間見,雙雙對對飛。無端和淚拭胭脂。惹教雙翅垂。
●○○●　○○●●△　⊙○○●●△　●○○●△

　　"倚"字、"惹"字上聲,"學"字、"雙翅""雙"字,平聲,妙。"兒"字
即起韻,《譜》失注,誤。

〔杜注〕

　　按《詞譜》云:"此調無唐宋別詞可校。《詞律》所注可平可仄無
本,不可從。"

【蔡案】

　　本調唐宋惟存本詞,究其均拍,竊以爲當是單段體制,不必分段。

玉蝴蝶 四十一字　　　　　　　　　　　　　　　　温庭筠

秋風凄切傷離。行客未歸時。塞外草先衰。江南雁到
○○○●●△　⊙◎◎⊙△　●●○○△　○○●●

遲。　　　芙蓉凋嫩臉,楊柳墮新眉。摇落使人悲。斷腸誰
△　　　　○○○●●　○○●○△　○●●○△　●●○

得知。
●△

　　此調及後孫詞,名《玉蝴蝶》,然與張泌《蝴蝶兒》相近,決是一調,
故類聚於此。

〔杜注〕

　　按,此及孫詞,與張泌所作句法不同,似非一調。萬氏以同有"蝴

蝶”之名類聚，原無不可，若謂決是一調，則恐未然。

【蔡案】

《蝴蝶兒》與《玉蝴蝶》並非一調，杜氏是，但是其言並無所據，自然就沒了底氣。此二調的不同之處，不在“句法不同”，而在結構不同。《蝴蝶兒》前段由三拍化來，兩三字句本由一五字句添字或七字句減一字而成，《玉蝴蝶》則端然四拍。此不同之一。《蝴蝶兒》前後段第三句均爲七字句，《玉蝴蝶》則基本通篇五字，五字七字直接轉化，此類句式變化詞中極少，如前《酒泉子》後段第二句例作五言，惟顧夐“黛薄紅深”一首七字，而此七字必從六字式添字而來，故兩者之間並無淵源。此不同之二。《玉蝴蝶》分爲前後二段十分清晰，爲雙段詞無疑，而《蝴蝶兒》前段其實僅得一均，所以全篇更類單段詞，體式迥異，明顯並非同一體式。此不同之三也。有此三者，足證二詞非同調矣。

多韻格 四十二字　　　　　　　　　　　孫光憲

春欲盡、景仍長。滿園花正黃。粉翅兩悠揚。翩翩過短
○●●、●　○△　●　○●△　●　○●△　○○●

牆。　　鮮飆暖。牽遊伴。飛去立殘陽。無語對蕭娘。舞
△　　　○○▲　○○▲　○●●○△　○●●○△　●

衫沈麝香。
○○●△

起三字兩句，與前異。“滿園”句平仄亦異。後起三字兩句，又改用仄韻，亦異。《圖譜》注云：“與第一體同，惟後段首句作六字，故不圖不譜。”此言甚混，後首句兩三字，且換韻相叶，豈可不指明？ 即前起雖亦六字，而作兩句分者，豈可云與第一體同乎？

〔杜注〕

　　按，"解飆暖"句，"解"字疑"鮮"字之誤。

【蔡案】

　　換頭處晁本《花間集》作"鮮飆暖。牽遊伴"。"鮮飆"，新鮮空氣
也，語出《文選》江淹詩。"解飆"則無解。據改。

玉蝴蝶慢 九十九字　　　　　　　　　　　　　　　　史達祖

晚雨未摧宮樹，可憐閒葉，猶抱涼蟬。短景歸秋，吟思又接

愁邊。漏初長、夢魂難禁，人漸老、風月俱寒。想幽歡。土

花庭甃，蟲網闌干。　　　無端。嗁蛄攪夜，恨隨團扇，苦近

秋蓮。一曲當樓，謝娘懸淚立風前。故園晚、彊留詩酒，新

雁遠、不致寒暄。隔窗煙。楚香羅袖，誰伴嬋娟。

　　前後起處結處俱與前調同，祇"謝娘"句用七字異。作者多宗
此體。

　　"短景"下十字，乃一氣貫下者，可上四下六，亦可上六下四，觀
此詞及前詞"冉冉"下十字可見。凡詞中此種句法皆然，可以類推。
"一曲當樓"至"風前"十一字，柳詞作"見了千花萬柳，比並不如
伊"，是於"萬柳"斷句，而下作五字，與此不同，然亦是一氣貫下，不
拘耳。但此調作者甚多，俱同史體，即耆卿亦有五首，獨此一篇小
異，不宜從也。

【蔡案】

　　本詞原列於李之儀詞後。原譜將二詞以"又一體"類列，然與小

令並非同調，故更名爲《玉蝴蝶慢》。宋人此調無小令，皆爲慢詞。

少字格 九十八字　　　　　　　　　　李之儀

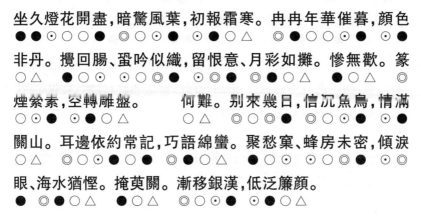

坐久燈花開盡，暗驚風葉，初報霜寒。冉冉年華催暮，顏色
非丹。攬回腸、蛩吟似織，留恨意、月彩如攤。慘無歡。篆
煙縈素，空轉雕盤。　　　何難。別來幾日，信沉魚鳥，情滿
關山。耳邊依約常記，巧語綿蠻。聚愁窠、蜂房未密，傾淚
眼、海水猶慳。掩萸闌。漸移銀漢，低泛簾顏。

　　與唐調全異。"攬回腸"二句、"聚愁窠"二句，俱用對偶。"暗驚"
下與後"信沉"下俱同。"耳邊依約"應作"依約耳邊"，然此十字語氣
一貫，故上四字可不拘耳。"鳥"字恐是"雁"字。

〔杜注〕

　　按，"掩萸闌"三字，別本作"奄更闌"。

【蔡案】

　　"耳邊"句《欽定詞譜》作"依約耳邊常記"，校之宋詞，則例以仄起
爲正，平起的句子偶見。但本句句法若作"耳邊依約常記"，則第五字
不得爲仄，萬子原注云"常"字可仄，誤甚，據律改。此外，本均依律應
作十一字，宋人各家都如此填，此處或奪一字，疑本爲"依約耳邊常
記，巧語□綿蠻"，猶柳永之"見了千花萬柳，比並不如伊"。因此本均
格律，應該以前一首"一曲"二句的"●●○○　●○○●●○△"爲
範，學者務必明白以正例爲準則。

太平時 四十字　又名《賀聖朝影》　　　　　　賀　鑄

蜀錦塵香生襪羅。小婆娑。個儂無賴動人多。見橫波。　　按
◎●○○○●△　●○△　◎○○●○●△　●○△　　◎

角雲開風卷幕，月侵河。纖纖持酒艷聲歌。奈情何。
●○○○●●　●○△　⊙○○●●○△　●○△

　　此調一名《賀聖朝影》，因原名《太平時》，故列於此，不附《賀聖
朝》之後，勿謂例有不同也。《圖譜》方收《賀聖朝影》於前，旋收《太平
時》於後，豈不一玩其腔調平仄耶？

〔杜注〕

　　按，《詞譜》此調列名《添聲楊柳枝》，乃以黃鍾商《楊柳枝》曲每句
下各添三字一句，如《竹枝》《漁父》有和聲也。又按，《宋史·樂志》：
"《太平時》，小石調。"

【蔡案】

　　本調唐宋人多作《添聲楊柳枝》，祇有賀鑄、陸游等名爲《太平
時》，《欽定詞譜》所列顧當，按《詞律》體制，應類列於《楊柳枝》後
爲是。

醉公子 四十字　又名《四換頭》　　　　　　顧　敻

河漢秋雲澹。紅藕香侵檻。枕倚小山屏。金鋪向晚扃。　　睡
⊙●○○▲　⊙●○○▲　⊙○●○△　⊙○○●△　　◎

起橫波慢。獨坐情何限。衰柳數聲蟬。魂銷似去年。
◎○⊙▼　◎○⊙○▼　○○●○▽　○○●●▽

　　凡二句一韻，四換韻。

〔杜注〕

　　按，《花間集》首句作"漠漠秋雲澹"。

【蔡案】

薛昭蘊詞，結拍爲"問人閒事來"，"問"字仄聲、"閒"字平聲，此猶前段歇拍，律理上即犯孤平而救，首字如果用仄，第三字必須用平聲。

換韻體 四十字　　　　　　　　　　　無名氏

門外猧兒吠。知是蕭郎至。剗襪下香階，冤家今夜醉。　　扶
○●○○▲　○●○○▲　●●●○○　○○○●▲　　　○
得入羅幃。不肯脫羅衣。醉則從他醉，還勝獨睡時。
●●○△　●●●○○　●●○○●　○○●●△

此亦唐詞，前半用仄韻，後半用平韻，與前調異。

醉公子慢 一百零六字　　　　　　　　史達祖

神仙無皐澤。瓊琚珠佩，卷下塵陌。秀骨依依，誤向山中，
○○○●▲　○○○●　●●○▲　●●○○　●●○○
得與相識。溪岸側。倚高情、自鎖煙翠，時點空碧。念香襟
○●○▲　○●▲　●○○　●●○●　○●○▲　●○○
沾恨，酥手剪愁，今後夢魂隔。　　相思暗驚清吟客。想玉
○●　○●●○　○●●○▲　　○○●○○○▲　●●
照堂前樹三百。雁翅霜輕，鳳羽寒深，誰護春色。詩鬢白。
●○○●○▲　●●○○　●●○○　○●○▲　○●▲
總多因、水村攜酒，煙墅留屐。更時帶、明月同來，與花爲
●○○　●○○●　○●○▲　●○●　○●○○　●○○
表德。
●▲

長調，與前體迥異。"秀骨"至"空碧"，與後"雁翅"至"留屐"相同。

〔杜注〕

按，首句"皋"一作"膏"。

【蔡案】

本詞原譜作"又一體"，而實與前二詞同名異調，即所謂宋人創調而用唐人教坊曲舊名。

上林春 五十三字　　　　　　　　　　毛 滂

蝴蝶初翻簾繡。萬玉女、齊回舞袖。落花飛絮濛濛，長憶
○●○○○　▲　●●●　⊙○○　▲　○○●⊙●○○　⊙○
著、灞橋別後。　　濃香斗帳自永漏。任滿地、月深雲厚。
◎　●○●▲　　　⊙○●○●○▲　●●●　○○○▲
夜寒不近流蘇，祇憐他、後庭梅瘦。
◎○◎●○○　◎○○　●○○▲

前後段同，祇後起七字。

【蔡案】

本詞原列於揚无咎詞後，因係正體，故移前。後段起句即揚无咎詞之"少年"句，當為平起仄收式律句，第六字必平，因此"永"字當是以上作平手法。

本調現存僅揚无咎、毛滂二首，原譜中可平可仄均為前後段互校而來，補充如下：楊詞前段第三拍"流鶯恰恰嬌啼"，"流"字平聲；後段首拍"少年未用稱遐壽"，"少"字仄聲、"稱"字平聲；第二句"願來歲如今時候"，"來"字平聲；第三句"相將得意皇都"，"相"字平聲。

少字格　四十字　或加"令"字。　　　　　　　　　　　揚无咎

穠李夭桃堆繡。正暖日、如薰芳袖。少年未用稱遐壽。　　願
來歲、如今時候。相將得意皇都，同攜手、上林春晝。

　　"手"字或云是叶韻。

〔杜注〕

　　按，《逃禪集》"正暖日、如薰芳袖"句下有"流鶯恰恰嬌啼，似爲
勸、百觴進酒"二句，應增。又按，此詞應以"少年未用稱遐壽"句爲後
起，照此增改，則與後闋正同，毛詞非又一體矣。

【蔡案】

　　此爲殘詞，"芳袖"後尚有"流鶯恰恰嬌啼，似爲勸、百觴進酒。"十
三字，杜注已指正，補足後，本詞亦即毛滂體，故不擬譜。

上林春慢　一百零二字　　　　　　　　　　　　　　晁冲之

帽落宮花，衣惹御香，鳳輦晚來初過。鶴降詔飛，龍銜燭戲，
◎●○○　○●●○　●●●○○▲　●●○○　○○●●
端門、萬枝燈火。滿城車馬，對明月、有誰閒坐。任狂游，更
○○　●○○▲　●○○●　●○●　●○○▲　●○○　●
許傍禁街，不扃金鎖。　　玉樓人、暗中擲果。珠簾下、笑
◎◎○⊙　●○○▲　　　　●○○　●○●●▲　○○●　●
著春衫裊娜。素蛾繞釵，輕蟬撲鬢，垂垂、柳絲梅朵。夜闌
●⊙○○▲　●○●○　○○●■　○○　●○○▲　◎○
飲散，但贏得、翠翹雙嚲。醉歸來，又重向、曉窗梳裹。
◎●　●○●　●○○▲　●○○　●○●　●○○▲

　　"鳳輦"至"狂遊"，與後"笑著"至"歸來"同。
　　"鶴降詔飛"補之用"孟陬歲好"，想不拘，然照後疊，當依此詞。

“更許傍”九字，補之用“暫燕處、共仰赤松高轍”，分句、平仄不同。想亦不拘。“蛾”字宜用仄聲，“御”字、“詔”字、“遠”字，補之用“淡”字、“歲”字、“袞”字，須知此等字不可用平。

【蔡案】

“帽落宮花”原作“帽落空花”，據《欽定詞譜》改。

前段第六拍、後段第五拍原譜不讀斷。前段第七拍，晁端禮作“爲伊恁地”，“恁”字仄聲；第十拍，曾紆詞作“念流光易失”，四字結構平仄反；歇拍，曾詞作“幽姿堪惜”，“幽”字平聲。後段，第二拍“春”字各詞均作平聲，原譜擬爲可仄，或誤；第三拍，宋詞諸家多用○○●●句法，如曾紆用“舊遊回首”、晁端禮用“謗書頓釋”“片言悟主”“料得那裏”（得，平聲），惟晁補之用“舊有袞衣”，平仄反，但也非拗句，因此本詞“釵”字乃是誤筆，應仄而平；第四拍，曾紆用“前歡如夢”，“如”字平聲；第六拍，曾詞作“稠紅亂蕊”，“稠”字平聲。譜中可平可仄據此補。

前段第四均，宋詞多作●●●　●●○○○▲，萬子或因此擬“街”字可仄，誤。因爲此處句法不同，不可參校，否則“更許”五字便有五字連仄之虞，於韻律極不諧。

生查子 四十字　　　　　　　　　　　　　　　　魏承班

煙雨晚晴天，零落花無語。難話此時情，梁燕雙來去。　　琴
⊙●●○○　⊙●●○▲　　⊙●●○○　⊙●○○▲　　⊙

韻對薰風，有限和情撫。腸斷斷弦頻，淚滴黃金縷。
●●○○　◎●○○▲　　⊙重●○○　◎●○○▲

五言八句四韻，作者平仄多有參差。此詞八句，第二字俱用仄者。

按，韓偓詞，前第三句“那知本未眠”，後第四句“和煙墜金穗”，此乃初創之體，故祇如五言古詩，至五代而宋，漸加紀律。故或亦依此

魏體，而前後首句第二字用平者爲多，雖間有一二拗句者，然名流則如出一軌也。

《圖譜》注《生查子》名改作《美少年》，可笑。夫《美少年》三字，因晏小山此調首句"金鞍美少年"故也，彼牛、張、孫、魏四公乃五代時人，百餘年之前，豈即預知宋朝晏氏有此一句，而取以自名其調乎？

又按，《生查子》本"樝梨"之"樝"，省筆作"查"，今有讀作"查考"之"查"，且取"浮查"事以爲解者，若是所乘之"查"，如何加一"生"字耶。〔杜注〕

按，"有限和情撫"句，"限"字或云當作"恨"。

多字格 四十一字　　　　　　　　　　　牛希濟

春山煙欲收，天澹稀星小。殘月臉邊明，別淚臨清曉。　　語
○○○●○　○●○○▲　○●○○○　●●○○▲　　　●

已多、情未了。回首猶重道。記得綠羅裙，處處憐芳草。
◎○　◎○▲　○●○○▲　●●●○○　●●○○▲

後起三字兩句，與前詞異。孫少監二首作"繡工夫，牽心緒""玉爐寒，香燼滅"，是有此體也，《詞統》刪去"已"字，豈以《牛查子》必五字起耶？

【蔡案】

前段第二句，《花庵詞選》《花草粹編》並作"天澹星稀少"，似比《花間集》"天澹稀星小"更暢。

多字格 四十二字　　　　　　　　　　　孫光憲

暖日策花驄，鞾鞚垂楊陌。芳草惹煙青，落絮隨風白。　　誰
●●●○○　○●○○▲　○●●○○　●●○○▲　　　○

家繡轂動香塵,隱映神仙客。狂煞玉鞭郎,咫尺音容隔。
○●●●○○　●○○●▲　　○●●○○　●●○○▲

　　後段起句用七字。

　　　　多字格 四十二字　　　　　　　　　　張　泌

相見稀、喜相見。相見還相遠。檀畫荔枝紅,金蔓蜻蜓
○●○　●○▲　　○●○○▲　　○●●○○　○●○○

軟。　　　魚雁疏、芳信斷。花落庭陰晚。可惜玉肌膚,消瘦
▲　　　　○●○　○●▲　　○●○○▲　　●●●○○　○●

成慵懶。
○○▲

　　前後起處皆用三字兩句,《圖譜》於"喜相見"不注韻,而於"遠"字
注韻起,何也?

　　　　傷春怨 四十三字　　　　　　　　　　王安石

雨打江南樹。一夜花開無數。綠葉漸成陰,下有遊人歸
●●○○▲　　●●○○○▲　　●●●○○　●●○○

路。　　　與君相逢處。不道春將暮。把酒祝東風,且莫恁、
▲　　　　●○○○▲　　●●○○▲　　●●●○○　●●

匆匆去。
○○▲

　　荊公自注"夢中作",應是創調,他無作者。兩結雖俱六字,須知
語氣不同。

【蔡案】

　　本調原譜列於《醉垂鞭》後,調名擬爲《傷春怨》,而實即《生查
子》。祇是前段第二、四句及後段第四句各添一字,與正體不同。本

詞原載《能改齋漫錄》卷十六，書中云王安石元豐間夢中所得詞二首，其引文後一本有"右調《生查子》《謁金門》"，一本無。而該則筆記的小標題爲"傷春怨"，萬子所據或爲無"右調《生查子》"注文者，祇是《能改齋漫錄》每則筆記依例都有小標題，固不當以其爲詞調之名，甚謬。

紗窗恨　四十一字　　　　　　　　　毛文錫

新春燕子還來至。一雙飛。壘巢泥濕時時墜。涴人衣。　　後
○○○●○○▲　●○△　●○⊙○○○●　●○△　　　　●
園裏、看百花發，香風拂、綉户金扉。月照紗窗，恨依依。
○●　●○○●　⊙○●　◎○○◎　●●○○　●○△

〔杜注〕

　　按，《詞譜》"壘窠"作"壘巢"，應遵改。又按，注云：前段起句乃間入仄韻，非本韻也。《詞律》於第二句注"換平"，誤。

【蔡案】

　　壘巢，原作"壘窠"，據《欽定詞譜》改。後段起拍原譜不讀斷，該句應是上三下四式結構，本詞似兩可，實偶合而已。校之後一詞，可知不可作"二三月愛"讀，故改擬折腰式句法。

多字格　四十二字　　　　　　　　　毛文錫

雙雙蝶翅塗鉛粉。咂花心。綺窗綉户飛來穩。畫堂陰。　　二
○○◎●○○▲　●○△　●○○●○○▲　●○△　　　　●
三月、愛隨風絮，伴落花、來拂衣襟。更剪輕羅片，傅黃金。
○●　●○○●　◎○●　⊙○●　●●○○　●○△

　　"更剪"句比前多一字。

前"墜"字叶"至"字，此"穩"字叶"粉"字，兩首既同，自當用韻，故比舊增注，勿謂穿鑿也。

【蔡案】

後段起拍原譜不讀斷，該句應是上三下四式結構。

女冠子 四十一字　　　　　　　　　　　　　牛　嶠

含嬌含笑。宿翠殘紅窈窕。鬢如蟬。寒玉簪秋水，輕紗卷
⊙○⊙▲　◎●●⊙○▲　●○△　⊙●○○　○○●

碧煙。　　　雪肌鸞鏡裏，琪樹鳳樓前。寄語青娥伴，早
●△　　　◎○○●●　⊙●●○△　◎●○○●　●

求仙。
○△

首二句仄協，下皆平。

按，《嘯餘譜》選刻韋莊詞，前段云："四月十七。正是去年今日。別君時。忍淚佯低面，含羞半斂眉。"首句乃以"七"字起韻，次句以"日"字叶之，下"時"字換平韻也。譜中不解，注首句四字、次句九字，而以"時"字爲起韻，一注而失兩韻，句字錯，調亦隨錯，大可噴飯。至《詩餘辨體》，自謂考證明白矣。而但知於"今日"斷句，仍謂"時"字起韻，不猶然大盲乎？自唐以來，作此調者不知凡幾，如此小體尚不能辨，而自以爲辨體耶？

韋作"四月十七"，"月"字仄。又一首"昨夜夜半"，"夜"字亦仄，想不拘，然不必從。

〔杜注〕

按，《花間集》後起"雪肌"作"雪胸"。又，《全唐詩》"青娥"作"青娥"。又，此爲溫庭筠詞，非牛嶠作，《詞譜》亦作溫詞。

女冠子慢 一百十四字　　　　　　　　　蔣　捷

蕙風香也。雪晴池館如畫。春風飛到□。寶釵樓上，□一
片笙簫，琉璃光射。而今燈謾挂。不是暗塵明月，那時元
夜。況年來、心懶意怯，羞與鬧蛾爭耍。　　江城人悄初更
打。問繁華誰解，再向天公借。剔殘紅灺。但夢裏隱隱，鈿
車羅帕。吳牋銀粉研。待把舊家風景，寫成閒話。笑綠鬟
鄰女，倚窗猶唱，夕陽西下。

此比康詞較多七字。

按，竹山此作，字字依李漢老"帝城三五"一首平仄，但"舊家"上
比李多"待把"二字，今細訂之，"待把"句即同前段"不是"句，此二字
不可少，而李詞落去也。沈本《草堂集》於李詞"不如趁早"句上注云：
"一本此處多'到'字。"不知非多一字，乃尚少一字也。故不敢另收一
百十字之體。若康詞，則前後俱無此兩字，並無"況"字、"笑"字，而於
換頭上加一"想"字，與此相異。且康詞於"挂、研"二字不用韻，"一片
笙簫"反作"羽毛學整"，故另錄於前，作一格耳。

又按，"春風飛到"句，漢老用叶，伯可亦叶，此獨不用韻，想所不
拘。"況年來"下十三字，照本尾及康詞前後結，俱應作三句，而漢老
作"見許多才子艷質，攜手並肩低語"，竹山亦步亦趨，故此段亦作兩
句讀，於"意怯"下分段，然此段語氣連貫，作二句作三句俱不礙也。
祇李之"質"字、蔣之"怯"字，皆是入聲，可以作平，若去聲則不可耳。

即此"心懶意怯"，欲仿"才子艷質"四字，用平上去入。又一首用"千
載舊跡"，亦同。古人心細如髮若此，而今人翻謂不妨假借，豈不毫釐
千里哉！"鬧蛾"諸本多作"蛾兒"，觀此尾句，"夕"字仄聲，李詞前後
俱仄聲，作"鬧蛾"爲是。且"鬧蛾"是上元之物，去"鬧"字則晦矣。有
刻作"鬧蛾兒"三字，更謬。"夕陽西下"係伯可上元《寶鼎現》詞首句，
故云猶唱。

〔杜注〕

　　按，《詞林萬選》"蕙風"作"蕙花"。又，"鬧蛾"下有"兒"字。又，
"銀粉"下無"砑"字，非叶。又，後結無"西"字，皆不必從。

【蔡案】

　　此首原本列於"火雲初布"詞後。

　　較之柳詞後二首，前段"不是暗塵明月"後少四字，但竹山二首皆
同，李漢老詞亦同，"火雲初布"一首更少二字，或柳詞別有添字，而非
本詞奪字，故將本詞擬爲正體。萬子以爲蔣詞"字字依李漢老"，更可
說明此四字當非後落，因李詞本無此四字，故蔣詞當是原本少填也。

　　本詞前段首均如萬子所云，"到"後奪一字，該字爲主韻不可缺
失，故補一韻。前後段第三第四均皆合，惟第二均第二拍前段少一
字，韻律不諧，應是所依母詞有奪誤，而非蔣捷刻意減字所致，故依律
補一□字，改原調"一百十二字"爲"一百十四字"。

少字格 一百七字　　　　　　　　　　　　　　　　　康與之

火雲初布。遲遲永日炎暑。濃陰高樹。黃鸝葉底，羽毛學
整，方調嬌語。熏風時漸動，峻閣池塘，芰荷爭吐。畫梁紫
燕，對對銜泥，飛來又去。　　　　想佳期、容易成孤負。共人

人同上、畫樓斟香醑。恨花無主。卧象床犀枕，成何情緒。有時魂夢斷，半窗殘月，透簾穿户。去年今夜，扇兒扇我，情人何處。

女冠長調，字句參差不一，如漢老、伯可、耆卿、美成、勝欲皆詞人宗匠，而各詞多不相同。此作字止百七，較他人爲少，然細翫之，實係完整，非有差落也。"熏風"以下，前後段相符。

《圖譜》於"暑"字不注叶，大謬。

【蔡案】

本詞原譜作令詞之"又一體"，誤。此類名同調異的詞體，萬子均混爲一談。

本詞《彊村叢書》及《全宋詞》均作柳永詞，應據改，但爲方便指説，姑仍之。

萬子以爲"細玩之，實係完整"云，是，蔣捷二首、李邴一首，本均均如此填。但校諸柳詞其餘二詞，"濃陰高樹"前則少一三字逗，此處爲"樹陰翠、密葉成幄"或"動清籟、蕭蕭庭樹"，此減彼增，已無從探究，但各爲一體則無疑。但本詞前段"嶢闢池塘"後、後段"半窗殘月"前，較之各首則均各少二字，故此將其視爲少字格，不作正體，亦不擬譜。

畸變格 一百十四字　　　　　　　　　　周邦彦

同雲密布。撒梨花、柳絮飛舞。樓臺悄似玉，向紅爐暖閣院宇。深沉廣排筵會，聽笙歌猶未徹，漸覺寒輕，透簾穿户。亂飄僧舍，密灑歌樓，酒帘如故。　　　想樵人山徑迷蹤路。

料漁人、收綸罷釣歸南浦。路無伴侶。見孤村寂寞,招颭酒旗斜處。南軒孤雁過,嚦嚦聲聲,又無書度。見臘梅枝上嫩蕊,兩兩三三微吐。

　　諸刻或以此詞爲周待制作,然其語確是柳屯田,待制縝密,不作此疏枝闊葉也。故其字句亦傳訛難考,"樓臺"以下三十二字,至"戶"字方叶韻,斷無此理。或云"玉"字音"裕",以入作叶,亦未確。"宇"字似韻,而上既不可連"暖閣",下"深沉"又不可連"廣排",其爲差錯無疑。《圖譜》乃以"會"字爲叶韻,甚奇。後段雖較前稍明,然亦未必確然,因無今人率意造譜之膽,未敢論定。

〔杜注〕

　　按,《詞譜》云:"自'樓臺悄似玉'以下三十二字,至'戶'字方押韻,必無此理。《嘯餘譜》以玉字、會字爲叶韻,當從之。"與萬氏論同。竊疑"院宇深沉"句或當作"深沉院宇",則"宇"字添一韻矣。

【蔡案】

　　本詞原作柳永詞,《花草粹編》等作周美成詞,《全宋詞》據《草堂詩餘》前集卷下作無名氏詞,但一本《草堂詩餘》亦作周美成詞,爲方便指說,此姑作周詞。

　　本詞較之正體多二字,均拍則基本一致。萬子與杜氏糾結者,"樓臺"下三十二字,蓋因錯字、錯簡而誤。細校蔣詞二首、康詞、李邴"帝城三五"詞、柳永"斷雲殘雨"詞,此五首當爲一體,第二均原貌應爲十三字,以四五四排讀,康、李、蔣後段皆如此,但前段五字句均少一字,疑是母詞奪誤而致。而本詞前段第二均,"深沉廣排筵會"六字,依律應在"似玉"之後,實爲錯簡。如此"深沉廣排,筵會向紅爐,暖閣院宇",則與正體第二均分毫不差,應是本貌。惟"深沉廣排筵會"六字,文句欠通,必有舛誤。杜氏以爲所錯簡文字僅"深沉"二字,雖可成立一韻,但第二均僅得九字,而第三均則達十八字,不僅與後段不合,與其餘各首亦不合,顯誤。其次,校之正體即其餘諸詞,後段第二均"招颭"二字,應是誤添之詞。

　　前段第六拍,"猶"字疑衍。後段萬子"料漁人"下十字未讀斷,此十字本詞爲一三一七,讀破而已。

　　本詞錯訛彰然,萬子及《欽定詞譜》均已述及,不必爲範,故不擬譜。

女冠子慢 一百十一字　　　　　　　　　　　　　柳　永

淡煙飄薄。鶯花謝、清和院落。樹陰密、翠葉成幄。麥秋霽
●○○▲　○○● 　○○ ● ○●　○●○ ▲　● ○ ●
景,夏雲忽變,奇峰倚寥廓。波暖銀塘漲新,萍綠魚躍。想
●　●○●● 　○○● ○▲　○●○○● ○　○● ○ ▲　●
端憂多暇,陳王是日,嫩苔生閣。　　　正鑠石天高,流金晝
○○○●　○○●●　●○○▲　　　● ●● ○○　○○●
永,楚樹光風轉蕙,披襟處、波翻翠幕。以文會友,沈李浮瓜
●　●●○○●●　○○●　○○●▲　●○●●　○●○○
忍輕諾。別館清閒,避炎蒸、豈須河朔。但樽前隨分,雅歌
●○▲　●●○○　●○○ ●○○▲　●○○○●　●○
艷舞,盡成歡樂。
●●　●○○▲

　　此與前調衹兩結同,其餘絶不相類。"麥秋"以下十三字,《圖譜》彊分作一四一九,"波暖"下十字,彊分作兩五。余眇識之人,不敢妄注,"綠魚躍"三字無理,過變至"幕"字方叶,亦恐未確。而譜以"蕙"字爲"惡"字,謂是叶韻,"幕"字翻不注叶,想讀作"暮"音矣。但"光風轉蕙"乃《招魂》句,改爲"轉惡",無理之甚。柳七雖俗,未必如此村煞也。總之,《樂章集》差訛最多,實難勘定,寧甘闕陋之嘲,不能爲柳氏功臣,亦不敢爲柳氏罪人也。作此調者,亦衹從康、蔣可矣。"端憂多

暇”，《月賦》中語，《圖譜》作“憂端”，非。

〔杜注〕

　　按，《詞譜》於“奇峰”“峰”字注豆，“銀塘”“塘”字注句，與萬氏論合。

【蔡案】

　　本詞與前一體大異，允爲又一體，故仍以調名名之。

　　原譜“麥秋”下十三字、“波暖”下十字萬子均未作讀斷，校之前二體，“麥秋”一段當作二四一五讀。又，“翠葉”之“葉”，以入作平。宋詞該句第二字俱填爲平讀。

中興樂　四十一字　　　　　　　　　　毛文錫

豆蔻花繁煙艷深。丁香軟結同心。翠鬟女。相與。共淘
●●○○○●△　○○●●○△　●○▲　○▲　●○
金。　　　紅蕉葉裏猩猩語。鴛鴦浦。鏡中鸞舞。絲雨。隔
△　　　　○○●●○▲　○○▲　●○○▲　○▲　●
荔枝陰。
●○△

　　或云“女”字是換韻，後段叶之。

〔杜注〕

　　按，《詞譜》以“女”“與”“雨”三字均間叶仄韻。《詞暌》本同。

【蔡案】

　　萬子原譜前段三四句作“翠鬟女，相與共淘金”，後段四五句作“絲雨隔，荔枝陰”，脫三韻。或萬子不知唐風好用短拍，每每一句中插入一個甚至多個句中短韻。

平韻體 四十二字　　　　　　　　　　　　　牛希濟

池塘暖碧浸晴暉。濛濛柳絮輕飛。紅蕊凋來，醉夢還
○○●●●○△　○○●●○△　○●○○　●●○

稀。　　　春雲空有雁歸。珠簾垂。東風寂寞，恨郎拋擲，淚
△　　　　○○○●●△　⊙○△　○○●●　●○○●　●

濕羅衣。
●○△

與前全異。

按，此調因此詞尾三字，好異者遂名爲《濕羅衣》，已爲可厭，《選
聲》即以《濕羅衣》立名，至《圖譜》則又訛而爲《羅衣濕》，且并前毛司
徒詞亦謂之《羅衣濕》矣。豈不大誤。此類甚多，作者但須詞佳，何必
務立異名以爲新乎？《詞統》選沈自炳詞，於"醉夢還稀"作"孤燈漏
長"，"春雲空有"作"夢入花庭"，俱誤。《選聲》因而收之。沈，明人，
原於詞道不工，何可取以爲譜哉？

【蔡案】

本體僅此一首，與前一體迥異，未必即是一調。萬子標後段"珠"
可仄，憑空而來，不知何據，填者不必從。

複疊體 八十四字　　　　　　　　　　　　　李　珣

後庭寂寂日初長。翩翩蝶舞紅芳。繡簾垂地，金鴨無香。
◎○○●●○△　○○●●○△　●●○○　⊙●○△

誰知春思如狂。憶蕭郎。等閒一去，程遙信斷，五嶺三
⊙○○●○△　●○△　●○○●　○○●●　●●○

湘。　　　休開鸞鏡學宮妝。可能更理笙簧。倚屏凝睇，淚
△　　　　⊙○○●●○△　●○●●○△　●●○○　◎

落成行。手尋裙帶鴛鴦。暗思量。忍辜前約，教人花貌，虛
●○△　◎○○●●△　●○△　●○⊙●　○○⊙●　⊙

老風光。
●○△

　　即前調合爲一段，後加一疊。但"繡簾垂地""倚屏凝睇"，平仄與
牛詞"紅蕊凋來"不同。

【蔡案】

　　本詞原作"又一體"，這種兩段復疊形式在唐五代罕見，疑本是兩
首，後人誤合而成。

醉花間　四十一字　　　　　　　　　　　毛文錫

深相憶。莫相憶。相憶情難極。銀漢是紅牆，一帶遙相
○　▲　●○◆　○●○難▲　○●●○　●○○

隔。　　金盤珠露滴。兩岸榆花白。風搖玉佩清，今夕爲
▲　　　○○○●▲　●●○○▲　○○●●○　○●○

何夕。
○　▲

　　"珠露"，《圖譜》誤作"露珠"。

少韻格　四十一字　　　　　　　　　　　毛文錫

休相問。怕相問。相問還添恨。春水滿塘生，鸂鶒還相
○　▲　●○◆　○●○○▲　○●●○○　○○○

趁。　　昨日雨霏霏，臨明寒一陣。偏憶戍樓人，久絕邊
▲　　　●●●○○　○○○●▲　○●●○○　●●○

庭信。
○　▲

前段同,後段平仄異。

按,《嘯餘》注云:"《生查子》與《醉花間》相近。"不知《生查子》正體前後皆五字起,間有用六字兩句者,《醉花間》正體則前必六字,後必五字也。

【蔡案】

《生查子》與《醉花間》的異同,萬子所論並無道理。更何況在前文《生查子》第二體中已經質疑"《生查子》必五字起耶",則本詞疑爲《生查子》更應該是順理成章的事。從形式上看,毛詞一闋同,而與後馮延巳詞迥異,以其歌拍看,尤其徑庭,必非同腔之詞,兩者並非一調很顯著。就《生查子》而言,有後段首拍添一字作六字折腰,那麼韻律上也就可以有前段首拍添一字作六字折腰,其中的道理是一樣的。所以,毛詞竟即《生查子》之變體,乃至《醉花間》也就是《生查子》的別名,亦在情理之中。

又,僅以後段三句句法不同,而列爲又一體,未免"體"過於泛濫,顯然不合律理。

醉花間令 五十一字　　　　　　　　　　　　馮延巳

林鶴歸棲撩亂語。階前還日暮。屏掩畫堂深,簾卷蕭蕭
○●○○○●▲　○○○●▲　●●●○○　○●○○
雨。　　　玉人何處去。鵲喜渾無據。雙眉愁幾許。漏聲看
▲　　　⊙○○●▲　◎●○○▲　⊙○○●▲　◎○○
却夜將闌,點寒燈、扃綉户。
●●○○　●○○　○●▲

起結俱異。

【蔡案】

本調原作"又一體",但與毛詞迥異,當是同名別調,故易爲此調

名，以示區別。

點絳唇　四十一字　　　　　　　　　　　　　　　趙長卿

雪霽山橫，翠濤擁起千重恨。砌成愁悶。那更梅花褪。　　鳳
◎●○○　●○○●○▲　●○○▲　⊙●○○▲　　　◎

管雲笙，無不縈方寸。叮嚀問。淚痕羞搵。界破香腮粉。
●○○　⊙●●○▲　○○▲　●○○▲　◎●○○▲

　　“翠”字去聲，妙甚。“砌”字、“淚”字亦去，俱妙。凡名作俱然，作
平則不起調。近見時人有於“翠”字用平而“砌成”句用平平仄仄，是
不深於詞者也。

　　沈氏《別集》選韓魏公“病起懨懨”一首，次句云：“對庭前花樹添
憔悴”，此誤多“對”字，沈不能辨明，乃注題下云“前段多一字”，是使
後人誤認有此四十二字體矣，謬哉！

〔杜注〕

　　萬氏注韓魏公“對庭前花樹添憔悴”句誤多“對”字，按，魏公此詞
見《花草粹編》，前後段第二句均八字，並非誤多，蓋變體也。

【蔡案】

　　前段第三句、後段第四句之起字不宜用平，當以仄爲正，此即所
謂“拗起”，自有其特殊的詞味，但也不必如萬子那樣見去聲即言妙，
美成、夢窗、白石等諸家，此處皆填有大量上聲字，趙長卿別首更有平
起者，竊以爲從律理而言，亦無不可，萬子無非以曲法論詞法，對詞律
甚悖，逢去聲起頌聲，是詞學中之一大病，至今病根未除。

戀情深　四十二字　　　　　　　　　　　　　　　毛文錫

滴滴銅壺寒漏咽。醉紅樓月。宴餘香殿會鴛衾。蕩春
●●○○○●▲　●○○▲　◎○○⊙●○△　●○

心。　　　真珠簾下曉光侵。鶯語隔瓊林。寶帳欲開慵起，
△　　　　　⊙○○●○○△　　⊙●●○△　　●●●●○○●

戀情深。
●○△

　　此詞兩首，俱以"戀情深"爲結，想因此名題也。"醉紅樓月"，"紅
樓"二字相連，其第二首作"簇神仙伴"，"神仙"二字亦連，須知之。
"寶帳"句第二首云"永願作鴛鴦伴"，則在"作"字一豆，與此微不同。

贊浦子　四十二字　　　　　　　　　　　　　　毛文錫

錦帳添香睡。金爐換夕熏。懶結芙蓉帶。慵拖翡翠裙。　　正
●●○○▲　○○○●△　●●○○▲　○○●●△　　　●

是桃夭柳媚。那堪暮雨朝雲。宋玉高唐意。裁瓊欲贈君。
●○○●▲　　●●●○○▲　○○○●▲　○○●●△

　　後起二句各六字，與前段異。

〔杜注〕

　　按，《詞譜》"柳夭桃媚"作"桃夭柳媚"。此調無別首可校。

【蔡案】

　　本調原譜僅擬注平聲韻，誤。本詞實爲雙句韻押平聲一部，單句
韻押仄聲一部，兩換韻，通篇如此，萬子失記仄韻。又按，"桃夭柳媚"
原作"柳夭桃媚"，亦誤，據杜注改。

浣溪沙　四十二字　　　　　　　　　　　　　　張　曙

枕障薰爐冷繡帷。二年終日苦相思。杏花明月爾應知。　　天
◎●○●●●△　◎○○●●○△　○○●⊙●○△　　　⊙

上人間何處去，舊歡新夢覺來時。黃昏微雨畫簾垂。
●⊙○○●●　◎○○⊙●○△　⊙○○⊙●○△

　　《詞統》收匏庵一首，起二句云"晚來疏雨過柴關，還我斜陽屋滿間"，平仄全誤，此等明朝先輩之作，原弄筆適興，未嘗究心，選以爲世模楷，反揚其短矣。是非作者之過，而選者之過也。更有大怪者，《圖譜》注此調於"杏花""舊歡""黃昏"三句，俱作"可用仄仄平平仄仄平"，"天上"句作"可用平平仄仄平平仄"，幾將此調全首平仄俱改，則真爲太甚矣。

　　按，此調有起用仄聲，次句方韻者，如薛昭蘊"紅蓼渡頭秋正雨"是也，茲注明不録。

〔杜注〕

　　按，《北夢瑣言》"杏花明月爾應知"句，"杏花"作"好風"，"爾"作"始"。

仄韻體　四十二字　　　　　　　　　　　南唐後主

紅日已高三丈透。金爐次第添香獸。紅錦地衣隨步皺。　　　佳
○●●○○●▲　　○○●●○○▲　　○●●○○●▲　　　　○

人舞點金釵溜。酒惡時拈花蕊嗅。別殿遥聞簫鼓奏。
○●●○○●▲　　●●○○○●▲　　●●○○○●▲

　　用仄韻，後起亦叶。

攤破浣溪沙　四十八字　又名《山花子》　　南唐元宗

菡萏香銷翠葉殘。西風愁起緑波間。還與韶光共憔悴，不
◎●○○●○△　　○○○●●○△　　⊙●○⊙○○●　　●

堪看。　　　細雨夢回雞塞遠，小樓吹徹玉笙寒。多少淚珠
○△　　　　◎●⊙○○●●　　◎○○⊙●○△　　⊙●◎○

何限恨，倚闌干。
○●●　●○△

此調本以《浣溪沙》原調結句破七字爲十字,故名《攤破浣溪沙》,後又另名《山花子》耳。後人因李主此詞"細雨""小樓"二句,膾炙千古,竟名爲《南唐浣溪沙》,然則唐詞沿至宋人,改新調而仍舊名者甚多,如《喜遷鶯》《長相思》之類,皆添字成調,豈可名《北宋喜遷鶯》《北宋長相思》耶?

按,調名"沙"字與《浪淘沙》不同義,應作"紗"。或又作《浣沙溪》,則尤當爲"紗",今姑仍諸刻。

〔杜注〕

按,《花庵詞選》以爲李後主詞。《南唐書》載此詞,元宗爲王感化作。第三句"還與韶光共憔悴","韶"作"容"。又,"何限恨"句,《歷代詩餘》"何"作"無"。

【蔡案】

敦煌曲子詞中,本調都稱之爲《浣溪紗》。凡《浣溪紗》都是八句體,因此可知,本調應該是先八句而後再減字爲六句,這種變化更合乎詞從詩演化而來的一般規則。以敦煌詞來看,第四句有三字者,有四字者,有五字者,有七字者,則本調原或係七言八句體式,減二字成五字格,再減一字成四字格,三減一字成三字格,由此定其格,而稱之爲《浣溪紗》,八句體後人三減而成,後世更流行的六字體則四減而成,因此賀梅子之詞,名六句體爲《減字浣溪紗》,此爲本來面目。六句體既成,竟成鳩佔鵲巢之勢,後人爲區別二者,遂稱八句體爲《南唐浣溪沙》。如果是因爲唐元宗詞而取名,則應該稱之爲《元宗浣溪紗》才是,何以稱其爲"南唐"? 至於又稱爲"攤破"云云,則是後人不識本源,錯誤命名而已。

浣溪沙慢　九十三字　　　　　　　　周邦彥

水竹舊院落,櫻筍新蔬果。嫩英翠幄,紅杏交榴火。心事暗
●○●●●　○●○○▲　●○●●　○●○○▲　○●●

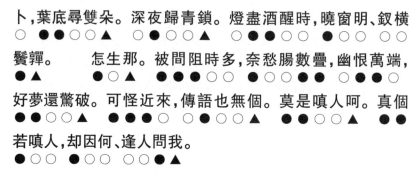

卜，葉底尋雙朵。深夜歸青鎖。燈盡酒醒時，曉窗明、釵橫
鬢嚲。　　怎生那。被間阻時多，奈愁腸數疊，幽恨萬端，
好夢還驚破。可怪近來，傳語也無個。莫是嗔人呵。真個
若嗔人，却因何、逢人問我。

　　"紅杏"以下，與後"好夢"以下同。

　　按，"多"字乃以平叶仄，不然直至"破"字方韻矣，且語意亦在此頓住。下"奈愁腸"三句，自一串而下也，是此詞亦爲平仄通叶之體，但無第二首可對，恐人不信，故不敢竟注，識者當自辨之。

〔杜注〕

　　按，胡仔《苕溪詩話》"櫻筍新蔬果"句作"鶯引新雛過"。又，"青鎖"作"青瑣"。又按，此詞起句五字全仄，與卷十七史梅溪作《壽樓春》詞首句"裁春衫尋芳"五字全平者相對，皆定律也。

【蔡案】

　　萬子原注首句"竹"字、五句"卜"字，後段六句"也"字作平。

　　清商怨　四十二字　又名《傷情怨》　　　　　　　晏幾道

庭花香信尚淺。最玉樓先暖。夢覺香衾，江南依夢遠。　迴
文錦字暗剪。謾寄與、也應歸晚。要問相思，天涯猶自短。

　　前後起皆三平三仄，觀《片玉》"枝頭風信漸小，江南人去路杳"，可見"錦"字上聲可借作平，不可用去聲也。"尚淺""夢遠""暗剪""自

短”，皆去上，妙，妙。《片玉》亦然，無怪兩公之樹幟騷壇也。

　　按，此調又名《傷情怨》，《圖譜》兩收，誤。

多韻格　四十三字　　　　　　　　　　　沈會宗

城上鴉啼斗轉。漸玉壺冰滿。月淡寒梅，清香來小院。　　誰
○●○○●▲　●●○○▲　●●○○　○○○●▲　　　○
遣。鸎箋寫怨。翻錦字、疊疊和愁卷。夢破胡笳，江南煙
▲　○○○●▲　○○●　●●○○▲　●●○○　○○○○
樹遠。
●▲

　　“遣”照首句“上”字應作去聲，照前後二詞，亦可作平。後段次句
多一字。

〔杜注〕

　　按，元人《天機餘錦》“誰遺”之“遺”字作“遣”，與萬氏云應作去聲
之語相合，且疑“遣”字是短韻。又，“胡笳”一作“秋笳”。

【蔡案】

　　“誰遣”原作“誰遺”，據杜注改。又按，本詞較之前一首，惟後段
第二拍多一字，宋詞僅此一首，此類臨時添字者，權也，且偶例，如果
僅因此，則無須單列一體。

多字格　四十三字　又名《關河令》　　　　晏　殊

關河愁思望處滿。漸素秋向晚。雁過南雲，行人回淚眼。　　雙
○○○●●●▲　●●○○▲　◎○○○　○○○●▲　　　○
鸎衾裯悔展。夜又永、枕孤人遠。夢未成歸，梅花聞塞管。
○○⊙●▲　●●●　●○○▲　◎●●○　○○○●▲

　　首句比前調多一字。

按，此調因此詞首二字，故又名《關河令》。《片玉詞》亦作《關河令》，其首句"秋陰時晴漸向暝"，正與此同。而趙坦庵作，一云"亭皋霜重飛葉滿"，一云"江頭伊軋動柔櫓"，不如依此爲是。"處滿""淚眼""悔展""塞管"亦皆去上，可知元獻家風，亦可知詞眼定格矣。

【蔡案】

本調前後段起拍多用拗句，兩頓連仄或連平，惟獨本詞後段用平起仄收之律拗句法。用韻則例用上聲爲正，驗之宋詞，大抵如此填。

雪花飛　四十二字　　　　　　　　　　黄庭堅

攜手青雲路穩，天聲迤邐傳呼。袍笏恩章乍賜，春滿皇都。
○●○○●● 　○○●●△ 　○●○○●● 　○●○△

何處難忘酒，瓊花照玉壺。歸嬝絲稍競醉，雪舞街衢。
○●○○● 　○○●●△ 　○●○○●● 　●●○△

後起二句比前段各少一字。

醉垂鞭　四十二字　　　　　　　　　　張　先

醉面灧金魚。吳娃唱。吳潮上。玉殿白麻書。待君歸後
◎●●○△ 　○○▲ 　○○▲ 　◎●●○△ 　◎○○●

除。　　勾留風月好。平湖曉。翠峰孤。此景出關無。西
△ 　　　⊙○○●▼ 　○○▼ 　●○△ 　●●○○△ 　○

州空畫圖。
○○●●△

凡三用韻，前後結處二句同。

〔杜注〕

按，《詞譜》"酒面"作"醉面"。

【蔡案】

按，"醉面"原作"酒面"，據杜注改。

霜天曉角　四十三字　又名《月當窗》　　　　辛棄疾

吳頭楚尾。一棹人千里。休說舊愁新恨，長亭樹、今如
⊙○◎　▲　　◎●○◎　▲　　⊙●○○●　　長亭樹、今如

此。　　　宦途吾倦矣。玉人留我醉。明日落花寒食，得且
▲　　　　◎⊙○◎　▲　　○○○●▲　　⊙●●●○○●　◎◎

住、爲佳耳。
●　⊙○▲

兩結六字句，定體也。自《嘯餘》於"亭"字下誤落一"樹"字，《圖
譜》等因之，注作五字句，毋論將詞注差，但即"長亭今如此"五字，如
何解法？蓋此句本用《枯樹賦》"樹猶如此"一語也，乃不知而妄注，何
哉？而《圖譜》又改調名作《月當廳》，吾不知《霜天曉角》四字有何不
佳，而必改之也。況東澤寓名《月當窗》，非"廳"字，且《月當廳》自有
正調。

【蔡案】

後段起拍，萬子原擬爲第二字平可仄，但因第四字爲仄，故誤。
該句例以◎○○●▲爲正，偶有作◎●○○▲的，若第二字仄，則第
四字必須平，如曹冠"寶獸沈煙爇"、呂勝己"村酒頻斟酌"即是。

多韻格　四十三字　　　　趙長卿

雪花飛歇。好向前村折。行至斷橋斜處，寒蕊瘦、不禁
●○○　▲　●●○○　▲　○●●○○●　○●●　●○

雪。　　　韻絕。香更絕。歸來人共說。最愛夜堂深迥，疏
▲　　　　●▲　○●◆　○○○●▲　●●●○○●　○

影占、半窗月。
●●　●○▲

後段兩字叶韻起，高賓王作"望極。連翠陌"。"香更"二字可作仄平。

【蔡案】

萬子所注，與本詞平仄同，檢趙氏別首作"清絶。十分絶"，又楊冠卿有"蘄竹。奏新曲"、吳淑真有"愁絶。淚還北"、張輯有"憶別。恁時節"，三字均爲●○▲，可證。

多字格 四十四字　　　　　　　　　　　　　　程　垓

幾夜瑣窗揭。素蟾光似雪。恰恨照人欹枕，紗厨爽、簟紋
●●●○▲　●○○●▲　●●●○○●　○○●、●○
滑。　　　迤邐篆香裊。好懷誰共説。若是知人風味，來分
▲　　　　○●●○▲　●○○●▲　●●○○○●　○○
付、半牀月。
●、●○▲

五字起，用仄韻。

書舟又一首，前起"玉清冰樣潔。幾夜相思切"，後起"匆匆休惜別。還有來時節"，平仄與此詞又異，因句字同，不另録。

【蔡案】

本詞原譜列於趙長卿"閣兒幽静處"詞後。

平韻體 四十三字　　　　　　　　　　　　　　黃　幾

玉粲冰寒。月痕侵畫欄。客裏安愁無地，爲徙倚、到更
◎●○△　◎○○●△　◎○⊙○○●　◎○●、●○

殘。　　　問花花不言。嗅香香欲闌。消得箇温存處，山六
△　　　　　◎⊙⊙◎△　◎○○●△　⊙●○◎⊙●　⊙◎

曲、翠屏間。
●　●○△

　　用平韻。而後起非兩字叶者。

【蔡案】

　　本詞原譜列於蔣捷“人影窗紗”詞後。

多韻格 四十三字　　　　　　　　　　　　　　　　蔣　捷

人影窗紗。是誰來折花。折則從他折去，知折去、向誰
○●○△　●○○○△　●●○○●●　○●●　◎○○

家。　　　檐牙。枝最佳。折時高折些。説與折花人道，須
△　　　　　○△　○●△　●○○●●　●●●○○●　○

插向、鬢邊斜。
●●　●○△

　　用平韻。後起亦兩字叶。

多字格 四十四字　　　　　　　　　　　　　　　　趙長卿

閣兒幽靜處，圍爐面小窗。好似鬥頭兒坐，梅煙炷、返魂
●○○●●　○○●●△　●●●○○●　○○●　●○

香。　　　對火怯夜冷，猛飲消漏長。飲罷且收拾睡，斜月
△　　　　　●○●●●　●●○●△　●●●○○●　○●

照、滿林霜。
●　●○△

　　前起五字不用韻。後亦同。

〔杜注〕

　　按，《歷代詩餘》“圍爐面小窗”句，“面”作“向”。又，“飲罷且收拾

睡"句，"收拾睡"作"須自臥"。

【蔡案】

"滿林霜"與"飲罷且收拾睡"語境不合，應據《惜香樂府》改爲"滿簾霜"方洽。又，後段起拍原譜"火怯"二字均爲仄讀，此處俱應作平。

卜算子 四十四字 又名《百尺樓》 蘇 軾

缺月挂疏桐，漏斷人初定。時見幽人獨往來，縹緲孤鴻
◎●●○○　●●○○▲　　⊙●○○●●○　◎●○
影。　　驚起却回頭，有恨無人省。揀盡寒枝不肯棲，寂寞
▲　　　⊙●●○○　◎●○○▲　◎●○○●●○　○●
沙洲冷。
○○▲

毛氏云："駱義烏詩，用數名人，謂爲卜算子，故牌名取之。"按，山谷詞"似扶著、賣卜算"，蓋取義以今賣卜算命之人也。

因秦詞"極目煙中百尺樓"，故巧名《百尺樓》。《圖譜》刪《卜算子》而用《百尺樓》，無謂。

〔杜注〕

按，葉《譜》"漏斷人初定"句，"定"作"静"。

多韻格 四十四字 石孝友

見也如何暮。別也如何遽。別也應難見也難，後會難憑
●●○○▲　●●○○▲　●●○○●●○　●●○○
據。　　去也如何去。住也如何住。住也應難去也難，此
▲　　　●●○○▲　●●○○▲　●●○○●●○　●

際難分付。
●○○▲

首句即起仄韻，後起亦叶，與前詞異。

多字格 四十五字　　　　　　　　　　　　徐　俯

胸中千種愁，挂在斜陽樹。綠葉陰陰自得春，草滿鶯啼
○○○●●　●●○○▲　●●○○●●○　●●○○

處，　　　　不見凌波步。空想如簧語。門外重重疊疊山，遮
▲　　　　　　　●●○○▲　○●○○▲　○○○○●●○　○

不斷、愁來路。
●●　○○▲

首句平仄與蘇詞異，不起韻，與石詞異。而後起叶仄，後結六字，
亦俱異。《譜》《圖》俱注後首句不叶韻，未審何故。

按，《詞統》注云“‘遮’字是襯字”，大謬。此調多用六字結者，觀
李之儀“定不負、相思意”、趙長卿“山不似、長眉好”，此類甚多，豈皆
襯字乎？豈他句不可襯，獨此句可襯乎？若謂詞可用襯，則詞中多少
一兩字者甚衆，皆可以“襯”之一說槩之，而不必分各體矣。
〔杜注〕
按，《歷代詩餘》首句作“天生百種愁”。又，“自得”作“占得”。
又，“空想”作“空憶”。

多字格 四十五字　　　　　　　　　　　　黃公度

薄宦各東西，往事隨風雨。先是離歌不忍聞，又何况、春將
●●●○○　●●○○▲　○●○○●●○　●○●　○○

暮。　　　　愁共落花多，人逐征鴻去。君向瀟湘我向秦，後會
▲　　　　　　○●●○○　○●○○▲　○●○○●●○　●●

知何處。
○○▲

　　此又前結六字,後結五字者。

多字格 四十六字　　　　　　　　　　　　　　　　黄庭堅

要見不得見,要近不得近。試問得君多少憐,管不解、多於
●●○○● ●●●○○▲ ●●○○○●● ○●● ○○

恨。　　　禁止不得淚,忍管不得悶。天上人間有底愁,向箇
▲　　　●●●○○● ●○●●○▲ ○●○○●●○ ●●

裏、都諳盡。
● ○○▲

　　兩結皆六字,而兩起句皆仄而不叶韻者。

【蔡案】

　　萬子原注:前後段首二句兩"不得"、前段第三句"得"字,皆以入
作平。

多韻格 四十六字　　　　　　　　　　　　　　　　杜安世

樽前一曲歌,歌裏千金意。纔欲歌時淚已流,恨應更、多於
○○●●○ ⊙●○○▲ ○●○○●●○ ●○● ○○

淚。　　　試問緣何事。不語如癡醉。我亦情多不忍聞,怕
▲　　　●●○○▲ ●●○○▲ ●●○○●●○ ●

和我、成憔悴。
○● ○○▲

　　首句平,後起叶,而兩結皆六字者。

〔杜注〕

　　按,葉《譜》"千金"作"千重"。

多韻格 四十六字　　　　　　　　　　杜安世

深院花鋪地。淡淡陰天氣。水榭風亭朱明景，又別是、愁情
〇●〇〇▲　　●●〇〇▲　　●●〇●■〇●　●●●、〇〇

味。　　　有情奈無計。謾惹成憔悴。欲把羅巾暗傳寄，細
▲　　　　　●〇●〇▲　　●●〇〇▲　　●●〇〇〇●●　●

認取、斑點淚。
●●、〇●▲

前後第三句俱用仄聲，而後竟叶韻者。

又按，姑溪云：“我住長江頭，君住長江尾”，上“長”字平。後村云
“朝見樹頭繁，暮見樹頭少”，下“樹”字仄，皆係偶然，不必學。

〔杜注〕

按：卷四有《眉峰碧》，無名氏詞一首，與此字數句法皆同，應附
於此。

【蔡案】

本調前後段第三拍各家都以仄起平收式律句句法填，惟本詞後
段用仄起仄收式拗句句法，前段也採用仄收式句法，鑒於前後段律理
上均用同一句法的習慣，則前段也應該是一仄起仄收式拗句句法，因
此，第五字必是一仄聲字，才符合作者的創作慣性，故擬應仄而平
圖符。

卜算子慢 九十三字　　　　　　　　　　張　先

溪山別意，煙樹去程，日落采蘋春晚。欲上征鞍，更掩翠簾
〇〇●●　〇●●〇　●●●〇〇▲　　●●〇〇　●●●〇

回面。相盼。惜彎彎淺黛長長眼。奈畫閣歡遊，也學、狂風
〇▲　〇▲　●〇〇●●〇〇▲　　●●●〇〇　●●、〇〇

飛絮輕散。　　　水影橫池館。對靜夜無人，月高雲遠。一
●●○▲　　　　●●○▲　　●●●○　●○○▲　●

餉凝思，兩眼淚痕還滿。難遣。恨私書又逐東風斷。縱夢
●○○　●●○○▲　○▲　●○○●●○○▲　●●

澤、層樓萬尺，望湖城那見。
●　○○●●　●○○●▲

　　比柳作多"相盻""難遣"四字。《圖譜》讀"更掩翠簾"爲一句，"回
面相盼"爲一句，且注"回面"云"可用仄平"，怪絕，怪絕！又有傖父讀
作"相盼惜"者，不知"面"字與後段"滿"字是六字句叶韻，"盼"與"遣"
亦二字句叶韻者也。無知妄讀，何哉？"歡遊"下十字，據後段及柳
詞，應於"學"字分句，人謂"歡遊也學"不可斷句，不知此本十字句，歌
者原不於"學"字歇拍，正不妨略住，即如《水龍吟》之結，誤讀坡詞，而
謂另一體者相類。甚矣，拘墟者之未可與權也。諸仄字，皆宜玩。而
"去""翠""淚"等去聲，妙，妙！觀前柳詞可知。

〔杜注〕

　　按，《安陸集》"狂風"作"狂花"，宜從。

【蔡案】

　　本詞原列於柳永詞後，因係正體，故移前。

　　前段"相盼"下十字，原譜萬子讀爲"相盼。惜彎彎、淺黛長長
眼"，"奈畫閣"下十三字，原譜未讀斷。後段"恨私書"作三字逗。按，
"惜"句、"恨"句均爲一字逗領七字句句法，前後同，而該一字逗本爲
一三字逗，亦即萬子謂"傖父"所讀，祇是"相盼惜""難遣恨"之第二字
均爲句中短韻，後七字則是一完整句，正如柳詞之"疏磋斷續殘陽裏"
不可讀斷，道理是一樣的。

少字格 *八十九字*　　　　　　　　柳　永

江風漸老，汀蕙半凋，滿目敗紅衰翠。楚客登臨，正是暮秋
天氣。引疏砧、斷續殘陽裏。對晚景、傷懷念遠，新愁舊恨
相繼。　　　脈脈人千里。念兩處風情，萬重煙水。雨歇天
高，望斷翠峰十二。儘無言、誰會憑高意。縱寫得、離腸萬
種，奈歸鴻難寄。

　　“楚客”至“念遠”，與後“雨歇”至“萬種”同。“半”字、“恨”字，定
格去聲。後張詞亦用“去”“絮”二字。“漸老”“對晚”“念遠”“念兩”
“縱寫”“萬種”等，用六個去上，妙絕。

【蔡案】

　　首句一作“江楓”，就第二拍看，“風”字或誤。又按，本調疑前後
段各奪二字，致第三均皆成孤拍，填者可以張先詞爲範，本詞則不
擬譜。

詞律卷四

伊川令 五十一字 范仲胤妻

西風昨夜穿簾幕。閨院添蕭索。最是梧桐零落時，又迤邐、
〇〇●●〇〇▲　〇●〇〇▲　〇〇〇〇〇●〇　●●●

秋光過却。　　　人情音信難托。魚雁成躭閣。教奴獨自守
〇〇●▲　　　　〇〇〇●〇〇▲　〇●〇〇▲　〇〇●●●

空房，淚珠與、燈花共落。
〇〇　●〇●　〇〇●▲

〔杜注〕

按《詞緯》，"最是梧桐零落"句，"落"字下有"時"字，萬氏誤爲六
字句，於"落"字注叶，與後結複韻，非是。又，"迤邐秋光過却"句，
"迤"字上有"又"字；又，"人情音信難托"句，下有"魚雁成躭閣"五字，
蓋此調乃五十一字也，均應照補。

【蔡案】

原譜萬子不分段，且脫落頗多，前段第三句，萬子原譜作"最是梧
桐零落"，叶韻，則與後段結拍"燈花共落"犯重，顯誤；第四句缺一字，
作"迤邐秋光過却"。後段，第二句原譜缺。按，《欽定詞譜》本，兩段、
四均，合乎小令架構特徵，若原譜缺一句，則於結構明顯殘缺，不成
均，不成調。現據《欽定詞譜》補。原調"四十四字"改爲"五十一字"。

後庭花 四十四字　　　　　　　　　　　　　毛文錫

輕盈舞妓含芳艷。競妝新臉。步搖珠翠修娥斂。膩鬟雲
⊙○◎●○▲　●○○▲　●○○○●○▲　●○○
染。　　歌聲慢發開檀點。綉衫斜掩。時將纖手勻紅臉。
▲　　　⊙○◎●○▲　●○○▲　⊙○○○●○▲
笑拈金靨。
●○○▲

毛詞三首，其第一首次句，用“後庭花發”，正合題名。而各刻多改“後庭”作“瑞庭”，可笑。《後庭花》乃陳後主曲，“瑞庭”何所取義乎？

此詞用閉口韻甚嚴。後人則與元、寒、删、先出入，太覺泛濫，不及唐人矣。“競”“膩”“綉”“笑”皆去聲，妙甚。當學之。

又一首“時將”句，作“爭不教人長相見”，甚拗。愚謂恐是“爭教人不長相見”，或“教人爭不長相見”之誤也。

〔杜注〕

按，“臉”字重韻。

【蔡案】

《花間集》本詞爲毛熙震詞。

毛詞别首，第四拍作“聞鎖宮闕”，“聞”字平聲。

多字格 四十六字　　　　　　　　　　　　　孫光憲

景陽鐘動宮鶯囀。露凉金殿。輕飈吹起瓊花旋。玉葉如
●○○●○○▲　●○○▲　○○○●○○▲　●○○
剪。　　晚來高閣上、珠簾捲。見墜香千片。修蛾曼臉陪
▲　　　●○○●●　○○▲　●●○○▲　○○●●○

雕輦。後庭新宴。
　○　▲　　●○○▲

後起用八字，次句用五字，與前異。

觀此尾句，則毛詞"後庭花發"可信。"葉"字可作平，然觀後孫詞，此字亦可用去。

〔杜注〕

按，《花間集》"瓊花旋"之"旋"字作"綻"。又按，《詞譜》"修蛾慢臉"句，"慢"作"曼"。均應遵改。

【蔡案】

"曼臉"原作"慢臉"，據杜注改。

萬子"可信"云云，意思是此調本詠"後庭花"軼事，孫詞所説"後庭新宴"，就如毛詞所説"後庭花發"，欲旁證"瑞庭"之誤。但是，這個"瑞庭"即"後庭"，定其誤也未必。

又按，孫詞詞體以後一首爲正體更好，本詞疑後段當以"珠簾捲見"爲句，"捲"字或因順口而誤點。

多字格 四十六字　　　　　　　　　孫光憲

石城依舊空江國。故宮春色。七尺青絲芳草碧。絕世難
●○○●○○▲　●○○▲　●●○○○●▲　●○○
得。　　玉英凋落盡、更何人識。野棠如織。祇是教人添
▲　　　●○○●●、●○○▲　●○○▲　●●○○
怨憶。悵望無極。
●▲　●○○▲

後起九字異。"世"字、"望"字俱用仄聲，與毛詞不同，想不拘也。"碧"字各本多作"綠"字，此句須叶韻，必係"碧"字無疑。

《詞綜》載王秋澗、趙松雪《後庭花破子》，乃是北曲，本譜於曲調

不收，今録趙詞於後，觀者自明。蓋此等若收入詞，則不勝其收矣。

後庭花　　　　　　　　　　　　　　　　　趙孟頫

　　清溪一葉舟。芙蓉兩岸秋。采菱誰家女，歌聲起暮鷗。亂雲愁。滿頭風雨帶荷葉，歸去休。

此即《西廂》"襯殘紅"一曲也。"帶"字是襯字，若論曲調，則此詞之"清溪一葉舟"平仄爲正，而秋澗之"緑樹遠連洲"不合也。"菱"字亦宜用仄。

【蔡案】

　　前段尾句"世"字，古音私列切，音薛，在入聲屑部。《詩經·大雅·蕩》："枝葉未有害，本實先撥。殷鑒不遠，在夏后之世。"撥、世相押，可證，此正如前一首萬子謂"'葉'字可作平"一樣。又，毛熙震三首，一作"管弦清越"，一作"膩鬟雲染"，一作"半遮勻面"，亦可證此位當平。故本詞亦爲以入作平，而後段"望"字，本可平讀，無礙。

巫山一段雲　四十四字　　　　　　　　　　李　珣

古廟依青嶂，行宮枕碧流。水聲山色鎖妝樓。往事思悠
◎●○○●　　○○●●△　　○○○●●○△　　◎●●●○
悠。　　　　雲雨朝還暮，煙花春復秋。啼猿何必近孤舟。行
△　　　　　⊙●○○●　　○○○●△　　○○○●●○△　　⊙
客自多愁。
●●○△

　　此詞及毛文錫作，俱即詠巫山神女事。

換韻體　四十六字　　　　　　　　　　　唐昭宗

蝶舞梨園雪，鶯啼柳帶煙。小池殘日艷陽天。苧蘿山又
◎●○○●　　○○○●△　　◎○○●●○△　　◎○⊙●

山。　　青鳥不來愁絶。忍看鴛鴦雙結。春風一等少年
△　　　⊙●◎○⊙▲　◎●⊙○⊙▲　⊙○○●●○
心。閒情恨不禁。
▽　⊙○○●▽

前段句法與前詞同，但"芳蘿"句平仄各異耳。後段起兩句六字
全異。

【蔡案】

本調柳永五首，如"琪樹羅三殿"者，第一字平聲的有三首；第三
句柳詞又作"人間三度見河清"，"人"字平聲；後段第一拍，李曄作"翠
鬟晚妝煙重"，"翠"字仄聲，柳永作"一曲雲謠爲壽"，"雲"字平聲，又
作"昨夜紫微詔下"，"詔"字仄聲；第二拍柳永作"留宴鼇峰眞客"，
"留"字平聲，又作"不道九關齊閉"，"九"字平聲，又作"急喚天書使
者"，"使"字仄聲；第三拍柳詞作"幾回山脚弄雲濤"，"幾"字仄聲，
"山"字平聲。譜中可平可仄據此補。

　　醜奴兒　四十四字　又名《羅敷媚》《羅敷艷歌》《採桑子》　　和　凝

蟫蟫領上訶梨子。綉帶雙垂。椒戶閒時。競學撋蒲賭荔
⊙○○●●○▲　◎●○△　⊙●○△　◎●●○○●
枝。　　叢頭鞋子紅編細。裙窄金絲。無事顰眉。春思翻
△　　　⊙○○⊙●○▲　⊙●○△　⊙●○△　⊙●○
教阿母疑。
○◎●△

此是本調正體，作者皆從之。

〔杜注〕

按，《全唐詩》作《採桑子》。此調爲唐教坊大曲，一名《採桑》，一
名《楊下採桑》，南卓《羯鼓録》作《涼下採桑》，屬太簇角。馮正中詞名

《羅敷艷》歌，南唐後主詞名《採桑子令》，宋初皆名《採桑子》。陳無己名《羅敷媚》，惟黃山谷名《醜奴兒》，萬氏以《醜奴兒》爲正體，似誤。

【蔡案】

本調前後段首句雖多不叶韻，但也有一定數量的詞自成一韻，唐宋人均有如此作法，本詞即爲一例，《欽定詞譜》所列三首，更是全部如此。但本詞雖爲平仄同一韻部，亦祇是偶合而已，此類填法雖在整個詞調中十過其一，却大多都是異部換韻的填法，本詞即"同部相押是換韻的特殊形式"。

攤破醜奴兒 六十字　　　　　　　　　　　　趙長卿

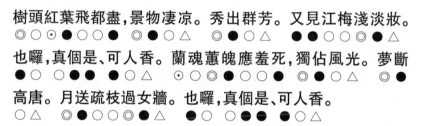

樹頭紅葉飛都盡，景物淒凉。秀出群芳。又見江梅淺淡妝。
也囉，真個是、可人香。蘭魂蕙魄應羞死，獨佔風光。夢斷
高唐。月送疏枝過女牆。也囉，真個是、可人香。

"妝""牆"二字叶韻。"真個是"六字前後同。

按，本集此詞題作《一剪梅》，又注"或作《攤破醜奴兒》"。但觀"也囉"以上，端端正正是《醜奴兒》，祇添"也囉"二字并"真個是"六字，所謂攤破也，與《一剪梅》無干。想因此詞是詠梅，而首句七字，下二句皆四字，有似《一剪梅》，故訛傳耳。今收於此，不載在《一剪梅》之後。

"也囉"二字，乃歌詞助語之辭，南曲《水紅花》亦用此二字。

又按，"囉"字，佛經作羅打切，俗語亦有"囉哩囉嗹"之説，而向來南曲俱唱作"羅"字音。有一僧父自謂知音，因聞此字宜讀"羅打切"，謂是家麻韻，遂以《浣沙記》"唱一聲水紅花，也囉"句，"囉"字是叶韻。

且云"作此套曲者，必用家麻韻方可"。偶見余所制南劇，此曲不用家麻，駭然以爲大誤。蓋其人但識《浣沙》一詞，而未見他曲，即譜中"月明千里故人來，也囉"亦未寓目，故大肆譏議，余亦不與辨，但笑而謝其糾正焉。因思其人若見此詞，既用芳妝韻，而又用也囉，亦當蒙駁矣。因注此詞附記，以爲一笑。

〔杜注〕

按，《詞譜》云："楚詞押韻句或用助語詞，漢賦亦多如此，故此詞第四句，當於'也'字點句，坊本或於'妝'字點句，及'也、囉'二字相連點句者，皆非。《金詞》高平調《唐多令》，兩結句俱有'也、囉'字，南北曲《水紅花》結句亦有'也'字、'囉'字。又，《廣韻》'七歌'云：囉，歌詞也。此詞兩結'香'字重押，其爲歌時之和聲無疑。"又按，《詞譜》此詞名《攤破采桑子》。

【蔡案】

本調名爲《一剪梅》，並非如萬子所説即爲無理，因爲"也囉"後共計八字，正與《一剪梅》詞調相同，所以非説其"無干"，也未必如此，祇是本調今存詞僅一首，無別首可校而已。

促拍醜奴兒 六十二字　　又名《似娘兒》《青杏兒》　　黄庭堅

得意許多時。長醉賞、月下花枝。暴風急雨年年有，金籠鎖
◎●●○△　⊙○○　●●○△　　○○○●●○●　⊙○○

定，鶯雛燕友，不被雞欺。　　紅旆轉逶迤。悔無計、千里
●　⊙●○◎●　●◎○△　　　⊙●●○○　◎●●　⊙●

追隨。再來重綰艫南印，而今目下，恓惶怎向，日永春遲。
○△　◎○○●●○●　○○●●　◎○○●　●◎○△

《山谷集》直名曰《醜奴兒》，而元遺山"冰麝室中香"一首，題加"促拍"二字，故從之，以別於本調。

此調趙長卿名爲《青杏兒》。今北曲小石調《青杏兒》即此調,《詞綜》所載趙秉文"風雨替花愁"是也。大石調名《青杏子》,亦同。祇於"友"字、"向"字用仄叶。本譜於《乾荷葉》《後庭花》《平湖樂》等,實係北曲,概不收入,以與詞調相混,故不存《青杏兒》名目。

又按,此調趙長卿又名《似娘兒》,汲古毛氏注云:"或作《攤破醜奴兒》,誤。"毛氏亦非。蓋《醜奴兒》非誤,但"攤破"二字誤耳。故前"也囉"一調准作"攤破",而此調准作"促拍"。

又按,南曲仙呂引子《似娘兒》,亦即此調,故知此調多異名,今以在詞爲《醜奴兒》,在北曲爲《青杏兒》,在南曲爲《似娘兒》,可也。

又,書舟亦有此調,名曰《攤破南鄉子》,尤爲無涉,正與誤名《一剪梅》同。故《南鄉子》正調後,亦不另收程體。

〔杜注〕

按,程書舟有《攤破南鄉子》,歐陽永叔有《減字南鄉子》,均與山谷此作字句平仄相同。促拍者,促節短拍,與減字仿佛。此調字數多於《醜奴兒》,不能以"促拍"名之也,實爲《山谷集》誤寫調名,應遵《詞譜》並《樂府雅詞》,改爲《攤破南鄉子》。

【蔡案】

所謂"促拍",杜文瀾認爲意爲減字,而本調字數比《醜奴兒》更多,顯然被促拍的應該不是《醜奴兒》,而應該是《南鄉子》。但是,《南鄉子》目前字數最多的也就五十八字,也要少於本詞的六十二字,所以"促拍"應該和字數沒有直接的關係,呈現在字數上的,也應該是增字。"促拍"無疑是一個涉及詞樂的概念,與節奏、唱法有關,或即是"急曲子"一類的概念。

"山谷集",原脱"山"字,據光緒本補。汲古趙長卿詞名《似娘兒》,又注:"或刻《青杏兒》。"未見原注"毛氏注云"。

醜奴兒慢 九十字　　　　　　　　　　　　潘元質

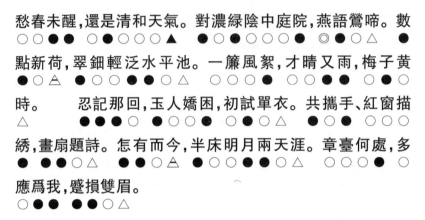

愁春未醒，還是清和天氣。對濃綠陰中庭院，燕語鶯啼。數
○○●●　○●○○▲　●●●○○○●　◎●○△　●

點新荷，翠鈿輕泛水平池。一簾風絮，才晴又雨，梅子黃
●○△　●●○○●○△　○○○●　○○●●　○●○

時。　　　忍記那回，玉人嬌困，初試單衣。共攜手、紅窗描
△　　　　●●○○　●○○●　○●○△　●○●、○○○

繡，畫扇題詩。怎有而今，半床明月兩天涯。章臺何處，多
●，●●○△　●●○△　●○○○●○△　○○○●　○

應爲我，慼損雙眉。
○●●　●●○△

吳子和此調，題無“慢”字。“荷”字、“今”字俱用叶韻，與此異。
後起云“凝想恁時，歡笑傷今，萍梗悠悠”，句法亦異。茲注明，因餘同
不錄。

按，此詞因首句四字，後人遂名曰《愁春未醒》，夢窗稿“東風未
起”一篇是也。《圖譜》不知即《醜奴兒慢》，故另立一《愁春未醒》之
調，且斷句差錯殊甚，踵訛襲謬，致時人之喜填新名者，多受其累矣。
總之，作譜者全未費一絲心力，半黍眼光，不審調，不訂韻，不較本篇
之前後，不較他作之異同，隨意斷句，遂曰：是足以爲程式矣，豈不怪
哉！今細加勘定，先錄吳詞於左：

〔〔杜注〕按，後起“忍記那回，玉人嬌困”句，葉《譜》於“忍記”二字爲句，以遙
叶前第二句“天氣”“氣”字。其說近似，然覈夢窗詞後起二字用“幾度”，則又不
確矣。”〕

愁春未醒　　　　　　　　　　　　　　　　吳文英

東風未起，花上纖塵無影。峭雲濕、凝酥深塢，乍洗梅清。釣倦
愁絲，冷浮虹氣海波明。若耶門閉，扁舟去懶，客思鷗輕。

幾度問春，倡紅冶翠，空媚陰晴。看真色、千巖一素，天澹無情。

醒眼重開，玉鈎簾外曉峰青。相扶輕醉，越王臺上，更最高層。

此詞句法，本如此讀，與前潘詞如出一轍，止"洗梅清"句，上落去"乍"字。今人任意混讀，《選聲》及《填詞圖譜》皆以第二句作四字，且云"塵"字起韻。夫此詞通首用庚青韻，豈獨用一真文字爲起？夢窗詞家龍象，豈亦猶今人之亂用韻者？真冤殺矣！既注"塵"字爲韻，則後段"春"字亦可注叶矣，何不注乎？以次句作四字，則前潘詞亦可於"清和"斷句乎？又"無影"連下作五字，"凝酥"連下作七字，"釣徯"連下"冷"字作五字，"浮虹"至"波明"作三字兩句，如此讀法，如此分句法，豈不怪絕？今斷之曰：起句四字，次句六字，"影"字乃爲起韻，蓋長詞，用平仄互叶者甚多，不然直至"清"字方用韻起，必無是理，潘詞第二句，"氣"字原端然是起韻也。"峭雲濕"以下，與後段"看真色"以下皆字字脗合，亦與潘詞字字脗合，"峭雲濕"乃三字一豆，用仄平仄與後之"看真色"、潘之"對濃綠""共攜手"合也。"凝酥"句四字，"洗梅"句"洗"字上或下落一字，蓋此二句對後段"千巖"至"無情"八字也。"釣徯"句四字對後"醒眼"句、"冷浮"句七字對後"玉鈎"句、"若耶"三句對後"相扶"三句，不惟句字明晰，而平仄亦其嚴整。以較潘詞，有一字不合乎？蓋《夢窗丙稿·愁春未醒》"深塢"下即"洗梅清"，而《乙稿·醜奴兒》則有"乍"字，人因忽略不察其兩稿同是一詞，但見《愁春未醒》新名，喜取入譜，而不知有落字，竟將句法亂分矣。可嘆哉！況乙稿第二首，亦即以"鶯"字叶"亂"字，尤可據也。兩詞平仄森然，學者須依其矩矱。如"未醒""未起"之去上、"忍記""幾度"之上去，皆當從之。而後起首句之"那"字、"問"字，尤爲要緊，萬勿用平。凡此，皆愚意僭論，如是有心人，或首肯焉。若以爲怪誕，以爲穿鑿，以爲狂妄，則皆聽之而已。

有一友見此注，口雖唯唯，而心不信"氣"字、"影"字仄聲起韻之説，適讀《友古詞》，則平仄更多間用，始訝然知余説之不謬，而余亦自幸其億中云。因喜而備録之，以廣平仄互用之格：

醜奴兒慢　　　　　　　　　　　　　　　　蔡　仲

明眸秀色，別是天真瀟灑。更鬒髮堆雲，玉臉淡拂輕霞。醉裏精神，衆中標格誰能畫。當時攜手，花籠淡日，重門深亞。　　巫峽夢回，已成陳事，豈堪重話。漫贏得、羅襟清淚，鬒髮霜華。懷念傷嗟。憑闌煙水渺無涯。秦源目斷，碧雲暮合，難認仙家。

此詞以“灑”字仄聲起韻，而以“霞”字平接，“畫、亞、話”仄，“華、涯、家”平，相間爲叶。

“更鬒髮”下十一字一貫，即前潘詞“對濃緑”下十一字，其句豆處不妨上下也。“念傷懷”上落一字。

（〔杜注〕按，《詞譜》於落字一句作“懷念傷嗟”。又“鬒髮”作“鬒髮”，應遵改。）

《嘯餘》及《圖譜》又收《醜奴兒近》一調，今查係全誤，特照舊刻録之，並駁正於後，覽者當爲一噱焉：

醜奴兒近　一百四十六字　　　　　　　　　辛棄疾

千峰雲起，驟雨一霎兒價。更遠樹斜陽，風景怎生圖畫。青旗賣酒，山那畔、別有人家，祇消、山水光中無事，過者一霎。　　午睡醒時，松窗竹户、萬千瀟灑，野鳥飛來，又是、一飛流萬壑。共千巖爭秀。孤負平生弄泉手，嘆輕衫帽、幾許紅塵，還自喜、濯髮滄浪依舊。　　人生行樂耳，身後虛名，何似生前一杯酒。便此地、結吾廬，待學淵明，更手種、門前五柳。且歸去、父老約重來，問如此青山、定重來否。

（〔杜注〕按，《詞譜》此詞止九十字。第二句“兒”作“時”，又“野鳥飛來”句，“野”字上有“看”字。以下則全不同，附録於後：“看野鳥飛來，又是一般閒暇。却怪白鷗，覷著人欲下未下。舊盟都在，新來莫是，別有説話。”注云：汲古閣此詞脱落甚多，今從蕉雪堂鈔本訂正，應遵此補入。其“飛流萬壑”以下，誠如萬氏所論，係一闋《洞仙歌》也。）

此詞自來分作三段，其字一百四十六，從稼軒舊集、汲古閣板皆同。其後《嘯餘譜》及《填詞圖譜》等書，因從而分其字句，論其平仄，爲圖爲注於其下，蓋欲以此譜詔天下後世之學詞者。故學者亦從而信之守之，俱謂《醜奴兒近》有此一格，相與模仿填之矣。稍有識者，起而駁之，曰“灑”字是韻，“手”字是借韻，何以不注叶？“酒”字即叶上“秀、手、舊”等韻，何以注更韻？且所注八字九字，亦皆不確。又有識高者起而辨之曰：譜於“秀”字注更仄韻，大非。此詞到底本是一韻，因稼軒用韻常有出入，如《六幺令》以“覺、學”叶“折、鴨”之類，乃此老誤處，此詞是以“秀、柳”叶“價、畫”，後人不可依譜更韻，但改正通篇用一個韻脚可耳。二説如此，謂留心風雅者矣。而僕向來嘗疑之，謂此詞必非僅字句之差，叶韻之謬而已，如“又是一飛流萬壑”句，稼軒必不至如是不通。且用韻或一二假借，亦必無前後分異若此者。年來匆匆忽略，未及校正，近因有訂譜之役，再四綢繹諷詠，忽焉得之：蓋其所謂第一段者，實《醜奴兒》之前段也，“價、畫”之下用“家”字，正此調平仄互用處。而舊譜不識，詞中兩個“一霎”字俱作平聲，“一霎兒價”即潘詞之“清和天氣”。“者”字與俗“這”字同，“過者一霎”即潘之“梅子黃時”，是首段自起至末，一字不差也。其所謂第二段者，則前半仍是《醜奴兒》，而後半則非《醜奴兒》矣。“午睡”以下十二字，原是本調，分作三句，“灑”字是叶韻者，其下則此調殘缺不全。“野鳥飛來”又是一七個字，即潘之“攜手紅窗描繡畫”七個字，亦即同本詞前段“遠樹斜陽風景怎”七個字。而“野”字之上缺一字，“又是一”之下竟全遺失矣。至“飛流萬壑”以下，及所謂第三段者，則係完全一首《洞仙歌》。前段“依舊”止，後段“人生”起也。細細校對，無一字不合，祇“嘆輕衫帽”之“衫”字下，落一“短”字耳。以《洞仙歌》全首彊借爲《醜奴兒》之尾，豈非大怪事乎？又細考之，稼軒原集《醜奴兒近》之後，即載《洞仙歌》五闋，當時不知因何遺失《醜奴兒》後半，竟將《洞仙歌》一闋錯補其後，故集中遂以《醜奴兒》作一百四十六字，而後《洞仙歌》止存四闋矣。讀者未嘗熟玩《洞仙歌》句法，安能覺齒吻間有此聲響乎？且見譜圖之中鑿然注明，更無疑惑，遂認定《醜奴兒》另有此一體，然則讀者之不詳審，其過尚輕，而向來刻詞者之過較重。至作譜作圖爲定格，以誤後人者，其開罪於古今後世，豈爰書可容末減哉！僕本笨伯，向來任意雌黃，其爲世所怒詈，自揣不免，然此等處輒自以爲於詞學頗有微功耳。時乙丑長夏，展紅藤簟，把卷卧端署東閣丹蕉花下，不覺躍起，大呼狂笑，同人雪舫驚問，因疏此相示，雪舫亦掀髯擊節，曰：此詞自稼軒迄今五百七十餘年，至今日始得洗出一副乾净面孔，真大快事！因呼童子酌西國葡萄釀，相與大醉。

【蔡案】

　　前段第三拍，"濃綠陰中"不可讀斷，應讀爲一字逗領起六字句。

　　又按，《填詞圖譜》但見《愁春未醒》，而未收錄《醜奴兒慢》，因此責之正名不當有理，責之另立，却是冤錯了。

　　吴文英《愁春未醒》中後段第六句，原譜作"醉看重開"；尾二句作"越山更上，臺最高層"。據彊村四校本《夢窗詞》改。按，兩結均欠暢達，權之而用彊村本。

　　蔡伸《醜奴兒慢》後段第六句"懷念傷嗟"原作"□念傷懷"，據《欽定詞譜》及杜注改。辛棄疾《醜奴兒近》，原譜每句後以小字標字數、何韻，現用新式標點，已無意義，概删。"山那畔""祇消""松窗竹户""又是""嘆輕衫帽""還自喜""便此地""更手種""問如此青山"原譜均不讀斷。

菩薩蠻 四十四字　又名《子夜歌》《巫山一片雲》

《重疊金》　　　　　　　　　　　李　白

平林漠漠煙如織。寒山一帶傷心碧。暝色入高樓。有人樓

⊙○○●●○○▲　⊙○○○●○○▲　◎●●○△　◎○○

上愁。　　玉階空佇立。宿鳥歸飛急。何處是歸程。長亭

●△　　　◎○○●▲　◎●○○▲　⊙●●○▽　⊙○

連短亭。

⊙●△

兩句一韻，共易四韻。"連"字或作"更"字，然此一字用平爲佳，用平則此句首一字可用仄。

按青蓮此調，與《憶秦娥》爲千古詞祖，實亦千古絶唱，平仄悉宜從之。

又按，唐蘇鶚《杜陽雜編》云："宣宗大中初，蠻國人入貢，危髻金冠，瓔珞被體，故謂之《菩薩蠻》。當時娟優遂製《菩薩蠻》曲，文士往往聲其詞。"又，崔令欽《教坊記》載兩院人歌曲名，亦有《菩薩蠻》。《北夢瑣言》云："宣宗好唱《菩薩蠻》詞。"是原作"蠻"字，自楊升庵好奇，云是"鬘"字，今人皆從之。不知"蠻"字乃"女蠻"之"蠻"，不必易也。

按，《圖譜》載《菩薩蠻慢》一調，一百八字，羅壺秋作，查係《解連環》別名，故不録。

【蔡案】

本詞前段仄聲韻與後段仄聲韻同部，而歷來不作同部論，此即我所説在換韻體詞調中，"同部押韻即是特殊換韻"之最好證明，但除此一例外，歷代的詞譜均將同部換韻視爲未換韻，迂甚。

《菩薩蠻慢》較之《解連環》，惟後段第四句多二字，《欽定詞譜》以《解連環》無添字例，將其列爲二調，殊爲無謂，若此理成立，則王沂孫

減一字之體亦當另設一調矣。

華清引　四十五字　　　　　　　　　　　蘇　軾

平時十月幸蓮湯。玉甃瓊梁。五家車馬如水，珠璣滿路
○○●●●○△　●●○△　●○○●●○　○○●●
旁。　　　翠華一去掩方床。獨留煙樹蒼蒼。至今清夜月，
△　　　　●○●●●○△　●○○●○△　●○○●●
依舊過繚牆。
○●●○△

【蔡案】

此類前後段頭尾整齊，而獨中間參差之作，最爲可疑，多半在中
部有奪字的問題。如前段第二拍或爲"□□玉甃瓊梁"，句前脫落一
平聲雙音節動詞，而後段第三句，余以爲必是"至今清夜明月"之誤。

散餘霞　四十五字　　　　　　　　　　　毛　滂

牆頭花□寒猶嗫。放綉簾晝靜。簾外時有蜂兒，趁楊花不
○○○●●○　▲　●●○◎　▲　●○○●⊙　●○○●
定。　　　闌干又還獨憑。念翠低眉暈。春夢枉惱人腸，更
▲　　　　○○●●●○　▲　●●○⊙　▲　○●○◎●●
懨懨酒病。
○○●　▲

後起比前少一字。

〔杜注〕

按，《歷代詩餘》"花□"作"花蕊"。又"惱人腸"作"斷人腸"。

【蔡案】

"簾外"句、"春夢"句，皆爲律拗句法，第五字平仄不可易。又，前

段脫字符萬子原文作"口"，形近而誤。而校之全篇，余以爲該句之本貌，當是"墻頭花、□寒猶喋"之上三下四式折腰句法，正合後段起拍之句法。

憶悶令 四十五字　　　　　　　　　　　　　　　　晏幾道

取次臨鸞勻畫淺。酒醒遲來晚。多情愛惹閒愁，長黛眉低
●●○○○●▲　●●○○▲　○○●○○○　⊙●○●

斂。　　　月底相逢花下見。有深深良願。願期信、似月如
▲　　●●○○○●▲　○○○○▲　●●○●　●●○

花，須更交長遠。
○　○●○○▲

"醒"字作平聲讀，與後"深深良願"句法同。"信"字恐誤多，蓋前後結相同，而"願期信"字複而贅耳。

〔杜注〕

按，末句"交"當作"教"。

【蔡案】

過片萬子原譜爲五字句，無"花下"二字，則"相逢""見"語意重複矅喋。按，本調前後段疑字句本相同，故首句當均爲七字句，仇遠詞本句作"瞥地飛來何處燕"，亦爲七字句，可證，此據彊村叢書本《小山詞》補。又，萬子以爲後段"信"字因"字複而贅"，疑羨，或非。因爲"期信"爲一成詞，意謂約定時日。顧夐有《荷葉杯》云："一去又乖期信，春盡。"即是。因此本調屬於前後段字句相同的格式，是可以確信的。竊以爲後段第三句當是"期信似月如花"，"願"字因前句而羨。

又，萬子以爲"醒"字當平，大誤。因爲這裏前後段句法並不如萬子所說相同，"酒醒"句爲二三式句法，"有深"句爲一四式句法，前一"深"字仄聲填可，"醒"字則斷斷不可平聲填，即便本句句法亦爲一四

式，"醒"字仄讀，也與律不礙。但是本句句法小山是否填誤，則可以
探討，因爲仇遠詞本句作"漸春歸吳苑"，與"有深深良願"句法同。雖
然仇遠遠後於小山，但是從律理分析，前後句法一致，應該是更爲靠
譜的。

更漏子 四十六字 溫庭筠

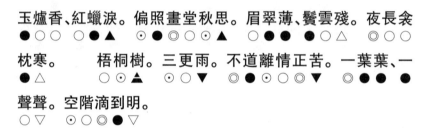

玉爐香、紅蠟淚。偏照畫堂秋思。眉翠薄、鬢雲殘。夜長衾
枕寒。　　梧桐樹。三更雨。不道離情正苦。一葉葉、一
聲聲。空階滴到明。

　　起句毛熙震用"煙月寒"，"煙"字平，"月"字仄。"梧桐樹"三字毛
用"人悄悄"，"悄"字仄，可不拘也。然自北宋以後，前起皆用仄平平，
而後起竟與前同，不復如"樹"字、"悄"字用韻矣。山谷一篇首句用
"庵摩勒"，此係偶然。又一篇後一二句用"休休休，莫莫莫"，四五句
用"了了了，玄玄玄"，亦是遊戲，非正體也。

〔杜注〕
　　按，《尊前集》以此詞爲馮延巳作，起句作"玉爐煙"。又，"偏照"
作"偏對"。又，"正苦"作"最苦"。

【蔡案】

　　本詞原列於下一首之後，因係正體，故移前。唐五代詞多依此
填，宋詞均依此填。但偶有後段第一拍不叶韻的，如韋莊"煙柳重、春
霧薄。燈背水窗高閣"、張先"小桃枝、紅蓓發。今夜昔時風月"等，
偶例。

少字格 四十五字　　　　　　　　　　温庭筠

玉闌干、金䂮井。月照碧梧桐影。獨自個、立多時。露華濃
●○○　○●▲　◎●◎○○⊙▲　◎●●　●○△　○○⊙

濕衣。　　　一向。凝情望。待得不成模樣。雖叵耐、又尋
●△　　　　●▼　○○▼　◎●◎○○⊙▼　○○●　●○

思。怎生嗔得伊。
△　◎○⊙●●△

　　後起兩字韻，後人俱二字矣。

〔杜注〕

　　按，此詞《詞譜》未收，詞衹四十五字，萬氏注四十六字，誤。又
按，此調唐宋作者甚多，皆四十六字，疑"一向凝情望"句亦兩句各三
字，誤落一字也。

【蔡案】

　　本詞當是歐陽炯作。《全唐五代詞》云："此首《歷代詩餘》卷十
一、《詞律》卷四皆題温庭筠作。劉毓盤輯《金荃詞》據之録入。《尊前
集》作歐陽炯詞，《詞譜》卷六仍之。案：此首《花間集》温詞未收，《歷
代詩餘》《詞律》所題未可據信。當從《尊前集》作歐陽炯詞。劉輯本
《金荃詞》録作温詞，失之。"應據改。

　　後起"一向"，《欽定詞譜》作"一晌"。杜氏以爲落一字，是。萬子
注"四十六字"，應是未落字之原貌，本詞則僅四十五字。因爲後段起
句三字，並非僅"後人俱三字"，而是前人亦莫不三字者。原文注本詞
爲四十六字，實則僅四十五字，故改。另，本調後段首均若爲仄韻，則
唐詞除韋莊一首外，兩三字句均入韻，而宋詞則首句多不入韻，且例
作平收，因此可知，這裏所落的一字，其位置應該是在句首。

　　有鑒於此，本詞不必爲范，因萬子小注有可平可仄，故不删譜。

又按，杜氏以爲本詞《欽定詞譜》未收，誤。《欽定詞譜》列此爲第
四體。

易韻格　四十六字　　　　　　　　　　　　　　孫光憲

掌中珠、心上氣。愛惜豈將容易。花下月、枕前人。此生誰
●○○　○●▲　●●●○●●▲　●○●　●○●　●○○
更親。　　　交頸語、合歡身。便同比目金鱗。連綉枕、臥紅
●△　　　　○●●　●○○　●○●●○○　○○●　●○
茵。霜天似暖春。
△　　○○●●△

前段與前體同，後段不另換韻，即叶前平聲。

按，各詞選所載，皆衹前一體，蓋因《花間》止收孫少監兩首，皆與
溫助教體同，想忘考孫全詞，故未及另立一體也。

平韻體　四十九字　　　　　　　　　　　　　　歐陽炯

三十六宮秋夜永，露華點滴高梧。丁丁玉漏咽銅壺。明月
○●●○○●　●○●●○○　○○●●○○　○●
上金鋪。　　　紅綫毯、博山爐。香風暗觸流酥。羊車一去
●○○　　　　○○●　●○○　○○●●○○　○○●●
長青蕪。鏡塵鸞彩孤。
●○△　●○○●△

通首用平韻。字句亦多異。前結句平仄反。

更漏子慢　一百四字　　　　　　　　　　　　　　杜安世

遙遠途程。算萬水千山，路入神京。暖日、春郊綠柳紅杏，
○●○△　●●●○○　●●○△　●●　○○●●○●

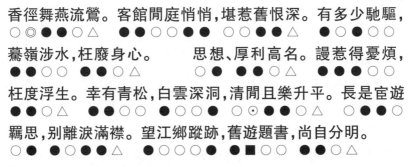

香徑舞燕流鶯。客館閒庭悄悄，堪惹舊恨深。有多少馳驅，
○◎●●○△　●●○○●●　○○●○　●○●○○

驀嶺涉水，枉廢身心。　　思想、厚利高名。謾惹得憂煩，
●●●●　●●○△　　　○○　●●○○　○●●○○

枉度浮生。幸有青松，白雲深洞，清閒且樂升平。長是宦遊
●●○△　●●○○　●●○●　○○⊙●○△　○●●○

覊思，別離淚滿襟。望江鄉蹤跡，舊遊題書，尚自分明。
○●　●●●●△　●○○○●　●■○○　●●○△

　　此與唐腔迥別，後段換頭六字以下，俱與前段同，祇字之平仄略
異耳。“悄悄閒庭”疑是“閒庭悄悄”，總因恐有誤字，不敢旁注。

〔杜注〕

　　按，《詞譜》首句“庭遠途程”，“庭”作“遙”。又，《歷代詩餘》“算萬
水千山”句作“算萬山千水”。又，葉《譜》“綠柳紅杏”句，“柳”作“楊”。
又，“悄悄閒庭”句作“閒庭悄悄”。又，“謾惹得意煩”句，“意”作“憂”。
又，“白雪深洞”句，“雪”作“雲”。

【蔡案】

　　本詞原譜作“又一體”，但本詞爲慢詞，與前面幾首小令迥異，屬
於同名異調。

　　前起原作“庭遠途程”，據《欽定詞譜》改。“客館”句原譜作“客館
悄悄閒庭”，因本句對應後段“長是宦遊覊思”句，“閒庭悄悄”與之更
合，故據杜注改。後段第二句原作“謾惹得意煩”，欠通，亦據杜注改。
“白雲深洞”，“雲”原作“雪”，也據杜注改。

　　“暖日”下八字、“客館”下十一字、“有多少”下十三字、“幸有”下
八字、“長是”下十一字、“望江鄉”下十三字，萬子原譜均未點斷。

　　前段第七句“惹”字、第九句“水”字，當是以上作平。“惹”字，即
後段第七句“離”字，方回詞分別作“羅巾雙黛痕”“憑誰招斷魂”，第二
字均平，可證。“水”字，即後段第九句“書”字，方回詞分別作“洞府人

閒""明月多情",第四字均平,可證。又,前段第五句"香徑"之"徑",萬子校之後段作仄可平,然復校賀方回詞,其前段作"厭厭別酒初曛",後段作"臨風隱隱猶聞",其第二字均爲平聲,可知"徑"字或爲誤筆,或爲抄誤,學者填此,當以平爲是。又,後段第九句"舊遊題書","遊"字不諧,於律應仄而平,疑是"舊雨題書"之誤筆。

又按,原譜"暖日"句不讀斷,此十四字句法,當是二字逗領起六字兩句儷句。蓋詞源自詩,詞句即詩句,其法莫不協律,詞中平仄,若有平聲或仄聲音步相連者,則大抵即是讀住之標識,爲古無標點故也。其後"思想"句亦正是如此,此句原譜不讀斷,雖可視爲律拗句法,但是慢詞換頭,多有二字逗以變化其音律者,或韻或不韻,皆可,此正一例。且本調若減去此過片二字逗,則前後段文字一般無二,正是添頭格局,當予讀住。

好事近 四十五字 又名《釣船笛》　　　　　　鄭　獬

江上探春回,正值早梅時節。兩行小槽雙鳳,按凉州初
○●●○○　◎●●○○▲　◎●○◎○●　●○○○

徹。　　　謝娘扶下綉鞍來,　紅靴踏殘雪。歸去不須銀燭,
▲　　　　◎○○⊙●●○○　⊖●⊙●○▲　⊙●○◎○●

有山頭明月。
●⊙○○▲

紅靴句,如向子諲之"尚喜知時節"、洪咨夔之"半陰晴方好",稍有不同,然"踏殘雪"用仄平仄,甚起調,名詞皆然。兩結用仄平平平仄,《圖譜》謂可用平仄平仄仄,誤。誠齋末句"看十五十六",豈非上入作平之證?

張輯詞,名《東澤綺語債》,皆取詞中字題以新名,如《桂枝香》名《疏簾淡月》;《齊天樂》名《如此江山》;《長相思》名《山漸青》;《憶秦

娥》名《碧雲深》;《點絳唇》名《南浦月》,又名《沙頭雨》;《謁金門》名
《花自落》,又名《垂楊碧》;《憶王孫》名《闌干萬里心》;《好事近》名《釣
船笛》,然皆於題下自注"寓某調"。今《圖譜》等好奇,盡刪舊易新,極
無意味,徒令人嘔惡耳。

【蔡案】

　　前段第三句"行"字,萬子注曰:"去聲",因爲該句兩頓連平,又非
律拗句法,"行"字去聲,在敬部韻,與《少年游慢》"鞭梢一行"同。本
調宋人三百首,此句第二字用平者百中之一,現可見僅此句吳呂渭老
"兩行艷衣明粉"、高登"霜乾銀鈎錦句"三例,所以可知該字必得用仄
聲填,才可音律和諧。後段第二拍,宋詞也有六字一句填法,校之前
段,或竟是本來面目,故增加一可添可不添圖符。

　　調名以新替舊,古來如此,雖有容易形成混淆的弊病,今人填詞,
也無須自出新裁,但是萬子嫉新如仇,實在大可不必。

好時光　四十五字　　　　　　　　　　　　唐玄宗

寶髻偏宜宮樣,蓮臉嫩、體紅香。眉黛不須張敞畫,天教入
●●○○○●　○●●　●○△　　○●●○○●　●○○●

鬢長。　　　莫倚傾國貌,嫁取箇、有情郎。彼此當年少,莫
●△　　　　　●●○○●　●●●　●○○　●●○○●　●

負好時光。
●●○△

　　此調昉於明皇,即以末字爲名。

【蔡案】

　　"張敞",原作"張廠"據光緒本改。

綉帶兒　四十五字　"兒"或作"子"。一名《好女兒》　　曾　覿

瀟灑隴頭春。取次一枝新。還是東風來也，猶作未歸
⊙●●○△　　◎●●○△　　⊙●○○●●　　○●●○

人。　　　微月淡煙村。謾佇立、惘悵黃昏。暮寒香細，疏英
△　　　　⊙●●○△　　●●○、○●○○　　◎○○●　　○○

幾點，儘奈銷魂。
●●，●●○△

　　按山谷有《好女兒》詞三首，其二首與此字字相合，故《嘯餘》所收
《綉帶子》即黃詞也。今并入此調，而錄其又一首稍異者於左。至《好
女兒》又有晏小山六十二字一詞，另列於後，蓋調名重複訛混，不得不
如此分晰耳。

〔杜注〕

　　按，萬氏所論晏小山六十二字一詞，本名《好女兒》，列卷九，應附
此調黃山谷詞後。

【蔡案】

　　檢宋人詞，四十五字體的，沒有稱之爲《好女兒》的，六十二字體
的，則沒有稱之爲《綉帶子》《綉帶兒》的，將兩個不同的詞調混爲一
談，甚誤。萬子認爲山谷有《好女兒》三首，更不知其所據何本。總
之，本調與《好女兒》並無瓜葛，無須類列。

讀破格　四十五字　　　　　　　　　黃庭堅

春去幾時還。問桃李無言。燕子歸棲風勁，梨雪亂西
○●●○△　●○●○△　●●○○○●　○●●○

園。　　　惟有月嬋娟。似人人、難近如天。願教清影常相
△　　　　○●●○△　●○○、○●○○　●○○●○○

見，更乞取團圓。
● ●●●○△

　　“問桃李無言”，句法不同。“願教”句七字，尾句五字，皆與前異。
〔杜注〕

　　按，《歷代詩餘》第二句無“問”字。又，第四句作“梨花雪亂西
園”，多一“花”字。

　　天門謠 四十五字　　　　　　　　　　　　李之儀

天塹。休論險。盡遠目、與天俱占。山水斂。稱霜晴披
○▲　○▲　　●◎○●○●▲　●●▲　●○○●

覽。　　正風静雲閒平潋灧。想見高吟名不濫。頻扣檻。
▲　　　●●○○○●▲　●●○○○●▲　○●▲

杳杳落、沙鷗數點。
●●●　○○●▲

　　或謂：“天塹”“塹”字即是起韻，蓋“塹”字亦閉口音，必二字句。
不知此詞李自注“賀方回韻”，今查賀詞，首句“牛渚天門險”，故知
“塹”字不是起韻。

　　【蔡案】

　　原譜首句五字不讀斷。萬子因爲賀詞原詞無句中韻，而斷定
“塹”字非韻，陋。因爲“塹”字爲腹韻，本屬輔韻，非主韻，可有可無。
祇是作者韻律强調用，如清真《滿庭芳》過片作“年年。如社燕，漂流
瀚海，來寄修椽。”，陳允平和詞作：“浮生同幻境，眼空四海，跡寄三
椽。”楊澤民和詞作：“不如歸去好，良田二頃，茅舍三椽。”方千里和詞
作：“江南思舊隱，筍軒野徑，茅舍疏椽。”過片均無腹韻。又如清真
《促拍花滿路》，前結作：“不是寒宵短，日上三竿，殢人猶要同卧。”但
方千里和詞作：“山色遙供座。枕簟清凉，北窗時唤高卧。”添一韻。

《和清真詞》中多有添韻、減韻的例子，均同一理，茲略舉一二，可知輔韻的增減，乃屬於填詞之常態。究之本詞，添一腹韻則韻律尤鏗鏘，或正作者本意，因此不妨添加爲韻。

柳含煙 四十五字　　　　　　　　　　　　　　毛文錫

隋堤柳、汴河旁。夾岸綠陰千里，龍舟鳳舸木蘭香。錦帆
○○●　●○△　　◎　●○◎　⊙○◎●　⊙○○●●○△　　●○

張。　　　因夢江南春景好。一路流蘇羽葆。笙歌未盡起橫
△　　　　　⊙●○○○●▲　⊙●○○●▲　⊙○●●●○

流。鎖春愁。
△　　●○△

　　“汴河旁”舊刻俱訛作“汴河春”，故作譜者謂與下“香、張”字不叶韻，另作一體，而又收第二句起韻者作一體也。不知毛詞四首，精工麗密，豈有三首皆同而一首獨異之理。其第二首“占芳春”，下叶“人、神”；三首“近垂旒”，下叶“州、浮”；四首“占春多”，下叶“羅、波”，皆於第二句起韻。此首豈得至“香”字方起韻乎？近得善本，乃是“旁”字，正與下句叶耳。

一落索 四十六字　　　　　　　　　　　　　　辛棄疾

羞見鑒鸞孤却。倩人梳掠。一春長是爲春愁，甚夜夜、東風
⊙●○○○▲　●○○▲　　●○○●●○○　⊙●●　○○

惡。　　　行繞翠簾珠箔。錦箋誰托。玉觴淚滿却停觴，怕
▲　　　　　⊙●●○○▲　●○○▲　　●○●●●○○　⊙

酒似、郎情薄。
●●　○○▲

　　此前後整齊者。辛又一首，起云：“錦帳如雲高處。不知重數。”

汲古刻云："錦帳如雲處。高不知重數。"乃誤也，非另有此體。"倩、錦"二字不可用平。

【蔡案】

本詞原列於呂渭老詞後，因係正體，故移前。宋人填本調多依此。

萬子云前後段次句首字不可用平，甚乖。僅美成詞即有"知音稀有""和春催去""難逢尺素"三首，不知萬子不可云云之據爲何？但前後段第二句若爲四字句，則第三字宋人例以平聲填，偶以上聲、入聲替平，而絕無用去聲者，因此今人填本調，應頭以平聲爲正。

少字格　四十五字　又名《玉聯環》《洛陽春》《上林春》　　　呂渭老

宮錦裁書寄遠。意長辭短。香蘭泣露雨催蓮，暑氣昏池
⊙●⊙○◎　▲　　●○○●　⊙○●●○○
館。　　　　向晚小園行遍。石榴紅滿。花花葉葉盡成雙，渾
▲　　　　　　◎●○○⊙▲　○○○▲　⊙○●●○○
似我、梁間燕。
●●　○○▲

各家兩結俱六字，此詞前尾五字，獨異。查所作，有二首同，故收之。

【蔡案】

本調宋詞五十五首，前段結拍均爲六字一句，惟呂詞二首五字，終是可疑，且呂渭老本是北宋末人，遠後張先等人，即便無誤，也是少字格，非正體，填者不必爲范。

多字格　四十七字　　　　　　　　　　　　　　　張　先

來時露浥衣香潤。彩縧垂鬢。捲簾還喜月相親，把酒與、花
○○●●○○▲　●○○▲　●○○●●○○　●●●　○

相近。　　　　西去陽關休問。未歌先恨。玉峰山下水長流，
○▲　　　　　○●○○●▲　　●○○▲　　●○○●●○○

流水盡、情無盡。
○●●　○○▲

前起七字，後起六字。

多字格　四十八字　　　　　　　　　　　　　　　　嚴　仁

清曉鶯啼紅樹。又一雙飛去。日高花氣撲人來，獨自個、傷
○●○○▲　　●●●○▲　　●○○●●○○　●●●　○

春無緒。　　　別後暗寬金縷。倩誰傳語。一春不忍上高
○○▲　　　　●●●○○▲　　●○○▲　　●○●●●○

樓，爲怕見、分攜處。
○　●●●　○○▲

第二句五字，第四句七字。

【蔡案】

　　宋賢本調前後結，除此一首，別無七字的填法，疑前段結句原爲
"獨自個、傷春緒"，羨一"無"字。余觀古今制譜者，每喜做加法，一字
之異則視爲發現，標榜精細，實爲陋習。竊以爲製譜家應當以做減法
爲要務，詞譜纔能精準。作譜須有一基本原則，若是一調有若干首，
則"孤例不譜"。因爲年代久遠，手抄傳刻，其間難免有刻誤、抄誤、記
誤的情況，若基本上都是六字，而某詞獨爲七字者，則便是可疑之處，
總以附注爲當，而無須特爲專擬一式，否則製譜則濫。

多字格　四十九字　　　　　　　　　　　　　　　陳鳳儀

蜀江春色濃如霧。擁雙旌歸去。海棠也似別君難，一點點、
●○○●○○▲　●○○●▲　　●○●●●○○　○●●

啼紅雨。　　　此去馬蹄何處。向沙堤新路。禁林賜宴賞花
○○▲　　　　●●●○○▲　●○○○▲　●○●●○

時,還憶著、西樓否。
○　○●●　○○▲

　　前後次句俱五字。

多字格 五十字　　　　　　　　　　　　　　　　黃庭堅

誰道秋來煙景素。任遊人不顧。一番時態一番新,到得意、
○●○○●▲　●○○●▲　●○○●○○　●●●

皆歡慕。　　　紫萸黃菊繁華處。對風庭月露。愁來即便去
○○▲　　　　●○○●○○▲　●○○▲　○○●●

尋芳,更作甚、悲秋賦。
○○　●●●　○○▲

　　前後起句皆七字,次句皆五字,末句皆六字,兩段整齊者。

　　按,此調因題名有四,字數又多寡不一,故各譜收作兩調或三調,
如周美成“眉共春山爭秀”一首,《片玉詞》作《一落索》,《清真集》作
《洛陽春》,人不細考,因而分列矣。今查明歸併焉。

杏園芳 四十五字　　　　　　　　　　　　　　尹　鶚

嚴妝嫩臉花明。教人見了關情。含羞舉步越羅輕。稱娉
○○●●○○　○○●●○△　○○◎●●○△　●○

婷。　　　終朝咫尺窺香閣,迢迢似隔層城。何時休遣夢相
△　　　　○○●●○○●　○○●●○△　○○●⊙○●

迎。入雲屛。
△　●○△

　　後起七字用仄,與前段異,餘同。“迎”一作“縈”。

彩鸞歸令　四十五字　　　　　　　　　　　　　　張元幹

珠履爭圍。小立春風趁拍低。態閒不管樂催伊。整朱衣。
○●○△　　●●○○●●△　　●○◎●●○△　　●○△

　　　粉融香潤隨人勸，玉困花嬌越樣宜。鳳城燈夜舊家時。
　　　●○○●○○●，◎●○○●●△　　●○⊙●●○△

數他誰。
●○△

　　　後起七字用仄，與前段異，餘同。

〔杜注〕

　　　按，《歷代詩餘》"香潤"作"香倦"，又結句作"數伊誰"。

【蔡案】

　　　袁去華詞，後段第二句"消得東君著意憐"，"消"字平聲。

謁金門　四十五字　又名《花自落》　　　　　　　　韋　莊

空相憶。無計得傳消息。天上嫦娥人不識。寄書何處
○⊙▲　　⊙●●○○▲　　⊙●○○○●▲　　◎○○●

覓。　　　新睡覺來無力。不忍看伊書迹。滿院落花春寂
▲　　　　⊙●◎○○▲　　◎●○○○●▲　　◎●●○○●

寂。斷腸芳草碧。
▲　　◎○○●▲

　　　各家俱從此體，獨孫光憲後起云"輕別離，甘拋擲"，作三字兩句，
因字數叶韻同，不另錄。《圖譜》乃注云"孫後起處，二字一句，四字一
句"，蓋錯認"輕別"爲叶韻，故云二字句也。試問"離甘拋擲"如何成
語？冤哉！孫少監也。又將調名改《花自落》，無謂。

【蔡案】

　　　六字律句偶作折腰式填，或亦不違律，宋周必大更有前後段第二

拍均折腰者，如"趁壽席、香風度……願共作、和羹侶"，惟皆屬偶例，不必學。

憶少年　四十六字　又名《十二時》　　　　　　　　　晁補之

無窮官柳，無情畫舸，無根行客。南山尚相送，祇高城人
○○⊙●　○○◎●　○○○▲　　○○●⊙●　●○○

隔。　　　　罨畫園林溪紺碧。算重來、盡成陳迹。劉郎鬢如
▲　　　　　◎●○○○●▲　○○⊙●　●○○▲　⊙○●○

此，況桃花顏色。
●　●○○⊙▲

"算重來"可用平平仄。

【蔡案】

前段第四句，万俟詠作"行人暫駐馬"，"駐"字仄聲；無名氏詞，後段起句作"羈馬蕭蕭行又急"，"羈"字平聲；第二句作"空回首、水寒沙白"，"空"字平聲、"首"字仄聲；第三句，趙彥端作"與君醉千歲"，"與"字仄聲，万俟詠作"征書待寄遠"，"寄"字仄聲；結拍，曹組作"把闌干暗拍"，"暗"字仄聲。譜中可平可仄據此添補。

多字格　四十七字　　　　　　　　　　　　　　　　曹　組

年時酒伴，年時去處，年時春色。清明又近也，却天涯爲
○○●●　○○●●　○○○▲　○○●●●　●○○○

客。　　　念過眼光陰難再得。想前歡、盡成陳跡。登臨恨
▲　　　　●●●○○○●▲　●○○　●○○▲　○○●

如此，把闌干暗拍。
○●　●○○●▲

"近"字、"暗"字用仄，不起調，不如晁詞，觀從來名作可知。因後

起八字，故另收之。然無第二首，莫可訂正，作者但從前體可也。《詞滙》注："'念'字是襯，可刪。"但聞曲有襯字，未聞詞有襯字，不知何據也。

　　按，朱敦儒有"連雲衰草"一首，四十六字，題作《十二時》。查與《憶少年》一字無異，故不另收作格，説見長調《十二時》柳詞下。

〔杜注〕

　　按，萬氏注云："後起八字無第二首，莫可訂正。"按，万俟雅言詞云"上隴首凝眸天四闊"，孫道絢詞云"正雨後梨花幽艷白"，均八字，與曹詞同。

占春芳 四十六字　　　　　　　　　　　　　　蘇　軾

紅杏了、夭桃盡，獨自占春芳。不比人間蘭麝，自然透骨生
○●●　○○●　●●●○△　●●●○○●　●○●●○

香。　　　對酒莫相忘。似佳人、兼合明光。衹憂長笛吹花
△　　　　●●●○△　●○○　○●○△　●○○●○○

落，除是寧王。
●　○●○△

　　此體他無作者，想因第二句爲題名。

【蔡案】

　　萬子所謂"第二句"，顯係"獨自占春芳"句，亦即前六字視爲折腰式六字一句，此固無誤。但"紅杏了"便不應該用"句"斷，須用"豆"方是，否則便矛盾百出。萬子於此終歸概念混亂，三三式折腰句多用"句"斷，甚誤。

喜遷鶯 四十七字 或加“令”字。又名《鶴冲天》《燕歸來》 韋 莊

街鼓動、禁城開。天上探人回。鳳銜金榜出雲來。平地一
○◎● ●○△ ⊙●●○△ ◎○⊙●●○△ ⊙●●

聲雷。 鶯已遷。龍已化。一夜滿城車馬。家家樓上簇
○△ ⊙●▽ ○◎▲ ◎●◎○○▲ ⊙○⊙●●

神仙。争看鶴冲天。
○▽ ⊙●●○▽

用三韻，與前不同，唐詞皆此體。《譜》《圖》以薛昭蘊“金門晚”一首爲第一體，其後起云：“九陌喧，千門啓。滿袖桂香風細。”“啓、細”二字相叶，正與此詞“化、馬”相叶同。《譜》不注叶韻，衹作三字句、六字句，又收毛文錫“芳春景”一首爲第二體，其後起云：“錦翼鮮，金毳軟。百囀千嬌相唤。”則注“軟、唤”二字相叶，吾不知“軟、唤”可謂相叶，而“啓、細”不可謂相叶，是何故也？

按，此詞末有《鶴冲天》三字，故後人又名此詞曰《鶴冲天》，是惟此四十七字之《喜遷鶯》方可名《鶴冲天》也，乃今人將一百三字之《喜遷鶯》，亦名曰《鶴冲天》，而《選聲》更注云：“又名《鶴冲霄》”，似此展轉訛謬，豈可不加釐正哉！按，張元幹又一首用此體，汲古不知，乃注云“向亦作《喜遷鶯》，誤，今改《鶴冲天》。”以爲改正，而實反錯，天下事往往如此。而《圖譜》等書收作兩體者，尤爲無識。

又按，杜安世、柳耆卿别有《鶴冲天》八十餘字者，與《喜遷鶯》本調相去懸絶，各譜反不收，今另列其體於後。

【蔡案】

本詞原列於張元幹詞後，因係正體，故移前。

萬子所謂“唐詞皆此體”之説誤，唐五代詞中，與本詞全同的僅薛昭

蘊一人，後晏幾道詞體也有多人填寫，如和凝："春態淺。來雙燕。"李煜："啼鶯散。餘花亂。"，都是如此。其次，本詞後段起拍"鶯巳遷"，應是叶後"仙""天"二字，亦即後段屬於抱韻模式，這種填法和薛昭蘊的"紫陌長，襟袖冷。"是不同的，不可混爲一談。"遷"字原譜未注叶韻，應補。

　　《鶴沖天》但限四十七字體，而不可用於慢詞者，甚是，不惟本調也。惜今人多不知此，李戴之故事時有所見也。余更以爲《鶴沖天》但可用於唐式本調，即三換韻格，亦不可用於四十七字體獨韻體，故汲古所注，未必無理也。

少字格 四十六字　　　　　　　　　　　張元幹

文倚馬、筆如椽。桂殿早登仙。舊遊冊府記當年。袞綉合
○●●　●○△　●●●○△　●○●●●○△　●●●
貂嬋。　　慶天申、瞻玉座，鵷鷺正陪班。看君穩步過花
○△　　　●○○　●●●　⊙●●○△　◎○○●●○
磚。歸院引金蓮。
△　⊙●●○△

　　前後字句同，衹後起二句先平後仄，而不叶韻。

〔杜注〕

　　按，《歷代詩餘》"冊府"作"策府"，又"過花磚"作"上花磚"。

【蔡案】

　　本詞爲平韻體，全唐宋僅此一首，且後段第二拍五字，也是僅此一首。

多韻格 四十七字　　　　　　　　　　　晏幾道

蓮葉雨、蓼花風。秋恨幾枝紅。遠煙收盡水溶溶。飛雁碧
○●●　●○△　○●●○△　●○○●●○△　○●●

雲中。　　衷腸事。魚箋字。情緒年年相似。凭高雙袖晚
○△　　　○○▲　○○▲　○●○○○▲　●○○●●

寒濃。人在月橋東。
○△　　○●●○△

後起首句即換仄韻。

一本題作《燕歸來》。

沈選新集有於尾句用"榴花開欲燃"者，不能辨，反選之，可笑。

易韻格　四十七字　　　　　　　　　　毛文錫

芳草景、暖晴煙。喬木見鶯遷。傳枝偎葉語關關。飛過綺
○●●　●○△　○●●○△　○○●●●○△　○●●

叢間。　　錦翼鮮、金毳軟。百囀千嬌相喚。碧紗窗曉怕
○△　　　●●○　○●▲　●●○○○▲　●○○●●

聞聲，驚破鴛鴦暖。
○○　○●○○▲

末句不換平韻，仍叶仄聲。

喜遷鶯慢　一百三字　　　　　　　　　蔣　捷

遊絲纖弱。謾著意絆春，春難憑托。水暖成紋，雲晴生影，
⊙○○▲　●◎●○　○○○▲　◎●○○　⊙○○●

芳草漸侵裙幄。露添牡丹新艷，風擺秋千閒索。對此景、動
⊙●●○○▲　●○○○○●　○●○○○▲　●●●　●

高歌一曲，何妨行樂。　　行樂。君聽取，鶯囀綠窗，也似
○⊙○●　○○○▲　　○◆　●●○　○●●○　●●

來相約。粉壁題詩，香街走馬，爭奈鬢絲輸却。夢回晝長無
○○▲　●●○○　○○●●　○●●○○▲　◎○●○○

事，聊倚闌干斜角。翠深處、看悠悠幾點，楊花飛落。
●　○●○○○▲　●○●　○○○●●　○○○▲

　　此詞諸去聲字宜玩。後起"行樂"是叶韻，不必疊上字。"謾著意
絆春"句，有作仄平平仄仄。"露添"句、"夢回"句，或作仄仄平平平
仄，故旁注如此，以便學者易於填字。然其實此三處，須依此詞，方爲
得調。竹山煉字精深，調音諧暢，乃詞家榘矱，定宜遵之。"綠窗"
"綠"字亦要仄聲，用平者亦不足法也。

【蔡案】

　　本詞原譜作"又一體"，此又是令詞與慢詞混淆，故重擬調名。

　　尾句一作"楊花自落"。"翠深處"八字，原譜作一句，不讀斷。

　　萬子以爲"鶯囀綠窗"第三字"亦要仄聲，用平者亦不足法"，大凡
此類說法多屬無據之論，因爲四字句的第一第三字，依律理來說本可
不拘，宋詞情形本亦如此，如夢窗此調四首，二平二仄，顯見不必定要
用仄聲，萬子"不足法"的依據不知何來，頗覺無謂。

讀破格 一百三字　　　　　　　　　　　　　　趙長卿

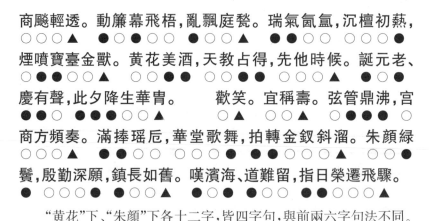

　　"黃花"下、"朱顏"下各十二字，皆四字句，與前兩六字句法不同。

【蔡案】

　　原譜前結作"慶有聲此夕，降生華胄"，五字句不通。後結"道難

留”下九字一句，原譜不讀斷。

　　本調與前詞之不同，除前後段第三均攤破六字兩句爲四字三句外，更攤破前後結八字一句、四字一句爲六字折腰一句、六字律句一句。夢窗詞前後結填爲“困無力、倚闌干，還倩東風扶起……夜和露、褭殘枝，點點花心清淚”“黯愁遠、向虹腰，時送斜陽凝佇……吟未了、去匆匆，清曉一闌煙雨”，正是如此格式。

　　本調後起有句中短韻，是爲常例，故後起“歡笑”應爲叶韻，萬子失注。有鄆嘯鄆通押，循古韻也，宋人多有爲之者，如周紫芝之《千秋歲》有：“試問春多少。恩入芝蘭厚。松不老、句山長久。星占南極遠，家是椒房舊。君一笑。金鑾看取人歸後。”即是。

垂藍綬　一百四字　　　　　　　　　張元幹

雁塔題名，寶津盼宴，盛事簪紳常説。文物昭融，聖代搜羅，
●●○○　●●○○　●●○○▲　○●○○　●●○○

千里爭趨丹闕。元侯勸駕，鄉老獻書，發軔龜前列。山川
●●○○▲　○○●●　○●●○　●●○○▲　○○

秀、圜觀衆多，無如閩趣。　　豪傑。姓標紅紙，帖報泥金，
●　○●●○　○○●●▲　　　○▲　●○○●　●●○○

喜信歸來俱捷。驕馬蘆鞭，醉垂藍綬，吹雪芳□□□。□月
●●○○▲　○●○○　●○○●　○●○□□□▲　□●

素娥，情厚桂花，一任郎君折。須滿引、南臺又是，合沙
●○　○●●○　●●○○▲　○●●　○○●●　●○

時節。
○▲

　　此與前調絕異，其中恐有誤字，無可查證，姑照舊本録之，以存其體。

【蔡案】

　　四庫本《蘆川詞》中，第二第三均如此表達："驕馬蘆鞭醉垂藍綬吹雪芳（闕）月素娥情厚桂花一任郎君折"，因此，判斷萬子所見的本子應與四庫本同，而萬子之所以認爲僅脱二字，並非所見爲兩個奪字符，而祇是一模糊的"闕"字而已。根據律理推測，此處所"闕"者，應該是四字，還原後的後段第二第三均本貌當爲："驕馬蘆鞭，醉垂藍綬，吹雪芳□□□。□月素娥，情厚桂華，一任郎君折。"如此，校之前段，正好兩相吻合，則原譜"一百四字"應改爲"一百六字"。

　　然則本詞與現存《喜遷鶯》大相庭徑，從張詞十分規整的總體形態來看，本詞顯然並非通常所見之一百零三字體《喜遷鶯》，亦非同名異調，祇不過是因調名誤寫而已，姑以原詞後段第六拍之句新擬調名，曰：垂藍綬。

　　荆州亭　四十六字　又名《江亭怨》　　　　　　吳城小龍女

簾捲曲闌獨倚。江展暮雲無際。淚眼不曾晴，家在吳頭楚
○●○●○▲　　○●●○○▲　　●●●○○　　○●○○○

尾。　　　數點落花亂委。撲漉沙鷗驚起。詩句欲成時，没
▲　　　　●●○○●▲　　●○○○○▲　　○●●○○　　●

入蒼煙叢裏。
●○○○▲

　　此原無調名，因題在荆州江亭，故以名之。

〔杜注〕

　　萬氏注云："此原無調名"。按，宋黄昇《花庵詞選》原名《清平樂令》，非無調名也。又，宋釋惠洪《冷齋夜話》云："黄魯直登荆州亭，見亭柱間有此詞，夜夢一女子云：'有感而作。'魯直驚悟曰：'此必吳城小龍女也。'因名《荆州亭》。"又，《歷代詩餘》"江展暮雲無際"句，"江"

作"山"。又,"數點落花亂委"句,"落"作"雪"。

萬里春 四十七字　　　　　　　　　　　　周邦彥

千紅萬翠。□簇定、清明天氣。爲憐他、種種清香,好難爲
〇〇●▲　　●●●　〇〇〇　〇〇〇〇　●〇〇

不醉。　　　我愛深如你。我心在、箇人心裏。便相看、老却
●▲　　　　●●〇〇▲　●〇〇　●〇〇▲　●〇〇　●●

春風,莫無些歡意。
〇〇　●〇〇〇▲

　　"爲憐他"二句,前後同。或謂:前段應於"好"字分句,後段應於
"莫"字分句,"莫"即"暮"字也,余云:如此則"無些歡意"説不去。
〔杜注〕

　　按,《片玉詞》第二句"簇"字下有"定"字,應補。

【蔡案】

　　次句原譜無"定"字,據杜注補。但是"簇定"在此亦不通,所謂簇
定者,都用於大簇小,如《迎春花》的"破寒乘暖迓東皇,簇定剛條爛熳
黃"、《一枝春》的"鬧春風簇定,冠兒争轉"、《破陣子》的"(我)簇定熏
爐酥酒軟",所以如果"清明天氣"簇定"千紅萬翠",則通。校之後段
文字,可知"簇定"字前原詞必尚落一字,其本來面貌應該是一個上三
下四折腰式的句法,才可以律諧意順。但本詞獨此一首,無别首可
校,敢補一字,以供一觀,原譜"四十六字"(按,實際四十五字)改爲
"四十七字"。

金蕉葉 四十六字　　　　　　　　　　　　蔣 捷

雲襄翠幕。滿天星、碎珠迸索。孤蟾闌外照我,看看過轉
〇〇●▲　●〇〇　●●〇▲　◉〇〇●●〇　〇〇●●

角。　　　酒醒寒砧正作。待眠來、夢魂怕惡。枕屏那更畫
▲　　　　●●○○●▲　●○○　◎○○●▲　◎○○●●
了，平沙斷雁落。
○　○○●●▲

後起六字與前段異，餘同。此體作者甚多，平仄俱宜從之。況前後森整，如"外照我""過轉角""更畫了""斷雁落"，俱疊三仄字，而"外照""更畫"俱去聲，"我、了"二字俱上聲，方是此調音響。《圖譜》謂"過轉角"可仄平仄，"更畫了""斷雁落"可平仄仄，此何據耶？"翠、碎、迸、正、夢、怕"等去聲字，俱妙絕。《譜》俱作可平，嗟乎！作譜者苦心宛轉，必欲滅盡古調而後已，是何忍乎？

【蔡案】

原譜後段"枕屏那更畫了"作逗，無謂。前後段第三拍"我、了"二字須上聲作平。該拍袁去華各多一字，作"試一飲、風生兩腋……覷得他、烘地面赤"，蔣詞應是少字格。

本詞之前後段第二均若讀作"孤蟾闌外，照我看看過轉角""枕屏那更，畫了平沙斷雁落"，亦可。

萬樹關於三字結構"此何據耶"的說法，查《填詞圖譜》並無平仄標示，而"過"字平讀，故《圖譜》擬"斷雁落"爲◎●▲，亦無不可。

本詞名《金蕉葉》，而與柳永《金蕉葉》迥異，疑本詞並非《金蕉葉》而是《萬里春》，如本詞前後段第三拍各添一字，作折腰式七字句，則差似，若以袁去華之《金蕉葉》校之周邦彥詞，則幾同："濤翻浪溢。調停得、似餳似蜜。試一飲、風生兩腋。更煩襟頓失。　　霧縠衫兒袖窄。出纖纖、自傳坐客。覷得他、烘地面赤。怎得來痛惜。"

金蕉葉 六十二字　　　　　　　　　　　柳　永

厭厭夜飲平陽第。添銀燭、旋呼佳麗。巧笑難禁，艷歌無間
○○●●○○▲　　○○●、●○○▲　　●●○○　●○○●

聲相繼。準擬幕天席地。　　　金蕉葉泛金波霽。未更闌、
○○▲　●●●○●▲　　　○○●●○○▲　●○○

已盡狂醉。袖中有箇風流，暗向燈光底。惱遍兩行珠翠。
●○○▲　●●●○○○　●●○○▲　●●●○○▲

　　與前調全异，“袖中”至“光底”十一字，與前段“巧笑”至“相繼”
十一字，句豆平仄雖微有不同，實則兩段句法一般也。

　　後起句有“金蕉葉”字，或因句立名，或取名入句，此類甚多。

【蔡案】

　　本詞與前詞迥異，應該是《金蕉葉》之正身，而與前一首爲同名異
調，故改原“又一體”爲正名。

　　後段第二句“盡”字，以上作平。

朝天子 四十六字　　　　　　　　　　　揚无咎

小閣寬如掌。占螺浦、山川彝曠。千奇萬狀。見雲煙收
●●○○▲　●○●、○○●▲　○○●▲　●○○

放。　　　更永夜、風生明月上。用取真成無盡藏。誰共賞。
▲　　　●●●、○○○●▲　●●○○○●▲　○●▲

徙倚撫、危欄吟望。
●●●、○○○▲

　　此體作者甚少，平仄當依之。

〔杜注〕

　　按，此調有晁補之詞，第二句作平仄仄，第四句“雲”字可仄。後

段第三句"共"字可平。

【蔡案】

　　杜注後段第三句"共"字可平，檢晁補之詞，作"春睡著"，劉克莊詞作"心兩挂"，仍俱爲平仄仄，不知杜氏所據，録備考。

憶秦娥　四十六字　別名《秦樓月》《碧雲深》《雙荷葉》　　　李　白

簫聲咽。秦娥夢斷秦樓月。秦樓月。年年柳色，灞陵傷
○⊙▲　⊙○○●○○▲　⊙○◆　⊙○○●　●○○
別。　　　樂游原上清秋節。咸陽古道音塵絶。音塵絶。西
▲　　　　●○○●○○▲　⊙○◎●○○▲　○○◆　⊙
風殘照，漢家陵闕。
○⊙●　●○○▲

　　"秦樓月""音塵絶"俱疊上三字。"灞、漢"二字必用仄字，得去聲尤妙，今人竟有於"傷"字及"陵闕""陵"字用仄者，大謬。沈選、王修微，竟於"年年""西風"二句作仄仄平平，更奇。

【蔡案】

　　萬子之意，本調前後段結拍必得●○○▲，方爲合拍，未免偏執。按，這一類句法，即所謂拗起拗收式，往往重在拗收，拗起則常常可以不必，如《欽定詞譜》收秦少游詞，前後段結拍分別爲"乾坤空闊""梅花撩撥"，別首亦然，可見無礙。檢宋人他詞，賀鑄、高觀國、趙彥端、郭應祥及其他詞人，也有很多此種填法，因此萬子此類格律觀點，尤其是去聲至愛的音律觀，實爲偏見。

平韻體　四十六字　　　　　　　　　　　　　孫夫人

花深深。一鈎羅韈行花陰。行花陰。閒將柳帶，試結同
○○△　⊙○○●○○△　○○△　⊙●○○　●◎●○

心。　　　日邊消息空沈沈。畫眉樓上愁登臨。愁登臨。海
△　　　◎○⊙●○○△　◎○⊙●●○○△　○○○◇　◎

棠開後，望到如今。
○⊙●　◎●○△

用平韻。竹屋亦有此體。

少韻格 四十六字　　　　　　　　　　　石孝友

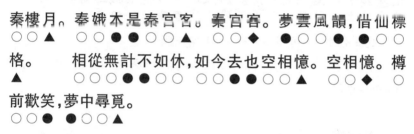

秦樓月。秦娥本是秦宮客。秦宮客。夢雲風韻，借仙標
○○▲　○○●●○○▲　○○◆　●○○●　●○○

格。　　　相從無計不如休，如今去也空相憶。空相憶。樽
▲　　　○○○●●○○　○○●●○○▲　○○◆　○

前歡笑，夢中尋覓。
○○●　●○○▲

前後俱仄韻，獨後段起句用平聲，不叶，此又一變格，然唯此一
首，他無作者，雖列於此，不宜從也。

憶秦娥令 三十八字　　　　　　　　　　馮延巳

風漸漸。夜雨連雲黑。滴滴。窗外芭蕉燈下客。　　除非
○◎▲　◎●○○▲　●○▲　⊙●○○●●▲　　○○

魂夢到鄉國。免被關山隔。憶憶。一句枕前爭忘得。
○●●○▲　◎●○○▲　●▲　◎●○○●▲

通篇一韻，而與李詞各異，“忘”字音“望”。

【蔡案】

本詞原列毛滂“夜夜”詞後。各譜皆收本詞，以爲本屬減字而成
的又一體，然觀其韻律，以律理考察，本詞與正體實爲不同詞調，遍觀
唐宋，再無同類變化之作，如果此爲減字，則更多詞調均可以以減字

爲由，而合爲一調了。故以《憶秦娥令》名之。

　　其後二首，與此同調，而與前三首不同。

換韻體 三十七字　　　　　　　　　　　　　　毛　滂

夜夜。夜了花開也。連忙。指點銀瓶索酒嘗。　　明朝花
●▲　●●○○▲　○△　◎●○○●●△　　⊙○⊙

落知多少。莫把殘紅掃。愁人。一片花飛減却春。
●○○▲　◎●○○▲　○△　●●○○●●△

　　起韻疊字，次句即頂上一字，下換三韻。

　　本譜俱以字數少者居前，今因青蓮詞乃爲此調鼻祖，故先列李作，後及他體。

多字格 四十一字　　　　　　　　　　　　　　張　先

參差竹。吹斷相思曲。情不足。西北高樓窮遠目。　　憶
○○▲　○●●○▲　○●▲　○●○○●▲　　●

苕溪、寒影透清玉。秋雁南飛速。菰草綠。應下溪頭沙
○○　○●●○▲　○●○○▲　○●▲　○●○○○

上宿。
●▲

　　與馮詞同，但換頭句多一字，"情不足""菰草綠"俱用三字。

琴調相思引 四十六字　　　　　　　　　　　　趙彥端

拂拂輕陰雨麴塵。小庭深幕墮嬌雲。好花無幾，猶是洛陽
◎●○○●△　○○⊙●●○△　○○○　⊙●●○

春。　　燕語似知懷舊主，水生祇解送行人。可堪詩思，和
△　　◎●●○○●●　○○○●●○△　○○○　⊙

淚漬羅巾。
●●○△

　　周紫芝有此調,《竹坡集》內刻作《定風波令》,必誤也。《定風波》原有本調,此祇作《相思引》爲是。

〔杜注〕

　　按,《歷代詩餘》:"清陰"作"輕煙","舊主"作"舊壘","水生"作"水聲"。

【蔡案】

　　《定風波令》未見其他詞,或是別名,未必是誤用,且就體制而言,本詞調正是小令規格,而非引詞體制,稱《相思引》或《琴調相思引》的,反倒是"必誤",因爲違反了基本的詞調體制規範。《琴調相思引》或曰《相思引》,作爲引詞,應該是賀鑄詞才合乎其形式上的體制規範,謹錄賀詞一首,以資辨別:"終日懷歸翻送客。春風祖席。南成陌。便莫惜。離觴頻卷白。動管色。催行色。動管色。催行色。　　何處投鞍風雨夕。臨水驛。空山驛。臨水驛。空山驛。縱明月相思千里隔。夢咫尺。勤書尺。夢咫尺。勤書尺。"

　　但此名習用已久,故祇注不改。

清平樂　四十六字　又名《憶蘿月》　　　　　李　白

禁闈清夜。月探金窗罅。玉帳鴛鴦噴蘭麝。時落銀燈香
◎○○▲　◎●○○▲　◎○◎●○○●　⊙●○○○⊙

炧。　　女伴莫話孤眠。六宮羅綺三千。一笑皆生百媚,
▲　　　◎◎●●○○　◎○○●○△　◎●○○●●

宸遊教在誰邊。
⊙○⊙●○△

與《清平調》無涉。《圖譜》等改《清平樂》爲《憶蘿月》，無謂。

【蔡案】

　　後段起句唐人多作四字連仄律拗拗句句法，宋人皆作平平仄仄平平律句句法，故本句不必從，第二字也可以填平聲爲正體。

望仙門　四十六字　　　　　　　　　　　　　晏　殊

玉池波浪碧如鱗。露蓮新。清歌一曲翠眉顰。舞華茵。
◎○○●●○△　●○△　⊙○○●●○△　●○△

滿酌蘭英酒，須知獻壽千春。太平無事荷君恩。荷君恩。
●●○○●　○○○●○△　○○⊙●●○△　●○◇

齊唱望仙門。
○●●○△

　　“荷君恩”三字疊，末三字用調名。

　　凡詞內用調名者，俱與調無干，不必用也。

西地錦　四十六字　　　　　　　　　　　　　周紫芝

雨細欲收還滴。滿一庭秋色。闌干獨倚無人共，説這些愁
◎●○○○▲　●○○⊙▲　○○○●○○●　●○○

寂。　　　手把玉郎書跡。怎不教人憶。看看又是黃昏也，
▲　　　◎●◎○○▲　●○○○▲　○○●●○○●

斂眉峰輕碧。
●○○○▲

　　尾用一七、一五，與前段異。

【蔡案】

　　原譜“闌干”起十二字作四字三句。但是，從全詞協調的角度，本詞該均之句讀，當以“闌干獨倚無人共，説這些愁寂”更佳，庶幾前後

段韻律整齊一致，故改之。

本調五字句，句法均爲一字逗領四字句，後段第二句亦應作如是觀，周詞此句則略有瑕疵，不必從。

讀破格　四十六字　　　　　　　　　　　蔡　伸

寂寞悲秋懷抱。掩重門悄悄。清風皓月，朱闌畫閣，雙鴛池
●●○○○▲　　●○○●▲　　○○●●　　○○●●　　○○○

沼。　　不忍今宵重刬。惹離愁多少。蓬山路沓，藍橋信
▲　　　●●○○○▲　　●○○○▲　　○○●●　　○○●

阻，黃花空老。
●　○○○▲

此前後相同，尾皆四字三句者。

多字格　四十八字　　　　　　　　　　　石孝友

回望玉樓金闕。正水遮山隔。風兒又起，雨兒又急，好愁人
○●●○○▲　　●●○○▲　　○○●●　　●○●●　　●○○

天色。　　兩岸荻花楓葉。爭舞紅吹白。中秋過也，重陽
○▲　　　●●○○○▲　　○●○○▲　　○○●●　　○○

近也，作天涯孤客。
●●　●○○○▲

此前後結俱兩四一五者。

〔杜注〕
　　按，《詞譜》"雨兒又煞"句，"煞"作"急"，應遵改。

【蔡案】
　　前段第四拍"急"字，原作"煞"，據《欽定詞譜》改。後段第二拍"爭"字，讀爲去聲，《集韻》在敬韻部，側逆切。本調四處領字，皆不可

用平聲。

相思兒令　四十七字　　　　　　　　　　　晏　殊

昨日探春消息，湖上綠波平。無奈繞堤芳草，還向舊痕
◎　●　●　○　○　△　　○　●　○　○　△　　⊙　○　●　○　○　●　　○　○　●　○

生。　　　有酒且醉瑤觥。更何妨、檀板新聲。誰教楊柳千
△　　　　　●　●　◎　●　○　△　　○　●　○　　○　●　△　　⊙　○　○　○

絲，就中牽繫人情。
○　　●　○　○　●　○　△

與《相思引》無涉。

【蔡案】

　　晏殊別首，第一拍作“春色漸芳菲也”，“春”字平聲；第三拍作“正
好艷陽時節”，“正”字仄聲，張先詞作“燕子歸棲風緊”，“歸”字平聲。
後段起拍晏詞別首作“醉來擬恣狂歌”，“來”字平聲；第三拍作“不如
歸傍紗窗”，“不”字仄聲。譜中原無可平可仄，據此補。

眉峰碧　四十七字　　　　　　　　　　　無名氏

蹙破眉峰碧。纖手還重執。鎮日相看未足時，便忍使、鴛鴦
◎　●　○　○　▲　　⊙　●　○　○　▲　　●　○　○　○　●　●　○　　●　●　△　　○　○

隻。　　　薄暮投村驛。風雨愁通夕。窗外芭蕉窗裏人，分
▲　　　　　○　●　◎　○　▲　　⊙　●　○　○　▲　　⊙　●　○　○　○　●　○　　○

明葉上心頭滴。
○　●　●　○　○　▲

　　末句比前結多一字，餘同。首句用題名。

〔杜注〕

　　按，此詞見王明清《玉照新志》，無別首可證。《詞譜》云“即《卜算

子》”,考《卜算子》杜壽域所作“深院花鋪地”一首,正與此同。惟杜詞後結“細認取斑點淚”六字,此作七字差異耳。又按,此詞首句有“眉峰碧”三字,疑即因此改立新名,應附於卷三杜安世《卜算子》詞後。

畫堂春 四十七字　　　　　　　　　　　　　徐　俯

落紅鋪徑水平池。弄晴小雨霏霏。杏花憔悴杜鵑啼。無奈
◎○◉●●○△　●○◎●○△　◎○◎●●○△　　◎●

春歸。　　　柳外畫樓獨上,憑欄手撚花枝。放花無語對斜
○△　　　　◎●◎○◉●　◎○◎●○△　　◎○◎●●○

暉。此恨誰知。
△　◎●○△

　　　後起比前少一字。

〔杜注〕

　　　按,此詞爲秦少游作。

【蔡案】

　　　本詞見載《淮海居士長短句》卷中,作者爲秦觀。

多字格 四十八字　　　　　　　　　　　　　趙長卿

小亭煙柳水溶溶。野花白白紅紅。惱人池上晚來風。吹損
●○○●●○△　●●◎●○△　◎○◎●●○△　　○●

春容。　　　又是清明天氣,記當年、小院相逢。憑欄幽思幾
○△　　　　●●○○◎●　●○○、●●○△　　◎○◎●●

千重。殘杏香中。
○△　　◎●○△

　　　後第二句七字,餘同。

多字格 四十九字　　　　　　　　　　　　　　黃庭堅

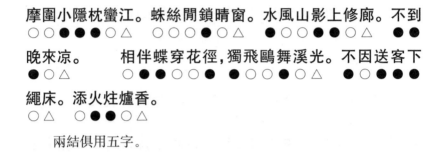

摩圍小隱枕蠻江。蛛絲閒鎖晴窗。水風山影上修廊。不到
○○●●●○△　　○○○●○△　　●○○●●○△　　●●

晚來凉。　　　相伴蝶穿花徑，獨飛鷗舞溪光。不因送客下
●○△　　　　○●●○○●　○○○●○△　　●○●●●

繩床。添火炷爐香。
○△　○●●○△

兩結俱用五字。

甘草子 四十七字　　　　　　　　　　　　　　柳　永

秋暮。亂灑衰荷，顆顆真珠雨。雨過月華生，冷徹鴛鴦
○▲　●○○●　●●○○▲　●●●○○　●●○○

浦。　　　池上凭欄愁無侶。奈此個、單棲情緒。却傍金籠
▲　　　　⊙●●○○●▲　●●●　○○○▲　◎●○○

共鸚鵡。念粉郎言語。
◎⊙▲　●●○○▲

　　“似”字非韻，乃借叶也。“教鸚鵡”柳又作“慵整頓”，然觀揚无咎
作“五湖去”，則仄平仄爲是。“凭”字音“並”，不可誤讀平聲。

〔杜注〕
　　按，《花草粹編》後起云“池上凭闌愁無侶”，“侶”字本韻。萬氏以
“侶”作“似”，故注借叶，誤。

【蔡案】
　　“侶”誤作“似”，必是萬子所據本“侶”誤刻爲“侶”也。侶字是。
“共鸚鵡”，原譜萬子作“教鸚鵡”，此據《欽定詞譜》改。
　　前段第二拍，寇準詞作“柳絲無力”，句法不同；第三拍，寇詞作“低

拂清門道"，"低"字平聲；第四拍，寇詞作"暖日籠啼鳥"，句法不同，且叶韻；歇拍作"初坼桃花小"，"初"字平聲。後段，首拍揚无咎詞作"敧枕試尋曾遊處"，"敧"字"試"字仄聲，寇詞作"遙望碧天淨如掃"，"淨"字仄聲；第二拍，寇詞作"曳一縷、輕煙縹緲"，"縹"字仄聲，柳永別首作"動翠幕、曉寒猶嫩"，"曉"字仄聲。譜中可平可仄據此補。

阮郎歸　四十七字　又名《醉桃源》《碧桃春》　　　吳文英

翠深灂合曉鶯堤。春如日墜西。畫圖新展遠山齊。花深十二梯。　風絮晚、醉魂迷。隔城聞馬嘶。落紅微沁繡鴉泥。秋千教放低。

後起句，六一作"淺螺黛"，東坡作"雪肌冷"，俱用仄平仄，然此亦是偶爾，作者自當用平仄仄也。

《圖譜》等削去《阮郎歸》，而改用《碧桃春》，無謂。

"日、十"二字，夢窗必以入作平，蓋此等句法，以平仄平爲妙，作者不盡然，故旁注如此，然高明必能用半也。

〔杜注〕

按，黃山谷作此詞，全用"山"字爲韻。辛稼軒作《柳梢青》詞，全用"難"字爲韻，注云"福唐體"，即獨木橋體也。此與《皂羅特髻》之全用"采菱拾翠"相近，其源出於楚騷，今南北曲亦演之。

詞律卷五

賀聖朝 四十七字　　　　　　　　　　　　　　杜安世

牡丹盛折春將暮。群芳羞妒。幾時流落在人間，半開仙
◎　○●●○○　▲　　○○○　▲　　　○○○●●○○　●○○

露。　　馨香艷冶，吟看醉賞，嘆誰能留住。莫辭持燭夜深
▲　　　　⊙○○●　⊙○●●　●○○○○▲　◎○○⊙●●○

深，怨等閒風雨。
○　●●◎○○▲

　　　　結語前四後五。

【蔡案】

　　"盛折"，《欽定詞譜》作"盛坼"。"折"應是"拆"字之誤。坼、拆相
通，義一，裂開的意思。前人常有用"折"字來替代"坼"的，如《梅苑》
全書皆是如此，但是"折"字並無"開裂"之意。

讀破格 四十七字　　　　　　　　　　　　　　杜安世

東君造物無凝滯。芳容相替。杏花桃萼一時開，就中明
○○●●○○▲　　○○○▲　　●○○●●○○　●○○

媚。　　綠叢金朵，枝長葉細。稱花王相待。萬般堪愛，暫
▲　　　　●○○●　○○●▲　○○○○▲　●○○●　●

時見了，斷腸無計。
○●● ●●○▲

後結語用四字三句異。

讀破格　四十八字　　　　　　　　　葉清臣

滿斟綠醑留君住。莫匆匆歸去。三分春色，二分愁悶，一分
●○●●○▲ ●○○○▲ ○○○● ●○○● ●○

風雨。　　花開花謝花無語。且高歌休訴。知他來歲，牡
○▲　　⊙○⊙●○○▲ ●○○○▲ ○○○● ●

丹時候，相逢何處。
○○● ○○○▲

後起或作“花開花謝，都來幾日”，或作“都來幾許”，皆可。又，一
本作“花無語”，與前段相同，故亦收存，以備一體。

〔杜注〕

按，《花庵詞選》“悶”字作“更”，“候”字作“再”，均作上七字、下五
字兩句，似可從。

多字格　四十九字　　　　　　　　　趙師俠

千林脫落群芳息。有一枝先白。孤標疏影壓花叢，更清香
⊙○◎●○○▲ ●○○●▲ ⊙○○●●○○ ●○⊙

堪惜。　　吟情無盡，賞音未已，早紛紛籍籍。想貪結子去
○▲　　○○○● ○◎○● ●○○●▲ ◎○○●●

調羹，任叫雲橫笛。
○○ ●○◎○▲

“孤標”“想貪”二句用七字，并換頭與前異。

又《賀聖朝影》調原名《太平時》，故雖三字相同，不附此後。

賀熙朝 六十一字　　　　　　　　　　　　　　　　歐陽炯

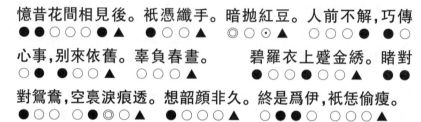

憶昔花間相見後。祇憑纖手。暗拋紅豆。人前不解，巧傳
●●○○●●▲　　●○○　▲　　◎○⊙　▲　　○○○●　●○

心事，別來依舊。辜負春晝。　　　　碧羅衣上蹙金繡。睹對
○●，○●○●　▲　　○○○●　▲　　　　●○○●●○　▲　　●●

對鴛鴦，空裏淚痕透。想韶顏非久。終是爲伊，祇恁偷瘦。
●○○　○●○○　▲　　●○○○●　▲　　○○●●　○●○●　▲

　　"舊"字是叶韻，舊譜作八字句，失注矣。觀別作云："玉指偷撚。
雙鳳金綫。"可見。"睹對對鴛鴦"兩句十字，正與別作"誰料得兩情，
何日教繾綣"同。《嘯餘》落一"對"字，各譜因之，遂少了一字，但問
"睹對"二字豈成文理乎？"祇憑纖手"別作用"紅袖半遮"，想所不拘。
"負、恁"去聲，別作用"鳳、暮"亦去聲，不可用平也。

　　按，此調一作《賀聖朝》，而汲古刻《花間集》以此調作《賀明朝》，
似可另列一調，本譜不欲尚奇，故附此。

〔杜注〕

　　按，《詞譜》列此詞爲《賀熙朝》，注云："此爲唐詞，惟歐陽炯有二
首，《詞律》混入《賀聖朝》，誤。"

【蔡案】

　　原譜本詞作"又一體"，誤。

　　前段第四拍"不"字，後段首拍"蹙"字、尾句"祇"字，原注皆爲作
平，其實無謂。前段第六拍"來"字，原注可仄，不知所據，違律。兩處
結拍的第二字，皆爲上聲作平，不可用去聲填。其餘三處可平可仄，
皆不礙律法，故不改，但本詞現存僅此一首，前後段亦不對稱，不知萬
子如何得出。

　　晁本《花間集》收歐陽炯詞二首，名《賀明朝》，萬子誤收本詞，疑

即因此。

雙鸂鶒 四十八字　　　　　　　　　　　　朱敦儒

拂破秋江煙碧。一對雙飛鸂鶒。應是遠來無力。相偎捎下
●●○○○▲　●●○○○▲　○●●○○▲　○○○●
沙磧。　　小管誰吹橫笛。驚起不知消息。悔不當時描
○▲　　●●○○○▲　○●●○○▲　●●○○○
得。如今何處尋覓。
▲　○○○●○▲

前後各四句,皆六字相同,衹後結平仄與前結異。

"鸂鶒",《圖譜》作"雞鶒"誤。

〔杜注〕

按,《詞譜》前結作"相偎捎下沙磧"。又,"小管"作"小艇",應
遵改。

【蔡案】

前段結句原作"捎下相偎沙磧",校之後段及整體韻律,當以《欽
定詞譜》爲是,以避免全段四句皆用仄起句法,而形成呆滯。據改。

烏夜啼 四十八字　　　　　　　　　　　　趙令畤

樓上縈簾弱絮,牆頭礙月低花。年年春事關心事,腸斷欲棲
⊙●⊙○●●　○○⊙●○○　⊙○○●○○●　⊙●●
鴉。　　舞鏡鸞衾翠減,啼珠鳳蠟紅斜。重門不鎖相思夢,
○△　　◎○◎●●●　⊙○◎●○△　⊙○◎●○○●
隨意繞天涯。
⊙●●○△

前後同。坡公前第三句作"若見故人須細問",後第三句作"更有

鱸魚堪切鱠",與此平仄異,因字數同,不另錄。

　　按,歐公有《聖無憂》一詞,四十七字,與《錦堂春》同,祇首句少一字。初謂是兩體,然觀李後主《烏夜啼》一首,首句亦五字,正與《聖無憂》同,蓋《錦堂春》原別名《烏夜啼》也。是則《錦堂春》本有五字起句之格,而《聖無憂》之五字起者,斷即是《錦堂春》耳。本譜務覈實歸併,不欲侈異誇多,故不收《聖無憂》體,而並載歐、李二篇於後,以資考證。識者鑒諸沈選明詞,有用仄韻者,今查宋元人無此體。

聖無憂　四十七字　　　　　　　　　　　歐陽修

此路風波險,十年一別須臾。人生聚散長如此,相見且歡娛。　　好酒能消光景,春風不染髭鬚。為公一醉花前倒,紅袖莫來扶。

烏夜啼　四十七字　　　　　　　　　　　李後主

昨夜風兼雨,簾幃颯颯秋聲。燭殘漏滴頻敧枕,起坐不能平。　　世事謾隨流水,算來一夢浮生。醉鄉路穩宜頻到,此外不堪行。

　　此二詞吻合,足見《聖無憂》之必為《烏夜啼》,而《烏夜啼》即《錦堂春》,又足見《聖無憂》之必為《錦堂春》矣。或曰:"如是,則何不以四十七字者列之於前?"余曰:因《錦堂春》之名最著,作者頗多,且後所收長調,皆係《錦堂春》,不便以《聖無憂》為冠,故變例載此。至於《烏夜啼》不以立題,說見《相見歡》調下,茲不贅云。

〔杜注〕

　　按,此調歐詞五字起者,名《聖無憂》,趙詞六字起者,名《錦堂春》。宋人均用《錦堂春》之名,其實均始於南唐李後主,本名《烏夜啼》也。萬氏明知《烏夜啼》在前,因《相見歡》一調亦有《烏夜啼》之名,恐致相混,故附錄於後,然此外異調同名者尚多,勢難悉避,例不畫一，終有未安。

【蔡案】

　　本調原名《錦堂春》。按，一調多名，古來常見，且往往無規則可尋，因此，如果杜氏所云"五字起者名《聖無憂》，六字起者名《錦堂春》"，真的是如此涇渭分明的話，那麼兩者肯定就不是同一詞調，而必定是分屬兩調的了。本調宋人多作《烏夜啼》，即便朱敦儒、蘇東坡、賀梅子、權無染等均以五字起者，也都是如此。而《錦堂春》實爲慢詞調名，本與此小令並無關涉，萬了既知"長調皆作《錦堂春》"，又知小令慢詞原非同調，則不當混爲一談，即便趙令時的詞，《唐宋諸賢絕妙詞選》也名之爲《烏夜啼》，而杜氏以爲《相見歡》有別名爲《烏夜啼》，所以不宜將此作正名的説法，也頗爲牽強，除非因爲《眉嫵》有《百宜嬌》的別名，所以呂渭老的"隙月垂篸"詞，便不宜用《百宜嬌》作正名，也是如此。據此易名，且刪去"又名《烏夜啼》"。

珠簾捲　四十七字　　　　　　　　　　　歐陽修

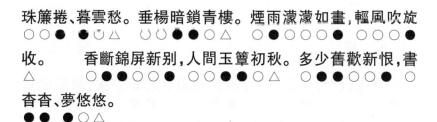

珠簾捲、暮雲愁。垂楊暗鎖青樓。煙雨濛濛如畫，輕風吹旋

收。　　　香斷錦屏新別，人間玉簟初秋。多少舊歡新恨，書

杳杳、夢悠悠。

　　首句有"珠簾捲"字，想即因此名題也。又蘆川一詞名《卷珠簾》，查即《蝶戀花》，不可溷錯。"間"字宜作"閒"。

【蔡案】

　　本詞原譜列於卷四《畫堂春》後，因其實爲《烏夜啼》，略作減字而已,《醉翁琴趣外篇》卷六收此,調名爲《聖無憂》,可證,所以移至《烏夜啼》後類列。

錦堂春慢　九十九字　　　　　　　　　　葛立方

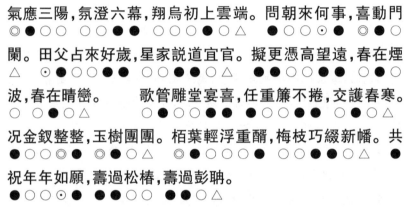

氣應三陽,氛澄六幕,翔烏初上雲端。問朝來何事,喜動門
闌。田父占來好歲,星家説道宜官。擬更憑高望遠,春在煙
波,春在晴巒。　　歌管雕堂宴喜,任重簾不捲,交護春寒。
況金釵整整,玉樹團團。栢葉輕浮重醖,梅枝巧綴新幡。共
祝年年如願,壽過松椿,壽過彭聃。

　　"問朝來"以下,與後段"況金釵"以下同。"田父"二句各六字相
對,正與"栢葉"二句合。汲古刻《歸愚詞》落一"家"字,遂使文理大
謬,讀者勿誤認也。

多字格　一百一字　　　　　　　　　　司馬光

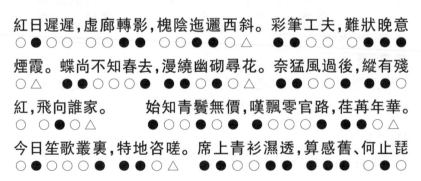

紅日遲遲,虛廊轉影,槐陰迤邐西斜。彩筆工夫,難狀晚意
煙霞。蝶尚不知春去,漫繞幽砌尋花。奈猛風過後,縱有殘
紅,飛向誰家。　　始知青鬢無價,嘆飄零官路,荏苒年華。
今日笙歌叢裏,特地咨嗟。席上青衫濕透,算感舊、何止琵

琶。怎不教人見老，多少離愁，散在天涯。
△　　●●○○●●　○●○　●●○△

　　"席上"二句，應同前"蝶尚"二句，而"算感舊"多了一字。"奈猛風"句應同後"怎不"句，而少了一字。恐有誤處。若於"漫繞"下增一"著"字，"奈"字上增一"爭"字，則爲完璧矣。然相傳已久，不敢妄注也。"彩筆"十字，上四下六，"今日"十字，上六下四，總是語氣一貫，分處不拘耳。

　　學者若賦此調，不如用前體穩當。

〔杜注〕

　　按，《歷代詩餘》及葉《譜》，"始知青鬢無價"句，"鬢"作"春"。又，"欲飄零官路"句，"欲"作"嘆"，"官"作"宦"。又，"怎不教人見老"句，"見"作"易"，均應遵改。

【蔡案】

　　宋詞前段第五拍多作四字一句，萬子以爲"彩筆""今日"下兩十字字句不同，但總是一氣，是。現讀爲六字一句，則爲律拗句法，第五字不可用仄填。同理，前段第七拍，宋詞別家皆作平起式句法，故"繞"字亦可視爲以上作平。但若不改句法，此亦爲律拗句，第五字不可用仄聲填。

　　又按，過片杜氏以爲"鬢"當改爲"春"，則音律大不諧，甚誤。

人月圓 四十八字 又名《青衫濕》　　　　　　　吳　激

南朝千古傷心事，還唱後庭花。舊時王謝，堂前燕子，飛向
○○○⊙●●　○●○△　◎◎○●　○●○●　●○

誰家。　　恍然一夢，仙肌勝雪，宮鬢堆鴉。江州司馬，青
○△　　　●●○●　○○●●　○●○○　⊙○○●　○

衫淚濕，同是天涯。
○●●　⊙●○△

讀破格　四十八字　　　　　　　　　　　　　揚无咎

風和日薄餘煙嫩，恻恻透鮫綃。相逢且喜，人圓玳席，月滿
○○●●○○●　●●●○△　　○○●●　○○●●　●●

丹霄。　　　爛遊勝賞，高低燈火，鼎沸笙簫。一年三百六十
○△　　　　●○●●　○○○●　●●○△　　●○○●●○

日，願長似今宵。
●　●○●●○△

　　末句與前異。

【蔡案】

　　萬子原注，"六十"二字皆作平。

仄韻體　四十八字　　　　　　　　　　　　　揚无咎

月華燈影光相射。還是元宵也。綺羅如畫，笙歌遞響，無限
●○○●○○▲　　○●○○▲　●○○●　○○●●　○○

風雅。　　　鬧蛾斜插，輕衫乍試，閒趁尖耍。百年三萬六千
○▲　　　　●○○●　○○●●　○●○▲　　●○○●●○

夜，願長如今夜。
●　●○○○▲

　　用仄聲，首句即用韻起。"六千夜"之"夜"可不用韻。

【蔡案】

　　萬子原注，"六"字作平。又，前段尾句"限"字，以上作平。"閒
趁"之"趁"讀平聲，《集韻》謂"知鄰切"，在真部。意謂"行不進貌"。

　　本詞余以爲其實就是《賀聖朝》，試比較本詞與葉清臣"滿斟綠醑
留君住"詞，前段絲絲入扣，一般無二。故竊以爲本調可以總結如下
分類依據：平韻者，名《人月圓》，仄韻者，名《賀聖朝》，則各得其

所矣。

喜團圓　四十八字　　　　　　　　晏幾道

危樓靜鎖，窗中迢岫，門外垂楊。珠簾不禁春風度，解偷送
○●●●　⊙○⊙●　⊙●○△　　○○●●○●　●○●

餘香。　　　眠思夢想，不如雙燕，得到蘭房。別來祇是，憑
○△　　　　○○●●　◎○○●　◎●○△　　●○●●　○

高淚眼，感舊離腸。
○●●　●●○△

此調惟此詞，後段同《人月圓》。

〔杜注〕

按，《詞譜》"窗中迢岫"句，"迢"作"遠"，此字宜仄，應遵改。

【蔡案】

本調與前一調屬於同一類型，即每均由十二字組成，多作四字三
句，偶爾讀破，作七字一句、五字一句。前段第二均《梅苑》無名氏作
"尤殢東君，最先點破，壓倒群花"，可見句式不拘。

鬲溪梅令　四十八字　　　　　　　　姜　夔

好花不與殢香人。浪粼粼。又恐春風歸去、綠成陰。玉鈿
●○○◎　○△△　●●○○●●　●○△　○○

何處尋。　　　木蘭雙槳夢中雲。水橫陳。謾向孤山山下、
○●△　　　　●○○⊙●●○○　●○△　●●○○○●

覓盈盈。翠禽啼一春。
●○△　●○○●△

前後段同。此白石自度腔也。

〔杜注〕

　　按,《花庵詞選》"水橫陳"句,"水"作"小"。

朝中措　四十八字　　　　　　　　　　歐陽修

平山闌檻倚晴空。山色有無中。手種堂前垂柳,別來幾度
⊙○⊙●●○△　⊙●●○△　◎○●⊙○⊙●　◎○○●

春風。　　文章太守,揮毫萬字,一飲千鍾。行樂直須年
○△　　　⊙○◎●　⊙○○●　◎●○△　⊙●●○⊙

少,尊前看取衰翁。
●　⊙○◎●○△

　　前後結二句同。

　　按,"垂"字應作"楊"字,故坡公《西江月》云"欲吊文章太守,仍歌
楊柳春風"。

讀破格　四十八字　　　　　　　　　　趙長卿

荷錢浮翠點前溪。梅雨日長時。恰是清和天氣,雕鞍又作
○○○●●○△　○●●○△　●●○○○●　○○●●

分攜。　　別來幾日愁心折,針綫小蠻衣。羞對綠陰庭院,
○△　　　●○●●○○●　○●●○△　○○●●○●

銜泥燕燕于飛。
○○●●○△

　　後起二句七字、五字,與前詞異。

〔杜注〕

　　按,《詞譜》另收辛棄疾一體,後起下三字作仄平平,叶韻。餘與
此詞同。

雙頭蓮令　四十八字　　　　　　　　　　　　　趙師使

太平和氣兆嘉祥。草木總成雙。紅苞翠蓋出橫塘。兩兩鬥
●⊙⊙●●○△　◎●●○△　○○●●●○△　◎●●

芬芳。　　　幹搖碧玉並青房。仙髻擁新妝。連枝不解引鸞
○△　　　　●○◎●●○△　⊙●●○△　○○●●●○

凰。留取映鴛鴦。
△　○○●○△

　　前後四段，七、五字，俱各整齊，想題名因此也。

【蔡案】

　　詞調非均脚之韻，是爲輔韻，可叶可不叶者。如本調前後段第三
拍、後段首拍，都有不叶填法，故不必恪守。若不押韻，則該三拍應該
用○○●●○○●句法爲正。

雙頭蓮　一百字　　　　　　　　　　　　　　陸　游

華鬢星星，驚壯志成虛，此身如寄。蕭條病驥。向暗裏。消
○●○○　○●●○○　●○○▲　○○●▲　●●▲　⊙

盡當年豪氣。夢斷故國山川，隔重重煙水。身萬里。舊社
●○○○▲　●●●●○○　●○○○▲　○●▲　●●

凋零，青門、俊遊誰記。　　　盡道錦里繁華，嘆官閒晝永，柴
○○　○○　●○○▲　　　●●●●○○　●○○●▲　○

荆添睡。清愁自醉。念此際。付與何人心事。縱有楚柁吳
○○▲　○○●▲　●●▲　◎●○○○▲　●●●○○

檣，知何時東逝。空悵望、鱠美菰香，秋風又起。
○　○○○○▲　○○●　●●○○　○○●▲

　　“驚壯志”以下九字，上五下四，陸又別作“堪嘆處、青驄正搖金
轡”，上三下六，不拘。“身萬里”叶韻，“空悵望”不叶。其別作前後俱

用韻,學者亦皆叶之可也。

【蔡案】

　　"向暗裏"下九字、"念此際"下九字,萬子原讀均爲五字一句、四字一句,五字句音律不諧。按,此九字均爲三字逗領六字結構,且三字逗均用句中短韻。謹改。

　　"夢斷"句、"縱有"句均爲律拗句法,但其中"斷"字或是以上作平,對應後段之"有"字亦同,陸游別首分作"想""苦",可證。現存其他宋詞此字位都是作平用法,因此該句第二字以上聲爲正。

　　"青門、俊遊誰記"句,原譜不讀斷。詞句中兩頓連平或連仄,常是句中讀住的標識,既用以變化詞調的韻律,又避免句子音律失諧。是詞中常用手法。

雙頭蓮 一百四字　　　　　　　　　　周邦彥

一抹殘霞,幾行新雁,天染斷紅。雲迷陣影,隱約望中。點
●●○○　●○○●　○●●△　○○●●　●●○△　●
破晚空澄碧。助秋色。　　　門掩西風,橋橫斜照,青翼未
●●○○▲　●○▲　　　　○●○○　○○○●　○●●
來。濃塵自起,咫尺鳳幃。□合有人相識。嘆乖隔。
△　○○●●　●●○△　◎●●●○●　●○▲
知甚時恣與,同攜歡適。度曲傳觴,並轡飛巒,綺陌畫堂連
○●○●●　○○○▲　●●○○　○●○○　●●●○○
夕。樓頭千里,帳底三更,盡堪淚滴。怎生向、總無聊,但衹
▲　○○●●　●●○○　●○●▲　○●●　●○○　●●
聽消息。
○○▲

　　前段多不叶韻語,未審有訛與否,惜方千里無和詞,莫可訂正也。

【蔡案】

原譜本詞爲“又一體”，但本詞與前一詞迥異，是雙曳頭格式，故重擬調名，以示區別。

原詞萬子分兩段，以“嘆乖隔”屬下爲後起。大誤。因爲本詞屬於雙曳頭調式，詞分三段，且第一段插入“紅、中”，第二段插入“來、悼”換韻。

校之第一段，可知第二段第六拍的“合”字上必奪一字，故補奪字符，原譜“一百三字”改爲“一百四字”。

海棠春 四十八字　　　　　　　　　　　　秦　觀

流鶯窗外啼聲巧。睡未足、把人驚覺。翠被曉寒輕，寶篆沉
⊙○⊙●○○▲　●○●、○○○▲　◎●●○○　◎●○

煙裊。　　　　宿醒未解宮娥報。道別院、笙歌會早。試問海
○▲　　　　　◎○○●●○▲　●○●、⊙○○▲　◎●●

棠花，昨夜開多少。
○○　◎●○○▲

前後段同，有於“解”字、“道”字斷句讀者，差。

〔杜注〕

按《詞譜》“會早”作“宴早”。

【蔡案】

前段第二拍，史達祖詞作“錦宮外、煙輕雨細”，“宮”字平聲；第三拍，吳潛詞作“烏兔裏光陰”，“烏”字平聲；第四拍，史詞作“驚墮黄昏淚”，“驚”字平聲。後段第二拍，史詞作“想人怕、春寒正睡”，“人”字平聲；第三拍，柴元彪詞作“何似白雲深”，“何”字平聲；結拍，魏了翁詞作“生意長如海”，“生”字平聲。譜中可平可仄據此補。

慶春時 四十八字　　　　　　　　　　　　　晏幾道

倚天樓殿，升平風月，彩仗春移。鸞絲鳳竹，長生調裏，迎得
●○○●　○○○●　●●○△　○○●●　○○○●　○●
翠輿歸。　　雕鞍游罷，何處還有心期。濃熏翠被，深停幽
●○△　　　○○○●　○●○○○△　○○●●　○○⊙
燭，人約月西時。
●　　○●●○△

　　"濃熏"下與前同。

〔杜注〕

　　按，《詞譜》云："《詞律》注可平可仄無據，不必從。"

武陵春 四十八字　　　　　　　　　　　　　毛　滂

風過冰檐環佩響，宿霧在華茵。剩落瑤花襯月明。嫌怕有
⊙●⊙○●●　◎●●○△　◎●○○●●△　⊙●●
纖塵。　　鳳口銜燈金炫轉，人醉覺寒輕。但得清光解照
○△　　　◎●⊙○○●●　⊙●●○△　◎●○○●●
人。不負五更春。
△　　◎●●○△

　　"武陵"或作"武林"，誤。前後同。

多字格 四十九字　　　　　　　　　　　　　李清照

風住塵香春已盡，日曉倦梳頭。物是人非事事休。欲語淚
○●○○○●●　●●●○△　●●○○●●△　●●●
先流。　　聞説雙溪春尚好，也擬泛輕舟。祇恐雙溪舴艋
○△　　　○●○○○●●　●●●○△　●●○○●●

舟。載不動、許多愁。
△　●●●　●○△

《詞統》《詞滙》俱注"載"字是襯，誤也。詞之前後結多寡一字者頗多，何以見其爲襯乎？查坦庵作，尾句亦云"流不盡、許多愁"，可證。沈選有首句、三句、後第三句平仄全反者，尾云"忽然又、起新愁"者，"愁從酒畔生"者，奇絶。

【蔡案】

萬子所引後結六字者，乃傔詠則乃有前帖"獨自個、悄黃昏"的六字填法，可知五字句添字作六字折腰句法，是填詞中的常用手法。

洞天春　四十八字　　　　　　　　　　歐陽修

鶯啼綠樹聲早。檻外殘紅未掃。露點珍珠遍芳草。正簾幃
○○●●○▲　●●○○●▲　●●○○●●▲　●○○
清曉。　　秋千宅院悄悄。又是清明過了。燕蝶輕狂柳絲
○▲　　　○○●●○▲　●●○○●▲　●●○○●○
撩。亂春心多少。
▲　●○○○▲

後起三句同前。《圖譜》謂：首句可仄仄平平仄仄，"遍芳草"可平仄仄，何據耶？

【蔡案】

萬子原讀後段結句爲"燕蝶輕狂，柳絲撩亂，春心多少"，此或不知"撩"有仄讀故。撩，《唐韻》《正韻》擬爲盧鳥切，《集韻》《韻會》擬爲朗鳥切，讀如"了"，在上聲筱部韻，義與蕭部同。然則本均之句讀、平仄、韻脚都和前段相同，且均用上聲入韻。因此，這裏兩個尾拍之領字，必以去聲方諧。據改。

又，後段起拍前"悄"字，萬子注云"可平"，誤。按，若可平，則即

意謂可仄，從而四字連仄，便是違律，且本調僅此一首，以何相校方能斷得可平可仄？究之以律理，本句第五字必以平聲方諧，所以當爲以上作平的手法。

又按，萬子注云"後起三句"，應是"二句"的誤刻。而《圖譜》所云，或據明詞，蓋高濂詞前後段首句云："山樂雨鳴清曉……密掩書窗悄悄"。明人填詞，雖也有別出心裁的時候，但此處或也是依據宋詞而來，祇是此處與律無據，所以學者不必從。

秋蕊香 四十八字　　　　　　　　　　　　　晏　殊

梅蕊雪殘香瘦。羅幕輕寒微透。多情祇似春楊柳。占斷可
⊙●◎○⊙▲　⊙●⊙○○▲　⊙○◎○●⊙▲　◎●◎

憐時候。　　　蕭娘勸我杯中酒。翻紅袖。金烏玉兔長飛
○⊙▲　　　⊙○◎●○⊙▲　⊙○▲　⊙○◎◎⊙○

走。争得朱顏依舊。
▲　⊙●⊙○⊙▲

"多情"下，與後同。

【蔡案】

本調前後段第三拍，南宋填法第五字例用仄聲，原譜萬子都擬爲平，誤，改。

桃源憶故人 四十八字　又名《虞美人影》　　　　王之道

逢人借問春歸處。遥指蕪城煙樹。滴盡柳梢殘雨。月闖西
⊙○◎●○⊙▲　◎●◎○○▲　◎●◎○○▲　◎●●

南户。　　　遊絲不解留伊住。謾惹閒愁無數。燕子爲誰來
○▲　　　⊙○◎●○⊙▲　◎●◎○○▲　◎●○○○

去。似説江南路。

▲　　◎●○▲

前後同。

“桃源”，汲古《放翁詞》作“桃園”，誤。此調又名《虞美人影》，今衹收本題，不列《虞美人》之後，與《賀聖朝》同。

三字令 四十八字　　　　　歐陽炯

春欲盡、日遲遲。牡丹時。羅幌卷、翠簾垂。彩箋書、紅粉

○●●　●○○　●○○　○●●　●○○　●○○　●○●

淚，兩心知。　　　人不在、燕空歸。負佳期。香燼落、枕函

●　●○△　　　○●●　●○○　●○○　○●●　●○

欹。月分明、花淡薄，惹相思。

○　●●○○　○●●　●○△

每句三字，前後段同。“幌”字即後段“燼”字，亦即後詞“滿”字、“我”字，《圖譜》謂可平，何據？

【蔡案】

萬子特意解説“幌、燼、滿”，意謂本詞“羅幌卷”亦即後詞之“花滿地”，言外之意，後詞中“紅薿薿”“歌韻響”乃是添拍，“我”字即“燼”字，不得爲平。是。但《詩餘圖譜》《填詞圖譜》均未注可平。

多字格 五十四字　　　　　向子諲

春盡日、雨餘時。紅薿薿、綠漪漪。花滿地、水平池。煙光

○◎●　●○△　●○●　●○△　○●●　●○△　○⊙

裏、雲影上，畫船移。　　　文鴛並、白鷗飛。歌韻響、酒行

●　●●●　●○△　　　○⊙●　●○○　○●●　●○

遲。將我意、入新詩。春欲去、留且住，莫教歸。

○　○●●　●○△　○○●　○●●　●○△

比歐詞前後各多第三句,而“裏”字“去”字用仄,比前用“書”字
“明”字平聲,亦稍異。

眼兒媚 四十八字 又名《秋波媚》　　　　　　　王 雱

楊柳絲絲弄輕柔。煙縷織成愁。海棠未雨,梨花先雪,一半
⊙◎⊙⊙●○△　⊙●◎○△　◎○○●　○○⊙●　◎●

春休。　　　而今往事難重省,歸夢繞秦樓。相思衹在,丁香
○△　　　　⊙○◎●○○●　⊙●●○△　⊙○◎●　⊙○

枝上,豆蔻梢頭。
⊙●　◎●○△

　　起四字平仄平平,惟此詞及阮閎“樓上黃昏杏花寒”耳。歷查宋
人樂府,皆用“霏霏疏雨轉征鴻”句法,衹此注明,不復另錄。

　　書舟、歸愚詞,俱以《朝中措》誤作《眼兒媚》。毛子晉跋歸愚云:
“《眼兒媚》不合譜,未敢妄爲更定。”豈《朝中措》亦不辨耶? 至《圖譜》
失收此調,更爲疏略。

〔杜注〕

　　萬氏注云:“起四字平仄平平,惟此詞及阮閎‘樓上黃昏杏花寒’
耳”,按,“阮閎”名閎,字閎休。且此句乃左譽詞,非閎休作也。

【蔡案】

　　本詞起拍以○●○○起,爲一大拗句法,但本句句法並非如萬子
所説,僅本詞和阮詞如此,如朱敦儒詞作“青錦成帷瑞香濃”“疊翠闌
紅斗纖濃”“紫帔紅襟艷爭濃”便是三首都同,此外,陸游“秋到邊城角
聲哀”等二首、曾覿“花近清明晚風寒”等二首、呂渭老“循檻瑯玕粉沾
衣”、方嶽“雁帶新霜幾多愁”、汪元量“記得年時想荼䕷”等等,均用本
句法填。而此類拗句之補救,固有用“霏霏疏雨轉征鴻”句法的,但是
也有採取第六字用仄的方式進行拗救的,如王質的“雨潤梨花雪未

乾”、劉一止的“度歲今年兩看承”、仲並的“鈴閣尋盟未肯寒”、侯寘的“花信風高雨又收”等等。這兩種拗救方式，直到入元後才最終以仇遠的“傷春情味酒頻中”爲代表，以平起平收式句法一統天下，成了本調起調最終的定格。

又，本詞《草堂詩餘》收錄，作者佚名，唐圭璋先生以爲《類編草堂詩餘》乃是“誤作王雱詞”。“樓上黃昏杏花寒”杜文瀾以爲是左譽詞，亦誤，宋人胡仔《苕溪漁隱叢話》收錄該詞，作者即爲阮閱，後明人陳耀文《花草粹編》誤作左譽詞。

撼庭秋 四十八字　　　　　　　　　　　　　晏　殊

別來音信千里。恨此情難寄。碧紗秋月，梧桐夜雨，幾回無
●○●●○●　●●○○●　●●○●　○○●●　●○○

寐。　　　高樓目斷，天涯雲黯，祇堪憔悴。念蘭堂紅燭，心
▲　　　　○○●●　○○○●　●○○▲　●○○●●　○

長焰短，向人垂淚。
○●●　●○○▲

與《撼庭竹》無涉。前後結二句同。

沙塞子 五十字　　　　　　　　　　　　　周紫芝

玉溪秋月浸寒波。忍持酒重聽驪歌。不堪對、綠陰飛閣，月
◎○○●●○△　⊙●●○○●△　○○●　●○○●　●

下羞蛾。　　　夜深驚鵲轉南柯。慘別意無奈愁何。他年
●○△　　　　○○○●●○△　◎○●○●○△　⊙○

事、不須重問，轉更愁多。
●　◎○○●　●●○△

前後段同。

此詞完整，又有兩闋對證，可從。

【蔡案】

本詞原列於趙彥端詞後，因係正體，故移前。

少字格　四十九字　　　　　　　　　　　葛立方

天生玉骨冰肌。瘦損也、知他爲誰。寒澗底、傲霜凌雪，不
○○●●○○　　●●●　　○○●△　　　●
教春知。　　　　高樓橫笛試輕吹。要一片花飛酒卮。拚沈
●○△　　　　○○○●●○○　　○●●○○●△　　○○
醉、帽簷斜插，折取南枝。
●　●○○●　●●○△

論後段，"拚沈醉"及後趙詞，則"寒底"句尚該一字，然不敢增入，
姑列如右。

〔杜注〕

按，屠隆《詞緯》作"寒澗底"，有"澗"字。《花草粹編》同。

【蔡案】

葛詞前後段第二拍或是填誤，第五字應以仄聲爲正，可參後正
體，又如周紫芝"雲黯黯、月彩難留……人共月、同上南樓"。若第五
字作平，則當以一字逗領六字句句法填，如後段，但後段萬子原譜讀
斷，作上三下四折腰式句法，誤。故本詞不必爲範，填本調應以周紫
芝詞爲正體。

前段第三句原譜作"寒底傲霜凌雪"，脫一字，據杜注補入，原譜
"四十八字"改爲"四十九字"。

仄韻體 四十九字　　　　　　　　　　　　趙彥端

春水綠波南浦。漸理棹、行人欲去。黯消魂、柳際輕煙，花
○○●○○▲　　●●●　○○●▲　　●○○　●●○○，○
梢微雨。　　　長亭放盞無計住。但芳草、迷人去路。忍回
○○▲　　　　○○●●○●●　●○●、○○●▲　●○
頭、斷雲殘日，長安何處。
○　●○○●，○○○▲

此用仄韻，與前詞異。"黯消魂"三字與後"忍回頭"同，而"斷雲
殘日"比前段"柳際輕煙"異，想亦不拘。

【蔡案】

按，計，作"謀劃、計劃"解時，有入聲讀法，《集韻》反切爲吉屑切，
音結，在入聲屑部。故換頭句的"計"字，應擬爲以入作平手法。

品　令 五十一字　　　　　　　　　　　　顏博文

夜蕭索。側耳聽、清海樓頭吹角。停歸棹、不覺重門閉，恨
●○▲　●●○　○●○○○▲　○○●　●●○○○，●
祇恨、暮潮落。　　　偷想紅啼綠怨，道我真個情薄。紗窗
●●　●○▲　　　　○●○○●●，●●○●○▲　○○
外、厭厭新月上，應也睡不著。
●　○○○●●，○●●▲

"恨"字上下必有落字。

【蔡案】

後段次句"真個"之"個"作平，後一首"煩惱一個病"亦同。蓋
"個"字若作虛字用，則可變調輕讀如平聲，至今如此。宋詞中此類用
法甚多，除此二例外，卷九《集賢賓》之"待作真個宅院"、柳永《秋夜

月》：“待信真個，恁別無縈絆”及孫惟信《晝錦堂》之“真個病也天天”等，皆是。

　　前段結拍原譜作“恨暮潮落”，脫二字，據《能改齋漫錄》補。

少字格 四十九字　　　　　　　　石孝友

困無力。幾度偎人，翠鬟紅濕。低低問、幾時麽，道不遠、三五日。　　你也自家寧耐，我也自家將息。驀然地、煩惱一個病，教一個、怎知得。

　　首句下與前異。後段同。或謂“驀然地”句應於“惱”字分句，然觀前後詞，則皆上三下五，余謂此兩相慰勉之語，若煩惱出一個病來，則那一個知了，便難當矣。作“煩惱一個病”五字正合。

【蔡案】

　　“幾時麽”前必有奪字，這一句例作上三下五式折腰句法，較之後段亦可見脫二字，故宋詞中僅此一例。無須爲範，不擬譜。

讀破格 五十一字　　　　　　　　秦　觀

幸自得。一分索彊，教人難喫。好好地、惡了十來日。恰而
●●▲　●○●　○●▲　●●○　●○○●▲　●○
今、較些不。　　須管啜持教笑，又也何須肐織。衡倚賴、
○、●○▲　　　○●○●○●　●●○○●▲　○●●
臉兒得人惜。放軟頑、道不得。
●○●○▲　●●○　●○▲

　　第二三句似石詞。“惡了”比前多二字，較全。“衡”音“諄”，《西廂》：“一團衡是嬌。”

【蔡案】

　　秦觀二首與正體稍異，前段第二句、後段第三句均予讀破。前段"一分"前疑奪一字，原詞應讀爲"●一分索彊，教人難喫"二句，與後一首"天然箇品格。於中壓一"正合。後段第三句則應讀爲上五下三式，作"衙倚賴臉兒、得人惜"，與後一首"人前彊不欲、相沾濕"正合。萬樹讀"人前彊"爲逗，不諧。

　　前段第四句"十"、後結"不"，皆以入作平。

少字格 五十二字　　　　　　　　　　秦　觀

棹又矅。天然箇品格。於中壓一。簾兒下、時把韃兒踢。
●●▲　●○●●▲　○○●▲　○●●　○●○●▲

語低低、笑咭咭。　　每每秦樓相見，見了無限憐惜。人前
●○○　●●▲　　　●●○○●●　●●○●○▲　○○

彊不欲、相沾濕。把不定、臉兒赤。
●●●　○○▲　●●●　○○▲

　　此詞五十二字，比前較全，兩結各六字，應是正體也。前調恐俱有闕誤，未可從。稼軒作正與此同。衹"踢、濕"二字不用韻耳。兹不錄。

　　按，此調多作俳詞，故爲彼時歌伶語氣，多用入聲，而"肐織"字與"棹又矅"及"壓一"等語未解，且亦恐傳寫有訛也。

【蔡案】

　　原譜前段作"天然箇、品格於中壓一"，則與顏詞全同，《全宋詞》唐先生讀爲"天然箇品格。於中壓一"，多一韻，"個"字平讀（參《品令》正體注），似更佳，據改。後段次句"限"字，以上作平。

　　後段第三句原讀爲"人前強、不欲相沾濕"，參前一首蔡案。

品令近 六十四字　　　　　　　　　　　吕渭老

霜蓬零亂。笑綠鬢、光陰晚。紫茱時節，小樓長醉，一川平
⊙○○▲　●●○、○○▲　◎○⊙●　●○○⊙●　○○○
遠。休説龍山佳會，此情不淺。　　黃花香滿。記白苧、吳
▲　⊙●⊙○○▲　●○○▲　　⊙○○▲　●●○、○
歌軟。如今却向，亂山叢裏，一枝重看。對著西風搔首，爲
○▲　⊙○○●　●○○●　○○○▲　◎○⊙●○●　●
誰腸斷。
○⊙▲

　　此又另體，前後段同。

【蔡案】

　　本詞原作“又一體”，且各譜也都臚列於一調之中，但與前面各首
其實不同，韻律迥別，均拍各異，且體式應屬近詞，所以必是別體，故
改爲此名。

多字格 六十五字　　　　　　　　　　　黃庭堅

鳳舞團團餅。恨分破、教孤另。金渠體净，隻輪慢碾，玉塵
●●○○▲　●○●、○○▲　○○●●　●○●●　●○
光瑩。湯響松風。早減二分酒病。　　味濃香永。醉鄉
○▲　○●○○　●●●○●▲　　●○○▲　●○
路、成佳境。恰如燈下，故人萬里，歸來對影。口不能言，心
●、○○▲　●○○●　●○●●　○○●▲　●●○○　○
下快活自省。
●●○●▲

　　首句五字異。“湯響”下、“口不”下各十字，上四下六。前吕詞上
六下四，此十字總是一氣貫下，斷句不拘也。或曰“金渠”三句、“恰

如”三句各四字,然“恰如”以下讀作兩六字亦可,蓋山谷又一詞于“金渠”三句用“裁成桃李未開,便解銀章歸早”,前段亦作六字兩句耳。《圖譜》以尾句六字,上五字平仄俱可相反,奇。

〔杜注〕

　　按,《圖譜》云“早減了二分酒病”,多一“了”字,此亦襯字。又按,宋人填《品令》者,類作俳語,句豆亦多變換。《詞譜》收至十二體,皆無佳詞也。

【蔡案】

　　後段結拍,“活”字以入作平。

陽臺夢　四十九字　　　　　　　　　　　　唐莊宗

薄羅衫子金泥縫。困纖腰、怯銖衣重。笑迎移步小蘭叢,鬥
●○○●○○▲　●○○　●○○▲　●○○●●○○　●

金翹玉鳳。　　嬌多情脈脈,羞把同心撚弄。楚天雲雨却
○○●▲　　　○○○●●　○●○○●▲　●○○●●

相和,又入陽臺夢。
○○　●●○○▲

　　取末三字爲調名。兩結七字、五字兩句,平仄雖同,而前尾“鬥”字領句,後尾“又入”二字語氣斷,句法不同。《圖譜》謂情字可仄,何也?

【蔡案】

　　本調僅此一首,原譜前段第二句未讀斷,後段第二句疑脫一字。

極相思　四十九字　　　　　　　　　　　　呂渭老

西園鬥草歸遲。隔葉囀黃鸝。闌干醉倚,秋千背立,數遍佳
⊙○◎●○△　◎●●○△　⊙○●●　⊙○●●　◎●○

期。　　　寒食清明都過了，趁如今、芍藥薔薇。袿衣吟露，
△　　　　　⊙●⊙○○●　●○⊙●　◎○○△　　◎○⊙●

歸舟纜月，方解開眉。
⊙○○●　⊙●○△

末三句前後同。

〔杜注〕

按，宋彭乘《墨客揮犀》云：“仁廟時，皇族中太尉夫人一日入內，
再拜告帝曰：‘妾夫不幸，爲婢妾所惑。’帝怒，流婢於千里，夫人亦得
罪，居瑤華宮，太尉罰俸而不得朝。經歲，方春暮，夫人爲詞曲，名《極
相思》。”此立名之始。

月宮春 四十九字　　　　　　　　　　　　毛文錫

水晶宮裏桂花開。神仙探幾回。紅芳金蕊繡重臺。低傾瑪
●○○●●○△　⊙○○●△　○○○●●○△　⊙○○

瑙杯。　　　玉兔銀蟾争守護，姮娥姹女戲相偎。遙聽鈞天
●△　　　　◎●○○●●　○○●●●○△　⊙●○○

九奏，玉皇親看來。
●●　●○○●△

前段同《阮郎歸》。此體宋人無作者。

〔杜注〕

按，卷六周邦彥《月中行》一闋，《詞譜》云“即《月宮春》，美成所更
名”。應附此調後，爲又一體。

【蔡案】

《月宮春》與《月中行》兩調極爲相似，但句、韻皆有不同，應該是
異調。《月宮春》宋人另有韓淲一首，與此同，萬子謂“此體宋人無作
者”，誤。而美成《月中行》另有吳文英、陳允平各一首，其詞體格也是

一般無二。兩者的區別，其一在後段第三拍前者六字一句、不押韻，後者七字一句、押韻；其二在後段第二拍，前者爲七言律句，後者爲折腰式七字句，句法完全不同；其三爲前段第二拍、第四拍，後段第一拍、第四拍的句法均不同，因此應屬異名異調。即便二者視爲同調別體，其調名也應該各有所屬，不宜雜用。

　　前段第二拍，韓淲作"斷腸空眼穿"，"斷"字仄聲，"空"字平聲，所以斷毛詞的"探"字讀平聲；第四拍韓詞作"不聞鐘鼓傳"，"不"字仄聲，"鐘"字平聲；後段首拍韓詞作"香冷曲屏羅帳掩"，"香"字平聲，"曲"字仄聲；第二拍作"園林誰與上秋千"，"誰"字平聲；第三拍作"憶得年時鳳枕"，"憶"字仄聲。譜中可平可仄據此補注。

鳳孤飛　四十九字　　　　　　　　　　　　　晏幾道

一曲畫樓鐘動，宛轉歌聲緩。綺席飛塵座滿。更小待、金蕉
●●●○○● ●●○○▲ ●●○○● ●●● ○○

暖。　　細雨輕寒今夜短。依前是、粉牆別館。端的歡期
▲ 　　 ●●○○●▲ ○○● ●○○●▲ ○●○○

應未晚。奈歸雲難管。
○●▲ 　●○○○▲

　　惟有此詞，外無他證。

【蔡案】

　　彊村叢書本《小山詞》前段第三拍無"座"字，體味詞意，似衍。

柳梢青　四十九字　　　　　　　　　　　　　秦　觀

岸草平沙。吳王故苑，柳裊煙斜。雨後寒輕，風前香細，春
◎●○△ ⊙○○● ◎●○△ ◎●○○ ⊙○⊙● ⊙

在梨花。　　　行人一棹天涯。酒醒處、殘陽亂鴉。門外秋
●○△　　　◉○○●●　●○●　○○●△　◉●○

千,牆頭紅粉,深院誰家。
△　◉○○●　○●○△

　　首句有用仄不起韻者,不另錄。

【蔡案】

　　據宋人黃昇《唐宋諸賢絶妙詞選》,本詞作者爲張仲殊,明人顧從
敬《類編草堂詩餘》誤作秦觀詞。又,本調宋詞各首有時微異,其主要
不同處,在於每一均的首拍或叶或不叶,所以,前後段首拍也有不叶
的,第四拍則也有相叶的,皆不拘也。

　　　　仄韻體　四十九字　　　　　　　　　　　　　　張元幹

海山浮碧。細風絲雨,新愁如織。慵試春衫,不禁宿酒,天
◎○○▲　●○○●　◉○○▲　◉●○○　◎○○●　◉

涯寒食。　　　歸期莫數芳辰,誤幾度、回廊夜色。入户飛
○○▲　　　○○●●○○　●●●　○○●▲　◎○○

花,隔簾雙燕,有誰知得。
○　◎○○●　○○○▲

　　此用仄韻。首句有用平聲不起韻者,次句有仄仄平平者,“愁”
字、“涯”字有用仄聲者,後起有叶仄韻者,如“家山辜負猿鶴”是也。
字句相同,不能備錄。大約此調平仄二體,茲兩詞可爲準繩矣。

　　按,此調後第二句“殘陽亂鴉”四字,平平仄平,其仄字宜用去聲,
乃爲起調。觀古名篇,無不如是。前詞“亂”字可見,即仄叶者,亦於
此字用去,此詞“夜”字可見。此等須再四吟玩,而後知之,乃填詞家
抉髓處,不可不曉也。如沈選釋涵初作此四字云“亂點蒼茫”,豈不貽
笑於世。

【蔡案】

萬子"此調後第二句'殘陽亂鴉'四字","此調"應是"前詞"。按，前人於用字處，時有去聲上聲專用的説法，多不可信，祇是以曲法説詞法而已，而萬子所謂"再四吟玩而後知之"的措辭，往往撇開律理，無非是一個"此處無理可道"的托詞。以本例論，此字位宋人雖多用去聲，然上聲、入聲亦不鮮見，平韻仄韻皆是，如朱敦儒之"慶兒女、團圓喜悦"，揚无咎之"祇怕裏、危梢欲壓"，趙師俠之"總未識、閩中好山"，郭應祥之"人世有、瓊樓玉京"，魏了翁之"已非復、吳中阿蒙"，周密之"盡消得、東風返魂"，莫不如此。如果非認爲惟張元幹詞才是"古名篇"，其餘的皆非是，則天下斷無是理也。

又按，仄韻體韻脚變化，僅在前後段首拍，第二均均首宋詞俱不叶韻。

太常引 四十九字　　　　　　　　　　　辛棄疾

仙機似欲織纖羅。仿佛度金梭。無奈玉纖何。却彈作清商
⊙○◎●●○△　⊙●●○△　⊙●●○○
恨多。　　　　朱簾影裏，如花半面，絶勝隔簾歌。世路苦風
●△　　　　　⊙○○●　⊙○○●　●●●○△　◎●●○
波。且痛飲公無渡河。
△　●●◎●○○●△

"恨、渡"二字，必用去聲，與《柳梢青》同，此乃音理，非穿鑿也。

【蔡案】

如前所論，"必用去聲"之論甚爲無謂，本調前後段末二字用"上平"者亦多，無需舉例。又，宋人多用高觀國詞體。

又按，前後兩結拍，原譜均讀爲上三下四折腰式，致四字結構於律不合，而本拍實爲一字逗領六字句法，觀辛詞别三首莫不如此：

“‘更、看舞聽歌最精’,‘記、門外清溪姓彭’,‘道、吏部文章泰山’,
‘似、江左風流謝安’,‘被、白髮欺人奈何’,‘人、道是清光更多’”,其
中“看舞聽歌”之類,句法尤爲清晰。惟本詞後段“且、痛飲公無渡河”
一句不通,蓋“公無渡河”乃樂府歌曲,故“飲”字必是誤筆,應是別一
欠旁的字。欠,本爲張口出氣,故“歌、歎”等字從之。一六式與三四
式,若明了句法本無大礙,惟詞譜本爲規範,學者不知,則必出偏差,
今人有填爲“憔悴在、花開那天”“千萬丈、無端是愁”者,必因循譜而
誤也。

多字格　五十字　　　　　　　　　　　　　　　　高觀國

玉肌親襯碧霞衣。似爭駕、翠鸞飛。羞問武陵溪。笑女伴
●○○●●○△　　◎⊙●、●○△　　○●●○△　　●●●
東風醉時。　　　不飄紅雨,不貪青子,冷淡却相宜。春晚湧
○○●△　　　　●○○●,●○○●,●●●○△　　○●●
金池。問一片將愁寄誰。
○△　●●●○○●△

第二句多一字,與前異。稼軒亦有此體。

歸去來　五十一字　　　　　　　　　　　　　　　　柳　永

初過元宵三五。慵□□、困春情緒。燈月闌珊嬉遊處。遊
⊙●○○○▲　　○○○、●○○▲　　⊙●○○○○▲　　○
人盡、厭歡聚。　　　全仗如花女。持杯謝、酒朋詩侶。餘酲
○●、●○▲　　　　○○○○▲　　○○●、●○○▲　　○○
更不禁香醑。歌筵罷、且歸去。
◎●○○▲　　○○●、●○▲

“厭、且”二字仄聲,兩結平仄正同。《圖譜》前作六字,後作兩三

字，而於“且”字注可平，何據乎？

〔杜注〕

　　按，《詞譜》“全仗”作“憑仗”。

【蔡案】

　　前段第二拍，柳詞別首作“花英墜、碎紅無數”。按，該句對應後段“持杯”句，以格律觀亦七字更諧，故以七字爲正，本詞應脫二字，謹補二個奪字符，原譜“四十九字”改爲“五十一字”。後段起拍，柳詞別首作“蝶稀蜂散知何處”，亦多二字，僅此二首，未知孰是。

　　前段第三拍，柳詞別首作“垂楊漫結黃金縷”，校之本詞後段，也是一平起仄收式律句，則本句應該是“闌珊燈月”的倒誤，填者應以後段第三句之平仄爲范。僅予説明，不改原譜。

　　原譜後結作“歌筵舞、且歸去”，據《欽定詞譜》改。

河瀆神　四十九字　　　　　　　　孫光憲

江上草芊芊。春晚湘妃廟前。一方卵色楚南天。數行斜雁
○●●○△　⊙○○○○△　●○●●○○△　○○○●

聯翩。　　獨倚朱闌情不極。魂斷終朝相憶。兩槳不知消
⊙△　　◎●○○○●▲　⊙○○○●▲　◎●○○

息。遠汀時起鸂鶒。
▲　◎○○●○▲

　　此調多用以詠鬼神祠廟。

平韻體　四十九字　　　　　　　　張　泌

古樹噪寒鴉。滿庭楓葉蘆花。畫燈當午隔輕紗。畫閣朱簾
●●●○△　●○○●○△　●○○●●○△　●●○

影斜。　　門外往來祈賽客，翩翩帆落天涯。回首隔江煙
●　△　　　○●●○○　●●　○○○●●○△　　○●●○○

火，渡頭三兩人家。
●　　●○○●○△

後段不另換韻，迴首句不叶，與前異。

【蔡案】

萬子"迴首句不叶"之"迴"字，應是"惟"之誤。

燕歸梁 五十字　　　　　　　　　　　　　　　　　　杜安世

風擺紅綃卷畫簾。寶鑒慵拈。日高梳洗幾時忺。金盆水、
○●○○●●△　●●○○　●○○●●○△　○○●

弄纖纖。　　　髻雲鬆嚲衣斜褪，和嬌嬾、瘦巖巖。離愁更與
●○△　　　●○○●○○●　○○●　●○○　○○●●

宿酲兼。空贏得、病厭厭。
●○△　　○○●　●○△

"離愁"二句，各家俱合作七字。"更"字下恐落一字，然不敢增。
"盆、嬌、贏"可用仄聲，大晏此三字句多用"仄平仄"。

〔杜注〕

萬氏云"更"字下恐落一字。按，王氏校本"更"字下有"與"字，與
下又一體之柳詞句調全同。

【蔡案】

此非正體，前段第二拍，應以五字一句爲正體。後段第三拍，原
作"離愁更、宿酲兼"，脫"與"，據杜注補。

少字格 五十字　　　　　　　　　　　　　　　柳　永

織錦裁篇寫意深。字值千金。一回披玩一愁吟。腸成結、
◎●○○●●△　　●●○△　　◎○⊙●●○△　　○⊙●

淚盈襟。　　　幽歡已散前期遠，無聊賴、是而今。密憑歸燕
●○△　　　　⊙○●◎○○●　　○⊙●　●○△　　◎○⊙●

寄芳音。恐冷落、舊時心。
●○△　●◎●　●○△

　　“密憑”句七字，是正體。

　　按，此調所用三字語，俱兩句者，各篇明白可據，況結處一七兩
三，前後正同。《圖譜》以前爲兩句，後則合六字爲一句，試問“恐冷落
舊時心”如何連法？

【蔡案】

　　此即前一詞體，非正體。“織錦”原作“纖錦”，據《彊村叢書》本
《樂章集》改。第二拍“字”前疑脫一字。

少字格 五十字　　　　　　　　　　　　　　　石孝友

樓外春風桃李陰。記一笑千金。翠眉山斂眼波侵。情滴
○●○○●●△　　●●○△　　●○○●●○△　　○●

滴、怨深深。　　　當初見了，而今別後，算此恨難禁。與其
●　●○△　　　　○○●●　○○●●　●●●○△　　●○

向後兩關心。又何似而今。
●●●○△　●○●○△

　　第二句五字，異。後段更異。

　　按，此調尾句，凡作家無不用六字者，此“又何似”句止五字。雖
列此五十字一體，但恐落一字，不必從也。

讀破格　五十一字　　　　　　　　　　　　　　史達祖

獨臥秋窗桂未香。怕雨點飄涼。玉人祇在楚雲傍。也著
●●○○●●△　●●●○△　●○●●●○△　●●

淚、過昏黃。　　　西風今夜梧桐冷，斷無夢、到鴛鴦。秋鉦
●　●○△　　　○○●●○○●　●○●　●○△　○○

二十五聲長。請各自、奈思量。
●●●○△　●●●　●○△

　　"請各自"兩句三字是正體。

【蔡案】

　　原譜前段尾句不讀斷。

燕歸梁　五十一字　　　　　　　　　　　　　　謝　逸

六曲闌干翠幙垂。香爐冷金猊。日高花外囀黃鸝。春睡
◎●○○●●△　⊙●●○△　◎○○⊙●○△　○○

覺、酒醒時。　　　草青南浦，雲橫西塞，錦字杳無期。東風
●　●○△　　　◎○○●　○○●●　⊙●●○△　⊙○

祇送柳綿飛。全不管、寄相思。
◎●●○△　⊙○●　●○△

　　前史詞，後起一七、兩三，與杜作同，此詞後起，兩四、一五，與石作同。

　　史詞"怕雨點飄涼"是"怕"字領句，此則"香爐"略斷，可以不拘。但用史詞句法，則"雨"字可用平聲也。

【蔡案】

　　此格宋人填者最多，應爲正體，填者應以本詞爲範。原譜本詞未注可平可仄，譜中可平可仄，校之以柳永"織錦裁篇"詞的萬子注文及前後其他各詞。

多字格　五十二字　　　　　　　　　　　　柳　永

輕躡羅鞋掩絳綃。傳音耗、苦相招。語聲猶顫不成嬌。乍
○●○○●●△　　○○●　●○△　　●○○●●○△　●
得見、兩魂消。　　匆匆草草難留戀，還歸去、又無聊。若
●●　●○△　　　○○●●○○●　○○●　●○△　●
諧雨夕與雲朝。得似箇、有囂囂。
○●●●●○△　　●●●　●○○

首句之卜即用二字兩句，與前各體異。"苦"字或作"若"，恐誤。
〔杜注〕

按，《詞譜》"掩絳綃"作"掩綺寮"。

醉鄉春　四十九字　　　　　　　　　　　　秦　觀

喚起一聲人悄。衾冷夢寒窗曉。瘴雨過、海棠開，春色又添
●●●○○▲　⊙●●○○▲　●○●　●○○　○●●
多少。　　社甕釀成微笑。半缺椰瓢共舀。覺顛倒、急投
○▲　　　●●●○○▲　◎●⊙●○▲　●●●　●○
床，醉鄉廣大人間小。
○　●○●●○○▲

後尾比前多一字。"舀"音"咬"。"倒"字偶合，《圖譜》注叶，差。
〔杜注〕

按，《廣韻》上聲三十小部有"舀"字，以沼切。

【蔡案】

該詞韻脚○▲收束，則後段第二句應平讀，原擬爲仄，必是忽略。
共，非"共同"義，乃"供給"義，細玩可知。

越江吟　五十一字　　　　　　　　　　　蘇易簡

非煙非霧瑤池宴。片片。碧桃冷落誰見。黃金殿。蝦鬚半
○○○●●▲　　●▲　●○●●○▲　　○○▲　○○●

捲。天香散。　　　奏雲和孤竹清婉。入霄漢。紅顏醉態爛
▲　○○▲　　　　●○○●●○▲　●○▲　○○●●

熳。金輿轉。霓旌影斷。簫聲遠。
▲　○○▲　○○●▲　　○○▲

此調無可查對，句法叶韻亦未必如此，平仄亦不敢注，姑存闕疑。
〔杜注〕

按，《花草粹編》第二句作“片片碧桃冷落誰見”，第二“片”字“見”字均叶。萬氏以“桃”字爲句，落“誰見”二字，而以“冷落”二字屬下句，均誤。又，“青雲和、孤竹清婉”句，考《周禮‧大司樂》云：“孤竹之管，雲和之琴瑟，冬日至，奏之。”則“青”字恐“奏”字之誤。又按，《詞譜》“青雲”作“春雲”。又，“爛熳”之“熳”字，注叶。又，“影斷”作“影亂”。應遵改。又，卷六《瑤池燕》詞應附此調後。

【蔡案】

原譜前段第二三句作“片片碧桃，冷落黃金殿”，據《欽定詞譜》改。後段“紅顏”九字原作“紅顏醉態，爛熳金輿轉”，亦據《欽定詞譜》改。然前後段對校，“片片”前猶覺脫一字，因爲詞的結構，依慣例或頭部參差，或尾部參差，而罕見有在中間參差的情況，若有，則必爲訛誤處。

又，原譜過片爲“青雲和孤竹清婉”，“青”字應據杜氏注易爲“奏”，而“婉”字雖然可以視爲是句中短韻，但在這個韻律環境中，不可將“孤竹清婉入霄漢”視作一個完整的七字句，因爲“入霄漢”對應前段“片片”的，所以說“片片”前應該有一字脫落。這是韻律上的依據。

後段第三拍，"爛"字平讀。

瑶池燕 五十一字　　　　　　　　　　蘇　軾

飛花成陣。春心困。寸寸。別腸多少愁悶。無人問。偷啼
○○○▲　○○▲　●▲　●○○○○▲　○○▲　○○

自揾。殘妝粉。　　抱瑶琴、尋出新韻。玉纖趁。南風未
●▲　○○▲　　●○○、○○○▲　●○○▲　○○○

觧幽愠。低雲鬢。眉峰斂暈。嬌和恨。
●○▲　○○▲　○○●▲　○○▲

東坡云：琴曲有《瑶池燕》，其詞不協，而聲亦怨咽，變其詞作"閨
怨寄陳季常"。此曲奇妙，勿妄與人。

〔杜注〕

按，此詞與卷五蘇昌簡之《越江吟》，字句平仄悉同。萬氏因蘇詞
落二字，遂另列一調。又按，《越江吟》首句云："非煙非霧瑶池宴"，疑
即因此立名，應附於卷五《越江吟》蘇昌簡詞後。

【蔡案】

本詞原列卷六《河傳》前，即《越江吟》的多韻格。

應天長 四十九字　　　　　　　　　　歐陽修

一彎初月臨鸞鏡。雲鬢鳳釵慵不整。珠簾靜。重樓迥。惆
◎○◉●○○▲　◉○○○○●▲　◎○▲　○○▲　◉

悵落花風不定。　　綠煙低柳徑。何處轆轤金井。昨夜更
●○○○●▲　　●○○●▲　◉○◉○○▲　◎○◉

闌酒醒。春愁勝却病。
○○▲　◉○●◉▲

按，《歷代詩餘》"一彎初月臨鸞鏡"句，"彎"作"鈎""鸞"作"妝"。又，"雲鬢"作"蟬鬢""珠簾"作"重簾""重樓"作"層樓"。又，"緑煙低柳徑"句，作"柳堤芳草徑"。又，"何處"作"夢斷"。

【蔡案】

萬子原注："靜字可平"，該句並未作叶韻標注，失一句中韻。

少韻格 四十九字　　　　　　　　　　　顧　夐

瑟瑟羅裙金縷縷。輕透鵝黃香畫袴。垂交帶、盤鸚鵡。裊
●●○○●●▲　○○○○●●▲　○○●、○○▲　●

裊翠翹移玉步。　背人勻檀注。慢轉嬌波偷覷。斂黛春
●●○○●▲　◎○○●▲　●○○○○▲　●●○

情暗許。倚屏慵不語。
○●▲　●○○●▲

首句用仄仄平平平仄仄，三句不叶韻。後起句"檀"字用平，與前異。

〔杜注〕

按。《花間集》"嬌波"作"横波"。

【蔡案】

"檀注"，原譜作"檀炷"，前者爲妝物之屬，後者爲檀香之屬，顯誤。又，本調後段起句若爲五字句，則第四字依律爲仄，唐宋人皆如此填。"檀"有仄讀，此處可作借音法解，仄讀。

多字格 五十字　　　　　　　　　　　　韋　莊

緑槐陰裏黃鸝語。深院無人春晝午。畫簾垂、金鳳舞。寂
◎○⊙●○○▲　⊙●○○○●▲　○○○、○●▲　⊙

寞繡屏香一炷。　　碧天雲、無定處。空有夢魂來去。夜
●○○○●▲　　　●○○　○●▲　⊙●○○●▲　◎

夜綠窗風雨。斷腸君信否。
●○◎○⊙▲　◎○○○●▲

首句平仄與歐詞同。“畫簾垂”用平。後起用三字兩句，與前異。

【蔡案】

“夜夜”句第二字萬子注曰“可平”，或從後一首來，惟唐宋人於此
均仄，牛嶠詞或爲偶誤，或爲後人抄誤，不可校。

多字格 五十字　　　　　　　　　　　　　　牛　嶠

玉樓春望晴煙滅。舞衫斜卷金條脫。黃鸝嬌囀聲初歇。杏
◎○⊙●○○▲　○○○●○○▲　⊙●○⊙●○▲　◎

花飄盡龍山雪。　　鳳釵低赴節。筵上王孫愁絕。鴛鴦對
○⊙●○○▲　　　◎○○●▲　⊙●○○○▲　⊙■

銜羅結。兩情深夜月。
○○▲　◎⊙⊙◎▲

起四句皆七字，皆用韻，平仄亦皆同。又，後起用五字，與前異。

【蔡案】

“鴛鴦”之“鴦”字失律，不可填平，故擬以應仄而平符。但更可能
本句隨前段第三句添一字，作“鴛鴦對對銜羅結”。

多字格 五十字　　　　　　　　　　　　　毛文錫

平江波暖鴛鴦語。兩兩釣船歸極浦。蘆洲一夜風和雨。飛
○○○●○○▲　●●●○○●▲　○○●●○○▲　○

起淺沙翹雪鷺。　　漁燈明遠渚。蘭棹今宵何處。羅袂從
●●●○○●▲　　　○○○●▲　○●○○○▲　○●○

風輕舉。愁煞採蓮女。
〇〇▲　〇●●〇▲

前段四句雖亦皆七字，而第二、第四句平仄與前異，尾句亦稍異。

應天長慢 九十八字　　　　　　　周邦彥

條風布暖，霏霧弄晴，池塘遍滿春色。正是夜堂無月，沈沈
⊙〇●●　●●〇●　〇〇●●〇▲　●●●〇〇●　〇〇

暗寒食。梁間燕、社前客。似笑我、閉門愁寂。亂花過、隔
●〇▲　〇〇●　●〇●　●●●　●〇〇▲　●〇●　●

院芸香，滿地狼藉。　　長記那回時，邂逅相逢，郊外駐油
●〇〇　●◎〇▲　　　〇●●〇〇　●●〇〇　〇●●〇

壁。又見漢宮傳燭，飛煙五侯宅。青青草、迷路陌。强載
▲　●●●〇〇●　〇〇●〇▲　〇〇●　〇●▲　〇●

酒、細尋前跡。市橋遠、柳下人家，猶自相識。
●　●〇〇▲　　●〇●　●〇〇〇　〇◎〇▲

此九十八字乃一定之格，祇內數字、平仄可換耳。《竹山詞》本和
周韻，而“正是”句刻作“轉翠籠池閣”“又見”句刻作“謾有戲龍盤”，乃
各落一字，遂使人疑有九十六字一體，不特詞調傳訛，而文理亦失錯
矣。余嘗謂千里和清真，四聲一字不改，觀竹山亦一字不改，益知用
字自有定格，不如今人高見，隨意可填也。“亂花過”“過”字，各家俱
用仄，蔣集作“似瓊花”，“花”字亦訛，恐是“苑”字。《夢窗甲稿》於“梁
間”二句作“芙蓉詞賦客”，亦是“蓉”字下落一字，非有九十七字一體
也。或曰：前葉詞此句云“扁舟波浩渺”，亦用五字，或夢窗同之耳。
余曰：葉用柳體是五字，其後段“鷗鷺千古意”亦五字，夢窗用周體，
是六字，其後段“淩波恨，簾户寂”亦六字，兩體前後各自相同，不可亂
也。伯可於“正是”二句、“又見”二句作上四下七，不拘。此十一字語
氣總一貫耳。《圖譜》以此收康、周，作兩體，不必也。“弄”字宜用去

聲,《譜》《圖》云"可平";"暗寒食""五侯宅"宜仄平仄,方、康、吳、蔣皆同,《譜》《圖》云"可平仄仄";"前社客""迷路陌"宜平去仄,方、康、吳、蔣皆同。《譜》《圖》云"可仄平仄";"似笑我""彊載酒"宜仄去上,方、康、吳、蔣皆同,《圖譜》云"可平平仄";後起康作"楚岫在何處",正與前葉詞同,《譜》《圖》云"在字可平";"駐油壁"宜去平仄,方、康、吳、蔣皆同,《譜》《圖》云"可平平仄";"亂花過""市橋遠"宜仄平仄,方、康、吳、蔣皆同,《譜》《圖》云"可平平平"。俱不顧腔調而信意亂注,真爲怪事!至於"閉"字、"細"字,方用"易、漸",康用"頓、傍",吳用"醉、墮",蔣用"晝、墮",俱是去聲,概曰"可平",必欲將此調注壞,何歟?"隔"字、"柳"字亦不可平。

〔杜注〕

按,《詞譜》"夜堂"作"夜臺"。又,"前社"作"社前"。應遵改。

【蔡案】

本詞原作"又一體",列於葉夢得詞後,但因爲前面各首均爲同名異調,不可以又一體臚列,而葉詞非正體,故作此調整。

萬子注第三句"滿"字可平,誤。按,本字依律當仄,宋人皆填仄聲,惟康與之以平填,本屬違律,不可且校。"社前"原作"前社",據《欽定詞譜》改。

本詞前後段兩結,均用拗句句法,其原因是句法所用不同,如前段,若以其韻律劃分,實爲"亂花過隔院,芸香滿地狼藉",或這也是萬子"亂花過"後用逗,"市橋遠"後用句的內在原因。現均改爲逗。

少字格 九十四字　　　　　葉夢得

松陵秋已老,正柳岸田家,酒醅初熟。鱸膾蒓羹,萬里水天
○○○●●　●●●●○　●○○▲　○●○○　◎●○○

相續。扁舟波浩渺，寄一葉、暮濤吞沃。青篛笠、西塞山前，
○▲　　○○●● ●○● ●○○▲　⊙●● ○○○○

自翻新曲。　　來往未應足。便細雨斜風，有誰拘束。陶
●○○▲　　○○●●● ●○○○ ●○○▲ ○

寫中年，何待更須絲竹。鵁鶄千古意，算入手、比來尤速。
●○○ ⊙●●○○▲ ○○○●● ●●● ●○○●▲

最好是、千點雲峰，半篙澄綠。
◎●● ○○○○ ●○○▲

　　耆卿此體於"醅"字、"誰"字、"篙"字俱用仄聲，不拘。"正柳岸"
以下，與後"便細雨"以下同。《圖譜》注首句"松陵秋巳"四字可作仄
仄仄平，未知何據。"渺"字、"意"字，柳俱叶韻，想可不拘。

〔杜注〕

　　按，《詞譜》"扁舟波浩渺"句，"波"作"臨"。又，"雲峰"作"雲屏"。

【蔡案】

　　萬子所指柳永詞，其前起作"殘蟬漸絶"，較之本詞少一字。萬子
所云三字，柳詞分作"敗葉微脫""怎忍虛設""莫便中輟"，其中"葉"字
以入作平、"忍"字以上作平、"便"字借音爲平，故譜中不作可仄標識。

　　又，萬子注"寄一葉"之"一""算入手"之"入"，以入作平。

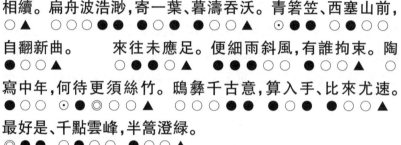

憶漢月　五十字　又名《望漢月》　　　　歐陽修

紅艷幾枝輕裊。早被東風開了。倚煙啼露爲誰嬌，故惹蝶
○●●○○▲　◎●○⊙○▲　○○○⊙●○○ ◎●●

憐蜂惱。　　多情遊賞處，留戀向、綠叢千繞。酒闌歡罷不
○○▲　　○○○●● ○●● ●○○▲ ◎○⊙●●

成歸，腸斷月斜人老。
○○ ⊙●●○○▲

　　同叔作，名《望漢月》，查與此詞同，祇"倚煙"句用"謝娘春晚先多

愁”，“先”字恐誤；“酒闌”句用“年年歲歲好時節”，“節”可作平。觀後柳詞，則知亦可用仄，但前結云“更撩亂絮如雪”三字兩句，與此不同。後結云“怎奈有人離別”，則可作三字兩句，亦可作六字也。

〔杜注〕

　　按，晏同叔作，前結云“更撩亂、絮飛如雪”，後結云“爭奈向、有人離別”，皆七字句，萬氏所引，各缺落一字。

多韻格　五一一字　　　　　　　　柳　永

明月。明月。明月。何事乍圓還缺。恰如年少洞房人，暫
○▲　○◆　○◆　●●●○○▲　●○○●○○　●

歡會、依前離別。　　　小樓憑檻處，正是去年時節。千里清
○●　○○○▲　　　●○○●●　●●●○○▲　○○○

光又依舊，奈永夜、厭厭人絕。
○●○●　●●●　○○○▲

　　起六字乃巧句，非有此定格也。蓋“月”字入聲，可借用耳。前段與前詞同，後段略異。

【蔡案】

　　前段三“明月”原譜不讀斷。前結原作“歡會依前離別”，據《樂章集》補。又，後段“正是”句諸家均爲七字句，疑脫一字。

少年遊　五十字　　　　　　　　毛　滂

遙山雪氣入疏簾。羅幕曉寒添。愛日騰波，朝霞入戶，一綫
⊙○●●●○△　○●●○△　◎●○○　○○●●　⊙●

過冰簷。　　　綠尊香嫩蒲桃映，滿酌破冬嚴。庭下早梅，已
●○△　　　◎○○●○○●　●●●○△　○●●○　◎

含芳意, 春近瘦枝南。
○⊙●　⊙●●○△

後起句用仄, 餘同。子野作, 於"愛日"句用"銀瓶素綆", "庭下"句用"韶華長在", 與此稍異。然各家多從毛詞體。

〔杜注〕

按,《歷代詩餘》"向嫩"作"香嫩", 應遵改。

【蔡案】

已遵杜注改。

少韻格  五十字　　　　　　　　　　　　　向子諲

去年同醉酴醾下, 儘筆賦新詞。今年君去, 酴醾欲破, 誰與
●○○●○○●　●○●○△　○○○●　○○●●　○●
醉爲期。　　舊曲重歌傾別酒, 風露泣花枝。章水能長湘
●○△　　　●●○○○●●　○●●○△　○●○○○
水遠, 流不盡、兩相思。
●●　○●●、●○△

首句仄, 不起韻, 後起句平仄相反, 第三句七字不叶韻, 結句六字。皆與前詞異。

【蔡案】

本詞即毛詞詞體, 惟首拍不叶韻, 且後段第二均讀破異。各本多同此, 一本《酒邊詞》前段第一均作"去年同醉, 酴醾花下, 健筆賦新詞", 多一字, 則與蘇軾"去年相送"詞同。

讀破格 五十字　　　　　　　　　　　　　梅堯臣

欄干十二獨憑春。晴碧遠連雲。千里萬里, 二月三月, 行色
○○●●●○△　○●●○△　○●●●　●●○●　○●

苦愁人。　　謝家池上江淹浦，吟魄與離魂。那堪疏雨滴
●○△　　　●○○●○○●　○●○○△　●○○●●

黃昏。更特地、憶王孫。
○△　　●●●　●○△

　　後第三句，七字叶韻異。"千里""里"字以上作平，"二月""月"字
以入作平。

〔杜注〕

　　按，《四庫全書・六一詞提要》據吳曾《能改齋漫録》，斷此詞爲歐
陽修作。又按，別刻"江淹浦"下有"畔"字。

【蔡案】

　　本詞出《能改齋漫録》，作者爲歐陽修。此即毛詞詞體，惟後段兩
均皆讀破異。

讀破格 五十字　　　　　　　　張 耒

含羞倚醉不成歌。纖手掩香羅。偎花映燭，偷傳深意，酒思
○○●●●○△　○●●○△　●○●●　○○○●　●●

入橫波。　　看朱成碧心還亂，翻脈脈、斂雙蛾。相見時稀
●○△　　　○○○●○○●　○●●　●○△　○●○○

隔別多。又春盡、奈愁何。
●●△　●○●　●○△

　　後第三句七字叶韻，而平仄與前詞各異。

【蔡案】

　　本詞後段第二拍，原作"脈脈斂雙蛾"，較之各本皆少一字，則原
譜脫一字。補足後即毛詞詞體，惟後段兩均皆讀破異。

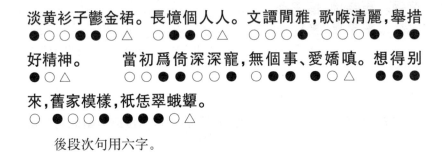

多字格 五十一字　　　　　　　　　　　　柳　永

淡黃衫子鬱金裙。長憶個人人。文譚閒雅，歌喉清麗，舉措
●○○●●○△　　○●●○△　　○○○●　○○○●　●●

好精神。　　　當初爲倚深深寵，無個事、愛嬌嗔。想得別
●○△　　　　　○○○●○○●　○●●、●○△　　●●●

來，舊家模樣，祇恁翠蛾顰。
○　●○○●　●●●○△

　　後段次句用六字。

多字格 五十一字　　　　　　　　　　　　柳　永

一生贏得是凄凉。追往事、暗心傷。好天良夜，深屏香被，
●○○●●○△　　○●●、●○△　　●○○●　○○○●

爭忍便相忘。　　　王孫動是經年去，貪迷戀、有何長。萬種
○●●○△　　　　　○○●●○○●　○○●、●○○　●●

千般，把伊情分，顛倒盡猜量。
○○　●○○●　○○●○△

　　首句六字，前後第二句皆六字。

〔杜注〕

　　按，宋本"贏得"下有"是"字。又，"盡猜"二字作"儘思"，宜從。
又按，《詞譜》亦有"是"字。

【蔡案】

　　前後段第一均皆讀破。

　　原譜首句無"是"字，據杜注補。次拍全宋惟此一詞六字，"追"字
疑衍，蓋"一生贏得凄凉，往事暗心傷"者，已然知是"追"也，何必贅
語？耆卿豈是如此水準哉。

讀破格　五十一字　　　　　　　　　　　　晏幾道

西樓別後，風高露冷，無奈月分明。飛鴻影裏，擣衣砧外，總
○○●● 　○○●● 　○●●○△ 　　○○●● 　●○○● 　　●

是玉關情。　　　王孫此際，山重水遠，何處賦西征。金閨魂
●●○△ 　　　　○○●● 　○○●● 　○●●○△ 　　○○○

夢枉丁寧。尋盡短長亭。
●●○△ 　○●●○△

首起兩四字，全第二句方起韻。後起小同。尾用一七、一五，俱叶韻。

〔杜注〕

按，《詞譜》"尋盡"作"尋遍"。此字宜去聲，應遵改。

【蔡案】

杜氏受萬子影響，也講究去聲了。祇是小山"不與者番同"、美成
"直是少人行"、子野"相與笑春風"及閬齋"笑語盡聞香"等等俱作上
聲，而去聲僅得一半。如美成四首，三首上聲，可知於詞中以作曲法
講究去聲，多屬無謂。

重　格　五十一字　　　　　　　　　　　　姜　夔

雙螺未合，雙蛾先斂，家在碧雲西。別母情懷，隨郎滋味，桃
○○●● 　○○○● 　○●●○△ 　　●●○○ 　○○○● 　○

葉渡江時。　　　扁舟載了匆匆去，今夜泊前溪。楊柳津頭，
●●○△ 　　　　○○●●○○● 　○●●○△ 　　○○○●

梨花牆外，心事兩人知。
○○○● 　○●●○△

前起兩四字，後起七字。

〔杜注〕

按，《白石道人歌曲》"扁舟載了匆匆去"句，"匆匆"下有"歸"字，

作四字兩句,與後五十二字高觀國詞正同。

【蔡案】

　　後段首拍脫一字,據《白石道人歌曲》,應作"扁舟載了,匆匆歸去,今夜泊前溪",如此,則本詞即晏幾道"西樓別後"詞體,重格。

　　　　讀破格　五十一字　　　　　　　　　　　　蘇　軾

去年相送,餘杭門外,飛雪似楊花。今年春盡,楊花似雪,猶
●○○●　○○○●　○●●○△　○○○●　○○●●　○

不見還家。　　　　對酒捲簾邀明月,風露透窗紗。恰似嫦娥
●●○△　　　　●●●○○○●　○○●○△　●●○○

憐雙燕,分明照、畫梁斜。
○○●　○○●　●○△

　　後段七字起,尾又用一七一六。

　　"對酒""恰似"兩句有拗字,不必從。"雙"字或作"隻"。

【蔡案】

　　前段第一均、後段第二均讀破毛詞詞體。

　　"對酒""恰似"二句大拗,均存在兩頓連平而失諧的問題。這二句宋人多作平起仄收式,祇有本詞及晁補之"願得吳山山前雨……不見樓頭嬋娟月"四句如此填,偶例,故不足爲訓,學者應以平起仄收式爲正。既然此處七字句例作平起仄收式句法,則這四個句子的形成,基本判斷是因爲由●●○○　○○○●句式脫落第五字而造成。

　　　　讀破格　五十二字　　　　　　　　　　　　高觀國

春風吹碧,春雲映綠,曉夢入芳堙。軟襯飛花,遠連流水,一
○○○●　○○●●　●●●○△　●●○○　●○○●　●

望隔香塵。　　萋萋多少，江南舊恨，翻憶翠羅裙。冷落閒
●●○△　　　○○●● ○○●● ○●●○　●●
門，淒迷古道，煙雨正愁人。
○　○○●● ○●●○△

四段俱用兩四一五字。

【蔡案】

前後段第一均皆讀破毛詞體。

當年攜手 四十九字　　　　　　　　晁補之

當年攜手，是處成雙，無人不羨。自間阻、五年也，一夢擁、
○○○● ●●○○ ○○●▲　●●● ●○●　●●●
嬌嬌粉面。　　柳眉輕掃，杏腮微拂，依前雙靨。甚睡裏、
○○●▲　　　●○○● ●○○● ○○●▲　●●●
起來尋覓，却眼前不見。
●○○● ●●○●▲

　　本譜皆以字數次序前後，但此詞全與本調不似，未審果是《少年
遊》否。今姑依原集題名載此，故另列於後。

〔杜注〕

　　按，《詞譜》云：“此詞用仄韻，宋元人無填此者，因見《琴趣外篇》
采之，以備一體。”

【蔡案】

　　本詞決是別一詞調，不僅僅是因爲採用仄韻，而是《少年遊》一
調，均使用雙字起式句法，即便五字句，也均爲律句句法，絕無“却眼
前不見”之類的單字起式句法。以前段首均爲例，從律理分析，第二
拍不可能形成●●○○句法，“無人不羨”“依前雙靨”之類的句子，亦
非由“羅幕曉寒添”式的五字句減字而來。爲示區別，謹以首拍爲

調名。

又按，原譜前段後均作“自間阻五年，也一夢擁、嬌嬌粉面”，頗不暢達，改。

城頭月　五十字　　　　　　　　　　　　李公昂

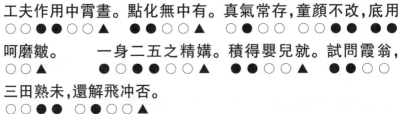

工夫作用中霄晝。點化無中有。真氣常存，童顏不改，底用
〇〇●●〇〇▲　　●●〇〇▲　　〇〇●〇　〇〇●●　〇●

呵磨皺。　　　一身二五之精媾。積得嬰兒就。試問霞翁，
〇〇▲　　　　●〇●●〇〇▲　　●●〇〇▲　　●●〇〇

三田熟未，還解飛冲否。
〇〇●●　〇●〇〇▲

前後段同。此調與《少年遊》字句同，但係仄韻，不敢擅以爲一調，故另收之。

【蔡案】

本調現存僅一組唱和詞，首唱者爲馬天驥的《贈梁彌仙》。但是馬詞的後段尾均作“借問羅浮鶴侶，還似先生否”十一字，李詞及黎道靜和詞則均爲十三字，顯奪二字。

《花草粹編》卷八收此，文字略有出入，其中“中霄”“真氣”“之精”應改爲“中宵”“真意”“陽精”，“試問霞翁”又作“借問霞仙”，因不礙律，但注不改。

詞 律 卷 六

梁州令　五十二字　“梁”一作“涼”　　　　　　晏幾道

莫唱陽關曲。淚濕當年金縷。離歌自古最銷魂，於今爭奈，
◎ ● ○ ○ ▲　　◎ ● ○ ○ ▲　　○ ○ ● ● ● ○ ○　⊙ ○ ○ ●

更有銷魂處。　　南橋楊柳多情緒。不繫行人住。人情却
● ● ○ ○ ▲　　　⊙ ○ ○ ● ○ ○ ▲　　◎ ● ○ ○ ▲　　⊙ ○ ○

似飛絮。悠揚便逐春風去。
● ○ ▲　　○ ○ ● ● ○ ○ ▲

　　“曲”字音“去”，查各詞俱首句用韻，此乃以入聲作去，蓋北音也。

〔杜注〕

　　按，《花草粹編》“於今更有銷魂處”句，“於今”下有“爭奈”二字，
與後晁詞同。又按《詞譜》無“爭奈”二字，“更有”作“更在”。又注
云：“《詞律》：前段起句‘曲’字音‘去’，起韻。”按《中原音韻》“魚模”
上聲中，有縷、處等韻，以入聲作上聲中，有“曲”字，從之。

【蔡案】

　　前段結拍，原作“於今更有銷魂處”。按，此當以《花草粹編》本爲
準，因爲不僅後二首如此，《梁州令疊韻》中尾二句也是四字一句、五
字一句，可見其爲定格。據補。“濕”字位依律須仄，宋元亦以仄爲
正，僅晁、柳二詞用平，不取。在後詞樂時代的今天，尤以仄爲佳。

重　格　五十二字　　　　　　　　　　　　　　　　晁補之

二月春猶淺。去年櫻桃開遍。今年春色怪遲遲，紅梅常早，
未露胭脂臉。　　　東君故遣春來緩。似會人深願。蟠桃新
鏤雙盞。相期似此春長遠。

　　紅梅以下比前多二字。後起句祇六字，或曰“東君”下恐落去
一字。

〔杜注〕

　　按，《詞譜》“東君”下有“故”字。應遵補。與前詞字數正同。

【蔡案】

　　已據杜注補，然則本詞即前一詞體，同格，不擬譜。

多字格　五十五字　　　　　　　　　　　　　　　　柳　永

夢覺紗窗曉。殘燈黯然空照。因思人事苦縈牽，離愁別恨，
●●○○▲　　○⊙●○○▲　　○○○●●○○　○○●●

無限何時了。　　　憐深定是心腸小。往往成煩惱。一生惆
○●○○▲　　　　○○●●○○▲　　●●○○▲　　●○○

悵情多少。月不長圓，春色易爲老。
●○○▲　●●○○　○●●○▲

　　照前詞，則應於何時了下分段，而柳集係連刻，且觀後二闋亦可
合作一段，故仍之。

【蔡案】

　　原譜不分段，萬子以爲後二首疊韻體未分，所以本詞亦可不分，
竟不知疊韻體復疊後仍是雙段式，從來如此，以致晁詞疊韻體則兩段
俱分，所論甚謬。

後段第三句原譜作"一生惆悵情多感"，檢本調令詞後段第三句宋詞均入韻，原譜所據本或有錯，現據彊村叢書本《樂章集》改。

梁州令疊韻 一百四字　　　　　　　　晁補之

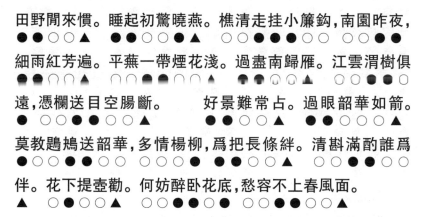

田野閒來慣。睡起初驚曉燕。樵清走挂小簾鈎，南園昨夜，細雨紅芳遍。平蕪一帶煙花淺。過盡南歸雁。江雲渭樹俱遠，憑欄送目空腸斷。　　好景難常占。過眼韶華如箭。莫教鵾鵃送韶華，多情楊柳，爲把長條絆。清斝滿酌誰爲伴。花下提壺勸。何妨醉臥花底，愁容不上春風面。

此與前歐詞多同，但題曰"疊韻"，而本集分刻如右，今不敢改也。"俱遠"二字上尚有四字，舊本遺落，無可考增，"遠"字亦非叶韻，作者照歐詞"不堪"句換之可也。觀此"何妨"句，則前詞（按，已移至本詞之後）"芳心"句，"長"字誤多可信。

〔杜注〕

萬氏云："'俱遠'二字上尚有四字，舊本遺落，無可考增。"按，《無咎琴趣外篇》"俱遠"上有"江雲渭樹"四字，與所論正合，應增。

【蔡案】

本詞原譜臚列於歐陽修詞後。

本詞萬子原題《梁州令疊韻》，分四段。按，宋詞雙調小令復疊爲慢詞，俱仍作雙調，作四段者，無謂，刪去"遍""絆"後空格。又按，第二段第三拍原譜僅"俱遠"二字，此必爲脱字，宋詞無論小令、慢詞，此處均爲六字，故斷無二字一句之理，茲據杜注補。

多字格 一百五字　　　　　　　　　　　　歐陽修

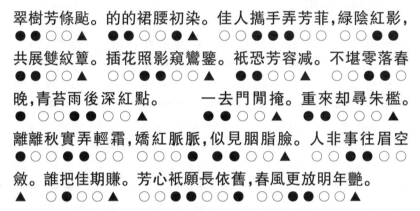

翠樹芳條颭。的的裙腰初染。佳人攜手弄芳菲，綠陰紅影，
●●○○▲　　●●○○▲　　○○○●●○○　●○○●

共展雙紋簟。插花照影窺鸞鑒。祇恐芳容減。不堪零落春
●●○○▲　　●○●●○○▲　　○●○○▲　　●○○●○

晚，青苔雨後深紅點。　　　　一去門闈掩。重來却尋朱檻。
●　○○●●○○▲　　　　　　●●○○▲　　○○●○○▲

離離秋實弄輕霜，嬌紅脈脈，似見胭脂臉。人非事往眉空
○○○●●○○　○○●●　●●○○▲　　○○●●○○

斂。誰把佳期賺。芳心祇願長依舊，春風更放明年艷。
▲　　○●○○▲　　○○●●○○●　○○●●○○▲

　　前後段同。祇“芳心”句七字，恐“長”字是誤多耳。“晚”字《譜》
《圖》俱注叶韻，不知此詞通篇用閉口音甚嚴，豈誤插一旁韻？況後段
舊字不叶，可證。觀此詞，則知前詞可合兩段爲一，而晁詞“東君”句
或誠少一字矣。

〔杜注〕

　　萬氏謂“芳心祇願長依舊”句，恐“長”字是誤多，按，《詞譜》無
“長”字。又，據秦氏玉生云，柳耆卿有此體，此句亦作七字。

【蔡案】

　　本詞即《梁州令疊韻》，原譜萬子作“又一體”，誤。

　　“芳心”句，歐詞別首作“如今却恁空追悔”，亦爲七字，《詞繫》則
云：“《詞律》謂後段多一字，柳詞亦七字，何必拘定”，或可證“長”字非
羨。然本式終非正體，填者宜以前一體爲範。

西江月　五十字　　　　　　　　　　　　史達祖

裙摺綠羅芳草，冠梁白玉芙蓉。次公筵上見山公。紅綬欲
⊙●◎○⊙●　⊙○○○●△　◎○⊙●●○△　⊙○◎

銜雙鳳。　　　已向冰奩約月，更來玉界乘風。淩波襪冷一
○⊙▲　　　◎●⊙○●●　◎○○●○△　⊙○◎●●

尊同。莫負彩舟涼夢。
○△　◎●○○⊙▲

　平仄兩叶。

　又有前二平一仄，後又換韻二平一仄者，山谷、夢窗皆有此體。
錄後。

易韻格　五十字　　　　　　　　　　　　吳文英

枝裊一痕雪在，葉藏幾豆春濃。玉奴最晚嫁東風。來結梨
○●●○●●　●○○●○△　●○●●●○△　○●○

花幽夢。　　　香力添熏羅被，瘦肌猶怯冰綃。綠陰青子老
○○▲　　　○●○○○●　●○○●○▽　●○○●●

溪橋。羞見東鄰嬌小。
○○　○●○○○▼

多字格　五十六字　　　　　　　　　　　趙以仁

夜半沙痕依約，雨餘天氣溟濛。起行微月遍池東。水影浮
●●○○○●　●○○●○△　●○○●●○△　●●○

花，花影動簾櫳。　　　量減難追醉白，恨長莫盡題紅。雁聲
○，○●●○△　　　●●○○●●　●○●●○△　●○

能到畫樓中。也要玉人，知道有秋風。
○●●○△　●●●○，○●●○△

　前後結俱一四、一五，不換仄叶。

　　按，汲古刻書舟《西江月》三首，一缺後半，一缺前半，乃以兩半合，作《烏夜啼》別載，誤矣。其第三則全是《烏夜啼》，祇兩結六字。余斷其亦是誤名，必無此《西江月》體也，但因《烏夜啼》各家無六字結者，故不收《錦堂春》後，附錄於此備考：

　　牆外雨肥梅子，階前水繞荷花。陰陰庭戶薰風滿，水紋簟怯菱芽。　春盡難憑燕語，日長惟有蜂衙。沈香火冷珠簾暮，個人在、碧窗紗。

【蔡案】

　　萬子原注，"玉人"之"玉"以入作平。

西江月慢　一百三字　　　　　　　　　　　呂渭老

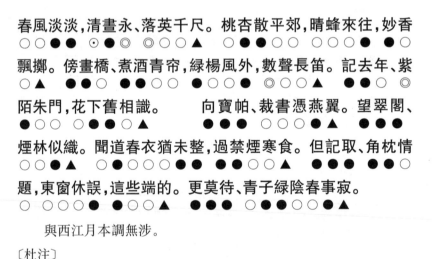

　　與西江月本調無涉。

〔杜注〕

　　按，秦氏玉生校本，"角枕情題"句，"情題"作"題情"。

【蔡案】

　　本詞原譜未擬可平可仄，現據無名氏詞補：前段第二拍，無名氏作"映粉牆、垂絲輕嫋"，"映"字仄聲，"牆"字、"垂"字平聲；第八拍"江南春早"，"江"字平聲；第九拍"又數枝、零亂殘花"，"零"字平聲。譜中可平可仄據補。

又，後段尾均，無名氏作"又祇恐、別有深情，盟言忘了"，疑呂詞脫一字。

江月晃重山 五十四字　　　　　　　　　　　　　陸　游

芳草洲前道路，夕陽樓上闌干。碧雲何處望歸鞍。從軍客、
⊙●○○●● 　○○○●○△ 　○○●●●○△ 　○○●

耽樂不思還。　　　洞裏仙人種玉，江邊楚客滋蘭。鴛鴦沙
⊙●●○△ 　　　　●●○○●● 　○○●●○△ 　○○○

暖鷓鴣寒。菱花晚、不奈鬢毛斑。
●●○△ 　○○● ●◎○△

用《西江月》《小重山》串合，故名《江月晃重山》。此後世曲中用犯之嚆矢也。詞中題名"犯"字者有二義：一則犯調，如以宮犯商角之類，夢窗云："十二宮住字不同，惟道調與雙調俱上字住，可犯。"是也；一則犯他詞句法，若《玲瓏四犯》《八犯玉交枝》等，所犯竟不止一詞，但未將所犯何調著於題名，故無可考。如《四犯剪梅花》下注小字，則易明。此題明用兩調名串合，更爲易曉耳。此調因《江月》在前，《小重山》在後，故收於《西江月》後，猶《江城梅花引》收於《江城子》後也。

"碧雲""鴛鴦"二句，兩調俱有此七言。或云《西江月》止四句，《小重山》六句，必各采其半。余曰：總之此句平仄相同，不必太泥也。近日《圖譜》收《踏莎美人》調，而以梁汾之新犯實之，亦自和協，且作新犯，差勝於自度。然今人不諳當時宮調，未便擅創。此類甚多，余皆不敢收入。

按，夢窗所云“道調雙調俱上字住，可犯”，此“上”字，非平上去入之“上”，乃今弦管家所謂六工尺上之“上”也，此不可不知。

〔杜注〕

按，《詞譜》“仙人”作“神仙”，“楚客”作“騷客”。注云：“元好問詞，與此平仄如一。”

四犯令 五十字　　　　　　　　　　　　　　侯　寘

月破輕雲天淡注。夜悄花無語。莫聽陽關牽離緒。拚酩
◎●○○○●▲　●●○○▲　◎○○○■▲　●●
酊、花深處。　　　明日江郊芳草路。春逐行人去。不似酴
●　○○▲　　　⊙●○○○●▲　○⊙●○○▲　◎●○
釅開獨步。能著意、留春住。
○○●▲　○○●●　○○▲

前後段同。

題名四犯，必犯四調者，或每句犯一調，然未注明，不知犯何調也，説見前調下。

〔杜注〕

按，《歷代詩餘》云：“犯，是歌時假借別調作腔，故有《側犯》《尾犯》《花犯》《玲瓏四犯》等名。此‘四犯’，蓋合四調而成，惜無調名可考。”

【蔡案】

本調關注詞名《桂華明》、李處全詞名《四和香》。

本調前段“莫聽”七字、關注詞後段“皓月”七字，均爲大拗句法，較之關詞前段“問我”七字、本詞後段“不似”七字，再較之李處全詞的“華節良辰人有分……眉壽故應天不吝”，都是仄起仄收式七字律句，則可知本詞“離”字、關詞的“何”字均爲誤填，故《圖譜》用應仄而平

擬。此外,本調前後段第二均的語意單位,或應該是四字一單位和九字一單位組成,惟九字組中嵌一腹韻,故前三字每每易於移前,合成七字一句,正如後文《留春令》高觀國詞,同樣結構,可參見。

　　李詞前段第三拍作"華節良辰人有份","華"字平聲;後段第三拍作"眉壽故應天不吝","眉"字平聲,"故"字仄聲。譜中可平可仄據補。又,萬子原注,獨,以入作平,不從,理由如前。

桂華明 五十字　　　　　　　　　　　　　　　　關　注

縹緲神仙開洞府。遇廣寒宮女。問我雙鬟梁漢舞。還記
●●○○○●▲　●○○○▲　●○○○○●▲　○●
得、當時否。　　碧玉詞章教仙語。爲按歌宮羽。皓月滿
●　○○▲　　●●○○○●▲　●●○○▲　●●●
窗人何處。聲永斷、瑤臺路。
○○■▲　○●●　○○▲

　　《墨莊漫録》云:"宣和二年,關注子東,夢一髯翁使女子歌太平樂,醒而記之。後復夢,翁問記否? 子東歌之,翁以笛復作一弄,是重頭小令。後又夢月姊爲歌前兩曲,姊喜,亦歌一調,似昆明池,醒不復憶。惟髯翁笛聲尚在,因倚其聲爲調,名曰《桂華明》。"

〔杜注〕

　　按,《詞譜》云此調即《四犯令》。今與本卷在前之侯寘詞比對,字數悉同。又按,《花草粹編》"問我雙鬟梁漢舞"句,"漢"作"溪",與《本事詞》所記"前在梁溪曾按太平樂,尚能記否"之語相合。應改"漢"爲"溪"。又,後起"碧玉詞章教仙女"句,"女"字重韻,《粹編》"仙女"作"仙子",失叶。葉《譜》作"仙語",宜從。

【蔡案】

　　本詞原臚列於本卷《滴滴金》後,因本詞即《四犯令》,惟前後段第

二拍句法不同而已,故移至此。

"仙語"原作"仙女",重韻,依杜注改。萬子注引《墨莊漫録》,"漫"字原作"慢",顯誤,改。

滿宮花 五十一字　　　　　　　　　　　　　　張　泌

花正芳、樓似綺。寂寞上陽宮裏。鈿籠金鎖睡鴛鴦,簾冷露
⊙○○、●●▲　○○○●○▲　◎○⊙●●○○　⊙●◎
華珠翠。　　嬌艷輕盈香雪膩。細雨黃鸝雙起。東風惆悵
○⊙▲　　○⊙○○○●▲　◎●⊙○○▲　⊙○○●
欲清明,公子橋邊沈醉。
●○○、⊙●○○▲

後段起句七字,"細雨"句《圖譜》失注叶。

【蔡案】

本詞原列於尹詞之後,因本調後段起拍均爲七字一句,獨尹詞作六字折腰式句法,故本詞應爲正體,移至調首。

譜中可平可仄,校之萬子所注尹詞之平仄譜,余校之下列魏承班詞,其中魏詞前段第二拍、後段首拍句法與此不同,前段第四句,魏詞別首作"應在倡樓酩酊","酩"字仄聲,補注。

少字格 五十字　　　　　　　　　　　　　　尹　鶚

月沈沈、人悄悄。一炷後庭香裊。風流帝子不歸來,滿地禁
◎○○、○●▲　○○●○○▲　⊙○⊙●●○○　○●◎
花慵掃。　　離恨多、相見少。何處醉迷三島。漏清宮樹
○⊙▲　　○●○、○●▲　⊙●⊙○○▲　◎○⊙●
子規啼,愁鎖碧窗春曉。
●○○、⊙●○◎○▲

前後段同。

〔杜注〕

按,《歷代詩餘》"風流帝子"作"草深輦路",應遵改。又,"慵掃"作"誰掃",《詞譜》亦作"慵"。

重　格 五十一字　　　　　　　　　　　　　魏承班

雪霏霏、風凜凜。玉郎何處狂飲。醉時想得縱風流,羅帳香幃鴛寢。　　春朝秋夜思君甚。愁見繡屏孤枕。少年何事負初心,淚滴縷金雙衽。

"玉郎"句、"春朝"句平仄各異。

【蔡案】

此即張泌詞體,詞中句法變異本爲常見,唐五代詞尤其如此,因之而旁列一體,殊爲無謂,不予擬譜,填者徑用張詞詞譜即可。

留春令 五十字　　　　　　　　　　　　　高觀國

粉綃輕試,綠裙微褪,吴姬嬌小。一點清香,著芳魂,便添
●○○● ●○○● ○⊙○▲ ●●○○ ●○○ ●○
起、春懷抱。　　玉臉窺人舒淺笑。寄此情天渺。酒醒羅
● ○○▲ ◎●○○○●▲ ●◎○○▲ ◎●○
浮,角聲寒,正月挂、南枝曉。
○ ●●○ ●◎● ○○▲

梅溪於"一點"句作"一泓春水點黄昏","玉臉"句作"曾把芳心深相許",平仄稍異。然此詞前後整齊,可從。

【蔡案】

"一點"後七字、"酒醒"後七字原譜不讀斷,但是"香""浮"後應有

一讀斷，觀李之儀詞自可悟出，其三三式九字，可讀破爲一四一五兩句，故前四字一句極爲明顯。

讀破格 五十字　　　　　　　　　　　　　　李之儀

夢斷難尋，酒醒猶困，那堪春暮。香閣深沈，紅窗翠暗，莫羨
●●○○　●○○●　●○○▲　○○○○　○○●●　●●
顛狂絮。　　　　綠滿當時攜手路。懶見同歡處。何時却得，
○○▲　　　　●●○○○●▲　●●○○▲　○○●●
低幃昵枕，盡訴情千縷。
○○●●　●●○○▲

起句用平，前後結俱兩四一五，與前詞異。

誤調名 五十四字　　　　　　　　　　　　　黃庭堅

江南一雁橫秋水。嘆咫尺、斷行千里。回文機上字縱橫，欲
○○●●○○▲　●●●、●○○▲　○○○●●○○　●
寄遠、憑誰是。　　　　謝客池塘春都未。微微動、短牆桃李。
●●、○○▲　　　　●●○○○○▲　○○●、●●○▲
半陰纔暖却清寒，是瘦損人天氣。
●○○●●○○　●●●○○▲

前後段同，俱七字起，與前詞異。尾句不可於三字豆，與前段稍有不同。

【蔡案】

本詞應非《留春令》，而是《憶王孫》，見卷二《憶王孫》雙調五十四字體周紫芝詞，尤其兩詞結拍，前段均爲三三式折腰句法，後結則一作"是瘦損人天氣"，一作"也不管人煩惱"，如出一轍。因與周詞全同，注明而不移動。

月中行 五十字　　　　　　　　　　　　　周邦彦

蜀絲趁日染乾紅。微暖口脂融。博山細篆靄房櫳。静看打
◎○○●●○△　⊙●○△　○○○●●○△　◎○●

窗蟲。　　　愁多膽怯疑虚幕，聲不斷、暮景疏鐘。團圍四壁
○△　　　　⊙○○●○○●　⊙●●　●●○△　⊙○●●

小屏風。淚盡夢啼中。
●○△　　◎●●○△

　　"博山"二句，前後同。

〔杜注〕

　　按，《詞譜》云："此詞即《月宮春》，美成所更名，應附卷五《月宮
春》後，爲又一體。"

【蔡案】

　　杜文瀾謂："詞譜云：'即《月宮春》，美成所更名。'應附《月宮春》
後。"本調曾移至《月宮春》，但玩味再三，總覺句、韻都有所不同，《月
宮春》有毛文錫、韓滮各一首，《月中行》則另有吳文英、陳允平各一
首，兩者各遵其律極嚴，其詞亦一般無二。兩調之别主要在後段，其
一爲後段第二拍，前者爲七言律句，後者爲折腰式七字句；其二在後
段第二拍，前者六字一句、不押韻，後者七字一句、押韻；其三則爲前
段第二拍、第四拍、後段第一拍、第四拍之句法均不同，且各守其律。
有此三者，不敢混列。

鹽角兒 五十字　　　　　　　　　　　　　晁補之

開時似雪。謝時似雪。花中奇絶。香非在蕊，香非在萼，骨
○○●▲　●○○◆　⊙○○▲　○○●●　○○○●●　●

中香徹。　　　占溪風、留溪月。堪羞損、山桃如血。直饒
○○▲　　　　●○○　○○●　⊙○●　○○○▲　⊙○

更、疏疏淡淡，終有一般情別。

●　○○○●　⊙●●○○▲

前段似《柳梢青》，後則全異。

〔杜注〕

按，《碧雞漫志》云：“始，教坊家人市鹽，於紙角中得一曲譜，翻之，遂以爲名。”又按，《花草粹編》“骨中香徹”句，“骨”字上有“自是”二字。又，“直饒更、疏疏淡淡”句，“更”字下有“是”字。

【蔡案】

以全篇韻律觀之，起調處兩“雪”字入韻顯係修辭作用，而並非律法如此，所以不叶亦可，看歐陽修兩首都不叶韻，可知。

茶瓶兒　五十四字　　　　　　　　　　石孝友

相對盈盈一水。多聲價、聞名得字。剛能見也還拋棄。辜

⊙●○○○▲　⊙○○　●○○▲　○○○●●○▲　⊙

負了、萬紅千翠。　　留無計。來無計。悶厭厭、成何況

●●　●○○▲　　　⊙○▲　○○◆　●○○　⊙○◎

味。而今若没些兒事。却枉了、做人一世。

▲　○○○◎○○▲　●●●　●○◎▲

【蔡案】

次句原作“開名得字”，形近而誤，《欽定詞譜》作“問”，亦差，據《花草粹編》改。前段結拍原譜作“負了萬紅千翠”，後段第三拍原譜作“成何況味”，校之別首，當有脫落，茲據《欽定詞譜》增補，原譜“五十字”改爲“五十四”字。然則本詞即後一體，惟換頭句法不同耳。圖譜中可平可仄據後一體校。

原譜萬子換頭擬爲折腰式六字句，“留無計”不叶韻，但是梁意娘詞，後段首句作“關山杳。音塵悄。”三字兩韻，則本詞亦不妨以疊韻

描述換頭。

讀破格　五十四字　　　　　　　　　　　趙彥端

淡月華燈春夜。送東風、柳煙梅麝。寶釵宮髻連嬌馬。似
●●○○○　▲　　○○○、●○○●　▲　　◎○○●●○○　▲　　●

記得、帝鄉遊冶。　　　悅親戚之情話。況溪山、坐中如畫。
●●、●○○●　▲　　　　●○●○○●　▲　　●○○、●○○●　▲

淩波微步人歸也。看酒醒、鳳鸞誰跨。
○○○●○○　▲　　●●●、○○○●　▲

前後同。比石詞多四字。愚謂石詞不全，其前結“負”字上必落
一“辜”字，蓋此調前後皆七字也。至“成何況味”上必落三字無疑，蓋
玩其語氣，斷無單用此四字之理也。

〔杜注〕

按，《花草粹編》“負”字上有“孤”字，“成何況味”上有“悶懨懨”三
字，正與萬氏所論相合。又前詞“開名得字”之“開”字作“問”。又“成
何況味”之“成”字作“幾”。照此增改，則石、趙二詞同一體矣。又按
《歷代詩餘》“嬌馬”作“驕馬”，又“帝鄉”作“帝城”，亦應遵改。

茶瓶兒　五十六字　　　　　　　　　　　李元膺

去歲相逢深院宇。海棠下、曾歌金縷。歌罷花如雨。翠羅
◎●○○○●　▲　　◎○●、○○○●　▲　　○●○○●　▲　　●○

衫上，點點紅無數。　　　今歲重尋攜手處。空物是人非春
○●，●●○○●　▲　　　　⊙●○○○●　▲　　○●●○○○○

暮。回首青門路。亂英飛絮。相逐東風去。
▲　　○●○○●　▲　　●○○●　▲　　⊙●○○●　▲

前後段同。“絮”字偶合，非叶韻。“年”字，必係“歲”字之訛。

〔杜注〕

按,《歷代詩餘》首句"去年"作"去歲"。又,萬氏因前半"衫上"句"上"字未叶,故注謂"絮"字非韻。按,《詞譜》云:"前句不押韻,後句押韻者儘多。若在換頭後結,更多。蓋詞以韻爲拍,過變曲終,不妨多加拍也。"遵此,則"絮"字應注叶。

【蔡案】

本詞與前二詞僅第二拍同,斷非一體,故改又一體爲正名。又,本詞同仲殊(又作寶月詞,又作《梅苑》無名氏詞)《惜雙雙》"庾嶺香前親寫得"詞同,當是一體。然不能斷定兩詞究屬《茶瓶兒》抑或《惜雙雙》,故不易名。

前起原作"去年相逢",後人或因"歲"字與後起重字而改,不知此正作者之心機也,現據杜注改"年"爲"歲"字。

後段次句,原讀"空物是、人非春暮",或因欲與前段同耳,但是,"物是人非"是一整體,自不可讀斷,且前後段句法不同者儘多,不必處處以齊整爲句讀之首要標準。

惜春令 五十字　　　　　　　　　　　杜安世

春夢無憑猶懶起。銀燭盡、畫簾低垂。小庭楊柳黃金翠,桃
⊙●○○○●▲　　○●盡、◎■○△　　●●●○○○●

臉兩三枝。　　　　妝閣慵梳洗。悶無緒、玉簫頻吹。紛紛飄
●●○△　　　　　⊙●○○▲　　⊙●■、○○○△　○○⊙

絮人疏遠,空對日遲遲。
◎⊙⊙●　⊙●●○△

此調惟此壽域兩首,他無可證,而叶韻復參差無定,今并其又一首錄後,以俟覽者審定焉。

〔杜注〕

按,《天籟軒詞》,"抛擲"作"頻吹"。又,"絮飄紛紛"作"紛紛飄絮",《詞譜》同。

【蔡案】

本詞原譜未作句讀,未標韻脚,兩起句應是三聲叶韻,與後一詞不同。此處"起、洗"二字亦可以"上聲作平"看待,本詞與和凝《采桑子》爲同類型章法:"蠐螬領上訶梨子。綉帶雙垂。椒户閑時。競學撏蒲賭荔支。　　鬖頭鞋子紅編細，裀窣金絲。眉事顰眉。春心翻教阿母疑。"即"子、細"叶平聲韻,此類作法。

前後段第二拍中,四字結構均不律,查杜氏別首各作"籬邊散、嫩菊開金""似舊年、堪賞光陰",姜夔詞作"冷香下、攜手多時""春風爲、染作仙衣",則"簾"字應仄,或是誤筆,"簫"字或是"笛"字,總之,依據律理,此二字應以仄聲填入爲正,故擬爲應仄而平圖符。

姜詞前段首拍作"十畝梅花作雪飛","十、作"均爲仄聲;第三拍爲"兩年不到斷橋西","不、斷"仄聲,"西"字叶韻;後段第三拍作"垂楊却又妒腰肢","却、妒"字仄聲,"肢"字叶韻;結拍作"近前舞絲絲","近"字仄聲。譜中可平可仄據此及杜詞別首補。

已據杜注改"抛擲"爲"頻吹""絮飄紛紛"爲"紛紛飄絮"。

易韻格　五十字　　　　　　　　　　杜安世

今夕重陽秋意深。籬邊散、嫩菊開金。萬里霜天林葉墜,蕭
○●○○○●△　　○○●　●●○△　●●○○○●●　○

索動離心。　　　臂上茱萸新。似舊年、堪賞光陰。一盞香
●●○△　　　　　●●○○△　●●○　○●○△　○●○

醪聊寄與,牛嶺會難尋。
○○○●●　○●●○△

兩闋不同，難以注定。

愚謂前詞首句“起”字，即是用韻，與後“深”字起韻同。後段起句，“洗”字亦是叶韻，與後“新”字同，乃平仄通叶也。“擲”字亦是韻，與後“陰”字用韻同，乃以入爲叶也。但“絮飄”下與“百盞”下不合，必有錯字，不敢彊爲之説。

〔杜注〕

按，《詞譜》“似舊年”作“似前歲”。又，“百盞香醑且酬身”句，作“一盞香醪聊寄與”。又，“牛山”作“牛嶺”。又，以上二詞萬氏未注句豆，照《詞律拾遺》補注。又按，《花草粹編》“茱萸”作“紫萸”“百盞”作“百盃”“難尋”作“莫尋”。

【蔡案】

本詞萬子亦未作標點，且未標注“又一體”，據體例增補。

四部備要本則以兩首句“深”“新”爲一韻，其餘四句爲“換平韻”，同一韻部不知如何換法？疑本無標識，淺人據萬子注語妄添也。

“一盞香醪聊寄與”原作“百盞香醑且酬身”“牛嶺”原作“牛山”，均據杜注改。

惜分飛 五十字　　　　　　　　　　陳允平

釧閣桃腮香玉溜。困倚銀牀倦綉。雙燕歸來後。相思葉底
◎●⊙○○●▲　◎●⊙○○▲　⊙●○○▲　⊙○○●
尋紅豆。　　碧唾春衫還在否。重理弓彎舞袖。錦藉芙蓉
○○▲　　◎●⊙○○▲　⊙●○○●▲　◎●○○
縐。翠腰羞對垂楊瘦。
▲　◎○○⊙●○○▲

前後同。聖求“雙燕”句作“簾映春窈窕”，“窈窕”二字誤，或“窈”字之上尚有一平聲之字，而寫者誤落，因“窈窕”二字相連，故遂訛

書耳。

【蔡案】

本調作者頗多，可平可仄尚可校補。前段第一拍，范成大作"畫
戟錦車皆雅故"，"錦"字仄聲；第二拍毛滂詞作"望盡冷煙衰草"，"冷"
字仄聲，"衰"字平聲。後段第二拍范詞作"且唱斷腸新句"，"斷"字仄
聲，"新"字平聲。

惜雙雙令 五十二字　　　　　　　　　　　　　劉弇

風外橘花香暗度。飛絮縮、殘春歸去。釀造黃梅雨。冷煙
曉占橫塘路。　　　翠屏人在天低處。驚夢斷、行雲無據。
此恨憑誰訴。恁時却倩危弦語。

此調比《惜分飛》，祇前後次句各多一字，雖查各家《惜分飛》無次
句七字者，然其格局音響，鑿然即是《惜分飛》，況《惜》字相同，故取附
於此，而仍其名焉。

〔杜注〕

按，《詞譜》此詞列入《惜分飛》調。

【蔡案】

有《惜雙雙》詞，全詞五十六字，晁端禮、仲殊詞名《惜雙雙》，《梅
苑》無名氏詞名《惜分飛》，李元膺詞名《茶瓶兒》（參本卷前《茶瓶
兒》）。諸詞句法、字數、韻腳均同，惟李詞前後段四字句平仄反，余不
能斷定正名爲何，似可以數多者爲正。

憶故人 五十字　即《燭影搖紅》　　　　　　　　　王　詵

燭影搖紅，向夜闌，乍酒醒、心情懶。尊前誰爲唱陽關，離恨
●●○○　●●○　●●●　○○▲　　○○○●●○○　　○●

天涯遠。　　無奈雲沈雨散。凭闌干、東風淚眼。海棠開
○○▲　　　○●○●●▲　●○○　○○●▲　●○○

後，燕子來時，黃昏庭院。
●　●●○○　○○○▲

　　按，《能改齋漫録》云：“此詞乃晉卿駙馬自度曲，因憶故人作也。
徽宗喜其詞意，但以不豐容宛轉，命周美成增益，而取其首句爲名。”
故余謂：後之九十六字者名《燭影搖紅》，而此則因其《憶故人》之名。
然本因憶故人而作，後人即以名其詞，其實晉卿作此時，原未有名也。

　　或以晉卿此篇乃平仄通叶者，其所用“闌”字、“關”字、“干”字俱
是叶韻，此則謂之穿鑿矣。

【蔡案】

　　前段首句，三個三字結構應爲一氣，而非前七字一氣，此九字循
其律理，則可知實爲“夜闌酒醒心情懶”之敷演，毛滂“送君歸去添悽
斷”即源於此，詞句之變化，循其律理，均有來龍去脈。故有將燭影七
字讀爲一句者，貌似於律極工，其實誤甚。

少字格 四十八字　　　　　　　　　　　　　　　　毛　滂

老景蕭條，送君歸去添淒斷。贈君明月滿前溪，直到西湖
◎●○○　●○○●○○▲　　○○○●●○○　●●○○

畔。　　門掩緑苔應遍。爲黃花、頻開醉眼。橘奴無恙，蝶
▲　　　⊙●◎○○▲　●○○　○○●▲　◎○○●　●

子相迎，寒窗日短。
●○○　○○●▲

此調美成增定雙疊，第二句七字，遂爲定譜。此詞澤民仍用王體九句，而第二句則用七字耳。毛又一首，"蝶子相迎"句作"水邊月底"，平仄偶誤，不可從。

【蔡案】

毛詞別首，後段第四拍作○○●●句法，萬子以爲是"偶誤"，其實不然，因爲詞中句子另換句法者極多，即如本句，亦另有賀鑄詞作"照人腸斷"，王重詞作"畫闌愁倚"者，本體式現可見僅六首，三首用平起式句法，豈是偶誤？

原譜本詞未擬可平可仄，現據宋詞補：賀鑄詞，前段首拍作"波影翻簾"，"波"字平聲；次拍毛滂別首作"漫郎已是青雲晚"，"已"字仄聲；第三拍毛詞作"床頭秋色小屏山"，"床"字平聲；第四拍賀詞作"襟佩如相款"，"襟"字平聲。後段首拍，毛詞作"枕畔風搖綠戶"，"枕"字仄聲，"風"字平聲；後段第一第二拍，賀詞作"惆悵更長夢短。但衾枕、餘芬剩暖"，"夢"字、"枕"字仄聲；第三拍毛詞一作"他年尋我"，一作"可憐恰到"，"他"字平聲，"恰"字仄聲；第四拍見前；結拍毛詞作"冷雲幽處"，"冷"字仄聲。

燭影搖紅　九十六字　　　　　　　　吳文英

秋入燈花，夜深檐影琵琶語。越娥青鏡洗紅埃，山鬥秦眉
⊙○◎○　⊙○○●●○○　●○○●●○○　⊙○⊙○
嫵。相間金茸翠畝。認城陰、春畊舊處。晚春相應，新稻炊
▲　⊙●○○●▲　⊙○○　○○●▲　●○○●　○●○
香，疏煙林莽。　　　清磬風前，海沈宿褭芙蓉炷。阿香秋夢
○　○○○▲　　　○●○○　●○●●○○▲　⊙○○●
起嬌嘀，玉女傳幽素。人駕海查未渡。試梧桐、聊分宴俎。
●○○　◎●○○▲　⊙●●○○▲　●○○　○○●▲

采菱別調，留取蓬萊，霎時雲住。
◎○◎●　⊙○○⊙　○○○▲

　　將前調加一疊，此則南宋以後俱用之。"夜海"二字須仄聲，至若"翠、舊、未、宴"，尤須用仄，得去聲更妙。蓋此字仄，而末句用"林"字、"雲"字平聲，方得抑揚聲響，若前用平，後反用仄，便是落腔矣。《譜》《圖》亂注，莫從。

【蔡案】

　　余謂萬子但云去聲如何如何，便都是妄語，此又一例。若謂"舊""宴"與"林""雲"韻律相關，猶可一說，但是"翠""未"二字，亦予牽扯，此則穿鑿之謂也。考之宋詞實際，茲抄錄《欽定詞譜》之可平可仄於譜內，萬子之論，便可休矣。

滴滴金 五十字  李遵勗

帝城五夜宴遊歇。殘燈外、看殘月。都來猶在醉鄉中，聽更
◎○○●○○▲　⊙○⊙　●○▲　⊙○⊙○○○⊙○　●○

漏初徹。　　行樂已成閒話說。如春夢、覺時節。大家同
◎○▲　　　⊙○○○○⊙○▲　⊙○○　●○▲　◎○⊙

約探春行，問甚花先發。
◎●○○⊙　●○○○▲

　　前後字句同，而換頭平仄各異。"漏"字仄、"花"字平，亦不同。

【蔡案】

　　本調前後段第三拍、後段第一拍，均有平起式和仄起式句法存在，填時可以是否需要叶韻而予以選擇。前後段結拍均用一四式句法，故前段歇拍第三字須用平聲字，宋詞除王質一首句法不同，用"誰喚晚煙集……天外暮雲黑"前後作結外，惟本詞一個"漏"字不律，故可知該字乃是敗筆，而非萬子所說必須仄，茲用應平而仄符擬之。譜

中可平可仄，皆據後三首校出，不再一一。

多韻格 五十字　　　　　　　　　　　　　晏　殊

梅花漏泄春消息。柳絲長、草芽碧。不覺星霜鬢邊白。念
○○●●○○▲　　●○○　●○▲　　●●○○●○▲　　●

時光堪惜。　　　蘭堂把酒留嘉客。對離筵、駐行色。千里
○○○▲　　　　　○○●●○○▲　　●○○　●○▲　　○●

音塵便疏隔。合有人相憶。
○○●○▲　●●○○▲

　　前後同。“白”字、“隔”字叶韻。“春”字、“長”字、“筵”字用平聲，
與前詞異。

多韻格 五十字　　　　　　　　　　　　　揚无咎

相逢未盡論心素。早容易、背人去。憶得歌翻腸斷句。更
○○●●○○▲　　●○●　●○▲　　●●○○●●▲　　●

惺惺言語。　　　萋萋芳草迷南浦。正風吹、打窗雨。靜聽
○○○▲　　　　　○○○●○○▲　　●○○　●○▲　　●●

愁聲夜無眠，到水村深處。
○○●○○　●●○○▲

　　楊二首俱同。“憶得”句叶，而“腸”字平聲，“靜聽”句用平不叶，
而“夜無眠”三字仄平平，與前詞異。

　　按，同甫、介庵作，前後俱用“靜聽”句句法，茲不錄。

〔杜注〕

　　按，《詞譜》“打窗”作“打船”，“深處”作“何處”。

【蔡案】

　　前二首即正體，惟略添一二韻異。

多字格 五十一字　　　　　　　　　　　　　　　　孫夫人

月光飛入林前屋。風策策、度庭竹。夜半江城擊柝聲，動寒
●○○●○○▲　　○●●　●○▲　●●○○●●○　●○

梢棲宿。　　　等閒老去年華促。祇有江梅伴幽獨。夢繞彝
○○▲　　　　●○●●○○▲　●●○○●○▲　●●○

門舊家山，恨驚回難續。
○●○○　●○○○▲

中兩七字句，前後俱用平，而"舊家山"與"擊柝聲"稍異。"祇有"
句七字，更異。

【蔡案】

本詞即正體詞格，惟後段第二拍添一字異。

歸田樂 五十字　　　　　　　　　　　　　　　　　蔡　伸

風生蘋末蓮香細。新浴晚涼天氣。猶自倚朱闌，波面雙雙
○○○●○○▲　　○○●○○▲　○●●○○　○●○○

彩鴛戲。　　　鸞釵委墜雲堆髻。誰會此時情意。冰簧玉琴
●○▲　　　　○○●●○○▲　○●●○○▲　○○●○

橫，還是月明人千里。
○　○●●○●○▲

後結與前結平仄異。

〔杜注〕

按，《歷代詩餘》"明月"作"月明"。

【蔡案】

"明月"顯爲"月明"之誤，故據《歷代詩餘》改。萬子謂前後結平
仄異，是不知"人"字可作仄讀之故，余在《闖中好》《古調笑》等詞後有

提及。

歸田樂令　五十字　　　　　　　　　晁補之

春又去，似別佳人幽恨積。閒庭院、翠陰滿，添晝寂。一枝
○●●　●●○○○●▲　　○○●　●○●　○●▲　●○
梅最好，至今憶。　　　正夢斷、爐煙裊，參差疏簾隔。爲何
○●●　●○▲　　　　●●●　○○●　○○○○▲　●○
事、年年春恨，問花應會得。
●　○○○●　●○○●●▲

與前調迥別。

【蔡案】

　　本詞原作"又一體"，而與前詞迥異，必非同調者，故以令詞名之，
以爲區別。

　　原譜"院"字句，"滿"字逗，愚以爲"閒庭院、翠陰滿"應爲一句，再
以"添晝寂"承此六字，方爲正體。後段原譜"斷"字逗，"裊"字句，亦
誤，應"爐煙裊、參差疏簾隔"爲一句才是。

　　本詞體式，實非雙段式格局，必是單段詞。余更疑詞中"院""滿"
"斷"三字，亦應是自爲一韻，以調節韻律，惜無別首可校。

歸田樂引　六十八字　　　　　　　　晏幾道

試把花期數。便早有、感春情緒。看即梅花吐。願花更不
●●○○▲　●○●　●○○▲　⊙◎⊙●▲　●○○●
謝，春且長住。祇恐花飛又春去。　　　花開還不語。問此
●　○⊙　○●▲　●●○○●○▲　　　○○○●▲　●●
意年年，春還會否。絳脣青鬢，漸少花前語。對花又記得，
●○○　○○●●　○●○◎　●●○○▲　●○●●○

舊曾遊處。門外垂楊未飄絮。

　　比前兩體亦各異，然恐有誤處。

〔杜注〕

　　按，《詞譜》前結作“祇恐花飛又春去”，此脱“花飛又春”四字。
又，後半起句無“春去”二字。又，第二句作“問此意年年，春還會否”，
脱“問、還”二字，均應遵補。

【蔡案】

　　本詞與前二首，亦非同一詞調，姑以黃庭堅詞之調名名之，以示
區別。

　　前結、後起及後二三句，均按杜注改。又按，“花前語”《欽定詞
譜》作“花前侶”，似更恰。原譜“六十八字”改爲“七十二字”。

多字格 七十三字　　　　　　　　　　　　　　黃庭堅

對景還消受。被個人、把人調戲，我也心兒有。憶我、又喚
我，見我、瞋我，天甚教人怎生受。　　　看承幸則勾。又是
尊前，眉峰皺。是人驚怪，冤我忒攔就。拚了、又捨了，一定
是、這回休了，及至相逢又依舊。

　　“天甚”句七字與前詞異。然前詞此句必有脱落，蓋此“看承”句
比前詞少二字，則前詞後起亦祇“花開還不語”五字，而“春去”二字，
乃前段尾中字耳。“祇恐去”三字必不全，或是“祇恐春來又春去”也。
“一定是”句比前多三字，此則恐是誤多。觀前段祇用“見我瞋我”四
字，晏詞前用“春且長住”，後用“舊曾遊處”，亦皆祇四字，則此處不應
獨加此三字也。

　　谷老又一詞止四十四字，然查係殘缺不全，又皆俳語難曉，故不錄爲調首。

【蔡案】

　　本詞亦即前一詞體，然全詞俚俗，“我”字、“了”字疑爲土語相叶韻，且後段疊韻句有添字處，故亦不擬譜。

　　“則”字以入作平。“又是”句原譜七字不讀斷，但“眉峰皺”對應前段“被個人”。“一定”句各家均爲四字，晏詞即“舊曾遊處”，黃詞別首作“夢事心裏”，魚兔氏作“意足心足”，故“一”字衍，應據《豫章黃先生詞》刪，“這回”二字則爲襯字。

怨三三　五十字　　　　　　　　　　　　　　李之儀

清溪一派瀉柔藍。岸草毿毿。記得黃鸝語畫檐。喚狂裏、
⊙○○●●○△　◎●●○△　◎●●○○●△　●○●

□醉重三。　　　春風不動垂簾。似三五初圓素蟾。鎮淚眼
●●○△　　　　○○●●○△　●⊙○●○△　●●●

廉纖。何時歌舞，再和池南。
○△　○○○●　●●○⌒⌒

　　“狂裏”字恐訛。

〔杜注〕

　　按，秦氏玉生云：“古詞有‘狂喚醉裏三三’句，因以爲名。”此句正用古語，非訛。

【蔡案】

　　本詞原注“用賀方回韻”，則製譜當以採賀詞爲是。萬子原譜前結爲“喚狂裏醉重三”，校之賀詞原玉，作“記佳節、約是重三”，李詞顯奪一字，應據補。後段第二句萬子讀爲“似三五、初圓素蟾”，後四字

失諧。按，本句當讀爲一字逗領六字句方諧。

　　原譜未作可平可仄，據賀鑄詞校補。

竹香子 <small>五十字</small>　　　　　　　　　　　　　　　　劉　過

一項窗兒明快。料想那人不在。熏籠脱下舊衣裳，件件香
●●○○○▲　　●●●○●▲　　○○●●○○○　　●●○

難賽。　　匆匆去得忒煞。這鏡兒也不曾蓋。千朝百日不
○▲　　　　○○●●○▲　　●●○○●○▲　　○○●●●

曾來，没這些兒個采。
○○　●●○○●▲

　　後第二、第四句比前各多一字。

　　按，《詞統》載升庵、程馞《誤佳期》各一首，四十六字，查舊詞無此
體。或升庵自度，或調僻考訂不及耳。因其前段與此《竹香子》同，附
錄於此，以識余淺學疏漏之媿。

誤佳期 <small>四十六字</small>　　　　　　　　　　　　　　　楊　慎

　　今夜風光堪愛。可惜那人不在。臨行多是不曾留，故意將人
怪。　　雙木架秋千，兩下深深拜。條香燒盡紙成灰，莫把心
兒壞。

【蔡案】

　　萬子原譜後段結拍爲"没些兒個采"五字，然其注又云比前多一
字，或是抄録時誤脱"這"字，現據彊村叢書本《龍州詞》補，想萬子所
據本亦同。"這鏡兒"一句應一氣而下，爲一字逗領六字句法。

　　後起拍第五字依律須平，"忒"字以入作平。

　　《誤佳期》或是明人所起調名，明清從者頗多，更爲雅正，惟後段
第一二句均爲五字，其餘皆同。若將本詞"忒""兒""這"字視爲襯字，
則二者或本屬一詞。

思越人 五十一字　　　　　　　　　　　　孫光憲

古臺平、芳草遠，館娃宮外春深。翠黛空留千載恨，教人何
●○○　○●●　◎○○⊙　●○△　　◎○○⊙●●　⊙○⊙

處相尋。　　　綺羅無復當時事。露花點滴香淚。惆悵遙天
●○△　　　　◎○○⊙●○▲　◎○○●○▲　　⊙●⊙○

橫淥水。鴛鴦對對飛起。
○●▲　◎○○●○▲

前平韻，後仄韻。或曰首句平字即是起韻，覷後趙二詞，亦首句
用韻者，未審是否。《圖譜》以“露花”句分作三字兩句，查孫別作，此
句云“紅蘭綠蕙愁死”、鹿虔扆云“玉纖慵整雲散”、張泌云“黛眉愁聚
春碧”，並後趙詞“斑斑玉纖相連”，豈可於三字分斷耶？

【蔡案】

後段第三句，鹿虔扆作“苦是適來新夢見”，也是律句，但孫詞別
首則作“一片風流傷心地”，應是誤筆，不可爲範，原譜或據“心”字將
“淥”擬爲仄可平，誤，改。

仄韻體 五十一字　　　　　　　　　　　　趙長卿

情難托。離愁重，悄愁没處安著。那堪更一葉知秋，天色
⊙⊙▲　○○●　◎○●○⊙▲　○○●●○○　○●

兒、漸冷落。　　　馬上征衫頻搵淚，一半斑斑污却。別來爲
○　●●▲　　　　◎●○○○●▲　●●○○○▲　○○●

憶叮嚀話，空贏得、瘦如削。
●○○●　⊙⊙●　●⊙▲

通篇仄韻。“那堪”句句法另異，恐誤。

【蔡案】

《思越人》現存唐五代詞四首，其格律如一，都是平仄韻換叶格，

前後段結拍雖然也是六字，但絕無使用折腰句法者，此外，本詞起調
即叶韻，兩七字句句法亦與前者不同，與此皆異，余以爲應非同一詞
體，故擬爲第二體，以示不同。另，本詞及後一首調名一作《品令》，
《欽定詞譜》並將本詞收入《品令》，列第二體，或亦誤。趙長卿自有
《品令》"黃昏時候"一首傳世，與此韻律迥異。

　　原譜未擬可平可仄，據後一首補。

重　格　五十一字　　　　　　　　　　　　　　趙長卿

好事客。宮商内，吟得風清月白。主人幸有豪家意，後堂煞
●●▲　○○●　○●○○●▲　●○●●○○●　●○●

有春色。　　　花壓金翹俏相映，酒滿玉纖無力。你若待我
●○▲　　　○●○○●○●　●●●○○▲　●●●●

些兒酒，儘吃得、儘吃得。
○○●　●●●　●●▲

　　此與前詞又微不同，尾句祇五字，恐"儘吃得"下是三個"得"字，
而今落去其一耳。不然或"盡吃得。盡吃得"，本以三字疊兩句，當時
於"得"字下點了兩點，故傳訛作兩得字耳。因恐不全，故雖五十字，
不列於前。

【蔡案】

　　原譜後段結拍作"儘吃得得得"。按，《全宋詞》引陸勒先校汲古
本《惜香樂府》云：前"得字下原作'：：'，蓋重上'儘吃得'三字句
耳"，而汲古閣本作"得得"，"理既難通，調亦不協"，想汲古閣本錯將
四點原表示重上三字句，誤解爲重上"得"字兩次了。據此改補，原譜
"五十字"改爲"五十一字"。補足後即前一詞體。按，此類例詞，原無
臚列又一體之必要，於注文中開出即可，無謂。

思遠人 五十二字　　　　晏幾道

紅葉黃花秋意晚，千里念行客。看飛雲過盡，歸鴻無信，何
⊙●⊙●○●●　　⊙○●○▲　　○⊙○●●　　○○○●　　○

處寄書得。　　　淚彈不盡臨窗滴。就硯旋研墨。漸寫到別
●●●○▲　　　　◎○○◎●○▲　　◎●●○▲　　●●●○

來，此情深處，紅箋爲無色。
○　●○○●　○○●○▲

　　前後第一句、四句、五句同。"旋"字去聲。"念、寄、旋、爲"四字
皆用去聲字，不可誤。

【蔡案】

　　前段第三句原譜無"看"字，校之後段當以五字爲正，據《欽定詞
譜》補。原譜"五十一字"改爲"五十二字"。又，後段第三句爲一四式
句法，"別"字，以入作平。

探春令 五十一字　　　　宋徽宗

簾旌微動，峭寒天氣，龍池冰泮。杏花笑吐香猶淺。又還
○○○●　●○○●　○○○▲　●○●●○○▲　●○

是、春將半。　　　清歌妙舞從頭按。等芳時開宴。記去年
●　○○▲　　　　○○●●○○▲　●○○○▲　●●○

對著，東風嘗許，不負鶯花願。
●●　○○○●　●●○○▲

　　按，此調與《留春令》相似，然是兩調，勿誤。

〔杜注〕

　　按，《花草粹編》"悄寒"作"峭寒"，"紅淺"作"猶淺"。又按，《詞
譜》以"去年"之"年"字爲豆，"東風"之"風"字爲句。

【蔡案】

　　本調字句微調繁多,歸納後主要為:首均或四字三句,或一七一五;第二均或上三下五折腰式一句,又折腰式六字各一句,或一五一四一五;第三均句法最為一致,作一七一五兩拍;第四均同前段尾均變化。故本詞後段尾均,雖有"記去年、對著東風,嘗許不負鶯花願"讀法,但並無他作相同,所以萬子讀為"記去年對著",是最合適的,《欽定詞譜》結拍七字,反而音律不諧,應是誤讀。作譜人或皆知,譜中句讀應以韻律為準,不可以語意為先,然一俟點讀,則每以語意為第一依據,悲乎!

　　據杜注改"悄"字為"峭""紅"字為"猶"。

多字格 五十二字　　　　　　　　　　　　　　趙長卿

數聲回雁。幾番疏雨,東風回暖。甚今年、立得春來晚。過
●○○▲　●○○○　○○○▲　●○○、●●○○▲　●
人日、方相見。　　　縷金幡勝教先辦。著工夫裁剪。到那
○●、○○▲　　　●○○○○○▲　●○○○▲　●●
時睹當,須教滴惜,稱得梅妝面。
○●●,○○●●,○●○○▲

　　第四句比徽宗詞多一字,各家多如此。

【蔡案】

　　本調即前一詞體,惟前段七字句添一字,作八字折腰句法,宋詞大多如此填。

　　原譜起句不作叶韻。趙長卿別首起作:"溪橋山路。竹籬茆舍,淒涼風雨。""冰澌池面。柳搖金綫,春光無限。""樓頭月滿。欄干風度,有人腸斷。"與此同,皆首句入韻,且詞之前後段首拍,循之律理,實皆可叶可不叶,故據補。

讀破格　五十二字　　　　　　　　揚无咎

梅英粉淡，柳梢金軟，蘭芽依舊。見萬家、燈火明如畫。正
○○●●　●○○●　○○○▲　●●○　○●○○▲　●

人月、圓時候。　　　挨香傍玉偷攜手。儘輕衫寒透。聽一
○●　○○▲　　　○○●●○○▲　●○○○▲　●●

聲、畫角催殘漏。惜歸去、頻回首。
○　●●○○▲　●○●　○○▲

前半同趙體，後半同蔣體，衹第二句多一字，與前段"見萬家"句
同。又一首"畫漏"二字不叶，茲不另錄。

【蔡案】

本詞與正體同，惟後段八字折腰句讀破，挪一字至結拍，作六字
折腰異。

讀破格　五十二字　　　　　　　　揚无咎

東風初到，小梅枝上，又驚春近。料天台不比，人間日月，桃
○○○●　●○○●　●○○▲　●○○●●　○○●●　○

萼紅英暈。　　　劉郎浪跡憑誰問。莫因詩瘦損。怕桑田變
●○○▲　　　○○●●○○▲　●○○●▲　●○○●

海，仙源重返，老大無人認。
●　○○○●　●○○▲

前後結處俱用一五、一四、一五，相同，與前各調異。"料天台"下
與"怕桑田"下九字亦可作三六，亦可作五四，總是一氣貫下者。

【蔡案】

此即宋徽宗詞體，惟前段第二均添一字，讀破爲一五一四一五
三句。

　　余以爲從本詞可看出，本調與《留春令》或出一源，本詞前後段第二均中，若刪除第一個五字句之領字，則即《留春令》中李之儀"夢斷難尋"詞，而一四式五字句減去領字，作四字一句，乃是詞中常見作法。由此更可認爲，李詞中前段第二均"香閣深沈，紅窗翠暗，莫羨顛狂絮"，亦即徽宗第二均"杏花笑吐香猶淺。又還是、春將半"之讀破。

讀破格　五十一字　　　　　　　　　　　　　蔣　捷

玉窗蠅字記春寒，滿茸絲紅處。畫翠鴛、雙展金蜩翅。未抵
●○○●●○○　●●○○▲　●●○、○●○○▲　●●◎

我、愁紅膩。　　　　芳心一點天涯去。絮濛濛遮住。對花彈
●　○○▲　　　　　⊙○○◎○○▲　●●○○▲　●○○

阮纖瓊指。爲粉屑、空彈淚。
●○○▲　●○●、○○▲

　　起句七字，結處前後相合，與前詞異。"翅、膩、指、淚"俱借叶。"畫翠鴛"句八字，"對花"句不應七字，恐誤。兩結六字，皆於三字豆斷。《圖譜》乃椠作六字讀，且以"我"字爲可平，則人必於"我愁"二字相連，用平平矣，豈是此調哉。

　　此本竹山詞，《圖譜》誤作東坡。

【蔡案】

　　本詞原列於宋徽宗詞後，現以首拍句法相同者臚列，移至此。

　　自本詞開始三首，起調之首均，皆以徽宗詞讀破，爲七字一拍、五字一拍，且前段第三拍添一字，本詞更有後段第二均讀破。

讀破格　五十二字　　　　　　　　　　　　　晏幾道

綠楊枝上曉鶯啼，報融和天氣。被數聲、吹入紗窗裏。又驚
●○○●●○○　●○○○▲　●●○、○●○○▲　●○

起、嬌娥睡。　　　綠雲斜嚲金釵墜。惹芳心如醉。爲少年
● 　○○▲　　　　●○○●●○ ▲　 ●○○○ ▲　 ●●○

濕了，鮫綃帕上，都是相思淚。
●● 　○○●● 　○●○○▲

前半同蔣體，後半同徽宗體。

此調向來皆如此讀，或曰："起三句每句四字，蓋各詞前段皆三句
四字起，後換頭則七字也。前蔣詞第二句，亦應作'記春寒滿'"。余
亦疑之。及觀趙彥端"笙歌間錯"一首，方知有此七字起句之格，幾以
穿鑿矣。

【蔡案】

本詞原列於趙長卿"數聲回雁"詞後。

本詞初見於《草堂詩餘》，作者佚名，唐圭璋先生《全宋詞》謂："別
又誤作晏幾道詞，見《類編草堂詩餘》。"

讀破格 五十二字　　　　　　　　　　　　趙長卿

笙歌間錯華筵啓。喜新春新歲。菜傳纖手，青絲輕細。和
○○○●●○ ▲　 ●○○○ ▲　 ●○○○ ▲　 ○○○ ●　 ○

氣入、東風裏。　　　幡兒勝兒都姑媂。戴得更忔戲。願新
●● 　○○▲　　　　○○○○●○ ▲　 ●●●○ ▲　 ●○

春已後，吉吉利利。百事都如意。
○●● 　●○●▲　 ●●○○▲

首句七字起韻。"菜傳"兩句皆四字，與前各異。然此用俳體，恐
有誤處，不便學。又一首起處云"新元纔過，漸融和氣，先到簾幃"，
"幃"字起韻，是平聲，下則以"裏、未、棄、淚"等仄聲叶之。想此句亦
可平仄通叶。觀其"到"字用仄，是"幃"字之平，不是偶誤也。

【蔡案】

　　《惜香樂府》前段三四句作"菜傳纖手青絲細"，少一字，或誤。後段第二句"忙"字、第四句下"吉"字，皆以入作平。

探　春　九十三字　或加"慢"字　　　　　　　　　　　吳文英

　　苔徑曲，深深不見故人，輕敲幽戶。細草春回，目斷流光一羽。重雲冷、哀雁斷，翠微空、愁蝶舞。逞鳴鞭、遊蓬小，夢枕殘雲驚寤。　　　　還識西湖醉路。向柳下並鞍，銀袍吹絮。事影難追，那負燈床聞雨。冰溪憑、誰照影，有明月、乘興去。暗相思、梅孤瘦，共江亭暮。

　　"銀袍"至"相思"，與前段"輕敲"至"鳴鞭"同；"重雲"二句，疑皆於三字爲豆；後之"冰溪"句，"凴"字恐是"憑"字，仄聲，此二句亦皆於三字豆耳。

〔杜注〕

　　按，《詞譜》"春回"作"回春"。又，"目斷"作"目送"。又，"聞雨"作"聽雨"。又，"梅孤瘦"句，"瘦"字上有"鶴"字，應遵照改補。

【蔡案】

　　原譜調名作《探春》，但《探春》前起各家均爲四字一句，例作仄仄平平，未見有五字者，故起調必有句讀差錯。初，余嘗疑"深"字爲羨，再四研讀，以爲當作"苔徑曲，深深不見故人"起調，但是比較再三，終悟本詞斷非《探春》也。而三字起，思路頓時柳暗花明，余斷定此即夢窗自度之高平調《探芳新》也！試比較後調夢窗《探芳新》"九街頭"詞，便可知余此言不虛。兩詞相較，所不同者惟此幾點：一、前段起拍一作"苔徑曲，深深不見故人"，一作"九街頭。正軟塵酥潤"，本詞多一字；二、前段結處，一作"遊蓬小夢，枕殘驚窹"，一作"連環轉、爛漫遊人如綉"，但檢彊村叢書本《夢窗詞集》，本詞前結作"遊蓬小夢枕殘雲驚窹"，若讀爲"遊蓬小，夢枕殘雲驚窹"，則二者如一；三、後段第六拍，一作"冰溪憑誰照影"，一作"椒杯香、乾醉醒"，但前者萬子已云讀爲去聲，則是"憑靠"義，若讀爲"冰溪憑、誰照影"，二者亦無差別；四、後段結，不可照《欽定詞譜》改爲"梅孤鶴瘦"，則亦二者如一。如此，兩詞僅一字之差，斷是同一詞調也。以上四處據此改。

"重雲"下六字、"翠微"下六字、"冰溪"下六字、"有明"下六字原譜不讀斷。誤植調名，不擬圖譜。

探春慢　一百三字　　　　　　　　張　炎

銀浦流雲，綠房迎曉，一抹牆腰月淡。暖玉生香，懸冰解凍，
⊙●○○　◎○⊙●　○◎○○●▲　●●○○　○○◎●

碎滴瑤階如霰。纔放些晴意，早瘦了、梅花一半。也知不作
◎●○○●▲　○●⊙○●　◎●●　○○○▲　●●●●

花香，東風何事吹散。　　　搖落似成秋苑。甚釀得春來，怕
○○　○○○●○●　　　⊙●●○○▲　●●●○○　◎

教春見。野渡舟回，前村門掩，應是不勝清怨。次第尋芳
○○▲　◎●○○　○○○●　○●●○○▲　●●○○

去，灞橋外、蕙香波暖。猶聽檐聲，看燈人在深院。
●　◎○●　●○○▲　⊙○○●　◎○○●○▲

此調句中平仄頗多不同。"一抹"句或作平平平仄平仄，"怕教春見"或作平仄平仄，"纔放"句與"次第"句或作平仄仄平平，結句或作平平仄平平仄、或作仄仄平平平仄，皆與此詞稍異。而君衡結云"畫欄閒立東風，舊紅誰掃"，則上六下四矣。總之，數者皆可照填，而白石詞中典型，於"腰、教"二字，用"旋、淚"兩仄聲，從之可也。"人在"二字與前段"何事"二字同，白石用"零亂"，其前段亦用"閒共"二字是

也。汲古及《圖譜》等刻作“亂零”，大誤。蓋“旋、淚、共、亂”四去聲字發調，白石所以爲名家高手，正在此處。改作“亂零”，白石冤矣。

〔杜注〕

按，戈氏《詞選》“緑芳迎曉”句，“芳”作“房”。又，“暖玉生香”句，“香”作“煙”。可從。又，“一抹牆腰月淡”句，作“浮浮光粲初睍”，蓋以“淡”字不能通叶，擬字易之，未免負此原句。

【蔡案】

萬子原注：“月淡”之“月”“梅花一半”之“一”，以入作平。

探芳新　九十二字　　　　　　　　　　吳文英

九街頭。正軟塵酥潤，雪消殘溜。褉賞祇園，花艷雲陰籠
●○△　●●○○▲　　●●○○　○●○○
畫。層梯峭、空麝散，擁淩波、縈翠袖。嘆年端、連環轉，爛
▲　○○●　○●●　●○○　○●●　○○●　○
漫遊人如繡。　　　腸斷回廊佇久。便寫意濺波，傳愁蹙岫。
●○○○▲　　　○●○○●▲　●●●○○　○○●▲
漸没飄鴻，空惹閒情春瘦。椒杯香、乾醉醒，怕西窗、人散
●●○○　○●○○○▲　○○○　○●●　●○○　○●
後。暮雲深、遲回處，自攀花柳。
▲　●○○　○○●　●○○▲

“層梯”句，照後“椒杯”句，宜亦六字，乃落一字也。“連環”句有誤，想“轉”字誤多耳。

按，此調余向疑即是《探芳信》，以“新”“信”二字音相近也。《探芳信》首句皆三字，仄韻起，此以“頭”字平起，後用仄叶，故疑平仄通叶。而“正軟塵”二句、“便寫意”二句及兩結，俱與《探芳信》相似。但彼之四五兩句雖亦十字，而句各五字，此則一四一六。彼之六七兩句

雖亦十二字，而一七一五，此則各六字。後段亦然。因句法有別，故不敢收入《探芳信》後。今查，與前夢窗"苔徑曲"一首頗爲相合，故附於此。首句三字雖異，而以下多同。至"縈翠袖""人散後"之平仄仄，與前詞之"愁蝶舞""乘興去"平仄尤合。"濺"字去聲，亦與前詞"並"字同。至後段起處、尾處一字無殊，益信前結誤多"轉"字矣。是則《探芳新》之即是《探春慢》無疑。況俱以"探"字爲題乎？但雖附此於末，而仍《探芳新》之名，以質諸高明者。

"層梯"下必落一仄聲字，"椒杯"下"香乾"二字亦必誤，文理難解，"香"字該仄聲字，"乾"字或是"朝"字之訛。此四句亦如前詞，俱應於三字分句耳。

〔杜注〕

按，此詞見《夢窗詞甲稿》，與《探芳信》《探春》二調均不相同。萬氏疑即《探芳信》，非也。又，"層梯空麝散"句，萬氏云"'層梯'下必落一仄聲字"，應遵《詞譜》補"峭"字。又，《詞譜》"漸没飄鴻"句，"鴻"字作"紅"。又，"自攀花柳"句，"花"作"庭"。又按，葉《譜》題名《高平探芳新》，另列一調，蓋"高平"爲調名，"探芳新"爲詞名，意者以《探芳信》轉入高平調，故字句與諸家稍異耳。又，"正軟塵潤酥"句，"潤酥"作"酥潤"。宜照改。

【蔡案】

前段第二句原作"潤酥"，音律失諧，顯係差誤，故據《欽定詞譜》改。

原譜前段第三均作："層梯空麝散，擁凌波縈翠袖。""層梯"後據杜注補"峭"字，原譜"九十二字"改爲"九十三"字。本均對應後段爲"椒杯香乾醉醒，怕西窗人散後"，以文法度之，正如萬子所論"俱應於三字分句"，故據《欽定詞譜》改。

前結原作"連環轉爛漫，遊人如綉"，校之後段，依《欽定詞譜》改爲三字一句、六字一句。

秋夜雨　五十一字　　　　　　　　　　　　　蔣　捷

黃雲水驛秋笳咽。吹人雙鬢如雪。愁多無奈處，漫碎把、寒
○○●●○○▲　　○○●●○▲　　○○●●●　●●●　○

花輕撚。　　　紅雲轉入香心裏，夜漸深、人語初歇。此際愁
○○▲　　　　○○●●○○●　●●○　○●○▲　　◎●○

更別。雁落影、西窗殘月。
●▲　●●●　○○○▲

　　"鬢"字、"語"字仄聲，"更"字尤必用去聲。

〔杜注〕

　　按，葉《譜》"雁落影"作"雁影落"，宜從。

【蔡案】

　　本調極似《惜雙雙》，所不同者，惟後段起拍不入韻、兩結句法不
同而已。

迎春樂　五十二字　　　　　　　　　　　　　揚无咎

新來特特更門地。都收拾、山和水。看明年事事都如意。
○○●●●○▲　　○○●　○○▲　●○○●●●○▲

迎福禄、俱來至。　　　莫管明朝添一歲。儘同向、尊前沈
○●●　●○▲　　　　●●○○○●▲　●○●　○○○

醉。且唱迎春樂，祝慈母、千秋歲。
▲　●●○○●　●○●　○○▲

　　第二句同秦體。第三句句法上三下四，與秦異。"事事"下恐落
一字。後起句法與前段同，而平仄則異。

【蔡案】

本詞原列於秦觀詞後，因係正體，故移前。宋人以此格填者最多。

前段三句原譜作"看明年、事事如意"，音律失諧，故萬子以爲"'事事'下恐落一字"，本句仍爲一字逗領七字律句，本調本句從無折腰式七字句者。查一本《逃禪詞》作"都如意"，與各體相合，可信，據改。後段第三拍，原作"且共唱、迎春樂"，惟宋詞本句並無此類填法，故據《逃禪詞》改，並原結拍"祝母千秋歲"同改，添一字。原譜"五十一字"改爲"五十二"字。

少字格 五十一字　　　　　　　　　　秦　觀

菖蒲葉葉知多少。唯有個、蜂兒妙。雨晴紅粉齊開了。露
⊙○◎●○○▲　⊙○○、●○▲　●○○○●○○▲　◎

一點、嬌黃小。　　　早是被、曉風力暴。更春共、斜陽俱老。
●●　○○▲　　　◎●●、⊙○○▲　◎⊙●、⊙○○▲

怎得杳香深處，作個蜂兒抱。
●●○○⊙●　●●○○▲

後起二句七字，與前兩七字句句法不同。《圖譜》總作七字，其"露一點"句亦總作六字，人若照其所圖填之，則句法誤者不少矣。

〔杜注〕

按，《詞譜》"香香"作"花香"。

【蔡案】

前段第三拍，例作八字一句，一字逗領七字，本詞爲少字格。

原譜可平可仄未全校，據後四首補擬。但本調應以揚无咎詞爲正體，宋人多依其格。

讀破格 五十二字　　　　　　　　　　　柳　永

近來憔悴人驚怪。爲別後、相思瞇。我前生負你愁煩債。
●○○●○○▲　　●●●、○○▲　　●○○●●○○●▲

便苦恁、難開解。　　　良夜永、牽情無奈。錦被裏、餘香猶
●●●、○○▲　　　○●●、○○○●▲　　●●●、○○○

在。怎得依前燈下，恣意憐嬌態。
▲　　●●○○○●●、●●○○▲

　　第二句五字，第三句八字，與前詞異。汲古刻本集“奈”字訛
“計”，便失却一韻。

〔杜注〕

　　按，《詞譜》“爲別相思煞”句，“別”字下有“後”字，應遵補。

【蔡案】

　　前段第三拍，原譜讀爲上三下五式句法，但縱觀本調宋詞，應以
一字逗領七字句爲其本來句法，秦觀詞則是減字而來。據改。

　　“爲別”後據杜注補“後”字。原譜“五十一字”改爲“五十二字”。

重　格 五十二字　　　　　　　　　　　方千里

紅深綠暗春無跡。芳心動、冶遊客。記搖鞭跋馬銅駝陌。
○○●●○○▲　　○○●、●○▲　　●○○●●○○▲

凝睇認、珠簾隔。　　　絮滿愁城風卷白。遞多少、相思消
○●●、○○▲　　　●●○○○●▲　　●○●、○○○

息。何處約歡期，芳草外、高樓北。
▲　　○●●○○　○●●、○○▲

　　“何處”句五字平。兩結皆六字，與前調異。美成有一首於“外”
字作平。

【蔡案】

　　本詞即揚无咎詞體。兩詞不同處惟後段第三拍句法耳。前段第三句，萬樹作上三下五讀，惟"搖鞭跋馬"不可讀破，故當以一七式讀爲是。

讀破格　五十三字　　　　　　　　　　　晏　殊

長安紫陌春歸早。鞋垂楊、染芳草。被啼鶯語燕催清曉。
◯◯●●◯◯▲　◑◯◯、◑◯▲　●◑●◑◑◑◯◯▲
正好夢、頻驚覺。　　當此際、青樓臨大道。幽會處、兩情
●●●、◯◯▲　　　◯●●、◯◯◯●▲　◯●●、●◯
多少。莫惜明珠百琲，占取長年少。
◯▲　●●◯◯●●、◯◑◯◯▲

　　第三句後首句比秦詞各多一字。

【蔡案】

　　前段第三句，萬子原譜作上三下五讀，惟"啼鶯語燕"不可讀破，故仍當以一七式讀爲是。此亦即揚无咎詞體，爲後段第二均讀破，過片添一字異。

河　傳　五十三字　　　　　　　　　　　孫光憲

柳拖金縷。著煙籠霧。濛濛落絮。鳳皇舟上楚女。妙舞。
●◯◯▲　●◯◯▲　◯◯●▲　●◯◯●●▲　●▲
雷喧波上鼓。　　龍争虎戰分中土。人無主。桃葉江南
◯◯◯●▲　　　◯◯●●◯◯▲　◯◯▲　◯●◯◯
渡。襞花箋。艷思牽。成篇。宮娥相與傳。
▲　●◯△　●●△　◯△　◯◯◯●△

　　此兩換韻者，體又異。

【蔡案】

《河傳》一調，唐宋人句式最爲參差，幾無標準，若按照明清詞譜的標準，以現在可見唐宋詞之句法不同爲依據，則尚可羅列幾十種，些無意義。但《河傳》之所以體式紛雜，確與其內部存在若干不同體式有關。

根據原譜各詞之韻律特徵，茲將本調分爲三種：建議以孫光憲"柳拖金縷"、溫庭筠"湖上閒望"、徐昌圖"秋光滿目"三首爲範。本首原列第三，因此提前。

本前段第二均，例用平聲韻，此爲本調基本律理之一，本詞"女""舞""鼓"悉用上聲，並非偶然，蓋因上聲可以替平故，後面顧夐用"囀（讀如上聲）、剪""整、影"、孫光憲用"倚、水、起"、張泌詞用"千里。萬里。雁聲無限起。"也是同一道理。

易韻格　五十三字　　　　　　　　　　張　泌

紅杏。紅杏。交枝相映。密密濛濛。一庭濃艷倚東風。香
○▲　○▲　○○○▲　●●○△　●○○●●○△　○

融。透簾櫳。　　　斜陽似共春光語。蝶爭舞。更引流鶯
△　●○△　　　○○●●○○▼　●○▼　●●○○

妒。魂消千片玉樽前。神仙。瑤池醉暮天。
▼　○○○●●○▽　○▽　○○●●▽

凡四換韻。體亦異前。唐詞多與此髣髴。

〔杜注〕

按，《花草粹編》起句"紅杏"二字疊，宜從。

【蔡案】

本詞原列於"柳拖金縷"詞前，起調原譜不疊，據《花草粹編》改補。

本詞主要變化，在前段第二均變爲平韻時，完全讀破，將孫詞“鳳皇舟上楚女妙舞”八字，減爲七字一句，並在前段結拍之五字句中，添入一句中短韻，此變化爲本調主要變化之一，多人填之。

讀破格 五十三字　　　　　　　　　　　　　　　閭　選

秋雨。秋雨。無晝無夜，滴滴霏霏。暗燈凉簟怨分離。妖
〇▲　　〇▲　　〇●〇● ●●〇△ ●〇〇●●〇△ 〇

姬。不勝悲。　　西風稍急喧窗竹。停又續。膩臉懸雙
△ ●〇△　　　〇〇●●〇〇▼ 〇●▼ ●●〇●

玉。幾回邀約雁來時。違期。雁歸。人不歸。
▼ ●〇〇●●〇△ 〇△ ●△ 〇●〇△

各調如四字起者，即以第四字爲韻，如前“渺莽”“柳拖”二首是也。二字起者，即以第二字爲韻，如後“錦浦”“棹舉”二首是也。此詞雖兩“雨”字而下無叶者，祇作無韻句耳。

或謂尾句祇五字，“雁歸”不必用韻，凡前後用一二字、一五字結者，俱同。

【蔡案】

此即前一詞體，惟“無晝無夜”不叶韻耳。萬子起句作四字一句，“雨”字不叶韻，或誤。此與前一首之“紅杏、紅杏”同，無非自相爲韻而已。

萬子又云“各調如四字起者，即以第四字爲韻”，亦非，如賀梅子起手：“華堂重廈，向尊前更聽，碧雲新怨。”放翁：“霽景風軟，煙江春漲。小閣無人，綉簾半上”。皆爲首句不入韻者。又，二字入韻者，本爲句中短韻，所以並不存在有“二字起者”一說，但如《欽定詞譜》那樣，將“海宇稱慶”“帝里春晚”也都讀爲二字一句，則亦屬誤讀。

本詞起調、畢曲兩處皆用疊韻，非詞律所規定，可疊可不疊，故不用疊韻圖符。

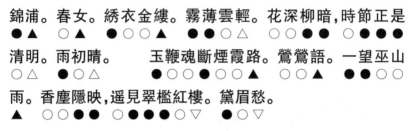

讀破格　五十三字　　　　　　　　　韋　莊

錦浦。春女。綉衣金縷。霧薄雲輕。花深柳暗，時節正是
●▲　○▲　●○○▲　●●○△　○○●●　●●●

清明。雨初晴。　　玉鞭魂斷煙霞路。鶯鶯語。一望巫山
○△　●○△　　●○○●○○▲　○○▲　●●○○

雨。香塵隱映，遥見翠檻紅樓。黛眉愁。
▲　○○●●　●○●●○▽　●○▽

　　“浦”字是韻，舊譜但注四字句，於“輕”字始注起韻。是一注而失
三韻，大謬。

　　“花深”下十字，與後“香塵”下十字，或作上六下四亦可。

　　按，此調與《怨王孫》同，説見後。

【蔡案】

　　前後段第二均皆讀破。前段“花深”下十三字，由一七一五讀破
爲一四一六一三，後段則減一字後讀爲一四一六一三，韻律更爲整齊
和諧。

多韻格　五十三字　　　　　　　　　顧　敻

曲檻。春晚。碧流紋細，緑楊絲軟。露華鮮。杏枝繁。鶯
●▲　○▲　●○○●　●○○▲　●○△　●○△　○

囀。野蕪平似剪。　　直是人間到天上。堪遊賞。醉眼疑
▲　●○○●▲　　●●○○●○▽　○○▼　●●○

屏幛。對池塘。惜韶光。斷腸。爲花須盡狂。
○▼　●○△　●○○　●●△　●○○△

　　檻字閉口音，是借叶。

　　"露華"兩句與前詞異，"直是"句平仄小異。"對池塘"以下，與前
孫詞同，此則作者多相合也。

　　舊譜"囀"字失注叶韻，連下作七字句，謬。"鮮、繁"二字亦失
注叶。

【蔡案】

　　本詞即"柳拖金縷"詞體，除首拍添一句中韻，並將"鳳皇舟上，楚
女"句讀破爲六字折腰式，且均叶韻。

易韻格　五十四字　　　　　　　　　　　　　孫光憲

花落。煙薄。謝家池閣。寂寞春深。翠娥輕斂意沈吟。沾
○▲　○▲　●○○▲　●●○△　○○○●●○△　○

襟。無人知此心。　　　玉爐香斷霜灰冷。簾鋪影。梁燕歸
△　○○○●△　　　●○○●○○▼　○○▼　○●○

紅杏。晚來天。空悄然。孤眠。枕檀雲鬢偏。
○▼　●○▽　○●▽　○▽　●○○●▽

　　"寂寞"下與前詞異。後段同。

【蔡案】

　　此亦"柳拖金縷"詞體，惟"鳳皇舟上，楚女"句添一字後作七字一
句，且"深"字平韻異。

易韻格　五十四字　　　　　　　　　　　　　顧　夐

棹舉。舟去。波光渺渺，不知何處。岸花汀草共依依。雨
●▲　○▲　○○●●　●○○▲　●○○●●○△　●

微。鷓鴣相逐飛。　　　天涯離恨江聲咽。啼猿切。此意向
△　●○○●△　　　○○○●○○▼　○○▼　●●●

誰説。饎蘭橈。獨無憀。魂銷。小爐香欲焦。
○ ▼　●○▽　●○▽　○▽　●○○●▽

　　“處”字叶上“舉、去”，依字換韻，與前詞異。後段同。

　　按，稼軒詞“春水千里”一首正與此合。而刻夲多訛，如“饎蘭橈”以下，刻本云“太顛狂那邊柳綫被風吹上天”，不知“太狂顛”乃四換平韻，而誤倒“顛狂”，“那邊”乃叶韻，句該三字而誤落一字，“柳綿”乃叶韻而誤寫“柳綫”，遂使讀者致疑。甚矣，梓書而不細校之爲害也。

【蔡案】

　　此亦“柳拖金縷”詞體，惟“鳳皇舟上，楚女”句添一字後作七字一句異。

多字格　五十四字　　　　　　　　　　　　　　顧　敻

燕颺晴景。小窗屏暖，鴛鴦交頸。菱花掩却翠鬟敧，慵整。
●○○▲　●○○●　○○○▲　○○●●●○○　○▲
海棠簾外影。　　綉幄香斷金鸂鶒。無消息。心事空相
●○○●▲　　　　●●○●○○○　○○●　○●○○
憶。倚東風。春正濃。愁紅。淚痕衣上重。
▼　●○△　○●▲　○△　●○○●△

　　“慵整”下仍叶首韻，與前異。後段同。

　　“颺”字雖去聲不用韻，與“渺莽雲水”同。《圖譜》於“整”字不注叶，連下作七字句，大謬。即如前顧詞“囀”字失注，蓋不知爲句中短韻也。

【蔡案】

　　此亦“柳拖金縷”詞體，惟“鳳凰舟上，楚女”句添一字後作七字一句異。

　　以上三首字句全同，惟於前段第一、二、四拍中是否叶韻異，故可

知該三句可叶可不叶，因皆爲輔韻，律理中本可如此也。

讀破格　五十四字　　　　　　　　　　孫光憲

太平天子。等閒遊戲。疏河千里。柳如絲，偎倚。綠波春
●○○▲　●○○▲　○○○▲　○○○，○▲　●○○

水。長淮風不起。　　　如花殿脚三千女。争雲雨。何處留
▲　○○○●▲　　　○○●●○○▽　○○▽　○●

人住。錦帆風。煙際紅。燒空。魂迷大業中。
○▽　●●○△　○○●△　○○△　○○○●●△

前段不換韻，與"柳拖金縷"一首同。而"柳如絲"以下則異。後
段同。

首句第二字雖不起韻，而各詞多用仄聲，想調應如是，衹此詞與
"柳拖金縷"二句用平聲耳。"倚"字或云非叶。

【蔡案】

此亦"柳拖金縷"詞體，惟前段第二均添一字後讀破異。

多字格　五十五字　　　　　　　　　　孫光憲

風颭。波斂。團荷閃閃。珠傾露點。木蘭舟上，何處吳娃
○▲　○▲　○○●▲　○○○▲　●○○●，○○○○

越艷。藕花紅照臉。　　　大堤狂殺襄陽客。煙波隔。渺渺
●▲　●○○●▲　　　●○○●○○▽　○○▽　●●

湖光白。身已歸。心不歸。斜暉。遠汀鸂鶒飛。
○○▽　○●△　●●◇　○○△　●○○○△

"木蘭"二句，一四、一六，體又異。後段同。

愚謂前"柳如絲"下是落一字，蓋與"木蘭"句同，而全篇亦無弗
同也。

【蔡案】

此又一變，於前一詞更添一字，第二均作一四一六一五。這一格式亦爲本調主要填法之一，其後三首皆如此填。

多字格 五十五字　　　　　　　　　　　　　李　珣

去去。何處。迢迢巴楚。山水相連。朝雲暮雨。依舊十二
●▲　○▲　○○○▲　○●○△　○●●▲　○●●●
峰前。猿聲到客船。　　愁腸豈異丁香結。因離別。故國
○△　○●●●△　　　　○○●●○○●　○○▼　●●
音書絶。想佳人花下，對明月春風。恨應同。
○○▼　●○○○●　●○●○○▽　●○▽

兩結皆與前各體異。

〔杜注〕

按，《花間集》“故國音書斷絶”句，無“斷”字，《詞譜》同。

【蔡案】

後段第三拍，例作五字一句，唐宋詞悉如此填，據《花間集》刪
“斷”字。

詞同前一詞體，惟後段第二均，讀破爲二五一三異。

多字格 五十五字　　　　　　　　　　　　　李　珣

春暮。微雨。送君南浦。愁斂雙蛾。落花深處。啼鳥似逐
○▲　○▲　●○○▲　○●○△　●○○▲　○●●●
離歌。粉檀珠淚和。　　臨流更把同心結。情哽咽。後會
○△　●●○○△　　　　○○●●○○▼　○●▼　●●
何時節。不堪回首相望，已隔汀洲。艣聲幽。
○○▼　●○○●○●　●●○○▽　○○△

"後會"句五字。"不堪"下與前異。

前詞"雨"字叶上"去、處","連"字起下"前、船",後詞"處"字叶上"暮、雨","蛾"字起下"歌、和",乃連環叶韻,不可不知。

或云：依此"不堪回首"以下句法,前詞應是"佳人想對花下,明月清風。恨應同",偶一字顛倒耳。不知果否,不敢以爲據,姑附於此。

【蔡案】

同前一詞體,添字後讀破前後段第一均。

多字格 五十七字　　　　　　　　柳　永

翠深紅淺。愁蛾黛蹙,嬌波刀剪。奇容妙伎,互逞舞裀歌
◎⊙⊙▲　○○●●　○○○▲　○○●●　●●●○
扇。妝光生粉面。　　坐中醉客風流慣。尊前見。特地驚
▲　○○○●▲　　　●○○○○●▲　○○▲　●●○
狂眼。不似少年時節,千金争選。相逢何太晚。
○▲　●●●○○●　○○○▲　⊙○○●▲

《樂章集》題作《河轉》,即《河傳》也。但通首俱仄韻耳。柳又一首於"不似"句作上四下八,想所不拘。"互逞"句汲古刻作"露清江芳交亂","清江"二字乃"影紅"二字之訛。其首句云"淮岸。漸晚",則仍用唐體耳。餘同。

【蔡案】

同前一詞體,添字後讀破前後段第二均,後段結拍更添二字。

易韻格 五十五字　　　　　　　　溫庭筠

湖上。閒望。雨蕭蕭。煙浦花橋。路遥。謝娘翠蛾愁不
○▲　○▲　●○△　○●○△　●△　●○●○○●

銷。終朝。夢魂迷晚潮。　　蕩子天涯歸棹遠。春已晚。
△　○△　●○○●△　　　●●○○○●▼　○●▼

鶯語空腸斷。若耶溪。溪水西。柳堤。不聞郎馬嘶。
○●○○▼　●○▽　○●○▽　○●▽　○○○○▽

"雨蕭蕭"句即換韻，又異。後段同。

〔杜注〕

按，《詞譜》列此詞爲第一首，以此調創自飛卿也。

【蔡案】

本詞應屬又一體。從本詞韻律分析，雖後段與前詞同，但前段句拍與前面各詞均迥異，尤其起調，爲一七字句，唐宋各詞均無此格局，故允爲別體。

"煙浦"下六字萬子不讀斷，觀今日諸標點本也都如此，却脫落一韻。按，清代詞人胡山有步溫庭筠詞，前段首均作："江上。凝望。草蕭蕭。帆影虹橋。去遙。"可見清人已有如此審讀者，是爲旁證。

仄韻體 六十字　　　　　　　　　　　　　徐昌圖

秋光滿目。風清露白，蓮紅水綠。何處夢回，弄珠拾翠盈
○○●▲　○○●●　○○●▲　⊙●●○　○○○●○

盈，倚蘭橈、眉黛蹙。　　採蓮調穩聲相續。吳兒伴侶。倚
○　●○○　○●▲　　　●○○●○○▲　○○●▲　●

棹吳江曲。驚起暮天，幾雙交頸鴛鴦，入蘆花、深處宿。
●○○▲　○○●○　●○○●○○　●○○　○●▲

與前調迥別。此則宋詞之濫觴也，"何處"以下與後"驚起"以下同。"夢、暮"二字去聲，勿誤。

〔杜注〕

按，《詞譜》後半起二句云："採蓮調穩聲相續，吳兒伴侶"，此落

"兒伴"二字，又以"聲相續"三字誤作下句也。又，"鷺起暮天"句，
"鷺"作"鶯"。均應遵照增改。

【蔡案】

　　此爲仄韻體，通篇不用平韻。後起原作"採蓮調穩，吳侶聲相續"，
"鶯起"作"鷺起"。均據杜注改。原譜"五十八字"改爲"六十字"。

多韻格 六十一字   秦　觀

恨眉醉眼。甚輕輕覷著，神魂迷亂。常記那回，小曲闌干西
●○◎▲　●⊙○●●　○○○▲　○●○○　●●○○○
畔。鬢雲鬆、羅襪剗。　　丁香笑吐嬌無限。語軟聲低，道
▲　●○⊙　○○▲　　　○○●●○○▲　●●○○　●
我何曾慣。雲雨未諧，早被東風吹散。悶損人、天不管。
●○○▲　○●●○　●●○○○▲　●●○　○●▲

　　按，山谷亦有此調，尾句"好殺人，天不管"，自注云："因少遊詞，
戲以'好'字易'瘦'字。"是此秦詞尾句該是"瘦殺人"矣。

　　"那"字、"未"字，去聲起調。黃用"燈"字，不及也。又，前"甚輕
輕"下九字，黃作"對歌對舞，猶是當時眼"，與秦異。按，《怨王孫》一
調，與唐腔《河傳》無異，今載於右。

〔杜注〕

　　按，此下之《怨王孫》《月照梨花》均同此調，萬氏亦論之，應列爲
又一體，不必各標題名。

【蔡案】

　　此即前一詞體，惟前後段第五拍均叶韻異。第二拍"甚"字爲襯，
余疑衍。

少字格 五十一字　　　　　　　　　　　　　　　　張　泌

渺莽雲水。惆悵暮帆，去程迢遞。夕陽芳草，千里。萬里。
●○○▲　○●●○　●○○▲　●○○●　○▲　●▲

雁聲無限起。　　　夢魂悄斷煙波裏。心如醉。相見何處
●○○●▲　　　　●○●●○○▲　○○▲　○●○●

是。錦屏香冷無睡。被頭多少淚。
▲　●○○●○▲　●○○●▲

　　此調體制最多，通篇用一韻而字少者，惟此調。《圖譜》於起句
"渺莽雲"三字注可平平仄，非。

【蔡案】

　　本詞原列第一體，亦爲仄韻體，故移至此。校之前二詞，本詞或
有文字脫落，前後段結拍固可視爲減字，但對應徐詞"驚起暮天"一
句，本詞則闕如，前段"千里萬里"句亦少二字。

　　"渺莽雲"三字可平平仄，當是正解。莽，原本就是以上作平，本調
第二字若不入韻，應以平爲正，萬子未予注明，失誤。考察全部宋詞本
調，在二十首無腹韻詞中，次字作平者十三，作上聲者六，去聲僅一。即
便不計入以上作平，其中也有六成半爲平平仄起，故不辯自明。

　　前段第五拍，原譜作四字一句，不讀斷，但"千里"處應有一句中
韻。補。

怨王孫 五十三字　　　　　　　　　　　　　　　　張元幹

小院春晝。晴窗霞透。著雨胭脂，倚風翠袖。芳意惱亂人
●●○▲　○○○▲　●●○○　●○●▲　○●●●○

多。煠金荷。　　　多情不分羣葩後。傷春瘦。淺黛眉尖
○　●○△　　　　○○●●○○▲　○○▲　●●○○

秀。紅潮醉臉，半掩花底重門。怨黃昏。
▲　　○○●●　●●○●○▽　●○▽

　　院字必仄，譜注可平，大謬。觀蘆川、易安諸作可見。"紅潮"至"重門"，易安作上六下四，不拘。

　　此與前韋莊"錦浦"一首，字句、平仄、聲響俱同，祇此篇"倚風"句叶韻，韋作"花深柳暗"，不叶韻耳。查李珣《河傳》，此句原用叶韻，是爲一調何疑。且韋莊又有"錦里蠶市"一首，《花間》不載者，原名作《怨王孫》，其所用"玉幝金雀"四字句，亦不叶上"里"字、"市"字之韻，是此句可叶可不叶。《河傳》與《怨王孫》正同也。況"院"字用仄，尤爲顯而易見哉。但宋人不作《河傳》，而作《怨王孫》，故列此，而仍其名。

　　沈天羽刻，收明人此調，首句云"深閨靜悄"，後起云"遙望玉郎在何處"，於"臉"字用"連"字平聲，末三字用"不見君"，如此平仄，真足絕倒。前第五句云："堪惜那小桃紅"，句法更奇，成何言語？而自謂"和易安韻"。沈氏選之贊之，可嘆可憐矣！

　　又按，《月照梨花》亦即此調，并以附後。

【蔡案】

　　本詞即韋莊詞體，別名而已。參見韋莊詞下。

月照梨花　五十四字　　　　　　　　　　黄　昇

畫景。方永。重簾花影。好夢猶酣，鶯聲喚醒。門外風絮
●▲　○▲　○○○▲　●●○　○○●▲　○●●

交飛。送春歸。　　修蛾畫了無人問。幾多別恨。淚洗殘
○△　●○△　　○○●●○○●　●○●▲　●●○

妝粉。不知郎馬何處，煙草萋迷。鷓鴣啼。
○▲　○○○●○●　○●○▽　●○▽

　　比《怨王孫》祇多"別恨"上加一"幾"字，"不知"句下多一"嘶"字，餘皆無異。其聲響確是《怨王孫》，即確是《何傳》也。況加一"嘶"字，此句遂拗，恐原無此字，而後人見温詞有"郎馬嘶"句，此亦用"郎馬"字，其下又用"迷、啼"韻，因訛寫多此一字耳。《圖譜》不注"景"字起韻誤，又落去"妝"字，止作四字，又以"不知"句可作平仄仄平仄平平，未審何據，可爲駭然。

〔杜注〕

　　按，《詞譜》及《花庵詞選》均無"嘶"字，與萬氏説合。又按，此調因李清照詞有"人静皎月初斜。浸梨花"句，更此名，應與前之《怨王孫》均歸《河傳》調内。

【蔡案】

　　原譜"五十五字"改爲"五十四字"。此即前一詞體，萬子所析頗爲合理。原"不知郎馬河處嘶"句，删"嘶"，改"河"爲"何"。

詞 律 卷 七

鳳來朝 五十一字　　　　　　　　　　　　　周邦彦

暈粉就妝鏡。掩金閨、彩絲未整。趁無人、學指鴛鴦頸。恨
●●◎○▲　●○○　●○○▲　●○○　●●○○▲　●

誰踏、蘚花徑。　　一夢蒲香葵冷。墮銀瓶、脆繩挂井。扇
⊙●　○○▲　　　●●○○●▲　○○○　◎○○▲　●

底并、團圓影。祇此是、沈郎病。
●●　○⊙▲　●●●　○○▲

　　"整、井"二字上聲，而上用"未、挂"二字去聲，妙。美成用兩個
"木"字，《清真集》此調，於"扇底"句作"待起又、如何拚"，《片玉詞》又
作"待起難舍拚"。今按，此詞亦六字，則載於《清真》者爲准，故不另
收五十字一體。然玩"扇底"句，上七字句，下六字句，俱與前段同，則
此句該如前段"趁無人"八字，豈"并"字上下有落字乎？蓋"扇底并"
三字，義理欠明也。

〔杜注〕

　　萬氏云："'扇底并'三字，義理欠明"，"'并'字上下有落字"。按，
"并"字疑"弄"字之誤。又按，此句各家皆六字，似無脫落。

【蔡案】

　　"扇底并"一句義理不明，須追考周邦彥詞，周詞後段第三拍《全
宋詞》作"待起難舍拚"，較之各首少一字，《欽定詞譜》作"待起又、如

何扸”，余疑當爲“待起又難捨、如何扸”，正與前段相合。本詞“并”之後，疑亦從美成殘詞而少二字，其詞原文或爲“扇底□□并、團圓影”，脱落二平聲字。惜無書證，但述不改。

　　前段起拍，陳允平作“百媚春風面”，“春”字平聲；後段起拍，陳詞作“曲嘆弓彎袖斂”，“袖”字仄聲；次拍作“綉芙蓉、香塵未斷”，“香”字平聲；“團圓影”，周邦彦作“難捨扸”，“捨”字仄聲。譜中可平可仄據此補。

雨中花　五十一字　　　　　　　　　　　　　晏　殊

剪翠妝紅欲就。折得清香滿袖。一對鴛鴦眠未足，葉下長
◎●○○◎▲　　◎●○⊙○▲　　●●○○○●●　●●○

相守。　　莫傍細條尋嫩藕。怕綠刺、罥衣傷手。可惜許、
○▲　　　◎●●○○●▲　●○●　○○○▲　●●○

月明風露好，恰在人歸後。
●○○●●　●●○○▲

　　後起三句，比前段各多一字。

多字格　五十二字　　　　　　　　　　　　　歐陽修

千古都門行路。能使離歌聲苦。送盡行人，花殘春晚，又別
○●○○○▲　○●○○○▲　◎●○○　⊙○⊙●　◎○

東君去。　　醉藉落花吹暖絮。多少曲堤芳樹。且攜手留
○○▲　　　●●●○○●▲　○○●○○▲　●○⊙●○

連，良辰美景，留作相思處。
○　⊙○⊙●　⊙○○○▲

　　前後第三句以下，與前詞異。

　　按，“送盡”句，查各家俱前後段相同，此前四後五，或誤多誤

少耳。

〔杜注〕

　　按，《歷代詩餘》“又到東君去”句，“到”作“別”，應遵改。又按，《六一詞》“東君”作“君東”，似誤。

【蔡案】

　　本詞前後段第三拍，均在前一詞體基礎上添字而成，故後段應是上三下六式折腰句法，即“且攜手、留連良辰美景”，衍變之脈絡極爲清晰。

　　前段結拍原作“又到東君去”，語意顯然欠通，據杜注改。

多字格 五十四字　　　　　　　　　　　揚无咎

早已是、花魁柳冠。更絶唱、不容同伴。畫鼓低敲，紅牙隨
●●●　○○○▲　●●●　●○○▲　●●○○　○○○

應，著個人勾喚。　　漫引鶯喉千樣囀。聽過處、幾多嬌
●　●●○○▲　　　　●●○○○●▲　○○●　●○○

怨。換羽移宮，偷聲減字，不怕人腸斷。
▲　●●○○　○○●●　●●○○▲

　　起句七字，乃上三下四，語氣與他家不同。楊共三首如此，有刻首句缺“早”字者，非。第二句七字，“畫鼓”句、“換羽”句皆四字。

〔杜注〕

　　按，《詞譜》“不怕人腸斷”句，“怕”作“顧”。

多字格 五十四字　　　　　　　　　　　程　垓

聞説海棠開盡了。怎生得、夜來一笑。釅緑枝頭，落紅點
○●●○○●▲　●○●　●○●▲　●●○○　●○●

裏,問有愁多少。　　小院閉門春悄悄。禁不得、瘦腰如
● ●●○○▲　　●●○○○●▲　●●●　●○○

嫋。豆蔻濃時,酴醾香處,試把菱花照。
▲　●●○○　○○○●　●●○○▲

起句七字,如七言詩句而前後整齊者。

〔杜注〕

按,《歷代詩餘》"小院閑門春悄悄"句,"閑"作"閉",應遵改。

【蔡案】

後段起拍,汲古閣本《書舟詞》和《花草粹編》亦俱作"閉"字,"閑"
字顯誤,已據杜注改。

多字格 五十六字　　　　　　　　　　王　觀

百尺清泉聲陸續。映瀟灑、碧梧翠竹。面千步回廊,重重簾
●●○○○●▲　●●●　●●○▲　●○●○　○○○

幕,小枕欹寒玉。　　試展鮫綃看畫軸。是一片、瀟湘凝
●　●●○○▲　　●●○○○●▲　●●●　○○●

綠。正玉漏穿花,銀河垂地,月上闌干曲。
▲　●●○○　○○○●　●●○○▲

前後第三句俱五字,整齊。

《圖譜》注此爲第二體,云後段同第一體,蓋以前歐詞爲第一也。
然歐次句六字,此七字,豈得爲同乎?

〔杜注〕

按,《樂府雅詞》"試展鮫綃看畫軸"句,作"閑拂霜綃開畫軸"。
又,"瀟湘凝綠"句,"凝"作"秋"。又,"待玉漏穿花"句,"待"作"正"。
又按,《詞譜》"是一片"句,"是"作"見"。

【蔡案】

　　"待"字不穩,致其詞意不盡,據《樂府雅詞》改爲"正"。

　　夜行船　五十六字　或加"令"字。又名《明月棹孤舟》。　　趙長卿

綠鎖窗紗梧葉底。麥秋時、曉寒慵起。宿酒懨懨,殘香冉
●●○○○●▲　　●○○　●○○●▲　　●●○○　○○●

冉,渾似那時天氣。　　　別日不堪頻屈指。回頭早、一年不
●　○●○○○▲　　　　●●●○○●▲　○○●　●○○●

嗇。搔首無言,闌干十二。倚了又還重倚。
▲　○○○●　○○●▲　●●●○○▲

　　前後結句俱六字。

　　按,黃在軒有《明月棹孤舟》詞,逃禪亦有四首,俱與此趙詞一字
無異。汲古注云:"向誤作《夜行船》,今按譜正之,改爲《明月棹孤
舟》。"蓋逃禪四詞,載於《雨中花》之後,《夜行船》之前,故毛氏以爲訂
正如此也,不知此調即是《夜行船》。試將四詞與他處《夜行船》對校,
無不相同,必因《夜行船》三字,而以"明月"代"夜"字,"棹"代"行"字,
"孤舟"代"船"字也。是則《夜行船》與《明月棹孤舟》爲一調無疑矣。
而觀此趙詞,則《夜行船》亦即《雨中花令》,今恐人致疑,將《夜行船》
長短數調俱列於後。

　　　夜行船　五十三字　　　　　　　趙長卿
　龜甲爐煙輕裊。簾櫳靜、乳鴉啼曉。拂掠新妝,時宜頭面,繡草
冠兒小。　　衫子揉藍初著了。身材稱、就中恰好。手撚雙丸,
菱花重照。帶朵宜男草。
此五十三字,與前楊詞同。

　　〔杜注〕按,趙仙源《惜字樂府》"手撚雙丸"句,"丸"作"紈",宜從。

又一體 五十四字　　　　　　　　　　　　　　　趙長卿

短棹輕舟排辦了。歌聲斷、晚霞殘照。紅蓼坡頭，綠楊堤外，離恨知多少。　　別後莫教音信杳。嘆光陰、自來堪笑。畫角譙門，槐溪歸路，正是楚天曉。

此五十四字，與前程詞同。

又一體 五十六字　　　　　　　　　　　　　　　吳文英

鴉帶斜陽歸遠樹。無人聽、數聲鐘暮。日與愁長，心灰香斷，月冷竹房扃戶。　　畫扇青山吳苑路。傍懷袖、夢飛不去。憶別西池，紅綃盛淚，腸斷粉蓮啼露。

此五十六字。與前趙詞同。

　　其外《夜行船》尚有字句異者，亦並載入，以凴考證。

又一體 五十二字　　　　　　　　　　　　　　　趙長卿

淚眼江頭看錦樹。別離又還秋暮。細水浮浮，輕風冉冉，穩送扁舟去。　　歸去江山應得助。新詩定須多賦。有雁南來，槐溪千萬，寄我驚人句。

此五十二字，前後整齊，次句六字，前晏歐有之。

又一體 五十五字　　　　　　　　　　　　　　　石孝友

漏永迢迢清夜。露華濃、洞房寒乍。愁人早是不成眠，奈無端、月窺窗罅。　　心心念念都緣那。被相思、悶損人也。冤家你若不知人，這歡娛、自今權罷。

此五十五字。“露華濃”等四句，上三字可作平平仄，“冤家”句可作仄仄平平平仄，此句七字，前晏體有之。

又一體 五十六字　　　　　　　　　　　　　　　歐陽修

憶昔西都懽縱。自別後、有誰能共。伊川山水洛川花，細尋思、舊遊如夢。　　記今日，相逢情愈重。愁聞唱、畫樓鐘動。白髮天涯逢此景，倒金尊、殢誰相送。

此亦五十六字，而後起八字者。

　　　又一體 五十八字　　　　　　　　　　趙長卿

綠蓋紅幢籠碧水。魚跳處、浪痕勻碎。惜別殷勤，留連無計，歌
●●○○●●▲　○●●　●○○▲　●●○　○○○●　○

聲與、淚珠柔脆。　　　一葉扁舟煙浪裏。曲灘頭、此情無際。窈
○●　●○○▲　　　●●○○○●▲　●○○　●○○▲　●

宛眉山，暮霞紅處，雨雲想、翠峰十二。
●○○　●○○▲　●○●　●○○▲

此五十八字。

【蔡案】

　　前後段結拍均爲六字律句者，《雨中花》中未之有也，故仍以《夜行船》名之。

　　萬子列舉七首《夜行船》均用小字排，屬附錄形式。因第七首有擬譜價值，故添平仄譜，後結"十"字以入作平。其中前後段第二句和結句若有折腰式七字句者，萬子原稿均未讀斷。所有字數，均爲修訂者所添。前三種，萬子謂與楊、程、趙同，其中趙長卿兩首本俱爲《夜行船》，自然相同；程垓詞二首全同，若程詞並非誤植調名，則可證二者實爲一調；楊詞亦同，增減一字而已。而其後四首，但云某體有之，則未免牽強。此類詞調之異同辨析，當從律理入手，庶幾合理。

　　萬子所謂"又一體"實則非"體"，乃"格"。若以第七首爲基準，則第一首爲起拍及兩結減字，第二第三首爲兩結減字，第四首爲前後段次拍及兩結減字，第五第六首爲起拍及前後段第三拍減字。第七首"淚珠"，原作"淚和"，句法不諧，據《欽定詞譜》改。第六首換頭多一字，疑"記"爲衍文。

雨中花慢 九十六字　　　　　　　　　　　　　京　鏜

玉局祠前，銅壺閣畔，錦城藥市爭奇。正紫萸綴席，黃菊浮
●●○○　○●●○　○○●●○○　●○○○●　○●○

卮。巷陌連鑣共轡，樓臺吹竹彈絲。登高望遠，一年好景，
△　●●○○●●　○○○●○○　○○●●　●○●●

九日佳期。　　　自憐行客，猶對嘉賓，留連豈是貪癡。誰會
●●○△　　　●○○●　○●○○　○○●●○○　○●

得、心馳北關，興寄東籬。惜別未催鵕首，追歡且醉蛾眉。
●　○○●○　●●○○　●●□○●●　○○●●○○

明年此會，他鄉今日，總是相思。
⊙○●●　○○○●　◎●○△

　　"綴、共、北、鵕"字，不可用平，"未"字用平方佳。

　　《圖譜》既收稼軒"馬上三年"一首作《雨中花慢》矣，又於《續譜》
收此調作《雨中花》，淆訛重複，真不可解。而後起次句作六字，又因
"嘉賓留連"四字皆平，遂注"嘉"字、"連"字可仄，真無可奈何矣。

【蔡案】

　　萬子於字用平仄處，多有主觀語。如"綴、共、北、鵕"四字，謂"不
可用平"，而究之實際，此四字用平者多於用仄，宋詞一百三十二處，
七十四處爲平聲。"未"字亦然，三成爲仄，未見"用平方佳"處。填者
自可定奪。

多字格 九十七字　　　　　　　　　　　　　辛棄疾

舊雨常來，新雨不來，佳人偃蹇誰留。幸山中芋栗，今歲全
●●○○　○●●○　○○●●○△　●○○●●　○●○

收。貧賤交情落落，古今吾道悠悠。怪新來却見，文反離
△　⊙●○○●●　○○○●○△　●○○●●　○●○

騷，詩發秦州。　　功名祇道，無之不樂，那知有更堪憂。
〇　⊙〇●〇△　　〇〇●●　〇〇●●　〇〇●●〇△
怎奈向、兒曹抵死，喚不回頭。石卧山前認虎，蟻喧床下聞
◎●●、〇〇●●　●●〇〇　◎●〇〇●●　●〇〇●〇
牛。爲誰西望，憑欄一餉，却下層樓。
〇。　●〇〇●　⊙〇●●　〇●〇〇△

前段"新雨"句，後段"無之"句，俱與京詞平仄異。"怪新來"句，
比前多一"怪"字。

按，稼軒又於"無之"句作"有酒盈樽"，與京詞同。惜杳於"幸山
中"二句作"倚欄無語，羞辜負年華"，想皆不拘。以其句字同，不另
錄。竹屋於"幸山中"句作六字。其餘皆同，茲亦不錄。

【蔡案】

杜文瀾《校勘記》謂：辛棄疾詞"幸山中芋栗，今歲全收"二句，本
杜少陵"園收芋栗未全貧"詩意，"芋"應作"芋"，雖杜詩亦有作"芋"之
本，然《莊子》云："先生居山林，食芋栗"，與杜詩上句"錦里先生"之語
正合，當以"芋"字爲是。"文反離騷"，"反"原作"友"，據《稼軒詞》改。

原注前段第二句"不"字作平。

多字格　九十八字　　　　　　　　　蘇　軾

今歲花時深院，盡日東風，蕩颺茶煙。但有綠苔芳草，柳絮
〇●〇〇〇●　●●〇〇　●●〇〇　●●●〇〇●　●●
榆錢。聞道城西，長林古寺，甲第名園。有國艷帶酒，天香
〇〇。〇●〇〇　〇〇●●　●●〇〇　●●●●　〇〇
染袂，爲我留連。　　清明過了，殘紅無處，對此涙灑樽前。
●●　〇●〇〇△　　〇〇〇●　〇〇〇●　●●●●〇△
秋向晚、一枝何事，向我依然。高會聊追短景，清商不假餘
〇●●、●〇〇●　●●〇〇　〇●〇〇●●　〇〇●●〇

妍。不如留取，十分春態，付與明年。
△　　●○○●　●○○●　●●○△

起處與前詞不同。或云：可以讀作兩四一六，若"聞道"至"名
園"十二字，前詞作兩句相對，此則作三句單行，全不倅矣。後段"高
會"二句，又仍作"偶語"，未審何也。

〔杜注〕

按，《詞譜》"長廊"作"長林"。

【蔡案】

前段第九拍"有國艷帶酒"句，第三字依律須平，自宋至元，諸家
詞凡此句法者，莫不爲平聲，斷無僅此一例用仄之理。"艷"字或爲
"色"字，以入作平，而"國"字亦爲以入作平。又，"對此淚瀧樽前"句，
律拗句法，但"此"字平韻體中多用作平聲。

又按，前段第七句，"長林"之文理修辭，皆優於"長廊"，據杜注
改。杜氏又謂，原文"清商不暇餘妍"句，"暇"字疑"假"字之誤。信
然，《花草粹編》和吳訥本、毛校本《東坡詞》均用"假"字，蓋"暇"字不
通也，據改。

仄韻體 九十八字　　　　　　　　　　　秦　觀

指點虛無征路，醉乘斑虯，遠訪西極。見天風吹落，滿空寒
●●○○○●　●○○●　●●○▲　○○○●　●●○

白。玉女明星迎笑，何苦自淹塵域。正火輪飛上，霧捲煙
▲　●●○○○●　○●●○○▲　●●○○●　●●○

開，洞觀金碧。　　　　重重觀閣，橫枕鼇峰，水面倒銜蒼石。
○　●○○▲　　　　○○○●　○●○○　●●●○○▲

隨處有、奇香幽火，杳然難測。好是蟠桃熟後，阿環偷報消
○●●、○○○●　●○○▲　●●○○●●　○○○●○

息。任青天碧海，一枝難遇，占取春色。
▲　　●○○●●　◎○○●　●○○▲

此用仄聲韻。"虯"字即"虬"字。

舊刻"見天風"八字句，余細玩之，"寒"字下應有一叶韻字，而落去耳。此二句正同前辛詞"幸山中"九字也。後段舊刻"在天碧海"，無理，余謂亦有一"青"字，此句五字，與前"正火輪"句同也。因一時無秦集可查，姑記於此。

〔杜注〕

萬氏於"寒"字下空一字，旁注應叶。按，下文"皇女"二字費解，今檢《淮海集》上句爲"寒白"，下句爲"玉女"，乃原刻以"白、玉"二字誤並爲"皇"字耳。又，"在天碧海"句，"天"字上空一字，《淮海集》作"任青天碧海"，均應改補。

【蔡案】

原譜"滿空寒□，皇女明星迎笑"及"在□天碧海"兩句，萬注、杜注甚是，檢《苕溪漁隱叢話》，前句作"滿空寒白，織女明星迎笑"，正是原詞韻律如此。均依杜注改。

首均依律當作四字兩句、六字一句方諧，若以六字一句、四字兩句填，則應調節平仄，如無名氏作："宴闋倚欄郊外，乍別芳姿，醉登長陌。""夢破江南春信，漸入江梅，暗香初發。"皆是，故此處"乘"字當仄、"訪"字當平，庶幾無違。據無名氏詞，本譜解爲"乘"字借音爲仄，"訪"字以上作平。又按，末句"占取春色"，"取"字他作宋人皆作平聲，則爲以上作平無疑。

誤調名 一百字　　　　　　　　　　　　柳　永

墜髻慵梳，愁蛾懶畫，心緒事事闌珊。覺新來憔悴，金縷衣
●●○○　○○●●　○○●●○○△　●○○●　○●○

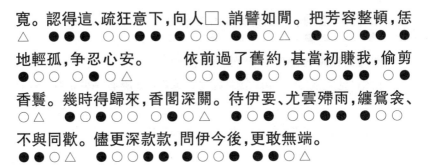

寬。認得這、疏狂意下，向人□、誚譬如閒。把芳容整頓，恁
地輕孤，爭忍心安。　　依前過了舊約，甚當初賺我，偷剪
香鬟。幾時得歸來，香閣深關。待伊要、尤雲殢雨，纏鴛衾、
不與同歡。儘更深款款，問伊今後，更敢無端。

　　“認得這”兩句，即後“待伊要”兩句，該十四字，今少一字，且難
解，恐有誤耳。“儘更深”下，照前，該在“款款”斷句，而語氣，則該“更
深”處略豆，總之一氣貫下，不拘也。

〔杜注〕

　　按，《詞譜》“更散”作“更敢”，應遵改。又按，“意下”之“下”字，應
注句，“向人”之“人”字下，疑落“前”字。

【蔡案】

　　原譜“認得”下十三字不讀斷，“盡更”下十三字不讀斷。

　　校之諸體，本詞最爲參差，若確屬本調，則其中文字必頗多錯訛。
惟細究本詞均拍，則實爲《錦堂春》也，試比較《錦堂春》第一體，則除
本詞前後段第三均兩拍更添一字、前後段尾均首拍各少一字外，其餘
均一般無二，調名誤植無疑。

　　杜氏校勘記謂：“心緒事事闌珊”句，誤作“是事”。又，“把芳容整
頓”句，“整”誤作“陡”。均據改。但本句對應後段“纏鴛衾、不與同
歡”，猶少一字，且“誚譬”不當讀斷，則此句應作“向人□、誚譬如閒”，
正和“纏鴛衾、不與同歡”合。依律而補。原譜“一百字”改爲“一百零
一”字。

望江東　五十二字　　　　　　　　　　黃庭堅

江水西頭隔煙樹。望不見、江東路。思量祇有夢來去。更
○●○○●　▲　　●●●　○○　▲　　⊙○○○●●○　▲　　●

不怕、江攔住。　　　燈前寫了書無數。算沒個、人傳與。直
◎●　○○　▲　　　　○○●●○○　▲　　●●●　○○　▲　　◎

饒尋得雁分付。又還是、秋將暮。
○⊙●●○　▲　　●○●、秋將暮。

前後宁句同，祇俟起平仄與前起異。

沈氏云"此調用平韻即《醉紅妝》"，可笑。兩者相去河漢，寧得牽
合？"夢來去""雁分付"皆去平去，乃此調定格，《圖譜》以"雁"字可平
既差，而末句落去"還"字，竟注作五字句，則更甚矣。

〔杜注〕

按，《詞譜》"直饒"作"直教"。又，注云："此調祇此一詞，無別首
可校。"

【蔡案】

本調前後段起拍，應俱是平起仄收式句法，故前段疑是"西頭江
水隔煙樹"之倒誤，元王重陽詞，前後段同，前段起拍作"扶桑祥端生
芝草"，可證。

醉花陰　五十二字　　　　　　　　　　李清照

薄霧濃雰愁永晝。瑞腦噴金獸。佳節又重陽，寶枕紗廚，半
◎●○⊙○○●　▲　　●◎○○●　▲　　○●●○○　◎●○○　⊙

夜秋初透。　　　東籬把酒黃昏後。有暗香盈袖。莫道不消
●○○　▲　　　　⊙○●●○○●　▲　　●●○○●　▲　　●●●○

魂，簾卷西風，人比黃花瘦。
○　○●○○　○●○○　▲

“有暗香”句，以“有”字領句，與“瑞腦”句語氣異。然查各家，如稼軒、東堂、逃禪等，前後皆用“瑞腦”句法。

後段起句與前段起句平仄相反，東堂亦然，餘家前後俱用“東籬”句法，因字同韻同，不另立體。《圖譜》謂兩結皆九字，而“紗”字、“西”字可仄，何也？

沈氏選詞，首句云“似忘似變似無已”，“寶枕”二句云“竟不念、人約梅花香裏”，後起云“相望相思窗遍倚”，“莫道”句云“願風將此意”，末二句云“背人吹入他，合歡杯底”。如此平仄句法，謂是《醉花陰》，沈氏亟賞之，密圈到底，且加雙層圈，嗚呼！此豈有目者耶？

〔杜注〕

按，《詞譜》收毛澤民一首，注云：“換頭第四字疑韻。如揚无咎詞之‘撲人飛絮渾無數’、李清照詞之‘東籬把酒黃昏後’，‘絮’字、‘酒’字俱韻。此即《樂府指迷》所謂‘藏短韻於句內’者。然宋詞如此者亦少。”遵此，“酒”字應注叶。

【蔡案】

杜注所云“酒字應注叶”者，即余所謂“輔韻”也。輔韻本可有可無，可叶可不叶，但本調過片句中短韻並非偶叶，王重陽四首，每首前後段首拍，均不叶韻，但每句俱用句中韻，如“静青黃燭。滅煙消”“宗評法籙。寫金書”，可見本句句中短韻有其韻律基礎。

又按，本調前後段第二句句法本兩可，萬子所謂“餘家前後俱用‘東籬’句法”者，亦甚非。以宋元三十三首（《全宋詞》所錄，有二首重），其中十四首與李詞同，均爲前段仄起式，後段平起式，前後均爲平起式者，僅六成。

入 塞 五十二字　　　　　　　　　　　　　　　程 垓

好思量。正秋風、半夜長。奈銀釭。一點耿耿背西窗。衾
●○△　●○○　●●△　●○△　●○●●●○△　○

又凉。枕又凉。　　露華，淒淒月半床。照得人、真個斷
●△　●●◇　　○○　○○●●○△　●●○　○●●

腸。窗前誰浸木犀黄。花也香。夢也香。
△　○○○●●○△　○●△　●●◇

　　或云："釭"字亦是叶韻，而"一點"下爲七字句，與後結同。未知
果否。然如此則未免穿鑿也。

【蔡案】

　　原譜前起作"好思量。正秋風、半夜長。奈銀釭一點"，甚誤。
按，"或云"應於"釭"字韻者，合乎詞調之韻律結構，本調爲小令，前段
應有兩均，故"釭"字必爲第一均均脚，主韻也，而"正秋風"應屬前。
惟"奈"字前後，或奪一字。"一點"句對應後段"窗前"句，"點"字以上
作平。

　　又，後段起拍，兩頓連平失諧，此爲二字逗之識。

青門引 五十二字　　　　　　　　　　　　　　張 先

乍暖還輕冷。風雨晚來方定。庭軒寂寞近清明，殘花中酒，
●●○○▲　○●●○○▲　○○●●●○○　○○○●

又是去年病。　　樓頭畫角風吹醒。入夜重門静。那堪更
●●●○▲　　○○●●○○▲　●●○○▲　○○●

被明月，隔牆送過秋千影。
●○●　●○●●○○▲

　　"輕"字，《譜》作"乍"字，注可平，不知何據。《圖譜》合前結爲九

字,無謂。"中"字本平聲,徐邈中聖人,對魏武曰"臣今時復一中之"是也。《圖譜》讀作去聲,反云可平,誤矣。

　　沈氏選明詞,於"那堪"下二句云:"口脂紅逗,鸚鵡窗前,難數春歸恨",作兩四一五,如此選詞,尚可謂知詞者乎?

【蔡案】

　　"中酒"之"中"當仄,《圖譜》無誤。蓋此即"中疾""中毒""中暑"之"中",意謂"遭受"也。至若後段第二均填爲兩四一五,亦詞中常見填法,讀破而已,若讀爲"口脂紅逗鸚鵡,窗前難數春歸恨",豈非二者如一? 故無須質疑。

鋸解令　五十二字　　　　　　　　　　　　　　　　揚无咎

送人歸後酒醒時,睡不穩、衾翻翠縷。應將別淚灑西風,盡
●○○●○○　●●●　○○●○○　●

化作、斷腸夜雨。　　卸帆浦溆。一種悽惶兩處。尋思却
●●●　●●▲　　　●○○▲　○●○○●●▲　○○

是我無情,便不解、寄將夢去。
●●○○　●●●　●○●▲

　　結二句前後同。

木蘭花　五十二字　　　　　　　　　　　　　　　　毛熙震

掩朱扉、鈎翠箔。滿院鶯聲春寂寞。勻粉淚、恨檀郎,一去
●○○　●●▲　◎●◎○○●▲　○○●　●○○　○●

不歸花又落。　　對斜暉、臨小閣。前事豈堪重想著。金
●○○●▲　　　●○○　○●▲　◎●●○○●▲　○

帶冷、畫屏幽,寶帳慵熏蘭麝薄。
●●　●○○　●●○○○●▲

前後同。

多字格 五十四字　　　　　　　　　　魏承班

小芙蓉、香旖旎。碧玉堂深情似水。閉寶匣、掩金鋪,倚屏
●○○　○●▲　●●○○○●▲　●●●　●○○　●○

拖袖愁如醉。　遲遲好景煙花媚。曲渚鴛鴦眠錦翅。凝
○●○○▲　　○○●●○○▲　●●○○○●▲　○

然愁望静相思,一雙笑靨嚬香蕊。
○○○●●○○　●●●●○○▲

前段,與前詞同,祇"倚屏"句平仄異耳。《圖譜》竟注同前體,誤。
後段四句七字,乃大異。

〔杜注〕

按,《詞譜》"閉寶匣"句,"閉"作"開"。

易韻格 五十五字　　　　　　　　　　韋　莊

獨上小樓春欲暮。愁望玉關芳草路。消息斷、不逢人,却斂
●●●○○●▲　○●●○○●▲　○●●　●○○　●●

細眉歸繡戶。　坐看落花空嘆息。羅袂濕斑紅淚滴。千
●○○○▲　　●●●○○●▽　○●●○○●▽　○

山萬水不曾行,魂夢欲教何處覓。
○●●●●○○　○○●○○●▽

前後兩韻。祇第三四句用三字,餘俱七字。《圖譜》云"後段同魏
詞",誤。魏後起句、尾句平仄,與此皆反,安得云同?

多字格 五十六字　又名《玉樓春》　　　　　　　牛　嶠

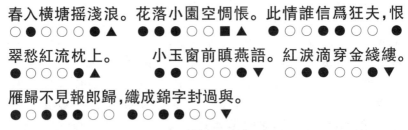

春入橫塘搖淺浪。花落小園空惆悵。此情誰信爲狂夫，恨
○●○○○●▲　●●●○○■▲　●○○○●○○　●
翠愁紅流枕上。　　　　小玉窗前瞋燕語。紅淚滴穿金綫縷。
●○○○●▲　　　　　●●○○○●▼　○●●○○●▼
雁歸不見報郎歸，織成錦字封過與。
●○●●●○○　●○●●○●▼

前後兩韻，而第三句仍用七字者。"過"字恐誤，作者於"惆"字用
仄，"過"字用平可也。

【蔡案】

牛詞"惆"字失律，其餘諸家皆用仄聲，此當應仄而平也，此處爲
敗筆，不可從。萬子以爲"'過'字恐誤"，或是將其視爲仄讀，有違句
法之意，惟"過與"之"過"本可讀平，自然無誤。

玉樓春 五十六字　又名《春曉曲》《惜春容》　　　　葉夢得

花殘却似春留戀。幾日餘香吹酒面。濕煙不隔柳條青，小
⊙○◎●○○▲　◎○⊙○○●▲　◎○○●●○○　◎
雨池塘初有燕。　　　　波光縱使明如練。可奈落紅紛似霰。
●⊙○○●▲　　　　　⊙○○●○○▲　◎●○○●▲
解將心事訴東風，衹有啼鶯千種囀。
◎○⊙●●○○　●⊙○○○●▲

前後俱七字四句，此宋體也。

按，唐詞《木蘭花》，如前所列四體是矣。其七字八句者，名《玉樓
春》，至宋則皆用七言，而或名之曰《玉樓春》，或名之曰《木蘭花》，又
或加"令"字，兩體遂合爲一，想必有所據。故今不立《玉樓春》之名，

而載注前三體之後，蓋恐另收《玉樓春》，則如此葉詞無所附，而體同名異，不成畫一耳。

按，唐《玉樓春》如"家臨長信往來道"等，句中平仄不拘，顧敻、魏承班爲有紀律，然不如宋人平仄整齊。蓋首句第二字用平，次句第二字用仄，三平四仄，五平六仄，七平八仄，是有定格可從也。其顧、魏詞，惟於前後第三句第二字用平，餘六句第二字皆仄，而魏詞後起叶韻，顧詞後起用仄聲而不叶韻，又自不同。今不備錄者，因此調雖宋人合之曰《木蘭花》，而本譜不敢以唐之《玉樓春》改名《木蘭花》也。若欲作顧、魏唐腔，仍名曰《玉樓春》可耳。

按，《步蟾宮》亦五十六字，八句，每句七字，然第二四六八句皆上三下四，不可爲《圖譜》等書混列所誤。

【蔡案】

本詞原作又一體，因本格體例鮮明，且因受《欽定詞譜》影響，今人俱以此格爲《玉樓春》，故別格標示。

減字木蘭花 四十四字　　　　　　　　呂渭老

雨簾高捲。芳樹陰陰連別館。涼氣侵樓。蕉葉荷枝各自
◎○⊙▲　⊙●⊙○○●▲　⊙●○△　⊙●○○◎◎●

秋。　　前溪夜舞。化作驚鴻留不住。愁損腰肢。一桁香
△　　　⊙○○▼　◎●⊙○○●▼　⊙●○▽　◎●○

銷舊舞衣。
○○●▽

四段四換韻。

偷聲木蘭花　五十字　　　　　　　　　　張　先

雲籠瓊苑梅花瘦。外院重扉聯寶獸。海月新生。上得高樓
○○○●○○▲　●●○○○●▲　●●○△　●●○○

沒奈情。　　簾波不動銀釭小。今夜夜長爭得曉。欲夢高
●●△　　　○○●●○○▼　○●●●●○▼　●●○

唐。祇恐覺來添斷腸。
▽　●●●○○●▽

　　前後起句七字，與前異。

〔杜注〕

　　按，《歷代詩餘》"欲夢荒唐"句，"荒"作"高"。又，"祇恐覺來"四
字作"恐覺來時"，應遵改。

【蔡案】

　　《花草粹編》收錄本詞，後段尾均亦作："欲夢高唐。祇恐覺來添
斷腸"。"恐覺來時"反覺文理不順。但"荒唐"顯誤，據杜注改。

木蘭花慢　一百一字　　　　　　　　　　蔣　捷

傍池闌倚遍，問山影、是誰偷。但鷺斂瓊絲，鴛藏繡羽，礙浴
●○○●●　○⊙●　●○○　●○○⊙●　○○●●　●●●

妙浮。寒流。暗衝片響，似犀椎、帶月靜敲秋。因念涼荷院
○△　○△　●●●●　○○○　●●●○△　○●⊙○●

宇，粉丸曾泛金甌。　　妝樓。曉澀翠罌油。倦鬟理還休。
●　●○○●○△　　　○△　●●●○△　●○●○△

更有何意緒，憐他半夜，瓶破梅愁。紅稠。淚乾萬點，待穿
●○○●●　○○⊙●　○●○○　○△　●○●●　●○

來、寄與薄情收。祇恐東風未轉，誤人日望歸舟。
○　●◎●○△　●●○○●●　●○●●○△

　　此調作者如林，至竹山此詞，規矩森然，可謂毫髮無憾矣。首句
"傍"字領句，下用兩平兩仄，此正體也。他如稼軒"老來情味減"，亦
平仄不礙。若花庵"鶯啼啼不盡"之"鶯"字，竹齋"問功名何處"之
"何"字，畢竟不如仄聲，故不旁注可平。而"鶯啼"不以一字領句，他
家無之，不可從也。"寒流暗衝片響"必用平平仄平仄仄，"紅稠"句亦
同。而"暗、片、淚、萬"去聲，尤妙，但細觀古人名作，莫不皆然。"院
宇"之"院"，"未轉"之"未"，亦妙。此字間有用平者，然不如用仄。
"片響""萬點"用去上，甚爲發調。觀其又一自，作"自老""月腦"可
見。"流"字、"稠"字乃藏短韻於句中，亦他人所不能及，惟夢窗有之。
《圖譜》乃於"流"字注可仄，真可嘆也。"妝樓"亦必須叶韻方是。猶
之《滿庭芳》後起二字，雖有不叶者，然不如依此。蓋作詞本求推敲精
當，若可援以自恕，執以自辨，則但須閣筆，誰來相彊？ 既欲求廁於作
者之林，而不肯稍費心力，竟率焉脫稿，不思取法乎上耶？

　　又按，海野於"似犀椎"八字，作"繁華清勝，兩兩無窮"，此誤也，
不可從。

〔杜注〕
　　按，後半"妝樓"下十字，作五字二句。周草窗、吳夢窗諸家之詞，
多作四字一句、三字二句，亦有作兩五字者。又按，《升庵詞品》云：
"《木蘭花慢》惟耆卿清明詞得音調之正。"蓋屯田之詞用："傾城。盈
盈歡情。"皆於第二字藏短韻。此詞之"寒流""妝樓""紅稠"，正與
之同。

少韻格 一百一字　　　　　　　　　　　黃　機

政征塵滿野，問誰與、作堅城。有老子行年，平頭六十，無限
●○○●● ●○● ●○△ ●●●○○ ○○●● ○●

聲名。向來試陳大略，便羣兒、啁哳耳邊鳴。争識規模先
定，破羌終屬營平。　　吾心惟有忠誠。羞媚嫵、做逢迎。
謂干戈鋒鏑，動關民命，此不宜輕。聽渠自分勇怯，奈何他、
天理若持衡。祇把從前不殺，也應換得長生。

　　後起六字一句，三字兩句，與前調異。竹齋又一首云：「神仙之説朦朧。鉛與汞亦何功。」同此。而夢窗、蒲江亦有此體。

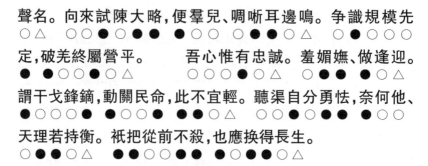

尋芳草 五十二字　　又名《王孫信》　　　　　　　辛棄疾

有得許多淚。更閒却、許多鴛被。枕頭兒、放處都不是。舊
家時、怎生睡。　　更也没書來，那堪被、雁兒調戲。道無
書、却有書中意。排幾個、人人字。

　　此調祇後起用平聲，不叶，與前稍異，餘句皆同。沈氏及《圖譜》誤以"枕頭兒放處"作五字，"都不是舊家時"作六字，"怎生睡"作三字，怪極。豈意必欲使學者失填一韻耶？夫前後段字句一樣，明若列眉，且"是"字端端正正叶韻，有何難辨？而偏如此注也。

〔杜注〕
　　按，此詞有難索解處，校《稼軒集》，知題爲《嘲陳莘老憶内》也。

【蔡案】
　　前段第三句"不"字，萬子原注"作平"。此即後段第三句之"中"字，不可填仄。

醉紅妝　五十二字　　　　　　　　　　張　先

瓊林玉樹不相饒。薄雲衣、細柳腰。一般妝樣百般嬌。眉
兒秀、總如描。　東風搖草雜花飄。恨無計、上青條。更
起雙歌郎且飲，郎未醉、有金貂。

前後二句同，祇"更起"句用仄，不叶。

雙雁兒　五十二字　　　　　　　　　　揚无咎

窮陰急景暗推遷。減綠鬢、損朱顏。利名牽役幾時閒。又
還驚、一歲圓。　勸君今夕不須眠。且滿滿、泛觥船。大
家沈醉對芳筵。願新年、勝舊年。

按，此調或云即《醉紅妝》，考其後段"大家沈醉"句，乃叶韻者，
《醉紅妝》此句用仄聲，不叶，未必是一調也。今兩列之。

玉團兒　五十二字　　　　　　　　　　周邦彥

鉛華淡泞新妝束。好風韻、天然異俗。彼此知名，雖然初
見，情分先熟。　爐煙淡淡雲屏曲。睡半醒、生香透肉。
賴得相逢，若還虛度，生世不足。

前後段同。"分"字、"世"字不可平聲。盧炳詞亦然。

按，此詞又載《惜香樂府》內，然據盧炳注云，是和美成韻，則知此是周作矣。

【蔡案】

尾句"不"字，萬子原注以入作平，宋詞此字位均填平聲，拗句句法如此也。又，後結"虛度"，《片玉集》及《欽定詞譜》均作"虛過"，更勝。

傾杯令　五十二字　　　　　　　　　　　　呂渭老

楓葉飄紅，蓮房浥露，枕席嫩涼先到。簾外蟾華如掃。枝上
⊙●○○　○●●　●●●○○▲　　○●⊙○○▲　　○●

啼鴉催曉。　　　秋風又送潘郎老。小窗明、疏紅斜照。登
⊙○○▲　　　　○○◎●○○▲　　●○○　○○○▲　　○

高送遠惆悵，白髮新愁未了。
○●●○●　●●○○●▲

或謂"悵"字恐誤，應同前"掃"字叶韻，不知呂別作，亦前叶後否也。

〔杜注〕

按，《詞譜》"至今"作"新愁"，應遵改。

【蔡案】

原譜第二句作"蓮房肥露"，誤。按，前起爲一四字偶句，故第三字必爲動字，呂詞別首作"射"，亦可旁證第三字應爲仄聲。杜氏謂疑"浥"字之誤，甚是，據改。又，"疏紅斜照"原作"疏螢淺照"，亦誤；"新愁"原作"至今"，已見杜注，均據《欽定詞譜》改。

傾杯樂 一百四字　　　　　　　　　　　柳　永

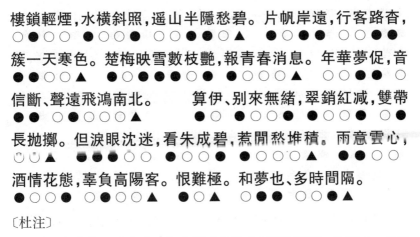

樓鎖輕煙，水橫斜照，遙山半隱愁碧。片帆岸遠，行客路杳，
○●○○　●○○●　○○●●○▲　●○●●　○○●●

簇一天寒色。楚梅映雪數枝艷，報青春消息。年華夢促，音
●●○○▲　○○●●●○●　●○○○▲　○○●●　○

信斷、聲遠飛鴻南北。　　　算伊、別來無緒，翠銷紅減，雙帶
●●　○●○○○▲　　　●○　●○○●　●○○●　○●

長拋擲。但淚眼沈迷，看朱成碧，煮闃愁堆積。雨意雲心，
○○▲　●●●○○　○○○●　●●○○▲　●●○○

酒情花態，辜負高陽客。恨難極。和夢也、多時間隔。
●○○●　○●○○▲　●○▲　○●●　○○○▲

〔杜注〕

　　按，宋本柳詞末句"孤負高陽客"下尚有"恨難極。和夢也、多時
間隔"十字，應補。又按，唐太宗詔長孫無忌造《傾杯曲》，明皇有馬舞
《傾杯》數十曲，宣宗自製《傾杯樂》，皆唐樂府也。調名始也。

【蔡案】

　　原譜九十四字，僅至"高陽客"止，脫十字，然則全詞前段四均，後段
僅得二均，落一均，於律大不合。余謂明清詞譜學家已無"均"概念，即
便大家如萬子者，亦是。否則，落一均之失，豈有不識之理。今據彊村
叢書本《樂章集》補尾均十字。原譜"九十四字"改"一百四字"。

　　又，"看朱成碧"萬子原注叶韻，而前段第三拍已有"愁碧"，重韻
也。雖重韻非病，但檢本調後段第二均次拍，其餘宋詞均不叶韻，則
本詞亦不必叶，故刪去。又按，前段第五句"客"字以入作平；後段過
片第二字應讀斷，此爲二字逗領四字之典型句法也。

　　本調惟本詞及柳詞"木落霜洲"一首可校，其餘諸詞均雜蕪難校，
其文字必有錯訛，故不足爲範，填者應以本詞爲範。

多韻格 一百四字　　　　　　　　　　　柳　永

木落霜洲，雁橫煙渚，分明畫出秋色。暮雨乍歇，小楫夜泊，
●●○○　●○○●　○○●●○▲　●●●●　●●●○

宿葦村山驛。何人月下臨風處，起一聲羌笛。離愁萬緒，聞
●●○○▲　○○●●○○●　●●○○▲　○○●●　○

岸草、切切蛩吟如織。　　　　爲憶。芳容別後，水遙山遠，何
●●　●●○○○▲　　　　○▲　○○●●　●○○●　○

計憑鱗翼。想繡閣深沈，爭知憔悴，損天涯行客。楚峽雲
●○○▲　●●●○○　○○○●　●○○○▲　●●○

歸，高陽人散，寂寞狂蹤跡。望京國。空目斷、遠峰凝碧。
○　○○○●　●●○○▲　●○▲　○●●　●○○▲

　　此首較明，據此，則前"樓鎖輕煙"一首是於末處遺缺"望京國"以
下十字。而此闋照前，則當在"如織"下分段耳。"爭知"二句，人皆讀
上五下四，不知此與前"看朱"二句相同，乃上四下五，"損天涯行客"
正如"惹閒愁堆積"，是以"惹"字"損"字領句也。前詞"簇一枝寒色"
"報青春消息"，此篇前段"宿葦村山驛""起一聲羌笛"皆上一下四句
法。其"何計""寂寞"二語，與前詞"雙帶""辜負"二語，乃如五言詩句
耳。詞中五字句，最易淆訛，而此"爭知憔悴損"像五字一句，尤易誤
讀，故詳注於此，他詞皆可類推。

〔杜注〕

　　按，首一字"木"應作"鶩"，與下句"雁"字爲對。又，此闋應以"切
切蛩吟如織"分段。

【蔡案】

　　本詞即前一詞體，原列於"離宴殷勤"詞後，校之前一首，惟過片
添一句中短韻異。

　　過片原譜失注句中短韻"爲憶"。又按，前段第四句"歇"字、第五

句"楫"字,均爲以入作平。

多字格 一百八字　　　　　　　　柳永

離宴殷勤,蘭舟凝滯,看看送行南浦。情知道、世人難使,皓月長圓,彩雲鎮聚。算人生、悲莫悲於輕別,最苦正歡娛,便分鴛侶。淚滴瓊臉,梨花一枝春帶雨。　　慘黛蛾、盈盈無緒。共黯然魂銷,重攜纖于。話別臨行,再三問道君須去。頻耳畔低語。知多少、他日深盟,平生丹素。從今盡把憑鱗羽。

　　以上二調,字句參差,柳集最訛,莫可訂正。次首尤多錯亂,分句未確,且長調應分兩段,原刻如右,姑仍之。

〔杜注〕

　　按,宋本"皓月長晝"句,"晝"作"圓"。又,"人生"句上有"算"字。又,"淚滴瓊臉,梨花一枝春帶雨"二句,以"臉"字爲句,"雨"字分段。萬氏以"花"字作句,未分段,均誤。又,"慘黛別臨行猶白再三問道君須去"二句,"黛"字下落"蛾盈盈無緒共黯然魂銷重攜纖手語"十五字,多"猶自"二字。又,末句"從此"作"從今",均應改補。又按,所補十五字,"語"字重韻,疑後之"低語"爲"低訴"之誤。

【蔡案】

　　本詞已據杜注增改,原譜"九十五"字改爲"一百八字"。此外更參《欽定詞譜》作如下修正:"重攜纖手語別臨行","語"字當爲"話",以"手"斷句。且"手"字爲均腳所在,故必入韻。手,《康熙字典》云:"又叶賞呂切,音黍。"則亦爲語部韻,故可入韻。

本詞與前一詞體迥異，實爲同名異體。其主要差異在：第二、第三均均爲單字起式句法，與前體不同；第三均較之前一詞體增入一拍。

本詞惟可與"皓月初圓"詞互校，兩者應是一體，後段尾均僅存一拍，較之"皓月初圓"詞，必有五字一拍奪誤，故本詞不足爲範，不擬譜。

畸變格 一百六字　　　　　　　　　　　　　　揚无咎

瑞日凝暉，東風解凍，峭寒猶淺。正池館、梅英粉淡，柳枝金軟，蘭芽香暖。滕城誰種芙蕖滿。浸銀蟾影，一夜萬花開遍。翠樓朱户，是處重簾競卷。　　　羅綺簇、歡聲一片。看五馬行春旌旆遠。擁襦袴、千里歌謠，都入太平弦管。且莫厭、瑤觴屢勸。聞鳳詔、催歸非晚。願歲歲，今夜裏、端門侍宴。

此詞整齊。查柳詞亦有此百六字調，字句正與此同，學者可從也。程珌、曾覿俱同此格，衹曾詞於"翠樓"句上多一仄字，因其餘皆同，不另錄。旁可平可仄，俱取柳、程、曾三詞對注。但程尾句云"來歲却笑羣仙，月寒空冷"，上六字平仄不同，或亦不拘。但查楊詞，本步趨柳作，如前結柳云"是處層城閬苑"，後結柳云"願歲歲天仗裏，常瞻鳳輦"，楊俱依樣畫之。而曾云"但殢飲香霧卷，壺天不夜"，亦軌轍相符，固知淵源矩矱如此。學者但遵此三公可耳。

又按，"浸銀蟾影"，程作"迤邐笙歌"，與柳、楊、曾異，亦不必從。此四字乃"銀蟾"二字相連者，柳云"聳皇居麗"、曾云"杳旗亭路"，三句一般，所宜遵效。可異者，柳云"聳皇居麗，佳氣瑞煙葱蒨"，《嘯餘》

不識，竟注"聳皇居"三字句，"麗佳氣"三字句，"瑞煙蔥蒨"四字句，可笑。《圖譜》、沈氏因之，然則楊詞可以"浸銀蟾"爲一句、"影一夜"爲一句乎？且將"佳氣瑞煙"四字拆開，分屬上下，試問"麗佳氣"三字有此文理否？而"願歲歲"全注可平，尤奇。

【蔡案】

本詞可與"水鄉天氣"詞互校，與前二體亦不同，其中亦有多字脫落無疑，不擬譜。

多字格 一百八字　原題作《古傾杯》　　　　　　　柳　永

凍水消痕，曉風生暖，春滿東郊道。遲遲淑景，煙和露潤，繞遍長堤芳草。斷鴻隱隱歸飛，江天杳杳。遙山變色，妝眉淡掃。目極千里，閒倚危檣迴眺。　　動幾許、傷春懷抱。念何處、韶陽偏早。想帝里看看，名園芳樹，爛漫鶯花好。追思往昔年少。繼日恁、把酒聽歌，量金買笑。別後頓負，光陰多少。

字句又異前數篇，注亦未確。

〔杜注〕

按，宋本第五句作"煙和露潤、繞遍長堤芳草"，應以"潤"字爲句，補"繞"字。又，末句"頓負"應作"暗負"。

【蔡案】

本詞略近第三體，但其中文字雜蕪，故不能擬譜。"煙和露遍潤"據杜注改爲"煙和露潤繞遍"，原譜"一百七字"改爲"一百八字"。

多字格 一百八字　原題止作"傾杯"二字。　　　　　　　柳　永

水鄉天氣,灑蒹葭、露結寒生早。客館更堪秋杪。空階下、
木葉飄零,颯颯聲乾,狂風亂掃。黯無緒、人靜酒初醒,天外
征鴻,知送誰家歸信,穿雲悲叫。　　　蛩響幽窗,鼠窺寒硯,
一點銀釭間照。夢枕頻驚,愁衾半擁,萬里歸心悄悄。往事
追思多少。贏得空使方寸攪。斷不成眠,此夜厭厭,就中
難曉。

　　　姑注未確。

〔杜注〕

　　　按,宋本"當無緒"之"當"字,作"黯"。又,"天上征鴻"之"上"字
作"外","風窺寒硯"之"風"字作"鼠"。又,此闋應以"穿雲悲叫"分
段。又按,《詞譜》"方寸撓"之"撓"字作"攪",注韻。

【蔡案】

　　　本詞已據杜注改。應是與"瑞日凝暉"同一體式者。

　　　"客館"六字,應移動至"初醒"下,否則祇得三均,非律也。移動
後則"空階下"起四句與諸家合,但較之各體,"客館"句前應仍脫四字
或五字一句,故亦不擬譜。

傾杯樂 一百八字　　　　　　　　　　　　　　　柳　永

金風淡蕩,漸秋光老、清宵永。小院新晴天氣,輕煙乍斂,皓
○○●● ●○○● ○○▲ ●●○○●● ○○●● ●
月當軒練净。　　　對千里寒光,念幽期阻,當殘景。早是多
●○○●▲ 　　　●○●○○ ●○○● ○○▲ ●●○

愁多病。那堪細把，舊約前歡重省。　　最苦碧雲信斷，仙
〇〇▲　●〇●● ●●〇●〇▲　　●●〇●● 〇

鄉路杳，歸鴻難倩。每高歌、强遣離懷，奈慘咽、翻成心耿
〇●● 〇〇▲　●〇〇 ●●〇〇　●〇● 〇〇〇 〇〇

耿。漏殘露冷。空贏得、悄悄無言，愁緒終難整。又是、立
▲　●〇●▲　〇〇● 〇〇〇〇　〇●〇〇▲　●● ●

盡梧桐清影。
●〇〇〇▲

又與前畧。

按，“金風”起至“練净”，似是一段，“對千里”起至“重省”似是一
段，蓋兩段相比，而“對”字爲換頭領句，且“漸秋光老”句法正與“念幽
期阻”同，是則此調應分三段。然“天氣”不叶韻，亦不敢確以爲然也。
〔杜注〕
按，宋本以“舊約前歡重省”句分段。又，末句“立盡”作“立碎”。

【蔡案】

本詞萬子亦不分段，但所論雙曳頭結構甚切，至於“天氣”不叶
韻，蓋因“多病”偶叶故也。據此分段。

又按，杜氏所忱校勘記中云：“又是立盡梧桐清影”句，“清”字宋本
作“碎”，未知孰是。

多字格 一百十六字　　　　　　　　　　　柳　永

皓月初圓，暮雲飄散，分明夜色如晴畫。漸消盡、醺醺殘酒。
危閣迥、凉生襟袖。追舊事、一晌憑闌久。如何媚容艷態，
抵死孤歡偶。朝思暮想，自家空恁添清瘦。　　算到頭誰
與伸剖。向道我別來，爲伊牽繫，度歲經年，偸眼覷、也不忍

覷花柳。可惜恁、好景良宵，未曾略展雙眉、暫開口。問甚時與你，深憐痛惜還依舊。

　　調更長，句亦更亂，愈難分晰矣。

　　以上惟一百六字可學，餘但臚列，以備體格，不能彊爲論定也。

　　或云，柳集一百六字"禁漏花深"一首，屬仙呂宮，"皓月""金風"二首，屬大石調，"木落"一首，屬雙調，"樓鎖""凍水""離宴"三首，屬林鐘商，"水鄉"一首，屬黃鐘調，因調異，故曲異也。然又有同調而長短大殊者，總之，世遠音亡，字訛書錯，祇可闕疑而已。

【蔡案】

　　原譜未分段。此據《欽定詞譜》分。此爲第二體詞，後段尾均更正。但字句依然不足爲範，亦不擬譜。

　　後段第二句"別"字，以入作平。

引駕行　一百字　　　　　　　　　　　　　　晁補之

梅梢瓊綻，東君次第開桃李。痛年年、好風景，無事對花垂
○○○●　○○○●●　▲　○○○　○●●　○○●○○
淚。園裏。舊賞處幽葩，柔條一一動芳意。恨心事、春來間
▲　○▲　●●●○○　○○●●●○▲　●○●　○○●
阻，憶年時、把羅袂。雅戲。　　　櫻桃紅顆，爲插□邊明麗。
●　●○○　●○▲　●▲　　　○○○●　○●□○○▲
又漸是、櫻桃嘗新，忍把舊遊重記。何意。便雲收雨歇，瓶
●●●　○○○○　●●●○○▲　○▲　●○○●●　○
沈簪折兩無計。謾追悔、憑誰向說，祇厭厭地。
○○●●○▲　●●●　○○●●　●○○▲

　　此調有不可解處，人皆讀"舊賞處"爲句，"幽葩柔條"爲句，"一一動芳意"爲句，然照後詞，則當於"幽葩"斷爲五字，"柔條"連下爲七

字。或曰"雅戲"二字爲結,則"園裏"二字亦應屬之前段,蓋以"柔條"七字對前"東君"七字也。而"恨心事"句比"痛年年"句多一字,"憶年時"六字句法,與"無事"句稍異,且查後柳詞,則此説非是明矣。愚謂此五十二字,與柳之前半適同,恐此袛《引駕行》之半曲耳。或曰,此如王晉卿之《燭影搖紅》本是小令,分二段,而後人又加一疊者。愚謂,晁、柳同時,又非此例可比。總之,此詞或逸去後段,決非全璧,世遠調湮,又作者甚少,無可考矣。

〔杜注〕

按,《花草粹編》載此詞,無"雅戲"二字,萬氏謂此爲《引駕行》之半曲,甚合。蓋"雅戲"二字應屬後半換頭也。

【蔡案】

萬子前段第三句不作折腰式讀。"舊賞處"下十二字亦不讀斷。

原譜僅五十二字,止"雅戲",殘缺後段,此據雙照樓本《晁氏琴趣外篇》補足。原譜"五十二字"改爲"一百字"。

"舊賞處幽葩柔條一一動芳意"十二字,萬子以爲當作五字一句、七字一句,校之柳詞及晁詞別首,信然。惟此處五字句各首皆作一四句法,如前段晁詞"記絳壚光搖,寶猊香鬱寶妝了",柳詞"泛畫鷁翩翩,靈鼉隱隱下前浦",後段晁詞"便雲收雨歇,瓶沈簪折兩無計""待琅函深討,芝田高隱去偕老",柳詞"念吳邦越國,風煙蕭索在何處"等,皆是。然則"舊賞處幽葩"便甚爲不合。且以語意論,"幽葩柔條,一一動芳意"甚恰,割裂"幽葩柔條"而強爲合律,亦無是理。再者,前五例均爲八字一對、三字一句格式,亦與之徑庭也。是故,此處必有舛誤。

又按,"爲插邊明麗"一句,各詞均爲六字一句,疑原詞當爲"爲插鬢邊明麗",此處有一字脱落,故譜擬一空。

讀破格 一百字　　　　　　　　　　　柳　永

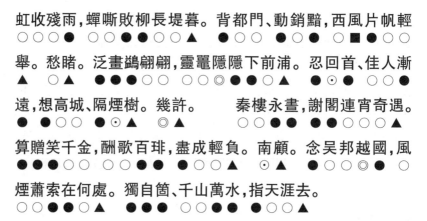

虹收殘雨，蟬嘶敗柳長堤暮。背都門、動銷黯，西風片帆輕舉。愁睹。泛畫鷁翩翩，靈鼉隱隱下前浦。忍回首、佳人漸遠，想高城、隔煙樹。幾許。　　秦樓永晝，謝閣連宵奇遇。算贈笑千金，酬歌百琲，盡成輕負。南顧。念吳邦越國，風煙蕭索在何處。獨自箇、千山萬水，指天涯去。

前段與晁全篇同，是則“幾許”二字即前“雅戲”二字，宜屬於前尾者。蓋前詞既然，後所載一首，亦用“銷凝”二字於末，雖用平韻，而體格則相似耳。“吳邦越國”疑是“越國吳邦”，此四字即前“畫鷁翩翩”也。

〔杜注〕

按，《歷代詩餘》以“隔煙樹”句分段，“幾許”二字爲後半起句，應遵改。

【蔡案】

“西風”之“風”校之別首，以仄爲是，此當屬誤填或抄誤。

本調分段，杜氏以爲當以《歷代詩餘》爲正，或誤。從詞意探析，“幾許秦樓永晝，謝閣連宵奇遇”“雅戲櫻桃紅顆，爲插邊明麗”均不通，而“想高城、隔煙樹幾許”和“憶年時、把羅袂雅戲”則皆通，可見萬子所斷無誤矣。從詞體結構論，“虹收”至“愁睹”與“泛畫鷁”至“幾許”，均拍相合，若“幾許”屬後，則失一拍。

平韻體 一百一字　　　　　　　　　　柳　永

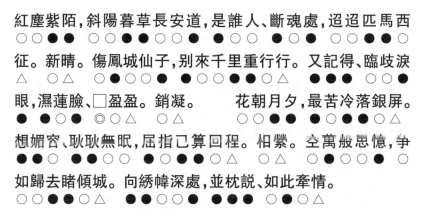

紅塵紫陌，斜陽暮草長安道，是誰人、斷魂處，迢迢匹馬西
征。新晴。傷鳳城仙子，別來千里重行行。又記得、臨歧淚
眼，濕蓮臉、□盈盈。銷凝。　　花朝月夕，最苦冷落銀屏。
想媚容、耿耿無眠，屈指已算回程。怕縈。空萬般思憶，爭
如歸去睹傾城。向繡幃深處，並枕説、如此牽情。

用平韻。此調更難覈訂，自首起至“西征”方起韻，無此詞格。或
云，“人”字是韻，無理，不確也。“和氣”下更有訛字，“村”字作叶亦未
必確然，且前段比前詞多二十餘字，其訛無疑。祇自“搖鞭”至“盈
盈”，與後“屈指”至末，確是相合耳。噫，《引駕行》有此三詞，長短平
仄俱備而不能訂正，殊怏怏也。

〔杜注〕

　　按，《詞譜》“想媚容、耿耿無限”句，“限”作“眠”，應遵改。

【蔡案】

　　原譜於“新晴”句後又插入：“韶光明媚，輕煙淡薄和氣暖，望花
村、路隱映，搖鞭時過長亭。愁生。”五句。雖各本俱如此，然此五句
錯簡誤入彰矣，一則刪此五句，格律正與其他諸體吻合；二則玩其文
意，前已描寫“紅塵紫陌，斜陽暮草”，則又何以“韶光明媚，輕煙淡薄
和氣暖”耶？三則就章法論，一二句既已摩景起興，此處再來一番環
境描寫亦屬蛇足。而刪去該五句，則前後貫通，渾然一體，故刪之，原
譜“一百二十五字”改爲“一百”。

前段韻至"西征"方起，顯誤。細究其律，當在次句起韻，故"道"字當非。玩其詞意，起句已云"紫陌"，紫陌者，即"長安道"也，豈有累贅至此者歟？

前段結，原譜句讀爲："又記得臨歧，淚眼濕、蓮臉盈盈。銷凝。"如此則於"盈盈"後讀斷，"消凝"二字懸空，無法與前結合，此顯未解短韻之特徵也。校之別首《引駕行》，前段尾八字柳永有"想高城、隔煙樹幾許"、晁補之有"喜同車、詠窈窕多少""憶年時、把羅袂雅戲"及衍文中殘篇有"搖鞭時、過長亭愁生"，均爲文法意義上之前三後五句法，且五字結構中第三字間入韻腳，故可斷定"盈盈"前必奪一字，故補一奪字符。原譜"一百二十五字"改爲"一百一字"。而諸仄韻體該奪字皆爲仄聲，獨平韻體爲平聲，未詳原貌，故該字擬譜，作可平可仄處理。

後結原譜作"向繡幃、深處並枕，説如此牽情"，"深處並枕"四字不成句，且音律違和，而"繡幃深處"方爲一緊密文法結構，不可讀斷，故作如是改。

又按，後段次句"苦"字、第四句"指"字，以上作平。

天下樂 五十四字　　　　　　　　　　　　揚无咎

雪後雨兒雨後雪。鎮日價、長不歇。今番爲寒忒太切。和
●●●○●●▲　　●●●　○●▲　　○●○○○●▲　　○
天地、也來廝別。　　　睡不著、身心自暗擷。者況味、憑誰
○●　●○▲　　　　●●●　○○●●▲　●●●　○○
説。枕衾冷得渾似鐵。祇心頭、些個熱。
▲　●○●●○○▲　●●○　●●▲

他無作者，莫可訂正。

〔杜注〕

按，《花草粹編》"鼈"字作"別"。又，"況味"上有"者"字。又按，

"頻誰説"之"頻"字，當作"憑"。

【蔡案】

前段第三句"忒"字以入作平。後段第三句"似"字以上作平。

又，前結原作"廝覷"，後段次句原作"頻誰説"，"况味"上原無"者"字，均據杜注改，原譜"五十三字"改爲"五十四字"。

望遠行 五十三字　　　　　　　　　李　珣

露滴幽庭落葉時。愁聚蕭娘柳眉。玉郎一去負佳期。水雲
◎●○○●●△　○○○●●○△　●○●●●○△　●○
迢遞雁書遲。　　　屏半掩、枕斜欹。蠟淚無言對垂。吟蛩
○●●○△　　　　●●●、●○○　●●○○●○△　○⊙
斷續漏頻移。入窗明月鑒空帷。
●●●○△　　●○○●●○△

後起換頭兩句，餘同。

【蔡案】

後起換頭，於韻律而言，自是一句，而非兩句，故原譜以逗號讀斷者，誤。此類句讀原著向不精緻，於詞意或無礙，於韻律結構則有刷。

多字格 五十五字　　　　　　　　　南唐後主

碧砌花光照眼明。朱扉長日鎮長扃。餘寒欲去夢難成。爐
●●○○●●△　○○○●●○△　○○●●●○△　○
香煙冷自亭亭。　　　遼陽月，秣陵砧。不傳消息但傳情。
○○○●●○△　　　　○○●、●○○　●○○●●○△
黃金臺下忽然驚。征人歸日二毛生。
○○○●●○△　　○○○●●○△

前第二句、後第三句，俱七字，與前異。除兩起韻，餘六句平仄

皆同。

【蔡案】

　　"餘寒"原譜作"餘香","香"字與後一句重,顯誤,據宋黃昇《花庵
詞選》改。

畸變格 六十字　　　　　　　　　　　　　　韋　莊

欲別無言倚畫屏。含恨暗傷情。謝家庭樹錦雞鳴。殘月落
邊城。　　　人欲別、馬頻嘶。綠槐千里長堤。出門芳草路
萋萋。雲雨別來易東西。不忍別君後,却入舊香閨。

　　前後兩用平韻。"雲雨"句拗,然此調惟有此詞,無可校勘,想應
如是耳。《圖譜》以"別來""別"字爲可平,無妨,乃以"東"爲可平,則
自我作古矣。

〔杜注〕

　　按,此詞之後,原收黄山谷又一體七十六字,萬氏注云:"後山謂
今詞家惟黄九秦七,此語大不可解。樂府或用諺語,詩餘亦多俳體,
然未有如此可笑者。即云是當時坊曲,優伶之言,而至此俗褻,如何
可入風雅乎?且經傳訛已久,字畫亦差,愈爲無理,姑存其字數於此,
然亦未審其字數確否也。涪翁詩,故爲聱牙,當時宗尚西江,故俎豆
之爲鼻祖,實則原非大雅正傳。更以此手爲詞,尤覺了無佳處,《詞
綜》云:於黄作去取特嚴,未肯深論,愚則有所不耐矣。"按,此調語句
惡俗,兼恐字數未確,既不足爲律,不如删之。又,卷八《鼓笛令》二
闋,卷九《少年心》一闋,均屬又一體,語皆鄙俚,並有字書不載之字,
一併删除,仍各附注字數於本調之後。又按,《山谷詞》一卷,俚褻者
惟此數闋,法秀道人誡之曰:"筆墨勸淫,應墮犁舌地獄。"正謂此也。

【蔡案】

校之唐宋詞各首，本詞必是前後段兩調誤合而成，前段極似《武陵春》，後段"綠槐"下極似《臨江仙》。就詞之結構而言，前段爲小令結構，後段爲近詞結構；就遣詞而言，一詞内竟用四"別"字，兩起拍均以"欲別"起，或亦罕見；故絶無可能爲一詞。不予擬譜。

又，"雲雨別來"，疑是"別來雲雨"之倒誤。

望遠行近　十十六字　　　　　　　黄庭聖

自見來，虚過却、好時好日。這訑尿粘膩，得處煞是律。據眼前言定，也有十分七八，冤我無心除告佛。　管人閒底，且放我快活啐。便索些別茶，祗待又怎不遇，偎花映月。且與一斑半點，祗怕你、没丁香核。

後山謂：今詞家惟黄九秦七，此語大不可解。樂府或用諺語，詩餘亦多俳體，然未有如此可笑者。即云是當時坊曲，優伶之言，而至此俗褻，如何可入風雅乎？且經傳訛已久，字畫亦差，愈爲無理，姑存其字數於此，然亦未審其字數確否也。涪翁詩，故爲聱牙，當時宗尚西江，故俎豆之爲鼻祖，實則原非大雅正傳。更以此手爲詞，尤覺了無佳處，《詞綜》云：於黄作去取特嚴，未肯深論，愚則有所不耐矣。

【蔡案】

《四部備要》本此詞已刪，康熙本黄詞仍留之，但全詞無標點，惟以"告佛"處分段，姑點定如上。全文莫知所云，不作平仄譜。特注。

望遠行慢 一百四字　　　　　　　　柳　永

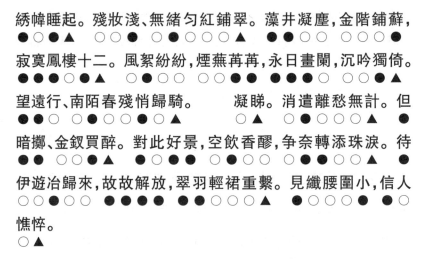

绣幃睡起。殘妝淺、無緒匀紅鋪翠。藻井凝塵,金階鋪蘚,

寂寞鳳樓十二。風絮紛紛,煙蕪苒苒,永日畫闌,沉吟獨倚。

望遠行、南陌春殘悄歸騎。　凝睇。消遣離愁無計。但

暗擲、金釵買醉。對此好景,空飲香醪,爭奈轉添珠淚。待

伊遊冶歸來,故故解放,翠羽輕裙重繫。見纖腰圍小,信人

憔悴。

此詞前後參差,恐有錯訛,不如後一百六字者,整齊可從。

〔杜注〕

按,"金釵買醉"句下原作"對此好景",落"對此"二字。又,"見纖腰圍信人憔悴"句,原作"見纖腰圍小",誤"圍"作"圖",又落"小"字,應遵《詞譜》增改。

【蔡案】

"殘妝淺"原譜屬前,作七字一句。按,此起與後一首同,當作三字逗屬下,前四字起韻,於意更達。無名氏詞作"重陰未解,又早是、年時梅花爭綻",尤為明白。蓋此因之小令之後,而小令恰為七字起,由是而誤也。須知此為慢詞,原非一調,豈必相同耶?

後段"對此好景",原脫"對此"二字,"見纖腰圍小","圍"原作"圖",脫"小"字,已據杜注增改,原譜"一百四字"改為"一百七字"。惟"對此好景"四字,其他宋詞或作平平仄仄,或作仄仄平平,故第二

字當平讀，即以上作平也。

少韻格 一百六字　　　　　　　　　柳　永

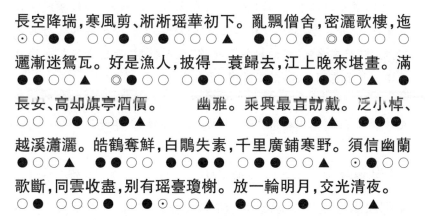

長空降瑞，寒風剪、淅淅瑶華初下。亂飄僧舍，密灑歌樓，迤
邐漸迷鴛瓦。好是漁人，披得一蓑歸去，江上晚來堪畫。滿
長安、高却旗亭酒價。　　幽雅。乘興最宜訪戴。泛小棹、
越溪瀟灑。皓鶴奪鮮，白鷗失素，千里廣鋪寒野。須信幽蘭
歌斷，同雲收盡，別有瑶臺瓊樹。放一輪明月，交光清夜。

　　按，“亂飄”“密灑”二句，用鄭谷詩，“皓鶴”“白鷗”二句，用謝靈運
賦，此正前後相對處，其平仄自宜合轍。今前則先“舍”字仄，後則先
“鮮”字平，未知應何所從。余曰：此調通用仄音，玩其聲響，不應以
平字居下，此必“密灑”句在上，或因美成《女冠子》亦用此二語，遂相
襲而訛刻耳。“上”字，各譜訛“山”字；“樹”字，汲古、《嘯餘》、沈際飛
《草堂》詞及《填詞圖譜》等，俱訛“樹”字，因使句拗韻失。而《圖譜》踵
《嘯餘》之謬，前結則注九字，後結則注一五、一四，皆未經讐勘，並不
知較對前後相同處也。

【蔡案】

　　萬子原注：“一蓑”之“一”，“奪鮮”之“奪”，“別有”之“別”，“一輪”
之“一”，均以入作平。

　　“好是”十字，原作六字一句、四字一句；“滿長安”九字，原作五字
一句、四字一句，皆不諧。萬子以爲《圖譜》踵《嘯餘》之誤，前結不當

爲九字一句,此實爲過於拘泥前後段句式整齊,刻板如此,反漠視唐宋詞實際矣。此當與無名氏詞同,彼分作"好是前村,雪裏一枝開處""動行人、多少離愁腸斷",若拆"雪裏一枝""多少離愁",自不成句矣。

又,萬子以爲本詞"必'密灑'句在上",愚以爲未必,檢柳氏前首前段作"藻井凝塵,金梯鋪蘚",後段作"對此好景、空飲香醪",無名氏詞,前作"暗香浮動,疏影橫斜",後作"故人折贈,欣逢驛使",亦均無規律。萬子前詞所據,若不落字,當無此斷也。

又按,後段"訪戴"之"戴"叶韻,至今吳語尚有讀 da 者,原譜未及。木石居本《填詞圖譜》"榭"字未訛誤,並注"六字叶"。

紅窗睡　五十三字　又名《紅窗聽》　　　　　　柳　永

如削肌膚紅玉瑩。舉動有、許多端正。二年三歲同鴛寢,表
⊙●○○○●▲　　◎●●　○○○▲　●○○○○●▲　●
溫柔心性。　　　別後無非良夜永。如何向、名牽利役,歸期
○○○▲　　　　◎●○○○●▲　○○●　○○●●　○○
未定。算伊心裏,却冤人薄幸。
●▲　●○○●　●○○●▲

汲古刻《樂章》,"瑩"字下多一"峰"字,誤。　《珠玉詞》名《紅窗聽》,然"睡"字有理,必誤作"聽"也。

〔杜注〕

按,宋本柳詞亦作"紅窗聽",與《珠玉詞》同。

【蔡案】

本調調名多以"聽"字,故雖"睡"字有理,正名仍以《紅窗聽》爲是。本調又另有晏殊詞二首,前段第三拍均不入韻,故"寢"字不必叶韻。

尾句"薄"字,萬子原注作平。

東坡引 五十八字　　　　　　　　　　　　　　趙長卿

茅齋無客至。冰硯凍寒泚。南枝喜入新詩裏。惱人頻嚼
○○○●▲　○○●○▲　⊙○○●○○▲　◎○○●

蕊。惱人頻嚼蕊。　　　因思去臘，江頭醉倚。動客興、傷春
▲　◎○○●◆　　　○○●●　○○●▲　●●●　○○

意。經年自嘆人如寄。光陰如撚指。光陰如撚指。
▲　⊙○○◎○○●　⊙○○●▲　⊙○○●◆

前後結俱疊句。"硯"字仄聲。"江頭醉倚"句與前稍異。

【蔡案】

本詞原列於趙師使之後，因係正體，故移前。

少字格 五十三字　　　　　　　　　　　　　　趙師使

相看情未足。離觴已催促。停歌欲語眉先蹙。何期歸太
○○○●▲　○⊙●○▲　⊙○○◎○○▲　○○○●

速。　　　如今去也，無計追逐。怎忍聽、陽關曲。扁舟後夜
▲　　　○○●●　○◎○○●　●●○　○○●　⊙○●●

灘頭宿。愁隨煙樹簇。愁隨煙樹簇。
○○▲　○○○●▲　○○○●◆

"已催促"用仄平仄，坦庵三首、稼軒二首、惜香一首皆同。"計"
字仄，坦庵三首皆同，餘家用平，此調前結不用疊句。

〔杜注〕

按，《花草粹編》前結"何期歸太速"亦疊句，與後趙長卿詞同。又
按，此調有全不疊句者，祇四十八字。

【蔡案】

《花草粹編》前段疊句，《欽定詞譜》亦從之，本調宜以前後疊句爲

正體。

多字格 五十八字　　　　　　　　　　　　　　辛棄疾

玉纖彈舊怨。還敲繡屏面。清歌自送西風雁。雁行吹字斷。雁行吹字斷。　　　夜深拜月，瑣窗西畔。但桂影、空階滿。翠帷自掩無人見。羅衣寬一半。羅衣寬一半。

後起用五字。《譜》《圖》謂後第二句五字，而於“夜深拜半”讀斷，無論後有“半”字，此不宜重叶，不知拜何以半，真笑府也。
〔杜注〕
按，此調後起原祇四字，此“半”字疑羨。

【蔡案】
原詞後起作“夜深拜半月”，如杜氏所論，“半”字實衍文，若去衍文，則即前“茅齋無客至”詞體，現據《稼軒詞》訂正，不擬譜，原譜“五十九字”改爲“五十八字”。

多字格 五十九字　　　　　　　　　　　　　　辛棄疾

花梢紅未足。條破驚新綠。重簾下遍闌干曲。有人春睡
○○○●▲　　○●○○▲　　○○●●○○▲　　●○○●

熟。有人春睡熟。　　　鳴禽破夢，雲偏目矗。起來香腮褪
▲　●○○●◆　　　　○○●●　○○●▲　　●○○○●

紅玉。花時愛與愁相續。羅裙過半幅。羅裙過半幅。
○▲　○○●●○○▲　　○○●▲　　○○●◆

“起來”句用七字。“驚”字用平。惟此一首爲然，“過”，平聲。

於中好　五十四字　　　　　　　　　　揚无咎

濺濺不住溪流素。憶曾記、碧桃紅露。別來寂寞朝還暮。
○○●●○○▲　●○◎●○○▲　◎○◎○○○▲

恨遮斷、當時路。　　　仙家豈解空相誤。嗟塵世、自難知
●⊙●　○○▲　　　○○●●○○▲　⊙○◎　●○○

處。而今重與春爲主。儘浪蕊、浮花妬。
▲　⊙○○⊙●○○▲　●●○　○○▲

前後同。揚又一首"自難知處"作"兩葉飛墜"，"葉"字乃作平用，
勿誤可仄也。

按，壽域有《端正好》詞四首，與此句法俱同，雖其用字四首中亦
自平仄各異，而其爲一調則無疑。蓋題名俱有一"好"字，必同調也。
今錄一闋於後，以爲覽者折衷焉。

（〔杜注〕按，《歷代詩餘》"朝朝暮"三字作"朝還暮"，應遵改。又按，此詞及
後附杜壽域《端正好》一首，並未錄三首，前後結六字，均作折腰句，此外諸家及
卷八所收之《杏花天》，皆以六字爲句，是以《歷代詩餘》將《於中好》《杏花天》統
歸爲《端正好》一調。）

端正好　　　　　　　　　　杜安世

檻菊愁煙霑秋露。天微冷、雙燕辭去。月明空照別離苦。透素
光、穿朱户。　　　夜來西風雕寒樹。憑闌望、迢遥長路。花箋寫
就此情緒。待寄與、知何處。

（〔杜注〕按，秦氏玉笙校本"特傳寄"三字作"待寄與"，宜從。）

此據其四首中平仄注之，可見即爲《於中好》矣。

本譜於調同名異者，俱歸併一名，此體恐人因杜詞多拗句，疑別
是一調，故載此備證。若《月照梨花》《惜雙雙令》等，比原調多一二字
者，則仍大字書之，不在此例。又按，周竹坡有《憶王孫》一詞，字句與
此合，衹前後第三句用平字，不叶韻，不可誤認爲一調。

【蔡案】

　　"朝還暮"原作"朝朝暮",據杜注改。本詞即《於中好》,且前後段首拍音律頗爲不諧,故填者不必範之。

　　萬子原注"檻菊"之"菊""別離"之"別",均爲以入作平。按,"菊"字此處當爲仄,不可平,萬子或因楊詞作"濺濺",而作如此讀,而杜氏別首《端正好》以"露落風高"起,正與此同,且後段亦爲仄起式句法,故不應視爲作平用法。另,本調前後段起拍,楊詞均爲平起仄收式律句,十分規整,而杜詞四首,四句爲仄起式,一句平起式,三句則爲兩頓連平之大拗句法,更有"每逢春來長如病""晚天行雲凝香袂"如此五連平填法,韻律十分紊亂,杜氏之填詞水準,由此可見一斑。

　　又,後結據杜注改。

紅羅襖　五十三字　　　　　　　　　　周邦彥

畫燭尋歡去,羸馬載愁歸。念取酒東壚,尊罍雖近,採花南
●●○○●　○●●○△　●●●○○　○○○●　●○○
圃,蜂蝶須知。　　　　自分袂、天闊鴻稀。空懷夢約心期。楚
●　○●○△　　　　　　●○●、○●○△　○○●●○△　●
客憶江蘺。算宋玉、未必爲秋悲。
●●○△　●●●、●●○○△

　　"懷、乖"二字恐有誤。或祇一"懷"字,或祇一"乖"字,或更有脫字耳。

〔杜注〕

　　按,《詞譜》及《花草粹編》均無"乖"字,與萬氏注同。

【蔡案】

　　"空懷"句原作"空懷乖夢約心期",按,本句當爲六字,陳允平和詞作"西風尚隔心期"可證。據杜注刪"乖",原譜"五十四字"改爲"五

十三字"。又按,陳允平和詞,後結作"更皓月照影傷悲",較本詞少
一字。

戀繡衾 五十四字 吳文英

首句拗體,乃此調定格。夢窗、稼軒、竹山皆同。陳允平"緗桃紅
淺柳褪黃""銀鴛金鳳畫暗消"亦然。惟放翁作"不惜貂裘換釣篷",
"裘"字用平耳。至《詞統》所選李太古"橘花風信滿園香","園"字作
平,大謬。蓋此調聲響,每句俱於叶韻上一字用仄聲,豈可作"園"字
乎? 前後第二、第四句,末四字用平仄仄平,乃是定格,如此方爲《戀
繡衾》也。如此詞"無限暮雲","暮"字不可不仄。"暮"字用仄,則
"無"字不可不平。此歌聲頓挫處,至理存焉。《譜》《圖》不識,槩注可
作仄仄平平,試於四處俱作仄仄平平,尚可謂之《戀繡衾》乎? 又,"獸
爐暖""夢不到"二句,皆三字豆者,《譜》總作六字句,誤人不少。

按,竹山"舊金小袖花下行"一首,於"夢不到"句止五字,稼軒"長
夜偏冷添被兒"一首,於"獸爐暖"句作七字,此皆誤也。故不另列。
〔杜注〕

按,戈氏《詞選》前結末句"寶"作"麝"。此字宜去聲。

【蔡案】

本調起句第六字必仄,萬子所見李太古詞當非的本,元《草堂詩
餘》本該句作"橘花風信滿院香",在律。而彊村叢書本《竹屋癡語》載

高觀國詞，作“碧梧偸戀小窗陰”，“窗”字出，或亦爲淺人妄改也。余嘗謂詞句皆詩句也，而詞中拗體，蓋源於句讀之變，後人相沿，遂成定格。如本調起十字，其韻律或爲四字一拍、六字折腰一拍，因六字句每有句中短韻，故前三容上，而成七字一句矣。詞中拗句，多因此。

詞 律 卷 八

臨江仙 六十字　　　　　　　　　　　　　　　　秦 觀

千里瀟湘挼藍浦，蘭橈昔日曾經。月高風定露華清。微波
〇●〇〇●〇●　〇〇●●〇△　●〇〇●●〇△　〇〇
澄不動，冷浸一天星。　　獨倚危樓情悄悄，遥聞妃瑟泠
〇●●　●●●〇△　　　　●●〇〇〇●●　〇〇〇●〇
泠。新聲含盡古今情。曲終人不見，江上數峰青。
△　〇〇〇●●〇△　●〇〇●●　〇●●〇△

兩起七字，兩結五字二句。

按，淮海又一詞與此同，但前結五字二句，後結一四一五，恐無此
體，必係落一字者，故不錄。

起句"接藍浦"用仄平仄，雖或小妨，然亦不必學。惜香有云"仙
源正閒散"，龍洲有云"誰知清凉意思"，皆或係敗筆，或系訛刻，無此
例也。

〔杜注〕

按，《歷代詩餘》起句"接"字作"挼"。又按，《淮海集》"獨倚危樓"
之"樓"字作"檣"。

【蔡案】

本詞原列於徐昌圖詞後，因係正體，故移前。本體式爲宋詞最流
行者，其餘諸詞之文字增減，均以此爲基準。

　　"接藍"原譜作"接藍",誤。"藍浦"之説,未之聞也,"接藍"者,浸
採藍草爲染料。常借指湛藍色。白居易《春池上戲贈李郎中》詩:"直
似接藍新汁色,與君南宅染羅裙。"美成《蝶戀花‧柳》詞:"淺淺接藍
輕蠟透,過盡冰霜,便與春爭秀。"據徐子培均説改。又,"泠泠"原作
"冷冷",據《淮海居士長短句》改。

　　萬注中引劉過句,當爲"誰識清涼意思","知"字失律。此係萬氏
引文錯誤,謂之敗筆訛刻,則不確。而趙長卿"仙源正閒散"句,小拗
耳,如陳克填爲"何須照床裏",亦同,謂"無此例"則武斷,正所謂説有
易,説無難也。

少字格　五十四字　　　　　　　　　　　　　　和　　凝

海棠香老春江晚,小樓霧縠空濛。翠鬟初出繡簾中。麝煙
◎○⊙●○○● 　◎○○●○△ 　◎○⊙●●○△ 　◎○

鸞佩惹蘋風。　　　碾玉釵搖鸂鶒戰,雪肌雲鬢將融。含情
⊙●●○△ 　　◎●⊙○○●● 　◎○⊙●○△ 　⊙○

遥指碧波東。越王臺殿蓼花紅。
⊙●●○△ 　◎○⊙●●○△

　　前後同。祇兩起句平仄異。

【蔡案】

　　該體式僅此一首,不足爲範。而本調以秦觀詞體式填者最多,故
以之爲正體,其餘增減,皆以其爲範式,便於敘述,而不分其先後。

少字格　五十六字　　　　　　　　　　　　　　趙長卿

夜久笙簫吹徹,更深星斗還稀。醉拈裙帶寫新詩。鎖窗風
◎●○○● 　⊙○⊙●○△ 　◎○⊙●○△ 　◎○○

露,燭炧月明時。　　　水調悠揚聲美,幽情彼此心知。古香
●　○●○△　　　　◎●⊙○○●　⊙○◎●○△　　◎○

煙斷彩雲歸。滿傾蕉葉,齊唱轉花枝。
⊙●●○△　　◎○○⊙●　○●○○△

前後起處六字,兩句相對。兩結俱一四字、一五字。

【蔡案】

校之正體,本詞前後段起拍及第四拍各減一字。

萬子原注·前段尾句"燭"字以入作平。

少字格 五十八字　　　　　　　　　　　　尹　鶚

深秋寒夜銀河静,月明深夜中庭。西窗幽夢等閒成。逡巡
○○○●○○●　●○○●○△　○○○●●○△　○○

覺後,特地恨難平。　　　紅燭半條殘焰短,依稀暗背銀屏。
●●　●●●○△　　　○●●○○●●　○○●●○△

枕前何事最傷情。梧桐葉上,點點露珠零。
●○○●●○△　○○●●　●●●○△

前後起皆一七、一六,結皆一四、一五。

此前首句平平平仄平平仄,後首句平仄仄平平仄仄,與和詞
同者。

【蔡案】

本詞與鹿詞、柳詞、馮詞四首,實爲一體,較之正體,均於前後段
第四拍各減一字異。

少字格 五十八字　　　　　　　　　　　　鹿虔扆

金鎖重門荒苑静,綺窗愁對秋空。翠華一去寂無蹤。玉樓
○●○○○●●　●○○●○△　●○●●●○△　●○

歌吹，聲斷已隨風。　　煙月不知人事改，夜闌還照深宮。
○● 　○●●○△ 　　 ○●●○●● 　●○○●○△

藕花相向野塘中。暗傷亡國，清露泣香紅。
●○○●●○△ 　　●○○● 　○●●○△

　　此前後起句俱用平仄平平平仄仄者。

　　此篇《詞統》選之，注題下云："一名《庭院深深》。"夫"庭院深深
深幾許"者，乃歐陽公《蝶戀花》語也。李易安愛之，因作《臨江仙》
數首，用此爲起句，後人遂以其詞名之曰《庭院深深》，已爲不通。
何也？如易安之《臨江仙》，可名《庭院深深》，則歐陽之《蝶戀花》反
不可名《庭院深深》乎？即以爲名，亦止可以易安此詞加以新名而
已，即謂此名可愛，亦止可於易安以復人之詞而名之。若曰此人所
作乃用易安此體云爾，《詞統》注之，《詞彙》因之，無妨也。至《圖
譜》，則竟立一"庭院深深"之名，既立此一名，又不載易安之詞，乃
收此鹿詞爲式，上書"庭院深深"，下書"鹿虔扆"名，夫鹿乃唐末人，
仕蜀爲太保，豈預知數百年後，有歐陽作此句可愛，而先取以名其
詞，且適與更數十年後之李易安同志，俱取而爲《臨江仙》調乎？其
背謬可笑甚矣。且不知爲《臨江仙》，而立一新名猶可，乃既知即是
《臨江仙》，前已列《臨江仙》第一、二體矣，後又列《臨江仙》第四、五
等體矣，於此獨標一《庭院深深》之名，却又仍注題下曰"即《臨江
仙》第三體"，豈不大怪！而《選聲》載《臨江仙》止有二體，亦首曰
《臨江仙》，注"第四體"；次曰《庭院深深》，注"即《臨江仙》第三體"，
則真不可解矣。

【蔡案】

　　一調數名乃詞之常態，然某名但適用於某體，常有一定之規，如
同名異調之詞，小令之別名不得用於慢詞，即爲一例。萬子此處所
論，邏輯清晰，明晰扼要，直切要害，填詞者不可不誌之。

少字格 五十八字　　　　　　　　　　　柳永

鳴珂碎撼都門曉，旌旗擁下天人。馬搖金轡破香塵。壺漿
盈路，歡動帝城春。　　揚州曾是追遊地，酒臺花徑仍存。
鳳簫依舊月中聞。荆王魂夢，應認嶺頭雲。

　　此前後起句用平平仄仄平平以者。

【蔡案】

　　後結原作"荆王雲散，應認嶺頭雲"，此二句文理不通，且二句內重一"雲"字，當有舛誤。檢彊村叢書本《樂章集》，四字句作"荆王魂夢"，當是的本，據改。

多韻格 五十八字　　　　　　　　　　　牛希濟

柳帶搖風漢水濱。平蕪兩岸爭勻。鴛鴦對浴浪痕新。弄珠
遊女，微笑自含春。　　輕步暗移蟬鬢動，羅裙風惹輕塵。
水晶宮殿豈無因。空勞纖手，解佩贈情人。

　　首句起韻，用仄仄平平仄仄平。

多韻格 五十八字　　　　　　　　　　　閣選

雨停荷芰逗濃香。岸邊蟬噪垂楊。物華空有舊池塘。不逢

仙子，何處夢襄王。　　　珍簟對欹鴛枕冷，此來塵暗凄凉。
○●　●　●●○△　　　○●●○○●●　●○○●○△

欲憑危檻恨偏長。藕花珠綴，猶似汗凝妝。
●○○●●○△　　○○○●　○●●○△

首句起韻，用仄平平仄仄平平。按，此調後段無平平起者。

少字格　五十八字　　　　　　　　　　　　　　　馮延巳

冷紅飄起桃花片，青春意緒闌珊。高樓簾幕卷輕寒。酒餘
●○○●○○●　○○●●○△　○○○●●○△　●○

人散，獨自倚闌干。　　　夕陽千里連芳草，風光愁殺王孫。
○●　●●●○△　　　○○○●○○●　○○○●○▽

徘徊飛盡碧天雲。鳳城何處，明月照黃昏。
○○○●●○▽　●○○●　○●●○▽

後段換韻。

〔杜注〕

按，《詞譜》"酒餘人散"句下有"後"字。

【蔡案】

按，《欽定詞譜》"酒餘人散"句下有"後"字，疑誤。

少字格　五十八字　　　　　　　　　　　　　　　徐昌圖

飲散離亭西去，浮生常恨飄蓬。回頭煙柳漸重重。淡雲孤
●●○○○●　○○○●○△　○○○●●○△　●○○

雁遠，寒日暮天紅。　　　今夜畫船何處，潮平淮月朦朧。酒
●●　○●●○△　　　○●●○○●　○○○●○△　●

醒人靜奈愁濃。殘燈孤枕夢，輕浪五更風。
○○○●●○△　○○○●●　○●●○△

前後起俱六字兩句，前後結俱五字兩句。

讀破格 六十字　　　　　　　　　　顧　敻

碧染長空池似鏡，倚樓閒望凝情。滿衣紅藕細香清。象床
●●○○○●●　●○○●○△　●○○●●○△　●○

珍簟，山障掩、玉琴橫。　　　暗想昔時歡笑事，如今贏得愁
○●　○●●、●○△　　　●●●○○●●　○○○●○

生。博山爐暖淡煙輕。蟬吟人静，殘日傍、小窗明。
△　●○○●●○△　○○○●　○●●、●○△

兩結各三字兩句。

【蔡案】

前後結讀破五字兩句爲四三三句法。

多字格 六十二字　　　　　　　　　晏幾道

東野亡來無麗句，于君去後少交親。追思往事好沾巾。白
○●○○○●●　○○●●●○△　○○●●●○△　●

頭王建在，猶見詠詩人。　　　學道深山空白老，留名千載不
○○○●●　○●●○△　　　●●○○○●●　○○○●●

干身。酒筵歌席莫辭頻。争如南陌上，占取一年春。
○△　●○○●●○△　○○○●●　●○●○△

前後起處皆七字兩句。

【蔡案】

前後段第二拍各增一字。

臨江仙引 七十四字　　　　　　　　　　柳　永

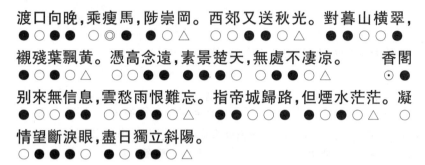

渡口向晚,乘瘦馬,陟崇岡。西郊又送秋光。對暮山橫翠,
●○○● ○◎● ○○△ ○●●○△ ●●○●

襯殘葉飄黃。憑高念遠,素景楚天,無處不凄涼。　　香閣
●○●○△ ○○●● ●●○○ ○●●○△ ⊙●

別來無信息,雲愁雨恨難忘。指帝城歸路,但煙水茫茫。凝
●○○●● ○○●●○△ ●●○○● ●○●○○ ○

情望斷淚眼,盡日獨立斜陽。
○●●○ ●○●○○△

　　此另爲一格,與前調迥別。首句四字皆仄,"渡""向"尤須去聲,
而"送、對、暮、翠、襯、素、信、帝、路、但、淚、盡"等去聲字皆妙,宜學
之。"憑高"與"凝情"下,四仄字亦不可改。

〔杜注〕

　　按,《詞譜》"香閣"作"香閨"。

【蔡案】

　　本調前起,今人多作二字二句讀,其實不必。蓋此實四字句,惟
第二字宜用上聲替平,柳詞別首作"畫舸蕩槳",亦是。又,前結萬子
原讀爲六字一句、七字一句,六字句之文法拗澀,韻律不諧,與後段自
不同。

　　後段起句當以"香閣"爲正,《欽定詞譜》應誤。柳詞別首,一作
"醉擁征驂猶佇立",一作"羅襪凌波成舊恨",第二字均爲仄聲,可證。
故杜注不必理會。

　　"淚眼"之"眼",以上作平,柳詞別首作"今宵怎向漏永",亦同。
結句"日"字,萬子原注以入作平。

　　又按,原譜本詞作又一體,然與前十二體並非一調,故據《欽定詞
譜》重擬爲《臨江仙引》。

臨江仙慢　九十三字　　　　　　　　　　柳　永

夢覺小庭院，冷風淅淅，疏雨瀟瀟。綺窗外、秋聲敗葉狂飄。
●●●○● ●○●● ○●○△ ●○● ○●●●○△

心搖。奈寒漏永、孤幃悄，淚燭空燒。無端處，是繡衾鴛枕，
○△ ●○●● ○○● ●●○△ ○○● ●●○○●

閒過清宵。　　蕭條。牽情係恨，爭向年少偏饒。覺新來
○●○△ 　　○△ ○○●● ○●○●○○ ●○○

惟悴，舊日風標。魂銷。念歡娛事、煙波阻，俊約勿遙。還
○●● ●●○△ ○△ ●○○● ○○● ●●●△ ○

經歲，問怎生禁得，如許無聊。
○● ●●○○● ○●○△

又另一格，此調整齊完善，《樂章》中之佳者。而舊刻將"蕭條"二
字綴於前段之尾，傳誤已久，此正是換頭處，今爲改正。"魂消"已下，
前後相同。

【蔡案】

此爲慢詞，與前諸詞均異，萬子謂此屬"又另一格"，並擬作又一
體，是清儒無正確之體格觀也，甚誤，現改爲此名。

萬子原注"孤幃悄""煙波阻"均爲三字逗屬下，皆誤。按，前段
"寒漏永、孤幃悄"乃是儷句，故"孤幃悄"自不可屬下，而後段"歡娛
事、煙波阻"爲一整體亦彰然。

杏花天　五十四字　　　　　　　　　　　周　密

漢宮乍出傭梳掠。關月冷、玉沙飛幕。龍香撥指春風弱。
◎○○⊙●○○▲ ⊙●○ ○○○▲ ○○⊙●○○▲

一曲哀弦謾托。　　君恩厚、空憐命薄。青塚遠、幾番花
◎●○⊙○▲ 　　⊙○● ○○●▲ ⊙○● ○○○

落。丹青自是難描摸。不是當時畫錯。

▲　⊙○◎●○○▲　　◎●⊙○◎▲

　　兩結末二字，名作多用去上。"哀、當"二字亦宜用平。"命"字去，而上用"空"字平。"花"字平，而上用"幾"字仄。俱極妙。此抑揚起調處也，旁注雖寬，識者能深求其奧，則更爲微妙耳。

　　此調前後起句，雖皆七字，而前起上四下三，後起上三下四，不可誤混。《譜》注《圖》圈，槩用省文，不注不圈，但云後段同，豈不誤事？琰青曰：作譜者原未解此，實以爲前後同耳。彼且自誤，何足責其誤人，相與一笑。

　　或以此調即《於中好》，余謂《於中好》兩結六字，皆三字豆者，與此不同。其後起與前起一樣，亦非如此上三下四者，豈一調乎？

〔杜注〕

　　按，《蘋洲漁笛譜》後半起句作"君恩厚"，應照改。又按，此調《歷代詩餘》歸入《端正好》調，說見卷七《於中好》詞下。

【蔡案】

　　萬子云"兩結末二字，名作多用去上"，此類説法，甚爲無謂，蓋填曲講究仄分上去，而詞並無此分野，如本調夢窗、草窗均喜用入聲爲韻，則兩結末字自不能用去上，而玉田則前段用上聲，後段用去聲爲韻，末句第五字更用平聲，形成"平上""平去"收束之態勢。此三子，均精於音律，若"去上"收篇爲至佳，又焉有不明之理？故上去搭配之説，雖萬子努力鼓吹，今人亦每奉爲金玉，實乃無稽之談也。要之，具體詞作尚可云去上如何如何，譜式本屬框架，將欲填入何詞，喜怒哀樂，俱不得而知，焉有聲調之講究，故謂荒謬。

　　後段起拍原作"君恩薄"，"薄"字已據杜注改爲"厚"。

多字格　五十五字　　　　　　　　　　　　　　侯寘

寶釵整鬢雙鸞鬥。睡纔醒、薰風襟袖。彩絲皓腕宜清晝。更艾虎、衫兒新就。　　玉杯共飲菖蒲酒。願耐夏、宜春廝守。榴花故意紅添皺。映得人來越瘦。

前結七字，後起不於三字豆斷，句法不同。或曰："共"字亦不妨略豆。"映得"句上若依前段，則應尚有一字。

〔杜注〕

按，《詞譜》"睡來醒"之"來"字作"纔"，應遵改。

【蔡案】

本調後段起句例作折腰式七字句，本詞誤填，唐宋詞中僅此一首，不足爲範。況萬子前詞中已云："前起上四下三，後起上三下四，不可誤混"，則又列本詞，豈非認可可以誤混乎？不擬譜。又，本調前後結以六字一句爲正，故萬子以爲後結"應尚有一字"者，亦誤，當以前結"應減一字"爲宜。

多字格　五十六字　　　　　　　　　　　　　　盧炳

鏤冰剪玉工夫費。做六出、飛花亂墜。舞風情態誰相似。
●○●●○○▲　●●●　○○●▲　●○○●○○▲
算祇有、江梅可比。　　極目處、瓊瑤萬里。海天闊、清寒
●●●　○○●▲　　●●●　○○●▲　○○●　○○
似水。從教高卷珠簾起。看三白、豐年瑞氣。
●▲　○○○●○○▲　●○●　○○●▲

後八字缺，然即與前段同也。此則兩結俱七字者。

〔杜注〕

按，萬氏原空八字，應遵《詞譜》補"起看三白年豐瑞氣"。

【蔡案】

原譜後結爲八個缺字符。檢《欽定詞譜》，爲"起看三白豐年瑞氣"，據補。杜注"豐年"誤爲"年豐"。

玉闌干 五十六字　　　　　　　　　　杜安世

珠簾怕卷春殘景。小雨牡丹零欲盡。庭軒悄悄燕高飛，風
○○●●○○▲　●●●○○●▲　○○●●●○○　○

飄絮、綠苔侵徑。　　　欲將幽恨傳愁信。想後期無個憑定。
○●　●○○▲　　　●○○●○○▲　●●○○●●▲

幾回獨睡不思量，還悠悠、夢裏尋趁。
●○●●●○○　○○○　●○○▲

"侵"字平聲，想可與仄叶，不然或是"浸"字。"無今"宜是
"今無"。

〔杜注〕

按，《花草粹編》"珠簾"下有"怕"字。第二句"盡"字上有"欲"字。
又，"高空"作"高飛"。又，"暗侵"作"侵徑"。又，"無今"作"無箇"，均
應增改。

【蔡案】

杜注所及，均予改正，原譜"五十四字"改爲"五十六字"。前段起
拍，原譜爲三字兩句，奪一"怕"字，補足後當是七字一句，句法正與後
段同。如此，前後段第二拍句法迥異，或有一處乃是誤讀。《陽春白
雪》載陸凝之詞，前後段第二拍作"繫滴粉裙兒不起……暗甕損眉峰
雙翠"，似均爲上一下六式，則本詞後段次句，萬子不當讀爲上三下四

式，使四字結構失諧。而前段第二句或非正體。

結句“裹”字以上作平。

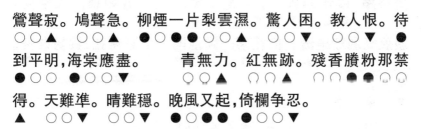

摘紅英　五十四字　又名《攧芳詞》　　　　　張鎡

鶯聲寂。鳩聲急。柳煙一片梨雲濕。驚人困。教人恨。待
到平明，海棠應盡。　　　青無力。紅無跡。殘香賸粉那禁
得。天難準。晴難穩。晚風又起，倚欄爭忍。

“晚風又起”比“待到平明”，平仄不同。又《古今詞話》載《攧芳
詞》，亦前用“記得年時”，後用“燕兒來也”，想所不拘。然作者於前後
相同較妥耳。

按此調較《釵頭鳳》，衹少結處三疊字，查《攧芳詞》中一句云
“可憐孤似釵頭鳳”，竊恐此兩體本是一調，原名《攧芳詞》，人因
取句中三字，名曰《釵頭鳳》，而增三疊字於末，或《攧芳詞》原有
疊字，而流傳失去，亦未可知耳。況書舟之《折紅英》即是《釵頭
鳳》，蓋“折英”之義即“攧芳”也。其爲一調無疑。故今以《釵頭
鳳》並列左幅。

〔杜注〕

按，宋楊湜《古今詞話》云：“政和間，禁中傳《攧芳詞》。張尚書帥
成都，蜀中傳此詞，競唱之，却於前段下添‘憶憶憶’三字，後段下添
‘得得得’三字，又名《摘紅英》，殊失其義。不知禁中有攧芳園，故名
《攧芳詞》也。”據此，則此調應名《攧芳詞》，而以一名《摘紅英》附注於
下。萬氏疑《攧芳詞》原有疊字流傳，失去，誤矣。

釵頭鳳 六十字　又名《玉瓏璁》《折紅英》　　　　　　　　陸　游

紅酥手。黃滕酒。滿城春色宮牆柳。東風惡。歡情薄。一
○○▲　○○▲　●○○●○○▲　○○▽　○○▽　●

懷愁緒，幾年離索。錯。錯。錯。　　春如舊。人空瘦。
○○●　●○○▽　▽　◆　◆　　　　○○▲　○○▲

淚痕紅浥鮫綃透。桃花落。閒池閣。山盟雖在，錦書難托。
●○○●○○▲　○○●　○○▲　○○○●　●○○▽

莫。莫。莫。
▽　◆　◆

四段凡兩仄韻，結用三疊字，前後同。

按，此三疊字與《醉春風》中三疊字，須用得雋雅有味方佳。如此詞精麗，非俗手所能，後人欲填此詞，務須彷其聲響。

詞句末一字上去互叶，原不妨，然觀此詞，前用"手、酒、柳"三上，後用"舊、瘦、透"三去，何其心細而法嚴若此！詞可妄作乎？然此論入微，聞者莫不掩口而哂其迂矣。

〔杜注〕

按，《詞譜·攤芳詞》調內收程垓"桃花暖"一首，注云："陸游'紅酥手'詞正與此同。"

重格 六十字　　　　　　　　　　　　　　　　　　　　曾　覿

華燈鬧。銀蟾照。萬家羅幕香風透。金樽側。花顏色。醉
○○▲　○○▲　●○○●○○▲　○○▽　○○▽　●

裏人人，向人情極。惜。惜。惜。　　春寒悄。腰肢小。
●○○　●○○▽　▽　◆　◆　　　　○○▲　○○▲

鬢雲斜嚲蛾兒裊。清宵寂。香閨隔。好夢難尋，雨蹤雲跡。
●○○●○○▲　○○●　○○▽　●●○○　●○○▽

憶。憶。憶。

　　前後同前詞及《玉瓏璁》詞,俱於第六句用仄。而此篇"人"字、"尋"字用平,各異。梅溪、書舟作亦然,想即如《攟芳詞》不拘耳。"透"字不是韻,乃借叶也。史詞第二句用"春夢亂","夢"字仄聲。程詞第四句用"長記憶","記"字仄聲;後第五句用"問消息",問字仄聲。雖或不拘,然皆不如用平。

　　按,《能改齋漫錄》載無名氏《玉瓏璁》一詞,即是此調。其"金樽側"二句云:"新相識。舊相識。""清宵寂"二句云:"心相憶。空相憶。"此本弄巧,複用上韻爲句,非有此定格也。《圖譜》喜其名新而收之,遂於"舊相識"下注"疊兩字",後段同。則是前後此句必要疊上兩字矣,何其謬也。

〔杜注〕

　　萬氏注第三句"萬家羅幕香風透"句,"透"字借叶。按,上韻用"鬧、照"二字,不能以"透"字借叶,疑"遶"字之誤。

【蔡案】

　　本詞即前一詞格,句法差異非變格之依據,而是常見形態,以此列爲又一體,無謂。否則,但凡◎◎⊙⊙處皆可羅列又一體也。

　　萬子謂"透"字借叶,杜文瀾謂非借叶,乃文字舛誤,皆誤。蓋唐宋詞之叶韻,本無韻書可循,蓋宋詞用韻,祇重五首,音近即可,故有、宥混押巧、嘯便是常態。如揚无咎《醉花陰》之"淵明手把誰攜酒。羞把簪烏帽","酒、帽"通叶;《梅苑》《晝夜樂》之"晝堂開宴邀朋友。賞瓊英,同歡笑。隴頭寄信丁寧,樓上新妝鬥巧。對景乘興傾芳酒。拚沉醉、玉山頻倒","友、酒、笑、巧、倒"通叶;黃庭堅《憶帝京》之"花帶雨、冰肌香透。恨啼烏、轆轤聲曉","透、曉"通叶;周紫芝《千秋歲》:"試問春多少。恩入芝蘭厚。""少、厚"通叶。平韻亦如此,如陳允平

《長相思》:"雲迢迢。水遙遙。雲水迢遙天盡頭。相思心上秋。""迢、
遙、頭、秋"皆可通叶。

惜分釵 五十八字　　　　　　　　　　　　呂渭老

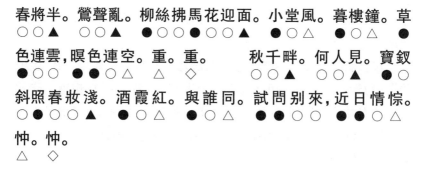

春將半。鶯聲亂。柳絲拂馬花迎面。小堂風。暮樓鐘。草
○○▲　○○▲　○○●●○○▲　●○△　●○△　●

色連雲,暝色連空。重。重。　　　　秋千畔。何人見。寶釵
●○○　●●○△　△　◇　　　○○▲　○○▲　●○

斜照春妝淺。酒霞紅。與誰同。試問別來,近日情悰。
○●○○▲　●○△　●○△　●●○○　●●○○

怦。怦。
△　◇

四段仄平間用,以二疊字結之。前後同。

　　按,此與《釵頭鳳》相類,故題皆用"釵"字。但此換平韻,《釵頭
鳳》換仄韻;此疊兩字,《釵頭鳳》疊三字。然體格聲響確是同類,且題
名"釵"字相合,故列於此。

　　明人高深甫作"桃花路"一首,於"柳絲"句作"一見魂驚幾回顧",
"寶釵"句作"無限芳心春到惹",平仄全拗。《詞統》選之,已爲無識。
《圖譜》所列《惜分釵》,即收此詞,尤爲可笑。夫作譜以爲人程式,必
求名作之無疵者,方堪摹仿,奈何取此謬句以示人耶?至其篇中語句
之陋,更不必言,而"聲"字、"千"字俱用仄聲,"草色""試問"兩句,誤
用平平仄仄,俱無足取。

〔杜注〕

　　按,《詞譜·擷芳詞》調內收聖求另作"重簾挂"一首,平仄叶韻均
與此同。是《惜分釵》《釵頭鳳》皆《摘紅英》,即《擷芳詞》之又一體也。
又按,毛子晉《聖求詞》跋云:"《惜分釵》乃其自製新譜,較陸放翁《釵

頭鳳》，更有別韻。”

【蔡案】

萬子原注“別來”之“別”以入作平。又，前段“拂馬”之“拂”亦爲以入作平。

睿恩新 五十五字　　　　　　　　　　晏　殊

芙蓉一朵霜秋色。迎曉露、依依先拆。似佳人、獨立傾城，
○○●●○○●　○●●　○○○▲　●○○　●●○○

傍朱檻、暗傳消息。　　靜對西風脈脈。金蕊綻、粉紅如
◎⊙●　●○○▲　　　●●○○●▲　○⊙●　●○○

滴。向蘭堂、莫厭重新，免清夜、微寒漸逼。
▲　●○○　●●○○　●○●　○○●●▲

後起六字，餘同。

鷓鴣天 五十五字　又名《思佳客》　　　　秦　觀

枕上流鶯和淚聞。新啼痕間舊啼痕。一春魚鳥無消息，千
◎●○○○●△　○○○⊙●○△　◎●○○○●●　⊙

里關山勞夢魂。　　無一語、對芳樽。安排腸斷到黃昏。
●○○○●○△　　　○●●　●○△　⊙○○⊙●○△

甫能炙得燈兒了，雨打梨花深閉門。
◎○◎●○○●　◎●○○⊙●△

後起三字二句，與前異。“和、勞、深”三字，不妨用仄，然各調中此等七字句，第五字古人多用平，即如北曲《賞花時》、南曲《懶畫眉》等調，亦有此義，可爲知者道也。芸窗有一首後起用“壽筭菊香浮”五字，其詞後尾殘缺十字，則是起處亦脫落第一字，非另有此體也。龍洲起句“樓外雲山千萬里”，乃是“萬重”，勿誤認可仄。

【蔡案】

　　陸校本《芸窗詞》，後起有奪字符，作“□壽罘、菊香浮”，萬子判斷無誤。

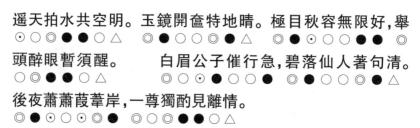

　　即七言律詩分前後段。前段第三四句、後段第一二句俱作對語，但首句第二字平聲起，不可誤。《圖譜》注云：“前四句三韻，即七言絕句，後段同，惟用二韻，故不圖。”可笑！若謂即絕句，將三四兩句竟可不屬對乎？

　　按，《鷓鴣天》亦近於七言詩，且“鷓鴣”二字相同，必皆從詩中變出，因以兩調並列。

　　又按，丹陽仄韻一首，亦題曰《瑞鷓鴣》，而其字句與《木蘭花》無異，故不另錄。

〔杜注〕

　　按，此調另有馮延巳一首，仄仄平平起，前結後起二聯對偶，與七律正同。

瑞鷓鴣　六十四字　　　　　　　　　　　　　　　晏　殊

江南殘臘欲歸時。有梅紅亞雪中枝。一夜前村、間破瑤英
⊙○○●●○△　　●●⊙○●○△　　⊙●○○　　●●○○

拆，端的千花冷未知。　　丹青改樣勻朱粉，雕梁欲畫猶
●　◐●○○　●●　　　⊙○○●○○●　○○●●○○
疑。何妨與向冬深、密種秦人路，夾仙溪。不待夭桃客
△　◐○◎◎●○○　●●○○●　●○○　◎　●●○○●
自迷。
●△

　　“何妨與向冬深”六字，耆卿作“最好簇簇寒竹”，乃以上、入作
平者。

【蔡案】

　　本詞原譜作“又一體”，然觀其格局，其字數、句法、均拍，均與前
一詞迥異，顯係同名異調詞，故再列調名，以示不同。

瑞鷓鴣慢 *八十八字*　　　　　　　柳　永

寶髻瑤簪。嚴妝巧、天然綠媚紅深。綺羅叢裏，獨逞謳吟。
●●○△　○○●　○○●●○○　●○○●　●●○△
一曲陽春定價，何啻值千金。傾聽處、王孫帝子，鶴蓋成
◎●○○●●　○●●○○　○○●　○○●●　●●○
陰。　　凝態掩霞襟。動象板聲聲，怨思難任。嘹亮處、迴
△　　○●●○△　●●●○○　●○○△　○●●　○
壓弦管低沈。時恁回眸斂黛，空役五陵心。須信道、緣情寄
○●○○△　○⊙○○●●　○●●○○　○●●　○○●
意，別有知音。
●　●●○△

　　與前調全異。“簪”字乃是起韻，舊譜不識，以首句爲七字，誤矣。
乃因讀作七字，又嫌“妝”字平聲，此句遂拗，因於“妝”字下注作可仄，
誤而更誤，豈不可笑。至於“一曲”以下，前後相同，而前注“王孫”二
句作八字，後注“緣情”二句作兩四字，此又其通帙皆然，無足怪矣。

【蔡案】

此爲慢詞，原譜作"又一體"，誤。

又，依杜氏校勘記改"回"爲"迴"。"回壓"不通，無此説法，"迴壓"，意謂完全壓倒、高高壓住，如唐劉滄《題敬亭山廟》："森森古木列巖隈，迴壓寒原霽色開。"方千里《水龍吟》："錦城春色移根，麗姿迴壓江南地。"等。此處"嘹亮"起九字，與對應之前段作"綺羅"起八字不合，應衍一字，柳詞別首此作"襦温褲暖，已扇民謳"，亦可證明，疑"處"字後人誤添。又，"迴壓"之"壓"，以入作平。

金鳳鈎　五十五字　　　　　　　　　　晁補之

春辭我向何處。怪草草、夜來風雨。一簪華髮，少歡饒恨，
○○●●○▲　●●●　●○○▲　●●○○　●●○●

無計殢春且住。　　春回常恨尋無路。試向我、小園徐步。
○●●○●▲　　　○○●●○○▲　●●●　●○○▲

一闌紅藥，倚風含露。春自未曾歸去。
●○○●　●○○▲　○●●○○▲

後起七字，餘同。

【蔡案】

原譜起調爲三字兩句，誤。晁詞別首，起拍爲"雪消閒步花畔"，賀鑄詞作"江南又嘆流寓"，均爲平起仄收式六字一句，故本詞當讀爲"春辭、我向何處"，縱作三三讀，亦當爲"春辭我、向何處"六字折腰一句。

步蟾宫　五十六字　　　　　　　　　　汪存

玉京此去春猶淺。正雪絮、馬頭零亂。姮娥剪就緑雲裳，待

來步、蟾宮與換。　　明年二月桃花岸。棹雙槳、浪平煙暖。揚州十里小紅樓,盡卷上、珠簾一半。

雙槳句六字,比前段少一字。

按,此調前後自應相對,此必係脫落,雖照舊刻列此,不可從也。

〔杜注〕

按,他作前後段均字句相同,"雙槳"上疑落"試"字。

【纂案】

萬子原譜或據《花草粹編》,後段第二拍,該本原脫一"棹"字。檢《方輿勝覽》卷四十四之無名氏詞,爲"棹雙槳",玩其文意,究其格律,當是的本,據補,原譜"五十五字"改爲"五十六字"。如此,本體實與第二體蔣捷詞同,故不擬譜,原注可平可仄悉注於蔣詞下。

重　格 五十六字　　　　　　　　　蔣　捷

玉窗掣鎖香雲漲。喚綠袖、低敲方響。流蘇拂處字微訛,但
◎○◎○●▲　◎○●、○○○▲　·○○●●○　●
斜倚、紅梅一晌。　　濛濛月在簾衣上。做池館、春陰模
○●、○○◎▲　　　○○●●○○▲　●○●、○○○
樣。春陰模樣不如晴,這催雪、曲兒休唱。
▲　○○●●○○　●·●、◎○·▲

此調八句皆七字,一三五七如詩句,二四六八上三下四。《譜》《圖》等書概注七字,致誤不少。故本譜加豆字於旁,以識之。此調雖亦五十六字,與《玉樓春》迥別,沈選蔣詞及無名氏作"春風捏就腰兒細"一首,俱作《玉樓春》,大誤。即如小青《天仙子》後起二句,反作上三下四,而沈嫗稱之耳。《詞統》改《步蟾宮》,是已。而仍沈注曰:"有一士人訪妓,開府作。"按,宋周遵道《豹隱紀談》云,此阮郎中贈妓詞,

沈蓋未考也。又按，周所載，前起云"東風捏就，腰兒纖細"，後起云
"更闌應是，酒紅微褪"，皆四字兩句，亦與《步蟾宮》異，自另是一調，
但今無可考耳。

【蔡案】

　　本格爲本調正體，宋元詞皆如此填，部分宋詞在前後段第三拍中
添一字，作上三下五折腰句法，即後五十八字體。又按，萬子所云，乃
宋人陸凝之《步蟾宮》，亦非阮郎中詞，萬蓋未考也。據《陽春白雪》
載，是詞前起爲"東風捏就腰兒細"，後起爲"酒紅應是鉛華褪"，正本
調正體。

　　本詞原譜未注可平可仄，譜中可平可仄據前一詞移下，並校之前
詞追補。

多字格 五十八字　　　　　　　　　　　　　　　　揚无咎

桂花馥郁清無寐。覺身在、廣寒宮裏。憶吾家妃子舊遊時，
●○●●○○▲　　●○●、●○○▲　　●○○○●●○○

瑞龍腦、暗藏葉底。　　　不堪午夜西風起。更颭颭、萬絲斜
●○●、●○●▲　　　　●○●●○○▲　　●●●、●○○

墜。向曉來却似給孤園，乍驚見、黃金布地。
▲　●●○○●●○　●○●、○○●▲

　　"憶吾家"句上三下四，與此調不合，恐誤也。"向曉來"句比前多
一字，或曰"遊"字下乃誤落一"時"字，此句與"向曉來"句前後相同
耳。此論甚確，但不敢擅添也。

〔杜注〕

　　按，《詞譜》於"遊"字下補"時"字。又，"却是給孤園"句，"是"作
"似"。應遵照增改。

【蔡案】

　　前後段校之前一詞體，各增一領字。杜注皆已增改。前後段第三句，萬子僅後段讀斷，此二句均一氣貫注者，細玩文意，似以一七式讀更佳，故後段刪去三字逗。

讀破格　五十九字　　　　　　　　　　黃庭堅

蟲兒真箇惡靈利。惱亂得、道人眠起。醉歸來、恰似出桃
○○○●●○▲　　●○●、○○○▲　　●○○、●●●○
源，但目斷、落花流水。　　　　不如隨我歸雲際。共作箇、住
○　●●●、●○○▲　　　　●○○●○○▲　　●●●、●
山活計。照清溪，勻粉面、插山花，算終勝、風塵滋味。
○●▲　●○○　○●●、●○○　●○●、○○○▲

　　"醉歸來"句八字，"照清溪"句九字，此前後恐亦宜相同，"勻"字必誤多，若去之則與前調合矣。

【蔡案】

　　萬子原注前起"惡"字作平。又，第二拍原作"道人眼起"，不通，《欽定詞譜》作"眠起"，是，據改。據此後段對應之"活"字，亦當是以入作平。

　　又，萬子以爲後段衍一"勻"字，前後段校，或亦有理，然另有韓淲詞，此處亦作"雨吹來，雲亂處，水東流"九字，則可知此蓋五字結構添一字，作折腰式六字句也。而究之句法，則當是三字逗領六字句，猶前段三字逗領五字也，原譜作三字三句者顯誤。

芳草渡　五十五字　　　　　　　　　　歐陽修

梧桐落、蓼花秋。煙初冷、雨纔收。蕭條風物正堪愁。人去
○○●、●○△　○○●、●○△　○○●●●○△　○●

後，多少恨、在心頭。　　　燕鴻遠。羌笛怨。渺渺澄波一
●　○○●　●○△　　　　　○○▲　○○▲　●●○○●

片。山如黛、月如鈎。笙歌散。魂夢斷。倚高樓。
▲　○○●　●○△　　○○▲　○●▲　●　○△

　　前段平韻，後段平仄間用。

【蔡案】

　　此爲馮延巳詞，作歐陽修誤。

繫裙腰 五十八字　　　　　　　　　　　　　　　魏夫人

燈花耿耿漏遲遲。人別後、夜凉時。西風瀟灑夢初回。誰
⊙○◎●●○△　○●●　●○△　○○◎●●○△　⊙

念我，就單枕、皺雙眉。　　　錦屏綉幌與秋期。腸欲斷、淚
●●　○⊙●　●○△　　　　○○●●●○△　○●●　●○●

偷垂。月明還到小窗西。我恨你，我憶你、你爭知。
○△　◎○○●●○△　●●●　●●●　●○△

　　前後同。

【蔡案】

　　本詞及後一首張先詞，原載卷九《七娘子》後。按，本調與《芳草
渡》實係一調，故魏夫人“燈花耿耿漏遲遲”一詞，一本作《繫裙腰》，一
本作《芳草渡》。蓋本詞發端之兩起處，均爲三字兩句，考宋人實際，
若後段起仍爲三字兩句者，則名之爲《芳草地》，若後段起拍爲七字一
句者，則必名爲《繫裙腰》，如此區別而已。而兩個三字句添一字作七
字一句，或七字句減一字作折腰法，則是宋詞變化之基本手法，如馮
延巳前段“梧桐落、蓼花秋”及後段“山如黛、月如鈎”，至張先則已變
爲“主人宴客玉樓西”“山明日遠霽雲披”七字一句，即爲明證。又如
唐人《漁歌》，第三拍例作三字兩句，而宋人蘇軾則化爲七字一句。如

此種種不勝枚舉。至於韻腳變化,則由唐至宋已完成平仄雙換韻爲短調平韻、長調仄韻,雙韻式填法在宋代已經亡佚,其餘各韻,或增或減,亦詞家常用手法,均無定式。

　本調實爲唐詞,唐詞名《芳草地》,宋人因歐陽修句有"繫裙腰,映酥胸",故又名《繫裙腰》。茲將原譜之《繫裙腰》列入《芳草渡》後。

多字格 六十一字　　　　　　　　　　張　先

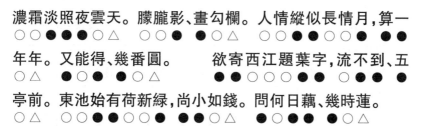

濃霜淡照夜雲天。朦朧影、畫勾欄。人情縱似長情月,算一
○○●●●○△　○○●、●○○　○○○●○○●,●●
年年。又能得、幾番圓。　　　欲寄西江題葉字,流不到、五
○△　●●●、●○△　　　　●●○○○●●,○●●、●
亭前。東池始有荷新綠,尚小如錢。問何日藕、幾時蓮。
○△　○○●●○○●,●●○○　●●●、●○△

　前第四句,後第一、第四句,俱用仄聲,不叶。而"年""錢"二字轉叶,與前詞異。前詞兩結俱三字三句,此前段多"算"字,後段多"尚、問"二字,但此"問"字係誤多者,此句宜與前"又能得"同。

〔朴汸〕
　按,《詞譜》首四字作"清霜蟾照",應遵改。

芳草渡 八十九字　　　　　　　　　　周邦彥

昨夜裏、又再宿桃源,醉邀仙侶。聽碧窗風快,疏簾半卷愁
●●●、●●●○,●○○▲　●●○○,○○●●○
雨。多少離恨苦。方留連啼訴。鳳帳曉,又自、匆匆獨自歸
▲　○●○●▲　○○○○▲　●●●,●●、○○●●○
去。　　愁顧。滿懷淚粉,瘦馬衝泥尋去路。謾回首、煙迷
▲　　　○▲　●○●●,●●○○○●▲　●○●、○○

望眼，依稀見朱戶。似癡似醉，暗惱損、憑闌情緒。澹暮色，
●●　○○●○●　　●●●●　●●●　○○○▲　●●●

看盡棲鴉亂舞。
●●○○●▲

　　與前調迥別。各仄聲字俱宜遵守，蓋此調音響如斯也。或曰：
"謾回首"句五字，"望眼"句七字。

【蔡案】

　　此爲慢詞，原譜作又一體，非是。

　　"又自"下八字，萬子作四字二句，文理欠達，語氣欠暢，且音律欠
諧，故作如是改。余以爲但凡節奏同仄或同平者，皆有二字逗之存
在，此爲一例。又，前段第六句"多少"之"少"，以上作平。

　　"謾回首"下十二字，爲後段第二均，古人並無標點，故一均之內
亦可七字一句、五字一句，亦可五字一句、七字一句，每每不拘也。明
清詞譜家以此而定"另一體"，本屬無謂。

　　徵招調中腔 五十五字　　　　　　　　　　王安中

紅雲蒨霧籠金闕。聖運叶、星虹佳節。紫禁曉風，馥天香、
○○●●●○▲　　●●●　○○○▲　　●●●●　●○○

奏九韶，帝心悅。　　　瑤階萬歲蟠桃結。睿算永、壺天風
●●●　●○▲　　　　　　○○●●○○▲　　●●●　●○○

月。日觀幾時，六龍來、金鏤玉牒，告功業。
▲　●●●○　●○○　○●●●　●○▲

　　"金鏤"句比前尾多一字。

〔杜注〕

　　按，《詞譜》"天闕"作"金闕"，兩字雖無所別，然"天"字與下"天
香"複，應遵改。又按，履道《初寮詞》亦作"金"。

【蔡案】

杜注所及已改。

本調前後段第二均，原譜讀爲“紫禁曉風馥天香，奏九韶、帝心悦”“日觀幾時六龍來，金鏤玉牒告功業”，然則三個七字句均成大拗句，如此讀法，韻律極不和諧。此猶“怒髮衝冠憑欄處”不可讀爲七字一句，其韻律之理一也。故改爲此讀。

徵 招 九十五字　　　　　　　周 密

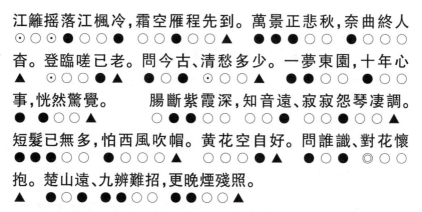

江籬搖落江楓冷，霜空雁程先到。萬景正悲秋，奈曲終人
杳。登臨嗟已老。問今古、清愁多少。一夢東園，十年心
事，怳然驚覺。　　　腸斷紫霞深，知音遠、寂寂怨琴凄調。
短髮已無多，怕西風吹帽。黄花空自好。問誰識、對花懷
抱。楚山遠、九辨難招，更晚煙殘照。

“登臨嗟老矣”應作“登臨嗟已老”，觀後“黄花”句，可知此句當叶韻也。查趙以夫此句，前段用“起”字，後段用“事”字，正叶“袂、翠、意、水”等韻。故知讀書論古當細心也。“寂寂”至“懷抱”俱同前段，“寂寂”二字作平，即同前“霜空”二字，不可用仄。“萬景”“登臨”“短髮”“黄花”四句，如五言詩。“奈曲終”“怕西風”二句，乃一字領句，不可誤同。

〔杜注〕

按，此調爲姜白石自製曲，今收周草窗之作，字句亦同，惟姜詞後起“迤邐剗中山”句，“邐”字爲暗韻，趙用父一首後起云“天際絶人

行"，"際"字亦叶，此詞及張玉田所作皆不叶，想可不拘。然當以姜詞爲正體。

【蔡案】

　　萬子原注"曲終"之"曲"作平。

鼓笛令 五十五字　　　　　　　　　黄庭堅

寶犀未解心先透。惱殺人、遠山微皺。意淡言疏情最厚。
●○●●○○▲　　●○⊙　◎○○▲　　◎●○○○◎▲

枉教作、著行官柳。　　　小雨勒花時候。抱琵琶、爲誰清
●○◎　◎○○▲　　　　●●●○○▲　●○⊙　◎○○

瘦。翡翠金籠思珍偶。忽拚與、山雞僝僽。
▲　◎●○○●⊙▲　●○◎　⊙○○●▲

　　後起比前起少一字。

易韻格 五十五字　　　　　　　　　黄庭堅

見來便覺情於我。廝守著、新來好過。人道他家有婆婆。
●○●●○○▲　　◎　○●●　○○●▲　　○●○○●○△

與一口、管教屎磨。　　　副靖傳語木大。鼓兒裏、且打一
●●●　○●○▲　　　　●○●●○▲　　●○●　●○○

和。更有些兒得處囉。燒沙糖、香藥添和。
▲　●●○○●●△　○○○　○○○▲

　　"婆""囉"二字以平叶仄，此又一平仄通叶體也。後段不宜叶兩"和"字，豈有一可叶平乎？大抵此詞全用俳語，難明，且"屎"字字書不載，恐有誤耳。"囉"字叶"婆"，可見不音羅那切。

　　按，此第三句用平叶韻，若不叶，即與《步蟾宮》同矣。

【蔡案】

　　本體《四部備要》本不載，或因詞俚而刪去。

　　萬子原注結句"藥"字以入作平。又，後起"語"字、後段第二句"打"字、"一"字，均爲以上、入作平。

少字格 五十五字　　　　　　　　　　　黃庭堅

洒鬧命友間爲戲。打揭兒、非常愜意。各自輸贏衹賭是。
●●○●○○▲　●●○　○○●▲　●●○○○●▲

賞罰采、分明須記。　　　小五出來無事。却跋翻和九底。
●●●　○○●▲　　　　●●○○○▲　●●○○○●▲

若要十一花下死。那管十三，不如十二。
●●●○○●▲　○○●○　○○●▲

　　後第二句六字，末二句共八字。

〔杜注〕

　　按，此詞《山谷集》題爲"戲詠打揭"。又按，此首之前尚有一首五十五字平仄通叶，此首之後亦有一首五十六字，均以語太鄙俚刪去。說見前卷七《望諫行》第三體後。

【蔡案】

　　萬子原注後段第三句"十一"均作平。又，後結兩"十"字，亦爲以入作平。

多字格 五十六字　　　　　　　　　　　黃庭堅

見來兩兩寧寧地。眼廝打、過如拳踢。恰得嘗些香甜底。苦殺人、遭難調戲。　　　臘月望州坡上地。凍著你、影躂村鬼。你但那些一處睡。燒沙糖、管好滋味。

前後相同。俳體，恐有訛處，“躂”字亦字書不載。“踢”字音替，
是入聲叶韻。

鼓笛慢 一百六字　　　　　　　　　　　　　　秦　觀

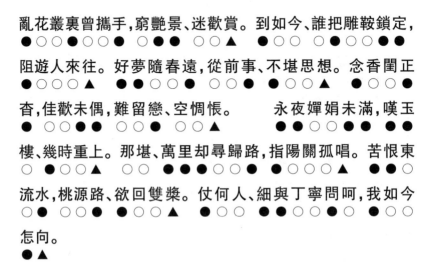

　　“如今誰把”至“未偶”，與後“那堪萬里”至“問呵”相同，但前多一
“到”字耳。舊譜注“鎖”字斷句，誤。觀“阻遊人”以下與後“指陽關”
以下，無一字平上去入不合，“阻”字、“指”字，乃一字領句也，奈何亂
注乎？“呵”字上聲，正與前“偶”字同，而譜乃認作平聲，可嘆。獨不
見朱希真《滿路花》以“呵”字煞尾，叶“火、裏”等韻耶？

　　按，長卿、聖求俱有《鼓笛慢》詞，及《詞林萬選》載張仲宗一首，查
俱係《水龍吟》，想因起句及前結略似，故訛刻耳。

〔杜注〕

　　按，《詞譜》以此詞歸入《水龍吟》調，注云：“此添字《水龍吟》，兼
攤破句法，採入以備一體。”又按，《歷代詩餘》“雕鞍”作“雕闌”。

【蔡案】

　　本詞即《水龍吟》。校之宋詞《水龍吟》，本詞僅前後段第二均之收拍，各增一領字耳。前段第三句"到"字，後段尾均"呵"字，依律均衍。秦觀本調二首，別首後結作"念多情，但有當時皓月，向人依舊"，較之本詞，則後段尾均當爲"仗何人，細與丁寧，問我如今怎向"，而"問呵"則無解。

　　又按，前段第三句原譜萬子讀爲"到如今誰把，雕鞍鎖定"，句子已然讀破，當讀爲"到如今、誰把雕鞍鎖定"，正是《欽定詞譜》所謂"攤破句法"者。余更疑本句攤破句法後，本爲"如今、誰把雕鞍鎖定"，正如趙長卿之"多情、爲與牡丹長約"，後人因添一"到"字。而後段"那堪、萬里却尋歸路"則正與之對應，亦不當讀爲四字二句。萬子因無二字逗概念，故前讀爲一五一四，後讀爲四字二句，而實俱成破句矣。

思歸樂　五十六字　　　　　　　　　　柳　永

天幕清和堪宴聚。相得盡、高陽儔侶。皓齒善歌長袖舞。
漸引入、醉鄉深處。　　晚歲光陰能幾計。這小官、不須多
取。把酒共君聽杜宇。解再三、勸人歸去。

　　此調亦似《於中好》，祇前結句七字，而前第三句平仄與後段異。《於中好》則皆用"共君"句平仄也。

〔杜注〕

　　按，《詞譜》後結作"把酒共君聽杜宇。解再三、勸人歸去"，注云："《詞律》誤從汲古閣本，後段結句脫一字，今從《花草粹編》校正，平仄無他本可校。"

【蔡案】

　　本調與《惜時芳》《惜芳時》《柳搖金》當是一調。

　　後結原作"共君把酒勸杜宇，再三喚人歸去"，已據杜注增改。原譜"五十五字"改爲"五十六字"。

翻香令 五十六字　　　　　　　　　　　　　蘇　軾

金爐猶暖麝煤殘。惜香更把寶釵翻。重聞處、餘薰在，這一
⊙○○●●○△　●○◎●●○△　⊙○●　○○●　●◎

番、氣味勝從前。　　　背人偷蓋小蓬山。更將沈水暗同燃。
○　◎●●○△　　　◎◎○●●○△　●○⊙●●○△

且圖得、氤氳久，爲情深、嫌怕斷頭煙。
◎○●　○○●　●○○　⊙○●●○△

　　前後同。

〔杜注〕

　　按，《樂府雅詞》"更把"作"愛把"。又，"重聞"作"重勻"。又，"一番"作"一般"。又，"蓬山"作"重山"。又後段第二句作"更拈沈水與同然"。

市橋柳 五十六字　　　　　　　　　　　　　蜀中妓

欲寄意、渾無所有。折盡市橋官柳。看君著上征衫，又相
●●●　○○●▲　●●●○○▲　○○●●○○　●○

將、放船楚江口。　　　後會不知何日又。是男兒、休要鎮長
○　●●●○▲　　　●●●○○●▲　●○○　○●●○

相守。苟富貴、無相忘，若相忘、有如此酒。
○▲　●●●　○○○　●○○　●●●▲

　　"須"字各刻作"休"字，不通。詞意云，若是男兒，須相守到底也。

若作"休"字，是回絕人口氣，不要其相守矣。

〔杜注〕

　　按，秦氏玉生云："數虛字層折而下，宛轉關生。若改"須"字，直率無味。且作'休'字，即男子有事四方之意。與下文一氣貫注。"又按，《齊東野語》引此亦作"休"字。《詞譜》同。

【蔡案】

　　據秦氏改"須"爲"休"。又，前段第三拍原作"看君著上春衫"，宋周密《齊東野語》收録本詞，作"征衫"，玩其語境，自是"征衫"，"春衫"多爲後人誤植。據改。

鳳銜杯　五十七字　　　　　　　　　晏　殊

留花不住怨花飛。向南園、情緒依依。可惜欹紅斜白、一枝
○○◎●●○△　●○○●○△　◎●○○●●、●○
枝。經宿雨、又離披。　　凭朱檻、把金巵。對芳叢、惆悵
△　○●●、●○△　　　　⊙⊙●●、●○△　●○○●○
多時。何况舊歡新恨、阻心期。空滿眼、是相思。
○△　○●●○○●、●○△　○●●、●○△

　　用半韻，與前異。

　　此詞《壽域集》亦載之，末句作"滿空眼，是相思"，則與前結同是六字，但"滿空眼"不成語，恐是"空滿眼"之誤也。壽域又一首共五十七字，末云"空牽惹，病纏綿"，前後相同無誤，因其前段缺九字，故未取另列，然可從也。

〔杜注〕

　　按，《詞譜》"倒紅"作"欹紅"。又，"披離"作"離披"。又，"新寵"作"新恨"。又，末句"滿眼是相思"，"滿"字上有"空"字。均應遵照改補。

【蔡案】

　　本詞原列於下一首之後，因係正體，故移前。詞中已據杜注改。
原譜"五十六字"改爲"五十七字"。

少字格 五十六字　　　　　　　　　　　　　晏　殊

青蘋昨夜秋風起。無限箇、露蓮相倚。獨凭朱闌、愁放晴天
際。空目斷、遥山翠。　　　彩箋長、錦書細。誰信道、兩情
難寄。可惜良辰、好景歡娛地。祇恁空憔悴。

　　後結比前段少一字。

【蔡案】

　　本調後結諸家均爲六字折腰式句法，惟本詞後結五字一句，疑有
脱落，故不作譜，填者當以前一體爲範。

　　前後段第三句爲九字一句，作四五、二七、六三俱可，無需拘泥。
惟整句須一氣呵成，蟬聯而下，不可於中間讀斷。

多字格 六十三字　　　　　　　　　　　　　柳　永

追悔當初辜深願。經年價、兩成幽怨。任越水吳山，似屏如
○●○○○●▲　　○○●、●○○▲　●◎○○○、●○⊙
障堪遊玩。奈獨自、慵擡眼。　　　賞煙花、聽弦管。圖歡
●○○▲　●●○、○○▲　　　●○○、◎⊙▲　○○
娛、轉加腸斷。待時展丹青，强拈書信頻頻看。又爭似、親
○、●○○▲　●○●○○、○⊙●●○○▲　●○●、○
相見。
○▲

　　比前調前後第三句各多三字。

【蔡案】

萬子原注,前結"獨"字以入作平。

以上三首,凡折腰式六字句,原譜均讀爲三字兩句,誤。

錦帳春 五十八字　　　　　　　　　　　　戴復古

處處逢花,家家插柳。正寒食、清明時候。奉板輿行樂,是
伴星隨後。人間稀有。　　山郭尋山,緋衣春晝。馬上列、
兩行紅袖。對韶華一笑,勸國夫人酒。百千長壽。

"國夫"字難解,此爲陳提舉奉母夫人遊庵而作,"國夫"或謂封某
國夫人也。前後同。

〔杜注〕

按,《詞譜》"使星"上有"是"字。又,"尋仙"作"尋山"。又,"勸國
夫酒"句,"夫"字下有"人"字。應遵照改補。

【蔡案】

已依杜注改。原譜"五十六字"改爲"五十八字"。萬子原注後結
"國"字以入作平,余揣其意,必是以"勸國夫酒"對應前段"使星隨後"
四字,故第二字須平,却不知所本奪字也。而"勸國夫人酒",則"國"
字對應"使"字,此字位本可平可仄,無須作平。又按,本句依律當爲
一四句法,故雖添一字,依舊生澀,是句必非原詞也。

多字格 六十字　　　　　　　　　　　　程　珌

最是元來,苦兼風雨。但祇恁、匆匆歸去。看遊絲、都不恨,

恨秦淮新漲，向人東注。　　醉裏仙人，惜春曾賦。却不
●⊙○⊙● ●○○▲　　　●●　○○ ●○○▲ ●●

解、留春且住。問何人、留得住。怕小山更有，碧蕪春句。
●　○○◎▲ ●○○、○●▲ ●◎○◎● ●○○▲

　　前後同，袛後段第二句七字，"留得住"之"住"字不必叶韻。此調
與前調逕庭。

〔杜注〕

　　按，《歷代詩餘》首句"最是原來"，"原"作"春"。第三句"袛恁"上
有"但"字，宜遵之改補。又按，此詞既增"但"字，則與卷八所列辛稼
軒《錦帳春》詞字句皆同，蓋傳抄時以"帳"字誤作"堂"，故列於此。應
附卷八《錦帳春》後。

【蔡案】

　　本詞原譜列於卷五《錦堂春》下，蓋萬子誤將《錦帳春》誤作《錦堂
春》也，今移至此。

　　原譜第二句作"苦無風雨"，校之《欽定詞譜》本，"無"作"兼"，意
更恰，應是形近而誤，改。又，前段第三句原作"袛恁匆匆歸去"，據杜
注補"但"，則本調前後字句相同。原譜"五十九字"改爲"六十字"。

重　格　六十字　　　　　　　　　　　　　　　　辛棄疾

春色難留，酒杯常淺。更舊恨新愁相間。五更風、千里夢，
⊙●○○ ●○○▲　●●●○○▲　●○○、○●●

看飛紅幾片。這般庭院。　　幾許風流，幾般嬌懶。問相
●⊙○●▲　◎○○▲　　　●○○○ ●○○▲ ●⊙

見何如不見。燕飛忙、鶯語亂。恨重簾不卷。翠屛深遠。
●⊙○◎▲ ●○○、○●▲　●⊙○◎▲ ○○○▲

　　"亂"字偶合，非叶韻。前後同。

〔杜注〕

按，前卷五有程泌《錦堂春》詞，五十九字，實即此調，因落一字，又誤以"帳"字作"堂"字，遂附於《錦堂春》後。應移於此。

【蔡案】

萬子原讀前後段第三句爲上三下四句法，雖宋人多如此讀，然究其詞意，本詞當作一字逗領六字句更恰，故予改定。

又按，本譜原譜未注可平可仄，據前二詞補。

鵲橋仙　五十六字　或加"令"字　　　　　　秦　觀

纖雲弄巧，飛星傳恨，銀漢迢迢暗度。金風玉露一相逢，便
⊙○●● ⊙○●● ○●○○●▲ ○○●●●○○ ●

勝却、人間無數。　　　柔情似水，佳期如夢，忍顧鵲橋歸路。
◎● ○○○▲ ⊙○●● ○○○● ●●○○○▲

兩情若是久長時，又豈在、朝朝暮暮。
◎○●●●○○ ●◎● ○○◎▲

前後同。《酒邊詞》首句作"合巹風流"，平仄異，然不可從。坦庵第四句"摩孩羅荷葉傘兒輕"，偶多一字，無此體也。"摩孩羅"即"摩合羅"，七夕之"耍孩兒"也。北曲《耍孩兒》調，小名《摩合羅》。劉因前後首次句俱叶，餘同，不錄。

【蔡案】

恩杜合刻本、光緒本題下有"有前後首次句俱叶者"九字，堆絮園刻本和保滋堂藏版本皆無。

鵲橋仙慢　八十八字　　　　　　柳　永

屆征途、攜書劍，迢迢匹馬東歸去。慘離懷，嗟少年、易分難
●○○ ○●● ○○●●○○▲ ●○○ ○●○ ●○○

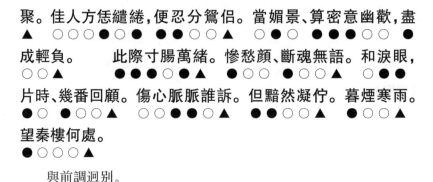

聚。佳人方恁繾綣,便忍分鴛侶。當媚景、算密意幽歡,盡
成輕負。　　　　此際寸腸萬緒。慘愁顏、斷魂無語。和淚眼,
片時、幾番回顧。傷心脈脈誰訴。但黯然凝佇。暮煙寒雨。
望秦樓何處。

　　與前調迥別。

〔杜注〕

　　按,宋本"迢迢匹馬東去"句,"去"字上有"歸"字。又,"嗟年少"
句作"少年"。又,《歷代詩餘》"孤負"作"輕負"。《詞譜》同。均應遵
照改補。

【蔡案】

　　此爲慢詞,與前一體屬同名異調,原譜列爲又一體,誤。

　　前段第二拍萬子原譜作"匹馬東去",無"歸"字,據杜注補,原譜
"八十七字"改爲"八十八字"。

　　前後段第二均應是對應處,故後段"片時"當對應"嗟少年",或
"片"字前落一平聲字,或"嗟"字衍文。而"慘離懷""慘愁顏"兩句,必
有一"慘"字錯訛,或前一"慘"字衍,原爲"離懷嗟,少年、易分難聚",
則前後正合。蓋本詞校之者卿《臨江仙慢・夢覺小庭院》,當是一體,
惟其詞平韻,前後段各添二字異。而其詞前後段第二均,則與本詞後
段第二均字數相同,均爲九字。若本詞前段爲"離懷嗟少年,易分難
聚",後段爲"和淚眼片時,幾番回顧",則句法正與該詞同,其"綺窗
外秋聲""敗葉狂飄""覺新來憔悴,舊日風標",五字句恰是一律句、一
折腰句。

　　又,換頭處"際"字疑爲叶韻。"繾綣"之"繾",以上作平。

卓牌子 五十六字 "子"或作"兒"。或加"慢"字 揚无咎

西樓天將晚。流素月、寒光正滿。樓上笑揖姮娥,似看。羅襪塵生,鬒雲風亂。 珠簾終夕卷。判不寐、闌干憑暖。好在影落清樽,冷侵香幄,歡餘、未教人散。

"似看"下十字、"冷侵"下十字,本是相同,但語氣前則上六下四,後則上四下六,總之平仄無異,氣可貫下也。"夕"字照前段應作平聲。

【蔡案】

"似看"二字當讀斷爲二字一逗,叶韻,蓋此二字統領後八字儷句也,原譜讀爲六字一句,則句法關係便被誤解矣。前段尾均,則正可爲後段結拍四字一句佐證,即該均第十二字"歡餘"後有一讀住,以避免平聲音頓相連,此例可見"同聲兩頓相連,則爲二字逗之標識"之論,不虛也。

萬子題注謂"或加'慢'字"者,以現有文字而論,則顯係令詞,惟《逃禪詞》及《花草粹編》本,均作《卓牌子慢》,當非偶合。余細校全宋本調,斷定本詞必爲殘篇,原詞已脫去第三段文字矣。現存二段,實爲慢詞雙曳頭之第一第二兩段耳,對比其後万俟詞,自可恍然大悟。故不擬譜。

卓牌兒 九十七字 万俟雅言

東風綠楊天,如畫出、清明院宇。玉艷淡泊,梨花帶月,胭脂
〇〇●〇〇 〇〇● ●〇〇▲ ◎●〇〇 〇〇◎〇 〇〇

零落,海棠經雨。 單衣怯黃昏,人正在、珠簾笑語。相
〇● ●〇〇▲ 〇〇●〇〇 〇〇● 〇◎◎ 〇〇●▲ 〇

並戲蹴秋千,共攜手、同倚闌干,暗香時度。　　翠窗綉戶。
○●●○○　○○○、○○○○　○○○▲　　　●○●▲
路繚繞、潛通幽處。斷魂凝佇。嗟不似飛絮。閒悶閒愁,難
●○⊙▲　○○○▲　○○○▲　○○●○▲　⊙○○
消遣、此日年年意緒。無據。奈酒醒春去。
○●　●●○○●▲　○▲　●●○▲

　　"東風"至"經雨",似前楊詞之前半,"單衣"至"時度"似其後半。後"翠窗"以下較前段字少,必有誤處,無他作可考,姑仍之。
〔杜注〕
　　按,王氏校本作三疊,"單衣怯黃昏"爲二疊起句。萬氏謂後半較前段字少,如作雙曳頭,則後半不必較字數矣。

【蔡案】
　　本調爲慢詞,當是雙曳頭格式,調名據《唐宋諸賢絕妙詞選》補題。萬子失校,誤合第一第二段,分爲兩段,且第二段第四句作"共攜手、同倚闌干"。該句唐先生《全宋詞》注云:"原無'手'字,據《花草粹編》卷九補。"但校之前一首可知,這一均應該是十六字,與前段尾均合。現據《唐宋諸賢絕妙詞選》卷七改。校之前一詞,本詞第一第二段正與其相合,句法讀破而已,可證前詞脫第三段。
　　又按,"淡泊"之"泊"萬子原注以入作平。"此日"後原無"年年"二字,據《欽定詞譜》補。

虞美人　五十六字　　　　　　　　　　　　蔣 捷

絲絲楊柳絲絲雨。春在冥濛處。樓兒忒小不藏愁。幾度和
⊙○⊙●○○▲　⊙●○○▲　⊙○◎○●○△　◎○⊙
雲飛去覓歸舟。　　天憐客子鄉關遠。借與花消遣。海棠
○⊙●●○△　　　⊙○◎○○○▼　◎○○○▼　○○

紅近緑欄干。才卷珠簾却又晚風寒。
⊙●●○▽　⊙●⊙●◎●○△

前後同。兩結九字，語氣或可六字豆，或可四字豆。

多字格　五十八字　　　　　　　　　　閻　選

粉融紅膩蓮房綻。臉動雙波慢。小魚銜玉鬢釵橫。石榴裙
●○○●○●▲　●●○○▲　⊙○●●○△　◎○○

染象紗輕。轉娉婷。　　偷期銀漢荷深處。一夢雲兼雨。
●●○△　●○△　　　○○○●○○▽　◎●○○▽

臂留檀印齒痕香。深秋不寐漏初長。盡思量。
◎○○●●○▽　○○●●○△　●○△

前後第四句各多一字，並結處兩叶韻。

樓上曲　五十六字　　　　　　　　　　張元幹

樓上夕陽明遠水。樓中人倚東風裏。何事有情怨別離。低
⊙●●○○●▲　⊙●○●○○▲　○●●◎●●△　○

鬟背立君應知。　　東望雲山君去路。斷腸迢迢盡愁處。
○○●○○△　　　⊙●○○○●▽　○○○○●○▽

明朝不忍見雲山。從今休傍曲闌干。
○○●●●○▽　○○⊙●●○▽

每二句一韻，凡易四韻。蘆川此調有二首，故照注平仄如右，非
臆斷也。

〔杜注〕

按，《歷代詩餘》"斷腸迢迢盡愁處"句作"羊腸迢遞盡愁處"，應
遵改。

【蔡案】

後段第二句，原譜爲"斷腸迢迢盡愁處"。檢蘆川別首作"畫檐深

轉梧桐影”，與本詞句法不同，故不可參校。原譜“盡”字作仄可平，亦誤。《欽定詞譜》本句作“腸斷”，不知所據，各本均爲“斷腸”，《欽定詞譜》時有擅改處，此或亦如此。惟別首既不出律，則本句兩頓連平必有舛誤，杜注云一本作“迢遞”，則正與別首“深轉”合，雖不知《歷代詩餘》所據，然於律理則合，故據改。

廳前柳　五十六字　　　　　　　　　　趙師俠

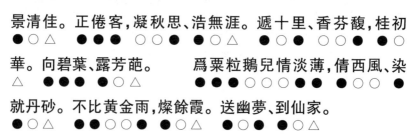

景清佳。正倦客，凝秋思、浩無涯。遞十里、香芬馥，桂初
●○△　●●●　○○●　●○△　●●●　○○●　●○
華。向碧葉、露芳葩。　　　爲粟粒鵝兒情淡薄，倩西風、染
△　●●●　●○△　　　　●●●○○●●　●○○　●
就丹砂。不比黃金雨，燦餘霞。送幽夢、到仙家。
●○△　●●○○●　●○△　●○●　●○△

　　趙詞二首，字極整齊，可從。查金谷《亭前柳》一詞，雖多兩字，定與此是一調，故附於此後。其體用俳語，字更參差，不可學也。

【蔡案】

　　本調朱雍有《亭前柳》三首，音律句式如一，與此相較，惟三處不同：前段起拍，朱詞爲仄起仄收式五言律句，少一字；第二拍，朱詞爲七字折腰式句法，多一字；第三拍，朱詞爲仄起仄收式五言律句，少一領字。兩者相校，疑趙氏第二拍脫一字，朱詞第三拍少一領字，若一補一刪，則本詞前後段亦十分整齊，趙氏兩首俱同，或其所摩者已有衍奪矣。但據朱詞，並參後石詞，前後段第二均之起拍，實爲一字逗領五字句法，朱詞前後俱減去領字而已。如此，趙詞後段當補一領字。

　　萬子原注“十”字以入作平。

亭前柳 五十八字　　　　石孝友

有件俾遮，算好事、大家都知。被新冤家矍索後，没別底，似別底，也難爲。　識盡千千並萬萬，那得恁、海底猴兒。這百十錢一個，潑性命，不分付、待分付與誰。

或曰："此起結處與前不同，何不另列一體？"余曰："首起處必有訛錯，'新冤家'以下，與前詞字句仿佛，後起兩句亦同，其後亦必有訛錯，豈可另列一體以誤人？且題中'亭'字與'廳'字音本相近，是決一調，而傳寫各異耳。"本譜崇真尚實，不欲多列新奇以誇詳博也。末句"誰"字上應落"伊"字。

【蔡案】

起拍原作"有件偷遮"，"偷遮"二字不可解，《金谷遺音》作"俾遮"，"俾遮"又作"啤遮"，宋元時俗語，意謂"本事"，《全宋詞》亦從之，據改。

朱雍詞，韻律諧和，詞語雅正，萬子不取而取金谷詞，差。本詞校之朱詞，前後起各少一字。又，本詞後段尾均，其起拍參照趙、朱諸詞及前段，當作一字逗領五字句法，故應讀爲"這百十錢一個，潑性命，不分付、待分付與誰。"後"分付"二字則爲修辭式添字（或云"襯字"）。原譜萬子讀爲"這百十錢，一個潑性命"，無端多一四字句，與韻律大異，極誤，故予改定。

夜遊宮 五十七字　　　　周邦彥

葉下斜陽照水。卷輕浪、沈沈千里。橋上酸風射眸子。立
◎●○○●▲　●○●●　⊙○○●▲　⊙●○○○⊙▲　●

多時，看黃昏、燈火市。　　古屋寒窗底。聽幾片、井桐飛
○○　●○○　○●▲　　　●●○○▲　●○●　○○○

墜。不戀單衾再三起。有誰知，爲蕭娘、書一紙。
▲　◎●○○○⊙▲　●○○　●○○　○●▲

　　後起五字異前。"照"字、"射"字、"再"字俱用去聲，妙甚。如千里、放翁、東堂、夢窗、蘆川皆詞家矩矱，於此數字莫不用去聲，可見讀詞與填詞，須要熟玩深味，方得其肯綮。不可謂遇仄填仄，便以爲無憾也。"看"字、"爲"字亦得去爲佳。"射眸子""再三起"放翁作去去上，亦不拘。然作去平上者多。

　　舊譜於"照、射"等字注可平，無足怪已。乃於"有"字注可平，不知何解。而"立多時"作三字句，"有誰知爲蕭娘"合作六字句，本是前後一樣，而注乃兩樣，蓋其所選刻者放翁之詞，前云"憶承恩嘆餘生今至此"，故於"恩"字讀斷，作上三下六。後云"恨君心似危欄難久倚"，故錯認"心似"二字相連，作上六下三耳。此調作者頗多，何竟未一覽，遂以作譜乎？即放翁尚有一首，云"想關河雁門西"，豈可讀"河雁"二字相連耶？夢窗稿末句"對秋燈人幾老"，刻作"幾人老"，不可誤從。若用"幾人"，調拗矣。蓋此句説離愁漸增，作客者幾番添老，故佳若云"幾人無味"。且上云"説與蕭娘"何堪所寄情之蕭娘與幾人來往乎？可爲一笑。

【蔡案】

　　萬子原注"眸"字、"三"字可仄。按，本詞前後段第三句宋人多作拗句，故句尾常爲仄平仄，若第六字平改仄，則第五字須連帶改平，如賀梅子"想見瓊花開似雪……江北江南新念別"然。惟萬子癡迷於去聲之説，"射、再"二字幾成去聲不可改易之處，悖矣。據改第五字爲仄可平。又，萬子原注"幾片"之"幾"以上作平。

一斛珠 五十七字　又名《醉落魄》　　　　南唐後主

曉妝初過。沈檀輕注些兒個。向人微露丁香顆。一曲清
◎○●▲　⊙○○●○○▲　○○⊙○○○▲　◎⊙○

歌，暫引櫻桃破。　　　羅袖裛殘殷色可。杯深旋被香醪涴。
○，⊙◎●○▲　　　⊙○○●○○▲　⊙○⊙●○○▲

繡床斜凭嬌無那。爛嚼紅茸，笑向檀郎唾。
◎○○●○○▲　●○○○，⊙●○○▲

《醉落魄》"魄"字音"託"。"那"字音"糯"。

〔杜注〕

　　按，《詞譜》"曉妝"作"晚妝"。

重　格 五十七字　　　　　　　　周　密

寒侵徑葉。雁風擊碎珊瑚屑。硯凉閒試霜晴帖。頌菊騷
○○●▲　●○●●○○▲　●○○●○○▲　●●○

蘭，秋事正奇絕。　　　故人又作江西別。書樓虛度中秋節。
○，○●●○▲　　　●○●●○○▲　○○○●○○▲

碧欄倚遍誰人說。愁是新愁，月是舊時月。
●○●●○○▲　○●○○，●●●○▲

　　後起句平仄與前詞異。宋人多用此體，"正"字、"舊"字用去聲，
抑揚有調。"中"字片玉、逃禪用上聲，然不如用平。石屏詞有一首五
十五字，乃後第三句誤落二字，非有此體。

〔杜注〕

　　按，《歷代詩餘》"雁風"作"雁飛"，又"書樓"作"畫樓"。又鮑刻
《草窗詞》"誰人說"作"愁誰說"。

讀破格 五十七字　　　　　　　　　　　　史達祖

鴛鴦意愜。空分付、有情眉睫。齊家蓮子黃金葉。爭比秋
○○●▲　　○○●　●○○▲　　○○○○○○▲　　○●○

苔，靫鳳幾番躐。　　　牆陰月白花重疊。匆匆軟語屢驚怯。
○　　○●●▲　　　　　○○●○○○▲　　○○●●●○▲

宮香錦字將盈篋。雨長新寒，今夜夢魂接。
○○●●○○▲　　●●○○　○●●○▲

　　第二句用上三下四句法。

　　按，草窗一首用"憶憶憶憶"四個疊字，此是巧筆，但"憶"字入可
作平，上去不得。

〔杜注〕

　　按，賀黃公《皺水軒詞筌》，"匆匆軟語屢驚怯"句，"屢"作"頻"。

【蔡案】

　　萬子按語一段，堆絮園刻本及保滋堂藏版均無，據恩杜合刻本、
光緒本補。

讀破格 五十七字　　　　　　　　　　　　揚无咎

水寒江静。浸一抹青山倒影。樓外指點漁村近。笛聲誰
○○○▲　　●●●○○●▲　　○□●●○○▲　　●○○

噴。驚起賓鴻陣。　　　往事總歸眉際恨。這相思情味誰
▲　　●○○○▲　　　　　●●●○○●▲　　●○○○●○

問。淚痕空把羅襟印。淚應啼盡。爭奈情無盡。
▲　　●○○●○○▲　　●○○▲　　○●○○▲

　　前後第二句，俱用上三下四句法。"笛聲"句、"淚應"句，俱用仄
平平仄，叶韻。與前各異。"外"字、"味"字仄音，不必學。

沈氏選明詞,有於後起作三字兩句者,吾不知其何所本也。

【蔡案】

前後段第二句原譜作上三下四式句法,惟前段所"浸"者"倒影"也,後段"相思情味"文義渾然,亦以不讀破爲佳,故兩句俱爲一字逗領六字句,若"情味誰問"前作讀住,亦音律失諧,故改之。

前段第三拍,宋詞兩頓連仄者,除李呂"一枝初見橫籬落"一句,惟此一首如此填,當均屬敗筆,故圖譜擬爲應平而仄。

誤調名 五十五字　　　　　　　　　　　周邦彦

夜闌人靜。月痕寄、梅梢疏影。簾外曲角闌干近。舊攜手處,花霧寒成陣。　　　應是不禁愁與恨。縱相逢難問。黛眉曾把春衫印。後期無定。腸斷香銷盡。

此與前原各自一體,觀方千里和詞平仄處,無一字不同,初欲作旁注,而令人握筆不敢下。古人詞律如此謹嚴,可亂填乎?

〔杜注〕

按,《詞譜》"春衫"作"春山",應遵改。

【蔡案】

本詞原爲《品令》第五首,細究其韻律,則應該是《一斛珠》,故移至此。按,美成詞,有揚无咎和詞(即前一首),後段首二句毛校本《逃禪詞》作"往事總歸眉際恨。這相思□□誰問",而汲古閣本則爲"這相思情味誰問",並注云"或誤作《品令》"。以此度之,美成詞後段第二句亦奪二字,且兩者奪字必有淵源,而致以假亂真。校之前一首揚无咎詞,則二詞可見相合之處,故不擬譜。

遍地花 五十六字　　　　　　　　　　　　　毛　滂

白玉闌邊自凝佇。滿枝頭、彩雲雕霧。甚芳菲、綉得成團，
●●○○●○▲　　●○○●○▲　　●○○　●○○

砌合出、韶華好處。　　　暖風前、一笑盈盈，吐檀心、向誰分
●●●　○○●▲　　　　●○○　●○○○　●○○　●○○

付。莫與他、西子精神，不枉了、東君雨露。
▲　●●○　○●○○　●○●　○○●▲

　　或云：後起句七字，"吐"字乃屬下句。又云："新"字是誤多者，
未知是否。

〔杜注〕

　　按，《花草粹編》"新彩雲雕霧"句無"新"字。又，"一笑盈盈吐"
句，"吐"字屬下句，與萬氏注合。又按，《東堂集》調名《遍地錦》，題爲
"孫守席上詠牡丹"。

【蔡案】

　　已據杜注改，原譜"五十七字"改爲"五十六字"。

梅花引 五十七字　　　　　　　　　　　　　万俟雅言

曉風酸。曉霜乾。一雁南飛人度關。客衣單。客衣單。千
●○△　●○△　　●●○○○●△　　●○△　　●○◇　○

里斷魂，空歌行路難。　　　寒梅驚破前村雪。寒鴉啼落西
●●○　○○○●△　　　　○○○●○●▲　　○○●●○

樓月。酒腸寬。酒腸寬。家在日邊，不堪頻倚闌。
○▲　●○△　　●○◇　○●●○　●○○●△

　　"客衣單"以下，與後同。"客衣單""酒腸寬"，俱疊一句。"雪、
月"二字換韻相叶，《譜》《圖》失注，大誤。

此《梅花》舊調也。《詞隱》此篇允爲程式。觀其"千、家"二字平，"斷、日"二字仄，"行、頻"二字平，何等起調，豈非名手！明詞以青田爲第一，其"斷、日"二字，用"暗、未"二字，去聲，甚妙。但"魂、邊"二字青田亦用叶韻，此則不叶，或曰："古人詞以真文元寒刪先同叶，'魂'字十三元，'邊'字一先，故亦取用。"此論雖是，但"邊"字不妨，"魂"字則與韻相去遠。觀其前後韻，無此等字，此句定不須叶也。況後王、向等詞，此句皆不用韻，可知。

《江城梅花引》合調，說見前《江城子》下。

沈天羽作，後起云"清淚般酒兒傾潑。玉容般花兒扯撒"，如此上三下四句法，真所謂笑斷人腸。不惟於調中句字平仄全未夢見，但問"扯撒"二字如何相連？其下云"約藏胸。舊巖松"，尤不成語，而自選之，且自評之，曰"字句音旨，獨豎壇坫"。人亦以壇坫歸之，異哉！

【蔡案】

"寒鴉"，萬子原作"寒雞"，據《欽定詞譜》改。

易韻格 五十七字　又名《貧也樂》　　　王特起

山之麓。水之曲。一灣秀色盤虛谷。水溶溶。雨濛濛。有
⊙⊙▲　◎⊙▲　◎⊙◎◎⊙⊙▲　◎○△　●⊙△　◎

人行李，蕭蕭落葉中。　人家籬落炊煙濕。天外雲峰迷
○⊙◎　⊙⊙◎◎△　　⊙○⊙◎◎⊙▼　⊙●⊙◎⊙

淡碧。野雲昏。失前村。溪橋路滑，平沙没舊痕。
◎▼　◎○▽　●○▽　⊙⊙◎◎　⊙◎⊙○▽

前詞祇換頭二句改韻，此竟四換韻矣。此調平仄不拘，多用古詩句法爲之，觀高仲常諸篇可見。

雙段體 一百十四字　又名《小梅花》　　　　　　向子諲

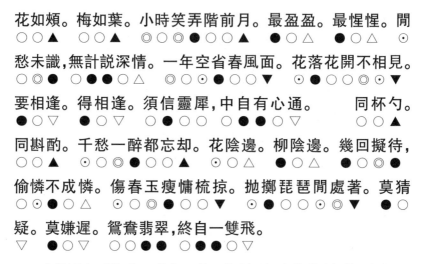

花如頰。梅如葉。小時笑弄階前月。最盈盈。最惺惺。閒
愁未識，無計説深情。一年空省春風面。花落花開不相見。
要相逢。得相逢。須信靈犀，中自有心通。　　同杯勺。
同斟酌。千愁一醉都忘却。花陰邊。柳陰邊。幾回擬待，
偷憐不成憐。傷春玉瘦慵梳掠。拋擲琵琶閒處著。莫猜
疑。莫嫌遲。鴛鴦翡翠，終自一雙飛。

　　合前調之兩段爲一，復加一疊。"不相見"與後"閒處著"稍異，不拘也。"偷憐""憐"字，雖此調有古詩風致，用平不妨，然在此前後整齊調中，畢竟用仄爲妥。

　　賀東山作名《小梅花》，句法同，但有訛錯，又落兩字。其異於此者，第三句"車如雞棲馬如狗"，六七句"不知我輩，可是蓬蒿人"；後起"酌大斗。更爲壽"。余謂此數句不如向詞穩，若篇中四字句法共四處，賀於前段用"不知我輩""誰問旗亭"，後段用"當鑪秦女""爭奈愁來"，似有紀律。此詞"鴛鴦翡翠"，若作"翡翠鴛鴦"，則與賀合矣。

　　余論此調，未免太鑿，觀上王詞結處，用"葉中""舊痕"，"葉、舊"兩仄，高仲常詞，用"人家""人間"，兩"人"字皆平，則知通篇全宜以古氣行之，不必拘拘於一字之間也。但能古則可，若謂格律不拘，而隨意亂寫，則不如斤斤拘守之無弊耳。知音者當擇焉。

〔杜注〕

　　按，向薌林《酒邊詞》，《梅花引》共有六首，前一首題云：“戲代李師師作”。以“無計說深情”爲前結，“說”字作“定”。又，“一年”作“十年”。後一首題又字注云：“向與前闋合作一闋”，誤。以“同杯勺”爲前起，“傷春玉瘦”爲後起，“又忘却”作“推却”。又，“終自”作“終是”。愚謂：此詞前後共叶八韻，無此體格，自屬兩闋誤合爲一，應照分之。至不同數字，尚無軒輊也。

【蔡案】

　　本詞雖屬又一體，然其實不妨即名之爲《小梅花》也。

　　踏莎行　五十八字　　又名《柳長春》　　　　　　　　吴文英

潤玉籠綃，檀櫻倚扇。繡圈猶帶脂香淺。榴心空疊舞裙紅，
◎●○○　⊙○○▲　　◎○⊙●○○▲　⊙○○●●○○

艾枝應壓愁鬟亂。　　　午夢千山，窗陰一箭。香瘢新褪紅
◎○⊙●○○▲　　　　◎●○○　○○⊙▲　○○⊙●○

絲腕。隔江人在雨聲中，晚風菰葉生秋怨。
○▲　◎○○●●○○　○○⊙●○○▲

　　前後同。楊炎於第二句不起韻，第三句方起韻，諸家無此體。蔡伸後起云“一切見聞，不可思議”，“見、可”二字仄聲，此係偶用禪家成語，亦無此體。俱不可學。

〔杜注〕

　　按，《夢窗甲乙丙丁稿》末韻“苑”作“怨”，宜從。

【蔡案】

　　已按杜注改。

　　萬子謂楊炎第三句方起韻者，應是楊炎正詞，惟其詞後段第二拍

叶韻，故前段不叶，或是偶誤，或抄誤。但有劉克莊詞，前後段第一均
爲："驅鵲營橋，呼蟾出海，朝朝暮暮遥相望。……玉兔迷離，金雞嘲
哳，二星無語空惆悵。"第二拍均不叶韻，必是有意爲之者。至於蔡伸
詞，首拍第三字"見"，雖宋詞多用平聲，但此字位本可不拘，如蘇軾有
"這個秃奴"、呂本中有"記得舊時"、張孝祥有"我已北歸"、黄公紹有
"庾嶺未梅"及蔡伸别首"如是我聞"，或上或去或入，均有仄聲填入，
惟"可"字，在平聲頓中，不可用仄，宋詞亦僅有《梅苑》載無名氏詞一
首作"曾記舊識……偷擬妝飾"，前後段第二字悉仄，此乃敗筆，不可
爲證，而蔡詞之"可"，則當視爲以上作平，並無不可。

轉調踏莎行　六十六字　　　　　　　　　　　曾　覿

翠幄成陰，誰家簾幕。綺羅香擁處、鯢篝錯。清和將近，奈
●●○○　○○⊙▲　◎○○⊙●　⊙○▲　○○⊙●　●

春寒更薄。高歌看籔籔、梁塵落。　　　　好景良辰，人生行
○○◎▲　○○○●●　○○▲　　　　●●○○　○○○

樂。金杯無奈是、苦相虐。殘紅飛盡，裊垂楊輕弱。來歲斷
▲　⊙○○●●　◎○▲　○○○●　●○○⊙▲　○○

不負、鶯花約。
●●　○○▲

　　"裊垂楊"句，比"春寒"句多一字，恐誤多。否則"春寒"上落一
字。"看"字、"斷"字去聲，觀後趙詞可見。"歲"字恐是"年"字。

〔杜注〕

　　按，《詞緯》"春寒更薄"句，"春"字上有"奈"字。萬氏於後詞亦注
"恐'春寒'句落一字"，應照補。

【蔡案】

　　已按杜注改，然則本詞即趙師俠詞體也。又，校之趙詞，"歲"字

必誤，檢四庫本《海野詞》正是"年"字，據改。

重　格 六十六字　　　　　　　　　　　　趙師使

宿雨纔收，餘寒尚力。牡丹將綻也、近寒食。人間好景，筭仙家也惜。因循盡埽斷、蓬萊跡。　　舊日天涯，如今咫尺。一月五番價、共歡集。些兒壽酒，且莫留半滴。一百二十個、好生日。

前後同。"且莫留"句五字，正與前詞同，恐前詞"春寒"句乃落一字耳。

〔杜注〕

按，趙師俠一名師使，字介之，所著《坦庵詞》一卷，刻入《汲古閣六十家詞》，遍查無此闋，疑屬漏刻，或他人所作。

【蔡案】

萬子原注："莫留"之"莫""一百"二字、"好生日"之"好"，均作平聲。

本詞《介庵趙寶文雅詞》收錄，作者當爲趙彥端。原譜後段第三拍作"一月五番□"，《介庵趙寶文雅詞》和《花草粹編》奪字均作"價"，《介庵詞》則爲"一月五番，相共歡集"，與前段不合，應誤，今據《花草粹編》補。

本詞即前一詞體，同格，故不擬譜。

紅窗迥 五十三字　又名《虹窗影》　　　　　　周邦彥

幾日來、真個醉。早窗外亂紅，已深半指。花影被風搖碎。
○●○　⊙ ●▲　 ●⊙●○○　 ●●○◎▲　 ○●●○⊙▲

擁春醒未起。　　有個人人生濟楚，向耳邊問道，今朝醒
●⊙○◎▲　　　◎●⊙○●●，●●○○●，○○●

未。情性謾騰騰地。惱得人越醉。
▲。⊙●◎○○▲。●○○●▲。

　　愚謂此詞當於“乍起”分段，識者詳之。蓋“有個人人”是後段起
語，不應連上句，大約“有個”二句抵前首二句，“來向”二句抵“不知”
二句，“情性”句抵“花影”句，“惱得”句“得”字作平聲，抵“擁春醒”句。

　　按，此與《紅窗睡》迥別，故不類聚。

〔杜注〕

　　按，《詞譜》第三句作“早窗外亂紅”，以“紅”字爲句，此誤多“不知
道”三字。又，“有個人人生得濟楚”句，無“得”字。又，“來向耳畔”句
無“來”字，“畔”作“邊”。又，“情性兒”無“兒”字。又，末結“又醉”作
“越醉”。均應遵改。

【蔡案】

　　已據杜注改，原譜“五十八字”改爲“五十三字”。後段結拍“得”
字應作平。

　　本調宋元詞中最爲參差，竟無一首相同者，惟金人王重陽一首最
爲整齊，然其後段結拍作六字折腰句法，則宋金元惟此一例，亦不足
爲範，蓋宋金元詞，後段結拍皆五字一句也。

小重山　五十八字　　　　　　　　　　　蔣　捷

晴浦溶溶明斷霞。樓臺搖影處、是誰家。銀紅裙襉皺宮紗。
○●○○○●△。○○○●●、●○△。○○○●●○△。

風前坐、閒鬥郁金芽。　　人散樹啼鴉。粉團粘不住、舊繁
○○●、○●●○△。　　○●●○△。●○○●●、●○

華。雙龍尾上月痕斜。而今照、冷淡白菱花。
△。○○●●●○△。○○●、●●●○△。

後起五字異前。餘同。

《惜香樂府》一首，前結"疏雨韻入芭蕉"必誤多一字。此調作者甚多，無前結獨六字之理。"粘"字，竹山又一首用"半"字。"風前坐"，東堂一首作"玉堂人"，此皆偶然，不必從也。

《江月晃重山》犯此調，附《西江月》後。

〔杜注〕

按，卷九有《感皇恩》調張先詞一首，與此詞相同，惟前後結各多一字，應附於此，爲又一體。

【蔡案】

萬子以爲惜香詞"必誤多一字"者，《惜香樂府》一本作"疏韻入芭蕉"，亦爲五字。但張先本調有二首用六字折腰句法，其前後段結拍一作"黃閣舊，有三公……德星聚，照江東"，一作"三百騎，從清塵……黃合主，遲談賓"，均爲五字句添一字者，可知本有其體，惟張先詞歷來誤爲《感皇恩》，故人多不知《小重山》另有此格。

又，宋詞有多首，前段第二拍減一字，作七字一句，如李壁"一枝何處是家園"、劉景翔"紅香浮玉醉窩顋"等等。此類減字，亦合乎韻律變化之一般規則，可爲別格。

多字格 六十字　　　　　　　　　　　　　張　先

廊廟當時共代工。睢陵千里約、遠相從。欲知賓主與誰同。
○●○○●●△　○○●●　●○△　●○○●●○△

宗枝內，黃閣舊、有三公。　　　　廣樂起雲中。湖山看畫軸、
○○●　○●●　●○△　　　　　　●●●○△　○○○●

兩仙翁。武陵佳話幾時窮。元豐際，德星聚、照江東。
●○△　●○○●●○△　○○●　●○●　●○△

後起五字與前段異。兩結同，而《譜》注前六字、後兩三字，且於

"舊"字注可平，若作者依之，於"舊有"二字作兩字相連語，如"廊廟"
"賓主"之類，豈不大錯？

〔杜注〕

　　按，《感皇恩》調無用平韻及首句七字者，此詞當是《小重山》，惟
兩結句各添一字，與趙仙源"一夜中庭拂翠條"一首字句悉同，應附於
卷八《小重山》調後。

【蔡案】

　　本詞原譜誤作《感皇恩》，臚列於卷九，今移至此。

　　後段結拍無須折腰，讀爲平起平收式律句即可。

惜瓊花　六十字　　　　　　　　　　　　　張　先

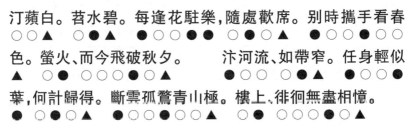

汀蘋白。苕水碧。每逢花駐樂，隨處歡席。別時攜手看春
○○▲　○●▲　●○○●●　○○▲　●○○○○

色。螢火、而今飛破秋夕。　　　汴河流、如帶窄。任身輕似
▲　○●、○○○●○●　　　　●○○、○●▲　●○○●

葉，何計歸得。斷雲孤鶩青山極。樓上、徘徊無盡相憶。
●　○●○▲　●○○●○○▲　○●、○○○●○▲

　　此調祇後起五字比前不同，餘平仄無一字不合。《圖譜》於前結
注八字，後結注兩四，誤。"任輕"下落一"舟"字，故似與前異。夫上
曰"河流如帶"矣，則似葉者是何物？非舟而何？豈一"輕"字可代舟
乎？況此正對前"每逢花駐樂"五字，無足疑也。故爲"□"以補之。
"看"字平聲。

　　按，此詞用"處、破、計、盡"四去聲字，正是發調處，用上聲且不
可，而《圖譜》俱注作可平，人見此注，必取其順便可填，不知已受其
誤，拗而不覺矣。嗟乎！誰不知此字用平易於用去，乃如三影之才，
壽且九十歲，而必苦苦用此難用之字，何其太不解事，而見哂於今

人也。

〔杜注〕

按，子野詞"河流"上有"汴"字，闕字一句作"任身輕似葉"。又，葉《譜》後結"無盡"作"無限"，均應增改。

【蔡案】

原譜萬子後段首均作"河流如帶窄。任輕□似葉。"據《欽定詞譜》作"汴河流，如帶窄。任身輕似葉"，而《全宋詞》所引侯文燦《十名家詞·張子野詞》，則作"旱河流，如帶窄。任身輕似葉"，可見萬子所據本首拍脫落一字，次拍詞序亦有誤，故據《欽定詞譜》改正，原譜"五十八字"（實五十九字）改爲"六十字"。

又，兩結八字，玩其文理，當以二六式爲是，如此韻律方得振起，詞意亦暢通，據改。

詞 律 卷 九

花上月令 五十八字　　　　　　　　　　　　　吴文英

文園消渴愛江清。酒腸怯、怕深觥。玉舟曾洗芙蓉水，瀉清
○○○●●○△　◎⊙●　●○△　●○○●○○●　●○

冰。秋夢淺、醉雲輕。　　庭竹不收簾影去，人睡起、月空
△　⊙◎●　●○△　　　○●●○○●●　◎◎●　●○

明。瓦瓶汲水和秋葉，薦吟醒。夜深裏、怨遥更。
△　●○●●○○●　●○△　◎⊙●　●○△

　　後起用仄，不叶，餘同。

〔杜注〕

　　按，《詞譜》"醉雲輕"句，"雲"作"霞"。又，"夜深重"句，"重"作
"裏"。應遵改。

【蔡案】

　　就譜而言，"醉雲"與"醉霞"並無所礙，然前段"秋夢淺"以上聲
住，則後段作"夜深裏"，亦以上聲住或更佳，故改之。

七娘子 六十字　　　　　　　　　　　　　　向子諲

山圍水繞高唐路。恨密雲不下陽臺雨。霧閣雲窗，風亭月
⊙○○●○○▲　●◎○●○○●▲　●◎●○　○○○

戶。分明攜手同行處。　　而今不見生塵步。但長江無語
▲　⊙○⊙●○○▲　　⊙○○●○○▲　●○○⊙●

東流去。滿地落花，漫天飛絮。誰知總是離愁做。
○○▲　◎●●○，○○●▲　⊙○○●○○▲

前後第二句俱八字。

謝無逸一首，起句云"風剪冰花飛零絮"，此必"冰花風剪"誤刻
也。查諸家無此拗句。

【蔡案】

本詞原列於蔡伸詞後，因體律更規正，故移前。

萬子原注："落花"之"落"作平。又，首拍仄起式填法，並非諸家
皆無，《截江網》無名氏詞，以"暖律未回春時候"起，即是一例。故未
必是"未回暖律"之倒誤，余以爲實爲讀破句法，應作"風剪冰花，飛零
亂。映梅梢，素影搖清淺"，即一四、一六、一五。

少字格 五十八字　　　　　　　　　　蔡　伸

天涯觸目傷離緒。登臨況值秋光暮。手撚黃花，憑誰分付。
⊙○◎●○○▲　⊙○⊙●○○▲　●○○●，⊙○◠◠▲

雦雦雁落兼葭浦。　　憑高目斷桃溪路。屏山樓外青無
⊙○○●○○▲　　⊙○⊙●○○▲　⊙○○●○○

數。綠水紅橋，瑣窗朱戶。如今總是銷魂處。
▲　◎●○○，○○●▲　⊙○○●○○▲

前後段同。

〔杜注〕

按，戈氏校本"落雁"作"雁落"。又，"鎖窗"之"鎖"字作"瑣"。

【蔡案】

已據杜注改。

本調前後段第二拍宋人惟蔡伸、吳申作七字一句，其餘皆作八字一句填，故學者當以向子諲詞爲正。

朝玉階 六十字　　　　　　　　　　　　　　　　杜安世

春色欺人拂眼清。柳條絲綠軟、雪花輕。黃金纏鎖掩銀屏。
○●○○●●○　●○○●●　●○△　○○○●●○△

陰沈深院，静語嬌鶯。　　　美人春困寶釵横。惜花芳態□、
○○○●　●●○△　　　　　●○○●●○△　●○○●●

涙盈盈。風流何處最多情。千金一笑，須信傾城。
●○△　○○○●●○△　○○●●　○●○△

"綠絲"恐是"絲綠"。"纏鉞"二字不可解，必誤。"惜花"句比前段少一字，恐是落去。尾句應上五下三，此乃兩四，不審此體當如是，或是誤也。作者從後載一體可耳。

〔杜注〕

按，《詞譜》收後一首，注云："《壽域集》杜詞二首，平仄如一。"後詞第二句"牡丹花落盡"，無拗字。則此第二句必"柳條絲綠軟"也。又按，王氏校本"纏鉞"之"鉞"作"鎖"，宜從。又云"柳條"無"絲"字，未確。

【蔡案】

"綠絲"抑或爲"絲綠"，以兩詞八處八字句觀，五字結構均爲⊙○○●●，可見"絲綠"是，故據杜注改。至若王氏校本云"絲"字羨，余以爲亦有可取處。如此則前後段一律，均用減字法填詞，亦不足奇。若校之後一體，雖亦可以爲後段奪一字，然視爲後一體前後段各添一字，自在情理之中。校無所校處，以詞譜功能計，兩體各具異同，填者若從王説刪"絲"，亦可。現取杜説，並據後一體補後段第二拍脱字符，原譜"五十九字"改爲"六十字"。又，依杜注改"鉞"

爲“鎖”。

又按，原譜萬子讀前結爲“陰沉深院静、語嬌鶯”，前後參差，於律論，似不當如此。萬子於此躊躇，或不知該句用温庭筠“静語鶯相對，閒眠鶴浪俱”故事也，静語對嬌鶯，方繞襯托陰沉深院之境。如此，前後段字句甚合，必是作者原意。謹修正句讀。

讀破格 六十字　　　　　　　　　　　杜安世

簾卷春寒小雨天。牡丹芍蕩盡、悄庭軒。高空雙燕舞翩翩。
○●○○●●△　●○○●●　●○△　　○○○●●○△

無風輕絮墜、暗苔錢。　　　擬將幽怨寫香箋。中心多少事、
○○○●●　●○△　　　　　◎○○○●○△　　○○○●●

語難傳。思量真個惡因緣。那堪長夢見、在伊邊。
●○△　○○○●●○△　●○○●●　●○△

前後一樣，祇後起句平仄不同。觀前詞，則換頭例應平仄起，《選聲》旁注平仄，謂可與前段首句同，不知所據。而《圖譜》竟注後段同前矣。

【蔡案】

萬子特汪過片“擬”字可平，又注云“觀前詞，則換頭例應平仄起”，其實未必。蓋所謂過片，本有音律上之變化，雖有平仄相同者，亦不妨句法相異者，由仄起平收變爲平起平收，句法儼然，並無殊異之處，不必“例應平仄起”也。而前詞前後起與此俱同，正可證明韻律原本如此，前詞過片作“美人”，正與本詞“擬將”一般，萬子或眼花看差。

又按，本調即《散天花》，可詳參後一詞。兩詞相較，除《散天花》過片作仄起平收式句法外，字數、句式、韻法一般無二，當是一體。至若過片句法不同，則是詞中常見手法，一句而平仄異者多矣。如《鷓

鷓天》首句多作●●○○●●△，然亦有○○●●●○△（如曾覿"故鄉寒食醉酡顏"），又如《醉花間》《促拍花滿路》《後庭花破子》《南歌子》《鬥百花》等詞調，各體中俱有句式之平仄不同，可知《散天花》實爲本調之別名也。

　　此類異名同調，最爲相類者爲《冉冉雲》。《朝玉階》現存僅杜安世兩首，《散天花》僅舒亶一首，兩者之別惟過片一句平仄不同；而《冉冉雲》僅盧炳一首，《弄花雨》僅韓淲一首，兩者之別亦惟過片一句平仄不同。今《弄花雨》可以《冉冉雲》別名視之，則《散天花》可乎？

散天花　六十字　　　　　　　　　　　　　　舒　亶

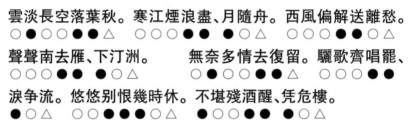

雲淡長空落葉秋。寒江煙浪盡、月隨舟。西風偏解送離愁。
○●○○●●△　　○○○●●　●○△　　○○○●●○△

聲聲南去雁、下汀洲。　　無奈多情去復留。驪歌齊唱罷、
○○○●●　●○△　　　　○○○●●○△　○○○●●

淚爭流。悠悠別恨幾時休。不堪殘酒醒、凭危樓。
●○△　○○●●●○△　●○○●●　●○△

　　前後同。《圖譜》於"悠悠"下注叶韻。愚謂此調前後相合，無此處分二字之理，其爲七字句無疑，此係詞理，自應如此，非本譜於別處譏人失注叶韻，此詞注叶而反改去也。《圖譜》又於"寒江"句落一"江"字，遂注七字句，且注此調共五十九字，遂與後段"驪歌"句兩樣，誤矣。

　　按，此調與《朝玉階》同，祇後起平仄同前段，是兩體。

〔杜注〕

　　按，《歷代詩餘》"落葉"作"葉落"。又，"高樓"作"危樓"。

【蔡案】

　　結句已按杜注改。萬子以《朝玉階》與本調起句平仄不同爲依

據,謂"是兩調",似不足爲據,蓋同調而句法不同者多矣,詳前述。惟此二調是否即爲一調,余不敢斷言,且從後移於此,供方家明察。

一剪梅 六十字　　　　　　　　　　　吴文英

遠目傷心樓上山。愁裏長眉,別後蛾鬟。暮雲低壓小闌干。
●●○○○●△　　○●○○　●●○○　●○○●●○△

教問孤鴻,因甚先還。　　　瘦倚溪橋梅夜寒。雪欲消時,淚
○○○○　○●○△　　　　　●●○○○●△　●●○○　●

不禁彈。剪成釵勝待歸看。春在西窗,燈火更闌。
●○△　●○○●●○△　　○●○○　○●●○△

"眉、鴻、時、窗"四字不叶韻。

【蔡案】

本詞原列於蔣捷詞後,因係正體,故移前。

少字格 五十九字　　　　　　　　　　李清照

紅藕香殘玉簟秋。輕解羅裳,獨上蘭舟。雲中誰寄錦書來,
◐●○○◎●△　⊙●○○　○○○△　⊙○○●●○○

雁字來時月滿樓。　　　花自飄零水自流。一種相思,兩處
●●○○●●△　　　　　⊙●○○●●△　◎○○○　◎●

閒愁。此情無計可消除,才下眉頭,却上心頭。
○△　◎○○●●○○　⊙●○○　◎●○△

"月滿樓"或作"月滿西樓",不知此調與他詞異,如"裳、思、來、除"等字皆不用韻,原與四段排比者不同,"雁字"句七字,自是古調,何必彊其入俗而添一"西"字,以湊八字乎?人若欲填排偶之句,自有另體在也。

〔杜注〕

　　按,《花庵詞選》前結"雁字來時月滿樓"句注云:"一本'樓'字上有'西'字",萬氏非之。又按,《詞譜》收趙長卿"霽靄迷空"一首,亦前結七字,注云:"《一剪梅》之變體也。"

【蔡案】

　　原譜前段結拍萬子採七字一句,謂是古調也,其理是。余謂詞源於詩,詞句即詩句,此可爲一例。蓋本調凡四字兩句處,原本脫自七字句也,故凡四字兩句處,本調皆可易爲七字一句。如曹勛前起作"不占前村占寶階。芳影橫斜積漸開",是前段二三句合爲七字一句;李清照前結作"雲中誰寄錦書來,雁字來時月滿樓",是前段五六句合爲七字一句;周美成後起作"夜漸寒深酒漸消。袖裏時聞玉釧敲"是後段二三句合爲七字一句;鄧肅後結作"夢回風定斗杓寒,漁笛一聲天地秋",是後段五六句合爲七字一句。故曰本調凡四字兩句者,實本爲七字句也。然萬子之依據則不然,以"裳、思、來、除"等字皆不用韻,而以爲與四段排比者不同,則斷無是理,蓋宋詞前後段第二第四拍不用韻,且依然四段排比者,亦無不可,如本調濫觴之作周美成詞,《欽定詞譜》所記錄即如此,萬子亦採之而列於第五體,然則是古調邪? 今調邪? 他如周紫芝"無限江山"詞、李綱"數點梅花"詞皆如此。惟本調終以四字兩句爲正,七字者,學者不必效仿。

　　又按,《樂府雅詞》所錄之前段歇拍處,亦是"月滿西樓",其爲宋人所編宋詞集,可信度頗高,未必是"彊其入俗",惟前結確有七字句填法,故不予改易,以存其譜。

多韻格　六十字　　　　　　　　　　　　蔣　捷

一片春愁帶酒澆。江上舟搖。樓上帘招。秋娘容與泰娘
◎●●○○●　△　⊙●○△　⊙●○△　⊙○⊙●●○

嬌。風又飄飄。雨又瀟瀟。　　何日雲帆卸浦橋。銀字箏
△　　⊙●○△　　⊙●○△　　　　⊙●○●●○△　　○●○

調。心字香燒。流光容易把人抛。紅了櫻桃。綠了芭蕉。
△　　⊙●○△　　○○●●●○△　　⊙●○△　　◎●○△

此則通篇用韻，四段四字八句，皆排偶者矣。其七字句有四，須記前後第一句之第二字，俱是仄，第四句之第二字，俱用平，不可誤也。後村於後起句誤用"酒酣耳熱說文章"，不可從。至鳳洲四七字句第二字俱用平，尤誤。而天羽之謬，又不足言矣。

〔杜注〕

按，《竹山詞》首句"帶酒澆"，"帶"作"待"。又，"容與"作"待與"。又，後起作"何日歸家洗客袍"。

【蔡案】

余研譜之心得，凡填詞，句法絕非格律所限定者，惜人多不知。萬子謂前後段起拍，必爲仄起式句法者，即爲謬論，蓋"句法絕非格律所限定者"也。以宋詞論，劉辰翁有"人生總受業風吹……客中自種綠猗猗"、汪元量有"十年愁眼淚巴巴……玉人勸我酌流霞"、李曾伯有"人生能有幾中秋……自憐蹤跡等萍浮"等等，於本體式中，超過三成用平起式，顯然並非誤填。既如劉克莊詞，萬子謂後村乃誤用，不知後村本調僅有二首，而別首後起亦用"階銜免得帶兵農"，仍是平起，豈能以"誤用"解釋？

要之，本調之前後起拍，以仄起式爲正，但亦不妨以平起式填，凡詞，皆如此。

多韻格 六十字　　　　　　　　　　　　　　盧　炳

燈火樓臺萬斛蓮。千門喜笑，素月嬋娟。幾多急管與繁弦。
○●○○●●○△　　○○●●　●●○△　　●○●●●○△

巷陌喧闐。畢獻芳筵。　　樂與民偕五馬賢。綺羅叢裏，
●●○△　●●○△　　　●●○○●●○△　●○○●

一簇神仙。傳柑雅宴約明年。盡夕留連。滿泛金船。
●●○△　○○●●●○△　●●○△　●●○△

"笑"字、"裏"字仄聲。韓東浦作，前後第二句亦用仄聲，與此盧
詞同，而第五句並用平不叶，與後周詞同，茲不另錄。

友古前尾用"姑且自寬"，"自"字仄。坦庵用"問誰似他"，"誰"字
平、"似"字仄，俱不可學。如夢窗之"春到一分。花瘦一分"，兩"一"
字則以入作平也。

〔杜注〕

按，盧叔陽《烘堂詞》"巷陌喧闐"句，"喧"作"駢"。

【蔡案】

本調第二第五句，句法可合後句作七字，可分句作四字；律法可
平平仄仄，可仄仄平平；韻法可押韻，可不押韻，可疊韻，可不疊韻，皆
由作者自定，體本如此。明清詞譜學家不識體制，斤斤於一字一韻之
異，致一體遂成十餘體乃至數十體，繁瑣之至，甚爲無謂，且將詞譜學
引入歧途矣。

少韻格 六十字　　　　　　　　　　周邦彥

一剪梅花萬樣嬌。斜插疏枝，略點梅梢。輕盈微笑舞低回，
●●○○●●△　○●○○　●●○○　○○○●●○○

何事樽前，拍手相招。　　夜漸寒深酒漸消。袖裏時聞，玉
○●○○　●●○○　　　●●○○●●△　●●○○　●

釧輕敲。城頭誰恁促殘更，銀漏何如，且謾明朝。
●○△　○○○●●○○　○●○○　●●○△

"回"字、"更"字俱不叶韻。

友古一首，止後第四句不叶。

〔杜注〕

按，《歷代詩餘》"拍手誤招"句，"誤"作"相"。又，王氏校本作"樓外相招"。

【蔡案】

本調四字句押韻處，均用平平收束，此當爲譜律，萬子忽略，誤作"誤招"，顯誤，據《歷代詩餘》改。

本詞爲本調之最早，本應列首詞爲是，萬子《詞律》之體系但以字數爲序，終是一缺陷。

冉冉雲　五十九字　　　　　　　　　盧　炳

雨洗千紅又春晚。留牡丹、倚闌初綻。嬌婭姹、偏賦精神君
●●○○●○▲　⊙○○　●○○▲　○○○　○●○○○
看。算費盡、工夫點染。　　　帶露天香最清遠。太真妃、院
▲　●●●　○○●▲　　　●●○○●○▲　○⊙○　●
妝體段。拚對花、滿把流霞頻勸。怕逐東風零亂。
○◎▲　○●⊙　◎●○○○▲　●●○○⊙▲

尾句比前結少一字，餘同。"又春晚""最清遠"用去平上，須從之，不可杜撰。

愚謂前後段宜同，"怕逐"句乃誤落一字也。

〔杜注〕

萬氏注謂"前後段宜同"，"怕逐"句乃誤落一字。按，《烘堂詞》與此同。又按，此調有韓淲"倚遍闌干弄花雨"一首，末句"閒整春衫自語"亦六字，似無脫誤。

【蔡案】

萬子好論上去之別，竊以爲過。若詞中上去有別，則當處處有

別，或偶有無別。若此處有別，彼處無別，是無別也，其有別處，亦巧合耳。如本調後段"最清遠"，韓淲作"呢喃舞"，即可證不必如此。又按，萬子關於前後段字句不同之論，或是，惟若祇認定落字，便覺主觀，安知不是前段多衍一"算"字耶？又，詞之字句，以前後整齊相同爲正，然起結例外，蓋因曲調變化多在起結過變中也。

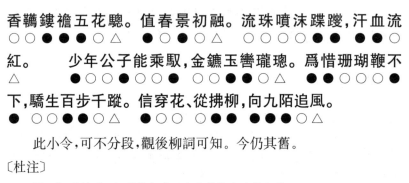

接賢賓 五十九字　　　　　　　　　　　　毛文錫

香轡鏤襜五花驄。值春景初融。流珠噴沫蹀躞，汗血流
○○●●●○△　●○●○△　○○●●●●　●●○
紅。　　　少年公子能乘馭，金鑣玉彎瓏璁。爲惜珊瑚鞭不
△　　　　●○○●○○●　○○●●○△　○●○○○●
下，驕生百步千蹤。信穿花、從拂柳，向九陌追風。
●　○○●●○△　　●●○　○●●　●●●○△

此小令，可不分段，觀後柳詞可知。今仍其舊。

〔杜注〕

按，戈氏校本云："首句'五色'應作'五花'。"

【蔡案】

原作"五色"失律，當是"五花"，據改。"流珠"句，即後詞"就中"句、"縱然"句，爲平起仄收式律拗句法，故第四字必平，然則"沫"字必爲以入作平。"噴"字，本屬二讀字，此宜讀平。

本調僅此一首，無別首可校，萬子以爲不必分段，蓋以本詞即柳詞之一段故也，余以爲誤。觀雙調令詞合併爲雙調慢詞者，此非僅有，如前卷《梅花引》，万俟詞雙調五十七字，即向詞百十四字之一段，豈可謂万俟詞"可不分段"乎？

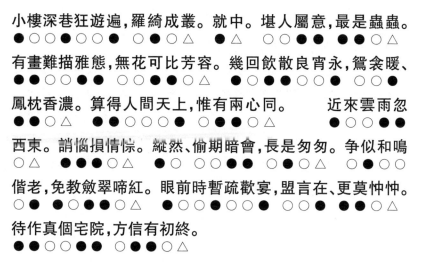

集賢賓 一百十七字　　　　　　　　　柳　永

小樓深巷狂遊遍，羅綺成叢。就中。堪人屬意，最是蟲蟲。

有畫難描雅態，無花可比芳容。幾回飲散良宵永，鴛衾暖、

鳳枕香濃。算得人間天上，惟有兩心同。　　近來雲雨忽

西東。誚惱損情悰。縱然、偷期暗會，長是匆匆。爭似和鳴

偕老，免教斂翠啼紅。眼前時暫疏歡宴，盟言在、更莫忡忡。

待作真個宅院，方信有初終。

　　與前詞同調，祇前是單調，此以前調合爲一段，而加後疊耳。調
名「接、集」二字北音相同，實一字也。論《花間》在前，該從「接」字，但
自北曲相沿至南曲，皆有《集賢賓》，俱作「集」字，不便作接，故並列
於此。

　　按，此詞除後起「東」字叶韻外，前後俱宜相同，「羅綺」句不應少
一字，恐係脫落，比前毛詞亦應五字。「盟言」句比「鴛衾」句不應多一
字，若此句七字，則「鴛衾」句亦應加一字矣。其與前毛詞較，異者則
首句不起韻，「有畫」「爭似」二句少一字，「惟有」「誚惱」「方信」三句，
比前「值」字「向」字領句者稍不同，而前「信穿花」下六字作兩句，此合
爲一句，是則宋體耳。

〔杜注〕

　　按，宋本「幾回飲散良宵永」句，「飲」作「欲」。又，「鴛衾鳳枕香
濃」句，「衾」下有「暖」字。又，「誚惱損情悰」句，「誚」作「煩」。又，「更

莫忡忡"句,"更莫"作"莫更",應改補。

【蔡案】

　　萬子以爲"鴛禽"句應加一字,是,據杜注補,原譜"一百六十字"改爲"一百十七字"。另據校勘記改"每"字、"諧"字。

　　"就中"之"中"爲句中短韻,自應讀斷,而後段"縱然"句,亦可同此讀住。"就中""縱然"所領,均爲後八字,而非四字。又,"真個"之"個"平讀,詳參卷五《品令》顏博文詞"道我真個情薄"所注。又按,"眼前時暫疏歡宴"句,"時暫"亦即"暫時"之意,南北朝時既有此用法,《全宋詞》讀爲"眼前時、暫疏歡宴",與前段已然不合,顯誤。

少年心 六十字　　　　　　　　　　黄庭堅

對景惹起愁悶。染相思、病成方寸。是阿誰、先有意,阿誰
●●●○○▲　　●○○、●○○▲　　●○○、○●●　○○
薄倖。斗頓恁、少喜多嗔。　　　合下休傳音問。你有我、我
●▲　●●●、●●○△　　　　●●○○▲　　●●●、●
無你分。似合歡桃核,真堪人恨。心兒裏、有箇人人。
○●▲　●●○●○▲　○○○▲　　○○●、●●○△

　　"似合歡"句比前少一字,"心兒裏"下比前多一字。

　　按,後段雖字有多少,然語氣音響前後相同,或前則"阿"字誤多,後則"有"字誤多耳。沈氏乃於末句作"有兩個人",少一"人"字,大謬。"人人"乃詞家常用語,如"有個人人""心裏人人"之類,況前用"多嗔",是平平煞,此用"個人",去平煞,於聲調全拗矣。

　　此詞用平仄兩叶者。

〔杜注〕

　　萬氏注謂"有兩個人人"句比前多一字,或有字誤多。按王氏校

本謂"兩"字誤多，宜從。又按，此詞之後尚有黃山谷一首，六十六字，以俳體鄙俚，刪去。說見前卷七《望遠行》第三體後。

【蔡案】

前段起句"起"字以上作平。又，萬子此體第三句"是阿誰先有意"不讀斷，而後一體"把心頭、從前鬼"讀爲折腰式，或誤。此二句對應，當均爲折腰式句法，改。"有兩人人"，原作"有兩箇人人"，"兩"字衍，據杜注刪，按，後段末結作七字折腰法，與前結方合。

萬子因前後第三拍不合，疑前段"阿"字誤多，非是。按，前段"阿誰先有意，阿誰薄倖"，語氣渾然，若去"阿"字，則成"是誰先有意，阿誰薄倖"，其語氣極拗，山谷豈是如此語感者。其次，校之後一首，該句爲"把心頭、從前鬼"，正是六字，而後段對應句雖被讀破爲"待來時，厮上與廝噇則箇"，但字數未變，仍是十字，故本詞必是後段原文爲"似合歡、□桃核"，奪一字耳。

多字格 六十七字　　　　　　　　　　黃庭堅

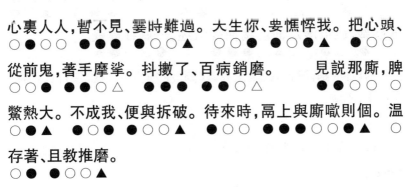

心裏人人，暫不見、霎時難過。大生你、要憔悴我。把心頭、
○●○○　　●●●　●○○▲　　○○●　●●○▲　●○○

從前鬼，著手摩挲。抖擻了、百病銷磨。　　　見說那廝，脾
○○●　●●○△　●●●　●●○△　　　●●●○　○

鬖熱大。不成我、便與拆破。待來時，厮上與廝噇則箇。溫
○●▲　●○○　●○○▲　●○○　●●●○○●▲　○

存著、且教推磨。
○●　●○○▲

俳體。字或有誤。前詞惟兩結尾用平叶，此前段用"挲、磨"二字，平，後末"磨"字又去聲，可見通叶者總不拘也。

【蔡案】

此首光緒本刪去，說見上首詞後杜注。

萬子"著手摩挲抖擻了"讀爲一句，致脫一韻，誤。蓋前一體前段尾均"是阿誰、先有意，阿誰薄幸。斗頓恁、少喜多嗔"與本體前段尾均"把心頭、從前鬼，著手摩挲。抖擻了、百病銷磨"正合，且若無"挲"字，則本詞僅一"磨"字平韻，似亦無理。此處據此改補原譜。又按，萬子原譜後段尾均讀爲"待來時、甌上與，廝噉則個。溫存著、且教推磨"，前六字則未免又拘泥照應前段之"把心頭、從前鬼"，致讀"與廝噉則個"爲破句，此處當是攤破句法，不必與前段同，亦改。

後段次句"鱉"字，以入作平；第三句"與"字，以上作平。

原譜作"六十六字"，據實際字數更改爲"六十七字"。

後庭宴　六十字　　　　　　　　　　　　無名氏

千里故鄉，十年華屋。亂魂飛過屏山簇。眼重眉褪不勝春，
○●●　○　●○○　●○○●○○　●○○●●○○

菱花知我銷香玉。　　　雙雙燕子歸來，應解笑人幽獨。斷
○○○●○▲　　　　○○●●○○　○●●○○▲　●

歌零舞，遺恨清江曲。萬樹綠低迷，一庭紅撲簌。
○○●　○●●○▲　●●●○○　●○○●▲

前段同《踏莎行》，後段全異。《圖》注"重"字、"低"字可仄，"撲"字可平，不解。

〔杜注〕

按，《詩餘》"亂魂"作"亂雲"。

【蔡案】

《全蜀藝文志》本詞調名爲《後庭怨》。

本詞大爲怪異。前段二均，後段三均，毫無章法。疑即前段《踏

莎行》斷章與他詞殘篇合成耳。本詞來源，諸本皆云掘地而得，如明
楊慎《詞品》卷一云："宋宣和中，掘地得石刻一詞，唐人作也。本無
題，後人名之曰《後庭宴》。"然唐詞前後段多字句整齊，如此參差，竟
無一句可相配者，亦爲罕見，故掘地而見、唐人所作云云，或亦故
事耳。

撥棹子　六十一字　　　　　　　　　　尹　鶚

風切切。深秋月。十朵芙蓉繁艷歇。憑小檻、細腰無力。
○●▲　○◎▲　◎○⊙○○●▲　⊙●● ◎○▲

空贏得、目斷魂飛何處説。　　寸心恰似丁香結。看看瘦
○⊙● ●○○○●▲　　◎○○●○○▲　○○●

盡胸前雪。偏挂恨、少年抛擲。羞睹見、繡被堆紅閒不徹。
●○○▲　○○● ●○○▲　○●● ◎○○●○●▲

〔杜注〕

　　按，《花草粹編》第四句"小檻"上有"凭"字，與後詞萬氏論同。

【蔡案】

　　原譜前段第四句作"小檻細腰無力"，文理欠通，據杜注改，原譜
"六十字"改爲"六十一字"。

重　格　六十一字　　　　　　　　　　尹　鶚

丹臉膩。雙靨媚。冠子縷金裝翡翠。將一朵、瓊花堪比。
○●▲　○○▲　⊙●◎○○●▲　○●● ⊙○○▲

窠窠綉、鸞鳳衣裳香窣地。　　銀臺蠟燭滴紅淚。釀酒勸
○○● ○●○○○●▲　　⊙○○●○▲　●●●

人教半醉。簾幙外、月華如水。特地向、寶帳顚狂不肯睡。
○○▲　○○● ●○○▲　●●● ◎○○●○●▲

　　兩詞相同,祇"醲酒"句與前詞"看看"句平仄異。然前段"冠子"句與前詞"十朵"句,與"醲酒"句合。雖或不拘,從此爲妥。至於"將一朵"句與後"簾幙外"同七字,前詞"偏挂恨"亦七字,其"小檻"句上定落一"霓"字。是則前詞缺,而此調全也。

【蔡案】

　　萬子原注後段首句"滴"字、第四句"特"字、第五句"不"字均爲以入作平。

　　本調前後結十字,有兩種讀法,原譜皆作三字一句、七字一句,余以爲皆不合意。蓋"窣窣綉"乃"鸞鳳衣裳",而非"鸞鳳衣裳香窣地","特地向"亦如此。但"鸞"字萬子注爲可仄,非是。後段"寶"字以上作平,"地"字則當平讀,如美成《霜葉飛》之"又透入、清輝半晌,特地留照"。僅指明而不改。惟萬子原譜於"窣窣綉""特地向"後,均注爲句,竊以爲誤,當作逗方是,因此處十字,當一氣貫之方合韻律,且本詞爲句,後一首爲逗,奈何隨意至此哉? 謹改。

易韻格 六十一字　　　　　　　　　　黃庭堅

　　此體雖大約與尹詞相合,而用韻異。首以平聲起韻,結句即換仄叶,後段俱仄,此又一平仄兩叶者。

　　後起三字兩句,異前詞,與前段起處合。而"何必向"比前多一字,"蒸白魚"三字即同上"橫一琴",該三字,尹詞亦皆三字句,此則宜於"稻飯"分句,或十字一氣,不拘。

【蔡案】

原譜後段"何必"句不讀斷,語氣促迫不諧,改。

蝶戀花 六十字　又名《一籮金》《黃金縷》《鵲踏枝》
《鳳棲梧》《明月生南浦》《卷珠簾》《魚水同歡》　　張　泌

壽域首句"新月羞花影庭樹",末三字仄平仄,此係偶然,不可從。
又有一首前第四句"畫閣巢新燕聲喜"、後第四句"苒苒光陰似流水";
又一首前第四句"衰柳搖風尚柔軟",後第四句"獨倚闌干暮山遠",則
全用仄平仄,或有此體,然作詞但從其多者可耳。又,兩首後起句,一
云"近來早是添顦領",一云"新翻歸翅雲間雁",平仄全異,此則唐以
後無此格。《詞統》收明詞二首,"人間""玉簫"起者,誤矣。《譜》《圖》
既收《蝶戀花》,又收《一籮金》,誤。其起句云"武陵春色濃如酒",平
仄全反。初謂因其全反,故疑是另體而收之也,及觀所圖,則仍注可
平仄仄平平仄仄,又曰"後段同",是亦明知其與《蝶戀花》一樣矣,何
必兩收之耶?

〔杜注〕

按,《歷代詩餘》"燕子"作"海燕"。又以此爲馮延巳詞。《詞
譜》同。

【蔡案】

　　“海燕”原作“燕子”，據杜注改。萬子謂“作詞但從其多者可耳”，甚是。但謂句法平起，“唐以後無此格”，則非是。蓋句法與體格無關，即便違律，亦無非出律而已，並非出格，體式依然。如前後起首拍，例作仄起仄收式句法，但亦有平起仄收式填法，除杜壽域外，如黃裳、賀鑄、張孝祥、魏夫人、沈蔚、柴元彪等，都有如此填者，一見或可謂偶誤，多見則可知無礙。即便晏幾道填爲“初拈霜紈生悵望”、陳亮填爲“手拈黃花還自笑”，亦無非出律而已，豈可因之而謂晏詞、陳詞便是別格乎？同理，首拍用拗句句法，以仄平仄收，亦宋人偶用而已，既非出律，亦非出格，雖不可學，然並非不可填，杜安世有四首如此填，可知無礙。故曰：填詞，其句之平仄，合律即可，句法不論。

畸變格　六十字　　　　　　　　　　　石孝友

別後相思無限憶。欲説相思，要見終無計。擬寫相思持送似。如何盡得相思意。　　　眼底相思心裏事。縱把相思，寫盡憑誰寄。多少相思都做淚。一齊淚揾相思字。

　　“期”字平聲起韻，第四句“伊”字平叶，則此詞又一平仄兩叶者矣。

　　或曰：“期”字恐是“際”字，“伊”字恐是“你”字，然舊刻如此，“期、伊”二字正是韻脚，不敢議改，故另列一體於此。又或云：前後第二句兩“思”字亦是叶，則未必耳。

〔杜注〕

　　按，石次仲《金谷遺音》詞首句“別來”作“別後”，宜從。

【蔡案】

　　原譜所據詞，前四句爲“別來相思無限期。欲説相思，要見終無計。擬寫相思持送伊",唐宋詞本調數百首,惟此一首有叶平韻者,或誤。檢《花草粹編》本詞首句作"別後相思無限憶",而《金谷遺音》別本第四句則作"擬寫相思持送似",均與正體同,當是的本,據改。然則本詞即爲正體張泌體。不予擬譜。

唐多令 六十字　"唐"一作"糖"。又名《南樓令》　　　　陳允平

何處是秋風。月明霜露中。算凄涼、未到梧桐。曾向垂虹

橋上看,有幾樹、水邊楓。　　　客路怕相逢。酒濃愁更濃。

數歸期、猶是初冬。欲寄相思無好句,聊折贈、雁來紅。

前後對待,無參差者。夢窗一首第三句誤刻"縱芭蕉不雨也颼颼",因多一字,《詞統》遂注"縱"字爲襯。襯之一說,不知從何而來,詞何得有襯乎?況此句句法上三下四,亦止可注"也"字爲襯,而不可注"縱"字襯也。著譜示人,而可率意爲之耶?愚謂"也"字必是誤多無疑,即不然,亦竟依其體而填之,不可立襯字一說以混詞格也。

〔杜注〕

萬氏謂,夢窗一首第三句"縱芭蕉不雨也颼颼","也"字必是誤多。按,夢窗此詞前段八字後段七字,宋詞中似此者極多,如謂必前後一律,安知非後段"燕辭歸客尚淹留"句少一字乎?《詞譜》收爲又一體,極當。又收周草窗一首,則此句前後皆八字也。

【蔡案】

萬子以爲"也"字爲添字,其說甚是,其"依其體而填之"可替代"襯字說",互爲表裏,一爲實踐,一爲理論,體用妥帖,並無相混處也。又按,原譜前後結萬子各作三字兩句,誤。當是六字一句折腰耳,前

結尤明。謹改。

鞓 紅 六十字　　　　　　　　　無名氏

粉香猶嫩，霜寒可慣。怎奈向、春心已轉。玉容別是，一般
●○○●　　○○●▲　　●●●、○○●▲　　●○●●　　●○

閒婉。悄不管、桃紅杏淺。　　　　月影玲瓏，金堤波面。漸細
○▲　　●●●、○○●▲　　　　　●●○○　○○○▲　　●●

細、香風滿院。一枝折寄，故人雖遠。莫輕使、江南信斷。
●、○○●▲　　○○●●　　●○○▲　　●○●、○○●▲

前後同。祇換頭首句用平。

按，“鞓紅”乃牡丹名，放翁《桃源憶故人》詞“一朵鞓紅凝露”、東
坡《西江月》詞“蓬萊殿后鞓紅”，“鞓”音“汀”，帶革也。《西廂》“角帶
傲黃鞓”、宋待制服“紅鞓犀帶”，蓋以花色如帶鞓之紅耳。今所繫亦
曰“鞓帶”，而字書音爲“丁”，誤也。

〔杜注〕

按，《詞譜》首句“尤”作“猶”。又，“霜寒”作“衾寒”。又，“月影玲
瓏”句，“玲瓏”作“簾櫳”。又注云：起結似《鵲橋仙》，中三句不同。

少字格 六十五字　　　　　　　　　趙長卿

碧水浸芙蓉，秋風楚岸。三歲光陰轉頭換。且留都騎，未許
●●●○○　○○●▲　　○●○○●○▲　　●○○●　●●

匆匆分散。更持杯酒殷勤勸。　　　　休作等閒，別離人看。
○○○▲　●○○●○○▲　　　　　○●●○　●○○▲

且對笙歌醉須判。如君才調，掌得玉堂詞翰。定應不久勞
●●○○●○▲　　○○○●　●●●○○▲　　●○●●○

州縣。
○▲

此用仄韻，而格調亦與前異。"轉頭換""醉須判"用仄平仄，是此調定格。而《譜》《圖》注可作平仄仄，甚怪。若此三字作平仄仄，豈成其爲《感皇恩》乎？試問古作家亦有用平仄仄者乎？且前段不注，吾又不知其何説也。

〔杜注〕

按，後結"勞州縣"，初疑有誤，考《惜香樂府》題爲"送林縣尉"，故云。

【蔡案】

本調前後段結拍，宋詞均爲八字一句，惟趙詞七字。

萬子以爲前後段第三句末三字，《譜》《圖》前段不注可平仄仄，後段注可平仄仄，甚怪，此必其校之於晁補之"常歲海棠"詞也，其詞前後段第三句作"多病尋芳懶春老……花底杯盤花影照"，故有前後不同之標注也。

感皇恩 六十七字　　　　　　　　　　　　周邦彥

小閣倚晴空，數聲鐘定。斗柄垂寒暮天静。朝來殘酒，又被
●●●○○　●○○▲　●○○○○○▲　○○○●　●●

春風吹醒。眼前猶認得、當時景。　　　往事舊歡，不堪重
○○○▲　◎○○●●、○○▲　　　●●●●　●○○

省。自嘆多愁更多病。綺窗依舊，敲遍闌干誰應。斷腸明
▲　●●○○●○▲　●○○●　○●○○○▲　●○○

月下、梅摇影。
●●、○○▲

兩結八字與前異。

後段起句或作"洞房見説"，或作"繁枝高蔭"，或作"此去當恨"，想所不拘。因不係叶韻句，不另録。"舊歡""舊"字多用去聲者，不可

不知。

【蔡案】

　　此體當是本調正體，填者當以此爲正。按，萬子擬譜，例以字數多寡爲序，而正體減字之調多矣，故正體每排在後，若不注明，讀者何以知之。

多字格 <small>六十八字</small> 　　　　　　　　　　周紫芝

無事小神仙，世人誰會。著甚來由自縈繫。人生須是，做些閒中活計。百年能幾許、無多子。　　　近日謝天，與片閒田地。作個茅堂待打睡。酒兒熟也，贏取山中一醉。人間如意事、祇此是。

　　"與片閒田地"五字，然各家俱用前六十七字體。

【蔡案】

　　周紫芝本調共計五首，僅本詞後段第二拍五字，其餘均同正體，故本詞偶誤而已，全宋諸家，後段第二拍俱爲四字，未見有如是填者，不應爲范，故不擬譜。

　　萬子原注後段第三句"打"字、第六句"祇此"二字均作平。

荷華媚 <small>六十字</small> 　　　　　　　　　　蘇　軾

霞苞露荷碧。天然地、別是風流標格。重重青蓋下，千嬌照
○○●○▲　○○●　●●○○○▲　○○○○●　○○●
水，好紅紅白白。　　　每恨望、明月清風夜，甚低迷不語，妖
●　●○○●▲　　　●●●　○●○○●　●○○●●　○

邪無力。終須放、船兒去，清香深處，任看伊顏色。
○○▲　○○●　○○●　○○○●　●●○○▲

　　"霓"字必"蜺"字，乃入聲。然此句難解，恐有誤，因他無作者可證也。"妖"應作"夭"，音"歪"，出白長慶詩自注。

〔杜注〕

　　萬氏注云："霓"字必"蜺"字，此句難解。按王氏校本"霓"作"露"。又，"妖邪無力"句，萬氏云"'妖'應作'夭'，音'歪'，出白長慶詩自注"。按，香山詩"錢塘蘇小小，人道最夭斜"，如"妖"作"夭"，則"邪"應作"斜"。又，"清香深處住，看伊顏色"二句，萬氏以"住"字爲句。王氏云："'住'應作'任'，屬下句。"甚當。蓋前結亦五字句，應照改。

【蔡案】

　　前段起拍，原作"霞苞霓荷碧"，已據杜注改。又，"夭""妖"古今字，"斜""邪"通假字，其實都不必改易，且"邪"，本即"不正"義，"不正"即"斜"，原通。故宋元詩詞中多有此類用法，如律詩中陳與義《清明》絕句"街頭女兒雙髻鴉，隨蜂趁蝶學天邪"、古體詩中趙蕃《明叔以僕護筍不除作長句爲調次韻》"春風逞天邪，爛漫吹已足"，詞中張蕃《踏莎行》"薄劣東風，天邪落絮"等。而蘇軾寫作"妖邪"，亦非筆誤，其詩《和錢安道寄惠建茶》詩亦云："草茶無賴空有名，高者妖邪次頑懭"，與此同義，皆非一般意義之"妖邪"，可謂獨此一家。就詞義而言，以上述數例論，"天邪"亦非"歪斜"之意，而是"旖旎""婀娜""搖曳"之類意思，故"邪"並非爲"斜"。後段起拍"每悵望"，原作"每恨望"，據《全宋詞》改。

玉堂春 六十一字　　　　　　　　　　　　晏　殊

斗城池館。二月風和煙暖。繡戶珠簾，日影初長。玉轡金
●○○▲　◎●○⊙●▲　●●○○　●○○△　●●○

鞍，繚繞沙堤路，幾處行人映綠楊。　　　小檻朱闌回倚，千
〇　●●〇●〇●　〇●〇〇〇●△　　　　●●⊙〇〇●　〇

花濃露香。脆管清弦，欲奏新翻曲，依約林間坐夕陽。
〇〇●△　●●〇〇　●●〇〇●　〇●〇〇●●△

　　　“脆管”下與前“玉彎”下同。《珠玉》三詞如一，規矩森然，學者不
可依《圖譜》所注平仄。

【蔡案】

　　　“露香”下依律應有四字兩句，檢現存元詞皆如此。比照前段，
“繡户”下八字後段亦無對應者，後段“脆管”下十六字，則正對應前
段“玉彎”下十六字。以張玉田均拍論考核，前段三均，本詞恰爲近
詞規模，以此觀後段，則後段疑奪八字兩句一均。故本調後段疑人
爲刪去八字，或晏詞有脱落者，後人反疑別首有衍，而刪至三首劃
一也。

破陣子　六十二字　又名《十拍子》　　　　　　晏　殊

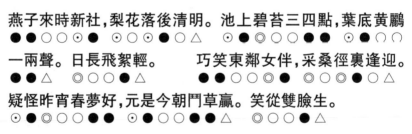

燕子來時新社，梨花落後清明。池上碧苔三四點，葉底黄鸝
●●〇〇〇●　〇〇●●〇△　⊙●●〇〇●●　●●〇〇

一兩聲。日長飛絮輕。　　　巧笑東鄰女伴，采桑徑裏逢迎。
〇●△　◎〇〇●△　　　　●●〇〇●●　〇〇●●〇△

疑怪昨宵春夢好，元是今朝鬥草贏。笑從雙臉生。
⊙●◎〇〇●●　⊙●〇〇●●△　◎〇〇●△

　　　前後同。“飛、雙”二字平，而上用“日、笑”二字仄，妙。“日、笑”
或有用平者，然不如此發調。“四點”“夢好”“鬥草”等去上，俱妙。
〔杜注〕

　　　按，《詞律拾遺》云：“此調本唐教坊樂，一唱十拍，因以爲名。”

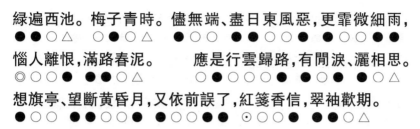

好女兒 六十二字　　　　　　　　　　晏幾道

緑遍西池。梅子青時。儘無端、盡日東風惡,更霏微細雨,
●●○△　○●○△　●○○　●●○●　●○●●

惱人離恨,滿路春泥。　　　　應是行雲歸路,有閒淚、灑相思。
◎○○●　●●○△　　　　　○●○●　●○●　●○△

想旗亭、望斷黄昏月,又依前誤了,紅箋香信,翠袖歡期。
●○○　●●○○●　●○●●　⊙●○○　●●○△

　　"想旗亭"下與前同。餘説見《繡帶兒》下

　　"儘"字、"想"字上聲,而"盡"字、"望"字去聲,"更"字、"又"字去
聲,而"細雨"與"誤了"去上聲,如此發調,豈非作家。楊用修一首於
"霏微細雨"作"紅拂當筵",後段又依前句止四字,又一首前段第三句
止七字,俱誤。明詞往往有差處,勿錯從。

〔杜注〕

　　按,《好女兒》調即《繡帶兒》,應附卷四黄山谷詞後。

【蔡案】

　　原譜前結作"沸路春泥",不通,據《欽定詞譜》改。

　　杜氏於卷四《繡帶兒》及本調後均以爲《好女兒》應附《繡帶兒》
後,實誤。蓋四十五字體與六十二字體本非一調,當以同名異調視
之,萬子以爲兩者分列,乃"調名重複訛混,不得不如此分晰耳",極
是。擬詞譜者,當有"我輩數人定則定矣"之勇氣,四十五字爲《繡帶
兒》,六十二字爲《好女兒》,雖與宋詞或有牴牾處,實爲撥亂反正之
舉,誠後世之幸也。

贊成功 六十二字　　　　　　　　　　　毛文錫

海棠未坼，萬點深紅。香苞緘結一重重。似含羞態，邀勒春
●○◎● ◎●○△ ⊙○⊙●●○△ ●○○● ⊙●○

風。蜂來蝶去，任繞芳叢。　　　昨夜微雨，飄灑庭中。忽聞
△ ⊙○●● ●●○△ 　　　●□○● ⊙●○△ ◎○

聲滴井邊桐。美人驚起，坐聽晨鐘。快教折取，戴玉瓏璁。
⊙●●○△ ●○○● ◎●○△ ◎○○● ●●○△

前後同。“夜”字不妨用平。

【蔡案】

“香苞”，原譜作“香包”，據《欽定詞譜》改。又，“夜”字當是填寫
失誤，或即爲“宵”字之誤，依律須平。

漁家傲 六十二字　　　　　　　　　　　周邦彥

灰暖香融銷永晝。蒲萄架上春藤秀。曲角闌干羣雀鬥。清
⊙●⊙○○●▲ ⊙●◎●○○▲ ◎●⊙○○●▲ ○

明後。風梳萬縷亭前柳。　　　日照釵梁光欲溜。循階竹粉
⊙▲ ⊙○○●○▲ 　　　◎●⊙○○●▲ ⊙○○●

霑衣袖。拂拂面紅新著酒。沈吟久。昨宵正是來時候。
○○▲ ◎●○○○●▲ ○⊙▲ ◎○○●○○▲

前後同。惜香一首後段三字句不叶韻，乃誤也。用修誤於“拂
拂”句，用仄平平仄平平仄。天羽選徐小淑作，前後首句俱反作次句
平仄，前次句反作首句平仄，大誤。雖閨人所作當恕，然以入選，作後
人矜式，則不可也。

〔杜注〕

按，《歷代詩餘》“拂拂”作“灧灧”。

易韻格 六十二字　　　　　　　　　　　杜安世

疏雨纔收淡净天。微雲綻處月嬋娟。寒雁一聲人正遠。添
⊙●○○●●△　⊙○○○●●△　○●●○○●▲　○
幽怨。那堪往事思量遍。　　誰道綢繆兩意堅。水萍風絮
○▲　●●●●○○▲　　⊙●○○●●△　◎○⊙●
不相緣。舞鑑鸞腸虛寸斷。芳容變。好將憔悴教伊見。
●○△　●●○○○●▲　○○▲　●○○●○○●

　　前後首次句俱平韻，餘用仄叶，此調亦平仄通叶者　杜詞又一
首，第一句"每到春來長如病"，第五句"奈向後期全無定"，後第三句
"天賦多情翻成恨"，俱拗，茲不另錄。而其前第三句"不慣被人拋擲
日"，竟不叶韻，則更係傳訛矣。

定風波 六十二字　　　　　　　　　　　歐陽炯

暖日閒窗映碧紗。小池春水浸晴霞。數樹海棠紅欲盡。爭
◎●○○●●△　○○○●●○△　●●●○○●▲　○
忍。玉閨深掩過年華。　　獨憑繡牀方寸亂。腸斷。淚珠
▲　◎○○●●○△　　◎○●○○●▼　○▼　●○
穿破臉邊化。鄰舍女郎相借問。音信。教人羞道未還家。
⊙●●○△　◎○◎○○●▲　○▲　⊙○⊙●●○△

　　平一韻、仄三韻，是定格也。《圖譜》因收葉石林詞，其第一仄用
"見、淺"，第二仄用"伴、斷"，第三仄用"暮、雨"，遂注"伴、斷"叶前
"見、淺"之韻，是使人必於後起兩句叶前三四兩句矣。惧甚！惧甚！
《定風波》作者最廣，何竟不一閱而輒作譜耶？用修於首句用"客中冬
至夜偏長"，平仄誤，學者勿因沈選，謂有此格。

【蔡案】

　　詞之換韻，自以異部爲主，偶或亦有"不換"者，實乃"同部相換"

之意,於律而論,非續叶,知此,何謂"換韻"可全面認識。惜其後《欽定詞譜》《詞繫》等,皆未以此爲訓。

平韻體 六十二字　　　　　　　　　　　　　　　　蘇　軾

　　仄句俱不換韻。

　　按,《定風波》調自五代迄宋作,俱無不換仄韻之體,坡公九首亦惟此一詞不叶,作者不必從之。

【蔡案】

　　萬子謂本調迄宋爲止,僅此一首不換韻者,甚誤。以律理而言,二字短語本爲輔韻,則依律便有可叶可不叶之理,故蘇軾本詞,及王質二首、京鏜二首,全詞均無仄聲韻,此填法本在律之中,自然小可從之。

重　格 六十二字　　　　　　　　　　　　　　　　孫光憲

簾拂疏香斷碧絲。淚衫還滴綉黃鸝。上國獻書人不在。凝黛。晚庭又是落紅時。　　春日自長心自促。翻覆。年來年去負前期。應是秦雲兼楚雨。留住。向花誇説月中枝。

　　後結多一字。

按,此依《花間》舊刻録之,但恐"花枝""枝"字誤多,作者衹依前歐陽體可耳。

〔杜注〕

按,《東皋雜録》載東坡贈王定國姬人詞,後結亦作七字,則萬氏注謂"花枝""枝"字誤多,可信。

【蔡案】

後結原譜八字一句。四印齋所刻本《花間詞》並未收録本詞。朱本《尊前集》本句七字,但吳木、毛市《尊前集》亦作"向花枝、誇説月中枝",當是誤多,删去,原譜"六十三字"改爲"六十二字"。然則本詞亦即第一體也,不擬譜。

定風波慢 一百字　　　　　　　　　　　　張　蕭

恨行雲、特地高寒,牢籠好夢不定。婉娩年華,凄涼客況,泥
●○○　●●○○　○○●●▲　○●○○　○○●●　○

酒渾成病。畫欄深、碧窗静。一樹瑶花可憐影。低映。怕
●○○▲　●○○　●○▲　●●○○●○▲　○▲　●

明月照見,青禽相並。　　　素衾正冷。又寒香、枕上薰愁
○●●●　○○○▲　　　●○●▲　●○○　●●○○

醒。甚銀牀霜凍,山童未起,誰汲牆陰井。玉笙殘、錦書迥。
▲　●○○○●　○○●●　○●○○▲　●○○　●○▲

應是多情道薄倖。争肯。便等閒孤負,西湖春興。
○●○○●●▲　○▲　●●○○●　○○○▲

"山童"下與前段"凄涼"下同。"衹等閒"句,比前少一"怕"字,後柳詞亦然。

【蔡案】

原作"又一體",按,此爲慢詞,與令詞同名異調者也,非小令之又

一體，改。本調宋元存詞僅柳、張、凌及無名氏四首，余以爲張詞較之
創調之柳詞尤正，允爲正體。

　　前段第二句“不”字、第十句“月”字及後段第八句“薄”字以入
作平。

　　本調或自第二均起前後段字句同，前段“婉婉年華”句無名氏詞
作“□雪艷精神”，領字脫，故本詞“婉娩”前或有一領字，如此正與後
段“甚銀牀霜凍”對應。而前後段尾均亦同，故無名氏詞後段尾均作：
“吟戀。又忍隨羌管，飄零千片。”本詞原譜後段尾均作：“爭肯。等閒
孤負，西湖春興。”則“等閒”前顯又奪一領字，查彊村叢書本《蛻巖詞》
有領字“便”，據補，原譜“九十九字”改爲“一百字”。又按，兩段尾均
中二字句，實爲句中短韻，文理上爲“低映怕明月，照見青禽相並”“爭
肯便等閒，孤負西湖春興”，填者構思，須循此。

少字格　九十九字　　　　　　　　　　　　柳　永

自春來、慘綠愁紅，芳心是事可可。日上花梢，鶯穿柳帶，猶
●○○　●●○○　○⊙●●⊙　　●●○○　○○●●　⊙
壓香衾卧。暖酥銷、膩雲嚲。終日厭厭倦梳裹。無那。恨
●○○　▲　　●○○　⊙○●　⊙●○○●○●　○○▲　●
薄情一去，音書無個。　　　　早知恁麼。悔當初、不把雕鞍
◎○●●　○○●▲　　　　　●○○▲　●○○　●●○○
鎖。向雞窗衹與，鶯箋象管，拘束教吟課。鎮相隨、莫拋躲。
▲　●○○●●　○○●●　○●○○●　●○○　●○▲
針綫閒拈伴伊坐。和我。免使少年，光陰虛過。
⊙●○○●○▲　○▲　●●○○　○○○▲

　　比前詞衹後起句多一字，“詠”字不叶韻，“免使少年”作仄仄仄
平，三處異耳。余斷以爲即是前調，後起句應從柳作，蓋如“膩雲嚲”
等仄平仄句，篇中多用之，則此“恁般麼”亦不誤也，“麼”字去聲。“免

使"句,應從張作,蓋照前段"薄情一去"平仄可也。至"詠"字無不叶之理,必是"和"字去聲,而訛寫"詠"字無疑也。

　　又,竹坡有《定風波令》,查係《琴調相思引》,故此不列。

〔杜注〕

　　萬氏注以"拘束教吟詠"句"詠"字無不叶之理,必是"和"字,去聲,而譌寫"詠"字。按,《詞譜》亦作"和",校宋本乃"課"字之誤,宜從。

【蔡案】

　　原譜後段第五句原作"拘束教吟詠",據杜注改。又,第二句前"可"字以上作平。

　　後段起句,萬子原作"早知恁般麼"五字一句,而張詞、無名氏詞均作四字,此或有美誤,校彊村叢書本《樂章集》爲"早知恁麼",當是的本,據改,原譜"一百字"改爲"九十九"字。又按,本調前後尾均當是十一字,已如前體所叙,而二字句乃句中腹韻,故前段實爲"無那恨情薄,一去音書無個",惟"和我免使"則文理不通,其必有文字舛誤也。而"少年光陰虛過"亦音律不諧,檢彊村叢書本作"和我免使年少光陰虛過",余疑原句或爲"和我□免使,年少光陰虛過",奪一字,如此,則"年少光陰虛過"一句之音律、字句與別首皆同矣。

畸變格 一百五字　　　　　　　　　　柳永

佇立長隄,澹蕩晚風起。驟雨歇、極目蕭疏,塞柳萬株,掩映箭波千里。走舟車向此,人人奔名競利。念蕩子、終日驅馳,爭覺鄉關轉迢遞。　　何意。繡閣輕抛,錦字難逢,等閒度歲。奈泛泛旅跡,厭厭病緒。近來、諳盡宦遊滋味。此

情懷、縱寫香箋，憑誰與寄。算孟光、爭得知我，繼日添
憔悴。

與前體又別。"何意"二字，向刻前尾，今改正爲後起句。玩"走
舟車"至"競利"，似對後"此情懷"至"與寄"，該於車字豆，人字句，然
亦一氣貫下也。

〔杜注〕

按，"柳萬株"句，宋本"柳"字上有"塞"字，《詞譜》《閩詞鈔》同。
應遵改。又，"總寫香箋"句，"總"作"縱"。

【蔡案】

"縱寫香箋"，"縱"原作"總"；"塞柳萬株"，"塞"字原脱，均據杜注
訂補，原譜"一百四字"改爲"一百五字"。"旅跡"之"跡""爭得"之
"得"皆爲以入作平。

又，"近來"八字，原譜作四字二句，且"味"字不入韻，誤甚。余以
爲本詞前段"驟雨歇……千里"十七字，與後段"奈泛泛……滋味"十
七字本屬對應句，各爲本調前後段之第二均，該均均以◎●●○○▲
六字一句收，故"近來"後有一讀住，且"味"字爲第二均主韻，必須
押韻。

又按，《定風波慢》一調，現存宋元詞惟柳永二首、張耒、凌雲翰、
無名氏各一首，體式萬子已悉録。張詞與柳氏"自春來"詞，除耆卿尾
均疑脱一字外，其餘字句、平仄、韻脚皆同，凌詞同柳詞，疑即摩柳而
成，而無名氏詞最爲整齊。惟本詞較之別首均迴異，檢其宮調，本詞
爲雙調，"自春來"一首則爲林鐘商，宮調既別，自非一調。然彼關乎
演唱，無關字句，耆卿不同宮調而相同字句者，如《迷神引》即爲一例。
但本詞前段單獨句子，則又多於前者合，如改爲："驟雨歇、塞柳萬株，
掩映箭波千里。極目蕭疏，佇立長隄，澹蕩晚風起。走舟車、念蕩子。

爭覺鄉關轉迢遞。向此。人人終日驅馳,奔名競利。"則除"人人"句多一字外,其餘與前二體亦一般無二,故疑前段錯簡。然後段則與前二首完全風馬牛,考察其均和拍,竟無演化痕跡可循,或爲別調誤入,亦未可知也。其前後段均拍十分混亂,故不擬譜,學者此調不足爲法。

蘇幕遮 六十二字 又名《鬢雲鬆令》 周邦彥

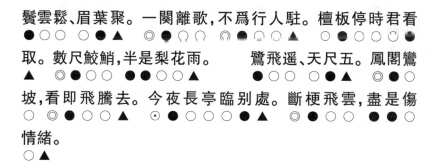

鬢雲鬆、眉葉聚。一闋離歌,不爲行人駐。檀板停時君看

取。數尺鮫綃,半是梨花雨。 鷺飛遥、天尺五。鳳閣鸞

坡,看即飛騰去。今夜長亭臨別處。斷梗飛雲,盡是傷

情緒。

結句不惟定格如此,而聲響亦不得不然。《譜》於前結注云:"可用平平平仄仄",真天下之大奇也,且此調前後皆同。而美成"隴雲沈"一闋末句云"斷雨殘雲,祇怕巫山曉",《嘯餘譜》落去"雨殘"二字,作"斷雲祇怕巫山曉",謂有六十字一體,而以此六十二字者命爲第二體。無論此調作者頗多,無七字尾者,若七字,則竟與《蝶戀花》同矣,有何難辨? 況《片玉》本集原有"雨殘"二字,而各譜竟將不全之句列爲一格,何其率略也。且"斷雲"亦不成語,故明中葉以後詞調廢閣,間有爲之者,原未究心,故吳純叔於此調末句云"薔薇著雨胭脂瘦",正坐舊刻譜之誤也。沈氏不能辨正,取以入選,陋矣。

因此詞故,又名《鬢雲鬆》。

明月逐人來 <small>六十二字</small>　　　　　　　　　　張元幹

花迷珠翠。香飄羅綺。簾旌外、月華如水。煥紅影裏，誰會
〇〇〇▲　〇〇〇▲　〇〇●　◎〇⊙▲　●〇◎●　〇●
王孫意。最樂昇平景致。　　　長記。宮中五夜，春風鼓吹。
〇〇▲　●●〇◎▲　　　〇▲　〇〇◎●　⊙〇〇▲
遊仙夢、輕寒半醉。鳳幃未暖，歸去薰濃被。更問陰晴
〇〇●　⊙〇◎▲　●〇●●　〇●〇〇●　●●〇〇
天氣。
⊙▲

　　“遊仙夢”下與前“簾旌外”下同。李持正作，“誰會”句用“暗塵香
拂面”，“鳳幃”句用“玉輦待歸”，平仄各異。然此等句前後相同，從蘆
川此詞爲正。

〔杜注〕

　　萬氏以“長記宮中”之“中”字爲句，按，吳曾《能改齋漫録》云：此
調爲李持正撰。李另一詞，換頭“夜半”，“半”字叶韻，則此詞“長記”
之“記”字亦應注叶，以“宮中五夜”爲句。

【蔡案】

　　後起原譜作“長記宮中，五夜春風鼓吹”，據杜注改。但換頭處句
中短韻，均屬輔韻，可叶可不叶，本調換頭亦可不用腹韻者，如史浩
詞，作“爲有仙翁，正爾名喧蕃漢。”即是。

別　怨 <small>六十三字</small>　　　　　　　　　　趙長卿

驕馬頻嘶。曉霜濃、寒色侵衣。鳳幃私語處，翻成別怨不勝
〇●〇△　●〇〇　〇●〇△　●〇〇●●　〇〇●●●〇
悲。更與叮嚀祝後期。　　　素約諧心事，重來了、比看相
△　●●〇〇●●△　　　●●〇〇●　〇〇●　●●〇

思。如何見得，明年春事濃時。穩乘金驌裏，來爛醉、玉
△　　○○●●　　○○○●○△　　●○●●●　○●●●●

東西。
○△

　　"別怨"二字恐係詞題，而非調名，然他無作者，莫可考證矣。

〔杜注〕

　　按，《惜香樂府》"離怨"作"別怨"。蓋此爲調名，而即以之爲題，
所謂"本意"。

【祭案】

　　原譜"穩乘金驌裏"作"腰裏"，甚誤。按，驌，上聲，在筱部。此字
若平，則全句失律。"驌裏"，駿馬也。作"腰"則不可解。又，前段第
四句"別怨"原作"離怨"，據杜注改。但杜氏以爲本調即以之爲題，或
亦未必，非創調詞而以調名入詞者，宋詞甚多。而萬子以爲本調調名
或並非"別怨"，亦有可能，雖一本另有"霜寒"之題。

　　後段"如何"句、"明年"句，校之前段，各少一字，疑原文或爲"如
何□見得，明年春事□濃時"。

殢人嬌　六十四字　　　　　　　　　　　毛滂

雲做屏風，花爲行帳。屏帳裏、見春模樣。小晴未了，輕陰
⊙●○○　○○○▲　○○●　●○○▲　○○●●　○○

一餉。酒到處恰如，把春拈上。　　官柳黃輕，河堤綠漲。
●▲　⊙●●○○　●○○▲　　⊙○○○　○○●▲

花多處、少停蘭槳。雪邊花際，平蕪疊嶂。這一段凄凉，爲
⊙○●　●○○▲　⊙○○●　○○●▲　○●●○○　○

誰悵望。
○⊙▲

　　"這一段凄凉"宜作一句,但此調前後相同,各家多於三字一豆,故如此注。然此九字一氣,或三或五作豆,不拘也。

〔杜注〕

　　按,《歷代詩餘》起句"雲"字作"雪"。

【蔡案】

　　萬子原注,"恰如"之"恰"以入作平,甚是。但後段原注"凄"字可仄,則"恰"字作平便毫無意義,故不從。

　　前後段結,萬子原讀爲三字一逗、六字一句。誤。按,本調前後段結,有兩種填法是爲正例:一爲◎●●　◎●⊙○○▲,如柳耆卿之"昨夜裏,方把舊歡重繼……無分得,與你恣情濃睡",一爲◎●●○○　●○○▲,如揚无咎之"念八景圍中,畫誰能盡……却待約重圓,後期難問"。亦即句法若有變化,則平仄須微調,然古人因無標點,故亦有余所謂"以彼譜填此句"者,即文理爲三字一逗、六字一句者,而譜式仍爲五字一句、四字一句。此類實例頗多,須知律法高於文法,各調皆然。而若作五字一句者,則本句第四字必平,不可填仄,後段"凄凉"之"凄"萬子原注云可仄,誤。

多字格 六十八字　　　　　　　　　　蘇　軾

滿院桃花,盡是劉郎未見。於中更、一枝纖軟。仙家日月,
◎●○○　●●⊙●▲　⊙●●　○○●▲　⊙○●●

笑人間春晚。濃睡起、驚飛亂紅千片。　　密意難窺,羞容
●○○○▲　⊙●●、○○●○○▲　　●●○○　○○

易見。平白地、爲伊腸斷。問君終日,怎安排心眼。須信
●▲　⊙○●、⊙○○▲　●○○●　⊙○○○▲　○●

道,司空自來見慣。
●　⊙⊙●○◎▲

第二句比前調多二字，"笑人間""怎安排"二句俱多一字。

《珠玉詞》於兩結句作平仄仄平平仄或仄仄平平平仄，可以不拘，但別家俱與蘇詞同耳。蘇又於"盡是"句作"滿城燈火無數"，恐是"燈火滿城"之誤也。又，柳詞於"仙家"二句如前毛詞，俱作四字，而"問君"二句，上四下五字。此調前後一樣，無參差之理，或前段悮少，或後段悮多，故不另列六十三字之體。

【蔡案】

萬子誣"滿城燈火"爲"燈火滿城"之誤，當囿於"句法之格律須劃一"之觀念也。研究唐宋詞，時有同一詞調同一句子而用不同句法者，蓋平仄可異，循律即可。"盡是劉郎未見"用仄起仄收式，"滿城燈火無數"用平起仄收式，均爲律句，皆可。後《欽定詞譜》更有因句法不同而另列一體乃至一調者，陋。

又按，本調宋人填寫，以此詞體式爲多，故應以本格爲正。

黃鐘樂　六十四字　　　　　　　　　　　魏承班

池塘煙暖草萋萋。惆悵閒宵含恨。愁坐思堪迷。遥想玉人
○○○●●○△　　○○○●▲　　　○●○○△　　　●●○○

情事遠。音容渾似隔桃溪。　　偏記同歡秋月低。簾外論
○●▲　　⊙○○○●○△　　　●●○○○●△　　○●○

心花畔。和醉暗相攜。何事春來君不見。夢魂長在錦
○○▲　　○●●○○　　○●○○○●▲　　◎○○●●

江西。
○△

後起平仄與前異。

舊譜俱於"宵"字"心"字斷句，其下七字太拗，今以愚意注之如右。此調他無可攷，然如此讀亦不錯也。

【蔡案】

　　本調原譜惟標識平韻，另有一組隱韻，萬子失注，蓋前後段第二第四句，"恨、遠、畔、見"是爲換韻也。至若"恨、遠"互叶，是爲循古韻也，如《欽定詞譜·早梅芳近》："此情閒，此意遠。一點縈方寸。風亭水館，解與行人破離恨。"即是（按，該詞"館"字及前段對應句"韻"字，亦在韻，《欽定詞譜》失記）。據補。

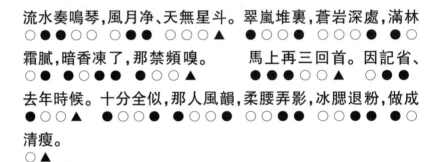

輥綉毬 六十五字　　　　　　　　　　　　　　　　趙長卿

流水奏鳴琴，風月净、天無星斗。翠嵐堆裏，蒼岩深處，滿林
○●●○　○●●　○○○▲　　●○○●　○○○●　●○

霜膩，暗香凍了，那禁頻嗅。　　　馬上再三回首。因記省、
○●　●○●●　●○○▲　　　　●●●○○▲　○●●

去年時候。十分全似，那人風韻，柔腰弄影，冰腮退粉，做成
●○○▲　●○○●　○○○●　○○●●　○○●●　●○

清瘦。
○▲

　　"輥"音"滾"，曲調因有《滾綉毬》。

　　按，"冰腮退"句比"暗香凍了"少一字，或定體兩結互異，或係誤落，或前誤多"了"字，無他詞可證也。

〔杜注〕

　　萬氏注謂："冰腮退"句少一字，或係誤落。按，《詞緯》作"冰腮退粉"，乃落"粉"字也。又，《詞譜》"因記省"之"因"字，作"還"。

【蔡案】

　　據杜注補"粉"字，原譜"六十四字"改爲"六十五字"。"因""還"相較，余以爲"因"字更佳，且本不礙平仄律，不改。

　　又，本調韻法奇特，前一均僅兩拍，後一均各爲五拍，詞中所罕見者。"柔腰弄影"句語意怪異，疑原爲"柔腰●細"，後人因"冰腮退粉"句而對仗之，遂改爲"弄影"，而不知此二句當分屬不同均内，無從對偶。如前段"翠嵐堆裏，蒼岩深處，滿林霜膩"當是一均，"裏、膩"爲韻，"暗香凍了，那禁頻嗅"則爲另一均也。後段則是"似、細"爲韻，非跨均而對仗，故疑"影"字係後人所改也。

侍香金童 六十五字　　　　　　　　　　　蔡　伸

寶馬行春，緩轡隨油壁。念一瞬、韶光堪重惜。還是去年同
●●○○　●●○○▲　●◎○　○○○●▲　⊙●◎○○

醉日。客裏情懷，倍添凄惻。　　　記南城、錦逕名園曾遍
●▲　◎●○○　●○○▲　　　　●○○　●●○○○

歷。更柳下、人家似相識。此際憑闌愁脈脈。滿目江山，暮
▲　●●●　○○●○▲　●◎○⊙○●▲　◎●○○　●

雲空碧。
○○▲

"此際"下與前"還是"下同。

〔杜注〕

按，《花草粹編》"人家似織"句，作"人家似相識"，五字。又，《詞譜》作"人家如織"。

【蔡案】

本調宋詞惟後一體趙詞最爲整齊，故校之趙詞，"更柳下"一句，當與前段"念一瞬"相對應，原譜作"更柳下、人家似織"，語意顯然不通，此據《花草粹編》改，原譜"六十四字"改爲"六十五字"。

重　格　六十五字　　　　　　　　　　　　趙長卿

一種春光，占斷東君惜。算穠李、韶華爭並得。粉膩酥融嬌
●●○○　●○○○○▲　●⊙○　○○○○●▲　◎●○⊙●

欲滴。端的樽前，舊曾相識。　　　　向夜闌酒醒，霜濃寒又
●▲　⊙●○○　●●○▲　　●◎○○●●　○○○●

力。但祇與、冰姿添夜色。繡幕銀屏人寂寂。祇許劉郎，暗
▲　●●●　○○○●●▲　◎●⊙○○●▲　◎○○○　●

傳消息。
○○▲

"但祇與"句比前詞"更柳下"句多一字。

愚謂前詞恐"人家"下落一字，蓋此句照前段該八字也。

〔杜注〕

按，《歷代詩餘》"但祇與、冰姿添夜色"句，無"祇"字，則與前蔡伸
詞同。惟蔡伸詞如照《粹編》改"似纖"爲"似相識"，則此句又當有
"祇"字。凡此等虛字，固可各有增減也。

【蔡案】

杜注以爲本詞無"祇"字便與前蔡詞同，非是。蓋杜氏但見字數
相同，未見句法迥異也。故可知本句正體當爲折腰式八字一句。至
若賀梅子後段作"寶雁參差飛不起"、無名氏前段作"玉殿無風煙自
直"，當是三字逗減一字或奪一字而成，與本詞亦爲同源也。杜氏以
爲"凡此等虛字固可各有增減"者，尤非。

握金釵　六十四字　　　　　　　　　　　　呂渭老

風日困花枝，晴蜂自相趁。晚來紅淺香盡。整頓腰肢暈殘
⊙●●○○　○○●○▲　●○○●○▲　●●○○●○○

粉。弦上語，夢中人、天外信。　　青杏已成雙，新樽薦櫻
▲　○●●　●○○、○●▲　　　　⊙●●○○　○○●○○

筍。爲誰一和銷損。數著歸期又不穩。春去也，怎當他、清
▲　●○●○○▲　◎●○○●○▲　○●●　●○○、○○

晝永。
●▲

前後同。所用四個仄平仄處，俱是去平上，聖求他作俱同，不可擅改。"和"字去聲，不可作平讀。

【蔡案】

萬子原注後段第三句"一"字、第四句"不"字以入作平。

又，萬子以爲四個仄平仄處均當用去平上，非是。蓋上去之分，爲曲之要，因曲中仄聲僅分上去故也，而詞之仄聲有上去入三聲，仄分上去便無理由。余以爲萬子所論，未中要害，若云本調宜用上聲爲韻，則中肯綮。

又按，《梅苑》另有無名氏詞，名《戛金釵》，細校之，當即爲《握金釵》，惟前後段第二拍不用拗句、第三拍增一字、尾拍減一字，其詞及譜如下：

戛金釵 六十四字　　　　　　　　　　　　　　無名氏

梅蕊破初寒，春來何太早。輕傅粉、向人先笑。比並年時較些
○●●○○　○○○●▲　○○●、●○○▲　●○○○●○

少。愁底事，十分清瘦了。　　影静野塘空，香寒霜月曉。風韻
▲　○●●　○○○●▲　　　　●●●○○　○○○●▲　○●

減、酒醒花老。可殺多情要人道。疏竹外、一枝斜更好。
●、●○○▲　●●○○●○▲　○●●、●○○●▲

醉春風 六十四字　　　　　　　　　　　　　　趙德仁

陌上清明近。行人難借問。風流何處不歸來，悶。悶。悶。
●●○○▲　○○○●▲　○○○●●○○　▲　◆　◆

回雁峰前，戲魚波上，試尋芳信。　　夜永蘭膏燼。春睡何
○●○○　●○○●　●○○▲　　　　●●○○▲　○●○

曾穩。枕邊珠淚幾時乾，恨。恨。恨。惟有窗前，過來明
○▲　●○○●●○○　▲　◆　◆　○●○○　●○○

月，照人方寸。
●　●○○▲

"悶、恨"二字三疊。

《譜》《圖》注平仄謂"後段與前段同"，不知"春睡"句"睡"字去，
"曾"字平，與前"行人"句相反，祇可云不拘，不可云相同也。又，或謂
兩段宜同，非俱照前即俱照後，亦是。明高深甫於"回雁"二句、"惟
有"二句，皆先用平平仄仄，後用仄仄平平，顛倒矣。何沈氏新集必愛
之耶？

【蔡案】

前後段第二拍，朱敦儒作"群仙驚戲弄……紫微恩露重"、賀梅子
作"憑闌新夢後……啼妝曾枕袖"，故余疑本詞或是"何曾春睡穩"之
倒誤。朱、賀皆作手，似可以之爲範。而陳德武二首則與趙詞同，或
係摹擬。

行香子　六十六字　　　　　　　　　　　黄　昇

寒意方濃。暖信才通。是晴陽、暗拆花封。冰霜作骨，玉雪
○●○△　●○○△　●○⊙　○●○△　⊙○●●　●●

爲容。看體清癯，香淡泞，影朦朧。　　　孤城小驛，斷角殘
○△　●○○●　○●⊙　●○△　　　　○○●●　●●○

鐘。又無邊、散與春風。芳心一點，幽恨千重。任雪霏霏，
△　●○○　●●○○　○○●●　○●○△　●●○○

雲漠漠，月溶溶。
⊙◎●　●○△

此後起首句仄,次句叶韻者。

【蔡案】

　　本詞原列於蘇軾詞後,因係正體,故移前。原譜萬子未作可平可仄校,據前後諸詞補。

　　本調格律原譜未作詳析,前後段第一第二拍,若不叶韻,則用⊙○◎●句法,若叶韻,則用◎●○△句法,各詞皆然,填者須予謹守。

少字格　六十四字　　　　　　　　　　　　趙長卿

驕馬花驄。柳陌經從。小春天、十里和風。個人家住,曲巷
⊙●○△　◎●○△　●○○　●●○△　○○◎●　◎●

牆東。好軒窗,好體面,好儀容。　　　燭炧歌慵。斜月朦
○△　●○○　●●●　●○○　　　　◎●○△　⊙●○

朧。夜新寒、斗帳香濃。夢回畫角,雲雨匆匆。恨相逢,恨
△　●○○　●●○△　◎○○●　⊙●○○　●○○　◎

分散,恨情鍾。
●●　●○△

　　前後同,結句多作三排。

【蔡案】

　　本格僅此一首,另有劉學箕一首亦爲少字格,惟後起不叶韻異。萬子體例,字少者前,故本詞原列於首,但不足爲範,填者應以黃昇詞爲正,蓋宋詞惟填其體者最衆,本詞則爲少字格。

多韻格　六十六字　　　　　　　　　　　　蔣　捷

紅了櫻桃。綠了芭蕉。送春歸、客尚蓬飄。昨宵穀水,今夜
○●○△　●●○△　●○○　●●○△　●○●●　○●

蘭皐。奈雲溶溶,風淡淡,雨瀟瀟。　　　銀字笙調。心字香
○△　　●○○　○●●　●○△　　　　　○●△　○●○

燒。料芳蹤、乍整還凋。待將春恨,都付春潮。過窈娘堤,
△　　●○○　●●○△　　○●○○　○●○○　●○○

秋娘渡,泰娘橋。
○○●　●○△

　　比前多"奈"字、"過"字,作者多宗此體。"送春歸""料芳蹤"二
句,平仄有不拘者,然正體是仄平平,且亦易填,故不旁注。

　　前後起兩句,與前詞俱是叶韻者。

〔杜注〕

　　按,《竹山詞》"奈雲溶溶"句,"奈"下有"何"字,乃誤多,不可從。

少韻格　六十六字　　　　　　　　　　　蘇　軾

攜手江村。梅雪飄裙。情何限、處處銷魂。故人不見,舊曲
○●○△　○●○△　○○●　●●○△　●○●●　●●

重聞。向望湖樓,孤山寺,湧金門。　　尋常行處,題詩千
○△　　●●○○　○○●　●○△　　　　○○○●　○○○

首,繡羅衫、與拂香塵。別來相憶,知是何人。有湖中月,江
●　●○○　●●○△　●○○●　○●○△　●○○●　○

邊柳,隴頭雲。
○●　●○△

　　此後起兩句,俱用仄不叶韻者。

　　"望湖樓"下三句、"湖中月"下三句,皆用偶句,然散亦不妨。若
石屏於"望湖樓"作"文章公",與前蔣詞"雲溶溶"三平聲字,雖不拘,
亦到底不宜學也。"樓"字照後"月"字用仄,亦不拘。

〔杜注〕

　　按,《詞譜》"輕塵"作"香塵"。又,"知有人人"句,作"知是何人",

應遵改。

【蔡案】

　　"香塵"原作"輕塵"，"知是何人"原作"知有人人"，據杜注改。和
"知是何人"。

　　較之正體，僅後段第二拍未叶韻。

少韻格　六十六字　　　　　　　　　　　晁補之

前歲栽桃，今歲成蹊。更黃鸝、久住相知。微行清露，細履
○●○○　○●○△　●○○　●●○○　○○○●　●●
斜暉。對林中侶，閒中我，醉中誰。　　　何妨到老，常閒常
○△　●○○●　○○●　●○○　　　　　○○●●　○○○
醉，任功名、生事俱非。衰顏難強，拙語多遲。但酒同行，月
●　●○○　○●○△　○○○●　●●○○　●●○○　●
同坐，影同歸。
○●　●○△

　　此首句不起韻，次句方韻者。琴趣二首皆同。"侶"字仄聲不拘。

名字格　六十八字　　　　　　　　　　　杜安世

黃金葉細，碧玉枝纖。初暖日、當乍晴天。向武昌溪畔，于
○○●●　●●○△　○●●　○●○△　●●○○●　○
彭澤門前。陶潛影，張緒態，兩相牽。　　　數株堤面，幾樹
○●○△　○○●　○●●　●○△　　　　　●○○●　○●
橋邊。嫩垂條、絮蕩輕綿。繫長江舴艋，拂深院秋千。寒食
○△　●○○　●●○○　●○○●●　●○●○○　○●
下，半和雨，半和煙。
●　●○●　●○△

　　此首句用仄，不起韻者。其中間四字四句，前後俱加一字，"陶潛

影”“寒食下”二句上少一領句字，與前趙詞同。

【蔡案】

　　此類填法，僅此一首，備格可，摹擬則不必。

獻衷心 六十四字　　　　　　　　　　　歐陽炯

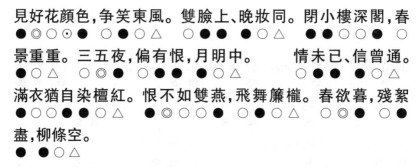

見好花顏色，爭笑東風。雙臉上、晚妝同。閉小樓深閣，春
景重重。三五夜，偏有恨，月明中。　　　情未已、信曾通。
滿衣猶自染檀紅。恨不如雙燕，飛舞簾櫳。春欲暮，殘絮
盡，柳條空。

　　“閉小樓”下前後同。“恨不如”下九字，即前段“閉小樓”下九字，亦即後詞“被嬌娥”下九字，《譜》乃前注一五一四，後注九字，而後詞又注一五一四，何也？

【蔡案】

　　本調現存唐宋詞僅此二首，相校兩詞，歐詞似更多闕字，惟無別首可校，闕耶衍耶，殊難斷定。歐詞更整齊，姑爲正體。

　　本詞當爲近體，前後各爲三均，故“閉小樓”下九字和“恨不如”下九字當作五字一句、四字一句，而不可作三字逗領六字一句，更不可作九字一句，致與律有違也。

多字格 六十九字　　　　　　　　　　　顧敻

繡鴛鴦枕暖，畫孔雀屏欹。人悄悄、月明時。想昔年歡笑，

恨今日分離。銀釭背，銅漏永，阻佳期。　　小爐煙細，虛
●○●○△　○○●　●○●　●○△　　　●○●　○

閣簾垂。幾多心事，暗地思惟。被嬌娥牽役，魂夢如癡。金
●○○　●○○●　●●○○　●●○○●　○●○△　○

閨裏，山枕上，始應知。
○●　○●●　●○△

前段次句、第四句各五字，與前詞異。後段起四句皆四字，亦異。
〔杜注〕

按，第二句"畫孔雀屏高"，"高"字失韻。戈氏校本云是"低"字。
校《詞譜》及《花間集》乃"欹"字也，應遵改。又，《花草粹編》"暗地思
惟"句，無"地"字，似誤。

【蔡案】

前段第二句，四庫本作"畫孔雀屏欹"，檢四部備要本則爲"畫孔
雀屏高"，正是杜氏所據者。又，前段"恨"字疑衍，蓋此句對應前詞
"春景"句，又對應後段"魂夢"句，兩詞四句獨此五字，可疑，且該句不
著"恨"字，恨意已明，本無須贅添也。

麥秀兩岐　六十四字　　　　　　　　　　和　凝

凉簟鋪斑竹。鴛枕並紅玉。臉蓮紅、眉柳綠。胸雪宜新浴。
○●○○▲　⊙●◎○▲　●○○　○●▲　　⊙●○○▲

淡黃衫子裁春縠。異香芬馥。　　羞道交回燭。未慣雙雙
◎○⊙●○○▲　●○○▲　　　○●○○▲　●○○○

宿。樹連枝、魚比目。掌上腰如束。嬌嬈不禁人拳跼。黛
▲　●○○　○●▲　◎●○○▲　⊙●●○○●▲　●

眉微蹙。
○○▲

前後同。"蓮"字舊刻訛"邊"字，今改正。"爭"字宜仄，此亦訛，

因未確審，不敢改。

〔杜注〕

　　萬氏注謂：“嬌嬈不爭人拳跼”句，“爭”字宜仄。按，《尊前集》“爭”作“禁”，應照改。

【蔡案】

　　“嬌嬈不禁”原作“嬌嬈不爭”，已據杜注改。

喝火令　<small>六十五字</small>　　　　　　　　　　　　　黄庭堅

見晚情如舊，交疏分已深。舞時歌處動人心。煙水數年魂
●●○○●　○○○●△　●○○●●○△　⊙●●○○

夢，無處可追尋。　　　　昨夜燈前見，重題漢上襟。便愁雲雨
●　⊙●●○△　　　　　●●○○●　○○●●△　●○○●

又難禁。曉也星稀，曉也月西沈。曉也雁行低度，不會寄
●○△　◎●○○　●●●○○　●●●○○●　●●●

芳音。
○△

　　後段比前多“曉也”二句九字。

　　按，此調前後相同，不應中多二句，恐前有脫落，“夢魂”當是“魂夢”，則可斷句，與後結相同矣。或謂前後自是各異，前段原於“數年”分句，“夢魂”下乃七字句耳。然觀兩起處相同，而“無處”下五字與“不會”下五字亦合，當以“魂夢”爲是。

〔杜注〕

　　按，《琴趣外篇》“夢魂”作“魂夢”，與萬氏說合，應照改。又按，此調“曉也”三疊字，他作亦有之，似此調定格。末句首二字亦有作四疊者。

【蔡案】

原譜前結作"煙水數年夢魂無處可追尋"，不讀斷，據杜注改，並讀斷。

按，《欽定詞譜》以爲後段乃是攤破句法，本爲"星月雁行低度，不會寄芳音"，疊三"曉也"而作三句，體例如此。杜氏所謂四疊者，清人作品，如俞慶曾有"不信今朝，不信路千重。不信花前燈下，不信不思儂。"亦詞人弄巧，修辭耳。

但本詞謂後段攤破，數百種詞調中惟此一例，俥覺牽强，而以爲"曉也星稀，曉也月西沈。曉也雁行低度"便是"星月雁行低度"之擴展，尤覺牽强，若此說在理，則本調均須如此擴展，方合其律，豈非大謬？ 若非，便是否定"擴展說"，便是認定由此擴展毫無意義，毫無韻律之依據也。故曰，"恐前有脫落"云云，甚是。

芭蕉雨 六十五字　　　　　　　　　　　　程 垓

雨過凉生藕葉。晚庭消盡暑、渾無熱。枕簟不勝香滑。争
●●○○●▲　　●○○●●　○○▲　　●●●○○▲　　○

奈寶帳情生，金樽意愜。　　　无人何處夢蝶。思 見冰雪。
●●●○○　○○●▲　　　●○○●●▲　　○ ●○▲

須寫個帖兒、丁甯説。試問道、肯來麼，今夜小院無人，重樓
○●●●○　○○▲　　●●●　●○○　○●●●○○　○○

有月。
●▲

結語二句前後同。

【蔡案】

本調依均拍觀，前段應奪一句與"思一見冰雪"五字相對者，就本詞規模及筆法，顯非令詞，故添一拍則架構完滿。惟僅此一詞，無從

校對。又，"枕簟不勝香滑"句，對應後段"試問道、肯來麼"，句法亦與前段牴牾不合，原詞必是仄起仄收式六字律句，誤成折腰句法也。而該拍應是主韻所在，不可或缺，後段脫落一韻無疑，余以爲"麼"字必是"莫"字之誤，猶秦檜之名句："罪行莫，須有"之"莫"字，猶黃公紹《洞仙歌》"望公如望月，見説郴江，父老多時問來莫。"之"莫"字，猶張炎《蝶戀花》之"燕子先將雛燕去。淒涼可是歌來莫。"之"莫"字。然則"莫"字叶十八部韻，同前段合。

原譜"爭奈"下十字、"今夜"下十字，句法均爲二字逗領起四字儷句，即余所謂兩頓連仄爲二字逗標識也，填時不可不知。

解佩令 六十六字　　　　　　　　　　　　史達祖

人行花塢。衣沾香霧。有新詞、逢春分付。屢欲傳情，奈燕
⊙○⊙▲　○○⊙▲　●⊙⊙　○○○▲　◎●○○　○●
子、不曾飛去。倚珠簾、詠郎秀句。　　相思一度。濃愁一
◎　◎○○▲　●○○　○○○▲　　　⊙○○▲　○○○
度。最難忘、遮燈私語。澹月梨花，借夢來、花邊廊廡。指
▲　●○○　○○○▲　◎○○○　○⊙○　○○○▲　●
春衫、淚曾濺處。
○○　●○◎▲

前後同。

【蔡案】

本詞原列於蔣捷詞後，因係正體，故移前。

重　格 六十六字　　　　　　　　　　　　蔣　捷

春晴也好。春陰也好。著些兒、春雨越好。春雨如絲，剛綉
○○●▲　○○●◆　●○○　○○●◆　○○○○　○●

出花枝紅裛。怎禁他、孟婆合皂。　　梅花風小。杏花風
●○○●▲　●○○●　○○●▲　　○○○▲　●○○

小。海棠風、驀地寒峭。歲歲春光，被二十四風吹老。楝花
▲　●○○●●○▲　●●○○　●●●●○○●▲　●○

風、爾且慢到。
○　●○●▲

　　“繡出”句即同後“被二十”句，不應前六後七，恐繡字上落一字
也。今姑照舊列之，若後史詞則全矣。

〔杜注〕

　　萬氏注云：“繡出”句，恐“繡”字上落一字。按，《歷代詩餘》“繡”
字上有“剛”字。又秦氏云：“被二十四風吹老”句，“風”字上有“番”
字。愚謂如有“番”字，則“二十四”當作“廿四”。

【蔡案】

　　後段起句，原作“梅花風悄”，彊村叢書本《竹山詞》作“梅花風
小”，然則前後段均用疊韻起，體例相同，韻律尤爲和諧，或是原貌，可
從，據改。

　　萬子原譜於後段“被二十”處作逗，未免太過教條，不取。而前段
第五拍，宋詞各首悉爲七字句，獨此六字與諸詞不合，與後段不合，
“繡”字上必落一字，杜注謂《歷代詩餘》“繡”字上有“剛”字，是，據補。
原譜“六十五字”改爲“六十六”字。且宋詞中惟此一首，故本詞不可
爲範，填者應以史詞爲正體。

　　又，萬子原注，前段第三句“越”字、後段結句“且”字以入作平。

易韻格 六十七字　　　　　　　　　　　　　晏幾道

玉階秋感，年華暗去。掩深宮、團扇無緒。記得當時，自剪
●○○●　○○●▲　●○○　○●○▲　●●○○　●●

下、機中輕素。點丹青、畫成秦女。　　凉襟猶在。朱弦未
●　○○○▲　●○○　●○○▲　　　○○○▼　○○●

改。忍霜紈、飄零何處。自古悲凉，是情事、輕如雲雨。倚
▼　●○○、○○○▲　●●●○，●○●、○○○▲　●

么弦、恨長難訴。
○○、●○○▲

　　前起一句、後起二句不用韻。“掩深宮”句多一字。

　　王千秋一首，前結落一字，非有此體。

〔杜注〕

　　按，《詞譜》“團扇無情緒”句，作“扇鸞無緒”，注云：“‘團扇’句多
一‘情’字，今從《花草粹編》更正。”

【蔡案】

　　本調後段第二拍依律須叶韻，故前二拍爲換韻。原譜“在、改”均
作句，而未能標示叶韻，大誤。仇遠“淺莎深苑”詞正如此填法。仇詞
韻押第四部“度、處、露、蠹”，而後段第一、二句爲：“歌臺香散。離宮
燭暗。”亦爲換韻，可證。至若別體，雖無換韻，然後段第二句均入韻，
是爲主韻韻句，亦可旁證。

　　又，杜氏云《詞譜》作“扇鸞，無緒”，誤。《欽定詞譜》祇減一“情”
字耳。

淡黃柳　六十五字　　　　　　　　　　　　　　姜　夔

空城曉角。吹入垂楊陌。馬上單衣寒惻惻。看盡鵝黃嫩
⊙○●▲　○●○○▲　●○○○○●▲　●●○○◎

綠。都是江南舊相識。　　正岑寂。明朝又寒食。强攜
▲　○●○○●○▲　　　●○▲　○○●○▲　◎⊙

酒、小橋宅。怕梨花、落盡成秋色。燕燕飛來，問春何在，唯
●、●○▲　●○○、●●○○▲　●●○○，●○○●，○

有池塘自碧。
●○○●▲

　　“正岑寂”不應屬在上段，乃過變處首句也。無論體裁，一定如此，可玩味而得之。即論文理，一“正”字、一“又”字恰是相呼應語，相連何疑。此姑照舊録之，作者不可泥刻本而仍其謬也。《圖譜》刻是。
〔杜注〕

　　按，《歷代詩餘》“正岑寂”三字屬下段起句，與萬氏説同。

【蔡案】

　　原譜“正岑寂”三字屬上，已據萬子、杜氏改。

垂絲釣 六十六字　　　　　　　　　吳文英

聽風聽雨，春殘花落門掩。乍倚玉闌，旋剪。夭艷。攜醉
●○●●　○○○●●　▲　　●○○●　○▲　○▲　　○●
靨。放溯溪遊纜。波光掩。映燭花黯淡。　　　碎霞澄水，
▲　●●○○▲　○○▲　●●○●▲　　　　　●○○●
吳宮初試菱鑒。舊情頓減。孤負深杯灎。衣露天香染。通
○○○●○▲　●○●▲　○●○○▲　○●○○▲　○
夜飲。問漏移幾點。
●▲　　●●○●▲

　　按此調本宜如此分段，而各家集中俱是訛刻。如龍川詞、千里詞則於“遊纜”處分段，逃禪詞則於“光掩”處分段，尤可笑者，片玉詞於“澄水”分段，則竟不是叶韻矣。於是《圖譜》以“波光掩”三字爲前結，且平仄亂注，而作此調者遂遵而弗改矣。可嘆哉！今將各家對明，而爲定之，曰：第一“聽”字必仄，第三“聽”字必去，第四“雨”字可以起韻，亦可不必；次句“春、殘、花、門”必平，“落”字必仄；第三句必三仄一平，而“乍、玉”二字用去尤妙；第四句“剪”字必仄，祇逃禪用平結句；

"黯"字必仄，祇龍川用平，當從其多者。後段起處亦同，"舊"字、"頓"字、"夜"字、"漏"字、"幾"字俱必仄，去聲尤妙，歷觀諸家，無不如此。乃所謂譜者，皆必取而混之，果何意耶？"通夜飲"句，周調本作"梁燕語"，現有《片玉詞》可據，千里和周，亦曰"無限語"，而《譜》妄增一字，作"梁間燕語"，遂使失調。且因而注題下作六十七字，豈不大謬乎？

"遡"字應作"溯"，"掩"字不宜重出，"飲"字不是韻，此亦誤刻也。首句"花落"亦誤刻"落花"，查各家前後段六字句，俱平平平仄平仄，此必係"花落"，故爲正之。龍川於"通夜飲"作"遐壽身"，亦誤刻。若如"遐壽身"之不通，龍川當時亦不能中狀元矣，一笑。

〔杜注〕

萬氏注"波光掩"句，謂"掩"字不宜重出，按《詞譜》作"閃"字，正叶，應遵改。又，"通夜飲"句，萬氏謂"飲"字不是韻。此亦誤刻。"閃"字既叶，此句亦當叶韻。疑"飲"字爲"宴"字之誤。

【蔡案】

詞爲詩之餘，故詞句之律即詩句之律，除特殊句法，常句均可適用詩律。萬子謂第一字必仄，則有袁去華"江楓秋老"非是；謂第三字必去，則有趙彥端"莫愁有信"非是；直至謂結拍"幾"必仄，則有陳亮"近五雲深處"、揚无咎"寄暴風橫雨"非是。至於次拍"春、花、門"必平、第三拍必三仄一平云云，則其律理何在？皆爲自然主義描述，見風是風，見雨是雨而已。此類句法描述，即便宋詞皆如此，亦僅是或可如此，然亦不必非如此，如第三拍趙彥端作"露草星明"、袁去華作"暮雨生寒"、丘崈作"霧隱孤山"，第三字俱爲平聲，正是循律而爲，有律理依據，若果然第三字"必仄"，豈非皆爲敗筆？

本調周邦彥詞最早，此外均爲其後世作品，故余疑後段"孤負深杯灔"處，周詞有一韻二字脫落，原詞亦當爲一四一三兩拍，以合前段"旋剪天艷。攜醉屬"七字。而此處特異，亦涉及本調前段第二均一處句讀，即"旋剪天艷攜醉靨"七字之分句。前段若以"乍倚玉闌，旋剪天艷。攜醉靨"讀，則後段本貌是"舊情頓減。孤負○▲。深杯灧"，如此則全詞前後均合；後段若以"舊情頓減。○▲。孤負深杯灧"，則前段當爲"乍倚玉闌，旋剪。天艷。攜醉靨"，"艷"字屬後，句中韻也。此類句法可以周美成"倦倚綉簾，看舞。風絮。愁幾許"、趙彥端"篆縷欲銷，衣粉。堪認。殘夢醒"等詞例佐證（本句原譜未讀斷，失記一句中韻）。至若"旋剪天艷"，則第二字當用上聲，蓋上聲可作平也，如夢窗之"剪"，周美成之"舞"，趙彥端之"柳、粉"，方千里之"影"等皆是，宋詞亦有逕用平聲者，不贅述。